秘画之恋

徐肖楠 著

SPM
南方传媒 花城出版社

中国·广州

图书在版编目（ＣＩＰ）数据

秘画之恋 / 徐肖楠著. -- 广州 ：花城出版社，
2023.10
ISBN 978-7-5360-9992-0

Ⅰ. ①秘… Ⅱ. ①徐… Ⅲ. ①长篇小说－中国－当代
Ⅳ. ①I247.5

中国国家版本馆CIP数据核字(2023)第185397号

出 版 人：张 懿
责任编辑：黎 萍 夏显夫
责任校对：李道学
技术编辑：凌春梅
封面设计： WONDERLAND Book desigr
仙境 QQ:344581934

书　　　名　秘画之恋
　　　　　　MIHUA ZHI LIAN
出版发行　花城出版社
　　　　　　（广州市环市东路水荫路 11 号）
经　　　销　全国新华书店
印　　　刷　深圳市福圣印刷有限公司
　　　　　　（深圳市龙华区龙华街道龙苑大道联华工业区）
开　　　本　787 毫米×1092 毫米　16 开
印　　　张　26.75　1 插页
字　　　数　450,000 字
版　　　次　2023 年 10 月第 1 版　2023 年 10 月第 1 次印刷
定　　　价　69.80 元

如发现印装质量问题，请直接与印刷厂联系调换。
购书热线：020 - 37604658　37602954
花城出版社网站：http://www.fcph.com.cn

日月忽其不淹兮，春与秋其代序。惟草木之零落兮，恐美人之迟暮。不抚壮而弃秽兮，何不改乎此度？乘骐骥以驰骋兮，来吾道夫先路！

——屈原《离骚》

花褪残红青杏小。燕子飞时，绿水人家绕。枝上柳绵吹又少。天涯何处无芳草。

——苏轼《蝶恋花·春景》

平生塞北江南。归来华发苍颜。布被秋宵梦觉，眼前万里江山。

——辛弃疾《清平乐·独宿博山王氏庵》

此心光明，亦复何言！

——王阳明

目　录

一　爱与美的神话园

2019年元宵节——中国情人节，唐岱从广州来到北州。

高原风吹来，吹进身体深处，吹起以往生活的涟漪。他曾在北州生活，后来一去18年。

和桑梓相约在高铁站广场见面，过了约定时间，还没见到她。她通常不这样，她做医生的准则是对任何事都不拖延。

高铁站广场东南角大厦的巨大屏幕上，是桑梓丈夫刘鹏的"广安地产"代言形象：

一台推土机的铲斗一往无前地扬起，铲斗里，一个美艳女人如梦初醒，向上探身，试图弄清处境，她裹着一袭白色睡衣，柔滑细长的头发在铲斗外飘洒飞扬。

画中女人化出幻境——灯光夜空，她仿佛变成洛神凌空升起，灿烂明媚，又恍如云中瑶姬，轻扬飘带向下探看……她更像桑梓，他想起和桑梓在红角杨园洛神湖旁的日子，飘浮在铲斗外的长长发丝拂过他的脸颊。

他漫无目标张望桑梓身影，再次给她打电话，还是不通。他有些迷茫不安，红角杨园深藏的命运在等待他，让他来发现还是让他来触动？是神话之手还是现实之手？

红园就像个充满古典情怀和神话幻觉的神话园，他相信，红园的爱与美和光明至今犹在，它的时间之窗就要开启，它将从73年时光中缓缓露出，就像屈原的香草美人从汨罗江深处升起。

无论时代怎么变，怎能拆自己家园？他得尽快见到副省长李程，才能了解一切。为什么要开发红园？这个项目怎么产生的？是不是规划了许久？围绕飞天广场建设四座商厦、一座飞天大剧院、一座飞天展览馆是个浩大工程，这笔巨额资金从哪里来？

他疑惑，是不是有国外资本介入这事？现在中国命运和每个中国人相连，中华人民共和国朝耕暮耘70年才繁荣强大，而敌对中国的意识这两年越来越飞扬跋扈，这个时刻他来北州，想挽救这么多年静如止水的红园，这意味着什么？

高原上的清亮阳光直射下来，空气颤动着发白，山那边，白茫茫天空几乎和山一样颜色，黄河悠悠在空茫的北亭山下流过。

他想起有些奇怪的另一个约会。来北州前，林袅给他打电话，执意要来高铁站见他，意思含糊，似有难言之隐。

一个月前，在广州富力丽思卡尔顿酒店一次建筑颁奖典礼上，唐岱见到刘鹏。

典礼结束后二楼宴会厅的红酒会上，两人手持葡萄酒杯，站在一边交谈。

刘鹏笑说："看来你在艺术文化方面很有影响，他们对你挺尊重。"

"我不过借这个场合说几句话，说说建筑是为了让家园更好的想法。"

"我听明白了，你说，这个时代的建筑意义不在于赚钱和有用，而在于给予人们家园，给世界留下家园。"

"你虽邀我前来，却不怎么会赞同我，你的建筑为地产投资，盖房子为卖房子和买房子。"

刘鹏又笑一笑："也不尽然吧？支持这个颁奖典礼不就表现我的情怀？"

"仅仅是表现，这几十年你有根本改变吗？"

"我不需改变，顺势而为，住了好房子，不就有了你说的家园？我们最好别争，聊点别的。"

"这一年多国际关系急转直下，一带一路肩负重任，北州恰在古丝绸之路要津，你却要把主营区域移到广州，怎么想的？"

"我想你明白，国际变化阻遏不了中国发展，倒激发了转变机遇，生活意识和地产观念会随之变化，我有一些改变住房与生活关系的想法，这些想法更适应粤港澳这一带。"

"你让我有点惊奇：这么多年，我们从没想到一起过，现在想得一致。中国会克服困难，适应现实，发生结构性变化。"

不时有人过来招呼，聊上两句。

刘鹏看看四周："这些年交流太少，今天多聊聊，这里人多，到我房间坐会儿？"

玻璃窗宽大，窗外辉煌灯光遍洒房间。

刘鹏去倒酒："想喝什么？"

唐岱看看房间里吧台上的各种酒："你这里琳琅满目，我还是喝茅台吧。"

唐岱在对窗的沙发上坐下："看来你是特意住这里，广州的几个核心建筑一览无余。正面是广东博物馆厚实庄重的红楼，右边依着银白色层叠向上的图书馆，斜对时尚大气的广州大剧院，遐想婆娑起舞的小蛮腰。"

刘鹏在唐岱面前放下一杯茅台："我没有你的诗意遐想，不过，不是地产商就一点诗意都没有，我每次来，都尽量抽时间去图书馆、博物馆和大剧院看看。"

唐岱端起酒轻闻："这30年的年份酒可难得，你这样保存诗意像保存这酒，有点豪华，我倒真希望你这样的地产商能有诗意，我们还没就此聊过什么。你的公司移到广州后，咱们只见了一次。很少来广州？"

"最近不时来，有很多事要来回处理，安顿好了，就会常在广州。"

"桑梓也会移居到广州吗？"

"我劝她来，可她毫无来意，你帮我劝劝，咱们就都在广州了。"

"怎么劝？她不想来，是不愿远离红角杨吧。"

"我猜也是，你们什么时候才放得下？"

"这对我们恐怕是永远的情结。"

刘鹏手里转一下酒杯，有意无意说："说起红园，我在北州见过一个人，和朱丹影长得极像。"

唐岱一震，轻放酒杯："这不可能，不可能有第二个人。"

"她俩确实极像。"

唐岱疑惑："你没见过朱丹影，怎知她俩极像？"

刘鹏呵呵一笑："我见过桑梓保存的朱丹影的照片啊。"

"当时的朱丹影很年轻。"

"这个人也风华正茂。"

"你熟悉她？"

"她叫林袅，在飞天歌舞团弹琵琶。"刘鹏含蓄地看着唐岱："我给你她的电话号码，你可以试着跟她联系。"

唐岱恍然看着刘鹏："怪不得你邀我参加这个典礼，原来另有目的。"

刘鹏对唐岱的反应有所预料："我知道你多年来想什么，希望你能心有所偿。"

"你觉得我希望有人能替代桑梓吧？我和桑梓的事早过去了，否则我不会来广州。"

"可红园还是把你们连在一起，除了桑梓，没人能像你跟红园连得那么紧。"

"你说的人不过跟朱丹影长得像而已，能改变什么吗？"

刘鹏意味深长地看着他："长得这么像可难得一遇。"

"想让我和她怎么样呢？"

"你不是一直喜欢飞天女神反弹琵琶吗？她是唯一会此绝技的。"

唐岱对刘鹏的诱惑沉吟不语，心情难以言喻，如果她跟朱丹影极像，又会反弹琵琶，的确有些奇异。

第一次给林裊打电话，他犹豫一会儿才拨出，有点紧张，她会怎么对待他？接下来会发生什么？他为什么要这样干？也许，他渴望能见到她，只为看看她是不是真像朱丹影。

"请问哪位？"

她的声音华丽忧伤，跟朱丹影清亮圆润的声音不太一样。

他舒缓一下气息："您是林裊吧？我是唐岱，刘鹏给了我您的电话。"

她似乎无所适从，静默着。

"我是不是让您意外？"

她停一下才回答："哦，这件事刘鹏对我说过。"

然后她又不说话了，他有点尴尬，不知说什么好。

片刻后，她轻声说："您联系我，就因为我像您认识的一个人？您可以去找她呀。"

他沉默一下："她离开我有些久远，找起来很渺茫。"

似乎他的回答有些令她意外，她露出点歉意："我对您的事毫不知情，可我不能代替她呀。"

他听出她有些勉强："和您联系，我没有明确目的，如果您觉得不便，之后就不联系了。"

她不置可否："我只是厌烦，怎么你也说我像一个人。"

他有点惊讶："不可能还有别人和我认识同一个人。"

"我觉得是同一个人。"

"也许，你了解了我说的人，就不会厌烦了。"

她又沉默一下："若真能让我有不同感觉，我愿意听听。"

他显出值得信赖的明快："没有人能重述我说的，也不可能有第二个我说的人，如果我们见面，我仔细告诉你。"

她踌躇一下："您究竟为什么和我联系呢？仅仅想见见我吗？因为她而对我有幻想？"

他停顿一下："您不理解我为什么这样做，我自己也不明白，是为了见见面，为了久远记忆，还是您说的幻想，还是别的什么。"

她终于微笑："这倒像实话实说，我愿意信任您。会不会见了我，那个原来的幻想就破灭了呢？"

他也笑："您这一说，我倒知道我的幻想不会那样轻易破灭。"

"哦，我负担了您的幻想，那让我有了压力。"

两人都轻松起来。那以后，两人联络越来越多。知道他要来北州，她执意要到车站接他。

"我到了北州，再找时间从容相见吧。在车站见，是不是匆忙了点？"

她有点不安："我有事请你帮忙，不知你能不能帮我。"

"我很愿意帮你，我能做什么呢？"

她欲言又止："现在还不能对你说，我还有点犹豫，也难以一下说清。你到了北州，我见了你，才能知道该不该请你帮忙。我急着到车站接你，就是想尽快知道，我该怎么做。"

现在，他想起要和她在车站见面，又有了最初和她联系时的轻微紧张感，内心忐忑，充满期待。

她为什么急着跟他见面？这和他长久的渴望有关系吗？两人会相处得怎么样？她像朱丹影一样美丽吗？当年朱丹影悲剧性消失，现在她能让朱丹影奇迹般再现吗？

也许，不能忘怀的过去会复活，他心中的远方轻轻响起2019年春节中国科学院老科学家合唱团演唱的《祖国不会忘记》，这是红角杨永远的守护者宋恒最喜欢的歌，宋恒就是一直等待复活的人。

这支歌深情悠远，与交响序曲《红旗颂》和马勒的《复活交响曲》《大地之歌》奇异混融，《大地之歌》的中华想象与《红旗颂》的中华奋斗编织成浪漫激情，演化出东方大地爱与美和光明的遐想，风中颤动的红角杨树像层层红旗升起。

后来，他在广州大剧院听到了十五分钟《红角杨序曲》，林袅的琵琶主奏、管弦乐协奏，吸收了《红旗颂》呈示部和展开部的信仰基调，有《春江花月夜》的柔情和《十面埋伏》的壮烈，隐约透出《复活交响曲》的复活感受，中华复活的主题震荡在心，有理想主义神话意味，舒展委婉，庄严激情——他将和红角杨园一起复活。

"您要玫瑰吗？"

唐岱回过神。眼前的女孩俏皮伶俐，梳着头顶挽小圆结的小丸子头，额头丝丝拂动的刘海与小瀑布般的短发精巧搭配，蓬松微黄，身着军款短皮夹克，下穿柔软宽松的迷彩裤，脚蹬黑色特种兵靴。

他有点诧异："是问我吗？"

她脸含俏皮，目光晶莹："是啊。我猜您知道今天是什么日子。"

"元宵节啊。"他转念一想，"哦，还是中国情人节。"

女孩一笑："您觉得有中国情人节吗？"

"有啊，中国情人节自周朝而今三千年了。中国古代未婚男女不能随意交往，大家闺秀和小家碧玉轻易不出闺门。《周礼》记载，三月初三这天，未婚男女可结伴踏青，相互表达倾慕，不看作伤风败俗。唐代杜甫的《丽人行》曾写：'三月三日天气新，长安水边多丽人。'这个节习在宋代演变为元宵节女孩子巧笑街巷，自夜达旦，寻找美好姻缘，传为奇情佳话，欧阳修、辛弃疾都写过元宵节之爱，中国情人节当不虚此名。"

"可现在不少中国人更喜欢西方情人节，您觉得，中国人能在西方情人节里找到中国情人吗？"

唐岱笑："那要看想找什么样的人，文化气质不一样，想找的也不一样。西方情人节比较单一，中国情人节意味含蓄，既是节日，又是节气，天人合一，有人间情思又有自然内涵，正月十五元宵节恰值春生万物，祈盼人间美情，有情爱祝愿，也有亲情祝福，相思和欢欣在一起，情人快乐和普天美好在一起，这样的情人节不是意味独特，大气开阔吗？"

她惊喜地睁大眼："说得奇妙！有自己三千年的情人节，却要过西方几百年的情人节，这样的中国人挺奇怪。不过，还有些人在矫情七夕，若七夕是情人节，人神鹊桥两别算什么情人？哪个情人愿意长久隔离？您说呢？"

他好奇地打量她："很少有人像你这样想，很多人把七夕当情人节并没有仔细想，你想得这么透，我都没法应答了。车站这么多人，为什么专问我这些呢？"

"那我就知道您今天要不要玫瑰了呀！"

她捧起一束玫瑰，但更引他注意的，是那双玫瑰花瓣样的眼睛荡起明悠的久远凝视，他心中蓦然浮动1942年血光火色的畹町大桥，身着夹克式战斗服的明悠在桥上紧张布放炸药。

宋伯伯在守护什么秘密，不多说有关明悠的事情，但他多次见过她那张年深月久的照片，对她云丝般飘过的断续故事印象至深。

他轻闻一下闪着光泽的玫瑰，意外感觉蓦然来临："这是月亮玫瑰独有的花色、花形和花香。"

她意味莫测地看着他："您很熟悉月亮玫瑰？"

他笑笑，拿出一沓新钞递给女孩："太熟悉了，培育它可不容易，你卖的玫瑰更是顶级的，让我在这个中国情人节有特别之感。"

她不接钱，微歪头："您知道这玫瑰长在哪里吗？"

北州附近的月亮湾，是"中国魂"香水唯一产地，月亮玫瑰就像一个专注的情人，无法移情别恋，在月亮湾外难以种植，唯红角杨园有一片，而且比月亮湾的更好，但这女孩不可能得到。

"只有月亮湾才长月亮玫瑰。"

"还有一个地方：红角杨园。"

他很惊讶："那儿的玫瑰从来不卖呀！"

她神秘一笑："不一定要买啊。"

她斜挎一个紫红羊皮包，很独特的古色古香，不是这个时代的产品。他当时不知道，这紫红羊皮包对她非比寻常，也不知道，红角杨和她的渊源之深，但觉出她身上的特殊气息，凭此就能跟她灵犀相通，流畅交谈。

"你不像在情人节打零工的大学生……"

"怎么猜出来的？"

她的魅力清新明澈，装扮时尚却飞扬古典灵气，让他遐想洛神凌波般的轻盈。

"这挺容易猜，你的穿着打扮不像。"

"这个年代，卖玫瑰的女孩该什么样？做什么与穿着打扮没关系。"

"倒也对。不过，你有点与众不同，这是什么衣着都挡不住的。"

"怎么不同？"她生动灿然地微笑。

"你并非只图一种气氛和感觉……我一下说不好，"他又有点幻想，"至少，手捧红园玫瑰可不同寻常。"

"我让您捉摸不透？"她的笑容渲染惬意，"您猜猜，我为什么来这里？"

"这有点难。"唐岱注意到，隔着一段距离，有人站在那里挺直不动，向这边观望，他示意一下："那儿有人看着我们，你来车站接他？"

她并不回身："你看错了，他是我的守护神，到处跟着我。"

"他挺有守护者气质，他的站姿像当过兵，神情坦率英武，却透着点腼腆。"

她微微诧异："您眼光挺锐利，一下子抓住了他的特点。他读完大学艺术专业后当了兵，现在是个流浪画家。"

"难得有艺术才华又有军人气概，他退役后可以不流浪啊，他喜欢做流浪画家？"

"他喜欢，但他严谨端正，性情单纯，很有教养品位和人格尊严。"

"哦，这样的人轻易难遇，你和他在街头相遇？"

"是啊，我喜欢有点神奇遐想的人，他在街头的3D画能让我进入一个神奇空间。您怎么猜到的？"

他一笑："我也挺喜欢有点神奇的事。"

"不觉得见到我也神奇吗？"

"能这样交谈，是有点。"

"如果以后常见，是不是更神奇？"

"这是你想象的还是希望的？"

"不是想象和希望，是一定会。"女孩看着他的眼神快速飞动，话题一转："您还是没看出我来接谁。既然您说今天是中国情人相会的日子，您就没有玫瑰要送？"

"对呀，月上柳梢头，人约黄昏后，今天没有玫瑰就说不过去……"

她扑闪眼睛，把一束玫瑰都塞入他怀中："这都给您，总有人要送吧？"

他不由自主抱住玫瑰："为什么……"

她又闪出遥远而有点奇异的眼神："就像您刚才说的，您可以再送给我呀！"

他无所适从地看着她："我被你弄蒙了……"

她笑着："您很快就知道我怎么会来这里。"

他看着她转身走出，抱着一束玫瑰发呆。

"你等等……红园玫瑰从没人得到，我不能接受这么珍贵的玫瑰……"

她回身挥手："这是玫瑰情缘的开端，我们还会见面，我会像洛神湖上漂荡的洛神一样出现。"

她知道洛神、洛神湖和玫瑰情缘？他怔怔看着她像枝轻灵的玫瑰摆动而去，在另一个年轻女人身前停下，两人说起了话。

这女孩是他很快要在红园见到的明灵，她的神秘感从这个时刻触及了他，直到后来过了很长时间，始终没有消失，而且越来越强烈，变成一种无边依恋，拉着他深入那个奇丽生动、充满明媚的世界，让他与红园那些久远生命依在一起，她又是实实在在的，好像那些悠远生命都化成了身边的她。

明灵有意走到林袤身前停下："为什么你一直看着我们？"

林袤本跟唐岱相约车站，此刻被不相识的明灵问蒙了，一脸茫然看着明灵。

明灵口气挺冲："你认识他？"

林袤摇摇头。

明灵口吻和缓一些："可你在注意我和他。"

林袤看看唐岱的方向："哦，他是我要接的人。"

明灵的眼光怀疑而犀利："他要了月亮玫瑰，是要送你吗？"

林袤显得安静文弱："我一无所知，你刚才和他在一起，应该知道啊。"

"我当然知道。"明灵莞尔一笑，"你会唱歌？"

林袤懵然："啊？"

"我喜欢唱歌，能看出来，你是个弄音乐的吧？不过，你的柔弱气质还是不适合他，你难解他那样的激情。"

明灵轻快转身，甩开手臂，蹬着战斗靴，灵俏快速离开，这次是走向那个流浪画家。

唐岱看着眼前玫瑰，他得留住这束玫瑰，才对得住刚才的女孩，就像她说的，今天情人节，总得送出玫瑰。

送给谁呢？该送给桑梓，可她没来，再说，给她送玫瑰有点怪，从四岁和她相识，同在红园长大，甚至和她相恋，直到她和刘鹏结婚，从没给她送过玫瑰。也许，因为拥有红园玫瑰，根本想不到要送。

月亮玫瑰永远长在红园，他伴着月亮玫瑰上变幻的星光长大，愿意就那样静静守望。过去，他从不买玫瑰，在遍布玫瑰的广州更是如此，他不愿让玫瑰勾起他难言情思，华光、灯影、咖啡、美酒加玫瑰对他来说，只是浮光掠影的装饰。

现在，他心里有纷乱马蹄浅踏过青草的迷茫。

那女孩已无踪影，他有意无意看着刚才和女孩说话的女人，蒙蒙雨雾样的目光开始清晰。

她站在候车大厅檐下立柱旁,雕像般不动,像在等什么人。她的容颜把时间藏在凝止的微笑中,似有似无雕刻在脸上,神思恍惚又情态专注,看不出她在向往什么还是逃离什么,也看不出她是否看到了他,但他在她目光中震颤。

年轻明丽的身影总是很像,这么多年,有很多与朱丹影相像的身影,可这个女人的感觉和以往不一样,她身上有种气息飘溢出来,他远远就能闻到。

从这么远距离,他抚摸了她的微笑。在红园久了,那些草木精灵熏陶了他对气息的敏感,尤其对那种微笑的敏感。

幼时他就猜想:是不是女性都有那种奇特微笑?后来知道,那是唯一的微笑。那微笑悠然蒙着梦幻的美,如雾中小岛藏在他心底,怎么也没想到,他由小男孩变为成熟男人,却能真实地再次看到这样的微笑。

看过去不很清晰,但他觉到那是林袅。他不能相信自己的幸运:过去20年,他有意无意寻找朱丹影,了无痕迹,一无所获,此刻像明悠的玫瑰女孩和像朱丹影的林袅同时出现。

一丝预示随之而来,不让他欣慰,而让他紧张,为什么她们和要拆红园的消息一起来临?没有任何清晰征兆,他还是担心自己的星空预言感再次重现。

她身影飘飘,来到他身前,不经意地微微侧身,脸上保持迷离恍惚,仿佛要从他身边一飘而过:"你是唐岱?"

看着这陌生而熟悉的年轻女人,他微微惊诧。没见到说好来车站接他的桑梓,又和玫瑰女孩说了会儿话,一时顾不上还有林袅来接他,现在意识到,她真实出现在眼前。

说话瞬间,她露出带点忧郁的微笑:"你不相信我是林袅?我还是你记忆中的另一个人吗?"

"哦,你跟我记忆中的人太像了,我有点迷糊,一时分不清。"

"隔那么远我也看不清,猜到是你。"

"怎么能猜到?"

"你走路和站立的样子,你看着我的目光,都是我猜想的样子。"

他笑笑:"这样猜可不容易,让我有点惊异。"他稍稍迟疑,捧起玫瑰,"我刚拿到这束花,就像专为和你见面准备的,送给你吧。"

她显得意外:"本来没有要送给我吧?"

"刚才那女孩我不认识，她送我花挺奇异，当时不想让她失望，现在送你正巧得当。"

"对她，对我，你都顾及，你一向对女人这么体贴，这么善解人意？"

"那不一定，更多时候我被女人认为对她们太生硬了。为什么这样想？"

"我在想，是不是找对了人。"

他有点惊讶："你我不是约好见面吗？"他悟过来，"哦，你在犹豫是不是找对了帮你的人？"

她像问他，又像问她自己："我有些迷蒙不清，我也不认识那女孩，她为什么送你花，又询问我呢？"

"这和我们见面有关系吗？"

"我不知道这是怎么回事，心里有些乱，我能像她那么无所顾忌就好了。"

"我对她也是蒙的。现在她们常常想怎么做就怎么做，不要任何明确理由。"

"我想这花你不能轻易送我。"她猜测着，"还有别人要送吧？"

"现在没人可送了。"

"是接你的人没来？"她环顾一下，嫣然一笑，"你还在等什么人吧？"

他再次四周张望："不等了。要等的人还不来，一定是不来了。"

桑梓站在那里，气派端庄，优雅大方。隔着一段距离，唐岱和一个女孩在一起，然后另一个年轻女人走向他——这两个女人她都没见过。

唐岱就像她的影子生命，从童年起，她就伴随这个身影舞蹈般变幻，后来和他相恋8年，这个身影真实到不再变幻了，他的激情"烟笼寒水月笼沙"，停留在她的生命中。

后来发生了变化，直到现在，唐岱也不明白分手的真实原因。

18年前她和刘鹏结婚，唐岱去了广州，从那时起，他像进入了一个离她遥远的神话，神奇变化着，变成这个她隔着广场相望的男人，"盈盈一水间，脉脉不得语"。

从两小无猜直到相知相恋，最后却无法说出心底话，好像一切都已说破。

眼前的唐岱透着难以言说的隐秘，让她既陌生又向往，童年的他、相恋的他、遥望的他，影影绰绰叠合，连着红园，又隔着朱丹影，也隔着刘鹏。

现在她弄不清，唐岱对她到底怎么想。几十年来，她看不清和他的关系，看到的都是水月镜花，而他的幻想照耀现实，似乎他因幻想才能将现实看得更清。

现在，她更像个幻想者：手捧月亮玫瑰，孤独站在高铁站广场，远远看着他和那两个年轻女人前后交谈。也许，她从来没能克服从红园带来的幻想，却自诩实际。

她对幼时的一切无限怀恋，宁愿没有长大。人们充满饥渴地想要未来，她觉得错了，未来改变不了有些事情，过去比未来更弥足珍贵、历久弥新。

每逢唐岱从广州打来电话，她都会浸没在他的声音世界中，回到过去的欢欣激情。听到他激扬明朗的声音，就像红角杨雕像举起了火炬，一切都在他的声音中变得生机勃勃，遍布光明。

多少年来，那是个声音世界，只要不在那声音世界中，她就会变成穿着白大褂、两手放在衣袋里、面带微笑的桑医生。

每次见到他，她都会理智清醒，不动声色，知道自己故意做作。今天她第一次控制不住自己，捧着月亮玫瑰来接他，她怀疑就是受了那个声音世界蛊惑。

她从幼时手拉手就爱上做弟弟的他了，一直被这种爱魅惑，这是一片朦胧不清的轻雾，静伏在她心灵谷底，从童年到相爱，再到分离，从不惑走向知天命，反而牵出了那些深藏的情感。

她几乎恐惧地意识到：韶华已逝，却想重新依在他身边，和他一起与红角杨这个神话园同在，与那些草木星光和飘荡的女神同在。

这个从身体深处浮起的念头，让她迷恋而惊讶，难言自己究竟是迷恋红园还是迷恋他。

作为医生，她太清醒了，有挂在脸上的微笑和藏在心中的冷静。无论什么人，都会被自己职业修改得像那个职业本身，她常让人觉得温和可亲，但她心里明白，很多事情无论人怎么努力，都可能无济于事。

她已经难抱幻想，就像现在，她想改变她和他的命运，而他想挽救红角杨，可她隐隐闻到了悲剧气息：红角杨会因他单骑救主而发生奇迹吗？

听不见说什么，只看见水乳交融的身影，那女人将唐岱送给她的玫瑰抱在怀里。

她看到了他制造的一面镜子，镜子里的她荒唐可笑，她的渴望就像童话《美女与野兽》中的玫瑰花瓣一片片掉落。

可玫瑰还在手中。桑梓失神远望那摇曳身影：辨不清她的脸，看上去年轻漂亮，气质飘逸，水墨画一样，把她呈现在空寥背景上，正是他钟情的那种女性。

"青鸟不来传锦字，瑶姬何处锁兰房，忍教魂梦两茫茫。"

分手是唐岱提出的。中午的光线丝绸般波动，从落地玻璃窗泻进房间，外面是那独一无二的大露台，露台四周环绕绿树。

他擦干激情汗水，久久站立，对着明暗斑驳的窗外。

她裸身侧躺，看着光波在他身上流动，沿身体勾勒出清晰轮廓，他身体边缘有一层异常明亮的茸茸光影。

他缓缓转过身："我们分手吧。我要去广州。"

她知道这是为什么，还是有些惊异："为什么？"

她心里蒙着阴影。唐岱不可能知道她昨天和刘鹏的事，但他敏感得能猜到。她为昨天发生的事、为她的不能自持而羞愧。她为保住红园而与刘鹏虚与委蛇，可事情一开始，就发现自己完全不能控制了，她明白，那一刻她完全成了刘鹏的猎物，开始懊悔主动与刘鹏周旋。

刘鹏像蓄积已久的风暴扑向她，她一直就是他想要达到的目标，他精明地利用帮助红园而得到她。他不仅要她身体，而且要她整个身心，这才是他的荣耀，他为此才锲而不舍追求她这么久。

"为什么？因为我和刘鹏来往？"

"你和他来往有更深入的原因，你自己也知道，这样下去会出事。"

唐岱读书讲课，桑梓时或跟刘鹏见面，一切正常。他们都知道她不会轻易出格，刘鹏带给她诱惑，却没有让她动心的激情。

但慢慢起了变化，命运在控制着方向。

"那么说，去广州你筹划一段时间了？"她试图把事情扳回来，"我可以不和他来往。"

"你和他都欲罢不能，我现在看清了，他一开始的目的，绝不是跟你一般交往，他是个不达目的不罢休的人。他对你的想法，恐怕十年前初次见你时就有了。"

"十年？这十年你为什么对我漫不经意？"

"我本来以为，你是天上的瑶姬，地上的俗世并不能诱惑你，现在看来，我错了。"

刘鹏坐在加长劳斯莱斯里，车停在高铁站广场。

看到南州大学的赖央和贾相，刘鹏迎到车外："两位舟车劳顿，辛苦了。"

赖央贪婪地打量刘鹏的车："我很少坐这样豪华的车。"

"以后你们可以随意坐我的车。"

贾相嗨嗨笑着："在广州也能随意坐您的车就好嘞。"

"那也没问题，以后我会常在广州。"

刘鹏目光一转，远远看到唐岱和明灵的侧影，赖央和贾相的视线随之过去。

贾相显得意外："唐岱怎么也到了北州？"

赖央说："想得到，他一定会来。"

刘鹏问："你们认识唐岱？"

贾相说："我们和他同一个学院。"

"哦，过去没听你们说过。"

"各干各的，极少见面。您和唐岱很熟吗？"

"我和他是大学同学。"

赖央咯吱咯吱笑着："他对红园情有独钟，您却是开发商。"

刘鹏有点惊奇："你知道他和红园的关系？"

赖央闪烁其词："我也是听说。"

刘鹏说："我猜想他一定会来，但没想到他这么快就到了。"

赖央注视着那边："和他一起的那个女孩是谁？"

刘鹏张望一下："没见过。"他接着电话走到一旁。

赖央看着贾相，目光隐晦："我很快就会知道她是谁。"

唐岱觉出模糊的不舒服感，回身看到一辆黑色的加长劳斯莱斯，车旁有贾相和赖央，身影异常触目，神情隐约不清。

他心里狐疑：他们怎么来北州了？赖央在北州生活过，可贾相与北州从无瓜葛。他俩是铁杆利益搭档，这里一定有他们想要的巨大利益。

林袅急急拉他一下："我们走吧。"

他随她迈出几步，觉出她有意避开他们。

"你认识他们？"

她走出两步，勉强说："认识其中一个。"

"哪一个？"

"赖央。"

他很意外，看着远处天空下茫茫山峦，呼出一口气："他可能是你最不该认识的。"

"我早有这种感受了。"

"所以你不愿见他？"

"我不愿让他看到我和你在一起。我知道你和他都在南州大学。"

"这能伤害我们吗？"

她踌躇一下："是我的问题。我还在考虑要不要把你牵扯进我的事。"

"你一直都没说是什么事。"

"我心里还是有些乱。"

广场空旷，好像只有他俩，她跟在他旁边，像迷路的孩子，几乎紧贴着他。

他听着她轻盈的脚步和微微的喘气，觉得她的心也贴他很近。

短暂相遇越过遥远时空，从不相识，却因相似的音容笑貌，与他神魂相连。

"既然你一时想不好，就和我去红角杨园吧，在那里，你静下来想一想。"

话一出口，他对自己感到意外，怎么突发奇想？

她温顺地依从他，一声不吭，穿过广场，来到道路分岔的广场口。

他叫了辆车，她像个懂事孩子，默默坐进车里。

他坐在她身边，告诉司机去红园。

车沿着高铁站前宽阔的天水路行驶，路边景物一如从前。

她心神不定地看看他："你很熟悉红园？"

他出神看着前方："我在那里长大。"

"最近，北州人很关注红园。听说那里宽阔无比，却没什么人住。"

他沉思着："那里住过一些我难以忘怀的人，他们和草木星光一起永在，一位老人守护着那些时光和心魂。"

"听说那个花园很大很美，可老人带着一条大猎犬守护，谁也不让进。"

"老人为早年失智失踪的女主人朱丹影守护红园。"

她好奇谨慎地问："我像的就是她？"

他心里一个地方被触醒，有点惊异："我没对你透露过，怎么猜到的？"

她心神迷茫："我好像和她连着……"

他转过头，像看着一个不动时间："你太像她了，能让我回返那些在红园的神话时光。"

她侧脸看着他，露出点儿惊异："神话时光？你的红园生活很神奇吗……"

"你很好奇吗？没有过我的体会，就难以想象红园的神话风情。红园没有奇花异草，但深藏中国古代神话的神奇变幻。园中大道回环，小径纵横，各种寓意相互契合，有洛神湖、激情雕像、庄重小楼、迷蒙泉水、层叠有序的月亮门、带雕花和透窗的花墙，月亮玫瑰、红角杨树、柳树松柏、桑梓榆槐等各种花木遍布园中，久远故事、永恒精神、理想主义都与神性气息水乳交融，中国女神风情与勇士情怀流荡其间，纯净沉谧的女性之美与坚韧英勇的男性之爱欢乐起舞，我时时都在爱与美激发的光明迷恋中，在庄严肃穆和崇敬向往中，我身边总有女神飘荡、勇士环绕，他们对我轻轻诉说或激昂鼓舞。"

"真像你说的神话园般迷人？那人们为什么对此毫不知晓，反要拆掉那里？"

"因为人们不向往神话，更向往现实，向往建飞天广场。"

"你的红园太浪漫了，跟眼下现实完全无关……"

"不，惹我情思回荡的，恰好是现实中的向往。对于我，红园就是屈原《九歌》里人神辉映的世界，朱丹影就是凌波微步的洛神，她身边伴有旦为朝云、暮为行雨的瑶姬，有能歌善舞、漫撒飞花的飞天，有蒲松龄聊斋故事里飘飞隐逸的花仙，我时时呼吸得到她的气息，看见她的身体在阳光和星光中摇曳，她的脸在细长柳叶和星状玫瑰上闪着清亮幽静的光。如果你有对现实的美好想象，走进红园就能体会那神奇情境，与红园纪念的那些美丽和英勇融合在一起，变成神性生活向往……"

她有点茫然失神："你这样的感受让我羡慕，可我一点都没有，也从没有过。"

"哦，我有些忘情，我的神话时光确实与现在无关，神话不能吃不能用，多数人更关心实在生活，对与己无关的漠不关心。你过了迷恋神话的年龄了，可你这么愿意听我说，想到神话中找什么？"

她神情不定："说不清什么在吸引我……我不喜欢没有神话的现实……"

"我来北州，就是不让红角杨园变为飞天广场。"

二　老人、猎犬与雕像

车停在向下延伸的红园大道口，他们沿坡道步行而下。

从坡道上看去，红园是一大片陡壁围着的圆形洼地，大门在进入圆形区域的五分之一处，门前有一小片月牙般的空地，静静闭着的大门里，一栋小楼半遮半掩。

小楼和大门的颜色年深月久，黄中泛着淡白，依稀透露曾流动的银黄活力。黄色大门和小楼后，参差露出树干树枝，它们默默张开，伸向天空和四周，遮护这片笼罩魔力的宁静，周围的车鸣人声自动沉落，被大地吸附而去。

停在门前片刻，唐岱转向林袅："我从不带别人来，不知怎么会带你来。"

"我也奇怪，我从不跟人走，怎么就跟你来了呢？"

"大概因为你不谙世事，不是个久历风尘的女人。"

她嫣然一笑："我很容易被看透吗？"

"是我这次来不平静，有点控制不了自己。"

她惶然无语，看看四周："我从没来过这里。"

"这是个73年没有变化的僻静地方，容易被疏忽遗忘。"

"最近它不是备受关注吗？"

"本来它与世无争，静静存在，现在人们对它有了财富和享受的憧憬，才会关注它。"

在这片近乎完美的圆形区域外，清晰交织着城市道路。周围是片片竹笋般冒出的新鲜楼群，楼群相互簇拥，遮挡反射着早春阳光。与这些崭新傲然的楼群相比，这里朴拙得近乎荒凉。

"很难想象，在尘飞烟腾、嘈杂喧嚣的城市中，怎么保存了这块安静地方？"

"红园建于1946年，它的建筑式样在中国至今独一无二，中西文化与生命品质结合得如此完美很少见，它比上海那些精致的旧洋房要大气，也超越广州近代中西混杂的豪奢。它避免北方庭院的平直单调，也不同于江南园林的曲折幽深，既有张向天空的壮阔气势，也有中华大地含蓄委婉的诗意退想，还有中国古代神话情境的神性气息。"

"听你说了这么多，我也惋惜它。"她回身看看，"看来以前确实没人关心它，这条路这么宽阔，却荒僻简陋。"

"设计者计划辟一条林荫大道，可惜，大道没修好，道旁树木没种起来。现在看，没人在意它的存在，反让它能保持少见的高贵与优雅、庄严和神圣。"

他们站在可容四辆汽车同时出入的宽大门前。门像屏风一样可以折合，由四扇高大宽厚的橡木板组成，看上去高贵典雅、气派庄重。最左边一扇门上，有个角门，可供双人并排出入。

她细看大门："这样的大门我头一次见。"

"这扇门高三米八，宽八米，是中国独一无二的屏风式折叠橡木门。大门式样和颜色从一建成就这样，从我记事起就没变过。"他蓦然慨叹，"大门里保护着我热爱的爱与美精灵，从我小时，它们就在我周围飞动，伴我成长，现在有人要把它们捕捉干净，剪断它们的翅膀……"

"我第一次听到现实中有精灵飞动，是你的神话感受让你有神奇想象？"

"这不是想象，红园就是个神话园，向往美好生活不就像向往神话一样？向往理想主义不就因为其能带来美好生活？神话就是理想主义实现。"他抬头仰望门里透出的大树，"红园保护着我的理想主义希望，你看那些高大的桑树和梓树，树下就是中华桑梓之地，我生长在这个神话情境中，它滋养了我的激情和信仰，我必须挽救它。"

"这是很困难的事，人们没有你的感受，不会理解你。"

"有爱与美的人才爱它，我的难题是，怎么才能激发人们的爱与美呢？"

她迟疑一下："现在没什么人会像你这样看待生活。"

"你怎么想？"

她露出点忧郁："我很少想什么，我这样的人无力主导生活，怎么想无足轻重。"

他凝视着她："至少你不像别人一样，可你这样的人太少了。"

她很意外："别人从没在意我怎么想。"

面对大门站了一会儿，里面寂静无声。

她疑惑地看着他："你就这样站着，不叫门？"

"别人叫不开这扇门，而我不用叫门。"

"那怎么进去？"

"从我小时候起，只要我站在这里，这扇门就会打开。"

她轻轻浅笑："这是一道光或一个密语就自动打开的门？"

"站在门前，我常会想起陶渊明《桃花源记》：'林尽水源，便得一山，山有小口，仿佛若有光。便舍船，从口入。初极狭，才通人。复行数十步，豁然开朗。'你的想象挺适合红园的化外意味，很快你就会置身神话情境了。"

一只黑猫从大门右侧墙边蹿上墙，两只眼在阳光下闪出绿浊，瞪视他们。

她觉得那两束眼光像两股阴冷浊流扑来，浑身一紧，靠向他。

红园深处倏忽传来沉雄的狮子般吼声，接着响起疾风样的奔跑声。

是银焰的声音，唐岱露出微笑。

黑猫弓了刹那间背，悻悻不甘沿着大门右墙溜几步，倏然窜过大门上缘，消失在大门左侧墙外。

黑猫从眼前掠过，再次惊吓了她，她往他身边靠一下，含着惊悸："这猫的眼光这么怪！"

"从我记事起，它就老来骚扰，可有猎犬银焰守护，它不能随心所欲。"

"它瞪我们的样子，就像揣着可恶心思的人。"

"它对红角杨的人一直怀有敌意，刚才一定是认出了我。"

门开了，门里霍然呈现一位老人，身材高大，体形微瘦，骨骼清朗，精神矍铄，一头乌发，含着微笑，露着几分凛然逼人的英气。

老人身旁静立一条高大猎犬，黑色脊背，银灰身躯，鼻尖、腹部、四蹄纯白，两眼炯炯有神，像老人一样充满英气。它亲昵地看一眼唐岱，又警惕注视着林袅。

从门外向里看去，门框里老人和猎犬傲然挺立，像道历史深处的光亮。

他跨进门，紧紧拥抱老人，就像抱住了那道光亮。

老人脸上是孩子样的幸福，声音深沉浑厚，悠远苍劲："18年了，你终于要归来了。"

他松开老人，轻轻站开一点，抚住老人双肩，充满挚情："我一直在准备这一天。"

"你不时回来一下，可我盼望你最终归来，现在正是时候。"

"18年前您像棵红角杨树挺立着，现在您还那么充满风采，这是最让我高兴的！"

老人朗朗一笑："我会和时间一样硬朗。"

他们让她瞬间体验到那种既似父子，又像兄弟，还如战友的深情相融，这在古希腊被看作对于神性生命的接近，她在艺术学院读古希腊著作时，对之有所了解，却没料到发生在眼前，她着迷而感动，沉浸到男性相互依傍的深沉气息中。

猎犬无声滑移，像团梦境雾影靠过来，她禁不住后退轻叫。

宋恒注意看她，眼睛闪一下光，一些飞出的晶莹很快被包藏起来，重又显得冷峻清醒。

猎犬蹲坐在她身前，观察着她，让她觉得，它在回忆遥远过去，辨识旧时主人。它没有表现出亲昵，也没有敌意和戒备。

唐岱蹲身，轻抚猎犬："银焰，真想你！"

猎犬亲昵地靠向他，他抬头对她说："这条猎犬富于灵性，宋伯伯说它是哮天犬的后裔，它不让任何陌生人挨近它，可对你挺友好。"

进入里面，关上角门，高达三米八的大门紧闭，变幻出另一世界，她蓦然有了置身神话情境的奇妙感觉。

从大门向里延伸，沿门前两侧壁墙，左侧桑树，右侧梓树，扇面形展开前院，两排大树各接一排平房，两排平房相对的中间，是个圆形喷泉池，池中有座雕像。

她面对一座黄色门窗的小楼静静站立。从大门直通小楼的大道沿着喷泉池环绕在楼前。小楼两侧各横一道花墙，连着花园边以土为墙的壁墙，每道花墙各有一个月亮门，通往楼后花园。

唐岱在她身旁轻说："你眼前是极富唐代建筑特征的小楼，飞檐斗拱，檐角微带弧形向上飞起，像一只只腾空欲飞的燕子，屋顶由三角形、长方形和等腰梯形均衡组合而成，楼体布满西式落地窗和六个大小露台，周边连接陡峭壁墙底部的郁郁葱葱大树。这座庭园的渊源比庭园本身的存在要久远得多，它有令人惊叹的奇妙传说，与唐代来到中原的一支胡人有关，这支胡人是归化中华的古罗马人，这支家族持续不断存在，是今天中国唯一存在的有清晰印记的唐代胡人家族。"他蓦然叹息，"只可惜，它早已被人遗忘了煊赫的荣光，唯一后裔朱丹影不知去向。"

小楼蒙着冬尘，门窗紧闭，泉池无水，树木无语，可空旷寂寥下透出清醒活跃，有顽强持久的沧桑生命感。

一切静寂，对她诉说73年来经历的一切，她渐渐迷离恍惚，沉浸在唐岱说的神话情境，进入奇幻变化的历史和故事。

她恍惚地说："小楼赫然耸立在这片家园景色中，可以在这里自由想象大地和人间……"

她走在花园的宽直主道、环形道路、交叉小径上，要去跟某个熟悉的人见面，却相距遥远，无法辨清……

他是谁？她是谁？她身体不动，双眼发呆，微微仰脸，茫视半空，被草木、雕像和小楼吸收了，听觉飘荡到很远地方，眼前道路通向万籁俱寂。

宋恒观察着她，把唐岱往旁边拉一拉："怎么突然把她带来了？"

"她的神情相貌太像朱丹影了。"唐岱轻声说，仿佛怕惊醒她，他再往旁边走一步，"好像多年的回想顷刻成了现实。"

"可她不是朱丹影。"

"她和朱丹影就像一个人的两个形象、两种生活，这挺奇妙，不是轻易能遇上的。"

"你太急切、太容易动心，有点迷幻了，这里20年没有陌生人进入了。"

"你看她出神的样子，像和我们很熟悉、很贴近。我想，带她来才能知道这是怎么回事。"唐岱微笑着，"当然还是请您决定，当时来不及和您商量。"

宋恒看看林裊："她这么容易迷离，又这么专注，倒不是能装出来的。这段时间我心绪不宁，20年来从没这样，他们想拆这里，她却出现了，这没关系吗？"

唐岱笑笑："至少，这件事不是她引来的。"

"她心里怎么样你知道吗？"

"人的外貌和内心是一致的，您教会了我怎么用爱与美去识别人心。"

"毕竟她来的这个时刻很特殊，没有要拆红园的事，我不会这么担心。你得抓紧去问问李程，这到底怎么回事？"

"我明天就去问。这可能跟国际事态有关，为抵抗外国经济讹诈，国家正扩大内需，也强化一带一路的中欧西部通道。中国人想过安宁日子，可有人不让我们安宁，一些外国列强对中国逐渐积累了嫉恨，这一两年集中爆发为与中国对峙。他们掠夺世界、享受世界，还美其名曰重建世界秩序，像1840年蛮横要求中国接受鸦片一样，现在还想要求中国做什么和不做什么，他们做的我们不能做，他们有的我们不能有，我们有而他们没有的，我们也不能有，我们的就该是他们的，只有他们能过得好，我们想要过得好一些，就惹了他们，就要难为我们。"

宋恒凝神思索："他们不是要遏制，而是要打死我们，从贸易发难，是扼死我们的由头，是要把经济马蹄踏进我们的家园。朱将军祖上传下来一句话：敌人马蹄不准踏进我们的家园，现在又到了保卫我们家园的时刻了——想当年，金戈铁马，气吞万里如虎。当年我们靠大刀长矛汉阳造打败了日本强盗，今天就是军舰飞机导弹来，中国也不是当年积弱积贫的中国了，想欺负我们更不容易了。他们虚张声势，就像一个人走夜路唱歌给自己壮胆，其实没什么用。"

"我疑惑的是，投资开发红角杨是个浩大工程，需要大量资金和各方面推动，这是怎么突然形成的？"

"要看谁在主要推动这个事儿。我知道这些年外国资本进入中国市场很多，得了很多中国发展的好处，这件事会不会也和一些外国资本有关？"

"有可能，那些人不会闲着，一些外资正收买中国资产，对于他们，中国是块肥肉，总想咬上一口，已经有些外国资本渗入中国地产了，也有一些中国的地产资本变现后流失到国外了。"

"钱是最根本的，这需要很多钱，会不会和刘鹏也有关？他现在是北州最大的地产商。"

"刘鹏不至于轻易和外资合作，不过我还没有这方面确定的消息。"

"咱们不了解情况，太被动了，这些你都得去问问李程。"

"您对这一切还是看得这么清楚，像几十年前那样敏锐大气。"

"有报纸和电视给我的重要消息就够了，对时间和历史，对生命和世界，我要保持清晰判断。现在让我忧虑，这几十年平静要被打破了。"

"我也不安，拆红园让一些人有机可乘，可能藏有个人欲望。有些中国人有意无意与国外沆瀣一气，借中国发展猎取个人利益，随意败坏我们的家园。"

宋恒瞄一下大树间的空隙："最近那只黑猫越来越多窜进来是个征兆，有人像那只猫那样贪婪，贪婪让人疯狂，疯狂让人愚蠢，愚蠢让人冷酷，不能得到就去毁坏。"

唐岱显出一如既往的衷情："总有人坚守抗击，这就是您带领我和桑梓坚持做的，我们不会让嫉妒和贪婪毁了红园。"

宋恒神色凝重："我知道，你们能像银焰一样保持忠诚，不改变、不妥协，不向任何鄙陋之恶屈服。"

"现在大约就是红园未来的起始，我困惑的是，这个时刻怎么开始、怎么继续。"

"把你的想法仔细告诉李程，把一切和他解释清楚。他能接受吗？"

"我信任李程，他像您一样大气睿智，至少他会仔细听我说。"

宋恒出一下神："追往事，叹今吾，春风不染白髭须。却将万字平戎策，换得东家种树书——我也得多想想，我过去经历的，跟现在不同。"

宋恒带银焰离开，唐岱看到一个老人和一条猎犬相互依傍的坚毅与温情。

像在高铁站广场那样，林枭保持线条清晰的雕像般姿态，还是目光迷离，好像忘了一切，或者，她被时间忘了。

他轻碰一下她，她保持视而不见的样子，姿态优雅，缓缓转身。

"什么让你这样沉迷？"

她清醒起来："我听到了音乐……甚至听到了《十面埋伏》。"

他想起她是琵琶演奏家，他像一支她身边立着的琵琶，被她伸出纤纤手指触动："这是个能唤醒生命灵性的地方，你听到的，早在你生命中，来到这里，激情四溢，有了特别的家园感，若有人侵犯家园，自会遭遇十面埋伏。"

"我还想起了交响序曲《红旗颂》。"

他很惊奇："你这样一个看上去柔弱的女人，却喜欢那样的激情？"

"你觉得，这不是我该有的女人风情？"

"不，我倒看出你深藏的光明情思。"

她有点意外看看他："没人这样看我，我不过随意遐想。"

他们沿大道走向小楼。道路在喷泉前分成两道，路边环绕喷泉两侧的两排平房静静相对。大道与平房的一端相连，形成路两旁两大片直角三角形草地的两个直边，沿壁墙两排桑树和梓树昂首指天，成为路旁三角形草地的外缘斜边。

她渐渐沉迷于自己的感触："这里像山林剧场，四周树木环绕，有场音乐剧在小楼这个演出台进行，音乐在坡壁和树林间婉转回环。"

"我从小就有这样的遐想，常觉在神话园里，身边有爱与美的神话音乐剧在演出，有古希腊神话中山林水泽女神宁芙和美惠三女神在四周飘逸，也有中国神话的天女瑶姬、洛神宓妃、飞天女神，有《聊斋志异》中的花仙神魅，有屈原诗歌中的湘夫人、娥皇、女英，她们都在我身边缭绕飘荡。"

她注意看看他："你喜欢的都是有女神的神话,你很看重女人的美丽?"

"是,女人的美集中代表了我的爱与美信念。"

"你成长在这样的情境中,就会有奇丽遐想,我一直向往在这样与神话感受相接的地方聆听音乐,感悟生活,跟你走在这里,听你回想过去,我也有了这样的神奇感觉。"

他从侧面注意着她："红园的感受不止这些,不过,很少有人能像你这样,你有点特别。"

"我是弹琵琶的,自然如此。"

"能弹琵琶的不少,若要感受红园的爱与美,得有生命灵性和神性向往。"

"我像你说的那样吗?"

他微微一笑："看见你的第一眼,我就触摸到了你的灵魂气息,从那时起我就知道,你是和我相似的人。"

"不,你有强大神魂,我太柔弱了。"

小楼前宽大的圆形泉池中央,立着一座异常触目的雕像。雕像比真人略高,与起伏有致的石基连为一体,石基在雕像身后向上斜伸,突出严整的力量和秩序感。

林嘉围着雕像漫步,依着唐岱的遐思,聆听异常遥远的音乐,一场神话缥缈降临,洛神、花神、飞天、阿芙洛狄特、雅典娜……悠悠出现。

她并没想到,这座雕像的永恒精神比她能想象的所有的神都强大,三个月后,雕像会出现在她的《红角杨序曲》中;也没想到,这个时刻开启了她的另一时刻,从这里,她会走向一个遥远地方,在那里,她怀念这座雕像、这片园子。

早春的风在雕像上荡漾开,她神思沉迷,嗅到了风中隐隐流淌的神秘气息,被雕像穿透心灵。

半米高的石基上,一男一女和一条猎犬相互依傍,他们身体微微前倾,像在探索身前漫长的路。他们没穿什么衣服,处于被迫应付危险来临的仓促情境,却坚毅警觉,充满斗志,男人左手擎着火把,向前方斜伸,右手拉着女人左手,女人右手捧一小株植物在胸前。

唐岱的声音在她耳边响起："雕刻在这里的是永恒记忆,在深夜的大山里,男人眺望星空,在幽深石洞里,女人像道光穿透黑暗,连接光明。那种随时迸发力量的姿态,显示人物的内心激情和坚韧意志。"

男人上身裸着,左手的火炬异常耀眼。他左腿微屈直立在地,右腿弯曲，蹬在比地面高出约三十厘米的石台上，石台陡峭有力，前边三面有很小的斜度，后面与女人的脚相连。他孔武有力，身体前倾，向上延伸，呈螺旋状从右后侧向前旋转，有强烈的运动感，头部遒劲有力地随身体转动，双目大睁，盯视前方，警觉和敏锐流荡在脸上，像在观察敌人或正在看穿黑暗，处于专注而紧张、准备战斗的状态。

男人身旁的女人似刚惊醒，机敏地跟随男人。她右脚着地，与男人左脚保持在同一平台上，左腿弯曲着向后抬起，脚尖斜对地面，身体向上扬起，侧向前倾。她上身完全裸露，一件军装样衣服横着斜过下半身，左手抓着衣服遮住下身和左腿，右半边身体瀑布一样光滑流畅地显露出来。

唐岱仰脸凝视："女人身姿突出纯真与邪恶的撞击，梦醒的茫然中有灵魂的柔韧，透着坚定的信念、仰望和祈盼，脚下坚硬石块暗示她内心坚强，烟柳依依的身体袒露爱与美的秘密，奔走的姿态轻盈灵动，似凌波微步的女神……"

她受到触动："她单腿坚实有力撑地，身体向上柔韧挺立，一腿扬起，头向后仰，身姿成一钩弯月，很像盛唐舞姿反弹琵琶……"

"我在这里长大，你这样的联想还从没有过，哦，你是唯一能反弹琵琶的琵琶演奏家……"

雕像立在小楼前，与周围完整一体，醒目得像旗帜一样。

"再给我讲讲这雕像吧。"后来在红园的最后夜晚，林衾对唐岱说，"这雕像是我琵琶叙事曲中一个包含永恒希望的象征。"

1945年5月11日，中国远征军成功强渡怒江，对日军进行滇西反攻。6月初，远征军全力攻击北斋公房。北斋公房海拔3000多米，地势险峻，道路崎岖，气候恶劣，日军第56师团的第148联队凭险固守。

远征军派精锐部队在没有道路的地方缘山攀登，迂回攻击日军。行军中，饥寒交迫，摔落山崖而死者数以百计。朱水天奉命率部参与了这次出生入死的奔袭。

中日双方激烈地展开隘路争夺战，进入犬牙交错状态，明悠常常要逼近或深入日军控制的隘口，进行爆破突击。敌后涉险莫测，朱水天把他的爱马和12个贴身卫士留给了明悠，宋恒带领这12个卫士保护她。

滇西大山中，星光闪烁，宋恒察看着地图，因为一点点疏忽，错误判断了方向，他们进入了日军控制的腹地，在一个树林遭遇日军。日军有些蒙，不太相信在他们控制的纵深地域会遇上中国军队，试探兼警告性地开了一排枪。

宋恒和他的士兵立即意识到情况严重：枪声全是日军的三八大盖发出的。这一个班的士兵都久经战斗、训练有素，立即寻找射击地形，借日军射击的火光看清日军位置，用冲锋枪精确射击。他们的还击引来大批日军，至少一个中队的日军迅速集结过来，向他们进攻。

士兵们环绕着明悠，不停射击。射击的火光、手榴弹和迫击炮弹爆炸的火光时时闪动，火光笼罩着他们的军服和头盔，也照亮了明悠那张美丽的脸。

宋恒伏在一棵树旁，冷静观察着树木间的日军身影，瞄准点射。

明悠伏在他身旁另一棵树下，毫不胆怯慌乱，专注射击。每次她射击，那张脸都会突然显示出来，就像一个让人吃惊的预言在显示。短暂的射击停歇中，那张美丽的脸沉入黑暗，就像在水中消失了一样，只在星光下留着朦胧轮廓。

宋恒看到几个暗影移动，他举着冲锋枪，等待那几个身影出现，同时观察着附近是否还有别的敌人。他的枪口再次捕捉到那几个身影，在他开火的同时，日军的枪口也闪出火光，子弹击中身旁的明悠。

两个士兵立即赶过来，左右保护，宋恒为明悠包扎中弹的肩头。

年轻的班长说："长官，你们快走。"

班长就是当年凤凰岭战役中坚守410高地唯一存活的那个新兵。宋恒看着班长年轻的脸，看着12个正在射击的士兵，心中痛惜，他们跟随朱水天和自己打过上百次仗，一路冲杀到这里，现在经过两天两夜的敌后突袭，都很疲惫，这个时候该在营地休息，却由于他的一个低级错误，他们也许会在这个星空下捐躯沙场。

日军在附近喊叫，跑动声越来越近。

宋恒再次抬身射击，打倒几个离他们很近的日军。

班长严峻急切："长官，快走，晚了谁也出不去。"

宋恒对明悠急促说："你走，我留下。"

明悠倔强不动："不，我要和你们在一起。"

"长官，您得保护好明少校，她不能落入日军之手。"

宋恒忘不了那张年轻真挚、焦虑严厉的面孔，那张脸已嵌入星空，变成红角杨红叶，他抬眼就可以看到，伸手就可以抚摸。

他俩来到朱将军的那匹马旁，马预感到了危险，警觉焦急地等待。宋恒的马已被击中，倒在一旁。宋恒内疚心疼地看看自己的马，把明悠扶上马，然后跳上马。

那匹马像枪弹一样突然出击，宋恒从未见过它用这样的速度奔跑，它仿佛把积蓄了几十年的力量都在这一刻爆发出来，它的速度让日军瞠口呆，他们被闪电般的马震惊了，还没反应过来，那匹马已突围而出。

明悠、宋恒身后，英勇顽强的冲锋枪声仿佛会一直响下去。回望枪声密集的地方，他们的泪光和星光交融在一起，凝止不动。

他们置身一个巨大石洞中。宋恒点燃一支火把，观察洞穴。明悠因失血而身体疲弱，躺在地上。透过火把闪动的光，宋恒看着石洞四周凹凸不平的石壁，恍惚在石壁上看到了那12个弟兄的面孔，火光随着他们的脸摇动。

她在身后说："我看不清这个洞，它太幽昧了。"

他将火把举得更高一些，以便尽量照到更多地方。火把突然爆发燃烧，火花在他手臂上四射开来。

她躺在地上，身下垫着他的军服。

"这个洞很深吗？"

他举着火把向里走几步，伸火把向前探望："好像很深，我现在看不到头。"

日军在附近喊叫，为不暴露，他们熄灭火把。黑暗中，他靠在她身边。

她小声说："不知那12个弟兄怎样了。"

他沉默了好一会儿才说："他们将永生。我刚才在石壁上看到他们了。"

"真奇异，我也看到了。那些石壁的波折，是他们簇拥在一起的面容。"

"你看见班长了吗？"

"看见了，那张脸真年轻，战争开始，他还是个中学生。"

"他们刻在这里已很久，这个石洞已经几千年、几万年了。"

她静下心，眼睛闪光，几乎贴到了那些伟大的脸。

他说："这次出发前，班长好像预感到了什么。他对我说：'即使我们全都死去，中国也依然不会被征服，我们的心魂与中华大地同在。'"

她说："真正的英雄是他们。战争结束，我要为他们、为光明正义、为英勇之爱，为那些伟大生命之美，塑一座雕像。我知道他们爱我，我也爱他们。"

后来，她雕塑了红角杨雕像。

"这是什么？"林袅仔细辨认雕像手中捧着的植物。

"红角杨树。"

"为什么刻在雕像上？"

"红角杨的象征离不开这座雕像，雕像叫'爱与美'，也叫'光明'。"

"男人是爱，女人是美吗？为什么又叫'光明'呢？"

"爱与美凝结着男人和女人的光明情思。雕像和红园的设计者明悠说，有爱与美就有光明生活，有光明向往就有爱与美，人因之而庄严生存。红角杨树、男人和女人、火炬和猎犬，都源于她的激情与理想主义生活。她1936年毕业于国立北平艺术专科学校建筑科，之后去国外留学，1939年回国参军抗战。"

"雕像象征她的生命经历？"

他抚摸雕像："这和她的以至一代人的经历相关，一个人总是连着另一个人，永无尽头……我不完全了解，不过，我能从中感悟。"

她站在雕像正前方，圆形泉池流畅地在她眼前弯向两边。她被雕像笼罩了，隐约守望在小楼和雕像前。

抬头仰望，雕像庄严坚毅、激越深情，猎犬昂首挺立，注视前方。

"他们保持这样的姿态神情有多少年了？"

"从1946年，红园建成开始。"

"73年了……"她环顾四周呢喃细语。

红园空旷寂寥，却气派庄重，并不阴冷凄凉：傲然矗立的小楼，开阔疏朗的庭院，格局整齐的道路，茸茸铺展的草地，高昂挺直的树木，宽大沉静的喷泉。

她有些低沉伤感："和你站在这里，像你说的，激起了神话情境的感触，你带我穿越广州和北州，穿过遥远时空，进入另一种生活。"

"现在想来，我在广州跟你通电话，是不是就对现在有了暗示？你跟朱丹影那么像，好似这里早在等着你。"

"这一切等着我？我不是朱丹影。你又有了神话感觉吧。"

他注意着她："你有些忧伤柔弱，可能受到什么压抑，老是自动沉入梦幻想象。无论你过去怎么样，现在一切发生改变，来到这里，你就不会再犹疑迷茫。"

她的神色倏忽黯然："这真有可能吗？这是一场短暂相遇，最终，你要回广州，我也是偶尔来到这里。"

宋恒从对面平房一个门中走出，朝他俩看一下，走进这排平房往大门方向的尽头处房门。过了片刻，他抱了一大抱木柴从这个房门走出。

唐岱隔着喷泉问："您要我帮忙吗？"

宋恒摇摇头，向小楼走去，银焰伴在宋恒身旁。

走到小楼台阶前，银焰停下，朝唐岱和林袅看，眼中神情像和他们对话，迟疑片刻，它迅速跟上走上台阶的宋恒，消失在小楼门厅里。

"你真不要去帮忙？"

"宋伯伯是个受过严格训练、有过严酷经历的军人。只要他能做的事，决不要人帮忙。"

他俩仍然面对平房，平房是直角形的，靠小楼那一端短边上有个门，刚才宋恒就是从那里走出来。

林袅眼中停留着宋恒带着银焰的身影："宋伯伯一直在这里？"

"62年来，他从未离开这里。他98岁了，历经沧桑。"

"98岁？"她露着惊异："可他一头黑发、步履稳健，看上去不过60岁。"

追随他的思绪，她转向身侧的花墙和月亮门，沉入他的诉说：

"红园主人朱水天将军毕业于黄埔军校，1946年，他受国民党海军司令陈绍宽将军拒绝内战牵连，被免职赋闲，那时他开始完成这个纪念式建筑。红园格局有中西文化合璧的折中主义风格，在展开古希腊式壮阔向往和人文气派时，又镶嵌了中国式月亮门、花墙、小径、大道，回环着中国式沉思遐想。这里有九道花墙和九个月亮门，花园左后角角院，就有一道花墙和一个月亮门。连着这幢二层小楼有两个月亮门和两道花墙，小楼每层都有三个露台，每个露台都与宽敞高大的落地玻璃窗相连，显示向往光明的宽阔明澈。

"这是宋伯伯怀念战友、坚守理想的唯一地方。宋伯伯是朱将军的副官，与朱将军像亲兄弟一样，从淞沪抗战就跟着朱将军，参与了抗日战争中几次最重要的会战，曾转战滇缅战场，抗日战争结束后，跟随朱将军来到北州，再参加起义，之后在中国人民解放军装备研究所任职，1969年提前退休来照顾朱丹影。他本来在楼里有自己的住房，后来他坚持搬出小楼，住在这排平房里。

"红园要能不荒废地维持下去，费用很大。朱家有笔钱存在宋伯伯那里，但他俭朴度日，要把钱留给朱丹影，主要靠自己的退休金、花园里的水果和蔬菜养活自己，另外，我和桑梓贴补他一些，可他常常不要我们贴补。

他照顾我们慷慨大度，平日里自己吃用却很节俭。"

"这么大地方若种月亮玫瑰，不是可以有丰厚收入吗？"

"这可不能在宋伯伯面前提，卖月亮玫瑰是对红角杨的亵渎。"

"哦，宋伯伯为什么这样看重月亮玫瑰？"

他肃然平视前方："月亮玫瑰是家族传奇和中华精神源远流长的象征，而且，它与在红园的星空图书室中能看到的星空玫瑰对映。"

她惊异："你再次提到这里的家族传奇，真有吗？什么是星空图书室和星空玫瑰？"

他轻轻呼吸一下："这是秘密，我从不说红角杨的神奇历史和燃情幻想，你是第一个听我提到这些的人。"他看看她，"你有点出神，是触发了更多感想？"

她微微沉入遐想："你说得太神奇，我难以想象，我更能体会的，还是眼前。你说的中西折中主义风格让我猜测，若红园呈中国折扇形向里延伸，那楼后可能有宽阔的古希腊式大花园？"

"是的，但整个庭园更突出的，是中华家园意蕴和中华浪漫精神。中国古代魏晋数学家刘徽提出'割之弥细，所失弥少，割之又割以至于不可割，则与圆合体而无所失矣'的'割圆术'，认为一个与圆完全相合的多边形就是圆，圆是一个边数无穷多的正多边形。红园按这样圆与多面体不断切割变化的逻辑设计，它细密回环的格局与中华家园意蕴一致，蕴藏家园无所失的循环意味。"

"你这一说，我大致能猜想有回环意味的中国式平衡格局了。"

他有点惊讶："你猜得轻松自如，说得简洁清晰，让我意想不到。"

"我读硕士的研究方向是数理音乐学。音乐与数学的关系非常紧密，都来源于严谨的数理逻辑。"

"那你肯定了解比刘徽晚250年的古希腊毕达哥拉斯与音乐的关系了？"

"当然，毕达哥拉斯是数学家也是艺术家，他认为人体分割比例是最理想的黄金分割，他通过铁匠打铁时落锤轻重的均匀平衡，发现了音乐间隔及和谐音高的黄金和谐，发现各音差异是由绷紧到同样程度的弦的长短来决定，由此确定了音乐的和弦规律。"

"刘徽和毕达哥拉斯将科学与形而上结合，想象圆与方、几何与艺术互相转化，思悟音乐之美与人体之美黄金比例的诗意，由此去理解红园格局，就是有限与无限、秩序与混乱、科学与艺术、男性与女性的和谐平衡。"

"那么说，这个庭园的设计意境来源于刘徽和毕达哥拉斯由数理逻辑所激发的世界想象？你说的家园是现实，中华浪漫在哪里呢？"

他笑笑："家园是现实也是浪漫，更是奇美浪漫、宏大庄重的，是爱与美和光明生活的意境，正义与真理、神性与知性、现实生活与理想主义，都在中华家园格局中融会贯通，这个庭院里到处都是中华浪漫，以后，你更多知道了这里与中华心魂的联系，就明白了。"

他和她一边往前走一边说："花园从小楼两旁的月亮门开始，连接为一个圆形，呈天圆地方格局。沿圆形壁墙的环形大道正中，是切着圆形四条弦的正方形，四边各有一个月亮门，中间围着一棵高大桑树和一棵高大梓树，小楼后有条大道直穿正方形，形成中华的中字，象征中华之地和桑梓之乡。各种几何形小径密布花园，连接大道，红角杨树就沿着花园左边的壁墙成弧形排列。"

三 手边的星光和玫瑰

起风了，天色随风暗淡。黄昏中回家无数次，桑梓从没有过相互等待的回家体验，也没有要倾诉一天感受的愿望。

房地产是在建家园吗？她在一个阔绰的家中，却没有家园感。

刘鹏很少在家，夫妻关系飘摇。他看她像看他的房地产一样，爱护她像爱护他的房地产一样，对她好，因为她是他的妻子、他的荣耀。

他对她的关心一如既往地强烈，他想有看上去与别人不一样的爱，但他不是能避免实际而进入单纯情感的人，他努力勤奋，雄心勃勃，认为激情就是幻想，幻想有害生活，他不可能像唐岱那样，用激情创造爱情。

她的生活很平静，如果她释放激情，她的平衡会被彻底破坏。她在红园激情而平衡的格局中长大，不会轻易破坏平衡。

她明白，最好的医生满怀真诚和激情，而她成不了最好的医生，她有真诚，可压抑着激情，虽隐约不断甚至固执地向往另一种生活，却对刘鹏并无超出他品质和能力的要求。

车开进毗邻黄河的卧庄小区，迎门矗立一块浮雕，醒目突出着海德格尔的名言：人，诗意地栖居。

她叹口气，毕竟，刘鹏希望有诗意装饰生活，他过去也有过情怀。做个房地产商不是也该有诗意、有大气？要钱，就去做房地产，要尊严，就不要去做房地产——真是这样吗？

她经过一幢幢豪奢惹眼又风格奇怪的小楼。她住的小楼风格不同，大致照着红园小楼的外观设计，在众多小楼中显得大气纯朴。

刘鹏建造这座小楼，是为了她深藏的红角杨情结。

她驶进自家院落，下车后，悠然走过甬道，登上台阶，穿过房门，走进门厅，脱下金白色羊绒大衣，挂上衣架。

她在楼上小客厅里坐下。屋里暖融融的，暖气开得正足。从冻得人发紧的寒冷中走进家，她惬意地舒展放松着。

楼下刘鹏的声音远离而去，她又回到了红园。

唐岱从不知道，桑梓和他分离有难以言说的秘密。

刘鹏是唐岱的大学同学，他约请唐岱和桑梓见面总在红园之外，而这成了他俩的致命缺陷——只要在红园之外，事情就无法控制。慢慢地，唐岱不再赴约，她常常独自去。

刘鹏体贴大方，与她日渐亲密，请她游玩吃饭，给她介绍新朋友，出入奢侈场所，送她礼物，让两人间轻松怡然，闲情逸致拉近俩人，造成亲昵情绪，她和他婚前的唯一性事，就是那种情绪推动的。

她看出，刘鹏有意推动她的情绪，他的目标是她，更深处牵涉到红园，而她想阻止他的心思，这让她紧贴在他身边不能离去。

她对唐岱有所怨怪，只要他坚守她，她可以放弃一切，即使红园衰落，她也和他一起沉落在红园，她向往那种与落日一起沉落的悲壮。

她抱怨唐岱不能和她一起见刘鹏。

唐岱淡然："我没有那样的时间和情趣，再说，那让我像个窥视者，神魂相依，就不需费力相处，人只能在心灵中真正相爱。"

"你的心灵、时间、尊严和高贵那么重要？它们不伤害你的爱情吗？"

"能伤害我们的，是自己，我不和刘鹏在一起，他就伤不着我。"

"可以前你不这样看他，还尽量帮助他。"

"那时他与现在不同，看不出唯利是图的品性。"

她轻哼一下："他对我一开始就含有强烈欲望，你看不出来？"

"只有你自己能觉出来。"他沉默一下，"我知道他盯着你不放。不过，一个男人救不了自己要沉下去的女人。"

她愤激起来："你认为我是自己要沉下去？"

"我是说，你有选择的自由。"

"你对女人自由的宽容，让你看不清男人的品性。"

"可我能看清你，我和你与红角杨相连，他无法从你心里拔走我们的根。"

"刘鹏对此不以为然，他说，无论你把红角杨看得多么高贵尊严，都是虚幻的，不是真实生活，虚幻怎么能把我们真实地连在一起？他说，他和我们的经历不一样，他更实在，经历了从农村到城市、从大学生到企业家、从贫困到富有的历程，相信美丽女人像财富一样流动，在不同的年代会流向不同的男人，而他收藏财富也收藏美丽，收藏才是珍重。"

唐岱漫不经心："不管收藏什么，都标榜有信仰，其实未必。信仰不一样，经历就不一样，没信仰的人怎懂得美的经历，怎么会有爱情？时代过去，千金散尽，只有爱与美是永恒的。"

"怪不得刘鹏认为你固执，说你不能让我体现女人的价值。女人的爱与美怎么体现？靠简朴、困苦和艰难吗？"

她故意刺激他，他并不很在意她的话。他们彻夜争辩，他坚持要离开她。

……

在图书室，唐岱第二次提出分开。也许就是这一次，他得到了星空玫瑰的启示，坚决走向了广州。

阳光浓烈地从西南角泻进来，光波流散室内，西南角格外明亮。穹窿一样的圆顶下面，是朱将军和一个神秘女人曾激情相拥的圆形地毯，周围是一层层、一圈圈层叠不断的书。

唐岱静静看书，抬起头，桑梓站在面前。激情升起，他追随她来到圆形地毯，在这里，他再次看到了星空玫瑰，遥远星光和身边女人一起旋转，身边柔滑的女人就像手边的星光——星光一样的肌肤和灵魂……

他不知道这是女人还是星光，也不知道这是桑梓还是另一个人。

经历了几个月的故意冷淡和焦虑，他们再次心醉情迷，汗水淋漓，狂热进入彼此身体和灵魂深处。

之后，他出奇冷静，再次提出分离，她感到他这是要故意伤害她。此刻，他逃离了圆形地毯，站在阳光中，他的身体披起一层茸茸光波。一旦他离开了这块圆形地毯，她就不知所措，就不能控制他，这常让她不知道自己是谁。

他站在阳光里向她回望，十分遥远，就像一颗星远远离开她。

在几个月的故意冷淡中，他变得自负多疑，在痛苦和疑虑中避开她，越来越长时间独自待在图书室，常独卧在圆形地毯上过夜。他不能忍受她接刘鹏的电话，以至于不能听到她的声音；他不能看见她从外面回来，他总是看到刘鹏的影子在大门外晃悠；他不相信她的一切解释，怀疑她准备离开他，甚至怀疑她和他在一起的亲昵。

她觉得委屈，这不是她的过错："我们的爱就像一块夹心饼，中间夹着朱丹影，你刚才又把我当成了她，不能怪罪于我。"

他说："可中间也夹着刘鹏。你本来没错，但不能为了逃避一个幻影去依附别人。"

"是你长期处于幻影与真实的迷惑状态，我是谁？"

"我只是有时分不清你和她。"

"这对我伤害还不够吗？你和我在一起，却在等一个完美女人、一个女神，一个洛神、瑶姬、飞天或者九天玄女，不能对她进行任何改变。在这个时代，她真的存在吗？"

"等待女神是你的借口，即使我等待女神，也改变不了我们，改变你的，是这个年代的诱惑，否则你不会和刘鹏那么亲近。"

"你太自以为是了！"她非常愤怒，第一次赤裸着跳起身，第一次抓起书架上一排书扔落一地："你以为你知道我怎么想、我怎么做吗？"

她的长发纷乱垂落，沿着她光滑细腻的肩头和乳房散开。

他惊讶而着迷地看着她，此刻她像个手持仙草的威武瑶姬，高高在昆仑山上，集聪明英勇、美艳多情于一身：贞亮清洁，意态高远，以礼自持，凛然难犯。

他回到现实，冷静下来："我不必寻找女神，你就是瑶姬。可你从没发过这么大脾气，没有刘鹏，你不会这样。这样发脾气时你很美，但'瑶姬一去一千年，丁香筇竹啼老猿。'我不会受这种美的诱惑，尤其在这个圆形图书室里。"

她骄傲地挺着光滑优美的身体，指着他，就像瑶姬行云布雨："你会永远受我的诱惑，但我不会再诱惑你，你会后悔的。"

他猜测她想遮掩什么："你发脾气是因为你心里慌乱……"

她激愤地说："我从来没有……"

她哽住了，想起几个月前偶然失身，那和刘鹏的做派有关，和唐岱的疏忽有关，也是她有意的，她知道，刘鹏不得到她，就不会真正资助。

刘鹏有意请她喝酒，酒过三巡，朦胧不清，她的装备解除。这让她头一次感到刘鹏心思缜密，她怀疑，他非常谨慎又熟稔地这样做，他的梦想与现实都是她和红园，他一定很得意，终于迈出了多年梦想的那一步。

她从来也没有和刘鹏发生这种事的欲望，她不渴望、不向往，但她坚定地让这件事像预料中一样发生了。

她明白，只要一开始，整个事情就刹不住了，她被慢慢改变，本来不想要的变成了想要的，不知不觉中就有了说不清的意识。

那天她回来，羞愧一定浮于脸上。唐岱只是看了看她，什么也没说。他的镇定和冷淡，让她心里更加慌乱。唐岱非常敏感，无论她怎么镇定、遮掩慌乱，他一定看出了她脸上的蛛丝马迹。

回想这些，她的身体变得柔软松弛下来。她无力地靠上身旁的书架，静静垂下头，赤裸光滑的身体像一片起伏的瀑布泻下。

她的长发遮住内心懊悔："我不能既是你的梦想，又是他的现实。"

"在这样的分裂状态中，我们怎么能再像以前那样在一起？"

"你在谴责我？"

"不是，我无法摆脱自己的疑虑状态，怎么能去爱？"

她和他都明白这是变化的前兆。她慢慢抬起头："你一定早就意识到这个结果了，为什么没有早些阻止？"

他恍惚起来："我对你和我、对刘鹏、对这个年代的许多事，早些时候都不能清晰判断，我不怀疑你，只是弄不清我们的现实，现在，"他清醒起来，"我们都会有所改变。"

"一定要用这样的方式改变吗？"她又有所愤激。

他停顿一下："我还想，你该有个孩子，有了孩子，就会发生改变，也是最好的改变。结婚不能再拖了。"

她想有孩子，如果和唐岱有孩子就好了，那是宋伯伯希望的。

女人有了孩子就有了一切，不再会有诱惑，女人若爱上了名利，名利就是她的孩子，会永远受诱惑。她不在乎名利，而唐岱的孩子是爱与美、书和星光。

"是和你结婚吗？"

"你知道这已经不可能了。"

她再次骄傲地挺起身体："瑶姬有孩子吗？你以为一个孩子能决定我的命运？我的孩子会属于谁？我是该有个孩子，但不是刘鹏的，也不是你的，是命运的。"她再次指着他，"你记住，你这样说会后悔的。"

"我从没见过你这么激动……"

桑梓坐在楼上小客厅里，停留在自己的思绪中。

她和唐岱本可安静相伴，守望着红角杨树和雕像，可事情朝着他们谁都不能控制的方向变化，后来，桑梓再也没有孩子……

现在，刘鹏的公司本部已在广州，他本人列入2018年中国富豪百人榜，唐岱却要回到北州，这预示着什么？

她感到红角杨藏了几十年的魅力会被激发，红角杨、唐岱和她的命运注定要在这个时刻爆发出来。

刘鹏的声音触醒了她："你今天去接唐岱了吗？"

她挺直坐起，像只鹿从睡意中清醒，意外而警觉："你知道他今天来？"

他笑笑："他一定会来，他来只会让事情更乱。"

"你以为拆了红角杨我就会去广州？"

"不是这个意思，这可能有点关系，但不是根本原因。"

"根本原因是什么？"

"这是为国家和北州人民做件大事。"

"这件事让别人做，你不该做，你知道红园对我意味着什么。"

"不是我个人想怎么样，这是时代意愿，是发展北州的希望，我这样身份的人，有让人民生活更好的责任。"

她疑惑地说："骄傲自己有钱，还炫耀责任和担当？"

"这就是你要的光荣与梦想啊，大多数人都羡慕认同我，都想做我们这种人。"

"这些年你越来越春风得意，却不是我想要的。"

他一笑："和过去比，我变化很大，时代改变我，我也改变现实。"

"不是一切都变来变去，总有些永恒的东西，红园该安然存在下去，月亮玫瑰与红角杨树不会改变，就像所有的树与石子、星光与玫瑰不能改变一样。"

"可知道星光和石子这样的永恒有什么用？它们在这个时代意味着什么？不能解决现实问题。你和唐岱在红园待的时间太长了，受他影响太深，总和他那么一致。大学时我就看出他和我将来不同，时代给了每个人机会，他却不适应时代，我不会像你和他那么执着于永恒，对现实有益就行。"

"你和我的差异就在于，我有个永不改变的理想主义情结。"

他有点无奈："结婚这么多年，我能改变现实，却没能改变你什么。"

她有所领悟："这是源于各自本性吧，我最早没去看你的本性。"

他仍然保持笑意："你那时要像现在这样看我，还会嫁给我吗？娶到你，是我的荣耀，本来你对我来说是高不可攀的。"

她盯一下他："当初，你的野心我当成志向，你的欲望我当成奋斗。"

"但我的野心和欲望给了你安宁幸福，也保住了你的高贵存在。"

"高贵并不一定就是我这样的。再说，什么叫安宁幸福？"

"就是能无忧无虑地活着和享受，这是大家都想要的。"

"你想让我没有灵魂和思想，没有理想与尊严地活着？"

"女人现在都不像你这样想了，女人一思考，现实就发笑，很多人都想要你现在的生活。"

"她们是想依赖你这样的人不劳而获。"

"想过你这样的生活没什么错。你不必为生存去拼命、去焦虑，你工作只因为你喜欢，而我工作还要为别人。"

她有点意外地看着他："你身上还有为别人的光环？"

"不是光环，是使命，至少是为你的优雅，没有悠闲就没有优雅，你不和我结婚，就不是现在这个样，疲累和压力会损害你的高贵，你会因为焦虑而过早凋零，那多可惜呀。"他满意地打量她，"可现在，你看上去才三十岁的样子，神采照人。"

"你并不了解女人美丽不衰的秘密，那是因为内心纯净优雅，崇敬更高生活，我在红角杨长大，那才是我的生命之光。"

"我不同意你说的，但爱护你，尊重你的情感，从没损害过你。"他有意无意补上一句，"为此我在维持红园的费用，总得有钱，才能延续你的魅力之源。"

她冷淡地说："你以为，有了对我的关爱和资助，就可以随心所欲？"

"我并没有乱来，你要看到，我也是有家国情怀的。"

他不会为她改变什么，他情怀和他的原则是一体的，他的原则就是得到和有用。在他看来，她的美丽高贵是有用的，女人有了身体和身份就有了幸福快乐。

她有风韵幸福还是神魂幸福？她的神魂向往没有飞走，她的身体风韵犹在，她的容貌被人妒羡，她能保持年轻女性的优美线条让人惊讶。

不过，有时她弄不清，她的美不事雕砌，却一如从前，这是怎么回事？

刘鹏与唐岱不同，他总是体贴大度，宽容自是，善于周旋，让她无话可说。她痛恨着自己的软弱无力，她不会愤怒了，因为她没有了激情。

她叹口气："郴江幸自绕郴山，为谁流下潇湘去——我像条平静的河，就这样流下去太平板了，我想要另一种生活。我不明白，你和唐岱怎么就那么不同？"

"你想让我和他差不多？那不可能。富者不思，思者不富；幻想者不现实，现实者不幻想。我这样的人越来越有活力，而他那样的人快成文物了。"

"就是文物，也得保存下去。我别无奢求，只希望你能保护红园，另寻他路。"

"对红园无论你怎么深情相许，另寻他路都不是你说了算或我说了算的。我不参与没有意义，中国的房地产商多的是。"

"就毫无他法？你介入让我无法面对红园。"

"个人痛苦不算什么，任何人都得为时代付出代价，北州人都盼着飞天广场、飞天剧院、展览会馆和四方商厦，盼着更多就业和更大城市。"

"你故意忘了说更多财富，除了积累财富和继承财富，人们还干什么？"

"用更多时间享有财富，爱干什么就干什么，这就是现实，现实之上才有浪漫。"他笑笑，"今天的晚会你真不参加？你不是挺喜欢浪漫情调？"

"我去红园，那里才有我要的浪漫。"

"是去看唐岱吧？"

"我有段时间没去了。"

林袅神思不定，迟疑不动。

他不解地看着她："不是想去看看花园和红角杨树吗？"

她神情透着窘迫："你还愿意帮我吗？"

"想让我帮什么？"

"这是件为难的事，"她躲一下他的视线，望向对面平房，"想让你帮我离婚。"

"帮你离婚？从浪漫一下子回到了现实？"他怔怔看她，"这是你早就想的？"

她淡淡苦笑："是不是觉得我早有预谋？现在想想，你我时或通话，我的心思慢慢清晰。那之前，离婚的想法隐约飘忽，不明确，也不知该怎么办，是你的电话触醒了我。"

"我对你的生活一无所知，没说什么呀。"

"我在北州大学读书时，你在中文系教课，那时我就知道你。最初刘鹏让你我联系时，我心灰意冷，和谁都不想有关系，可和你通话时，有了激发生命的奇特魅力，一个光亮突然就来了。"

"因为我而要离婚？"

"不是要跟你怎么样，只是请你帮我离婚。"

"你自己不能离？"

"我独力难为，没有离婚的力气和韧性。"

"为决绝离婚，故意让他知道你有婚外情，给他离婚理由，也给足他面子？你这离婚代价可够大的，要牺牲自己的尊严和体面。"

她自怜自艾："我只能这样了。"

"你若有这样的绯闻，以后怎么再和别人结婚？"

她幽惶凄然："以后还结什么婚呀。"

"看来这场婚姻让你很失意。"他有些同情，"可我能做什么？"

"我想……请你扮作我的情人，并且，特意让他知道。"

他一怔："这是有风险的。"

"若觉惹麻烦，你可以不做。"

"为什么找我？"

"你现在单身。"

"我没告诉过你呀。"

"是你言语间流露的，我是女人，又有音乐敏感，有这样的直觉。"

他有点惊异地仔细看看她："哦，在你这样的女人面前，我没有秘密可言。"

"对你，我想了好久。我必须找个周围人不了解的人，才能让人相信我真有外遇，错过了你，我找不到更合适的人了。"

"仅仅因为我远离北州，难以遇到，而且，事情办完就各自东西？"

她还是神思不定："你和我在一起能像回事，又值得我信任。"

"你认为我会答应你？"

"在高铁站我还犹豫，现在清晰感到，只有你能帮我有另一种生活。"

他踌躇不定："我离开北州多年，可还是有人认识我，有实际问题……"

她急忙说："我会赔偿你的声誉损失，也不会缠着你，这事一完，我自动消失。"

他摇摇头："这不是利益交换的事，你也不像纠缠不清的人。只是，不知你该不该这样对他……"

她沉默片刻："我和他是不一样的人，他是歌舞团副团长，但音乐不过是他谋利的手段，他心里疯长着骄横狂妄、自是霸道的野草，野草长得比人还高，会把他自己和别人都淹没，当然也会把我淹没。"

他受了触动："我能想象你和他在一起的情景，帮你离开和你不一样的人，是个我能接受的理由。不过，我这次来没什么闲散精力。"

她恳切地望着他："这不会占你什么时间，就是偶尔陪我在一些场合走走，让别人看到我们在一起。"她犹豫一下，"你的事，我能帮你吗？"

他打量一下她："你怎么帮我？"

"我有种感觉，好像我天生和红园有什么关系。"

这样不明真相地相信她有些冒险，怕带来不利，也怕陷得过深，可他身不由己向她靠近，就因为她像朱丹影，还是她说的天生关系？

"你能从人海里一下子就抓住我，你的感觉总这么奇特？"他仔细看看她，"好吧，我试试。什么时候开始？"

"今天晚上。"

他微微惊诧："这么迫不及待？我有点猝不及防。"

她歉意地说："这也是我今天急着见你的原因。今晚有个元宵节加情人节晚宴，跟我和他相关的许多人都去，是个我们表演的机会。"

"既然答应了你，只好听你摆布。"

她想了一下："我告诉了你我的事情，你能告诉我，什么让你从不带别人来，却把我带来了呢？"

他忽悠一颤："是那种微笑带来了你……"

"是你在车站等的人吗？"

"不是。是朱丹影。"

"找到了我，就像找到了她？找到了她，我就没有意义了？"

他再次恍惚回想："怕难以找到她，那是过去的身影。她踪迹渺茫，我心有千结。"

"这个身影不会离开你吧？"

"她像从人间消失了，但我相信她还在人间。"

这座楼和红园小楼差不多大，夜晚到此，唐岱有熟悉感，却从没来过。

客厅豪奢，主人慷慨，到处摆着精致茶点、鲜美水果和高档酒水，吧台、酒架、茶几和餐桌琳琅满目，十几个鲜衣美服的女孩殷勤款待客人。

房间里有聚会的喧哗声，到处是人，或站或坐，随意聊着，相互很熟。有些人上了楼，楼上不时传来说笑声。

人们觥筹交错，相谈甚欢，气氛热烈，但主人还没露面。

身旁不远，二男二女神情专注，站着说话。稍远一些，三五成群的人或站或坐，都在说话，杂乱不清的交谈声中，时而跳出几句清晰可辨的声音。

他不由得轻笑。

林裒轻问："你笑什么？今晚我第二次见你独自笑。"

"我在笑别人怎么看你，一些人挺关注，在往这边瞟。"

"请你陪我来，就是要叫他们看看。"林袅也笑，"他们一定很意外，像我这样循规蹈矩的女人，怎么突然有了情人。"

"他们好像对你有点敬畏。"

她漫不经心："是敬畏副省长李程，知道我是李程的表妹。"

他惊讶："你是李程的表妹？"

"刘鹏没告诉你？"

"没有。怪不得他说起你来那么自然。"

"要不然我怎么会那么快信任你？"她左右张望，"这时候他该到了。"

"他会来吗？"

"他来不来都没关系，反正这里很多人看到我们了，他和这圈子里的人很熟。"

"来的都是些什么人？"

"是北州各界的头面人物，我这样的艺术家是附庸风雅的装饰。"

"为了你，混迹这样的场合，挺好玩。"

她神色黯淡地看他："那么好玩？你把这当游戏？"

他急忙解释："我是说，这总会对以后留着点意味吧？我们又不是两个商人，做完一件生意就分手，对吧？"

她脸色柔和起来："你这样说，我感觉好多了。你怎么站着不动？"

"我和别人不熟，怎么动？"

"咱们该更明确表现一下。"

"舞曲响起来了，去跳舞？到场子中心给各方神圣看看？"他兴致上来了。

"那就对了。你能显得亲密一些吗？"

"这对我挺容易。对啊，不能总这样板着脸，不像情人。"

他俩起舞在人群中。

有些人到得晚。舞曲中幽暗灯光下，透过跳舞的人，唐岱偶然发现，晚到人中有两个像是贾相和赖央。他试图辨认时，他们也看了过来。

灯光又暗下，跳舞的人们遮没了视线。

他和她再次起舞："你跳得轻盈，好像一松手，就会飘上去。"

她含着浅笑："你表演得也好，样子很多情。有人在议论了。"

他得体自如地带着她优雅摇曳："咱们都有敏锐细致的艺术感觉，很容易一致。"

"就因为咱们都从事文学艺术？"

"是深入，不是从事，从事文学艺术的人并不一样，职业和身份都不能确定什么。我知道一些人格不好的人得意自恃，判断事情和作品根据自己需要和圈子，比如他们。"

他示意一下，林袅转身看到了舞场边的赖央和贾相。

她惊异："他们怎么也来了？"

"这样的人才会无处不在。能力、立场、判断都与人格一致，一碰人格，就知道他们善于哗众取宠、不可信任，得有尊严、信仰和敬畏，才能有诗意感觉。"

她专注地看着他："没有别人这样对我说过人格与艺术感觉。"

舞曲停下，灯光亮起，她像见了鬼似的惊悸一下。

他转过身，贾相和赖央就站在身边。

贾相说："你们说得这么投入，在说什么？"

赖央的眼光躲闪不定，溜一下林袅，对唐岱咯吱咯吱地笑："没想到遇上你。"

赖央的笑样低眉垂眼，显得谦卑讨好，加上他总是抬不起头似的微弯着腰，让不了解他的人往往有谦和可亲之感。

贾相盯着林袅，咧开四方下巴嗨嗨笑着："这位美女太漂亮了！唐岱就是为你来北州吧？"

林袅有些惶恐不安，在唐岱身后轻拉，示意躲开这两人。

唐岱对林袅转过身："咱们另找个地方。"

贾相并不遮掩他的窥探："要避开我们？"

赖央的情态奇怪，他被林袅的美艳吸引，却垂眼偷窥，不敢正视，话中有话："林袅不轻易与人交往，避避我们情有可原。"

唐岱拉林袅走开几步，忽警觉回身："你们为拆红园而来？"

那两人怔一下，相互看看。

赖央露出被人说破的意外，又透着"你知道了又怎样"的神情："这和你没关系吧？"

唐岱一直厌恶那种鄙陋之恶，他们身上有四处探触的黏糊糊的游丝——恶的生活倾向、恶的情趣品性……很快，他的愤怒像深潭一样沉落下去。这些年，他被平庸鄙陋之恶磨炼得波澜不惊，不表露任何情绪倾向。

"那是我的家园，你们来毁坏我的家园，我就守护我的家园。"

赖央咯吱咯吱地笑："怎么是你的家园？它是北州人民的，拆它是北州人民的意愿。"

贾相很神气："该拆还是要拆嘞，拆它是为了建更好的，这是时代趋势嘛。"

"这是你们想要的时代趋势吧？你们以时代名义捞取利益，我们是同一时代的两种人。"

响起一片致意声，刘鹏含笑对人们招呼，朝这个方向走来。

赖央急急迎上去，轻声和刘鹏说话，唐岱纳闷：他们怎么这么近？

唐岱问走到身前的刘鹏："这楼跟红园小楼太像了，是你和桑梓的家吧？"

刘鹏微笑："是啊，没想到你会出现在这里。"

"我看，你对我来不意外。"

"我知道你会来北州，可想不到你来得这么快。"

"好像人人都知道我要来北州。"

"现在红园太引人注目了嘛。桑梓今天没接到你？"

"我没见到她。"

"哦，"刘鹏若有所悟，看看林袅，"是林袅去接你了？看来你跟她很熟了，她是我见到的第一个和桑梓的美难分高低的人。"

从刘鹏眼神中，林袅觉出唐岱和桑梓有什么特别关系，她看一眼唐岱，一时有点蒙，放弃了自己表演的角色，本能地解释："我和唐岱偶然碰到。"

刘鹏笑说："你们一起来，偶不偶然都让我高兴。"

刘鹏提起桑梓，林袅乱了心神，她越来越羞赧不安，视线移向他处，慢步走向人群。

刘鹏颇有意味地侧身对唐岱轻说："我希望你身边有这样一个如意佳人。"

唐岱对刘鹏的话题开始想躲避，那是为了桑梓，此刻躲避已没有意义，再说也得为林袅着想。

唐岱坦然对刘鹏说："你眼前的一切简单明了，你觉得，你在广州对我说的意愿实现了吧？"

赖央在旁边注意听，这时不阴不阳插话："刘总有什么意愿呢？唐岱此来北州耐人寻味啊。"

贾相嗨嗨一笑："是想红园和美女兼得吧？"

唐岱心中有个隐痛被刺了一下，他爱红园就像爱美人，默默离开，却不能默默放弃——蛾儿雪柳黄金缕。笑语盈盈暗香去。众里寻他千百度。蓦然回首，那人却在，灯火阑珊处。

在北州大学任教时，他平静地沉浸于红园怀抱，远离世俗尘嚣，每周两次讲课，和学生一起感受文学对生命的滋润，从不著书立说，除了受学生的爱戴和尊敬，他默默无闻。

离开北州，他才意识到，红园给予他的有多么重要，从述而不作变为别开生面、独树一帜，18年间，从自甘沉默变成了以独立气质闻名的文学家。

离开是因为失去了找到朱丹影的希望，后来他为自己的动摇和迷失而懊悔。哪怕寻找幻影，也是支持他的信念，如果红园被毁，朱丹影就失去了返回的家园，他也失去了生命之根。

唐岱盯贾相一下："红园就是我的美人香草园，我要钟情不渝守护它。"

赖央说："钟情不渝改变不了什么。"

刘鹏递给唐岱一杯红酒："你对红园太敏感，还是去看看林袅吧，别让她太孤独。"

林袅在一旁站着，像在高铁站他见到时一样，有雕像的感觉，她的脸光滑明艳，精雕细刻，但心不在焉。

唐岱接过刘鹏递上的酒，又端起另一杯，走到林袅身边："不是要表演吗？怎么走开了？"

"你和桑梓是不是有什么特殊关系？"

他在她身边转过身，面向大厅，眼神茫茫地越过跳舞的人群，深深呼一口气："她就像我手边的星光和玫瑰。"

她有点惊异："这么钟情？怪我，没有替你着想。"

"我和她是过去的事。你很不愿意见赖央？"

"看见他我就难受，他是我丈夫同父异母的哥哥。"

唐岱有所思悟："他看你眼色挺怪。"

她接过红酒："没想到你有这么多熟人，不能让你再扮演了，这让你为难。"

"你不必顾虑别人对我的想法。我不扮演，你怎么办？看得出来，找我与其说为你找个理由，不如说为你找点勇气。"

"他们都在关注红园，我是不是对你有妨碍？怪我没多考虑。"

"你说了两次'怪我'了，没什么可怪的。"

"李程主管这件事，你要去找他吧？"

"我必须找他。"

"红园有救吗？"

"我不知道。"

四　中国情人的优雅

晚会灯光再次暗下，明灵长发飘荡，变了一个形象走进来。

她走到一角，脱掉白洁的细绒面长羽绒衣，露出一条肩带小黑裙，肩带前面恰到好处凸显锁骨，后身露出半背，蝴蝶骨的美衬着修长颈项，芭蕾舞演员似的灵动轻俏，丹顶鹤般神奇惹眼。

有许多人注意她。她到北州不久，但伶俐灵动，敏于交往，已有不少熟人，有几个人过来和她打招呼，她含笑自在回应，站在那里不动。

灯光亮起，她很快发现了唐岱，露出惊喜，接着又看到林袅，倏忽不快，不太如意地静站一旁，心下迷惑，想弄清他俩的关系。

她站在不引人注意的喧声灯影里，单肩背着古色古香、独一无二的紫红色羊皮包，一条中国红腰带凸显腰线，加深裙子的层次感，开衩到膝盖以上的裙摆露出腿部晶莹肌肤，一双中国红高跟鞋与腰带相应，冷暖色调撞出清奇明快的气质。

贾相看着她问赖央："她好像就是今天在车站见到的，这么漂亮迷人，怎么不与人交往？"

"她刚从国外读完建筑艺术博士归来，在国外小有成就，要耍派头，有时这样，有时那样，很随意。"

"贸易摩擦对中国不利，她为什么不留在国外？"

"谁也不知道她为什么回到国内、来北州干什么、以后要到哪里去。"

明灵离他们几步远，看似什么都不在意，突然说："我是棵小红角杨树，异国他乡改变不了我的根，没有祖国就没有我，我背靠祖国努力奋斗，为中国更美好去留学，回祖国是我的命运和尊严。"

他俩吃惊相视一下，往明灵身前凑。

贾相嗨嗨笑着："这么远、这么吵，我们说得这么轻，你都听得见。"

赖央窥探着："你来北州是因为红角杨园？"

明灵冷淡地看一眼："我不和陌生人说话。"然后自语，"我跟他们说这些干吗？"

两人尴尬地停着不动，然后走向一边。

赖央悻悻："这样矫情……"

贾相应和："到这样的场合来喊口号太生硬了吧？"

他俩注意着明灵，在一旁低语。

赖央说："有点奇怪，她这两天往红园跑了好几次。"

"她跟那里有什么关系？"

"人们对此一无所知。"

"北州大学毕竟是教育部所属大学，是新晋双一流大学，应该很重视她吧？"

"这样高端的人太少了，所以她想做什么很随意。听说她到北州大学不久，就呛了学院院长。"

"那她不懂，在中国跟在外国不同。"

赖央说："她好像也不想懂，不像是想要长久待在这里的人。"

别人看明灵冷淡不动，也就不再和她交谈、邀她起舞。

匡枉来时，已过午夜。有些人先走了，聚会也临近结束。

唐岱的眼光一触匡枉，就想到当年的街痞匡化，匡化十年前病故，这是匡化的弟弟匡枉。唐岱离开北州那年，匡枉从唐岱所在的北州大学毕业。

匡化比唐岱大16岁，那时就住在红园大道的入口处。他父亲原是朱将军卫队的一个军士，1949年春节后，因与黑社会勾结觊觎红园，被朱将军解除军籍，他有意在路口盖房住下，每逢红园的人进出，他都会仇恨地站在那里瞪视。

以前红园唯一一次起火、年轻画家余瀚的悲剧、朱丹影的失智和失踪，都和他们父子有关。朱丹影经过匡化带领的那群街痞，会引来猥亵目光和一堆脏话，匡枉很小就常带一群五六岁小孩砸门、跳墙、叫骂、扔石头、欺负朱丹影。若不是银焰的凶猛、宋恒的矫健、派出所祈所长的震慑和祁远的保护，红园一定会被毁坏得一塌糊涂。

唐岱的思绪片刻间飘落，茫然若失：朱丹影失智后在街上徘徊时，红园的人轮流保护她。那一天，他伴随在她身边，短暂疏忽，她不知去向。

18年来，他把自己的悔恨藏在广州生活中，现在，他的悔恨重新浮起。林袅就像另一个朱丹影，即使林袅从未有过离婚念头，他也想撕开这个婚姻，就像撕开一块拼接在一起的奇怪幕布那样。

林袅担惊受怕，站在楼梯口不动，唐岱静静站在她身旁。

匡枉高大壮实，脸精肉厚，戴一副无框眼镜，似乎很体贴："你三天没回家，我特意来接你。"

她有点发抖，声音很轻："我要离婚，不会跟你走。"

匡枉眼光冷漠："毫无道理，你想要的我没给你？"

她怕冷似的靠向唐岱："你我是不同的人，过不到一起。你把占有和贪婪当作人性，你的快乐得意是在戕害我。"

匡枉轻蔑地说："这是找离婚借口，你过去没这样说过。"他口气转而蛮横，"有什么事，回家说。"

林袅一点笑容都没有，唐岱注意到，她此前的所有生机都消失了，她不笑又不幻想而神思无助时，疲惫和憔悴就像退潮时的礁石显露出来，被伤害至深才会有这样神情，她究竟怎么了？

她竭力控制自己，声音微颤："我已经什么都不想说了。"

匡枉神色阴鸷："你怎么突然变了个人？"

她看看唐岱，现出一点勇气："我找到了自己的爱。"

人们对林袅袒露私情很好奇，这对她不利，也看出她要离婚的坚决。

匡枉看看周围，有些恼羞，很快露出虚与委蛇的笑容："我不相信，你会有情人？你没这样的胆量。"

林袅挺起身："我不会再像以前那样软弱。"

"你这是对我示威吗？"匡枉环视周围，目光扑出野蛮和杀气，向人们警告别多事，脸上保持温和笑容。有些人在他目光下退缩，不愿沾惹他，他转向唐岱，眼中是阴狠的恼怒，"他帮不了你！"

她脸色发白，透着焦虑不安，在唐岱身旁颤抖，像只冷风中的小鸟。

他搂一下她，让她更紧贴着他，坦然沉着地迎向匡枉，犀利简洁："你不过因为她像朱丹影而抓着她不放，可你永远无法真正占有她。"

有人窃窃私语："朱丹影是谁？"

人们好奇地窥探这仨人，唐岱和林袅的情态不像邂逅相见，更像亲密已久。

匡枉似乎要避唐岱的话锋所向，对林袅变得温和："你别骗自己，你那点勇气很快就会消失，再说，你这样有损李省长的形象。"

"这和李省长没关系。"

她知道，匡枉不愿离婚的原因之一是李程，虽然李程和他素无来往，但他在各种场合夸大他与李程的关系，借无形影响当了歌舞团副团长。

"我是体贴你，为你着想，你不能总在酒店住，不回家去哪里？"匡枉露着笑脸环视人们，似乎在表演。

唐岱看她一时茫然，便说："她去红园。"

"对，我去红园。"

匡枉偏头盯一下唐岱，转向林袅："它要拆了，成了风月之地就更该拆了！"

唐岱冷冷说："你过去不能把红园怎么样，现在同样不能。"

"可我能随意对待她！"匡枉冲上一步，伸手抓住林袅的胳膊，"你离不了婚，必须跟我走！"

她惊恐挣扎，唐岱上前帮她，匡枉身边两个人围上来，试图拉开唐岱。

场面有些混乱，唐岱不太敢全力去做，这样拉扯的形象不太好，她毕竟还是别人妻子，很容易落下对她不利的口实。

明灵轻捷快速奔上来，身姿引人注目，如入无人之境，蹬着高跟鞋的声音清晰响亮。

场面顷刻安静，人们惊愕地看着她。

只有她一个人昂然的声音："你们真下作，有失体面！"

匡枉愣住："你谁啊？"

明灵乘机掰开匡枉的手，把林袅挡在身后："我是北州大学艺术学院的明灵。"

"噢，你刚到北州就挺有名气，不过，你与我无关。"

"我也不想和你有关，可和她有关，你这是欺负女人。"

"传说你杀伤力挺大，但你管不了我的家事。"

"这本来跟我没关系，可我怎么就看不惯你这种人呢！"

匡枉恼怒起来："我这样人在中国很普遍，你别以为还在国外。"

"在中国你们才更粗陋，今天是中国情人节，你们不懂中国优雅，不懂屈原的香草美人，也不知道辛弃疾的《青玉案·元夕》吧：东风夜放花千树。更吹落、星如雨。今天遍布美丽，风情万种，你们却这么侮辱轻薄女人，让我憎恶！都松手，不然我不客气！"

明灵言语凌厉，长发飞扬，身姿魅人却迅捷爽利，瞪眼就抓那两个人的手，动作利落，让人有点惧怕，不知她还会有什么举动。

那两人露出知道明灵声名的样子，但犹豫着不撒手。

明灵一声不吭，脱下两只高跟鞋，神情像个九天玄女，举起闪亮的细高后跟就敲。

那两人闪躲撒手，匡枉也一时怔住。

这时刘鹏出现，带着斥责口吻："这是怎么回事？"

唐岱冷对刘鹏："这时候你才出来！这些年我真是不了解你了，你这里什么人都来，什么事都有。"

刘鹏气势压人地环视周围："这场面我听到了几句，"他转向匡枉，"你这样对待唐岱和林袅，是我不容许的。"

匡枉显出亲热恭敬、俯首帖耳的样子："刘总，不好意思，没有先拜见您。今天又看到您和李省长在一起……"

刘鹏淡淡说："今天这事到此为止。"

"刘总，她是我妻子……"

"你家里的事该在家里解决，怎么把我这儿闹成这样？"

匡枉控制不住地气急败坏："我带她回家，天经地义。"

刘鹏表现出不愿纠缠的强硬态度："可她想离婚，不愿跟你走。这位女士说得对，你这样的形象太粗鄙，你是歌舞团副团长，在筹建飞天大剧院，有人拍了视频，对你不利，我已经制止了，最好到此为止。"

赖央上前，对匡枉耳语几句。

匡枉表情复杂，既不愿就此罢休，又迫于刘鹏压力，也动心赖央的话，他琢磨片刻："这事以后再计较。"

唐岱站在楼梯上，冷冷向下："以后你也不能怎么样，我不会轻易离开北州。"

刘鹏转身看着明灵："你是谁？太有个性了，别人可不会这样介入人家的夫妻纠纷，躲还来不及呢。"

明灵一言不发，转身走开。

宋恒告诉桑梓，唐岱带来了林袅，晚上一起出去了。

她很惊异，唐岱从不带陌生人来，她感到那就是在高铁站见到的女人，这女人有奇特魅力，让唐岱着了魔，他到达的当天晚上不见她，却和这女人出去。

她神思悠悠，一缕缕过往情思掠过花园草木，期望今晚能见到唐岱。

夜间零点还不见他，她失望地回家，一路开车，隐隐怀忧。

走进家门，客厅空气通畅，弥漫着清新剂气味，她还是觉出气氛特殊。

客人大多散去，剩下这些人看她的眼神不对。

她看到了唐岱，接着是那个年轻女人，她和唐岱挨在一起。

他们从侧面出现，正向门口走来，看样子打算离开。

桑梓蒙了，他是来找她？可他不知道她这个住处……

唐岱稍怔一下，兴奋迎上："你今晚怎么不在？"

桑梓的微笑含着清醒："我以为你会在红园。"

"哦，"他看看身旁林袅，"我是陪她来的。"

他以这样冷淡态度对她说话，她觉得受了轻慢。她脸上保持礼节性笑容，心里无法接受他们挨着的样子。多少年来，这是她与他独有的情感领域，她不能承受他这样亲近别人而疏远自己。

她淡淡说："你特意从广州赶来，是相约元宵节还是情人节？"

唐岱见到桑梓，觉得离她很近，可看了她这样，又觉得离她很远。难道18年间改变了一个人？他只相信爱与美、激情和理想能改变人，谁能改变桑梓？

他惶惑片刻："这我现在不好说，明天我去找你。"

他明天必须对今天的情景做解释，他在这个世界上能保存的东西不多，和桑梓的亲近是不能改变的。

桑梓保持从容优雅，注意到那个女人低眉垂眼，不言不语，情绪不好。看不清她面容，长发像李清照词中的帘幕遮住了她的脸：花影压重门，疏帘铺淡月。

在一边看着的明灵觉得受了忽视，露出不悦神情。

明灵一出现，唐岱就认出她是在高铁站见到的玫瑰女孩，但来不及也容不得他说什么，她迅速凌厉地与匡柱交锋，他心里一面赞叹，一面惊异。

刘鹏出现后，唐岱稍一分神，她就不见了，此刻他还想找到她，想弄明白怎么会和她连续相遇。她不会莫名出现，一定有什么原因。

桑梓注意到他四处张望："这里还有你认识的人吗？"

"我在找个女孩。"

桑梓很惊异，她看看唐岱身旁一言不发的林袅："现在你找女孩这么随意？"

"不是这样，我一下说不清，还是明天和你说吧。"

唐岱伴着林袅走下台阶，走出院门，转过弯道。

桑梓嘀咕一句："奇怪，从来没这么急着走过。"

桑梓回身，明灵翩若惊鸿，宛若游龙，迎面而来，擦肩而过，桑梓发现她很像在高铁车站见过的女孩。

桑梓转向她："请等一下，唐岱是在找你吧？"

明灵像没听见，一声不吭走出大厅，又突然停住，身体轻转，侧一下头："你在问我？"

桑梓微笑："是啊。"

"你和唐岱怎么如此亲昵？"

"我和他一起长大，当然亲昵。你为什么关注他呢？"

明灵有所触动："我听说过你，你是他过去的恋人？那个女人又是谁？"

不等桑梓回答，明灵走下门前台阶，脸色隐约冷然，注视唐岱和林裒片刻，迅速走向弯道。

转过弯，夜色中流浪画家余烁迎上，静静伴在无语的明灵身边。

终于，余烁拉住她，用手语问："你总是很快乐的，现在怎么了？"

明灵浅浅一笑："看见你我还是快乐的。短短几天，如此相知，你是我的守护神吗？"

他微笑："我是。"

明灵变得开朗起来："从见到你，我的生活就变得有意思了。"

三天前，明灵走进红园，此前，她在路口与余烁相识。

2019年元旦，明灵回到中国，她在国外获得博士学位，婉言谢绝导师挽留她的教职，到北州大学任教建筑雕塑。

她安顿好，就急切寻访红园，每天在周围徘徊，从壁墙上仔细眺望，但红园树木茂密，地势宽阔，无法看清，只能猜想。

奶奶让她在红角杨叶红时来，可叶不红，奶奶就不在这里吗？她隐隐不安，不敢轻易敲响那扇淡黄色大门，怕奶奶不在这里的预感是真的。

元宵节前三天，她又见到了这几天不断遇到的那位流浪画家，他在墙上画了一幅红园外观的3D画，引了很多人观看。

他不说话，神情独特，引她注意。她能从细节看到他的品性教养，他走路、站立、绘画的姿态都显出敏锐大气。他在一次聚精会神绘画时，不防被围观人踩了一脚，又被后边人撞了一下，他随即单腿跪倒，之后站起，默默用手掸掸裤上的灰。

她细看他的画，指着一处画面轻声说："这里如能把透视感画得更细致，就更生动。"

年轻画家惊异地对她做个手势。

她怔一下，明白了，这个人在问："你也是画家？"

她用手语回复："是的。你失聪失语了吗？"

他对她用手语表达有些意外："你懂手语？我只是失语。"

她的专长是建筑雕塑，碰到一个画得这么好的失语画家让她意外，忽然与艺术有了非常隐秘生动的联系，她一直在寻找这样的联系。她认为人与建筑、建筑与艺术之间，有无声交流，而且更深入生动，遍及生活，每个人都能感受，所以建筑是无声音乐，没想到这样的感受在这个人身上奇妙体现。

她惊喜地和他谈画，他依她提示不时修改。

她端详着修改后的画："你深谙艺术之道，却缺神魂之笔，这是无法改出来的。"

"我也在思考这幅画的形神关系，如要画出神魂，就得深入红园。"

她意味含蓄："这是画好这幅画的唯一可能，也许我可以帮你。"

他很惊讶："你和红园有联系？"

她没有直接回答，含糊地说："你一直在琢磨怎么画这幅画吗？"

"是啊，我在这周围转了几个月，终于画出来了，可你让我觉得这是失败的。"

"你别在意我说的，周围人都在夸赞。"

"但你我都知道这幅画并不理想。"

两个警察走来，在他们背后看了一会儿。

一个警察严肃地说："不能在这儿画，必须把它擦掉。"

他们惊愕地转过身来。

明灵急忙对两个警察说："我来解释吧，他是失语的。"

"我们知道他是失语的，他最近一直在这附近画画。你是干什么的？"

她拿出自己的证件，递给两个警察。

一个警察说："他虽是流浪画家，你是大学教师却尊重他，说明他真的画得好。我们都喜欢他，很照顾他，但不能画在这面墙上。"

她说："这是粉笔画，很容易洗去，我和他会清洗干净。"

另一个警察说："不知为什么，他总在这附近画。在这里画违反规定，我们不忍心难为他，可这给我们带来一些工作上的尴尬，最好你能劝他换个地方。"

警察走后，明灵用手语问余烁："你为什么执意在这附近画呢？"

他脸含微笑："你也在这附近转了一段时间了。"

他们清洗干净墙画，走到路旁安静地方。

"你如果告诉我你为什么在这里，我就告诉你我为什么来这里。"

他警惕地看着她："我为什么要告诉你？"

她笑一下："你在这周围画画的理由不能轻易示人吗？你不说我也猜得到。"

"你看出来了，为什么还问我？"

"我好奇呗。"

他似乎看透了她的心灵，露出微笑，在地上写出："我叫余烁。我叔叔是在红角杨生活过的画家余瀚。"

她有点惊奇："你在寻找他过去的痕迹？"

"我想弄明白他画的一幅画。"

"这幅画怎么了？"

"跟红园有关。你可以告诉我你为什么关注红园了吗？"

明灵笑起来："你上当了，我的秘密不会告诉别人。"

"你是个看上去很有艺术修养的大学教师，怎么这样顽皮？"

"看来你比我天真，容易轻信，我听了你的，却不告诉你我的，这个世界常常就是这样。"

他微微一笑："你不是随意蒙人的人。"

"哦，你对我还是这么相信？"她有点意外地仔细看看他，"如果再相见，也许就能告诉你一些什么。"

她和余烁告别，转身走向红园。和余烁相识，释放了她的压力和犹豫，心里变得坦然从容。

她按响了门铃，那时宋恒正久久等待着她。

后来余烁画出一幅神奇的3D画，红角杨也进入了最后的闪光时刻。

从晚会出来，唐岱和林袅沿黄河大道步行向南。

黄河大道由黄河北岸的北亭山跨桥而过，直通城南月泉山。

夜深沉清寂，北州街市不似广州日夜辉煌。

有辆出租车从后驶来，在他们身旁慢下来，司机关注片刻，见他们没有要车意思，向前驶去。

　　林袅不语，唐岱打破沉默："那女孩怎么又突然出现，悄然不见？"

　　她有点神思迷乱："噢，哪一个？"

　　"就是白天在车站见到的。"

　　"嗯，这该问你，我不知道。"

　　"你现在心不在焉，她帮了你。"

　　"她跟着你出现，你在哪里，她就在哪里。"

　　"你好像比我清醒，我有点蒙。她说我和她有玫瑰情缘，那就会再见到她，那时就清楚了。"

　　她依着他，静静前行。车道上灯光泻地，人行道明暗相间，路灯夹在高大槐树和柏树间，光影错落，他们穿行在树影光色间，有时，树木完全遮没了灯光，幽暗环绕着。

　　他换了个话题："我们表演得还不错吧？"

　　她缓过神："情急之下，我说要去红园，只为躲他。"

　　"我提出去红园，你就该那样说。"他对她微微侧头，"我认出了匡柱，他哥哥匡化是个街痞，他很小就学了一身痞气，没想到，他会在今天这样场合出现，更没想到，他成了飞天歌舞团副团长。"

　　"现在歌舞团被他带得有了些痞气，今天那两个帮他的人就是他招进歌舞团的。"

　　"你告诉我，我才知道赖央是匡化的哥哥。赖央跟一件往事有关。1976年，朱丹影与住在红园的年轻画家余瀚相恋，余瀚擅长以敦煌壁画风格作画，不时往来于敦煌和北州。他为完成一幅构思已久的画再次去敦煌时，奇怪地溺死于月牙泉边，人们猜测是一个追逐朱丹影的权贵人物的儿子所为，但我怀疑这种说法。"

　　"你认为赖央和余瀚的死有关？"

　　"我说不清这之间关系。余瀚溺死后，当时一个权威刊物发表了一幅画，轰动全国。这幅画完全是余瀚的风格，用的是余瀚给自己画作起的画名。赖央在1979到1982年坐过三年牢，他出狱后宣称这幅画是他作的。当时人们都知道这幅画，不过闹不清谁是真正作者，赖央自己这样说，人们认为——他不可能在一件人人皆知的事情上撒谎，就相信他是青年绘画奇才。于是，他虽未正式读过大学，却先在南州师范学院任教，后又到了教育部重点大学南州大学，成为南州大学的美学教授，现在已是多年的博士生导师。"

林裊说："赖央和匡枉虽同父异母，却极少往来，我只见过一次赖央，他的眼光透出丝丝阴气，说他沽名钓誉，我一点不怀疑。"

"现在，没任何史料能证明赖央是这幅画的作者，他到处吹嘘，却从不敢白纸黑字写明他是这幅画的作者。广州的杂志《南风窗》有文章质疑过他，但没有证据，不了了之。至于他怎么进的监狱、在监狱的情况，他从来不说，也没人查问。"

"他的档案对此没有记载？"

"没有，据说他从南州师院调到南州大学时，让南州师院人事部门烧掉了他一尺多厚的档案，南州大学给他重新建档。"

"他表面谦和老实，看不出心机如此之深。"

"他的谦和老实跟匡枉的自是矫情都是假象，你受匡枉的假象诱惑，才和他结婚的吧？"

她默默走了几步："就像你说的，他善于表现假象，帮我筹谋规划音乐之梦，我以为他和我一样有音乐理想，没想到其中暗藏算计。他骨子里是个变态占有者，从没有过爱，婚后对我没有感情，没有尊重，控制我与人交往，只想把我囚禁在他身边。"

"他就是因为你像朱丹影而盯上了你，得到你只为发泄他骨子里的嫉恨，若不能把你占为己有，他就不舒服。"

"我现在才明白，他用占有我来替代占有他从小艳羡嫉恨的人，所以用冷暴力虐待轻蔑我。"

他劝慰："你一定忍受到了极限，离婚对你是好事，这不过是你人生一小部分，你必须穿越每一场经历，才能真正找到自己的生活。"

她叹一下："如果一开始就找到适合自己的婚姻，会有更好生活，现在难以再遇美好。"

"邪恶不能败坏美好，岁月也不能侵蚀你的美，你的生机保藏在生命深处，一遇今天这样的触发，就如泉喷涌。"

她犹豫一下："你这样安慰，让我有些希望了。从见到你，就害怕失去你，你不会半途而废吧？我无所依托，得依托你，可终归要分开……"

"在中国情人节相见，就是机缘，我会如约陪伴，直到你找到更好生活。"

她伫立呆望，脸容失神，声音忧伤："我等了很久才遇到你……穿过遥远时空，穿过这漆黑夜空、这灯光大道，穿过我身边的僵化、冷漠和贪婪，来和你见面，好像早就见过了，又从未见过……我该去哪里……"

他安慰了她，却和她一样茫然，不知道自己会怎么样，也不知道和她会怎么样，他对女人只有像对高尚或鄙恶那样的尊重或轻蔑、亲近或远离，没有随意据有的热望。

他看一下暗暗天空，觉得该有星光和月光。

"你不是无家可归了吗？我既扮演这个角色，就有了责任，今夜你跟我去红角杨，那里的星光会照耀你。"

她踌躇不安："我得另找住处，红园20年都没陌生人进过，我不可能住进去。"

"宋伯伯会让你住进去，他对人的敏感还会像以往那样锐利。"

五　飘游的庄严精灵

在类似古希腊雅典娜神庙山湾的圆形场地中，黑夜中的红园静静默立，就像经历了时光侵蚀的一片历史雕像。

他们踏着坡道走下去，寂静中，脚步如钟表声清晰均匀。浓重夜色带着寒意四面袭来，地上的墨蓝色身影无声追随。

万籁俱寂，大门紧闭，门里边的大树轮廓清晰可辨。

唐岱低语："站在门前，看到树影，骤然贴近以往日子，初春之夜的依稀庭园里，闪动着小楼里壁炉的温暖火光……"

"你这么依恋，为什么离开？"

他蓦然失神："当时的迷思说不清，我身处心魂迷宫走不出。"

"我以为你坚定清晰，你也会这样？"

"我需要找到从红园走进现实的路。"

宋恒的高大身影出现在打开的角门里，银焰迎出来表示亲昵。

到达小楼，宋恒沉静地从照亮门厅前台阶的第一盏灯开始，逐个将灯打开。

林裒踏上小楼宽大台阶，怀有好奇期待：她将走进这静谧二十年的神秘小楼。

随着宋恒的脚步身影，她渐渐置身一个奇妙变幻的世界。

一盏盏灯沿着前厅、走廊、楼梯、二楼打开，光色起初朦胧，接着像波浪一波波推进，水流抚平河滩般抚平黑暗，小楼越来越透亮，最终被光波淹没，浸润在一片辉煌中，如同水晶宫晶莹剔透。

到达二楼，灯已全部打亮。走廊一侧是房间，另一侧是窗户。透过一扇扇间隔相等、格扇整齐的窗户，可以看到窗外情景：附近树木被光激出奇幻活力，完全没有了冷夜中委顿收缩样子。

林裒站在二楼走廊栏杆旁，惊喜地看着侧前方大厅中央枝形吊灯与走廊壁灯相映生辉。

唐岱站在她身边，吟出李煜的《破阵子》：四十年来家国，三千里地山河。凤阁龙楼连霄汉，玉树琼枝作烟萝，几曾识干戈？

宋恒将他们带进一个房间，房间里有个大壁炉，壁炉里火焰升腾，房间里流荡暖融融气息。

银焰亲昵地靠向林袅，像在恢复一种气息和影像的遥远记忆。林袅本来怕动物，这时抚摸银焰，与银焰并无芥蒂。

宋恒把唐岱叫出房间："你让她在这里过夜？"

"您知道我不会轻易这样做，我相信她是我们这样的人。"

"我从没见过你这么固执地信任一个人，就因为她像朱丹影，激活了你的激情和幻想？"

唐岱仍然含笑："我的激情和幻想从没熄灭过，我记着您的教导：一个没有激情和幻想的人，也不会有真情和现实，失去了激情和幻想，就失去了思想和信仰，这是您教给我的判断准则，让我不为假象所惑。"

"这么多年，你时有失望，曾把一些后来伤害你、欺骗你、剥夺你的人看作好人。"老人动情而关切，"我担心你再受伤，希望有更多好人和你在一起。"

唐岱安慰着老人："在广州这18年，我经历了迂回曲折的生活和思考，现在心里明镜似的。有人表面对我好，底下却非常势利；有人先是要我帮助，后来却为自己而害我；也有人看到我突出就不舒服，会把我拉下来，这些都让我看人更透彻。"

宋恒沉默片刻，声音透着冷峻："我经历了差不多一个世纪的变化，这让我沉默无语，但没有失去对人的敏感，你若更加敏感，就能找到你信任的人。"

"没有爱与美的人，怎么标榜人性和善良都是虚假的。我用爱与美明辨正邪善恶，能觉察庸常之恶的威胁，能觉察对欲望和利益、权力和财富的贪婪。"

宋恒神情沉毅："那就好，我对自己没什么担心的，唯一牵挂的，是你、桑梓、朱丹影和红角杨。"

"我知道，您不是对她一个人警觉，是对红角杨忧虑。我们会伴着您与红角杨长在，就像您坚守那个永不能被攻占的堡垒一样坚韧。"

林袅听着门外传来的轻微话声，被老人所感动，再次感到两个男人间的亲密挚爱：一个是阅尽沧桑坚守理想的九旬老人，一个是为灵魂家园抗争现实的壮年男人。

宋恒走进房间，仔细观察林袅，轻声说："在这里没人能伤害你。"

林袅从没见过这样年纪老人的这种锐利目光，也从没经历过任何人用这样眼神打量她。老人这一眼就像历史把她穿透了，她隐约觉察到老人开始接受她，那眼光隐藏了几分慈爱，就像他对唐岱那样。

宋恒走向门口，在门口回身叫银焰。

银焰蹲在地上，昂头不动，两眼专注地看着林袅，似乎确定了和她的亲近关系。它恋恋地看一下她，起身走向宋恒。

宋恒看看林袅对银焰温润的目光："让它留下吧。"

房间里静下来，唐岱、林袅忽而没了话。

银焰懂事，它从进房间就不动不叫，像他俩的熟朋友静静相伴。

唐岱抚摸银焰："这是朱将军养的灵犬，宋伯伯说它的祖上是哮天犬。在滇缅战场，这只猎犬浑身是伤，拼命咬住一个用刀砍向朱将军的日本军官咽喉。那是滇缅森林一个傍晚，将军推开压在他身上的日本军官，仰看朦胧欲出的星空，想到星光将像银色火焰，在空中开放生命光辉。此后，将军给这条黑背银身猎犬改名为银焰。1969年将军失踪后，它一直在这里。"

她睁大神往的眼睛："银焰怎么能活那么长时间呢？从那时算起，至少又过了八十年。"

他一笑："银焰是代代相传，这是救了朱将军的那条银焰的第五代。每到一定时候，宋伯伯都要想办法找到与银焰同种的纯种猎犬与之交配。到了这代银焰，至今还没找到可以与它相配的。宋伯伯说，要找到一条与银焰同种而没有变异的纯种猎犬，越来越难了，而且，要花很多钱。"

一阵安静，她站起身，左右看看，视线落在一张大床上，然后又看到一张大沙发。她微微紧张，手下意识扭在一起，不知该说什么，也不知该做什么。

"夜深了……"她轻声说。

"你睡床，我睡沙发。"

她走过去打量一下沙发："这行吗？它看上去很旧。"

他使劲压压沙发："它像红角杨一样坚实，落满沧桑。我在广州挺怀恋它，躺在这张沙发上，遐思无限。这是1946年朱将军从上海订购的，在这儿摆放了73年，经历了许多难忘故事和燃情时光，历史和生命就在这张沙发中、在床和房间里、在喷泉和雕像里、在花草树木和花园小径中，不在那些刻板文字中。"

"过去没人告诉我这样去感受历史，此刻我能听到一支古老琵琶鸣响的岁月声音。"

他微笑："在这样的房间入睡，尝试着这样感受，就会有灵性，有激情、有想象，听到时光诉说，看到精灵飞动。"

她微微闭眼，入神着迷："沙发有灵性，房间有灵性，银焰有灵性，你和我都有灵性……"

他有点惊异："这种灵性我从幼时积累了几十年，你这么快就有了？"

她又恍惚又兴奋："是因为你？今天？红角杨？也许我就是一面琵琶，就像你说的，我原来就有灵性，来到这里，就被陌生而熟悉的神性情境改变着……"

他看着她想，他再次遇到了一个有灵性的女人，或者，红角杨的灵性又复活了。

他说："也许注定有这么一个时刻，你会变成一个弹琵琶的精灵或女神。"

银焰紧挨林袅静卧。过去，她对动物很淡漠，这只灵犬让她异常感动，它带着遥远记忆走入她心底，越来越紧和她连在一起。

与房间格调相应，墙上有个1946年上海制造的挂钟，它的声音给她清晰的时间感，让她回想一天，想象一生，猜想在这个房间发生的故事……她睁着眼，回到纯真时刻……

没有生命纯真，就没有艺术纯真，一片音乐在她心边升起飘动，后来她那首红角杨复活的叙事曲，就在这个时刻萌生。

她听见唐岱轻轻起身。她侧过脸，看到他轻手轻脚往壁炉里加木柴，然后倚在壁炉火光旁凝神沉思。

木柴在壁炉里响起燃烧的爆裂声。火光照亮了壁炉对面沙发和沙发上方的挂钟，卧在她床边的银焰也时明时暗。

她着迷地观察他。火光跳动中，他的神情飞越时空，沉思的身姿流荡活力，让她心摇神移。

她从没见过这种情景，从未遇过像他这样孩子似坚守纯真的人。不管白天充足光线下，还是此刻火光跳动中，他的额头净如儿童，那张脸似有梦幻力量，无法从外貌看出他的年龄。

他光滑明朗的脸上，不见一丝生命衰败，不见一抹岁月风尘，所有经历都落在心里，变成了沉思与回想、激情和理性，日月如梭，在他额头编织了很多成熟现实，也编织了他坚定的信念。

渴望如泉涌心，她轻轻起身，想要倾听诉说。

他回身看她："我吵醒了你？"

她走到他身旁："今天很特殊，你睡不着，我也睡不着。"

他侧身转向她，一只胳膊弯着撑在壁炉架上，凝望她微微走神。

"红角杨永远醒着，今天，只要它不睡，我就睡不着，李商隐的《夜雨寄北》踏星而来：君问归期未有期，巴山夜雨涨秋池。何当共剪西窗烛，却话巴山夜雨时。"

"你要回忆，还是诉说？我是个很好的倾听者，能像听音乐一样仔细倾听。"

他看着她，不知该怎么对待她、回答她。

她看出他的犹豫迷茫："是因为桑梓而对我不知所措吗？她就是你在车站本来要等的人吧？今天晚上，她风姿绰约。"

"怎么看出是她？她没说什么呀。"

她浅浅一笑："我是弹琵琶的，对女人敏如怀抱琵琶，一看她就和别人不一样。你和她之间发生过什么？"

"有段时间，桑梓飘浮在我和刘鹏之间。那时，我停留在红角杨中，向往有敬意的生活，寻找像星光闪烁的生命，而刘鹏轰轰烈烈成为时代骄子。他是我一个来自乡村的大学同学，大学毕业后消失了一段时间，再次出现在我和桑梓的生活中时，带来了巨大资本，那些财富亮得晃眼。他认为他就是时代标志，他把桑梓看成标志他人生荣耀的形象，而桑梓以为他代表了新生活。"

"我猜想，你对桑梓有错觉，我见她时，并没有你说的感觉。"

"后来我也想过，我和桑梓相处太深，反易出错。"

"也许，她从来就没有被刘鹏迷惑过。"

"刘鹏是每个人都难逃避的迷惑。什么让桑梓更幸福、更自由？当时我不知道，她也不知道。我能控制自己的激情，但我控制不了女人的迷惑，只能选择离开，让她和我的生活在这个时代转向，各自寻找自己的理想。"

她有些向往："从见到你，越来越觉得你钟情中国古典浪漫，就像你说的苏轼和刘禹锡那样，跟随你的理想在大地上飘荡，到了岭南。"

"这是我的古典浪漫，也是我的现实理想。苏轼和刘禹锡因为当时境遇，到过广东的连州、潮州、惠州，在岭南生活中留下了深深的古典印迹。他们在岭南大地飘荡千年后，我深入被看作新时代标志的广州生活，就像深入一个洞穴，身处与以往不同的生活，面临不熟悉的现实，摸索人情世故，判断生存价值。宋伯伯曾在滇湎战场与明悠点起火把，深入那个也许从未有人探索过的山洞，我没有相伴的女军官，把桑梓留在了北州，就像古代边塞诗人把女人留在了家中。没有我的火把照耀，桑梓更加暴露在刘鹏的财富下，我和她都无限孤独。在广州，我时常想起杜审言那首《赠苏绾书记》：知君书记本翩翩，为许从戎赴朔边。红粉楼中应计日，焉支山下莫经年。"

"诗中的焉支山是北州的山丹军马场那个焉支山？"

"是的，朱将军和明悠的祖上居留于焉支草原，他们特别在意焉支山，我也向往焉支山，它保留着遥远的中华大气，连接着唐宋明的浩荡生活，我在它绵绵不断的历史梦想中。当时我相信，我对广州不过像桑梓对刘鹏一样，想了解人们所崇奉的时代是什么样，想看看自己在广州会发生什么变化，我对广州的探索很快会中止，岭南的时尚风情不会像滇缅战场的山洞那样幽深，我很快会去焉支山，那里才是我向往的地方。我没料到广州生活吸引改变着我，一去18年。"

"广州真改变了你吗？你不像我见到的其他广州人，没有挥洒豪奢的自在自得，也不完全恣情随意，有点包容务实，却又深沉执着……"

"其实从古典时代延续下来的岭南人热心、淳朴、实在，本土广州人一直保存这样的特性，和现在生活在广州的人并不完全是一回事，这个时代的广州生活有很多其他因素。我需要充满敬意的生活，仰望充满敬意的生命，我生命里长了一棵红角杨树，有无法动摇的根和枝繁叶茂的信念，与晦暗习性和鄙陋生活形成对峙，很多人说平庸挺好，可我警惕庸常之恶；很多人说不该这样、但忍受下来挺好，可我说不该忍受习性，不该压抑生命。"

她慢慢体会他的诉说："我没见过你这样执着向往理想生活的人，看来，广州生活让你更理解适应现实，却没怎么改变你。"

"你说的，就是现在的我。屈原、苏轼和刘禹锡被不断贬黜放逐，但矢志不悔，骨子里，我就是像屈原、苏轼和刘禹锡那样不肯改变的理想主义者，这是从我幼时就生根的，怎么也改变不了。每个人幼时生活不一样，后来生活感觉就不一样；现实感受不一样，向往也就不一样。宋伯伯告诉我，在红园，可以看着草木、星光和书，去想象一种非凡神奇、充满敬意的生活，可以注视那座小楼和雕像，它们和楼里的挂钟凝止在时间里不动。我在草木气息、小楼钟声、书与灵魂、历史诉说中长大，却在现实中变化，但不会改变我的信念：平生塞北江南。归来华发苍颜。布被秋宵梦觉，眼前万里江山。"

她有点伤感，悠然叹息："我和你太不一样了，我羡慕你和桑梓，如果我像你们那样成长，现在的生活也会不一样。"

"你不必为以前伤感，我也有面对生活的不知所措。只关注财富和利益与我格格不入，我不知道该怎么调和对立，该怎么把识时务者当楷模，该怎么把平庸习性当成普遍人性。"

她温婉而含着忧伤："我没遇到过你这样坚持思考生活的人，也没有这样思考过我的生活，这让我更难以承受我的混乱。你能停下，让我松弛一些吗？"

她垂发静立，像个让他怀恋的思绪落在面前，她的温热气息沁入他皮肤，能感受她柔滑细腻的肌肤，就像感受她的容颜身姿一样。

他舒口气："你太忧伤幽静了，你能感受激情吗？女人该有激情，可能，就因为你没有激情，才发生了你过去软弱无力的生活。"

"我说不清……也许你能给我带来什么，也许你能让我升起激情。"

她与朱丹影的相像、她的纯真与迷离，都尖锐触动他，当她要从那个久远憧憬走近他身边，当那个无法揽住的身影突然回到现实，他不知所措，可也不愿她像风一样不留痕迹掠过他的生活。

他看着自己的思绪像星光一样绽放，却看不到激情，如果他和一个女人互无爱与美的激情，他决不会触碰她，彼此心神融合才能触动激情，如不是这样，那些精雅容貌、柔滑肌肤、秀美身体，都会在一经触碰的一刹那黯然失色。

"我能让你升起激情吗……有时候，我身边的人就是我全部激情；有时候，我正在遥远地方成为别人的激情。"

"现在，我第一次有了女人激情……这可能像水中月、镜中花一样，只是个真实的幻影……"她似乎又有了迷惘。

他可以凝望、沉思和感受她的美，却无占有心绪："我渴望激情，佳丽美颜让我爱，可回到红角杨就遐想不已，放不下那些庄严生命。"

他拿起她的羽绒衣，给她披上："既然你睡不着，就听我诉说让我魂牵梦绕的。我崇敬那些庄严生命，愿意与宋伯伯、银焰和草木为伴，与书和星光为伴。我有好多永生的回想，让我回到过去：看着壁炉里木柴燃烧，听着木柴燃烧的爆裂声，闻着木柴燃烧那种特别纯的清新气味，房间里缭绕着那些关于红园如歌如诗的故事。如果下了雪，火光能映亮窗外飘舞的雪花，我就能看到甚至触摸到，那些在历史中飘游的庄严精灵。"

"你这样一说，我又感到满房间精灵飘游。"

"是那些精灵触摸了你，你我都无法入睡。好久没有这种感觉了，此刻真怕这种感觉失去……这让我太敏感，那种不太好的预感又出来了。"

她很惊异："你在说什么？预感……"

"这和星空玫瑰有关。红园有个星空图书室，身处玻璃圆屋顶下的圆形地毯上，就感觉到书如星空，周围层层叠叠的书与星空相连，特别是，有个时刻可以看到与月亮玫瑰映照的玫瑰星空。借助天文望远镜，可以看到一个叫作NGC2244的恒星团，宛如一朵绽放的巨大玫瑰，它原本暗弱的光亮要逐步积聚才能亮丽，只有通过相机长时间曝光才能显现，凭肉眼看不见。2009年2月，广东有天文爱好者凭借天文望远镜和数码相机，拍下了被誉为宇宙情花的玫瑰星云。我不必借助天文望远镜，早在红角杨看到过玫瑰星空，我不知道那位拍下玫瑰星云的天文爱好者后来怎样、发生了什么变化，但那一刻我有了预感。"

她将信将疑："我遇到你，就遇到了神奇？你能再看到星空玫瑰吗？"

他有点为难："我在等待那个时刻……这要一个男人和一个女人在一起。"

"这不会是你的想象吧？如果是真的，很让我向往……"

他含糊地说："不是想象，也许你我都能看到，不过要等待，宋伯伯也在等待，有机缘，才能再次看到玫瑰星空。"

他打开吊灯，高强度灯光让房间明亮晃眼。他走到落地窗帘前，两幅宽大窗帘像幕布一样沉重拉开。

她惊异于魔法变幻般的景象：窗帘后整面墙都是玻璃墙，由屏风式玻璃雕花门组成，全都可以折合打开。头顶灯、床头灯和壁炉火光映过去，透过玻璃墙倾泻，流畅照亮比玻璃墙还宽大的露台，玻璃雕花在露台洒下斑驳错落的光影。一些高大树木的枝丫伸进露台，静静地、睡意蒙眬地看着露台、屋里的人和银焰。

她睁着惊奇的眼睛："我从没见过这么宽大的露台！"

"楼下露台更大，夏天可以在上面举行晚会，它连接整个会客厅——也是会议厅。会议厅正对门厅，四扇连在一起的橡木转轴门可以同时打开。门厅两侧有整齐的黄铜衣钩，军官们挂完衣帽，步入会客厅，朱将军的会议都在那里举行。"

"在当时，这座小楼像神话一样吧？"

"红园就是神话园。当时北州只有两座楼，这是其中一座，被称为西北之星。直到现在，这仍是中国唯一有圆顶的壮观建筑，也有曲折回环的开阔的庭园。"

"朱将军为什么要在比较偏的北州建红园呢？"

"因为朱将军祖上是开发北州的明肃王朱楧。来，帮我一下。"

他们拖动沙发。沙发庄重地对着玻璃墙，仍在对往事沉思。

他催眠般轻语："从我小时候起，这里就有神奇精灵在飘游，它们是一些星空心魂，先于星空机缘围绕我飞翔，带着我仰望星空玫瑰——那是星空心魂的汇聚……你可以尝试跟着我感受，闭上眼，草木大地像你我的心脏跳动，一下一下轰响，能听到历史之声和传奇之声……"

房间灯光关闭，壁炉火光闪烁，过去的故事斗转星移……

她闭上眼，红角杨树在阳光中飘动，树上漫洒阳光，他的声音把她带进远方，带进红角杨深处——

"朱将军祖上是明朝开国皇帝朱元璋的儿子朱楧，不知道当年的十四王子从哪里得来的智慧，在诸多王子中，他是唯一保全了身家性命的太平王爷，并且建立发展了北州这个城市留给后人。当朱楧把儿子朱子秘密送往焉支草原时，在朱子身上留下了强大的血脉印记，这延伸到了朱水天的身体里，再延伸到红园。

"朱楧的宫殿里流荡着宽阔悠远的历史气息，这些气息后来就变幻为红园。环绕我成长的，有屈原的香草美人气息，有朱将军祖上的恢宏气质，也有远征军的光明英勇之爱。花园开阔疏朗，布局层层有序，雕像，小楼，洛神湖，月亮玫瑰，红角杨树，处处相依，那些故事和生命之谜藏于其中，有宫殿和历史的神秘回声，有中华渊源的传奇魅力，也有荡气回肠的爱与美神奇。

"朱将军和明悠建红园，是要纪念光明英勇的理想主义精神：朱将军在黄埔军校就秘密加入了共产党，受他影响，他部队的气质风格、军人观念都很独特，他告诉士兵为谁而战、为何而战，整个101特种团结成了一个英勇之爱的整体。

"朱将军在抗日战争中屡建战功，他1933年就与日军在长城战区鏖战，后参与武汉会战，在凤凰岭战役中，他率军坚守凤凰岭六天五夜，凤凰岭下日军人尸三千、马尸千匹，而凤凰岭岿然不动。宋伯伯当时率一个连坚守最前沿突出部410高地，最后只剩下了他和一个新兵，日军仍然只能望410高地兴叹，宋伯伯说那是一个永不能被攻占的堡垒。

"抗战中期，朱将军参与中国远征军，开赴缅甸驰援英军。毛泽东曾写过许多脍炙人口的诗词，其中吊挽将帅的只有两首，能有幸享此殊荣的，一位是解放军元帅罗荣桓，另一位是远征军名将戴安澜。远征军200师孤军抗击日军八天七夜，阻挡住日军三个师团进攻，救出英军7000余人，他们却身陷重围，师长戴安澜将军突围时殉国。朱将军当时率领101特种团突围，冲过锡当河，打回中国本土。国民党军队1946年整军时，朱将军实际是一个军的整编101师师长，1948年末，他率101军参加中国人民解放军。

"1949年10月1日，朱将军站在天安门观礼台上，观看开国大典。随后，他成为北州省副省长、全国政治协商会议委员和全国人民代表大会常委会委员。1969年，朱将军神秘失踪。事后，和他最亲近的宋伯伯沉默着，不说一字。人们众说纷纭，有人说他出家了，有人说他叛逃了，有人说他去找一位在滇缅战场结下生死之交的中国女军官，也有人说他去国外找一位军校女同学了，还有人说朱将军隐居在月亮湾的山里。"

"为什么猜测朱将军在月亮湾呢？"

"朱将军祖上在月亮湾居住过，据说，那曾是明王室后裔悄然隐藏的地方，也是中国唯一的古罗马后裔居住的地方。从前，那里的男人从不离开家乡，却有预言本领，而每个女人会看相算命，出门飘荡，每年只回一次家。"

她诧异："我在北州这么多年，怎么从没听过月亮湾的传说？"

"的确没什么人知道这个传说，月亮湾人从不把自己的秘密说出去，并且这个风俗200年前已经衰落消失，若不是宋伯伯告诉我，我也不会知道。再说，现在人们很少关注生命神奇，更关注生活如意。"

她手捧下颌，着迷地看着他："坐在这里，听你诉说，就渐渐置身神奇……"

"这是我从童年起听到的断续往事，也许因为钟情屈原的美人香草，我对花草气息很敏感，你身上的气息很像那种花草气息，唤起了我的记忆。记忆中的一切都没有按顺序听到，我没有可能准确叙事，到现在我还有许多事情没有听到。我可能不会知道结尾，但我知道的那一点点，让我非常敏感。

"我和桑梓都喜欢辉煌灯光、明媚阳光和神奇花园，当夏日的高原阳光穿过蔚蓝天空，投射到小楼、草地、树叶上，朱丹影的长发随她穿行的身影在花园飘动，红园弥漫着精灵飘逸的感觉。许多年后，我还把草木香气和那些飘动长发缠绕在一起，那神秘梦幻之影像彗星般悠长摇曳，闪耀在我生命中。

"从童年起，我和桑梓就模糊相信，那不仅是草木气息和飘飘长发，那是红园发出的回声。在宋伯伯的讲述中，我能找到那些生命闪光：黄埔军校里嘹亮的军歌，朱将军在长城战场上纵马驰骋，宋伯伯坚守的那个永不能被攻占的堡垒中草木芬芳，掩护宋伯伯和明悠的那群士兵伏在林中大地上射击，明悠的身影也在带着玫瑰香味的空气中依稀飘动，就像屈原的香草美人流荡至今。"

她悠悠沉入他的诉说："如果红园是神话园，明悠是香草美人，朱将军就是像屈原一样执着于天问精神的人？我能感受到，他们让你充满敬意，让你向往崇高生活。"

"对，那一代让我崇敬。宋伯伯教导我成长，他深受朱将军影响，忠诚坚韧，执守信念。朱将军失踪后，他照顾看护朱丹影长大，就像朱丹影的另一个父亲，两人相依为命。"

她琢磨着："朱丹影这个名字是不是有什么含义？"

他痛楚慨叹："朱将军喜欢苏轼的月亮大地之感，这里有中国古典式的九道花墙和九个月亮门，我猜想，他给女儿起名叫朱丹影时，以月亮玫瑰、红角杨树和月光之影暗喻她的命运。"

"这和她失踪有关？朱将军也有预言能力？"

他迷茫沉吟："以往的事我说不清。朱夫人柳湖于1965年去世后，朱将军请一些有影响的作家、音乐家和美术家住进来，那时我才随父亲住进来。

"二十世纪七十年代末，与外面世界完全不相干，这里纯净、安宁、无忧，有一群年龄参差不齐的孩子，朱丹影和年轻画家余瀚就像大哥哥、大姐姐，我略比沙发扶手高时，就坐在他们身前地毯上，似懂非懂听他们谈艺术、谈人生，我的儿童脑袋就像最纯洁白纸，他们说什么，我就吸收什么，常常听得入迷。

"朱丹影18岁与余瀚相爱，余瀚之死让她神志失常。1979年，在北州市主要交通干道庆阳路上，常有一个女人游荡，她的艳丽被她的癫狂遮掩了起来。很多人都不知道她是朱丹影，我们对她失智尽量保守秘密，想办法让她待在红园里，后来发现，她茶饭不思、忧郁憔悴，但每逢跑出去寻找余瀚，就很快乐。后来，她就像一只鸟，每天早出晚归寻找余瀚。"

"既然你们努力保护她，她又怎么会失踪？"

"我和宋伯伯都为此深责自己。那天应该是我陪伴她，但我疏忽了一会儿。宋伯伯很少离开，可那天恰逢他去探望他生病的父亲。从那以后，除了购买日用品，宋伯伯决不离开红园半步。他四处打听，等她归来，他要为朱丹影守着红园，把它完好无损地交给她。

"北州人很快忘了朱丹影，可我们丢失了最爱的人。在我的童真世界里，第一次看到的情爱之吻，是朱丹影和余瀚的，他们久久吻着不动，像凝固在一起的雕像，我被震颤得半睡半醒，迷醉于他们身心相濡……"

她有所触动："怪不得朱丹影对你影响至深，这也影响了你和桑梓的关系？"

"我可能因此有点迷幻，导致和桑梓没有结成婚，之后，我以为对婚姻不必太苛刻，到广州后第三年结婚，两年后离婚。那时我明白了，若我无法找到一个有红角杨气质的人，就不必结婚了。"

"你要找到这样的人结婚，当然很难。"

他凝视着她："你和朱丹影长得这么像，意味着什么呢？"

她惶恐羞怯："我不会对你有什么改变。长得像另一个人只能造成迷惑，不能代表什么，也不能决定什么。"

"我其实在逼问自己，没有冒犯你的意思。"

天完全亮了。窗外清冷的晨曦中，宽阔露台泛着洁净均匀的光，露台四周树枝露出梢头，水墨画般映在一片光亮背景上，一群麻雀叽叽喳喳叫着，在露台和树枝上跳跃。

他看看窗外："天亮了，说了一夜，想起王昌龄的诗：'寒雨连江夜入吴，平明送客楚山孤。洛阳亲友如相问，一片冰心在玉壶。'"

她穿上毛衣，再穿羽绒大衣："我一夜都浸润在冰心玉壶中，现在得去上班了。你要去找李程吗？"

"我必须去找他。"

"希望你能和他谈得好。"

"你下班后就来吗？"

"我想不行。我得找住的地方。"

"还用找吗？这段时间就住这里吧，等你离了婚再说。"

"宋伯伯会答应吗？"

他一笑："你看他昨晚神情还看不出来吗？你今天就搬过来吧。"

上午9点，唐岱走进李程的办公室："我还是叫你李程吧，叫省长不习惯。"

李程笑着迎上来："随你吧，我一想你就准是这样，你这性格我在大学就习惯了。不过，我只能给你20分钟，之后我有事。先说说，怎么过去你甘愿默默无闻，现在先声夺人，人还没到，事先到了。"

"你指什么？"

李程将桌上几份报纸推给唐岱，半戏谑半认真："在北州你一夜成名，各报都有你昨晚的风流韵事。"

唐岱一笑，不经意地推开报纸："你相信这满纸荒唐言？"

"荒不荒唐得你告诉我。你和林袅相识我怎么不知道？"

"我也是昨天才见到她，媒体宣传的事可真没影。"

"那你们为什么自己说是情人？"

"是林袅要这样说。"

李程狐疑："她为什么要这样？为什么不让我知道？"

"她就是为了少给你添乱，才自作主张找了我帮忙。"

"我知道她婚姻关系微妙，可不至于那么远找你做情人吧？"

"我可不是为她而来，我为红角杨园而来。"

李程悟过来："读大学时，你说在红园长大，现在它引人注目，你想保住它？"

"来求助于你。"

"不能为了你破坏北州发展规划吧？"

"不是为了我，国家政策是：有历史文化意义的建筑哪怕在市中心，也不得推倒重来，反而会有专项资金进行修缮保护。"

"可它没在北州的文物保护名单里。"

"怎么会没在里面？"

"我还记得一些你说过的情况，也奇怪它怎么不在文物保护之列。"

"是不是对它论证不当，能不能重议？"

"不能轻易质疑现在的论证结论。你说说，保护它的特殊性在哪里？"

"一切历史都在今天，拆了它只能得到现在的好处，更久远的衷情却失去了。它是为抗日将士修建的灵魂家园，我们要让这些中华将士能魂归故里，让生命精神在历史、现在和以后回响，如果留不下它，怎么回响？"

"在论证时没人说过它是精神性纪念建筑，你是从更理想的生存状态考虑的，可也该符合让人民生活更美好的现实意愿。"李程思考着，"你再说说。"

"有个大广场、大剧院、大展览会馆，能带来更多财富和享受，并不就是美好生活，美好生活是有价值的生活，有价值的生活是有爱与美的生活，人类一切发展都为了爱与美的生活，如果没有爱与美，我们将一无所有，现在享有的信息技术、人工智能、高铁飞机、高端消费等，终有一天随风而逝，能留下的是什么？"

"我同意你说的，我们该给予生活长久价值，如果只顾从技术到物质的满足，就不是真正的中华美好，但创造财富也是必要的生活美好啊。"

"可是，只关注财富就是'东风恶，欢情薄'。只关注欢情享受，无所思也无所忆，就会对一切都不在意，把有价值的生活看得云淡风轻，最终会走向堕落。现在国际国内现实让国家警醒，让人民思考，国家和个人都在经历考验，必须关注一些庄重严肃的事情，必须思考为什么生存。"

"不沉溺于平庸鄙薄和欲望满足，当然对，在无尽的财富享受鼓舞中，自然就轻薄生存，不会庄重认真，但红园跟你说的这些有什么关系？"

"拆房建房本不为发展经济，而为建造美好家园，怎么能为发展经济而毁坏家园呢？我们并不生活在一个和平安宁的世界，而有幸生活在一个安宁幸福的中华家园，红园是突出的中华家园象征，有特别的建筑形式、主题和格局，有历史记忆和现实关切，含蕴着爱与美和光明，让人珍重家园的安宁美好。"

"正因为不是和平安宁世界，中国受到不公平的挤压，现在这个规划不仅为发展北州，也为更好建设家园和中欧西部通道，你知道中欧西部通道对中国与世界的和平安宁意义吗？"

"我知道中欧通道非常重要，如今有些国家想按他们意愿强构新秩序或地缘政治。第一次世界大战前夕，地缘政治学的奠基人、英国战略学家麦金德强调世界的控制权在于控制欧亚大陆，这影响了此后百年世界政治格局，有些霸权国家不允许欧亚大陆出现强国，而一带一路的发展使他们深感不安。新疆地处欧亚大陆腹地，毗邻中亚地区，是古丝绸之路的必经之地，现在是第二座亚欧大陆桥的必经之地，也是一带一路的核心区域，而北州是连接内地和新疆的走廊要津，因此要发展北州。"

"你了解发展北州的战略意义，就该知道，国家总体战略规划是变不了的。我们想与一带一路沿线国家互利共赢，促进全球共同繁荣、打造人类命运共同体，而他们却害怕中国进入欧亚大陆腹地，怕世界由此从海权走向陆权，因此想遏制中国西北部发展。"

"发展和拆毁不是对应的，能不能换个地方建飞天广场？"

李程思索着："换地方不容易，这个规划已经定了。"

"是不是可以改？为保存历史遗存和传统文化，北京、上海、广州不是都改过城市规划吗？"

"那得反复调研、论证、设计，需要时间，可现在要发展中欧西部战略通道，也要促动内需发展，飞天广场要尽快建设实施。现在这个规划考虑了城市经济、文化、生态的整体发展，有两个论证和设计专家是专门从广州请来的。"

"是南州大学那两个？"唐岱心里掠过重重阴影，有些东西意外地从某个地方冒出来，"我能看看飞天广场的设计规划吗？"

"我叫他们送一份过来给你看。"

唐岱看了设计规划后说："现代城市建筑不能逞一时之勇，要有持续长久的文化价值和生存美感。这个规划没什么独特之处，就是个超大商贸集散地和时尚生活圈，能满足人们急切的现实需求，这样的设计是任意毁掉长久美好，尽快换来现实好处，其中包括设计者的好处。"

"这两个设计者我不了解，他们设计飞天广场和城市景观能得到什么好处？"

"得到课题与项目的荣誉和经费的好处，既可以得到一大笔钱，又可以邀功请赏，加官晋爵，以此得奖、得新的课题，这是获取利益的马太效应台阶。"

"我不了解他们要做的，但可以思考一下你说的。"

"你是主管副省长，至少可以让这事先缓一下，尽可能修改一下规划。"

"怎么改？这么大一块地方空着，与城市发展不和谐，飞天广场也没地方建。"

"把要建的黄河公园和要建的飞天广场的位置调一下，把飞天广场放在泥河湾，三面环绕黄河，一面紧挨城市，很开阔壮观。把红园变成开放式主题公园和历史陈列馆，它是凹陷下去的圆形场地，周围是悬直土壁，把陡壁改建成宽大的台阶式坡壁很容易，这样就与城市和谐一体，还能形成海绵生态。"

李程惊奇地看着他："你连城市景观设计都能搞了？"

唐岱笑道："起舞弄清影，何似在人间。真正懂得文学艺术，高处与现实就一切皆通。"

"你深思熟虑，想好了要来套我？"

"岂敢，"唐岱又笑，"一介草民微言。"

"你过去甘当一介草民，沉浸于单一的文学艺术，不关心社会现实，现在忧国忧民，依然一腔热情和纯真，却又一身认真和责任，走出了个人的狭小天地。我看了你寄给我的书，还看过你其他一些论述，让我思考了一些问题。"

"我现在认为，所有与现实无关的文学艺术都是耍流氓，高高在上谁不会表现？还好，你知道我这样的知识分子存在的意义。我的责任感改变不了什么，你的责任感能挽救红园。"

"我不能确定你提议的可行性，得了解一下。"

"还有，这件事有外国资本介入吗？"

"没有。我们不会让外资介入，这是中国资产。"

"那我就更踏实一些。不是知音说向谁，我一夜未眠，现在我可以安心睡一觉了。"

"刘鹏要今天晚上给你接风，本来我不去，现在想一起再谈谈红园。"

"那我也一定去。我这次来，还想找找祁远，你有他消息吗？"

"他像生活在这个年代的游牧人，总喜欢待在偏远地方。真巧，他想要食点人间烟火了，多年不见，前几天突然来北州找我。不过，他不给任何同学留联络方法。"

"你得帮我找找他，好多年没见他了。"

六　新的灵魂之伴

上午11点，唐岱到达北州第一人民医院。

他抬头看看被薄雾蒙着的初春太阳，太阳像葵花带着一圈茸茸的黄色花边。

绕过住院部楼前的假山和喷泉，穿越前楼走向内院。内院非常宽大，几座楼相接，围着一个大花园，花圃和树木错落其间。

沿院中交叉道路走向桑梓的办公室，树木、草地、花圃和小径让他联想在红园的桑梓，医护人员和病人在他身旁走过，没有打破他的遐思。

桑梓向他走来时，他以为是幻象：她双手插在白衣口袋里，典型的医生在医院里走路的模样。看到她脸上浮起浅浅笑意，他意识到这是在医院小径上。

她总是挂着平静微笑，这成了他幼时就有的神秘，他不能透过她的微笑猜到她怎么想。她的冷静是纯粹女性冷静，不是女人跟男人学到的虚伪矫情。她的冷静不伤害他，也不伤害别人，可也包含她受了伤害而不愿流露出来。他准备看到一个把伤害包藏起来的桑梓，不过他必须让她把想象的伤害说出来，以去除她的错觉。

他们沿小径走向桑梓的办公室，周围常绿树木和落叶树枝让他们心神静止。

她平静温和，依然像从高高昆仑山飘落在红园的瑶姬，聪明冷静地看透人间。

"你这次究竟为什么到北州来？"

"当然是为红角杨。刘鹏说你去车站了，怎么没见到你？"

"你见了别人，就见不到我了，我在高铁站广场看到了欧阳修词中情景：'今年元夜时，月与灯依旧。不见去年人，泪湿春衫袖。'"

他醒悟过来："你看到我和林袅在一起，所以不过来？"

她思忖着："过去没听你说过她。"

"你听刘鹏说了什么吧？他说的不一定真实。"

"我不仅听说，还亲眼所见。"

"看到的也不一定真实，我才认识她不久。"

她疑惑："你们过去不认识？她不是李程的表妹吗？"

"我过去只听说过她，昨天才见到。"

两栋小楼坐落在树木掩映和花草铺洒间，他们走向其中一座小楼。

办公室里光线明亮，暖融融的。

他猜想着她在这里专注于病案的情景，在这间没有个性的办公室里她会变成什么样？她表面上与这间办公室非常和谐，一旦脱下白大褂，走出这间办公室，就可能变成另一个人，那才是真正的桑梓。

人总是被自己的环境、职业、族群改变着，直到与周围非常相像。她与这间办公室相像，也与她的职业相像，她是个好医生，但不是典范意义的医生。那些最了不起的医生都有激情，决不会平板冷静得不动声色，不然怎么去救人？

不管怎样，她依然光柔润泽的肌肤下，她表面冷静的脸容里，流淌着红角杨的血液，别人看不出来，可他能看到。他只是纳闷：她为什么总控制着自己？如果她不把情感控制得静如止水，他和她早已结为夫妇。

他讲述了跟林裒结识的经过，解释了为什么和她扮作情人。

"刘鹏为什么让你跟她相识？"

"你大概也猜得到，他想让我离你远一些。"

她琢磨着："还是有点怪，刘鹏这样做情有可原，可她没见过你，怎么就找上了你扮作情人？"

"看来真是偶然想到了我，不过，突发奇想也有她本来的原因，她在北州大学时听过我的课。原来我还在犹豫这件事，见了匡枉，就下了决心。"他拉开他的夹克式薄羽绒衣拉链。

"那你也情有可原了？是灵机一动也是机缘巧合？"

"是挺巧，你昨天早点到，就没这事了。你从不迟到，这是你做医生的准则。昨天你怎么了？"

正整理桌上病案的桑梓扭一下头："刘鹏突然来医院，耽误了时间。他好像知道你要来北州。"

"有一些我周围的人跟他合作，你注意到高铁站那大屏广告了吗？"

"这我知道，刘鹏一向以我去设计代言形象。"

"那是南州大学的赖央和贾相按刘鹏的意思设计的，他们昨天也到了北州。刘鹏突然提出拆红园、建飞天广场，是不是和他们有关？"

"他们和刘鹏有密切联系？我一点都不知道。"

"他们好像早在觊觎红园，刘鹏怎么会参与其中？"

"刘鹏告诉我，他若不参与，别的地产商也会参与，他是替北州着想。"她苦笑一下，"真正替红园着想的，恐怕就剩你、我和宋伯伯了，想挽救它的，也只有我们这三个人了。"

"也许会有更多人关心红园吧，比如李程，还有林袅，她要在红园住段时间。"

她非常惊诧："为什么？"

"因为她要离婚。"

"这不是理由。"

"她暂时没地方住，我答应她住段时间。"

"这毫无道理！朱丹影出事后，红园从没陌生人进过。"她略微显出少有的激烈，"这20年，除了我，没有别的女人出现。"

"因为她是女人，你不愿她住进去？"

"这不是对峙，是警惕，这时候不能无端添乱。"

"我倒觉得这是红园变化的时机，仔细想想，它长久在时代生活之外，现在该让政府和人民多了解它，让它融入现实。"

"你这样说不是为她找借口？"

"不是，我是认真这样想的。"

桑梓沉吟："红园安安静静这么多年，我以为它会一直这么存在下去，从没想过还有别的可能，你这样想，和他们要拆它一样让我意外，那我也想想。不过，这和林袅有什么关系呢？"

"她来到红园，意外让我想到了红园变化的端倪，我邀请李程也来红园看看。"

"李程另当别论，你不怕林袅窥探秘画、月亮玫瑰、红角杨树、圆形地毯以及星空心魂的秘密？"

"她不是喜欢窥探的人。"

"你这么快就那么信任她？"

"我的感觉就是你的感觉，红园深入我们的肌肤血液，成了我们共同的秘密神经，我不会对图谋不轨的人知觉迟钝。"

她几乎从不激动，现在有点激动了："要在过去，你像宋伯伯一样，把红园视为不能入侵之地，不让任何人碰，现在你控制不了自己了。可宋伯伯是最后的守望者，他不会轻易让她住进去。"

他露出挺有信心的微笑："宋伯伯也觉得红园该被激活了。"

"你振振有词给她找理由，找我就为了说服我？过去，你没为任何人这么执着，她是个你终于找到的女神吗？你得现实一些。"

他微笑："我不完全信任现实，但信任我的感觉，能觉出她难得一遇。"

"你神话读多了，太信任自己的感觉，该有点理性。"

"我读的神话你不是都读过吗？你知道神话有理性也有感性，我的理性来自激情和纯真，就像朱将军的爱情来自正义和真理。"

桑梓看着唐岱沿长长的医院走廊走出去，悲哀感突然袭来。她以为唐岱也是一个永不能被攻占的堡垒，可突然就被林袅迅速攻占，连他的红角杨情结都要瓦解了，凭着年轻貌美？好像不止于此，她为可能发生的变化而忧虑。

他向她回过身："我要把祁远找回来。"

"你等等，"她记起那个女孩，走上几步，"昨天晚会还有一个你熟悉的女孩到场吗？"

他不经意地说："哪一个？没什么熟悉的女孩。"

"就是你在高铁站见到的那个。"

他惊讶地看着她："你是个精灵，什么都知道。"

她意味深长："对你，我什么都知道，可不知道在我之后你身边这些女人。"

"那不是我身边的，是偶然遇上的。"

"这么多偶遇？什么样的女孩因为偶遇这么关注你？"

"她是个神奇女孩，她在车站说，还会见到我，果然，晚会上匡枉对林袅很粗暴，当时场面尴尬，甚至有点愚蠢，这个女孩突然出现，帮我和林袅摆脱了困境。她肯定还会和我相见。"

"会这么奇特？"

"昨天她还带着红园玫瑰，我不知道她怎么得到的，也没顾上问宋伯伯。"

"红园玫瑰？"桑梓有所触动，"整个冬天宋伯伯在温室里精心培育玫瑰，昨天我看到玫瑰少了一大片。"

"宋伯伯和外界没有交往，她怎么得到红园玫瑰的？为什么她要找我？为什么她在这个时候连连出现？"

桑梓笑说："你别问我，我也不知道其中奥妙，等着你说的神奇再次出现吧。"

她看着他离开的身影摇摇头，脸上浮起淡淡的欢欣和忧伤，她知道，她是宋伯伯说的唐岱的灵魂之伴，而现在，他想要新的灵魂之伴。

她掉转依然轻盈修长的身影，走进办公室，在那里，她有时会回想她住在红园的最后日子——

桑梓和宋恒共同保守着借钱的秘密。1965年，桑梓和唐岱的父母从北京下放到北州，住进了红园，它当时是北州省文艺家联合会的一处地方。1979年，他们的父母返京，它作为私人财产退还了朱家。

住在这里的人突然都走了，宋恒留住了桑梓和唐岱。

那段时间，它被人们遗弃了，没有哪个部门来照管它，维持它需要一大笔钱。为不让它荒芜，宋恒精心看护花木、仔细维修小楼，有时让整个花园灯火辉煌，他认为光明是最有气派、最有美好感觉、最有生命意义的。很多事他都自己做，但他能做的微乎其微。

花园占地广阔，草木密布，花木要修剪浇灌，小楼要粉刷护养，冬天要取暖，水费、电费、煤炭、浇灌、修剪、维护、雇工、交税，需要大量的钱。

宋恒告诉桑梓和唐岱：朱家有笔钱。可是，在桑梓和唐岱大学毕业那个冬天，桑梓偶然看到，宋恒在附近一点点捡拾各种废品，还看到他为别人用平板车送煤。隔着一段距离，她看着宋恒弯腰捡拾废纸、塑料瓶和铁皮壳的身影，看着他用力推车搬煤的身影，眼中噙泪，刻骨铭心，震惊得说不出话。

红园宁静幽寂，保持着宏大气派和神圣庄严，可她知道底下隐藏的危机，雇用工人和园丁的次数日益减少，荒废和败落一日日透露出来。

她悄悄注意着宋恒勤俭节约，在花园里种菜，吃简单的饭，在孤灯下焦虑地算账。

这时候，刘鹏带着诱人财富的出现成为预示，也许，后来她嫁给他已经在这个预示中。在刘鹏看着她的眼神中，她看到了另一个她。

后来她对唐岱说："男人的眼睛是女人的镜子，女人的镜子都是男人给女人量身定制的，女人的命运有时就取决于那个制造镜子的男人。"

她不断看到刘鹏看着她时的眼睛闪光，渐渐地，她开始有意识和他见面，让他保持对她的幻想，她也保持对他一定的幻想。

那时她还不知道，刘鹏从不抱幻想，是非常冷静实际的人，他拥抱桑梓这个幻想时，已经把幻想当作现实，正一点点去实现，这目标不仅是桑梓，最终指向红园，他知道，她的弱点就是红园，他对她体贴如己，为红园支付费用。

宋恒见到她拿着刘鹏开出的第一张支票时，眼中闪出意外获救的亮光，但这亮光只闪了一下就黯淡下来。

他警觉地询问钱的来源，立即做出判断："我们不能要这笔钱。"

"为什么？"

"你太冒险了。"

"这没什么危险。"她轻描淡写地说。

"别这么故意不当一回事，你自己知道，这很危险。"

"他有善良的愿望。"

"至少，他看着你的神情是看着猎物的神情。"

"您把他看得太危险了，他以后看着我时不会再有这样的神情了。您并没有怎么和他打交道啊。"

"你要相信我的感觉，我见过他几次，能让我对他做出判断，这个人会让红园发生巨大变化。"

"这笔钱他说是送给红园的，我不会接受给我个人这笔钱。"

"这是个名义，他主要是送给你的。"

她沉默片刻："您说这些我都明白，可我们无可选择。不这样，红园怎么办？它现在是朱家私产，没人为它负担费用。"

宋恒叹口气："我担心，长此以往，就由不得你，也由不得我了，我不想让你为此付出你的未来。"他沉思一下，"这些钱会给我们一些时间，得利用这些时间去努力找秘画，它价值连城，可以让红园永存。"

她有些迷茫："这些年，您找这幅画找遍了花园……"

他们心存疑虑，但还是冒险走下去。很难有别的出路，只能寄希望找到秘画。

从接受刘鹏第一笔钱开始，源源不断一笔又一笔，很难估计用了他多少钱。他慷慨大方，从来都毫不犹豫，从来都说是送给红园，和桑梓结婚后，又说他作为她的丈夫理应如此，但宋恒坚持每笔钱都给他写借据。

嫁给刘鹏，让桑梓觉得用他的钱坦然了许多，也让她无法为自己做什么。

和唐岱相恋的那些日子，过着自由欢乐又有点随意的生活，他们的秘密完全向阳光和星空敞开。有关的人都离开了，没人干涉和管束，他们就像两个没人监管的大孩子，在红园自由游荡。

她常常整夜和他待在一起，天亮时被花园里成群的麻雀和喜鹊叫醒，挽着手一起走过交叉小径，走在早晨清凉如水的空气中。

她后来走在他身边时，感受着自己的忧郁，觉得自己是个罪人，而他却像个孩子纯净无知。她的风情妩媚让他依恋，也让刘鹏渴望，而她正在毁掉她和唐岱的恋情。

她走在他身边，过一会儿却要去亲近刘鹏，这是背叛。她不知道自己的行为是否真有意义：她能挽救红园吗？如果她带给唐岱的是一颗破碎的心，带给红园的又是什么呢？

当唐岱在她身边静静读书思考时，当她在刘鹏的社交圈子中谈笑风生时，她都会忧郁地看到想象的或实在的唐岱。

唐岱开始觉察她的变化：她故意让他有不好的感受。他是个非常注重尊严和完美的人，对爱情怀有敬意，容不得伤害和瑕疵。她故意制造了她不能忍受、他也不能忍受的背叛，这样他就不会再缠绵于她。

她不断微笑，她的微笑引来了刘鹏的深入和亲近，却改变不了她和唐岱的情恋命运，她的微笑能救红园，却救不了自己的爱情。

她渐渐感受着她和唐岱之间的疏远，她不能忍受他故意对她的冷漠。

她开始认真思考唐岱和她的事情时，常在黎明前被黑色野猫的叫声惊醒。她披衣下楼，穿过月亮门，走上环形道路。

宋恒衣装整齐，像个警觉的士兵早早起身。

宋恒伴着她走在云淡风轻的清冷空气中，麻雀和喜鹊的叫声相互应和。

有不少人在这里住过，唯有唐岱和桑梓仿佛吸收了草木灵气，与红园神魂相合、灵犀相通。

"有心事吧？连着几天你都起这么早。"

"我做错了什么吗？"

"没有，是时代在改变你。"

"我变了吗？"

"你变了之后才会更珍惜红园。"

"唐岱没有像我一样变化，也没有我的忧伤，他现在睡得很沉。"

"你们都会有些改变，你们的生活要被外界打破了，不会再有过去的平静，但有些东西不会改变。现在红园要靠你维系下去，这些年，需要的钱越来越多，只能通过刘鹏维持，目前别无他法。"

"唐岱还不知道这件事吧？"

"我没告诉他。"

"我无法知道刘鹏以后会怎么样。"

"他怎么样都无法伤害你，可是，你和唐岱的关系被他改变了，不可能再像以前那样过下去。"

"我并不愿意这样，可别无选择。"

"红角杨对你和唐岱影响至深，你们都会有更好变化，你是他的灵魂之伴。"

"您是在为我找一些理由吧？我终于明白，分离比结婚更复杂，需要更多理由。"

唐岱提出让林衾住段时间，宋恒没有固执反对。

唐岱到达后的24小时里，宋恒外表仍是沉稳坚韧、沧桑历尽的老人，心里孩子似的欢欣兴奋，这与他的信念吻合，变成他新的活力。

他毫无老态龙钟之相，手脚敏捷，身姿硬朗，忙来忙去，将朱丹影住过的房间收拾妥帖，生起壁炉，准备好各种日用需要。

他走动忙碌着，*丝丝神秘缭绕在心*：林衾和朱丹影怎能如此相像？唐岱不和别的女性亲近，却对林衾情有独钟，银焰从不让任何陌生人接近，却和林衾一见如故，这让他对找到朱丹影产生迷惑。

起初，长期的守护本能让他怀有戒心，现在，他好像和林衾渐渐建立起深长的心魂联系。朱丹影几乎是他带大的，他从林衾身上回忆起当年那个小女孩，对林衾由陌生戒备到逐渐接受。

把唐岱和林衾接进来时，他注意到银焰挺立不动，眼睛像两颗清晨闪光的星星。顺着银焰的凝视，他再次看到了明灵，距离有点远，依稀看到她的笑容，她身边的年轻人是最近伴随她的余烁。

此前他注意她有段时间了，每次都觉得似曾相识。第一次良久注视她，就因为那双眼睛，她站在红园大道与半月形小广场交接处的路口，目光悠远而深情，给他红角杨红叶的回忆。

留意到宋恒的注视，唐岱转过身，看到女孩离开的依稀身影："她在向您招手吗？"

"是啊。"

"您足不出户，怎么会认识她？"

"我并不与这个时代相隔遥远，历史深处让我和现在紧紧相连。"宋恒意味深长，"她是你新的灵魂之伴，我让她去接你，你却带来了林袅。"

唐岱惊讶地想起在高铁站相遇的女孩："是您让她去接我的？她怎么没告诉我？"

宋恒轻轻一笑："她的个性本就有渊源。"老人张望一下，"她身边那个年轻人也跟红园有关。"

"怎么一下子有了好几个跟红园有关的人？"

唐岱很关注也很急切，嘴里又有了一丝难言味道，那种预感再次倏忽而至，他带着疑虑和期盼，与宋恒一起走进门。

林袅走进房间，异常兴奋："我就住这间屋子？"

唐岱倚着门框，看她在房间里转悠："宋伯伯时时清扫整理这间屋子，让它保持原样，等朱丹影归来。"

她有些不知所措："我住朱丹影的房间……我的生活怎么会有这样的变化……是因为遇到了你吗？"

"是因为宋伯伯对你有深切感受。"

她感动地说："宋伯伯肯定无比关爱朱丹影，连壁炉火都生好了。"

"这是特殊待遇。壁炉很费木柴，过去，我们只在冬天节庆时才奢侈一下，平日都烧煤炉。来，再让你惊喜一下。"

他走到屋内一扇门前，将门推开。

她不能相信自己的眼睛："真是不可思议，这里还藏着带浴盆的浴室！"

"在20世纪40年代的中国西北，这很现代了。除了这间屋子，另外还有两间屋子带浴室。小楼里原来有一台钢制小锅炉，供洗浴用水。这几十年，宋伯伯一直在维护它，现在还能用，宋伯伯已经为你把热水烧好了。"

"宋伯伯怎么能在两小时内把这一切都准备好？"

"几十年宋伯伯都在准备一个时刻的到来，从来不懈。"

"这个时刻突然出现在我眼前，真像神话变幻，太神奇了。"

"是你的心变神奇了。从过去的压抑中解脱，当然有不同以往的感觉。"

"这一切变化，就因为我长得像朱丹影吗？"

"不止于此，一切皆有源，这源于你的心性，每个时刻都是很早就孕育的。你洗浴后，我带你去花园，那里遍布大地的灵韵神机，你可以从中慢慢体会命运变化。"

宋恒在喷泉前等待唐岱，他伫立不动的身姿在空旷院落里非常显眼。

他的身材比一般人略高略瘦，保持军人姿态挺立在雕像旁，像另一个雕像，又气度不凡，像个神话人物。

他挺立的姿态与周围景致相连：肃穆的小楼、舒展的喷泉、宁静的平房、圆形的弯道、笔直的大道、枯黄的三角形草坪、高大的桑树和梓树。

与红园外的灰色区域和黯淡天空相比，这里光线强烈，阳光漫天泻下，四面迸开，反射出一片地面的白色光雾。

太阳下，他沉思的身影清晰庄重，他又一次看到了战友们，又一次跟随朱将军走上抗日战场，又一次看到了危情时刻的畹町大桥……当年万里觅封侯，匹马戍梁州。关河梦断何处？尘暗旧貂裘。

唐岱不愿打断老人四面铺洒的悠悠思绪，凝视了一会儿老人，才向老人走去。

"您又在想念他们？"

宋恒被从遥远地方唤回，改变了纹丝不动的军人姿态，他的声音清醒、平稳、坚定："……我和他们相距遥远，但他们在我身边。那些不会再来的人，不会和我们分离，永远在对我们说话，就像那个山洞的石壁浮雕在说话。"

"您越来越思念他们，是怕真发生改变？我向李程提出，把这里改建成开放式主题公园，只需将四周的悬直壁墙改建成倾斜的台阶和草坡就可以了。"

"这是唯一办法吗？"

"要实现这个想法，还得努力争取。"

宋恒冷峻的脸色透出执着："朱家房产文件都在，他们不能随意对待红园。"

"现在没有直接继承人，只要有足够理由，合于法规，政府可以征地。"

宋恒的神情藏着几丝哀伤，哀伤伴随岁月融入红角杨深处："我怀念他们，这是他们和我们的家园，也许过去的终将过去，也许我不再能有和他们静静相守的地方，"他顿一下，"未来怎么办？你们何以为家？"

"只要保住这个地方，我们和那些英魂的家园就还在，我们时时刻刻和他们在一起。"

"四面开放会破坏神奇悠久的家园感。"

"肯定会，但这样的家园感也会传遍四方。"

宋恒沉思着："你说得也对，不过，一旦秘画、雕像、红角杨树、月亮玫瑰和图书室变动，就难以预料还会怎么变，难以像在激流中的河底石子那样沉静不动了。你小时候，这院里其他孩子嬉闹时，你与那些书的灵性在一起，能像河底石子静静沉在图书室，若变成开放公园，还能找回你的读书感受吗？"

"不论这些书在哪里，我都与它们灵性相通，从小跟着您读书的感受不会消失。您教导我：并不是什么书都读，也不是读书越多越好，有的人越读书越坏，有的书让人越读越坏，书就像人，要看什么人读什么书、什么书养什么人，即使读了很多书，也不一定是优雅的、有教养的好人。这些年我看到的，印证了您说的，一些名流精英贪得无厌，读书和文化头衔成了攻城略地的武器，我更加明白，读书要读优美典雅的书、光明真实的书、高贵尊严的书、爱与美的书。"

"你这样说让我欣慰——浊水无白日，清流鉴苍旻，这图书室有神奇力量，非同寻常滋润着你。再去读读那些书吧，你依然会心魂凝聚，神清气爽，再次天真纯粹，再次充满激情和幻想。"

"我想带林袅一起去。"

宋恒有点意外："想带她去？对她怀有什么期望吗？"

"我猜想，红园会让她有所变化，那就知道，红园在这个时代会有什么样的魅力。"

宋恒摇摇头："不经历一段时间，难言变化。你想把她留长一些时间？"

"我不知道多长时间。至少，她目前无处可去。"

"真正能身心融入红园的人很难找到，我对她并非毫无保留地接受，近一个世纪的生活让我不断思考，守护者的责任让我时时警惕。"

"我在您的教导下长大，与您血脉相连，不会做与您意愿相悖的事。只是，我想让红园有所改变，变得更好。"

"怎么改变？靠一个陌生女人？"

"她和我们很亲近，不谙世事，不事雕琢，有这个时代少见的纯真。"

"她打动了你？你更渴望改变的，是你自己还是红园？"

"两样都有，我看到她，就想改变自己，想发现朱丹影对我今天的意义。"

宋恒有些惊异："每次你从广州来，都带来一些新想法，我很乐意听，觉得你又成长了，不过你这次转弯太大。"

"将要发生的改变推着我这样做。"

"哦，我明白你说的改变了。你期望和她在圆形地毯发生星空幻觉？这值得期望，那样就知道红角杨的未来了，就知道该怎么做了。"

"图书室只会激发有爱与美的人，带她到那里，就知道她是不是我们的灵魂之伴了。"

"嗯，这是对她的鉴别，对你和她都有意义，我希望你有新的灵魂之伴，你能和谁产生预感，就该和谁在一起。"

宋恒示意，唐岱看到林臬站在楼前台阶下。

她稍稍离开一点台阶，略为侧身，面对喷泉旁与右面平房交错方向的弯道出神。

唐岱停在她身边："宋伯伯特意为你烧了热水，你不去洗浴吗？"

她像个无线鼠标，轻轻一碰就醒："我一想到多少年都没有女人在这里洗浴，我是多少年来第一个，就有置身久远的感觉……就像回到30年前的这里，安静、悠远、神秘，我想留到晚上体会草木、星光、壁炉。"

"那我带你去图书室，那里可以延伸到宇宙和历史的任何地方。"

"啊，我太想去了。"她想了一下，"那毕竟是读书的地方，要时间得当、沐浴静心。"

"那就先看看一楼正对着门厅的会议室，然后去花园。"

四扇宽大的、屏风式紫檀木折叠门同时打开，光亮像开闸水从门口翻涌倾泻而进，照亮160平方米的会议室。

屋顶上六盏枝形大吊灯和四面十六个壁灯在几十年沉寂后，带着强大的光的轰响照耀一片辉煌。

他们在门口静默。大厅整洁凝重、明净庄严，三面墙壁上，紫红色天鹅绒帷幕从天顶如瀑布悬挂，黄白色灯光沿着帷幕变成流泻的紫红色光芒。大厅四面有古色古香的黄花梨沙发，中间围着长方形大会议桌，桌子周围整齐摆放着24把紫檀木椅子。

"30年来，除了我、桑梓和宋伯伯，你是第一个能进入这里的人。"

"这里让人肃然起敬，每把椅子都在静静等待随时会走进来的主人。"

"每逢来这里，我都怕惊醒这里凝止不动的一切，好像会被这里所吸收，被帷幕、桌椅、沙发、地板所吸收。所有鄙俗恶念都被这里的庄重化解，所有那些喧嚣轻浮、权术纷争、阴暗纠结都跌落尘埃，我的身体轻轻升离地面，远离沉重和空虚，有一群灵魂之伴伴我飞向光明。"

她轻声说："面对这样的庄重，我能体会一些你的感受了。在别人看来，这是个傲然挺立、与外界无关的城堡一样的地方，可对你们来说，这是灵魂之地和尊严之地。"

静了片刻，他走到两侧墙边，拉动紫红色帷幕，帷幕抖动着光的尘烟，带着力量滑开。

左右墙壁各现两幅巨大的地图，出于女人天性，她对战争不像男人那样敏感，但觉察到地图散发的战争压迫感和严峻感。

他的声音低沉遥远："左边一幅是中日长城会战形势图，一幅是中日武汉会战形势图。右边一幅是滇缅战场形势图，一幅是解放军解放全国形势图。"

她闻到了硝烟味、战争味和历史气息，甚至闻到了滇缅丛林地带的湿热味道和武汉会战时的长江水汽，看到了解放军进军北州的队伍和红旗。

他的声音继续响着，平静、深沉而略带怀恋："朱将军曾在这里召开过多次军事会议。将军起义后，所有这些都照原样保存下来。从那时起，一切都在这里凝止下来，不再变化。"

每幅战场形势图的框架下边，都放着一根紫檀木细杆。

他拿起左面长城会战图旁的细杆："这一共有四根，它们都完整无缺。当年，它们指向哪里，哪里就有一大片生命扑杀在一起。中华人民共和国成立后，它们平静地躺了70年，战争硝烟早已落定，可邪恶与正义却仍然深刻较量，现在内外都有想毁我们家园的邪恶。"

"你是指这里面临拆毁的威胁？"

"我们面临国内的庸常贪婪之恶，也面临国外的霸道蛮横之恶，它们都是人类的习性之恶，国内有想抢身边钱的，国外有想抢中国钱的，都在制造各种借口和机会，国内欲望与国际喧嚣相互呼应更有危险，为自己而疯狂时，就不愿承认正义与真理，没有爱与美和光明之心，就无可挽救地走向堕落。"

他放下细杆，走到正对着门的墙边，把最后一面墙的紫红色帷幕拉开。

外面白色的耀眼光亮涌进来，与室内光亮汇合一体，又通过敞开的四扇门流泻出去，与楼外的光亮汇成一片。光线从南向北流畅通过，就像两片无限大的湖水穿越小楼，相互连接，小楼里满溢光线流动的画面和声音。

整面墙都是落地窗，窗外露台和楼一样宽。

"这就是你夜里说的大露台？"

她惊奇地奔到玻璃墙边。玻璃那边，波翻浪涌般一棵棵、一排排、一片片连绵相接各种树木，它们枝丫交错，伸展挺立，不断变幻，与树下几何小径形成迷宫感觉。

"这么多树！走在花园里一定辨不出方向。"

"小时候，我数过，有三千六百六十六棵树，这些年一棵都没有枯，这让我坚定相信，下面一定是一片泉水。"

她歆羡向往："一棵都没枯？真是个神话园……"

"咱们从这个露台侧面走下去，进入花园，然后从左侧或右侧的月亮门走出花园，回到楼前，就走出花园迷宫了。"

他们拉开玻璃门，走上大露台，从露台右侧走下去。

花园里几何形的鹅卵石小径纵横相连，小径两旁是树木、草地和菜地。他们穿行在水松、扁柏、桑树、梓树、杨树、柳树、榆树的夹道中，经过葡萄架、枸杞丛、苹果树、李子树、杏树、桃树、梨树，来到花园左后角带有花墙和月亮门的角院。

银焰像个忠于职守的哨兵，静立在月亮门前，见到他们，亲热地迎上几步。

他蹲下爱抚着银焰："这个角院原来住着马夫、园丁和菜农，还有银焰，现在只剩下银焰了。"

"银焰和宋伯伯那么亲，为什么不和宋伯伯住到前院？"

"它要守护花园，尤其是水果生长和成熟的日子，花香和果香很诱人，而且，那只黑猫常来骚扰，它只惧怕银焰。"

"在花园里走了这么久，红角杨树在哪里？"

"很快你就能看到了。"

花园里有几条主要道路，各种小径像大树上的枝杈错杂其间。出了角院门，沿环绕花园的右面干道向花园外走，就会从小楼面向大门的左侧月亮门走出花园。

从角院到小楼途中，有方干涸的湖塘，湖底有斑斑水草痕迹。

"这就是洛神湖，从春到秋，一湖碧绿，水面荷叶扶风，水边垂柳摇曳，金鱼在荷叶下、水草间嬉戏。"

湖边刚刚透青的垂柳旁，薄膜覆盖的温室里是一片玫瑰。他凝视不动，出神回想，像梦呓或自语：

"在暗夜晴柔中，我和桑梓透过轻歌曼舞的婀娜柳枝，在叶片舒柔的玫瑰丛中，能看见朱丹影和余瀚颤抖摇动的身影，那情景长久停留在我的身体里和视觉中，大学时我想象'落月摇情满江树'这样的诗句，他们因爱而痉挛的身影就映在波光闪动的洛神湖中。朱丹影常给月亮玫瑰浇水、剪枝、施肥、锄草，我时常能看到她和那些中国古代女神一起在花园上空飘荡，她出事后，我不再在天空中看见她，这片玫瑰也时盛时衰。"

"可惜我没见到朱丹影和月亮玫瑰盛开，"她望着渐渐西落的太阳出神，"真有一群女神就好了。"

他的女神沉落在她眼睛中。她的脸本来秀气雅致，大睁的眼睛与微凸的颧骨、微凹的两腮搭配得恰到好处，双眼专注入神时，会变得光彩晶莹。

他的眼神再次转向玫瑰丛："月亮玫瑰为红园会欢欣茂盛，也会哀伤凋零。现在红园面临困境，我隐隐觉察未来之影在玫瑰丛飘动，但没有清晰的预感。"

"能说说你的预感是怎么回事吗？不需说清预感了什么，只让我能够想象……"

"不是我不愿意，是我说不出来，也许红角杨叶红时，我能说出来，你看那儿……"

林裒转过身：最后的霞光中，从角院月亮门到小楼旁月亮门之间，沿弧形壁墙一钩弯月般列着一排树，就像一队整装列阵的战士。它们树身不很高，主干上编织出均匀细密的树杈，树冠宽舒展开，迎风飘舞，如拔地而起的巨大旗帜。可以想象夏天的这个时刻，光的叶影在它们健壮身躯上摇曳燃烧。

"这就是红角杨树？"

"对，第三棵树上，就刻着护送明悠而牺牲的班长说的话：'即使我们全都死去，中国也依然不会被征服，我们的心魂与中华大地同在。'"

"它们的形态很奇异，像一面面霞光中的昂然旗帜……"

"这树就是神奇的旗帜树，是高贵和尊严的象征。这是朱将军在滇缅战场与日军作战时发现的，后来精心改良，才栽植在这里。这么多年，我没在其他地方见过这种树。它不是梧桐又似梧桐，它躯干粗壮坚实，不像梧桐那样高大，无论冬夏都银白透绿。它叶子很厚，宽阔舒展，叶形不是枫叶又似枫叶，五角星形展开，叶脉银白，叶色纯绿，叶下布满银白绒毛。"

"树身是银白色的，叶子是银绿色的，看不出红色啊。"她的声音单纯好奇，像天真儿童从遥远的画外发出。

"宋伯伯告诉我，红角杨之红要终生去发现。每到秋天，全树奇迹般在同一天变成银黄色。"

"怪不得这里的门窗、门把、窗闩、纱窗、挂钩……都是银黄色，是不是它的树叶会由黄变红？"

"宋伯伯说会直接变红，但我从没见过。在我幼年时代，它的叶子没有特别吸引我，我只注意到叶形和颜色与其他树叶有些不一样，树干也与桑榆柳槐梓松有明显差异。没有人见过它变红，宋伯伯说他见过。"

"那是什么时候？"

唐岱坚实平稳的声音似宋恒的沉思："宋伯伯说朱将军和他发现红角杨树的时候，它是红色的。"

七 留在今天的永久记忆

　　1942年1月，日军在缅甸发动猛烈攻势，驻缅英军节节溃退。丘吉尔请求中国政府出兵缅甸，接应英军撤入印度。重庆军委会决定，建立中国远征军，援缅作战。1942年2月16日，仰光告急，应英军总司令胡敦请求，中国远征军昼夜兼程，挥师入缅。1942年3月8日，远征军主力到达同古一线。

　　军情危急，胡敦将军却高卧未起。听到中国军队火速到来，他大喜过望，立即起床，风度翩翩地迅即移交防线。

　　朱水天恍然明白，英军打的就是空城主意：如果远征军先到，交防就走；如果日军先到，弃城就逃。

　　与这样胆小自私的友军合作，朱水天心里极不踏实，对缅甸战场的未来有了不祥预感。他脸色铁青，心情沉重，带着自己的101特种团，坚守鄂克春和坦塔宾。

　　朱水天将一营置于坦塔宾，准备自己带三营坚守鄂克春。特种团的二营被指挥部临时抽调，潜入敌后袭击骚扰，当时还未赶到，只剩了一营和三营。

　　副团长金韧坚持带三营坚守鄂克春。他战功卓著，是朱水天的黄埔军校同学，和朱水天亲如兄弟，两人一起参加过长城会战、淞沪会战、台儿庄会战和武汉会战，在昆仑关战役中受伤，刚伤愈归队。

　　3月18日，英缅军退到距远征军主阵地12公里处，远征军前哨阵地阻击日军，英缅军乘机摆脱追兵，潮水般穿越远征军防线溃败而走，军官与士兵争相夺路，满地皆是枪支弹药和物资。

　　朱水天愤然："这样的军队哪能打仗！"

　　金韧踢开一只遗落在地的英军盔帽，笑说："这要是我的兵，非毙了他们不可。把武器军装都扔了，光屁股跑岂不更省事！"

　　"告诉前哨阵地，稍加抵抗就撤，教训日本人主要在两个主阵地，不要过早暴露实力。"

　　战斗很快进入了两个主阵地，异常惨烈。

　　日军炮击，朱水天让部队退下，带着宋恒和警卫排留在阵地上观察。日军的山炮和迫击炮轰击得震耳欲聋，飞沙走石，弹片横飞，把警卫排几乎都埋了，朱水天几次从土里钻出来，举着望远镜观察。

他又一次从厚厚虚土下钻出来时，炮击明显减少，零星炮弹呼啸着从头顶飞过，落在山崖后面。日军停止炮击后，步骑兵便会发动冲锋，在日军停止炮击的一刹那，他命令部队迅速返回阵地，迎击冲上来的日军。

当天日军发动了8次冲锋，整个鄂克春和坦塔宾面目全非，主阵地山崖被炮弹削去了一米，但阵地仍在远征军手中。

夜幕降临，日军进攻停歇，战场一片寂静。

朱水天到金韧的阵地查看。金韧左臂负伤，筋疲力尽，斜靠在坑道掩体的枕木上大口喘息。

朱水天说："明天日军攻势会更凶狠，战斗会更惨烈。告诉各连，不要休息，连夜抢修工事，否则明天牺牲更大。"

第二天拂晓，日军调增了兵力，以更猛烈炮火向鄂克春和坦塔宾阵地同时轰击，更凶猛地一次次冲锋。

101特种团浴血奋战，异常艰苦地坚守阵地。午后，日军攻击更加猛烈，战斗趋于白热化，坦塔宾先告急，接着日军切断了两阵地间联系。

朱水天见坦塔宾危急，将阵地交给宋恒指挥，带全部预备队特务连赶往坦塔宾救援。

坦塔宾阵地分设在两座馒头形山丘上，中间夹着通往同古城的简易公路。1号山由一连二连防守，2号山由三连防守，三连拼死打退日军几十次冲锋后，只剩下4个人，被炸断双腿的三连长兀自不退，怀抱机枪死战不已，另外三个士兵也身负重伤，四人拉响最后一捆手榴弹，与一辆冲上阵地的日军坦克同归于尽。

成群日军冲上2号山，从侧翼夹击1号山。金韧指挥一连二连击退日军后，亲率一个加强排突然反击，拎着一捆手榴弹抢先开路，身后士兵齐声喊杀，各种武器猛扫日军，刚攻占2号山的日军被这么玩命一冲，往下溃败，一个日军小队长挥着军刀，想督促日军反身再战，被金韧冲上去，劈头一手榴弹砸倒。

虽然拼命夺回了阵地，日军一连两次凶猛冲锋，甚至两军肉搏，2号山还是再度失守。

满身是伤的金韧，被迫退回1号山。日军十几辆坦克隆隆轰响着冲上来，1号山形势危急。

朱水天率特务连赶到，让金韧带人用集束手榴弹专打日军坦克，他带特务连专打日军步兵。满山惊心动魄，血肉横飞，爆炸连连，日军11辆坦克被炸瘫，远征军与日军步兵多番肉搏，拼死守住阵地。

夕阳落山，阵地沉寂下来。

最后一次肉搏，朱水天挥着从日军一个中队长手中夺来的军刀，连劈6个日兵，可这个日军中队长临死前把刺刀捅进了朱水天大腿。

朱水天靠在地上喘息，在一个士兵帮助下，包好腿上的伤，挂着军刀站起来，一瘸一拐走到金韧跟前。

金韧七处负伤，浑身鲜血。

朱水天俯身扶起起金韧："你浑身是伤，得下去好好休息。"

"我没问题。"

"你马上撤下去，这里我来指挥。"

金韧急了："你是团长，后面没你怎么行啊？二营很快就到了，你得指挥他们。"

"可你这样拼命我不放心，拿你的命去换日军两个联队长我都不干。"

见朱水天口气严肃，金韧强撑着站起来，站立时身上伤口一阵剧痛，他忍不住摇晃着，疲累的身躯连晃几下后，站得笔直。

"我一定注意不去拼命。"

朱水天见状轻叹口气，伸手扶他坐下："兄弟，我们是指挥官，不是绿林好汉，仅仅不怕死不是英雄，你得多保重自己，我命令你活到胜利。"

金韧犹豫了一会儿："咱们是生死弟兄，有件事我想拜托你。"

"咱们之间有什么不好说？"

"这件事还真不好说，也许会让你有些为难。"

"中国军人不会因自己的袍泽兄弟为难，就像《诗经·秦风·无衣》所说的那样：'岂曰无衣？与子同袍。王于兴师，修我戈矛。与子同仇！'"

金韧说："'岂曰无衣？与子同泽。王于兴师，修我矛戟。与子偕作！'我的新婚妻子柳湖就要到达昆明了，我不能让她悲伤失望，如有意外……"他停顿片刻，充满期待地看着朱水天，"你能替我照顾她吗？"

"打仗前不能乱说，你给我好好活着。"

"我不是随意说，万一我殉国，让我放心不下的就是她，把她交给你我才能放心。你能答应吗？"

"你既然这么爱她，就要自己去照顾她。"

"从军校起，你就是我最崇敬、最信任的人，你得帮我照顾好她。马上要开战，你要让我踏踏实实去打仗。"

朱水天沉吟片刻："好，我答应你。"

朱水天的嗓音有点儿哽咽，他对整个战场的焦虑感又升上来。

金韧神情坚毅："我一定对得起祖国，不会让四万万同胞失望。"

"估计前半夜日军不会再攻击了，赶快抢修工事，日军急疯了，明天攻击会更猛。"

"哥，你放心，人在阵地在。"

"阵地不在人也得在，跟日军多斗智，别蛮干，也别冒险，不能再这样跟日军玩命了。我们的目的是迟滞日军对同古进攻，给中英缅联军赢得组织决战的时间，不是去跟日军拼我们的人，你要尽量保存实力，才能和日军决战。"

金韧怀疑："你看英缅军逃跑的样子，能指望与日军决战吗？"

"不管怎样，到明天迟滞日军的时间就够了，迫不得已，就退到旁边森林里，保存实力。你只剩了百多个人，我把特务连留给你。"

"这个连给我，你就没多少人了。"

"二营很快赶到。这个连是现在的最后预备队了，你不能都拼掉。"

"我保证。"

然而这种保证在惨烈战场上是无效的。英缅军行动滞缓，远征军不得不尽量多与日军周旋，在后来的战斗中，每每发生危机，金韧又多次身先士卒杀入敌群。

日军坦克是最大威胁，一个士兵抱着集束手榴弹跃出战壕，立即被日军射倒，又一个敢死队员扑上去，在靠近日军坦克时又被打倒，他躲避不及，被日军坦克碾压上去，第3个、第4个……

金韧伏在战壕边，双手紧紧抠进泥土，双眼几乎喷火。第五个敢死队员倒在阵前，金韧双手一撑跃出战壕，滚到这个牺牲的士兵旁，把集束手榴弹抱在怀里，连翻几个弹坑，稍伏一下，闪电跃起，将集束手榴弹塞进高速驶来的坦克下，猛翻到另一个弹坑里，少顷，坦克四分五裂。

日军步兵依然成群地疯狂扑上来。

远征军怀着殉国的坚定意志，挺起刺刀，站上阵地，白刃碰撞，热血激扬。

面对人数众多的敌人，远征军一个个减少，剩下约百个被日军围住，仍然一身英勇，毫无怯弱，与日军拼体力、拼意志、拼技术，金韧指挥他们保持队列，边拼边退，退进山丘边森林。

危急关头，朱水天率刚赶到的二营杀过来，远远看到金韧的队伍被日军逼进森林，急忙带一个连追过去。

缅甸丛林片片相连，浩瀚林海漫无边际，不见天日，极易迷失方向，进入其中，千军万马也无踪影，日军和金韧他们都消失在原始森林中。

朱水天不太担心森林，101特种团是全军精华，每个士兵都受过特殊训练，个个强健敏捷，自我生存能力和单兵作战能力极强，在严酷环境中更能大显神威。他担心的是，金韧可能没了弹药，而追踪他们的日军弹药充足。

朱水天让全连散开，呈网状向前搜索。一个日兵无声无息突然窜出，朱水天急闪，日兵刺刀贴胸划过，与此同时，朱水天的军刀刺中了日兵。

森林中多参天大树，树后藏人很难发现，越往深走，光线越暗，而中国军队与日军搅在一起，越深入越易遭日军伏击。

要先消灭日军，才能保证金韧他们安全。朱水天略一思索，顺手从刚被他刺死的日兵尸体旁，拎起一支刺刀上挑着太阳旗的步枪，把诱引日军的意图悄声告诉属下，命令两个排士兵依旧大声吆喝着继续搜索，以打草惊蛇，自己带着另外两个排迅速埋伏好，他藏在一株大树后，伸出挑着太阳旗的步枪，频频晃动。

过了约一刻钟，五六十个日兵轻手轻脚朝着晃动的太阳旗集结，等日军近了，他大喝一声，埋伏在周围的两个排猛烈开火，另两个排也回身反击，将几十个日兵全部歼灭。

金韧他们消失在茫茫森林里。指挥部的撤退命令已下，朱水天只得快速撤出，走出森林后，他转身注视森林良久，带队撤向同古侧方，拱卫侧翼战线。

远征军由于中、英、美三方军事合作不顺畅而失利。5月初，远征军开始撤退。

日军快速追赶，板口支队以装甲车为先导，百余辆汽车运载步兵，在公路上向北疾驰，意图夺取畹町大桥。

一天以前，朱水天已奉命先期越过曼德勒以北丛林地带，进入中国境内。他接受了炸毁畹町大桥的命令，具体实施炸桥任务的是上尉军官明悠。

当时，在朱水天眼中，明悠只是一个年轻美貌的女工程兵上尉，他觉得奇异：一个年轻美貌的女人和毁灭一座桥连在了一起。

朱水天站在畹町大桥旁一座小山上，用望远镜察看大桥。然后，他骑马驰上大桥，明悠跟在他身后，轻捷矫健。

她身上总是背着一只地质包，那里面装着她所有技术工具。她告诉朱水天，她原来是学建筑的，准备建桥、建房子，现在，却要来炸桥。

"你很不喜欢把一座桥炸掉这样的事吧？"

"是的，我很不喜欢。"她打开她的背包，拿出仪器仔细地计算测量着。

"可你做得很仔细。"

"必须很精确。不能让日本人过江。"

朱水天很喜欢看她工作，她是他在军队里见到的最有魅力的女军官。他把所有精力和时间都用于对付日本人了，无暇顾及女人，这是他入缅作战以来第一次有可能、有时间与一个女人交谈。

她测量计算一番，凝视着大桥。那样子不像是要炸毁它，倒像是要把这座桥保存下来。朱水天不明白，上面怎么会派这样一个柔情似水的年轻女人来炸桥，她根本不像一个能炸掉桥的人。

明悠走上桥面，仔细检查每一个细小部分，朱水天和宋恒跟在她身后，像是她的两个护卫。

她说，由于没日没夜从曼德勒赶到畹町，三天三夜没睡好觉了。经过半天紧张的炸药布放，她手里拿着桥梁结构图和炸点分布图就睡着了，她的身边放着起爆器和导火索。很快，她被指挥部的紧急指令叫醒了。

他们骑马过桥，前往指挥部，接受炸桥指令。后来他们才明白，为什么要面授机宜。

朱水天和明悠走在前面，宋恒带着12名卫兵跟在后面。这12名卫兵后来为保护明悠而牺牲在滇西一个树林里。

在路上，朱水天和明悠谈着自己的经历。从在黄埔军校学习，到台儿庄会战、武汉保卫战、长沙会战，再到入缅作战。

明悠默默听着，后来讲起了她自己。

她先在北平艺术专科学校读书，后来去欧洲留学。留学期间，一直不忘壮阔舒展的中华大地家园，她的愿望是回国建一座风格独特的山水林园。她饱览中国与欧洲的各种风格建筑，沉迷于古希腊建筑与中国建筑结合的折中主义风格，希望自己的建筑留下人的伟大和宇宙星光，有神性光芒和灵魂魅力。

朱水天惊奇地知道，她有意大利贵族血缘，这与朱水天的皇家血缘有相似之处。朱水天的祖奶奶有胡人血缘，来自意大利的美第奇家族。明悠的祖上也来自一支与美第奇家族有血缘联系的贵族，他们向往东方，经过无数艰险，迁徙至北州附近的月亮湾一带。后来人们传说他们是吉卜赛人，实际上他们是意大利一个公国的后裔。

早期的月亮湾人，身边带着从欧洲带来的玫瑰花种。月亮湾人最早没有在月亮湾发现甜水，只找到了苦水，所以月亮湾最早也叫苦水湾。后来找到了甜水，玫瑰才开始被培育，玫瑰靠甜泉灌溉，他们保护着甜泉秘密，不让外人知道。一个世纪后，这些玫瑰适应了月亮湾水土，形成了月亮玫瑰，到明悠这一代，月亮玫瑰已成为制造法国香水的秘密原料。

虽然她可能是一个显赫的意大利贵族后裔，却真实地生活在中国西北一个山乡月亮湾，直到她到北州、北京和欧洲读书。她最喜欢的事是读书、盖房子，从各个不同角度去想象一个建筑，是她最钟情的事情。她悠闲地过一年读书时光后，中国的全面抗战爆发了。她1939年归国，经过三个月紧张训练，加入国民革命军特种工程兵。

回大桥路上，他们的脸色沉郁凝重。

朱水天骑在马上，看着远方心怀不安，任马自在前行。

明悠看看他："你有什么心事吗？"

他长出一口气："桥这一炸，很多中国军队要留在桥南边了，不知他们的命运会怎么样，我的副团长金韧和他的弟兄们还留在桥南。"

"你在担心他们？"

"是啊，不知道指挥部对他们有没有另外安排，通过别的办法撤进中国境内或者撤向印度。不管怎样，得执行炸桥命令。你会执行命令吗？"

他们接受的指令是：相机炸桥，必要时，在桥上有自己军队、桥那边也有自己军队时：炸桥。

明悠沉默无语。他们无法亲手将自己的兄弟炸下桥，也无法把自己军队留在桥那边，留给日本人。

朱水天追问："上尉，你不能感情用事，不忍心下手。你会执行命令的，对吗？"

"上校，我会执行命令的。"

"我和宋恒上尉会陪伴你、保护你，直到你把这件事完成。如果你还需要什么帮助，我们会立刻去做。炸桥现场由你全权负责。"

"上校，你这是要把一个可能让我负疚终生的事暗示出来吗？"

"必要时，我替你去做。"

"为什么？"

"因为你是唯一的女人。无论哪种可能，都不能让你受伤害。"

"你太浪漫了，这是战争。"

"战争只能成就英雄，不能养育女人。"

"战争能表现卓越个性和良好品质，对男人或女人都一样。"

"那要看什么战争了，每个人心目中的战争都不一样。对于日军，他们的贪婪和邪恶也是名正言顺的。"

她笑一笑："我们就是为战胜他们的邪恶而炸桥的。战争中什么都说不上来，如果我们都活下来，再来谈论男人和女人吧。"

"炸桥随时开始，你好好休息一下，以集中精力炸桥。"

事情出乎预料，到达畹町大桥时，桥头一片混乱，骑在马上看去，桥上拥挤纷乱，大批中英军队争先恐后过桥。

他们神色严峻，催马进入桥上人群，拼命挤过桥去。

事情变得紧急，炸桥命令却很模糊，没有具体炸桥时间，要他们相机而行，而炸桥时刻很难把握。再加上，这种军事技术的实施，无论如何避免不了情感因素和人性因素，有自己人在桥上，炸桥难度就更大了。

但命令中有一点很明确：必须毁灭性炸桥，不能让日军有再利用断桥桥基修复大桥的可能。

明悠似乎比别人更敏感，她回身看了一眼，不由得惊叫出来，伸手紧紧拽住朱水天武装带。

朱水天回身看去，一支日军先头部队约五百人，踏上了那一头桥面，急匆匆向前赶，顾不上开枪，和中英军队混在一起向前挤。

朱水天大吃一惊，急忙对在前面开路的宋恒喊："日本人来了！快！"

12个卫兵组成一堵强壮的活动人墙，撞开桥面拥挤的人群。

他们大汗淋漓，进入炸桥位置，面对大桥刚站稳身体，就看见日军那支先头部队也到达桥这一头。

朱水天的心紧了一下，日军的残暴世界出名，他一定要保护明悠安全离开。

可日军没有在桥头停留，而是赶着去占据北岸高地。这时候，朱水天明白了为什么指挥部特别告诫：必要时把桥连自己人一起炸掉。

按常规军事理念，夺桥应该首先护桥，不让桥被炸。可日本人算定中国军队没法炸桥，所以扬长而去。

朱水天看看离去的日军，举起望远镜。看见对岸又出现了一支中国军队，而日军后续部队暂时还没见到。

"让咱们的人先过桥再炸。"

意外的是，一支日军机械化部队突然出现在桥对岸，带着烟尘扑入中国军队，撞上桥头。

明悠神情紧张："这是从哪儿冒出来的日军？"

朱水天用望远镜观察："这可能是板口支队，4月中旬才从爪哇岛赶到缅甸。这是一支混成步兵团，是穿着草鞋冲上印尼爪哇岛的，可下岛的时候，靠缴获英国人的装备，实现了机械化，这支日军要是过了江，就麻烦了。"

板口支队以坦克和装甲车为先导，后面紧随着百来辆汽车。

桥上挤满了人和车，有中国的、英国的，也有日本的，敌我一齐挤上狭窄的桥面，争道抢行，不时有车辆掉入江中。但人数居多的，还是中国军队。日军坦克和装甲车只能缓缓前进。日军不敢用枪炮开路，也不敢跟桥面的中英军队发生冲突，怕引发意外而炸断桥。

明悠焦虑地问："怎么办？"

"准备炸桥，尽量让中国军队多过一些。"

宋恒指着桥面上一个军官说："团长，那好像是金副团长。"

朱水天举起望远镜。一支小部队约一连人，尽量保持整齐队形和战斗状态，奋力往前赶，指挥这支小部队的军官，确实是金韧。

朱水天没想到，在炸桥时刻再次见到了金韧。

日军已到达桥的三分之一处。金韧率队赶到桥的中部，掀翻了两辆卡车，指挥士兵依托卡车阻击日军坦克和装甲车。由于两辆卡车阻塞，桥面的人车行进更慢了，但日军还在向前推进。

金韧的副官找到了朱水天，敬礼后说，金副团长请求立即炸桥，他一定没想到是朱团长在指挥炸桥。然后他跑回了桥上。

朱水天来不及对这位上尉军官说什么，也一时不知说什么。后来，他终生都后悔没在这个时刻请这位军官对金韧转告几句话。

他看到，那位军官跑回金韧身旁。金韧回身对站在桥头高坡上的朱水天微笑挥手，然后握拳，在空中停留片刻，用力向下一挥，让朱水天炸桥。

桥面情况仍然混乱得不可控制，日军夹杂在中英军中，已经挤到了桥中央的中缅分界线。情况越来越危急，朱水天迟迟不能下达炸桥命令，他周围人不断地看他、看桥面，都焦虑不安而又不知所措。

依托两辆掀翻的卡车阻击，只能迟滞日军，不能阻住日军。桥面的战斗激烈而短暂。金韧所带部队是自进缅甸就打响了前哨战的部队,历经缅甸最残酷战役,已经所剩无几,这一百多人是101特种团三营和特务连的全部,而且,在连续战斗后,他们没有了补给、没有了重武器,用步枪和冲锋枪对付日军坦克和装甲车,这种抵抗几乎毫无效果。

日军机枪让他们一排排倒下,他们前仆后继,英勇无畏。

短暂战斗中,金韧不断大喊。朱水天听不清他在喊什么,但知道他一定是在喊:"炸桥!"日军坦克将金韧他们依托的一辆卡车推向江中,另一辆坦克也冲向另一辆卡车。金韧的部队此时只剩了几十人,几乎人人浑身鲜血,试图用血肉之躯阻住枪炮和钢铁。装甲车里的日军纷纷跳下,挺着刺刀和膏药旗冲上来。

朱水天闭眼下达命令:"炸桥!"

桥没有炸。朱水天看看明悠,明悠泪流满面,双手颤抖,压不下电闸。

桥面上,一辆坦克已越过金韧他们的阻击线,金韧所带的几十人仍不肯退却,仍在跟源源不断上来的日军坦克和装甲车拼。

正在撤退的其他中国军人也陆续加入阻击,试图堵住日军。

金韧挺立在日军的第二辆坦克前,回身大喊。

这一次,朱水天听清了:"哥——炸桥啊!"

金韧举着冲锋枪,对着坦克观察孔猛射,子弹打在坦克钢板上,火花四溅。坦克一直向金韧压过去。

朱水天一把推开明悠,扑上起爆器,用整个身体压下了电闸。

世界静了,明悠晕了过去。

明悠醒来时,世界仍然是静的。她的手艺很出色,桥体被炸得七零八落,干净利落地掉入江中。

整个江面都干净了,没有任何军队,他们都随桥体掉入了江中。

两岸中日军队呆看着掉入江中的桥、人、车,看着空荡荡的江面。

短时间内,日军不可能过江了。这将保证中国西南大后方安全。

朱水天身旁一片树林很奇异,它们的叶子在朱水天和明悠来到江边准备炸桥的24小时内,迅速变色,在炸桥这一刻,它们红透了。

金韧的魂灵裹在爆炸后的硝烟中向他们飘来,带着他的全营官兵,缓缓飞进每一片红叶。

朱水天在一片片迎风拂动的红叶上,看到了一个个英勇抗击日军的英灵,他们静止在红叶上,像一双双晶亮的眼睛闪动。

畹町大桥炸毁后，江北的中国境内暂时安全了。作为暂时监视日军的部队，101特种团在畹町大桥的北岸停留了一段时间，江水挡着日军，没有战事。

朱水天在歼灭日军已经过江的那支约五百人先头部队时，胸部受伤。

他在医疗队醒来，问明悠："桥炸那一刻，你看到那江边那片树林的叶子全红了吗？"

"看到了，很奇异。"

"这一定是他们留给我们的，我一定要到那儿把他们找回来。"

来到江边，江上干干净净，畹町大桥不复存在。他们久久凝视，寂静无声。空茫的江上，隐约传来战友们的搏杀声，浮现那座大桥上的爆炸闪光。

朱水天说："我们去找找那些树，他们的英魂一定在那些树上。"

那片树林离江边有段距离，远远看过去，红红的一片。他们离开大路，走上山坡小径，走进林中幽暗，穿过林间空隙，来到树下。

这里有一片高大的树，树叶是红色的，大树下零星散布一些小树，小树的树叶形状和大树一样，但颜色翠绿。

朱水天说："这一定有什么意义，这些小树的树叶也一定会红，我们正好有12个卫士，就把这12棵小树带回去。"

他们精心挖出这12棵小树，每个卫士手里都捧着一棵。

卫士们捧着小树的形象，就是明悠构思雕像的最早原型。这12个卫士当时并不知道，他们的形象就此凝结在红角杨雕像上。

朱水天说："我们一定要把这12颗小树带在身边，一定要栽活，这一定是有什么意义的，不然就在那一刻，怎么这一片树全红了？"

他们四处打听，只知道：这种树无名，叶子轻易不红，而且极为珍稀，只在滇西地区有这一小片，而且从没见过小树，只能在叶红的时候，尝试插枝成活，但真正成活的机会很少。

挖出的12棵小树都成活了，朱水天把它们命名为红角杨，后来将它们移栽在明悠设计建筑的庭园，并以此给庭园命名。

八　他们的心魂融进光明

　　傍晚，大门两侧高大的桑树和梓树后，透着极淡霞光，簇拥的树枝被描上淡淡光边，像一双双眼睛画着极淡眼影，无数眼睛的远处，轻轻腾起晚风，在树顶光影中，浓郁的彩色云块拉开。

　　宋恒带着银焰，照例在天黑前巡视。

　　身后，太阳留下的余光转瞬即逝，他挺直身体，站在接近大门的宽阔主道上，对天空最后一次眺望。

　　天气要有变化，风起来了，空中响着风穿越树枝的嘶嘶声，高大树木上的细枝轻轻摆动。

　　风中有什么吸引他，他等待的人来了，三天前，他和明灵相约今天。

　　银焰欢欣地竖起耳朵，昂首盯着大门。

　　他朝大门走去，风越来越凉，温度迅速下降，那片最后的霞光落在他心里。

　　无端地，老人心中风一样掠过悲郁和庄严，还携带着难言预感。

　　他打开门，在最后沉落的光线中，看到门前霞光垂落般的神奇女孩。

　　明灵颀长挺拔，那双眼睛替代将消失的霞光照射着他。

　　不太远处，站立着近日伴随明灵的余烁，光影勾勒出他强健的身体和明朗的脸，宋恒感受到一座战争中的岩石挺立在那里。

　　余烁的相貌和画风似曾相识。有段时间了，余烁在附近地上和墙上画画，宋恒知道这叫街头艺术家。他驻足画前，发现这些画画得极好，好像人人都能走进去。

　　最初，余烁被各类城市管理人员赶来赶去，可他暂时离开，之后又回到这一带。他从不说什么话，随身带着清洁工具，很快就从地上和墙上把这些粉笔画、水彩画擦去。

　　周围的人渐渐喜欢余烁，对他宽容友善，他有时给人画像，后来摆起画摊。

　　宋恒先是不明白他为什么不离开这一带，后来认定他在关注红园，现在纳闷：他怎么和明灵在一起？

　　后来明灵告诉宋恒，余烁画的是3D立体画。

三天前，明灵第一次进入红园，她紧张好奇，不知传说中的老人和猎犬什么样，也不知老人会怎样看她。

角门打开，她心灵震颤，老人和猎犬在微暗的光色中挺立，威严庄重，像纪念雕像，身后的树木、道路、喷泉、花墙、小楼、月亮门肃穆沉静，像幅门框中的油画，让她想起奶奶说的秘画。

那是宋恒第一次与明灵咫尺相对，吸引宋恒的，是那双眼睛像红角杨树的红叶飘动了一下。

这也触动了银焰，它用它的灵性打量着明灵，没有戒备和敌意，倒露出向往。

"您是宋恒爷爷吗？"

突然听到她叫出他的名字，他浑身一震。红园之外，没人知道他的名字，周围人只知道他是个不爱说话的老头。他常用简单话语与人沟通，不多说话，也不告诉别人他的名字。这样最安全，免得别人问这问那。

女孩和明悠长得太像了，老人心里有棵红角杨树在风中摇颤："你怎么知道我的名字？"

女孩神情灵动又有点紧张："我奶奶告诉我的。"

她的声音牵出60年前温婉的激情，宋恒心动神颤："你奶奶是谁？"

她优雅灵巧地摆动腰身，微斜颈项，荡起一头蓬松短发，摘下斜挎的紫红羊皮包："奶奶说您见了这个羊皮包就明白了。"

他接过紫红色羊皮包，心里那棵年代久远的红角杨树轻轻摇动。

羊皮包由层层极薄羊皮折叠起来，展开来，就是红园完整的建筑设计图，从结构图到鸟瞰图、从房屋到院落、从雕像到大道。他和朱将军、柳湖、明悠曾面对这些图纸日夜不停地想象、修改、创造着，为那些逝去将士雕塑生命梦想，修建灵魂殿堂。

"明悠是你奶奶？"他又见到明悠的身影在树林间、山洞里飘动。他依然谨慎："你应该还有证明你的信物。"

她微微低头，抽出胸前贴身处一枚金属挂饰，从脖子上取下："奶奶说您会问我这是怎么来的。"

他接过细看："这枚红角杨树铜徽是为纪念献身正义的英勇之爱磨制的，只有一枚，你知道它是怎么来的吗？"

"炸毁畹町大桥后，我奶奶用一片黄铜炮弹壳磨制出来的。"

他完全信任了这个他一直等待的女孩："你奶奶始终挂着它，这是她最珍贵的物品，就像她随身携带的紫红羊皮包一样。"

明灵嫣然一笑："奶奶这两年不停对我诉说红角杨树和喷泉雕像，让我心驰神往，现在我终于可以在这里和奶奶相聚了。"

他很惊异："你来找你奶奶？"

"奶奶不在这里？"她慌乱失神地看着喷泉雕像，"这一定是奶奶塑的雕像，我按她的嘱托而来，她怎么能不在？"

他强健的身体摇动瞬间，眼前腾起迷蒙："我知道你父母早逝，奶奶带你长大。8年前她来过红园，这8年她不是和你在一起吗？"

她黯然神伤："8年前，奶奶陪我在国外她读过书的学校读书。半年前，奶奶说该让我独立生活了，她该回到红园了，让我来找她。"

他一时无法说清一切，8年前，明悠对他说过，当明灵带着紫红羊皮包和红角杨树徽来找他时，就是红园新命运的开始。

明悠悄然去了远方，那是将士们会聚的地方，但她要给明灵留着怀想，像仙女一样消失，这就是明悠的生命风格。

他慢慢回想："我怀念和你奶奶在一起的时光，8年前，我和她每年相聚一次，在一起回忆我们经历的那些血与火的难忘日子，怀恋那些光与色、精神与旗帜。那些和我们一起英勇战斗的人都已远去，只剩下我和她，可这8年我没有见到她。"

"这半年我没接到奶奶的任何消息，"明灵语速很快，有点慌乱激动，"我有奶奶在这里的感觉，可奶奶怎么能不在这里？"

"你奶奶要告诉你，她永远在这里。"

"她去了一个她思念的远方，去完成她的心愿吧？"她显得哀伤，"奶奶要离开我时，我觉察到她话里意味深长，可我太傻气了，以为她会一直和我在一起。"

他安慰着她："你来到这里，就和她的心愿在一起了。"

她喃喃自语："奶奶说红角杨叶红的时候，她一定会在这里。细想一下，奶奶有意让我来这里。"

"我看到过你在附近转悠，怎么才来找我？"

"奶奶让我在端午节时来红角杨，说那时红角杨树就红了。我最近刚回到北州，想等树叶变红，可我等不及，就来找您了。我来早了吗？"

他沉思着，"你来了，红角杨树就会红了，你奶奶给了你黄铜树徽和紫红羊皮包，一定有她的深意。"

"奶奶为什么要我在树红的时候找您？"

"她说端午节树会变红，就一定会红，她一直有预言能力。"

她茫然不解："您说预言能力？奶奶从未显露过。"

"这是一个家族在中华大地蓄积千年的灵性，是血脉相传的奇异生命感觉，以后你会明白的。"

"奶奶把树徽传给我也有什么意味吗？"

"一定有。"他想了想，"你住到这里来吧，慢慢你就会知道那些深藏在这里的意味。"

她惊喜雀跃："我明天就来！"

"你先去高铁站接个人，他会成为你第一个灵魂之伴。"

她充满渴望："奶奶对我讲过好几个人，这个人是谁？"

明灵见到了她从小就憧憬和想象中的第一个人唐岱，这对她后来影响至深。

在不很明亮的傍晚光线中，明灵再次看到了宋恒和银焰。

宋恒对她慈爱微笑："这就是你的家，这里过去和现在的人都是你的亲人。"

为了一个无人知晓的秘密，为了等待红角杨叶红，她将要和这位老人、这条猎犬在一起，和红角杨命运在一起。

她不知道，这位老人和这条猎犬，注定在一个时刻让她刻骨铭心。

她随老人和猎犬走向小楼，越来越暗的光色中，身影在地上越来越淡。

她稍稍拘谨，带着好奇张望。沿着灯光照亮的大道，经过幽暗的草坪，穿越一片又一片水波般的明暗，灯光和夜色在她身边交替流过。

花园边缘与深蓝色星空相连，星光般散布的灯光与树篱墙影朦胧一体。

一道流星照亮喷泉雕像，雕像被她手中的火把照耀着闪烁不定。奶奶告诉她，这座雕像叫"爱与美"，也叫"光明"，她更喜欢叫它"爱与美"。

流星划过，清晰的雕像重归暗夜幽昧。喷泉灯光没有打开，火炬还没有点燃，雕像也没有喷水，四周路灯和小楼灯光让雕像有些层次不清。

奶奶的声音在呼唤她，雕像触动生命深处某个键钮，一种隐秘隆隆轰响着浮上来，她看到了一些似曾相识又从未经历的遥远情景，隐约感到，雕像上的过去与一些未来情景连成一片。

她颤动一下伫立，凝视夜色中的神秘雕像。她生命的29年不断看到这座雕像，就像夜色中有个光亮吸引着她，她惊讶自己熟悉这座雕像，久别重逢一样知道它在这里。

她莞尔一笑，神静如水，深入雕像，一些心魂秘密就藏在雕像中，当雕像喷流光泽，那些秘密就闪烁在阳光下，每一个水珠都晶莹清新。

她将和雕像一起回忆奶奶经历的那些日子，有一天，她会按照奶奶的嘱托，让雕像焕然一新，像奶奶那样，把自己的心魂仔细雕刻进"爱与美"。

灯光照彻小楼和整个花园，宋恒在小楼台阶下等她。

她好奇而专注，走上光波洗地的台阶，穿过辉煌的前厅，登上布满灯光的楼梯，进入明亮的走廊。

灯光从一扇敞开的门里射出，在最明亮的地方是唐岱和林袅。

她微微激动，这里是她一直遐想的地方，房间里是不熟悉的世界，有一个男人和一个女人，以后他们就是她生活的一部分，她也是他们生命的一部分。

她瞬间挺直身体，惊异注视：林袅怎么在这里？这就是奶奶说的奇丽女人吗？这肯定不是雕像女人，这不是奶奶说过的情景。

她倏然不欢，说不清对林袅的意绪，不愿见到林袅，更不愿见到林袅和唐岱亲近，林袅却在对她微笑。

唐岱也微笑："你说咱们还会见面，我想不到是这样……"

她轻语如风："这就是我说的玫瑰情缘，24小时里，我们连见三次，从高铁站到晚会，再到此刻。"

"一见你，就觉得亲近，你奶奶是我一直敬重的人。"

他的眼睛对着她微笑，与她的眼神交融。在她的记忆中，一直有这样的眼睛看着她，那是奶奶和她一起在月亮湾种玫瑰时告诉她的——

玫瑰丛一望无际，在平川里流向远方，在山坡上层层叠叠，她眼前土地上铺满了玫瑰，她又种下新的玫瑰。她不停种玫瑰，怎么都种不完，没有人能在那块土地上遍种玫瑰。

"奶奶，为什么叫月亮玫瑰？"她直起身，看着刚种好的玫瑰，看着奶奶，眼睛睁得很大。

奶奶慢悠悠地说："红角杨能回答你为什么。"

"红角杨是什么？"

"一种树，一片红叶，一座雕像，一个花园，有月亮玫瑰、奇丽女人和英勇男人，还有红角杨树，整树都是灵魂的眼睛。你长大了，就会明白红角杨情缘，那也是你的玫瑰情缘。"

没有别人能回答她的问题，从那个幼小时刻起，她盼着知道什么是红角杨和玫瑰情缘，想着一个英勇男人和一个奇丽女人，就像奶奶的雕像人物那样，她常常幻想，那个奇丽女人就是自己。

昨天和他第一次相遇，刚才在雕像前，突如其来的预感告诉她，他和她像雕像人物一样命运相连，高铁站的他、眼前的他、想象的他同处一刻，她的心思凝聚在他身上，不能多想她和他之间其他什么。

成熟女人的头脑里塞了很多个男人，可她以往无心接触，也没想象过更多男性，在她从小女孩成长为青春女性的时光里，只有一个跟红角杨相融无痕的形象，单纯神秘，可以悠远想象，难以近处触摸，在高铁站见到唐岱，这个形象瞬间清晰，近在咫尺。

面对从心魂深处跳到眼前的他，身体肌肤涌动波光粼粼的激情，奶奶说的玫瑰情缘和灵魂之伴倏然跳进心神，与她憧憬的一拍即合，是她多年来一直想要的，让她再也不能撒手，再也不愿分开。

她突然掉转话语，含着犀利："可你对她更亲近，她怎么在你身边？我奶奶有你小时与奶奶的合影，后来我朦胧看到照片上的你长大，照片上没有她，她不是红园的，你却和她形影不离，又送花又去晚会。"

他表达歉意："我不知道你去车站是接我，不该送出月亮玫瑰，我去晚会只是偶然。"

明灵斜睨林袅一眼，口气和缓一些："我没怪你。"

林袅说："谢谢你昨天帮我。"

明灵哼一声："我不是帮你，只是不平则鸣。"

林袅很诚恳："你帮我解除了困窘。"

明灵不以为意，"又不是帮你一个人，纠缠这点事，太小气了。"

宋恒觉出点蹊跷，左右看看她俩："明灵你这性格真像你奶奶，你奶奶当年也是这么快捷灵敏。你住林袅旁边的房间，让她带你去。"

林袅热情地说："我带你去。"

明灵不太情愿地走了一步，回看一下，才随林袅走去。

宋恒看着她俩离开："之前她俩认识吗？"

"林袅说在高铁车站第一次见明灵，可明灵对她一开始就有抵触，可能性格有点不同，过一段时间，就会相互理解吧。"

宋恒自语："这里的人都有一致之处，她俩的身姿气质有很多相像的地方。"

　　车沿明暗相间的滨河路行驶，沿河的开放公园、人行道和汽车干道上的灯光星星点点，均匀延伸。

　　黄河两岸的灯光摇动婆娑光影，斑驳洒落在缓缓流动的河面。

　　林袅问："与广州映亮珠江和天空的夜景比，北州显得空寥冷清了吧？"

　　唐岱笑笑："各有千秋，夜晚北州黄河有古老的神秘沉思，让人回味。"

　　平静幽暗的河边出现一片参差错落的灯光，光色变幻交织在暗夜中。

　　车在这片变幻的光色前停下，他们从车中走出。

　　唐岱看着夜色中的黄河波光："我喜欢黄河边的沉静，片片水波让我又看见了童年快乐。"

　　"你那时的快乐像黄河一泻无阻吧？"

　　"是啊，我的快乐一直流淌到朱丹影出事。"他慨叹一下，"那时，红园能保持它不变的平静和神圣，震慑了周围的喧嚣，现在，占有和享乐激发了庸常之恶，对抗这样的围困更难。"

　　北风从河面吹来，风来方向，风声灯影里的北亭山颤动着，隐约可见。

　　林袅的长发丝绸般随风荡起，她轻掠额际发丝："你该进去了，他们在等你。"

　　"你不去别的地方了吧？"

　　"我回红园。"

　　林袅看着唐岱走进凌波阁，转向黄河静静站立，光影闪烁中，忧伤的恬静流到脸上，像枝幽暗中开放的蝴蝶兰，在绿叶间高高挑起，凝结在空中。

　　今晚她渴望温柔，想好好洗一次从没有过的热水浴，在热气蒸腾和香气撩人中，让她的身体柔滑闪光，进入一个从未有过的时刻，从此远离灰暗过去。

　　她转过身，遇见恶魔般愣住，噤不能语，所有遐想顷刻消退。

　　匡枉幽灵般袭出："你这个女人歹毒，当众提出离婚，这是要挟羞辱我，只要不离婚，我不追究这事，还帮你实现梦想，建成大剧院你就能做首席音乐家。"

　　"我不会为了我的音乐梦想再百依百顺。"

　　"你过去没这样反对过我，我说什么就是什么，现在你以为真能和唐岱美梦成真？我不会让你如愿以偿，如要离婚，就要赔偿我300万。"

　　她惊异地睁大眼："为什么？"

"三年前你举办个人音乐会用了300万，你得把这个钱给我。"

"那钱跟你无关，为什么要给你？"

"这300万是以李程名义要的赞助。"

"你背着李程招摇撞骗，这是坑害他！"她很愤激。

"你知道我有做一些什么的能力，怕牵连李程，就帮我做件事，不要这300万也能离婚。"

她不相信地盯着他："什么让你这么爽快？"

"传说红园有幅秘画，你拍张照片给我看看。"

"我能住进去只是意外，不可能看到这幅画。"

"那你想办法看到。"

"既是个传说，究竟有无，谁都不知。"

"我知道有。"

"如果我努力了也找不到，你不是照样不离婚？"

"不论找到找不到，只要你努力找了，拆了红园就离婚。"

"如果拆不了呢？红园的人都很特别，又有李程帮助。"

"这事已经定了，李程帮不了什么。你要在拆掉它之前找到那幅画，否则就可能再也找不到了。"

她很警觉："你要我做的事情后面，还隐藏着什么……"

"这能藏什么呢？就是想看到这幅画而已。"

她疑惑着："为什么一定要让我做？"

他上下打量着她："因为你能做到，你很像朱丹影，这吸引他们，他们会信任你。"

"是赖央让你做的吧？那我更不愿意做这事了。"

他面露阴骛："在元宵节晚会上，赖央出了这个主意我才放你走，想离婚就去做，不做就不会有好日子过。"

她怯弱地犹豫："我要想想，让我静一段时间，你别来打扰我。"

"只要你做，我不打扰你。"

她半疑虑半沉重地看着他在夜色中消失，这个暗影消失在更大的暗影中，就像他披上了一袭黑衣。她不寒而栗，软弱无力，难以对抗这巨大黑衣。

在女服务员的引导下，唐岱来到包间，李程他们围坐在桌旁。

李程穿件藏蓝色夹克衫，迎门坐着，身体挺起，微微后倾，面带笑容抽着烟，显得随意。他的眼光和神态说明他有好心情，谁也没有触动他不高兴的话题。

见唐岱进来，李程左手从唇上拿开烟，右手向他招呼："唐岱，坐过来。"

刘鹏含笑点头，贾相和赖央为迎合李程，也热情地对唐岱笑。

一道道菜上来，他们闲扯着，互相观望，等待主要话题。

李程有意对唐岱说："你为红园而来，说说你的想法。"

李程不动声色扫一下其他几个人，他们互相看看，摸不着李程的态度，一时无话。

赖央怕唐岱占先，忍耐不住："拆它是北州发展的大势所趋。"

唐岱说："你不在北州，凭什么说一定要拆它？"

贾相得意地说："我们现在是刘总的规划顾问。"

刘鹏和缓谨慎："北州太狭小，它占地太大，又在市中心，要发展北州市，只能拆掉它。"

唐岱温和地笑笑，话锋尖锐："要发展，就要拆吗？不拆掉原来的，就一定不能有新的吗？"

李程稳当从容："唐岱提出，把要建的黄河公园跟飞天广场调换位置，把红园改建成开放式主题公园，就不用拆除什么了。"

李程一向宽厚、大气、沉稳，但他毕竟在官场多年，唐岱虽信任他，却把不准他要借别人反对来推脱唐岱的建议，还是有意倾向唐岱。

其他人也摸不准李程的态度，但从他们神情看得出，都反对唐岱。

赖央显得顾忌利益又控制不了表现欲："从建筑美学和城市景观看，那里太小，不够建开放公园的。"

贾相附和："周边也不好发展。把展览会馆和大剧院放在泥河湾交通不便，在泥河湾建生态公园，可以连接南山森林，利于城市生态发展。"

唐岱说："在泥河湾不论建黄河公园还是飞天广场，都要开专线车，把南山森林和黄河公园连起来不是必要的，而保存红园就是保存海绵城市生态。"

刘鹏深思熟虑："建飞天广场也考虑了城市生态规划，但更重要的，是发展北州经济和文化。红园位于市中心，交通便利，周边商业和文化资源丰富，如果以飞天广场为中心，连接展览会馆和大剧院，环绕丝路、花雨、飞天、唐韵四座商业大厦，让周边商业和文化产生联动效应，形成新的经济、文化和金融中心，吸引外省和国际资本进入，推动一带一路和中欧西部通道发展，也会构成北州市新的文化资源和旅游景观。作为投资商，我看到很实际的发展前景和优势，而这些条件泥河湾一带不具备。"

唐岱认真听完刘鹏的话后说："只要投入资本，经济就能发展，如果要形成新的投资环境与经济资源，可以在不同地方、以不同方式产生大同小异的结果，但投入资本未必能繁荣文化，发展文化比发展经济难得多，红园独特的历史文化资源是现成的，比新建一个大剧院、展览会馆更深厚长久，只要有资金，可以修建很多个大剧院，但红园只有一个，不可能再造再生，拆它是对中华文脉和家园依恋的破坏。"

李程沉吟着："唐岱说的不能不考虑，要把值得保存的保存下来。"

贾相冠冕堂皇地说："从北州的现状来考虑问题，要先物质，再精神。"

赖央也义正词严："北州有许多经济问题要解决，怎么顾得上文脉和依恋？"

唐岱说："一定要拆它去解决经济问题吗？不拆它也不会妨碍北州发展。"

刘鹏认真地说："能不能另找个地方挪建它？很多建筑都是这样保护的。"

赖央不以为然："这没必要，没有要保护的文物，只有唐岱空说的精神。"

贾相也不当回事："挪建太麻烦，没有意义，也需要大量资金。"

刘鹏说："挪建的资金我来负责。"

赖央说："那得有挪的地方。"

贾相说："北州找不到这样的地方嘞。"

刘鹏说："这的确是问题，很难找到合适的地方。"

李程带着笑意平稳地说："省市就红园专门组织过调研论证，今天是非正式协商，可以充分地说说。"

唐岱说："调研论证时，有没有考虑过它有泉水？这眼泉水是北州的稀有资源。"

李程把没有点着的烟从嘴上拿开："它有泉水？这我不知道。"

刘鹏不在意："你和桑梓还在那里时，泉水就枯涸了。"

"那眼泉水还在。"

"那是你个人看法。"

唐岱想了一下："它有私人产权，政府不能随意拆。"

贾相说："从1965年起，它就被朱水天捐献给政府了。"

"那是借给省文联使用，那时我随父亲住进去，我对这事非常清楚。"

李程问刘鹏："是这样吗？"

大家都盯着刘鹏。

刘鹏含糊地说："这需要仔细查对。即使它不属于政府，只要合于征用的政策法规，政府可以征用，与房地产商联合开发。"

唐岱继续说："红角杨树是珍稀树种，几乎绝迹，无法移栽，应该保护。"

贾相说："那只是你的说法，它就是普通梧桐树。"

唐岱质疑："你们并没有考察过，怎么断定它是梧桐树？"

赖央咯吱咯吱笑着摇头："这还用考察吗？"

唐岱反驳："梧桐树的叶子不会红。"

赖央说："可它从来也没红过。"

李程说："你们各持己见，都有理由。"

唐岱沉思片刻："不仅是理由，而且是为什么生存的观念。"

刘鹏说："理由就是为什么生存，为什么生存的观念要符合现实需要。"

"假如没有泉水，没有继承人，就非拆了它？"

"留它还有什么意义呢？"

这天晚上唐岱舌战群儒，却缺乏保存红园的切实证据。争议到最后，他不管不顾地尽情诉说：

"保存它决不仅是保留一个建筑、一片庭园，谁会仅仅为了这片花园好看、这些树木繁盛、这个地方古朴而特别在意？那顶多满足人们一时感叹，泉水、雕像、小楼、红角杨树虽会长久一些，但也不是保留这个地方的仅有的理由，更深刻的保存理由是：它延伸到了我们的心魂中。

"如果它存在了多年，还会让人心摇神动、情思喷发，那就是个有独特风格的人类作品，能存在多年的作品就体现经典生存，它的形象和感受与生存水乳交融，当人们站在这里，听了它的故事心领神会，与自己的生命价值和生活精神不谋而合，那才是最重要的。"

赖央满怀敌意："都是你这样的人把事情搞坏了，你把简单事情说得这么复杂，和什么宏大生命扯上，好像只有你伟大，你这都是陈旧的大话空话，现在谁都不会像你这样想，没有钱就不能发展，若不能具体实在地活着，要你说的这些有什么用？我们在思考和做的，是实实在在让北州人民过得更好。"

唐岱依然神采飞扬："财富和发展是为了更美好优雅、更尊严体面、更有灵魂精神地活着，离开这个世界的人，要给还在这个世界的人留下光明生活信仰，红园的设计者就是这样的人，它纪念的就是这样的人，这些人在哪里生活得久了，哪里就有了他们活着的意义，哪里就有了自己的灵魂，红园守护着灵魂殿堂，如果拆了，它的灵魂就不在了，无论怎么迁移重建，都不会再让它的灵魂重返。"

赖央充满不屑："你说这些，对活着的人和死去的人都没有意义，这只是个空洞躯壳、自以为是的摆设。"

唐岱反驳："红园纪念的人活在这个世界上，创造守护爱与美，他们离开这个世界，留下他们的爱与美，让后来人活得更美好。他们把他们爱的、护卫的、做过的一切留给我们，让我们能生活得更欢乐坚定，当我们讲起他们的故事、听到那些历史诉说，就会想起那样一些人、一些情怀和理想。多少年之后，即使生命体验和生活模式变化了，人们仍会被这种生活品质和风格所感动，这就是红园能长期存在的核心。"

赖央嘲笑："今天谁都活得不容易，尤其在相对贫弱的北州，人活得艰难就活得焦虑，没有你说的光明、欢乐和信心那么好听。"

唐岱寸土不让："一个活得不艰难的人离开这个世界时，也许得到和占有了很多，可最终时刻，一切都会失去，得到和占有还有什么意义？甚至他占有享受过的都安慰不了他，如果本就贪婪、有无限欲望，就不会满足，就会悲哀地离开这个世界。像刘鹏得到了很多，如果他只满足于占有财富，最后时刻他还是会悲哀，因为一切都会失去。"

贾相嗨嗨笑着："刘总，您的身份和财富没有意义吗？李副省长，您也这样认为吗？"

李程和刘鹏都不吭声。

唐岱不歇不休："房地产就是为发展经济而拆房建房吗？房地产是要建设美好家园，红园能保存下来，进入今天生活，就是经典家园的延伸变化，可以从中概括出持久的美好生活精神。仅从它的表面样子看，当然以后它会渐渐枯竭，愈来愈乏善可陈，但它的形象、心灵和故事融化在这片土地，当人们来到这里，它就引起人们的美好家园感悟。我们要留给后代的，不仅是可享用的，而且是可持守的，随意拆毁，就毁掉了尊严高贵、家园理想和美好向往。"

赖央咯吱咯吱嘲笑："抱残守缺还说得这么大？这都是你杜撰的，你说的那些人有那么伟大吗？"

唐岱轻蔑地看他一眼："他们把心魂融进光明，当年为中国尊严和希望不顾生死、流血牺牲，进入光荣与梦想的殿堂当之无愧，你没有做过那样的事，就没有资格品头论足。"

贾相对赖央撇撇嘴，不以为意："你说多少都没用，你的专业与建筑无关，你也不是专家组的成员，我们才是。"

唐岱的话震动了李程："唐岱说的需要考虑，今天的欢乐安逸是有人曾经付出牺牲的，也是他们的精神在守护的，而且今天还有人在付出、在守护，要有这样一种家园守护精神，要保存中华文化和精神的血脉。"

刘鹏被触动了："唐岱说的这些，我过去没想过。"

李程沉思："找个机会我得听听红园的故事，刘鹏你听过吗？"

刘鹏有点严肃："我知道一些，但很少，我过去不太关心这些，现在也想多听一听。"

李程说："哪天我要去倾听它的声音。"

九　穿越千年的神性生命

2019年2月28日夜间，红园30年来的宁静第一次被打破了。

30年来，银焰的凶猛近乎神秘传说，无人敢侵入红园。人们只能白天在陡壁上向下观望园里景色，或者在夜晚透过树木瞭望小楼和园中8字形循环交错的路上灯光。

红园夜间永远亮着灯，朱将军喜欢宽敞明亮，宋恒尽力保持一定规模的灯光，灯光让红园流溢活力，也震慑想要借助阴暗进入的人。

在二楼异常宽大的露台上，唐岱注视夜色花园，意外地不安。过去30年中，至少有20年，他会看到这样的安谧平静之夜，可今天他身体深处发出警告，不知道这不寻常来自什么地方。

二楼三个房间连着同一个大露台，中间房间里，林袅沉浸在欢欣喜悦中。浴室异常宽大，她把琵琶放在连着浴室的梳妆间里，走到浴盆边，脱下睡衣挂好，然后滑入浴盆。

她坐在水中拂动光滑水波，水波闪着彩色亮光，荡漾她的风韵，从身前滑向乳房，滑向腹部，然后她抬起腿，让水从脚尖流向玲珑的小腿、修长的大腿，音符一样流畅圆润地滑过来，直到她顺着晶莹的音符看到自己光洁丰润、像弯弓一样高高隆起的乳房，音符在玫瑰色的乳峰上闪亮。

她和那个玫瑰色音符一起凝止，抓住乐思灵感，像飞天女神在云中升起，舞动纤巧柔韧的身体，迅速抓起浴巾，走到梳妆间，抱起琵琶。

唐岱骤然听到高扬与低回交错的《春江花月夜》，珠圆玉润，悠扬动听，林袅从被匡枉之流剥夺了自由的命运中变幻出新形象……

他渐渐神情异样，满溢迷恋，控制不住地慢慢前移，循着琵琶声走了几步，在林袅房间的落地玻璃门外出神倾听。

琴声流荡，持续不停，盘绕回环。泡沫起伏、水汽蒸腾，林袅的身体时隐时现，像小岛镶嵌在雾气缥缈的水波中。

春露在夜园中缓缓流动，冷霜凝寒，晶莹闪烁，与光共舞，恍然浮动张若虚的诗中情景："江流宛转绕芳甸，月照花林皆似霰；空里流霜不觉飞，汀上白沙看不见……"春霜轻雾样流动，一簇簇树木披挂淡淡白霜，蜂拥蝶舞，婉转起伏，攒聚的树木像江中小渚、湖中小岛。

明灵的歌声忽如泉涌，唐岱蓦然分神。这是1975的电影《屈原》中的主题歌《橘颂》，这首歌现在没人唱了，现在的人唱不了，唱这首歌需要诗意教养和优雅底蕴，这一定是明悠教给明灵的歌。

《橘颂》跟《春江花月夜》的风格完全不一样，歌声与琴声的音色情味、调性感觉、风格气质各有不同，两个人的乐思又都改变了原曲风格。歌声与琴声像在对抗，又像在融合，两个不同的音乐形象互相对峙又交相辉映，是特别的复调音乐。

林袅继续面对自己的命运弹奏，琵琶声变幻得忧郁神秘，凄伤哀婉，惹人魂牵梦绕……这是她的另一个命运在呼唤吗？《春江花月夜》的遥远思念被改成从幽怨低沉到朦胧舒展，琴声中的深情形象渐渐清朗明澈……

突然传来银焰的狮子般吼声，军号一样嘹亮。

沉浸在音乐歌声中的唐岱顿时警醒，他依然面对落地玻璃门，身体侧转倾听，瞬间辨明声音方向，从二楼露台翻下一楼露台。

听到露台上唐岱的骤然脚步，林袅抱琴呆坐，眼前出现她被一个模糊人影快速猛烈施暴的幻景，一脸恐慌，茫然震惊，保持弹奏中的僵止姿态。

唐岱和宋恒冲上花园里的环形主道，直奔银焰所在的花园角院，奔跑中，听到银焰猛烈扑咬。冲进角院月亮门，看到两个人手持棍棒，攀上绳梯，飞奔离去。

银焰并不追击，警惕片刻，向小楼冲去，随之隐约传来林袅的惊恐声音。

他们尽量走直线奔向小楼，穿越花园的8字形交叉道路，不断绕开路旁伸过来的树枝，不时跳过一小块沟坎台阶。

起初唐岱有些慌乱，脑子茫然，他没遇到过这样的情景，也不明白发生了什么，只是跟在宋恒身后拼命奔跑。宋恒沉定稳健的身影让他镇静，他一边奔跑，一边惊叹老人的灵活敏捷。

大厅布满烟雾，几处火团燃烧。浓淡断续的烟雾中，惊魂未定的林袅和明灵站在楼上通大厅的宽大楼梯中部，头发凌乱，脸色发白，眼睛大睁，看着大厅：火就在楼梯口燃烧。

她们仓促而来，都未穿戴整齐，林袅只在贴身衣裤外匆忙套上了羽绒衣，明灵仅仅穿着保暖内衣裤。她们站的位置离大厅还有好多阶梯，惊呆在那里。

几处火势强弱不一，烟雾随火浓淡不均，流动的烟雾中，余烁动作灵活、身形敏捷，已扑灭了两处火，正在扑打楼梯口的火苗。

他们奔向楼梯口，和余烁一起灭火。楼梯口的火扑灭后，其他两处火势渐大。

她们清醒过来，跟着宋恒进入楼侧平房，拿出几个桶，奔向喷泉，打开喷泉水阀，接水送向楼中，火势慢慢被控制住。

灭了最后一处火，大家松弛下来，聚集到一起。

明灵喘息未定，胸脯起伏："有两个人不知怎么进来的，是余烁和银焰赶跑了他们。"

林裒仍有几分后怕："如果不是他及时出现，这火今天就烧大了。"

唐岱仔细看着余烁，温和而戒备："你怎么会在这里？"

余烁似乎预料到会被询问，坦率诚挚地微笑，看着明灵用手语表达。

明灵说："他受过伤，说不出话。他说他注意到这两个人，就跟着他们。"

唐岱说："这么晚了，他是碰巧路过？"

宋恒观察着余烁："他在路口有个画摊，一直在附近地面和墙上画画。"

唐岱说："这路口并不适合摆画摊，为什么坚持在这附近画画？"

宋恒说："这几天你常在明灵左右，是故意要和她接近吗？"

余烁走向大厅墙边，靠墙立着一个画袋。他解开画袋，从里面拿出一卷油画，把画卷靠在胸前拉开，让画面朝向大家。

画布上，是红角杨树和开阔无边的花园。

唐岱仔细看着："这是余瀚的画，可能是秘画的局部高仿。余瀚去世后，这幅画我再也没见过。怎么会在你这里？"

余烁拿出身份证和一片打印好字的纸："余瀚是我叔叔，我知道他和朱丹影的故事。"

唐岱说："怪不得看上去你有些眼熟。"

宋恒打量着余烁："你因为这幅画在附近徘徊？"

余烁对明灵打手语，明灵说："他想找另一幅关于红园的画作的真实作者。"

唐岱说："那也是余瀚的画，但被赖央占有了。"

宋恒保持警觉："你能打跑那两个放火的，灭火动作干净果断，受过训练？"

余烁点点头，又拿出一片纸："我在大学美术系毕业后当特种兵，因受伤失语而退役。"

唐岱对宋恒说："今晚幸亏有他。他们有意调我们去后角院，趁机进小楼找秘画，点火也是想逼我们拿出那幅画。"

宋恒脸色异常："这不是好兆头，1978年朱丹影失踪，接着有人为了找那幅秘画想烧红园。"他看看林裒，"你太像朱丹影了，跟当年相似的事现在又出现了，我担心以后再无宁日。"

林裒和明灵不解地看着宋恒，不明白宋恒为什么这样说。

唐岱轻声提起日月久远的朦胧往事："在红园建成的第一个月圆之夜，一位月亮湾的老人预先感知：一位18岁的姑娘从皎洁的月亮中飘然而出，她的身影是一片丹朱，遮没了红园的月光。朱丹影失智那年，恰好18岁。"

明灵说："宋爷爷，林裒不是朱丹影，而且，她过了18岁，您别那么担心。"

宋恒沉定地看看明灵："我并不恍惚，一直在清醒等待，要保证这里的安谧纯净，这样，朱丹影才会归来，那些我热爱的人才有自己的灵魂家园，以后你们就明白了。"

林裒黯然神伤："宋伯伯，我理解您的心情。我会尽快离开……"

"不，其实我越来越想要你住在这里了，我感到朱丹影会随之而来，至少，在我的有生之年，我好像又看到了那个我陪伴她长大的小姑娘。银焰也喜欢你，除了朱丹影和明灵，我还没见过它对谁像对你这样。再说，你有你来的使命……"

林裒不解："我的使命？"

宋恒沉思："你既然来了，就会和红角杨一起走向未来。"

"我能有这样的未来吗……"林裒迟疑一下，"我可能引来破坏和威胁，匡枉今晚在凌波阁外拦截了我，刚才的事就可能跟他们有关。"

宋恒敏锐地看着她："你不必怕，也不必疑虑，你想说什么我大致明白。"

明灵追问："他们是谁？"

林裒嗫嚅着想躲闪明灵的锐利："我不知道。不过，我还是搬出去为好。"

唐岱问："你有些奇怪，别人很难进来，你怎么执意搬出去？"

"这样，他们就不会因我而做什么了。"林裒认为，如果她搬出去，匡枉和赖央就没法逼她了。

"你搬到哪里？"

"我会找一个合适的地方。"

唐岱说："你搬出去不安全，这里也不会平静。我觉得他们另有打算，你不是他们的目标，你在这里倒可以牵出更多我们还不知道的，你也可以受到保护。"

宋恒说："先留下吧，这一切都不是偶然的。经历了这么长时间，你们一下子都来了，让我欢喜。"

唐岱说："不过，今后得更加当心防护。要再安几个消防栓，贮备消防水带和灭火器。"

余烁专注倾听，像雷达一样灵敏，此刻用手语表示："这些事我可以做。"

明灵说："那太好了，你做这些最合适。"

唐岱看看余烁："能不能让余烁以后也住在这里？花园太大，难以前后兼顾，他可以守在角院。"

宋恒不解："银焰不是守在角院吗？我和银焰守望了68年，你是不是认为我和它都老了？"

唐岱急忙说："这个时代就缺您这样的守护者。过去，红园能震慑住那种躲躲闪闪的邪恶，现在有明火执仗的邪恶，身边的庸常之恶又与外部之恶遥相呼应，那种肆无忌惮有疯狂破坏力，要震慑这种邪恶我们有些势单力薄。"

"你不是要回来了吗？"宋恒意味深长地看着唐岱，"当初你离开，我没阻拦，我知道，那对你和红园有益处，总有个时刻，一切会奇异地发挥作用，现在到了你回来的时刻。"

"我还要处理广州的一些事，要联络聘任到北州大学的事，还要把这届研究生带到夏天毕业，这段时间余烁可以帮您。"

宋恒打量着余烁："我们还不了解他。"

"别人不可能得到余瀚的画，得到的人肯定是唯一的。再说，有人和我们永远陌生，有人和我们天生亲近，您看他和明灵有很流畅的亲近感。"

"不，这不一样，明灵的奶奶是明悠。"宋恒自语。

明灵嘟囔着："我见你有更流畅的熟悉感，你怎么不在意？"

唐岱笑道："余烁现在只能和你交流，他留下来要依赖你。"

深夜3点，唐岱走到窗前，拉开窗帘，凝视窗外。

"露从今夜白，月是故乡明。"月白星稀，夜色如霜，树木凝成静止的飞天舞蹈形象，连成一片无声音乐。

他穿好夹克式薄羽绒衣，轻轻走出房门，在林袅住的房门前静立，犹豫地举起手，保持敲门样子停留一会儿，倾听房内声音。极暗淡光线中，大致看到他脸上表情专注，直到房里传来模糊声音，似一声梦呓，打破他僵滞姿态。

他伸手打开门旁的走廊灯开关，灯光明亮照耀他神思迷失的样子。

他像梦游一样，脚蹬高帮"飞天"皮靴，身着"洛神"羽绒衣，再一次沿着这道他走过无数次的走廊前行，经过一扇扇熟悉的门，无声地在这条1946年建成的走廊里游荡。

在这个纪念碑式的二十世纪建筑里，在这座宽大、明亮、气派的花园里，在一个多年不遇又时时感受的夜晚，他寻找自己多年的时光。

走廊灯一盏盏打开，他身后不断铺开一片片光明，又和前边黑暗相撞，长长的环形走廊明暗交错，直至全楼布满光明。

走廊一面是窗，窗户间隔相等，窗外的夜晚幽深神秘，与走廊的光明交替呈现。

一个个房门在他眼前缓缓滑过，每个房门他都侧头凝视，像看一个个回忆的窗口。他从宋恒那里听来的故事、历史、神话，朱将军、明悠、宋恒、朱丹影、桑梓的过去影像和声音，一一重现。

走廊、楼梯、房门，寂静无声，阒无一人。

他走进图书室，门旁壁炉火燃烧正旺，壁炉的宽大烟道流动着温暖热流，经过中央，环绕顶部，延向室外。

环视这个星空一样密集排列着书的图书室，红角杨层层化入天圆地方的格局：一楼的方形阅览室既通往地下书库，又集中藏书精华，书从一楼向下延伸到地下书库，向上延伸到二楼，再延伸到在内角拱形成的穹隆形圆屋顶——有空中钢架的透明玻璃圆形穹顶。

所有书架都放满了书，每本书都显示独特魅力，将房间溶成书的光色整体。光与书在这里不可分离，到处是灯，光线充足，所有书都被来自各个方向的光线照亮。

一层层、一架架书连成圆形剧场或环形山林的样子，汇成书的环形回流，任何一本都与其他书相连，抽下任何一本，都可以破解其他书的秘密，抽下书后留下的那个微小空间，立即被其他书连接填补，重又形成循环整体。

他沉入生命之书和宇宙之书的循环。这些书是一个个秘密，也是对秘密的解释，无限延伸到他的生命中。

他的童年时代和青年时光在这里飞逝而去，如今浪迹天涯，漫游归来，这里仍旧一尘不染，他却依然无法找到这个图书室的有限性。

从幼年起，他就急不可待地追寻爱与美和光明，接受命运给他的这个欢乐而沉重的工作。

他喜欢这工作的浪漫情怀和诗意灵性，让他可以像个优雅而充满童趣的大孩子，或者像个被时尚包装起来的古典文人。

只要这个年代没有更好的事做，他就愿意像屈原、刘禹锡、苏轼、王阳明一样，即使历经曲折磨难，也要做理想主义者。

第一次踏上他的精神漫游历程，费了18年时间，跟屈原、刘禹锡、苏轼、王阳明的经历有些相似却又不一样，遇到种种考验，每天不停思考，孤独而顽强。

他在广州漂游了18年，没有书童陪伴，没有红袖添香。他的希望和失眠在广州改变之后，此刻又重新抵达，就像刘禹锡和苏东坡在岭南大地上飘荡18年后重返中原。

回首那些日子，它们在这里整齐地归复为一本本书。他明白了，他的使命、灵魂和命运，都是这一本本书日积月累的形象，就像这些书所形成的大片光亮和狭小阴影，他的慰藉和烦恼也分属于不可分离的光与影。

最神奇的地方是书架环绕的圆形中央，圆形地毯历经73年时光，在灯光下像片悠久的草原闪着风中波光，吸收图书精气的精灵在上面熠熠舞动。

圆形地毯有过让他魂牵神萦的奇异时刻，四面的书变幻成飞舞的星球，散发星球一样的彩色光点、光斑和光芒，他置身深蓝背景的浩瀚星空，等待星空玫瑰开放。

尽管林袅脚步轻柔，他还是听出了声音，她的呼吸叠进书的悠然回响，他甚至嗅到了呼吸芬芳。

打开门，她站在寒冷春夜的走廊里，呼吸凝成轻微白雾，血液在两颊白皙皮肤下流动，双目圆睁，如水轻语："你说要带我来，我来了……"

她怎么知道他在这里？是谁在引导她？

林袅静听唐岱的开门声、关门声和停在门前的脚步声，几乎屏住气息，专注地倾听等待，感受心脏一下一下亢奋突击，直到他的脚步声下楼而去，她渐渐呼吸均匀，进入半睡眠状态，有了梦幻。

一个悠久声音把她唤醒，她看到一个女人赤脚在红园行走，分不清这是明悠、明灵、朱丹影还是她自己，双脚白皙、纤巧、柔软，小径印上舞蹈的脚印，长发飘舞起音乐。这让她明白，她在做梦时，就化身为另一个她。

然后，她看到他直视前方、坚毅沉定，穿越无尽走廊，经过不同又相同的房间，在这所二十世纪的宽阔庄园里向她走来。

她爬起身，赤着脚，披散头发，两腮泛红，穿着白色轻薄睡衣，再穿上绛红色羽绒衣，踏着飘忽游移的步伐，迷蒙下楼。

强大诱惑吸引着她，她有点兴奋，像去探索他人秘密，又像去探索自己秘密。

她停在图书室门前，脸上带着忧伤的梦意和渴望的焦虑。

房门在她眼前打开，温暖热浪挟出一片强烈光亮，她在恍惚光影中情迷神痴。

两人一个门里、一个门外，一个幽昧、一个灿烂，隔着透明梦幻，遥远又近在咫尺。

她一身飘逸，神情异样，浑身散发迷人的女性气息。

他如风轻语："怎么找到这里的？"

她近乎无声："我向往你说的星空玫瑰，渴望神奇的改变。"

除了他、桑梓、朱丹影，没有第四个人能感受星空梦幻的魅力，现在林袅要成为第四个人。

门沉重关上，顿时命运与星空相连，星空玫瑰能开放吗？

他拉着她在书和光中走向圆形中央，在灵性闪动的地毯上，他的激情化入她的激情。

她遐想他或者书，骤然听到不同凡响的《红角杨序曲》：有飞天女神的浪漫热情，有香草美人的优雅高贵，很像《十面埋伏》的激昂壮烈，也像《红旗颂》的深情委婉。

她的身体连着周围的书，书似潺潺流水滋润着她的神奇向往，她像星光洇染的飞天女神流过天空，与地平线的遥远曦光相连。

她被星空梦幻淹没，绛红色羽绒衣自动脱落，光色将她薄纱般霓裳羽衣穿透，把她的身体暴露给幻想世界，暴露给那双凝视她的眼睛，她温热的身体在他怀抱里如水流过。

他迎上她身体的半明半暗，呼吸她散发的温热迷醉。她的身体柔软如云，飘飘升起，拉着他悠然飞翔，他微微晕眩，沉浸于弥漫的神秘气息。

她靠在他身后，在透明的睡意里，伸出光滑润泽的一双小腿，在灯光下弯曲逶迤，像缝隙中透出一道闪光，暗示她整个身体的秘密。

旋转的深蓝色星空背景中，他和她背靠背跪坐在圆形地毯上，袒露身体，手臂相挽，贴在地面，朦胧半睡。

他仰望浩瀚的深蓝色穹顶，星空笼罩旋转，梦呓般说："我又有了那种奇异感觉……"

她轻声细语："我从没体验过身体和灵魂可以这样展开……"

深蓝色宇宙广袤缥缈，无数星光飞向远方……生命无限延伸，闪出奇异光芒，她跟着他，不断迷失又找到方向……在小楼、雕像、喷泉、小径、树木、草坪中出现又消失……

但星空玫瑰还没有开放，他们重新纯净如那一本本书。

这是明灵在红园的第一夜，这里神秘熟悉，宽敞舒适，随意自如，国外读书8年和国内三个月的生活变了，长久渴望的此刻变成洛神静眠图。

她躺在林枭隔壁房间的床上，身体像树一样流动着从未有过的汁液，被过去没体验过的浸润着，缕缕思绪依着夜间的大地气息升起。

这是城市的奇异地带，巨大寂静和新鲜夜气围绕着她，即使寒冷早春，周围也散发着草木茎干和根部的气息。

她的身体忽而伸张，知道林枭轻轻起身，穿衣开门，就像事先有约。

她翻转身，仰面躺着，睁大眼睛，隐秘的千丝万缕连着她。她从没有过对别人的情恋想象，这让她难以继续，却有神秘诱惑。

她跳起身，穿好外衣，踏上小楼的夜间走廊。小楼幽静，阒无一人，走廊地板的木质很好，走在上面悄无声息，她轻盈跳跃着上下楼梯。

她不加判断往前走，却并不盲目，小楼年深月久，藏着暗示，她内心安装了走向秘密的制导系统，预先知道方向，径直来到图书室门前。

这里像小楼其他地方一样静，涂着银黄色油漆的橡木门庄重厚实。面对这扇不知通向什么地方的门，她有点怕推开，心怦然跳动，血涓涓流淌，她在经受一个从未经历的选择，那将改变她终生。

一股力量吸引她，她犹豫地举起手，轻按沉重的门，门悄然滑动。

她站在一道门缝前，控制自己不再把门开大，也不向门里看。

意外看到了她认为不该看到的，眼前星空一样的情景让她晕眩，书与赫然呈现的身体光亮浑然一体，异常突出。

他俩露出身体全部机密，相背跪坐在圆形地毯上，双手从身下环绕相扣，两眼专注地望着半空，像两道闪亮的流星交融，周围是深蓝色星空，是密林一样层层叠叠的书。

在这样的星空和树林中，人会迷失，她和他俩一起沉进迷失，变成屈原《九歌·山鬼》中人神相恋的山林女神："留灵修兮憺忘归，岁既晏兮孰华予。风飒飒兮木萧萧，思公子兮徒离忧。处幽篁兮终不见天，路险难兮独后来……"

她像穿行于山林的女神突然停住，驻足凝视：他们像两棵缠绕的树一样颤抖，金色落叶在周围纷纷飘舞，这样的情景让她震颤惊诧。

意大利雕刻家贝尼尼的雕塑"阿波罗和达芙妮"与奶奶的雕像在眼前交叠：两座雕像非常相似，都是向往光明的轻盈优美身体，有凌空欲飞的姿态，手臂与身体环绕出流动感。

他俩为她演示身体之美与灵魂之爱的交融，她没料到如此真实的身体雕塑，没遇过如此燃情的亲密相拥，像梦幻时刻的震撼冲击，恍然悟到男女之情既是身体奇异，也藏着灵魂诱惑。这情景对她含意邃远，充满暗示，诱惑和启示如火山喷发的炽热岩浆流向她。

29年，她从未经历这样情景，这一刻，她痴迷身体触发的美妙诗意，本来可能在她身体里潜伏一生的向往一触即发，心血涌动，神魂紧张，身处其中，恍然不知那是自己还是林袅。

从此，她终生都会看到这个情景，这会融化在她的血肉中，成为她刻骨铭心的思念。

她看了不该看的情景而陷落了，必须解救自己，虽无限依恋，却顷刻逃离，从迷惘的山林女神，变幻为浪漫清醒的洛水女神。

奶奶每次讲到洛神湖都意味深长：雕像与喷泉相连，泉水与洛神湖相连，湖边月亮玫瑰与图书室相连，圆形地毯与星空玫瑰对映。

雕像女人是洛神的变幻吗？她觉得自己就是雕像女人，是在光明之火引导下的瑰丽女神，瞬间经历悠久时光，变幻成另一个人，过着另一个人的生活。

雕像喷涌水流，清洗她的迷乱，让她清醒如初，奇怪自己怎么有雕像复活的体验，怎么想到要接替那个女人——她沉入时间和风尘许久，她是谁？

宋恒和银焰的沉实而轻微的脚步停在走廊那一端，她毫无察觉，沉浸在另一种生活中。

宋恒在红园就像在一个堡垒中，保持着在战争中夜间巡哨的习惯，不定时巡行在小楼里、草木间和道路上，对每一处轻微变化都十分敏感。

他和银焰轻轻走出拐角处暗影，走进灯光明亮的地方，就像两团明亮梦影，无声无息走进她的世界。

　　她抬起头，灯光斜射，宋恒树一样高大笔直的身影闪烁在她晶亮的眼睛里。

　　她一惊，羞愧和向往同时而生，身体发热，两颊赤红，开始害怕自己，立刻想要逃跑。

　　门自动闭合，宽大的门闪着银黄色油漆光亮，不知通向哪里。

　　刚才的一切倏忽不见，她无法再进入别人的生活，无法再感受燃情身体与梦幻灵魂的合一。

　　宋恒站在身前，一片沧桑久远的生活落在面前。她静静低头，银焰仰望她，就像刚才她看宋恒一样。

　　宋恒的声音有深沉磁性，在走廊里回声悠然："夜深了，怎么还不睡？"

　　她身体有点颤抖："我没有过这样的感受，无法入睡。"

　　"刚到红园，会这样的。想进图书室看看？"

　　她紧张又羞赧，为能从别人生活中走出而欣慰，又忐忑不安："不，我不能进去，这……难以言说。"

　　宋恒看着她微笑："这是你奶奶设计的星空图书室，有照耀千年的星空心魂，有代代相传的光明欢乐，帮你在短暂时光经历千年生活。"

　　她睁大眼："奶奶也说，这图书室是穿越千年的心魂地方。来到红园，我就能穿越千年，神奇变幻，不再是那个在月亮湾种玫瑰的小女孩了。"

　　"你已经长大了，会变得不同以往，在红角杨雕像前，你可以想象雕像的男人是光明、女人是爱与美，光明跟爱与美在一起；走进图书室，星空是历史与理性，人是激情与灵魂，天人合一。"

　　"奶奶给我讲了很多神话，说红角杨园就是神话园，我刚才想到了《九歌》里的女神山鬼和洛神宓妃，可我想在这里找到的，不仅是神性生命，而且是像你们一样的现实生命。"

　　"能穿越千年的神性生命，就是现实生命，当年我们为了光明和尊严而被迫战斗，不惜奉献生命，那就是守护家园的千年精神。"

　　"我也能有这样的千年精神吗？你们的经历让你们有信仰和理想，我什么也没经历，一无所有也一无所思。"

　　"那样的牺牲难以弥补，那样的岁月不该再有，可那样的壮怀激烈和理想主义还在，那就是神话，你就是为此而来。"

　　明灵不由自主要尽快逃离她看到的情景，开始走向小楼门厅，宋恒和银焰伴着她。

"我小时候，奶奶给我念抗战烈士陈辉的诗，奶奶说，陈辉是拿着枪和手榴弹、举着旗帜和诗歌的诗人，他24岁就把生命献给了祖国，正是您和我奶奶当时的年龄。我想，当年有无数个像你们这样风华正茂、一腔热血的青年。"

"是啊，我的战友兄弟都平凡而崇高。你知道《祖国不会忘记》这首歌吗？我们就是歌中的每一个人。"

"我会唱这首歌，奶奶早就教给了我。"明灵轻声唱起"在茫茫的人海里我是哪一个，在奔腾的浪花里我是哪一朵……"

宋恒以军人的慷慨激昂，轻声和入明灵的歌声："不需要你歌颂我，不渴望你报答我，我把光辉融进祖国的江河，山知道我，江河知道我，祖国不会忘记我……"

"奶奶说，您曾是北平艺术专科学校的音乐科学生，可我没想到您唱得这么好。"

"为了抗日救亡，我放弃学业，走上前线，那时我们唱的是《义勇军歌》。我们毫不犹豫、无所顾惜地奉献，就是不希望你们再像我们那样艰苦卓绝地生存，我们要唤起的，是你们永恒的激情，激发你们能像陈辉那样，到了一个时刻，为了身边兄弟姐妹，挺身而出。这个年代要有信仰和理想不容易，你还要经历很多，也许四十不惑，才能找到成熟的方向。"

"您认为我太年轻？那林袅经历过婚姻就比我更成熟？她知道该怎么做？"

"这不是一次婚姻能决定的，别在意林袅怎么样，多体会你奶奶的教导，去实现你奶奶的期望。进入图书室，就变化得更快，你在门前许久不进去，看到了什么？"

她有些迟疑："没看到什么……"

"不管你看到什么，都对你有启示。"

"我看到的不真实，也无法说出来。"

"除了你奶奶，没人能在门口看见什么。即使你看到的是幻觉，只要走进去，就会变幻出真实。"

"这图书室就是像梦幻、像神话，我不能轻易进去。"

"它本来就有穿越千年的神奇魅力，你走进去，就会走进神话情境。"

她躲避着："我不能进去，那不是我的生活。我明天要去教课，该去睡觉了。"

"想要教好艺术，就不要躲避你将经历的。你经历了漫长时光来到红园，你奶奶期望的一切在等着你，你要多去体会。"

她有点慌乱："我还蒙蒙的，要多想想。"

宋恒像洞穿了此刻："能找到身心交融的，才能找到神魂相依的，那就有了灵魂之伴。"

他走到小楼门口，又回过头："你明天给学生讲讲红角杨雕像，你要找的久远故事和深长意味都藏在里面。艺术是爱与美和光明的最高表达，你奶奶雕塑，朱将军建红园，陈辉和唐岱写作，余瀚绘画，林袅弹琴，你设计造型，都能超越有限，追求恒久，会传遍人间以至星空，这也是你奶奶建造这个星空图书室的意义。"

林袅从弥漫的幻觉中走出，半迷蒙半清醒："刚才发生了什么？"

"什么也没发生。"他端坐在圆形地毯上她的对面，庄重严肃。

她尚在朦胧羞赧中，过一会儿轻吟："我有点神魂颠倒，觉得我们激情相许……"

"是你发生了幻觉，我看着你在幻觉中，也和你一起进入幻觉。"

"你肯定是幻觉？就像真的，我有点难以面对。"

"实际上没发生什么，你进入了如幻似真的情境。"

林袅看看自己，衣装整齐，毫无变化，她舒缓松弛下来，将信将疑："我们刚才没发生身体激情？怎么会这样？"

"圆形地毯对别人毫无作用，只对朱丹影、桑梓和我有激情幻觉，这意味着你与朱丹影有相似的灵性。"

"可我不是朱丹影。"

"桑梓也不是朱丹影，也会有这样的幻觉。每个人都有想象和幻想，只要激发身心，打开自我抑制，就会情不自禁。"

"我从未有过这样的幻觉，这让我难以置信。"

"你的过去和现在不一样，你的身心过去萎缩迟钝，现在重新打开，真情开放就会有强大幻觉。"

"这样的幻觉有什么意义呢？"

"幻觉可能导向真实，过去，我和桑梓在这里就是先生幻觉，再化真实。"

她还是疑惑："刚才发生的也会变成真实吗？"

"我期待这样，但不确定。"

"我没有信心，我至多是朱丹影的影子，一个影子发生的只是幻觉，不会是真实，这也有意义吗？"

他很严肃："你已经变化了，就该信任自己，一切都是有意义的，激情幻想包含现实，你我进入从未有过的时刻，就可能发现未来。只不过，刚才发生得太快，一切戛然而止，下一次可能幻觉成真，你期盼下一次吗？"

她呼吸急促，双眼大睁，饱满乳房顶着玫瑰花蕾样乳尖，透过轻薄睡衣，起伏颤悠："还有下一次吗……"

"18年前，这样的情景真实发生过，在这样的幻觉与真实相连中，我产生了预感，这可能是已经发生过的要再次发生的预兆。"

她惊异非常："你真能预言？"

"宋伯伯坚持认为，红园建成时的预言不是月亮湾老者的，而是朱将军借老者指点有了预感，但朱将军使用了一次就消失了。宋伯伯说，朱将军失踪前说，那种奇特预感会流传到我身上。有段时间，隐约有种神性力量在我身上生长，后来，朱丹影出事，桑梓出嫁，我那种感觉也消失了。"

她依然狐疑："可宋伯伯说的是真的吗？朱将军真能预言吗？"

"我不知道你的疑问是不是该深究，但我很相信宋伯伯。"

"你是不是从小接受宋伯伯的影响和暗示太深？这需要验证。"

"不需验证，一直有种预感在我身上。现在，可能到了一个特别时刻，我感到丢失的神性力量正在回返，刚才是个明确预兆。"

"你相信神性力量？这不会是你读书读多了的想象吧？"

他缓缓说："神之手与人之手分得清吗？我始终相信奇迹和梦幻，相信神话神性就是现实神性，它在每一个人身边，这与其说是预言，不如说是信仰，信仰能激发一切，神性生存就是理想主义最大想象，是人能达到的最高生存，一旦察觉它，就会迷恋，就会努力实现，就能神奇地改变现实。"

"你这样说，激起我也渴望神奇的改变……这个时刻真会让我改变吗？"

"桑梓体会过这个时刻发生的一切，你肯定也能体会到变化。"

她仰望圆形穹顶："我好像看到，你说的神性幻觉在飘游，它比现实还强大，包含了你和我……那我是陪同你产生预感的人？"

他有点恍惚："幻觉与现实要重叠，就需要真实的验证，在没有真实发生时，什么预言也不会有，星空玫瑰也不会出现。"

"看到星空玫瑰才会有真实吗？"

"是的，所以我现在茫然失落。"

"经历过刚才的一切，我恍然如梦，浑身无力，而你好像有了更强大的力量，难道你吸附了我的神魂吗？"她恢复了情智，"我还是游移不定，你说宋伯伯引导着你，为什么刚才没有宋伯伯的身影？"

"这是件费解的事。我对宋伯伯说过我的星空幻觉，宋伯伯说他从没有过，他有意让我产生这样的幻觉，去和朱将军的幻觉相接，在我成长的青春岁月里，他给我催眠一样的暗示，然后静静等待我变化，可惜，我只有过两次这样的感受，这是第三次。"

宋恒和银焰出了小楼，明灵又在门厅停留一会儿，之后，要逃离刚才那道门里情景般，回到自己房间。

她站在房中，浑身颤抖，茫然无绪，想让自己安静下来。她生活了29年，经过了许多无知和梦想，来到这里，只为寻求她刚才看到的吗？发生了奶奶引导她的征兆吗？图书室、星空、男人、女人、老人、灵犬、玫瑰、雕像……

过了几分钟，她走出房间，从走廊窗户俯视雕像，雕像让她沉静。曦光照亮了雕像层次，散落星影让生动的雕像韵味无限。

她穿过走廊和门厅，来到小楼前的宽阔平台，小楼外开阔视野让她意识到，没法解释她的逃离行为。

她回身向楼里看去，像要看清自己刚才留在那里的身影。

奶奶引导她读书，这很奇异：她的身体用书做成，书的年龄是任何东西都打不碎的。

海明威有句话：一个人是不能被打败的，就是粉碎了他，也不能打败他。海明威的话用于她很有意思，会把她变成一个精灵。

人们进出书店和图书馆，在各个时刻、各种地方读书，谁会像她这样，被书变成有点神性的、像书精一样的女人？谁会像她这样，一走进这些书中，就会有激情梦想？

当别人无动于衷的时候，她却灵敏颤动。有人读了书，就把书忘了，她读了书，就把书变成女人之情藏进身体，焕发在脸上，让容颜更年轻，身体更婀娜。

如果她总显得不解风尘，人们就像看神话中女孩那样看她，当她离开神话走到外面，一旦进入人们视野，那些知道她是谁的人，就想要改变她。

她不想走出她的神话，也必须有自己的现实。

这一刻，她脸上溢出雕像女人的光彩，几乎要再次变成雕像女人，把自己藏进雕像之心，藏进花园和红角杨树。

十 代代相传的家园守护者

宋恒走出直角形平房的房门。

麻雀、喜鹊有几个安乐舒适的窝，它们一起和他醒来，在空中、枝头和地上欢叫。

像往常一样，他充满爱怜和依恋地看着那些鸟儿。他看了73年，这样的情景生长在他心里，成了他的生活方式，那些鸟儿都跟他有了亲情，环绕他鸣叫。

鸟儿的鸣叫声中，他听出有人来到门前。

走向大门的途中，他觉出这个人非同常人，像专为红园而来，又没什么恶意，几十年来，从没这样的人前来。

他犹豫片刻，打开了门。

身材魁梧、头发斑白、脸色红润的李程脸含温和笑容："请问，唐岱在吗？"

宋恒保持严峻，温和与微笑不能轻易解除他的警觉。经过了夜间的事，他更加警惕，银焰此刻正沿花园巡视，他要完全依靠自己的感觉来决定怎么对待来人。

李程不太在意宋恒平静的警觉，仍含着微笑："我叫李程，是唐岱的同学。"

李程解释后，看到这个威严老人的身体轻颤了一下。

眼前的人，并不让宋恒很戒备紧张，他相信自己的敏感仍像他当年的手枪一样，擦拭得光滑锃亮。

"请进来吧。您在院里随意走走，我去找唐岱，不知他醒了没有。"

宋恒关好门，引导李程沿门里大道向小楼走去。

图书室响起清晰的敲门声。

林裒清醒过来，慌乱中抓着几乎透明的衣服，双臂抱肩，试图躲开随着敲门而进的眼睛。

没有任何人进来，门外宋恒的声音很沉稳："唐岱，李程来找你。"

宋恒迈着他那半个世纪前练就的沉定的军人步伐离开。

她舒缓气息："让宋伯伯看到我们这样不好。"

他斜睨她一下："你认为宋伯伯不知道你在这里？是他让我带你来。"

她吃惊地说："宋伯伯有意让你带我进入星空梦幻……"

"他急于知道红角杨未来，想让我恢复以往的预感，对你我在这里发生的一切，他都怀有期望。"

唐岱走出门厅，走下宽大台阶，看到李程站在喷泉旁，对着侧面平房和高大梓树出神。

周围空寥，李程显得有些孤独。他听到脚步声并不回头，直到唐岱站在旁边。

"你退休后是什么样？会不会也常这样一个人沉思？"

李程依然看着梓树："如果我退休了，希望能在这样的家园情境生活，每天静静看着梓树开花。"

"那你就想办法保住它，你退休了就有地方可去。"

李程转过身来，似笑非笑："可我还没退休，就不能为退休考虑。我在北州工作了28年，还真没来过这里，你说这30年没外人进来过？"

"进不来就该拆了它？"

李程笑着摇摇头："这就是你说的喷泉？你认为泉水还在？"

"肯定在，过去泉水一直喷涌，泉水就是洛神湖之源。"

"你得拿出证据，真有泉水，就多一个理由保存它。这个城市特别缺泉水，月泉山的泉水几乎枯竭了。"

"除了黄河，北州没有水资源，如果没有丰富的地下水源，这么大一片绿地、这些繁盛的树木，怎么保持到现在？宋伯伯一直在等待泉水复活。"

"刚才开门的老人就是宋伯伯？"

"是的，他98岁了，我幼时受他教导长大，情同父子。"

李程有点吃惊："他一点都不像98岁的样子。你看我，50出头就头发斑白。"

"你来这里住，就会返老还童。"

李程笑道："怪不得这里遭人妒羡，原来这么神奇。"

"宋伯伯活得简单通透，又执着坚韧，他教导我们心地纯净，不算计争夺，这样的人能不年轻吗？"

"你向往单纯坦诚，和许多人称道的制衡治利、人事亨通不同。"

"这就是我不受那些人欢迎的地方。"

"你变了好多，遇事会想，会想办法做，可骨子里还是原来的你。"

"你这么早来，就为了重新认识我？"

"那天晚上在凌波阁，我说要来听听这里的故事。"

"这里还真有传奇渊源，几乎没人知道：朱将军是明肃王的后裔。"

李程非常惊奇："这真没听说过，现在的北州省政府所在地就是建于明惠帝建文元年的明肃王府，可肃王不是在明末就不再有后裔了吗？"

"这支后裔如果不是当年不为人知，就不会延续至今了。"

明代开国皇帝太祖朱元璋宠幸一个叫郜月的奇丽宫女，她在洪武九年生下朱元璋的第十四子朱楧。皇宫里妃子们相互争宠，郜月极聪慧而无非分之想，这让她娴静无欲，得皇帝宠爱，在宫中平安无事。

爱母及子，除了太子朱标，朱元璋最喜朱楧，叫他"朱家秀才"。朱楧自小聪明伶俐，两岁时被封为汉王，被封王的皇子都要到自己封地去，但他年龄太小，留在京城南京父亲身边。

朱元璋希望儿子们承担保卫天下家园的重任，让朱楧带他的弟弟们到山东临清，演练带兵打仗才能，朱楧的军事才能由此脱颖而出。朱元璋对他充满希望和信任，让他为大明守好家园大门，希望他能在西北边地历练后成为国家栋梁，在洪武二十四年把他改封为肃王，封地改为甘州府，命他署理陕西行都司甘州五卫军务和督军屯粮等事务，从此他被列入塞王行列。

当时北州镇制所在甘州，也就是今天的张掖。甘州经济发达，是商贸要地，同时离北部蒙古延伸势力比较近，从甘州到哈密是古丝绸之路的主要通道。

朱元璋认为朱楧堪当大任，想倚重他的智慧韬略发展锤炼边疆军队，为一个壮阔的天下家园奠定基础，交给他统领的五卫军队有五万之多。

朱元璋送朱楧去甘州时告诫他：甘州是中原大门，哈密卫是西部大门，守住甘州这个要津，守护关内的天下家园，也保障从甘州到哈密卫这条家园通道的安全畅通，逐渐巩固从甘州到哈密这一带家园的和平、安宁、富足生活，让百姓安居乐业，徐徐图之，不可操之过急。

朱元璋说，我给你五万军队，在各藩王里，你的军队数量排第三，但我给你的人是最强悍精锐的，他们是我在南京的身边亲军，十几年来跟我征战无数次，一个顶十个。我不顾自己的危险把他们给你，是要让你镇守中华家园的要津和大门，以后还要给你更多军队，让你逐渐壮大，以防天下变故。你不必拓展疆域，只要帮我安定天下家园，过我们的安宁祥和生活。

1396年，肃王朱楧在甘州就藩后，立即为保卫这条古丝绸通道训练军队，组织民众和军队实行屯田，基本满足了军队给养，短短几年把甘州治理得一派繁荣。

朱楧就藩不久，前往拜谒在南京时就仰慕的史小玉。史小玉是前朝画师名工，饱读诗书，精于画工，擅长画飞天女神，在敦煌莫高窟三窟画壁上，有其题名。朱楧一见其孙女，便觉奇异，莫非史小玉画飞天女神画多了，已化入心中？其骨脉精血雕刻出一孙女，鬼斧神工，竟如飞天女神，杨柳小蛮腰，冉冉若霞云，美目流神韵。朱楧留恋不忘，后悄然与其生下朱水天的先祖朱子，朱楧格外宠爱，诸事繁忙中，仍不时去看望，直到朱子三岁。

朱楧在甘州的藩署仅仅待了四年，朝廷发生变故，朱元璋嘱托朱楧的雄图大业未曾实现，便溘然长逝。

因太子朱标过早病故，朱元璋把皇位传给了朱标的儿子朱允炆，是为建文帝。建文即位后最不安的，就是各藩镇兵权对中央的威胁。

母亲的聪明宁静传给了朱楧，他自幼饱读诗书，极为睿智，了解历史事件，嗅出了南京朝廷中的危险气息。他很清楚，如要现在的朝廷对他放心，就要主动放弃藩地，离开甘州和军队，于是故意向朝廷示弱。明建文元年（1399年），他请求内徙，提出要把藩邸迁到北州，理由是：1. 甘、肃兵变不常，局面复杂，难以控制；2. 甘州寒冷而多风沙，江南官兵难服水土。获建文帝批准。

朱楧此举非常明智，那时北州是陕西布政使司临洮府管辖下的一个小县，人口不到一万，对朝廷没有威胁，因此没引起建文帝疑心。几年后朱棣起兵夺位，朱楧手里无兵，自然没有卷进去，朱棣即位后再次削藩，朱楧也因空有王称、无地无兵而平安无事，在北州做太平王爷。

朱楧早就预见到一个王朝的未来和王室后裔的危险，内徙前，悄悄把三岁的朱子送到焉支草原。朱子在不为人知的秘密保护下，悄然生存下来。

史小玉来自焉支一支遥远的胡人贵族，他们有自己独特的文化，所以史小玉的飞天女神与众不同。焉支人教朱子骑马射箭，他的母亲和外祖父负责他的教育，培养他的贵族教养和勇士忠诚，培养他对大明王朝和自己父亲的敬畏，但并不告知他的父亲是什么人。

从幼年开始，朱子关心的只是草原上的普通人生活。他父亲悄悄来见过他，父亲骑在那匹神俊的黑马上走来时，他看到父亲和草原的人不太一样，父亲体貌英武，气质优雅，敏锐大气，让他崇拜。

朱子听说，朱楧让北州发展为丝绸之路要津，成为中国西北一个重要的政治军事中心，也让北州的文化发生极大改变。他把朱元璋赏赐给他的《淳化阁帖》拿出来，作为给北州注入文化气息的开端，接下来建孔庙、官学、县学、书院，延揽大量南方人才到北州，安排到藩王府、县学、书院就职，从事文化教育，很快改变了北州的知识和人才的结构，形成了高雅大气的风尚。

朱子渴望向往，惊奇地问："您为什么让我在草原，不让我跟您一起在北州？"

父亲严肃地看着他："别羡慕我的功业和位置，不要把我的名字告诉别人，不要把我们家里的事情说出去，焉支人会为你保守秘密，你不要去见草原之外的人，这样你才能安全地生存下去，把我的子孙后代繁衍下去。想要做一个好人，尤其是做一个对天下有好处的人，很不容易。我在重重艰难中维系，在北州做的一切，都是为了保护更多的人，要让更多的人过得更好。我不希望你生活在我的困顿羁绊情境中，你要自由自在地生活，并让你的子孙安静地等待下去，终有一天，人们能够洋溢着光明和欢乐而生活，那不是仅仅一个皇帝能决定的，也不是仅仅我这样一个亲王能决定的。"

这是他第一次听到父亲是亲王，他更加惊奇："您这么显贵，为什么我要隐姓埋名？"

"这可以保护你，草原之外没人知道你，你也不必知道草原之外的事。"

朱子15岁那年，朱楧再次来看他，朱子已经懂事，对明王室生活十分羡慕。

朱楧对他很严肃地说："不要羡慕。"

他不耐烦地对父亲说："我现在15岁了，该去草原外面见识世界了，我在这里做一个不为人知的孩子还要多久？"

父亲很严厉："这是你的家园，先守护好你的家园，其他以后再说。你要耐住性子，你听到的一切都可能是虚无缥缈的，只有切切实实生活、保存家园才是真的。总有一天你会明白，你在这样偏僻安静的地方成长是很幸福的，不要羡慕我们，我在那里生活是为了你在这里生活得更好。"

朱楧无法对朱子说清一切。朱元璋雄才大略，肃王朱楧出镇甘州是经略西北的一枚重要棋子，肃王楧在大明帝国的西部要津，进可攻，退可守，护卫丝绸之路，保障大明家园的西部强大和安全。肃王按照朱元璋的战略意图，把西北边陲经营得有声有色，风生水起，但朱允炆在一帮只顾眼前利益的文人操纵之下，全盘否定明太祖气吞山河的努力，大明王朝失去了经略西北、保卫家园的雄心。

朱楗从小胸怀大略，现在不能施展，只能默默做太平王爷。朱元璋设计的国家宏图，本指望他去实现，然而祸起萧墙，由于明王室的明争暗斗，宫闱内讧，大明王朝并不平安稳定，各代皇帝忙于内部的争斗杀伐和安抚平定，不但废弃了朱元璋让天下和平安宁的远大志向，而且在甘肃明蒙边界一带不断遭受攻击。

朱子18岁时再次见到父亲。

"您雄才大略，为什么不起兵夺取天下，实现您的远大抱负？"

"还不到那个时刻，那是一个重要的历史时刻。我有实力起兵夺取天下，但夺取天下后会怎么样？我还得重复和其他一代代帝王相似的事情，去解决宫闱之争，平定内乱外忧，这会消耗我大量精力，消耗国家的财力和人力，也不能让人民安定生活，几十年后可能还会陷入现在这样的境况。就我看，大明王朝有300年天下基业，我不必多做什么，即使我做了，也不能把这300年改变什么。如果我能根本上改变天下，那我一定会去做，可是我做不到，不是我没有能力，是因为那个时机还没到，这是整个世界的时机，不是我一个人的，我过去对你说过，这不是一个人能决定的。"

这次父子见面后，在焉支草原将要沉落的夕阳下，有六个人出现在朱子面前，他们是朱楗给朱子派来的三位文臣、三位武将。他们护持辅佐朱子，对朱子恭敬沉默，不说草原之外的事情，朱楗严令他们，只准在草原帮助朱子强大成熟，不准走出焉支草原。

在他们的辅佐保护下，朱子不断成长，整个焉支草原都尊敬、爱戴、拥护他，他和草原大地亲密融合，就像草原上的草一样。

这些从遥远地方迁徙来的胡人，如此爱戴这位明代皇族的秘密后裔，令人惊奇，也许他们爱戴的，是朱子身上那些中原文化以至南方文化的光环，可这位小亲王却发现，焉支人也有悠久文化传统，那些在焉支山里的岩画和浮雕非常奇特，恢宏大气，表达了不同于中原文化的生命气息，这是怎么得来的？

这对于朱子很神秘，对于他们却那么自然，他们好像早就有了雕塑和绘画，对一切都熟谙于心，就像他们的弓马娴熟。这和他外祖父与母亲身上的气质很像，他身上流淌着这样的血脉精气，而且，父亲每次来都鼓励他，有意让他多受这样的文化熏陶。

朱子沉浸在与他们的交往中，去接受在中原文化中没有感悟过的，不愿离开这片草原。

护卫他的大臣将军们看在眼里，都非常着急。朱楔在永乐十七年（1420年）去世后，6位文臣武将仔细商量，认为应该有人继承朱楔的未竟事业，朱子最为合适，建议他走出草原。

朱子先受母亲和外祖父的文化艺术教导，再受父亲大气沉稳的政治韬略教导，然后受六辅的技艺谋术教导，已有了自己的思考判断和教养品格，他沉吟良久，答应仔细考虑他们的提议。

三天后他告知："我要等待。"

六辅很惶惑地相互看着，小心翼翼禀问："您在等什么？"

"我在等成长，我还没有真正的生活。这里的百姓拥护我就够了，我不要更大权力，不想走向更远地方，安安静静在这里成长，保存我的精华骨血，等待最好的时刻，这是我最好的选择，也是我父亲的嘱托。"

时过不久，蒙古人向中原大地不断进攻，迫使明朝军队不断在边疆尽量地防备征战，蒙疆边界的蒙古贵族们雄心勃勃。

朱子拥有一批忠诚勇敢的将士，却静默守候着，不露实力，也从不露出是朱家子孙，只是保护焉支，以致蒙疆边界的人只把他们当作从遥远地方迁徙来的焉支人。

朱子深藏不露，他要保护一支王室骨血，这是大明王朝的精神血脉，是中华文化的精英传统，这些终有一天会焕发光芒，发挥作用。

李程慨叹："当初朱楔按照朱元璋的意图镇守甘州，后来在北州建肃王府，仍尽力完成朱元璋的遗愿，要守住家园要津，保护从北州到哈密卫的家园通道。今天我们要做的，也是发展繁荣从北州到新疆的家园。"

唐岱说："朱楔不仅受人之托，忠人之事，还怀有守护天下家园的胸怀韬略。他坚韧忠诚，也很聪明，没有军队，就用另一种方式守护：一是只要他在北州，就形成了声望威慑，所以坚持不离北州；二是用文化上的改变来守护保障这一带的发展。今天，我们也要守护他们留下来的家园和中华血脉。"

李程沉思："从朱元璋到朱楔，从朱子到朱将军，都憧憬和平安宁的天下家园，我们在这个时代所做的一切，不论为红园，还是为一带一路的西部通道，都是守护中华家园。"

"我们得像祖先一样，有坚韧的家园守护感。中国人在中华大地生活了这么长时间，努力建设自己的家园，只希望有安宁美好，不想与人争斗，到今天很不容易。"

"守护家园在人类历史中一直挺难，现在依然很难，我们要为此一点一滴去付出、去努力。"李程感叹，"朱模说的那个未来世界，就是现在这个时代吧。"

"我想是的，朱模太英明睿智了，对于那些聪明的人，天下家园早就在胸怀与智慧中，他们知道自己命运跟世界命运连在一起，能主导自己命运，知道该做什么，而我们不能那样睿智，只能追随时代。如果我二十年前就去运筹红角杨的未来，它现在会更好，可我没有预见和坚守，走向了广州。"

"如果不随时代而变就更糟糕，如果你没去广州，现在也不会有这些想法。好在生逢难得一遇的好时代，国家和个人都有非常好的发展机遇，有更美好方向和更强大信念。"李程沉吟一下，"因为是明王室后裔，朱将军有意把红园建在北州，有此历史渊源，当然有文化保留价值了。"

"但朱将军无法证明自己是明肃王后裔，只有族谱可以考证研究，族谱跟朱将军的日记放在一起，后来不见了，宋伯伯猜测它应该还在这里，这么多年我们一直没找到。"

李程叹息："太可惜了，如果能证明朱将军是明肃王后裔，那肯定就有了保存它的理由。"

唐岱笑说："很奇怪，多了个古老名头就多了层保存价值，人们只看过去，不看现在和未来吗？红园就是我们的现实，它不也铭刻着历史吗？"

李程也笑："这时候你还较什么真？只要能找到族谱，管它什么道理呢。"

宋恒注视唐岱和李程片刻，走向自己住的平房，然后拿着扫帚走出平房，向右转上通往花园的小楼旁道路。他要按惯例清扫整个花园的道路，每天，他都将落在纵横交错道路上的枯枝落叶扫去。

早春地上，几无落叶。松柏之类的常绿乔木很少落叶，落叶树木经冬，树叶脱尽，园中道路偶尔有几片树叶或几根小枝。

在秋天，落叶满地，一片彩色斑斓中，这是繁重的工作，他难以胜任，但尽力去做。

他要保持整洁有序和生机勃勃，等待那些星光和灵魂来临。

有时，他就像那个在仙女来湖边洗浴时要抱走仙女衣服的人一样，做好了一切准备，等待仙女来临洛神湖。

道路穿越花墙上的月亮门进入花园，延伸为花园里的环形主道。环形主道分出许多交叉道路，它们或蜿蜒弯曲或横平竖直，把圆形花园分割成很多几何图形。

他先从月亮门扫起，熟练灵活地挥动长把扫帚，风一样轻快地顺着道路扫过去，在不同的道路上回环往复，来往穿梭，一边干活，一边闻着树木和草根散发的清香。

这些道路就像河洛八卦与五维时空的一道道象征，都通向中间的天圆地方。8字形循环交叉道路给他书的启示、地图的启示和音乐的启示——他记着自己曾是北平艺专音乐科一年级学生。

有时，这些道路越变越复杂，像地图或书一样让他迷惑，这时候，他发现自己有穿越能力，能穿越地图和书中的迷宫，去和那些已在恒久时空中的弟兄们交谈，去和朱将军、金韧交谈，去和那些悠悠时光中的生命交谈，时时觉到他们在默默注视他。

作为一个经历过数百次战斗的军官，他在军队中离不开武器和地图，这成为他终生的习惯，他像武器一样保持警觉，像地图一样看穿一切。他在军队中的一个重要经历，是通过地图发现那些真实地方、那些实际危险。

对他来说，地图就是真实生活。护送明悠那次，就因为他在地图上一点疏忽、一点偏离，陷入致命包围。12个弟兄面对日军一个中队200人的围攻，击毙击伤日军63人，救出他和明悠，而他们都牺牲了，这让他终生不能原谅自己。

他常常恍惚置身于地图和过去岁月中，那些纵横交错的道路把花园变成了地图，他终日在这个地图样的花园中巡游穿梭，把他的生活变得像地图一样清晰而复杂，又把地图样的花园变成他的生活，他在这样的生活中仰望星空而不迷失方向。

异常洞察力使他能将一个地图中的地方与一种生活对应起来，将一本书中的内容与一种生命结合起来，看穿一切假象。

他干着活，不时注意一下漫步交谈的唐岱和李程，和他们相距时近时远，相近时，他们和他打打招呼。

李程到来，意味着什么？他在这个时代已迷惑不解，他摇摇头，继续自己手中简单而又复杂的工作。

唐岱和李程从楼前的环形通道出发，绕着草坪、喷泉、雕像、小楼观看，进入月亮门，走上花园里的小径和草木，走进花园的中字形中心，来到桑梓树下。

李程边走边听，专注入神，有时赞叹一下，有时问点什么，进入天圆地方的意境，体验庄重的家园情怀，倾听历史渊源和传奇故事，再仔细观察那棵刻字的红角杨树。

一切太真切，心中不断震动，眼前展开壮丽画面，能听到那些呐喊的声音，能看到血与火中飘扬的旗帜，此刻那些英勇身影就站在旁边，静静倾听和观察他现在的感受。

这些庄重崇高细致生动地进入他的身体和灵魂，这是好长时间没有体验过的，他深为感动，铭刻在心，不能不做点什么。

他深沉回想："在这里徜徉，追怀中华理想，返回以往激情。红角杨凝结一代代中华心魂和家园情结，怎么能把它轻易就拆了？那得有个大的理由，可我们没有这样的理由，拆了它对不起中华家园，对不起中国人，那些优雅英勇的灵魂何以安存？我们活下去的心魂何以寄托？"

唐岱慨叹："这片僻静花园深藏古典时代的优雅纯净：一个雕像，一眼泉水，一座小楼，两排平房，桑梓之树，洛神湖水，月亮玫瑰，红角杨树，加上曲径通幽、开阔壮观的园林，就成了经典家园的象征，就象征中华大地的和平安宁。这里清雅明快，能在喧嚣烦扰中走向开朗生活，唤醒现代城市的家园依恋，如果没有这片能体会生命的庭园，到哪里寻找更深长悠久的家园感？"

"当初明肃王在偏僻的北州建王府，就有为家园安守西北重镇的意思，红园建在这里，也是安守家园的意思吧？"

"确实有这样的意味，只有在红园长期濡染的人才能体会，现在你能体会，我很欣慰，希望更多的人也能这样理解，这样，这里就成为安守家园意义的寄托之地，就不能随意把它拆掉。"

李程凝神思索："有意味的是，这里就象征现在的家园情境，它平静存在的这么多年，正好对应中国家园安好的这么多年。"

"可有人对这样的家园安好不满意、不珍惜、不知足，羡慕向往国外生活，臆想国外能得到更多，只要有借口和机会，就诋毁败坏我们的家园。"

"的确，现在有些人不知足，为得到更多，反而对美好家园心怀恶意，那我们就更要守护家园。"

"总有在现实中和精神上都对立的两种人，对立根本点是利益立场不同，怎么对待红园也区别了不同的人。贪婪的利己主义者善于制造利用各种机会，把看到的占为己有，得不到就中伤或者毁掉。"

"可大多数人不是出于恶意而生存。"

"但喧哗的大多数时时被少数人蛊惑推动。对红园不同心态的根本原因，不是人们要什么，而是看重什么，要警惕从有用和无用的想法去对待这件事，人们很容易被是否有用的利弊权衡所煽动，自然更看重能享用的飞天广场。"

李程若有所思："你的意思是不能太实用主义？可人们享受现实幸福的渴望也是正当的啊。"

"幸福是有幸福立场和幸福精神的，拆那么多，不一定是建幸福家园，建新家园不一定非把旧的拆掉。拆掉红园这样有独特意味的旧的，就为建起大同小异的新的？谁能确定这就是国家和人民的幸福意愿？"

"那你该让政府和人民多了解它，它才能真正留下去。"

"这的确是这么多年我没做好的地方。我以为它岁月静好，其实它在现实变化中才更有活力，现在到了它焕发活力的时候了，无论它未来如何，都和这个时刻的国家连在一起。"

"你这样想就对了。你以往的衷情是因为太沉湎往事吧？"

"是往事，也是现实，我过去没弄清往事与现实的关系，其实对现实的清醒早在红园中孕育，代代相传，就在我的生命中。"

"我听出了你的精神倾向，你的历史就是现实，你有了这样的现实思考，才会这样从现实去想历史。你能这样想是因为广州改变了你？"

"在广州，我的身心一直在变化，最早我对知识分子的精神颓败感到失望，想尽量远离人性黑暗，不问世事，后来切身体验到避不开庸常之恶，就挺身为研究生受到的伤害去争取公正，但遭庸常之恶的团伙打击而失败，结果学校三年没让我上岗。我虽遭压制，但学校也申饬那些人别再招惹我，那些庸常之恶便不能肆无忌惮，以后我就致力把理想主义转化为现实行动，在我的教学、著述、文学演讲和行动中不断发表和实现我的想法。国家不也在把理想主义变为人民美好生活吗？"

李程笑说："你还是拐着弯让我帮你，你的理想主义标志不就是红园吗？"

唐岱也笑："也是也不是，理想主义不仅仅是一件事。"

"我喜欢你被现实触醒，你明白了文学家不能与现实割裂，我赞同你说的，一个人、一种生活、一个国家，都必须有理想主义。不过我只能尽力而为，要说清红园的精神性保存价值并不容易，需要时间和论证。关键还在于朱家没有直接继承人，这等于是无主房屋，政府有理由征用，连征用费都不知该给谁。"

"祁远可能也在找朱丹影的下落。他浪迹萍踪20年，你能找到他吗？"

李程笑呵呵地说："你问得可真及时，祁远前几天在月亮湾寻找繁殖月亮玫瑰的优良分株，准备在焉支培育玫瑰。我有他住在那里的电话号码，不知他离开了没有。"

"这里也有月亮玫瑰，他为什么不来？"

"这我可不知道，你问他吧。不过他不用手机。"

"那怎么找他？"

林袅在楼侧月亮门出现，朝他们张望。她的手轻扶一下月亮门圆形内侧，手臂向上弯着，月牙似的伸向门侧，手的高度刚好碰着肩头。她换去了玫瑰红羽绒大衣，改穿一件银灰色兔皮大衣，显得轻飘飘的，一条白色长围巾环绕胸前。

月亮门和砌有均匀透窗的雕花墙衬着她，格外美丽。

李程注视林袅："我这个表妹很特别，和匡枉在一起难为她了。"

"你既然知道，为什么不帮她离婚？"

"她从不和我说这件事，我难以主动介入。她太温弱，难和匡枉的霸道无赖对抗，我担心她撑不住，已经想要强行介入了，还好，"李程目光含蓄地看着唐岱，"她奇思妙想找到了你，这我就不担心了。她昨晚住在这里？"

虽然隔段距离，唐岱仍能看到林袅脸上白皙皮肤下的血液浸润，她心里涌上的血和她脸上的红晕融成一片。

"是的，以后可能还要住一段时间。你别多想，我和她昨晚什么也没发生。"

"看得出，你还是能吸引她，上大学时，那些校园佳丽就特别在意你。"

唐岱笑道："那时你快要毕业了，我俩一个政治，一个文学，每天晚饭后我陪你去报栏看各种报纸，你把那些报纸的每条消息都仔细看一遍，心无旁骛，我毫无兴趣，只好去看那些路过的美人，她们也就注意我了，而且知道每天这个时候我必定出现在报栏旁，这都仰赖你天天读报。"

李程回想着："那时候你心有桑梓，坐怀不乱，专注你的理想主义神话。我问你：'我以后想从政，你认为怎么样？'你说：'美人香草与政治是两回事，不过我支持你，你能做个好官。'"

唐岱又笑："现在我还这样想，不过有所变化，不再认为美人香草与政治无关，否则屈原也不会用美人香草来象征他的政治人格了。"

"那时候我俩可以自由实现自己的意愿，现在不一样了，你得注意，林袅还没离婚。"

"她没地方去，哪里都对她不安全，匡枉怎么做很难预料。"

"这么说，夜间起火跟她和匡枉的事有关？"

"不论有无关系，她注定要走进这里，这里有一部分生活是专为她留着的。"

林袅依然站在那里，凝神专注，像在寻找回忆一个丢失的时刻，又像在等待未来的时刻。

她其实就是那个时刻本身，而那个时刻不过是生活一个暗示。

十一　红角杨情缘

太阳带着暖意照过来，唐岱和李程走出花园。

那只黑猫倏忽掠过，银焰追着黑猫，赶到壁墙下，昂首监视壁墙上方的人影。

宋恒停下手中的活，站直身体，辨别那几个人影。壁墙边高大的槐树、榆树、桑树、梓树的枝条影影绰绰，那几个人影也隐约模糊。

他那武器一样的敏锐再次来临。他已丢失了想象最好情况的能力，但仍能想象最坏的情况。

唐岱穿过月亮门，走向宋恒，途中经过洛神湖、玫瑰丛和红角杨树。阳光带来的轻微暖意落在脸颊，花园在阳光中颤动。

他沿着很长的花园环形主道向前走，这样一直走下去，没有尽头，会从另一个方位走出花园。

宋恒像屈原的《九歌·国殇》中的将军一样在守望，微风吹动着老人挺直的身躯——诚既勇兮又以武，终刚强兮不可凌。

他来到老人身边，老人保持骄傲顽强的挺立姿态，向他缓缓转身。

"李程看你扫花园太辛苦，想送你一台清扫车。"

"你替我谢谢他。你过去也想让我用清扫车，现在还是不用吧，它太吵了，我怕吵醒了将士们，还是安安静静的好。你和李程谈得怎么样？"

"想送你清扫车已暗示了他的倾向，如果红园不能存在下去，送你清扫车有什么意义呢？我们从读大学时就相互理解支持。"

"我担心他孤掌难鸣，心怀鬼胎的人太多，而且在煽动民间意愿。你看，"宋恒向壁墙那边示意，"最近不断有人从上面张望。"

"这会是些什么人？"

"什么人都可能，咱们过去看看。"

来到那边壁墙下，只有银焰专注地盯视壁墙上方，那些人影已消失。

宋恒说："这几个人有意避开我们。"

唐岱琢磨着："为什么怕我们看清他们？是南州大学那几个人？"

"他们想干什么？"

"像在窥探这里的布局和结构。这是圆形凹地，什么都能从上面看到。"

宋恒思索着："红园设计图就是明灵随身携带的那个紫红羊皮包。"

唐岱惊诧："那个羊皮包藏着设计图？怪不得明灵和它形影不离。"

"那是明悠祖上传下来的，是非常精致的手工制品。正面有一只鹰的图案，是明悠祖上的族徽。我们在滇西遇险后，明悠在包的另一面印制了12棵红角杨树。战争期间明悠一直背着它，像护身符一样。整个包由极薄的特制羊皮层层折叠而成，展开来，就是雕像、小楼和整体设计图。这不会轻易暴露，羊皮包展开后什么也看不到，用一种特殊方式，图案才会显现。现在明灵随身带着它会有危险，太容易丢失。"

"可没人知道明灵有设计图，更没人知道紫红羊皮包的秘密。"

宋恒目光严峻："不能大意，这是正与邪、光明与阴暗的对峙，那些邪恶的人可能什么都知道。"

唐岱有所醒悟："的确，这些人有邪气，很难用我们的想法去想他们。"

"我猜测，这个羊皮包还藏着秘画的仿制图。"

"那就更重要了，明灵下课后我去接她吧。"

"这样更安全，也让你们更亲近。你对她有什么特别感觉吗？"

唐岱有些迷惑："您觉得有什么特别吗？"

"你有预感重返的感觉吗？"

"隐约有一点。"

"你和谁在一起能激发预感？"

唐岱沉吟："这我也茫然……"

"昨夜你和林袅有没有发生什么？"

"只有幻觉。"

"有真实情感才有预感灵性，没有真实就难有预感，你和她能幻觉成真吗？"

"我不知道，但有希望。"

宋恒半失望半忧虑："我以为她能激活你的预感，现在不太乐观。"

"我和她有继续深入的可能。"

"如果你和她发生的只是幻觉，那就很难成真，这有你和桑梓的前车之鉴。不过，看到明灵对着你的眼神，我又有了希望。"

"可我和明灵的年龄差异太大。"

"你认为这是阻碍？你这样想很奇怪，不像你的浪漫风格。明灵从异国他乡回到祖国，就是红角杨信仰让她跨越时空，她会在意年龄吗？"

提到明灵，唐岱避免多说："过去我和桑梓也是从幻觉到真实，我会努力把和林袅的幻觉变成真实。"

"那也许太晚，也许不能成功。你可能对林袅有些衷情，不过现在没时间了，必须尽快知道你和谁更合适，也许明灵的血缘使她更合适。"

"我和她年龄不相宜，难生真情。"

宋恒有些失神："年龄不是吸引也不是分开你们的根本，你怎么知道她怎么想呢？你太被林袅吸引了，也尝试着去了解明灵吧，这个时刻，我越来越寄希望于你的预感。"

唐岱安慰老人："我迷惑的是，和谁才能激发？只要幻觉成真，我不在意和谁怎么样。"

"可你心神不定，若无真情实感，怎么把幻觉变为真实？"

去接明灵前，唐岱和桑梓像以往那样，在圆形地毯上席地而坐。

"昨天夜里，我和林袅有了星空幻觉。"

她有点儿紧张，声音微颤："预感是不是又来了？"

"仅仅是幻觉。"

她叹口气："哦，那意味着什么呢？"

"有时候，觉得幻觉就是真的，有时候，觉得这是自我幻想，是关切红园太着迷。现在，觉得这是个征兆，是不是过去的一切又要重返了？"

"你觉察了什么？"

"有一些朦朦胧胧的，还在酝酿，还要等待。"

"你期待幻觉成真吧？"

"宋伯伯也有意促成这样的真实，想让我恢复预感。"

她慢慢想着："这个时刻很重要，依靠你的预感才能发现红角杨未来，咱们得好好回想，头两次情景怎么发生的？"

"第一次是和朱丹影，第二次是和你，这一次和她……"

他们突然醒悟，翻身相对，半跪在地。

她好似回到以往时刻："只要一个女人和你在圆形地毯，就可能发生星空幻觉……这不在于你的年龄，和朱丹影那次，你刚六岁。"

他琢磨着："是不是，宋伯伯说的朱将军有星空预言感时，也是和一个女人……"

她轻声自语遥远的事："那是柳湖吗……可如果是柳湖，不一定非要到圆形地毯……"

寂静无声，两人相互凝望，眼里都闪着一点惊异的激动，却神情严肃。

她声音微颤："难道……不是柳湖吗？"

他仰望半空："朱丹影说过，1965年和1969年，出现过一个神秘奇丽的女人，朱丹影夜间偶然来图书室，看到那个梦幻一样飘忽的女人。早晨起来，一切如旧，像是从没来过什么人。"

"这意味着，朱将军不愿让别人知道她来过，甚至不愿让别人知道她存在。"

"如果朱丹影看到的是真实的，宋伯伯一定知道这个人。"

"为什么她只出现过两次呢？"

"这两次的时间耐人寻味：1965年，柳湖去世。1969年，朱将军失踪。"

"会不会和月亮湾有关系？"

"月亮湾是个很偏僻的乡下地方，不适于朱丹影描述的神秘女人气质。"

"会不会因为宋伯伯，她才出现在这里？"

"这不可能，宋伯伯从来不近女人。"

她一笑："从来不近其他女人的男人，往往是因为一个女人……"

"宋伯伯从来把这里看作神圣领域，不会让人随意进入，更不会让仅仅与他有个人关系的人进入。"

"那……"她微微歪头，倾斜身体，一只手撑地，另一只手撩开垂在脸颊的一缕头发，"她一定和朱将军有极为特殊的关系……"

两人看着对方惊呆，脸色严肃紧张，凝止不变。

他呆呆地说："朱丹影……是朱将军和这个神秘女人的女儿？"

她也悄声："我们想过头了？"

午间阳光正好，对元宵节那天的事心怀歉意，唐岱捧着一束月亮玫瑰，站在北州大学艺术学院楼前路口，很惹眼。

他觉得和明灵因月亮玫瑰而灵犀相通，此刻她正等着这束玫瑰出现。

阳光腾起团团斑驳光影，每瓣玫瑰都有一小团耀眼光亮，花瓣的角度方向不同，亮点的大小形状也不同，闪光被没有阳光直射到的深红色阴影托起来，被大团绿叶簇拥着，就像绿色高山上的玫瑰色小湖，波光闪闪。

他小时就着迷月亮玫瑰，到广州后仔细观察，认为女人有玫瑰情结，她们在14岁到29岁这样的年龄，会着魔似的迷恋浪漫爱情，这是天性的癖好和崇拜，与她们的现实和未来都无关。

后来她们的爱情怎么样，是玫瑰情结变化的结果，在20岁左右，或婚恋后，她们发生变化，可能淡漠浪漫，注重庸常，也可能一生都有诗意生命情缘。

他可能对明灵发生影响，在玫瑰情结发生和延续的时刻，什么样的人影响她们很重要，不过，明灵的玫瑰情结来自血缘灵性，如果她变，会变得无限浪漫，终生不改……

明灵和一群学生说笑着走来。女大学生们被这团耀眼的玫瑰光芒吸引住，有意无意关注这个男人和这束玫瑰，女孩们对他和他手中的花露出复杂表情：好奇、神秘、欣羡混合在一起。

他忽然觉出，他这样来见明灵有什么不对，但一切都来不及了。

她停在他面前，周围眼光也停了瞬间，时间凝止在他、她和那束玫瑰上。

惊羡和质疑的声音乱纷纷轰响，嘈杂混乱，他听不清他们说什么。

他不知道，此刻他是今天北州公众的话题人物，引人艳羡、调笑、嫉妒、谩骂，北州遍布他和林裛——第一琵琶演奏家的绯闻，媒体还刊登了他俩在一起的照片。

明灵烈焰红唇，透着欢乐："我们相逢在中国情人节，这太有意味了，我送您月亮玫瑰，您也捧着月亮玫瑰来，这让那些绯闻不攻自破。"

大学生们屏神凝息，周围静了片刻，然后声音再次爆发：赞叹、谴责、欣羡、愤怒、讥嘲……

阳光下，明灵充满魅力地高高挺起身姿，毫不掩饰她轻蔑鄙俗："这就是我们的玫瑰情缘……"

之后，唐岱和明灵站在红园左后方的壁墙上。从这里看去，旧的区域比较杂乱，新的高楼错杂其间，周围都是高低不等的楼群和等待拆迁的平房，只有红园树丛茂密，即使在没有树叶和绿草的早春，连绵树丛也在阳光笼罩下波飞浪卷。

下方是花园角院。越过靠壁墙生长的高大桑梓榆槐和红角杨树，他们的视线伸展到很远地方，能隐约看到地面建筑，从高铁站延伸下来的是城市主干道天水路，由天水路从西向东拐，就直达红园大道口。

夏天，宽大高密的各种树冠缀满绿叶，团团簇簇，很难见到树下土地。现在能清楚看到，花园地面被层层树枝分割，与几何状的整齐小径相互交叠。站在这个位置，恰好能看清红角杨树左侧的洛神湖和拆掉薄膜温室的玫瑰丛。

唐岱眺望着："这些年来去匆匆，好多年没这样看过红园了。"

"那您为什么离开呢？"

他若有所思："离开是为了重返，那时我就知道，有个时刻我会重返，现在到了这个时刻了。"他捧上玫瑰，"我为元宵节那天的事致歉。"

她接过玫瑰，深深闻一下："您不必致歉，昨天我随意说了几句不高兴的话。那天宋爷爷让我接您，他说红角杨情缘让我能认出您，果真我一下就认出了您，这也就是奶奶说的玫瑰情缘，月亮玫瑰伴我长大，我等待着您这样的人出现。"

他沉吟一下："宋伯伯和你奶奶那一代的精神情缘连着我们，让每一代人心魂相连，彼此确认，在车站见你手捧月亮玫瑰，我就看出了你的生命灵性。"

她转脸面对他："我这个年龄的生命情缘不是更重要吗？为什么你只看出我的灵性？"

他微笑："我幼时见过你奶奶，在车站看到你，一刹那唤起了我似曾相识的灵性感觉，现在知道，是她培育了你的灵性，一个人就像一幅画、一个雕像、一部文学作品，需要精细打磨才有灵性。"

"奶奶也说美好的人就像美好的书，美好的书要美好的人去写，美好的书会塑造美好的人。"

"她为美好的人和书设计了星空图书室。"

"夜里，我看到你和林袅在那里，好像忘了我，我要走进去，你才能记起我吗？"

他有点不知所措："你看到的是幻觉，别当真。不论在哪里，你的灵性之美我都能感受到。"

她突然快速说："那你我就会灵犀相通，宋爷爷说，你在圆形地毯上会有预感，是真的吗？"

"那是不可思议的神奇，也许真有命运预言。"

"那你就可以预知我们的未来呀。"

"我必须和特殊的人在一起，才有平日没有的感觉。"

"是和一个女人吗？是林袅吗？她和红园没关系，可我和你有玫瑰情缘。"

"你太敏感了，我却说不清。"他闪烁其词，躲避她的话锋，"我只能模糊感觉，不知具体情景。"

"我会发生什么变化？能告诉我吗？"

"在圆形地毯上才有可能。"

"那我们可以去。"

"我不是任意和谁在一起就能发现命运，即使我看到了它，它也会变，跟上去，它又会变：自生自灭成何事，能逐东风作雨无。并不是一个命运预先定制好等着我们，当你发现它，介入参与，一切就改变了。宋伯伯说，命运是希望。"

她凝神专注，有成熟女性的神采："可怜夜半虚前席，不问苍生问鬼神——你和我，还有宋爷爷，说的是一个意思，预言命运就是创造命运，命运随现实而变，我们也不断改变，一切都会因希望而改变……"

他故意没怎么听她说，眼光离开她的脸，越过树木，看到对面远处几个人影。

"看到那几个人了吗？"

她随他的目光看过去："他们是谁？"

"我猜是在元宵节晚会见到的那几个，可能在打设计图的主意。宋伯伯告诉我，紫红羊皮包就是设计图，所以我来北州大学接你。"

她把羊皮包往身前动动，不以为意："没必要这么警惕吧？这没人知道，再说，他们要设计图干什么？"

"只有我们想不到的，没有他们做不出的。"

她疑惑："难道知识分子能偷会抢？"

"有些人只要想要，就不择手段。"

"那我以后真要小心？"

"对，别再把羊皮包带在身上了。"

"我没有其他地方可放。"

"放在红园会安全一些，有宋伯伯、余烁和银焰帮你看护。"

"我不愿让它离开我身边。"

"这个包与众不同，太招人耳目了。"

"它陪着我，就像奶奶和父母在我身边。"她倔强地说。

有人悄悄接近，他们转过身，几个照相机和摄像机对准了他们，月亮玫瑰和紫红羊皮包在镜头中格外惹眼。

初春阳光疏淡，枝叶稀落，更显树干粗壮高大。

唐岱穿着墨蓝色羽绒衣，桑梓穿着金白色羊绒大衣，在花园小径徜徉。

　　小径两侧的树枝斜伸过来，有时，纵横的树枝遮蔽小径，他们不时拨一拨、躲一躲。

　　他入神回想："年深月久，这依然是我们的家园，到处布满纯真乐趣和自由幻想。这18年，只有宋伯伯和银焰在小径上穿行，幽静得令人迷醉，那些草啊树啊自在疯长。"

　　他们来到花园正中的桑树和梓树下，两棵树枝干高大，伸向天空，异常醒目。

　　她仰看树上骤然开阔的天空："宋伯伯用这两棵树给我起名意味深长，我想起那些树下的日子，宋伯伯说，那些夜晚布满了色彩。"

　　"宋伯伯的战友都为守护中华家园而奉献。《诗·小雅·小弁》谓：'维桑与梓，必恭敬止。'对父母所在的家园要有敬意。"

　　她依恋惋惜："在红园才能保持桑梓之地的家园敬意。"

　　他的目光顺着树尖直奔带点灰蓝的天空，又返回她身上："你带着无时不在的家园意味，你虽在你现在的生活里，却仍像以往在红园那样充满灵性，像瑶姬一样变幻为巫山云雨守在红园，我想得你灵性，却从不可得。"

　　她叹口气："我的灵性早随以往愈去愈远，现在既非桑也非梓。"

　　"这两棵树在，你的灵性就在，你的纯真谁也夺不走。"

　　她不置可否："我在刘鹏身边太久了，他把纯真当幻想，不相信纯真会让生活更好，他说幻想会让人神魂颠倒。"

　　"人最可怕的，是不再纯真和幻想，纯真和幻想让人充满活力和希望，我能让自己是顽强的理想主义者，就能变成强大的现实主义者，不会被现实打倒。"

　　她凝视着他："你的魅力就在无限纯真和不懈斗志，和你站在这里，我又有了清澈明净的家园感。"

　　他神情严肃："既然知道什么让你清澈明净，当初为什么逃向刘鹏？"

　　"你离开前从不问我，现在你要回来了，可我不必再告诉你了。旧景难现，你的红颜知己也难以重返。"

　　他沉思着："是啊，一切都难以重返，只有一个老人和一只灵犬坚守不变……"

　　回到房间，她脱下外衣，保持一会儿静止姿态。她穿着白色高领毛衣，与她刚脱掉的金白色羊绒衣很协调。她的姿态略不自然，不知沉思还是犹豫。

　　他看着她："你依然身姿动人，但错过了美好年华。"

她喃喃细语："直到韶华将逝，你和红角杨仍让我神牵魂萦，可一切都无可挽回。"她显出一点哀怨，"我没有完全麻木，想和你重返以往时光，可这已不可能。"

他声调较低，沉静平稳："18年前我要离开，你轻易让我走了，现在我要和你一起重返……"

"我们像爱人那样再相依一次，追怀纪念过去。"她走过来依着他，"抱住我，你一松手我就改变了模样。"

他轻轻抱住他，这一抱，那个恋情依依的桑梓就留在记忆中了，也留在他的身体依恋和灵魂渴望中。

桑梓仰脸轻声说："别再离开了，你在这里，我还能和你一起流连忘返，你一离开，我又会难以重返……"

门开了，林枭出现在门框中，出现在他的迎面视线中。

林枭认为她爱上了她没想到会爱上的人，可又模糊觉得，她的爱还在远方，没有走过来。

也许，她读大一听李程说起唐岱时，心里就有了憧憬，那时唐岱还在北州大学任教，她有意无意看着唐岱在校园走过，凝视着中文系教师栏中他的照片，甚至听他讲文学课，那时她天真懵懂，不明所以。

18年后，她已忘了这个在她大学生活中一飘而过的年轻教师，却意外接到了他从广州打来的电话，那个忘却多年的人一点点清晰起来，直到在高铁站相见，意外进入红园，现在她心下明了，命运使然，无意间就处在绯闻中心。

在宋恒沉稳的目光中，心中丝丝缕缕的迷蒙散去了，她穿越宽阔的通道，绕过喷泉，登上小楼台阶，穿过楼下大厅，再登上楼梯。

门敞开着，落地窗外的阳光流进房间，他和一个女人相拥在阳光泻成的湖水中，波光摇动。

看不见脸，只看见她的流荡长发和修长身材。她依在他怀里一动不动，就像一根修长的金竹，她的脸向上仰着，就像仰看星光。

此刻他们心神相依，床上和沙发上凌乱扔着外衣，显出拥抱得那样急切。

看到这一情景，她等待了几十年、一秒钟前还隐约盼望的心魂幸福粉碎了。

后来她知道，那是过去的仰望，不是未来的情恋。

他俩同时撒了手，仍然紧挨着，一齐朝她转过身。

他俩几乎大半个身体背着阳光，脸上藏着幽昧。

林葲的脸迎着泻进窗户的阳光，流光溢彩，她的眼睛突然睁大，像星河一样弯曲闪烁，整张脸都随之惊异闪动。

不会掩饰自己的女人是不会虚伪的女人，这让桑梓把林葲看得可贵。尽管林葲竭力恢复镇静，可刹那间凝住的失神惊异，还是把她爱上唐岱的心思袒露无疑。

桑梓端详林葲：她是那种古典气质与当代风格交融的美女，她看起来比流行脸型的同龄人大了几岁，在流行脸型者还没有普遍成长起来时，她已先声夺人，不过，她脸上的忧郁气质是流行脸型者没有的魅力。

想到自己与林葲年龄相差12年，几十年努力保藏的过去和未来都潇潇雨歇，自己轻飘飘的，变成空壳伫立，心神向林葲飞去，贴向她，与她合为一体，她年轻的身体靠向唐岱，就会让桑梓挣脱现实，获得自由。

桑梓突然悟到，她和刘鹏在一起，就是为了让她看到眼前时刻，她和刘鹏结婚是为红园也为自己，这是命运使然。

林葲恍然失落，尽量保持平静，仿佛平静外表能掩饰焦虑渴望。那晚她见过桑梓，如果桑梓回来，她没必要待在这里了。

平静下来，她清晰地看到了半阴影中转向她的脸，那张脸微显丰润，优雅内敛，清晰轮廓藏着柔韧沉静，有教养有智慧，飘荡的长发在阳光中丝丝闪光，白色毛衣高贵素雅，整个人身姿绰约、风韵流荡，是二十世纪尾声的美人模样。

"是不是我搅扰了你们？"

这两天，她身心开始放松自在，此刻说话平静自然，不像过去那样收敛紧张。

桑梓保持冷静："你谁也没打搅，我们在谈一些往事。"

"我还是让你们单独……"

"我来告诉唐岱，刘鹏想收购红园。"

唐岱说："他想绝对控制与政府的合作？"

唐岱一无所知，红园这些年用了刘鹏很多钱，他有了控制优势，最近没有支付一大笔水电费和维修费，可能是有意的，断水断电可不是小事。

桑梓没法制约刘鹏，刘鹏太了解她，知道她矜持冷静，虽然两人若即若离，但她不会吵闹，不会轻易离婚。

她没法说清这一切，只能说："不妨和他谈谈，看他到底怎么想。他说这是为红园好。"

唐岱的口气锐利起来："和他在一起时间长了，你的想法也像他了吗？"

"我的想法还是我自己的。"桑梓看看林袅，避开唐岱的锋芒，"林袅有什么事要说。"

林袅试图集中混乱的心神："晨报上有你和明灵在一起的多幅照片，网络上也流传一些视频。"

唐岱有点激动："怎么把明灵也扯了进来？那些蝇营狗苟的事，我们每天、每个人都经历着还不够吗？为什么要叫明灵再去经历？她最好没有这样的经历，她不去经历，或者越晚有这样的经历越好。"

桑梓慢悠悠地说："你常说，在同一时代有两种生活，你能用你的生活去要求另一种生活吗？你觉得不理解、不应该的，别人另有理由和想法，你抱着月亮玫瑰去找明灵，必然招致流言蜚语。"

林袅说："她刚到北州大学，这对她很不利。"

唐岱说："他们的目标不是她，是借绯闻让人们关注红园，营造拆毁氛围。"

桑梓说："既然知道，还这样轻率，两次绯闻……"她看到林袅刹那间脸色绯红，停一下接着说，"你怎么不接受元宵节晚会的教训呢？"

"我接明灵是因为……"他停了一下，"明灵不会在意别人对她怎么想，她为她的理想生活无所顾忌。"

桑梓叹一下："明灵有些特别很自然，可你不能率性而为，在广州这么长时间，做事风格还没有改变？在现实中，连儿童都懂得只有能不能做的事，没有好不好的事，北州很多人做着一个飞天广场的梦，怎能容你坏人家好梦？绯闻和这件事密切相关，她们两个人都在这里，你怎么办？"

林袅思悟着："既然传风月之事另有目的，我搬出去不就好了？"

唐岱说："元宵节的事太张扬，你搬进搬出会引出更多窥测，更引人注意你我，明灵搬出去会好一些。"

林袅没有信心："她暂时离开，就无懈可击吗？"

桑梓敏感地看林袅一眼："谁去对她说？怎么说？她依奶奶愿望而来，怎么会轻易离开？"

唐岱说："我去和她谈。"

林袅说："让她搬出去，这不合适吧……"

桑梓说："我看她不会听你劝。"

唐岱很有信心："她毕竟有明悠血脉，有红角杨情缘，会和我们一致。"

桑梓说："从我看着你幼年的身影起，就知道，你会过和别人不一样的生活，会走与庸常不一样的路，现在，明灵恐怕也是这样，你试着用你的方式去和她谈吧，估计她会超出你的猜想。"

宋恒打开门，静静看着明灵，听她演说，并不打断。

一群记者追着明灵来到门前，她厌烦愤怒，但并没发作。她内外双修，深藏不露，敏于外而慧于中，美貌动人的外表与内心深藏的锐气反差强烈，不说话时，不显凌厉，一旦遇事，就现出与表面形象不同的性格特质，不经意的尖锐毫无顾忌，她会昂然对抗她轻蔑的一切，此刻她发布宣言似的神采飞扬：

"我什么也不怕，这些传言贬低了我，我不是陪衬人，我就是爱情主角，从我很小时候，从奶奶对我讲红园起，就有了我和唐岱的生命情缘，有红角杨的玫瑰情缘，那时我还在月亮湾种玫瑰……我知道自己想要什么生活、该爱什么人，我的爱情连着我的理想，连着我奶奶传给我的爱与美，你们无法理解别人的爱情，自己的生活狭隘无趣，就要无事生非……"

她是新引进的年轻博士和艺术家，才气横溢又美貌非凡，被引为北州大学的骄傲而广为人知，身份与众不同，形象引人注目，这些话让围着的人喧哗鼓噪。

宋恒这四十年从没这样面对纷乱人群，觉出他尽力保存的生活受到了威胁，他让明灵进门，留银焰守在门前震慑。

他关好门，面对门警惕地站了一会儿，回身看见明灵沿大道急奔小楼。

他迈开沉稳坚实的大步，走向小楼。

明灵在小楼前等他，他嗅到了她身上流动的精灵般气息，再次清晰见到那个永在他记忆中的女人，她神秘往返于红园和外界之间，没人知道她与朱将军相会。他们会面干什么、会面的结果，他从不猜想。为保护朱将军和她，保护红园，他永不说出她的名字。

朱夫人柳湖知道她的一切，她曾在红角杨生活过一段时间，后来不再出现，朱将军失踪后，她会每年来一次。

红园是一个养育女人、珍藏女人的地方，也是一个女人稀少的地方，过去这里很少出现女人，朱丹影由孩子变成女人时很快失踪，后来桑梓也嫁出去。

现在，桑梓来了，林裛来了，明灵也来了，同时出现这么多女人还没有过。

他习惯了没有女人的世界，从书里懂得了女人，分不清书和女人的区别，认为男人有了其中一样就够了。

夜里，他从来不会寂寞得不能入睡，书就像女人一样陪伴着他，他不能入睡时，来到图书室，随意抽出几本书，坐在阅览桌旁，书环绕着圆形地毯，围成了奇异世界。

灯光照射打开的书页，光波荡漾，有时就映出了书中女人的楚楚身姿和动人面容。

更让他感受深刻的，不是那些书中女人，而是那个记忆中女人，他不让她清晰出现，只保留她朦胧的形象，让一层纱遮掩她。

她在书中出现，伴随着另一个世界，书和她就是世界的模样，书和她是他通向外界真正的光，书和红园世界中有故事、有历史、有女人、有幻想、有信仰，比外面那个单调枯燥的世界更丰富生动。

那些夜晚，布满了色彩。天热时候，落地门窗流动着清凉气流，舒爽怡人。如果冬天很冷，他会奢侈一下，把花园里夏秋积累的断落树枝投进壁炉，舒舒服服坐在皮椅里，看上一个通宵的书。

73年间，他几乎浸泡在书中，会像闻喷泉水汽那样，闻出书的味道。

但是，他闻不出女人味道。三个女人同时出现，混淆了他的知觉，他会把这个女人还有柳湖和她们混在一起。他迟钝困惑，一点说不清的预感浮现，他认为这是自己不善于闻女人味道的原因。

他对桑梓很了解，对明灵有明悠的联想，对林袅有酷似朱丹影的欣慰，怎么三个女人同时出现就让他迷惑不安呢？这意味着什么？他对自己也困惑了。

明灵在小楼台阶下迎着宋恒，抬眼望一下大门方向，那里隐约传来喧嚣，她神情不屑，不以为意。

宋恒平静地说："刚才你这番话容易招惹是非，那些人会像寓言里满地找东西的狐狸，把每块石头翻个遍，你正好给了口实让他们翻，他们会借此把事情闹乱闹大。"

明灵茫然："有那么严重吗？我不过说说我的想法，我的生活和别人没关系啊。"

"他们的目的，是把这里说成风月之地，惹人关注，造成氛围，吸引更多人摇唇鼓舌。桑梓和林袅都来了，现在你们几个人相关相连，去和他们说说吧。"

明灵迈开灵巧的步子，忽又停住："这时候她们该在上班，就是听到这件事来的吧？这是我的事，我不需要别人关注，只和唐岱说。"

"你的确不该像刚才那样，对什么人都敞开心扉，但红园的人是关心你的。"他看明灵执拗地站着不动，"……好吧，我去告诉唐岱。"

宋恒走上楼，看着桑梓和林袅，脑子里仍然飘浮着明灵和那个女人重叠的奇异情景，明灵唤起那个女人的身影在红园走动，他眼睛里挂起闪电样的透明帘幕，瞬息即逝。

唐岱看出一点异样，宋恒注视他们时，竟有一丝迷蒙，以往宋恒的眼睛里，任何时候都透出敏锐清醒。

宋恒用惯常的沉稳语调说："一大帮记者追着明灵围在门外，她说了一些话，能让他们像公鸡一样兴奋起来。"

唐岱问："什么话让他们这么兴奋？"

宋恒犹豫片刻，"她宣称和你相恋。"

唐岱惊异："她怎么这样说？"

"是被那些绯闻激怒了。她说在月亮湾种玫瑰时，就跟你有了生命情缘。"

唐岱叹一下："她口无遮拦，那些人就是要激怒她，她越这样说越不利。"

宋恒说："她毕竟年轻单纯，没有应对经验。"

唐岱说："她有明悠培养的教养情怀，有很坚定的生活理想和立场，敢想敢说敢做，什么也不在意。"

桑梓像要追问事情的深处："可她细致的心思没说过，她真那样想，还是被激怒了随意说说？"

宋恒说："现在她只想和唐岱说。"

桑梓和林袅相互看看，都对明灵有"旧时王谢堂前燕"的奇妙感觉，就像两个情人那样，眼中藏着女性不必言说的暗示，相互了解心绪，也知对方想什么。

林袅幽幽地说："她现在好像只听你一个人的，我们关切她，反倒是多余的。"

唐岱挺有信心："她若信任我，就能听我劝。这个时代女孩的时尚自由加上她的灵性智慧，让她机敏而不轻浮，灵动而不随意，执着而不任性，会听我劝的。"

桑梓意味深长："你对她看得挺明白，但她一定会用自己的理想、教养、情趣去想象生活，对你的信任怕是成了固执依恋，怎么会离开？"

"我要告诉她，若依赖想象，难在现实生存。"

桑梓说："这样劝她，反会激她对峙。"

唐岱沉吟："虽不能确定她怎么想，至少让她明白，她有情恋幻想，让她别再这样想我和她了。"

十二 时尚之心与古典之爱

从小楼旁月亮门看去，明灵站在洛神湖旁的玫瑰丛边。

风从唐岱所在的月亮门吹过去，她身旁柳丝轻轻摆动，高大垂柳边的玫瑰花株泛出青色春意，高低错落，风中震颤，她情思顾盼，恍若临水而立的洛神。

他向她走去，想到不知该说什么，变得烦恼不安。

明灵手抚玫瑰枝，倾身细看，听到鹅卵石小径上的脚步声，她松开手，转过身。

他定神细看她光洁无忧的容颜："那些流言蜚语没伤着你？"

"伤不了你，就伤不了我，只是，没把我当爱情主角，让我不悦。"

"可我们没有恋情。"

"现在有了，他们让我们关注自己。"

"这不能随意说，你不要依附他们。"

"这不是依附，你昨天说我见到你是生命情缘。"

"这不完全是你说的那样，以后我得和你慢慢说明白。你那样说，可能会惹事儿。"

"我怎么想就怎么说。"

他难以应对："你这样会把事情弄得更乱，也会把你自己弄乱。"

"现在事情已经乱了，至于我自己，我很认真，不会乱，只会更清晰。"

"你在情恋幻想中，这会伤害你的生活。"他不知该怎么面对她，忘记要说的现在情境，想辨清自己的不当，"也怪我，不该带着玫瑰去接你，不该说生命情缘。"

她意想不到地惊讶："你要依附他们的鄙陋无趣？这不符合我对你的期望。我早就读过你的作品，被你说的诗意生命情缘所激动，你用生命情缘把深藏的灵性情思说得简洁清晰，一目了然，与我从小想象的一拍即合，我们越过时空相会，不正是你想要的生命情缘？"

他试图避开锋芒："现在不是谈论那些的时候……你最好先搬到学校住

一段……"

她吃惊地睁大眼："你们刚才在说这事？想决定我的去留？"

料峭春寒中，她活力四射：一头蓬松短发，头顶三分之一处挽着一个小圆结，从小圆结到头顶再到下面井然有序，形成三层塔形，最下面是一圈蓬松的小瀑布，额前几缕刘海飘逸，侧面和后面的头发波浪般刚好垂肩。小巧的红色紧身毛衣勾勒身体曲线，毛衣表面蒙着一层细细毛绒交织的朦胧光雾，秀丽纤巧的身体充盈成熟魅力，在阳光下异常动人。

他一时思绪缥缈，想起《洛神赋》的女神宓妃："秾纤得衷，修短合度。肩若削成，腰如约素。延颈秀项，皓质呈露。芳泽无加，铅华弗御。云髻峨峨，修眉联娟。丹唇外朗，皓齿内鲜，明眸善睐，靥辅承权。"

但她更像明悠，她瞬间又变成明悠凝望时空的英姿，变成雕像人物，他也得像雕像一样，成为守护者。

他清醒一下，收起遐想，拿起搭在玫瑰丛上的军款短装皮夹克，给她披上。

"我理解你，你听着英勇壮丽的故事长大，濡染着奶奶爱与美的品质，向往光明生活，后来长期在国外生活，家园依恋刻骨铭心，终于来到憧憬的红园……"

她又变成一个时尚女孩，机敏灵动，一身思无邪："那你为什么不理解我的生活连着我的爱情呢？这就验证了你说的生命情缘呀！"

他言不由衷："你可以轻蔑鄙俗卑琐，却不能执着想象的爱。"

她披着夹克转回身，额前短发飞扬："这是想象？没想到你会这样说。这生命情缘在我的经历中孕育已久，一定会实现，什么都挡不住，包括你的曲解。"

他觉出很难改变她日夜莹然的生命向往，红角杨对她比一切都重要，她以往的激情都集中爆发，怎么可能让她改变呢？

他心里嘲骂自己一派无力胡言，说服她比讲课更耗费精力，不知怎么再说，也没有说的信心。

他在风中站着，有点冷，有点恼火，也怕和她再讨论情感，但还是试图度过眼前时刻。

"不管怎样，先避流言，以后再说。"

她不看他，稍稍失神，执拗挺身，脸在冷风中吹得绯红，风吹开衣服，敞开她灿烂亮艳的体韵。

"明灵，你听明白了吗？"

"你怎么知道我该怎么做？怎么知道什么对我更重要？"

"你搬到学校是权宜之计，这样很多事情就不会牵扯你，比如，现在没有把桑梓扯进来，这也是保护红园。"

"保护就是把我排除在外？"

他故意焦躁："你才29岁，一心要待在一个二十世纪庭园的幻想里……"

她根本没在听他说什么，态度一丝也没改变，就像一块闪光的红色雨花石，不论浇多少水都不会变："奶奶让我向往的是幻想？你为什么待在这里？"

他无可奈何："你刻意对峙，听不进我说的。"

"是你听不进我说的。"

"等你静一静咱们再谈。"

"你这口气好像导师和研究生，我可不是你的研究生。"

他想躲开："没时间多说了，下午我在北州大学有一场讲座。"

"我知道，我也会去听，讲座之后接着说。"

"在北州大学，我们在一起可太惹眼了。"

"我才不在乎惹眼还是不惹眼呢。"

唐岱犹豫一下："你最好别去了。这时候太敏感，不必招惹是非。"

"其实你这样的名人去做讲座，我不去反倒不正常，我们的表现越正常越好。"

"那你要保证你是冷静的。"

"我冷静，也激情，这不正是你想要的吗？"

桑梓和林袅来到花园。一进月亮门，就看见唐岱和明灵相对而立。她们静停在月亮门，她俩的心灵震颤像细密月光从她们头顶洒落，进入她们身体，触击到相似渴望。

她们相视片刻，丝绸样感觉在她们目光中飘动。

桑梓依依眷恋："她在最生动的年华，没受到习性之恶浸染，那种清澈纯真超越时空。"

"我不愿回想，"林袅神情黯淡，"我的青春过于久远。"

她们踏上花园环形主道，来到唐岱和明灵的身旁，玫瑰丛在她们脚前，沿着湖边垂柳，伸向遍布各种树木的交叉小径。

明灵是发表宣言的神情，她们知道唐岱无论说了什么都毫无效果。

桑梓觉得这地方和过去不一样了，这么多年，她从没看到过这样的情景：这片玫瑰连同这个女孩和这个男人，伸向小径交叉处的庭院深处，伸向花园的远方。

林袅看着明灵想，独特女孩都有点怪，明灵不会后退，把一些东西守护在生命深处，当初她若能像明灵执着于内心向往，就不会有今天的难以言说。

午间，唐岱迷糊了会儿，心里隐约不安，放不下明灵的处境，后来朦胧见到了祁远，醒来想到，祁远可能还在月亮湾。

看着落地窗外明媚光色，他再次拨打李程给的电话号码，担心着能否找到祁远。

电话铃响着，终于有人接电话了，声音很像祁远。

"你是祁远？"

对方怔一下，很快大笑："唐岱！"

唐岱兴奋："我在红园，你能来吗？"

拉开窗帘，一如从前见到的，漫布的阳光穿过树枝间道道缝隙，他乘上树枝光隙，穿越时间，返回少时，就像把世界变化压缩在他的生命中。

那些老照片一样的日子再次来临：颜色褪了，日子还留在那里。1970年到1980年，是川流不息的时间记忆和亟待恢复的生活憧憬。那时的夏天没这么热，也没这么多尘雾，天空像浅海，透明洁净，时有一二只鹰从天空滑过。晚霞里，成片的麻雀沿着太阳的余晖盘旋，没什么人打搅它们。

那些日子对他和祁远是幻想和单纯的少年回忆。在黄河边沙滩，他和祁远还有年轻画家余瀚仰躺着，望着天空的鹰。朱丹影和桑梓坐在身旁，轻轻说着话，静静看着他们笑闹，不时露出微笑，她们的笑影随黄河水流动。

祁远是派出所祁所长的儿子，祁所长曾是朱将军的卫士。祁远从小就一身英气，他对唐岱说，看见坏人就想抓。他身体强健矫捷，跟父亲学了一身擒拿术，常护卫朱丹影、桑梓、唐岱，对付匡化那样的地痞。

匡化一伙盘踞在大道口，那栋房子陈旧凋败，黄土坯墙斑斑剥落。从小楼门厅上的露台向路口瞭望，远远看到那些地痞。他们常待在那栋房子的平顶上，对着红园有时疯狂嚣叫。经过他们，他们随时会有出乎意料的恶意举动，给红园的人造成时刻警觉的心理压力。

这个团伙怕宋恒、怕银焰，最怕祁远，祁远的身手和勇猛在那一带出了名，连一些大街痞都不敢招惹他。宋恒和祁所长没法和这群痞子认真计较，银焰也不能随意弄伤他们，只有祁远可以毫无顾忌地狠揍他们。

那段时间最有意思的，是伏击红园的匡化一伙又被祁远痛击。祁远驰援，似乎早已设计好，总在意外时刻出现，让那伙人措手不及、仓促逃窜。到后来，唐岱并不怕甚至希望匡化来袭扰，那样匡化就一定会被祁远收拾一顿。

1976年7月，匡化的父亲攀上了某种势力，匡化的团伙鸡犬升天。

蹊跷的是，朱丹影也在那一年失踪，祁远和唐岱上街寻找朱丹影，日夜不停，疲惫不堪，祁远为此脾气变得很坏，他认定此事和匡化有关，发了从来没有过的狠，揍了匡化，被公安局关押了几天。

祁远性情率真，一从看守所出来，就责问当时几乎还是小孩子的唐岱："为什么不紧跟着朱丹影？"

唐岱现在还记着祁远责问他时的恼火神情，那里面包含着他后来才意识到的深刻冲动。

后来上大学，祁远、李程、唐岱都读中文系，唐岱16岁上大学，年龄最小。祁远四年级，李程二年级，唐岱一年级，三个年级却同一宿舍，三人像兄弟。

祁远大学毕业后，奇怪地去了焉支山军马场，没告诉任何人这是为什么，后来也很少和大学同学联系。他几年来一次北州，来去匆匆，神魂不定，像军马场有什么总牵绊着他。

角门打开，时光放开一湖水涌向祁远，他浸没在岁月回返中，与已逝生活刹那间相会。

宋恒和银焰站在时间涌动的地方，在光与色中飘动而沉定，就像飞机在起降的空气波流中那样。

祁远外貌发生了变化，宋恒看到了一个奇异的祁远：一个欧亚混血的骑士出现在眼前，根本不像中学教师。他身躯高大健实，有张微瘦而棱角分明的脸，一头浓发黑中微黄，胡子像两轮弯月向上翘起。

和从前的祁远一致的，是让人一眼认出的满脸率真。

宋恒露出祁远18年未见的微笑："我盼望见你，见到你就像又见到了你父亲。"

"我也想您。在我的生命中，您一直是这样健实。"

他们关好大门，沿门里大道往前走。

"唐岱去广州后，你就没有了音讯，我猜，你有些心事不愿透露。"

祁远话语犹豫："我对父亲有承诺，有些事我不能随意说。"

"你像你父亲一样忠诚率直，怕见到我们情不自禁吧？"

"是的。父亲留了一封信，叮嘱我必要时才能拿出。"祁远坦率地说。

宋恒停下，注视着他："我身边总有你的身影在晃悠。有时候，你在边远地方就像在我身边，我时常想，你承担着我的责任和工作，替我过着另一种生活。我不知道，这是我年岁愈来愈大，神秘感和幻觉越来越强烈，还是我想念你父亲的缘故。"

祁远急忙说："这不是幻觉，也不神秘，是真实的，只有您才有这样的感受，也不知道您是怎么得来的。"

"日积月累，沧桑在心，像我这样的年龄，有过这样的经历，就会有这样的感受。"

"您知道我在做什么，过什么样的生活……"

"我不是什么都知道，只是隐约感知你像我一样在守护，我等待着，知道你一定有个理由，一定会有个时间……"

唐岱沿着大道迎上来，拥抱祁远。

"除了见到宋伯伯、桑梓和你，没人能让我这么兴奋。"祁远开朗地笑着，鹰翅样展开双臂，摇动唐岱，"还没有遇到让你钟情的女人？你不该和桑梓分开……"

唐岱笑笑："这次咱们有的是时间谈过去的事。"他后退一步，打量祁远，"你的样子变了，有些遥远的感觉，像个唐代的胡人武士穿着现代衣装。"

宋恒先行，他俩沿大道向前。

"就像你相信不同的书能塑造不同的人一样，不同的地方也能塑造不同的人。在一个地方生活得久了，相貌就会变得像那个地方。唐代曾有一支古罗马军队留恋焉支不去，焉支人是那支军队的后裔。"

"现在你像什么？草原，大山？还是古罗马骑士？"

"都像。大学时你就最清楚我像什么，那时你就说我像个古老的胡人，来到古代中国生活的古罗马人就是胡人。"

唐岱笑起来："草原改变了你的容貌，没改变你的心。"

"你的外表也变了，变得又时尚又灵活，可骨子里还是像棵红角杨树，总是那么挺拔蓬勃，不见一丝岁月痕迹。"

"你变得能说了。"

"见了你们就说得多，多少年没有说的都想说。我在草原不怎么说话，总在沉思。"

唐岱奇怪地看着他："你学会沉思了？过去你可常常坐不住。"

"我在草原常静静坐着，我有要守护的。"

"你守护什么？这真有意思，你的沉默反而让你更能说了。听说你来北州时，总惦着焉支，今天你的心还在草原吗？"

"我住几天就要赶回去，我离开草原有段时间了。"

"什么让你这么惦着？"

祁远神秘一笑："是让我沉思的那种美丽。"

"一个美丽女人？"

祁远犹豫一下："以后会告诉你，我要等待最后结果。"

"你在焉支找到了你向往的生命感受？"

"就像你在广州找到了你现在的生活一样。"

"我们用了同样的走出自我限制的方式：到一个新地方去过和以前不一样的生活。"

到达喷泉前，祁远停下来："过和以前不一样的生活真让我们和过去不一样了吗？"

"那要看，有没有改变的意愿。我从没想根本改变，我钟情的生活历久弥新，即使在变幻的生活情境中，我也无法改变。"

祁远迈进喷泉池，抚摸雕像："这雕像就像你的衷情，还是这样，它是不变的。"

"无论什么变了，这雕像也不会变，即使迁移甚至被打碎。"

祁远正好围着雕像走了一圈，来到雕像前面，他稍稍侧身，转向唐岱，脸上露着惊讶。

"迁移？打碎？难道会发生变化？"

"你在边远地方，不知道他们要把这里拆了建飞天广场。刘鹏是开发商。"

祁远再次露出惊讶："刘鹏这家伙疯了？哦，你来北州是为了这件事。没去找李程？"

"找了，他很理解我的想法，正在努力做一些工作。这件事并不容易扭转，很多人都想建大广场、大剧院、大展览会馆，在刘鹏后面还有其他势力。"

林袅走过来，暮色金辉洒在她身上，让她神秘摇曳。

林袅脚步轻柔，却惊动了祁远，他蓦然回首，惊看林袅步步走来，完全说不出话。

他看到朱丹影从草原上飘然升起，与林袅你我不分，他想，这是他长期在草原生活的原因。他内心深处捕捉到的是另一个林袅，说不清名字和年龄，容貌却清晰崭新，始终如一。

他的脸映在她容貌的亮光中，优雅的身体淹没了他。他的性格并不浪漫，经历了大学时代、改革开放和古朴草原的生活后，他看到的那些脸无法超越一个人，那个人是他的使命，也是他的信念。

唐岱笑着："你一定恍然把她当朱丹影了，她叫林袅。"

林袅轻悠悠站在面前，在祁远的意识中，她是一个女神，意外落入凡间，这可能改变他以后的生活。

"你是祁远？早听说你了。"

祁远如梦方醒："天，你和朱丹影太像了。我差点儿把你当作她抓住，免得你一下子飘走。"

林袅抿嘴一笑："我那么让你吃惊？"

唐岱说："他还在草原上看云彩。"

这个刚才还陌生的男人，用他高大身影遮没了她。她微微侧头探寻祁远："你也像唐岱一样忘不了朱丹影吗？"

祁远含糊地说："大概是吧。不过，我俩不一样。"

林袅看着他们："你俩是相互有点像又不一样的奇怪男人。"

唐岱和祁远相互看看，不太明白林袅的意思。

她对祁远吃惊的样子有些欣慰，也有些忧伤。她可以如此毫无察觉地变成另一个人，可以像鸟一样飞落在这两个男人面前。可是，她怕他们眼中的她常常不是自己。

"你们忘不了的朱丹影真实存在吗？我不相信你们能把我和她区别开。"

唐岱说："我还是能区别你和她的，你有一些她没有的时代气质，她生活在她的年代里。"

祁远说："我和他看法不一样，不管什么时候，在哪个年代，她都真实存在。"

"哦，你这样看？"林袅饶有兴趣，"那我和她怎么区别？"

"不要区别，朱丹影是过去，你是现在，都是真实的。"

"你俩很一致，你虽然在草原，说话却有诗意。"

"对我来说，草原比城市更有诗意。"

"这样你就能把过去保持到现在？"

唐岱说："嗯，对他这当然可能。不过，过去和现在总有些不一样。"

祁远对林袅说："现在，你就像朱丹影回到了这里。"

祁远看着林袅光滑柔润的脸，对林袅与朱丹影的相像难以置信，恍如遭遇一个梦幻，这个梦幻让他的生活发生了一场混乱，他对朱丹影的忠诚受到了挑战，刹那间不知所措。他难以躲避这种强烈的吸引，产生了逃亡意识。

他转向唐岱："我明天就返回焉支。"

唐岱觉得意外："你不是说住几天再回去吗？"。

"嗯，不能再延迟了。在这里，我不能像和朱丹影那样与林袅从容相处。"祁远有些心绪不宁，却坦然相诉。

林袅觉得祁远奇异，他开朗，却有点心神恍惚，不像有心计，却怀有心事，说话总是欲说还休。她想问问唐岱这是为什么，是他原来就这样，还是发生了变化？他不完全是唐岱让她遐想的样子，看来唐岱也不能透彻地解释他。

他迫不及待地要和她熟悉起来，可又似乎早就和她熟悉了，他和她说话的神态，像在和另一个人说话。他的眼神让她震动，眼神中的固执力量让她有点害怕，在他的眼神中，她无处逃亡，她看不到自己逃离的形象，反而被越来越深地吸附进去，这能把她改变。

她抬起头，越过祁远身影，看到他身后的雕像和小楼，也看到了无边草原。她注视着他："告诉我，我是林袅还是朱丹影？"

祁远惶惑不安："我不知道。"

唐岱笑起来："她是个梦幻而忧伤的女人，你被她吓住了。我第一次见她，她也这样吓唬过我。"

林袅对唐岱说："我难以相信你，你常常自己都说不清。他刚从草原来，应该说得清。"

唐岱依然笑着："别难为他了，他自远方来，不知人间事，一定被你弄蒙了。"

"看着你们的眼神，我不知道自己是谁，觉得进入了一个游戏，轻易就被你们改变了。"她露出有点疲惫的笑容，"我太累，得去睡了，这样我就可以逃离了，不再被你们改变。"

过了午夜，他俩没有一丝睡意。走进门厅上小露台，就可以看清喷泉、雕像、大道、两边的大树、正对着的大门。院子里一片清冷。

祁远看着远处墨蓝背景的城市灯光回想："以前我曾想，朱丹影的房间是哪一间，房间里什么样。我为什么要这样专注地去想一个房间？"

"房间能给你一个人的形象。林袅住的，就是当年朱丹影住的。"

祁远有点感伤："现在，只有林袅出入那个房间，这更让我回想以往的情景。"

唐岱看看祁远："你面对林袅有些不安，怕她会改变你过去的感受？"

"她让我想起朱丹影。"

"我可能有错觉，总觉得你知道朱丹影在哪里。"

祁远有些犹豫不定："我无法说清我知道的一切。"

"你什么时候这样恍惚不定了？草原生活对你影响这么大？"

"我不知道该怎么说。"

"林袅多少安慰了我们对朱丹影的希望，你不为此高兴？"

"我有点怅惘，这和我们小时候想象的生活太不一样了。那时我很少进这里，却把这里想象成养育英勇之爱的地方。我着迷于父亲讲的那些军人气概，从没想到，我长大后，那些军人流星般逝去，我只能关注这里的女人。"

"英勇崇高就是为了爱与美，你不觉得那些军人英勇传给了美丽女人？那些军人心魂和英勇之爱长在，它们变成了女人的明艳，林袅就连着这样的命运来到这里。少年时代，我们在匡化的阴影下保护朱丹影，现在我们还负有这种责任。"

"难以想象，她怎么会嫁给匡化的弟弟？"

"这个时代给最好的人和最坏的人都提供了机遇，包括让一些人能觊觎和伤害美丽。"

"大学时代你就钟情屈原的香草美人，现在还那么执着？"

"这是红角杨教给我的，我变不了。"

"你还能把女人魅力与诗意生活连在一起，可我在草原的这些年，离你在广州的生活很遥远，我跟这个时代没密切关系。"

祁远不经意地叙述他的焉支往事，有时停顿一下，有些心不在焉，那神情表明他又回到了草原。

唐岱觉得祁远浸没在漫漫流过草原的时光中："你的心还在草原？"

祁远的心神又回来了："在草原我唯一没忘记的是红园，过去每进来一次，我的心都有所触动。"

"那时候，你是最受欢迎的朋友。"

"我忘不了那段时光。"

"我了解你，这不仅因为你爱这里，也因为你父亲曾是朱将军的卫士班班长，他在这里度过了好几年时光。"

"虽然我在草原，有时我感到就在这里。"

祁远忽然停下来。唐岱看出祁远不时欲说又止，避免深入一些话题。

"你这次回来挺奇怪，是不是有些什么不愿对我说？"

"有些话我想说，但还不能说。"

"告诉我，为什么突然离开北州？"

"我可以告诉你一些。余瀚溺死在月牙泉边后，我父亲查找他真正的死因没有结果，这是我父亲去世前的遗憾，我得接着去做。军马场离月牙泉不太远，我跑遍敦煌地区，寻找一些蛛丝马迹。年月久远，所有痕迹都淡了，很难找到。后来，有个牧驼人告诉我这样的情景：余瀚溺死的前一天傍晚，两个人在月牙泉边，一个似乎喝醉了，身前立着一个很大的画架。牧驼人离开时，只剩一个人在那里，画架也不见了。他记忆中那两个人的样子，很像余瀚和赖央，但我没法证明。"

唐岱苦笑："赖央现在和我在同一个学院，而且，他是北州请来拆红园的论证专家。"

祁远吃惊："这太荒唐了。他可能是害死余瀚的人。"

"余瀚的侄子余烁现在住在这里，今天恰好出去了，他也在追踪余瀚死亡的真相。只有赖央那段时间和余瀚在一起，没有人知道曾发生了什么。"

"如果牧驼人看到的是他俩，那赖央做了什么很难判断。占有余瀚的画作那么重要？"

"我猜那是红角杨秘画的高仿画。"

"这么说，让赖央一夜成名的《花园之境》是秘画的仿制品？"

"那可能是秘画的局部高仿。你不知道，他是匡枉同父异母的哥哥。"

"哦？"祁远很吃惊，"可他们现在都春风得意。"

"生活总是鱼龙混杂，只能保持警惕。现在要保住红园，就要找到朱丹影，否则红园就是无主房产。"

祁远有点心神不安："面临这个时刻，我思绪很乱，想返回草原静心理一理。我明早就走。"

"你这次来去都奇怪。"

"以后你会明白的。"

十三　草木石头凝成的岁月

李程再次召集论证会。

会一开始，他提出议题："今天的议题是：能不能不拆红园？"

有人问："怎么又不拆了呢？"

"人类有影响的建筑都有精神价值，我们希望保存一些精神性建筑，要议一议红园的文化历史价值。"

有人说："可现在已经多方考察，它没有达到文物保护条例的标准。"

"它的文物保护价值现在无法确切验证，也许完全没有办法验证，但它是一个纪念性建筑，能不能作为人类精神的追忆场所保留下来？"

有人说："可是它没有纪念具体的重要人物和历史事件。"

"它为纪念抗日将士修建，纪念抗击侵略的生命精神是纪念中华精神的一种形式。"

李程环视众人，见没什么质疑再提出，就沉稳地开始演讲：

"必须把中华精神用一些形式保存下来，这在这个时代格外重要。红园和其他纪念性建筑一样，也反映人类追求正义、真理、光明的主流价值取向，带有经典性和标志性，能超越个别和有限，成为更高生存的象征。

"这片庭园出现在生活中并不简单，是不可随意拆除的庇护之地和观赏之地。它可以代表中华家园的特质，衔接人类文化的过去与未来，象征和平安宁的家园精神，我们需要这样的家园意味，它能引发对生活的思考感悟。

"它的设计衔接了感性现实与理性梦想，无论建筑风格还是视觉冲击，都与众不同，它没什么华丽装饰，简单大方，别致典雅，开阔朴素，中西交融的折中主义风格令人印象深刻，让我们体验独特的文化融合气质。

"它有纪念性与永恒性的崇高仪式感，当时光逝去，往事如烟，由草木石头构建的这片庭园成为岁月凝固的精神家园，从记录功勋到铭刻伤痛、指向未来，为后人讲述曾经的中华伟大与现在的中华复兴，带来近乎神圣的崇敬感，影响今天的人和现实。

"我们希望，每个人到红园都会有这样的家园美好和守护家园之感。"

李程非常有力自信地简短演讲之后，会场的气氛倾向明显改变了，一些原来觉得没必要再讨论的人，现在发生了兴趣。

李程停留片刻，冷静观察会场情绪，现出满意的微笑，稳重地说："作为专委会主任，我提议，能不能尽量保存它现在的样子，改建成一个开放式主题公园？"

有人说："您对红园的了解有这么专业性的高度，说得这么清晰透彻，的确该仔细地议一议这件事。"

响起几句窃窃私语后，有人提问："怎么判断它的纪念性意义呢？它并没有一个重要的时间性或者历史性的标志。"

李程回答："先把它尽量保留下来，才可能看到它的纪念性意义，如果立即拆掉，所有可能就都烟消云散了。"

有人说："我有点茅塞顿开的感觉，过去没这样想过它的意义，也没想过可以把它改建成主题公园。"

赖央咯吱咯吱地笑着："李省长为此去红园仔细考察，他的很多想法都是和唐岱讨论之后产生的，那天我们也一起讨论过，不过我们和唐岱的意见不一样。"

有人说："唐岱是有名的文学家、美学家、文化学者，他的想法常常很独特。"

贾相阴阳怪气："他很为北州着想，把他的想法都贡献给了李省长嘞。"

赖央依然怪怪地笑着："李省长和唐岱是大学同学啊。"

有人恍然大悟："怪不得唐岱和您那么亲近随意。"

李程微笑："我仔细考虑了唐岱的想法，大家议一下这可不可行？我在红园体会到庄重崇高的气氛和仪式感，我希望你们走进这个充满家园感的纪念性园林建筑，去感受它带来的心灵升华，听听它包含的那些光辉历史和感人故事，可能对它的想法就不一样了，对一个从来没有体验过的地方，我们有什么权力和资格指手画脚呢？"

有人提出："那我们也去看一看，体会一下。"

李程说："我来和唐岱协调这件事。"

又有人说："不过，把它改建成主题公园之后，飞天广场就不建了吗？"

"还建，只是把飞天广场换到黄河公园那个位置……"

周末很静，轰鸣声意外响起，隆隆逼近。

唐岱推门出来，匆忙穿着外衣，紧张地敲着林枭和明灵的房门："桑梓说，他们要来拆红园。"

林枭和明灵迅速出门，跟在唐岱身后向小楼外跑。

推土机轰鸣越来越响，在小楼台阶上，远远看到那庞然大物步步逼近。

宋恒正和余烁在屋里下围棋，起初有点蒙，接着起身奔出。

他们迅速绕过喷泉，奔上大道，穿越大门与小楼之间空旷的草坪，站出大门。

一台重型推土机隆隆轰鸣，停在门前，扬起的铲斗充满威胁。

宋恒的声音苍劲威严："你们要干什么？"

驾驶室里的人探出身："这里要拆。要来的推土机还很多，我们是第一台。"

红园众人互相看看，不明白怎么回事。

唐岱问："谁让你们来的？"

"公司让来的。"

宋恒保持着军人的冷静和威严："这是私人财产，哪里都无权拆。"

驾驶室的人说："跟我们说没用，我们听上边指派。"

唐岱给110打电话："这是违法违规，我们报警。"

双方紧张僵持，围来了很多人。

桑梓的车在外圈停下，她下车从人群中挤过来。

宋恒问："这是怎么回事？"

"我也不知道，我偶然听到消息。"

"和刘鹏有关吗？"唐岱问。

她一脸茫然："不管和他有没有关系，省里应该能管这事，赶快给李程打电话吧。"

李程起身走出会议室，接电话的口气有些责备："有什么急事非要现在说？正在论证……"

李程听完推土机的事，很吃惊："我马上处理。"

李程回到会议室，发现人们的神色和气氛都变了，本来认真倾听李程发言的人，此刻都有些心不在焉，他明白，他们知道刚才发生的事了。

会议室中很多人仍在看推土机与唐岱他们对峙的视频，之后几个声音接连出现：

这到底怎么回事？先弄清楚再论证。

他们这样抵制对峙，我们怎么去体验？

也没什么好体验的，能看到什么？是不是自寻烦恼？

说我们没有权力和资格指手画脚，这一定是唐岱的话，他太轻视我们了。

他太自以为是了，我们并不比他明白得少。

如果它还有什么价值，我们不会不知道，没有更多了解的必要了。

红园在北州，却好像与北州无关，就只是他们的！

北州民间对他们有排斥，有很多非议。

现在发生这样的事，还是听听民间意愿再议吧。

……

看着眼前的情景，李程知道，这次论证会流产了。

围观者越来越多，他们兴奋激动，吵嚷指点，议论纷纷，起哄架秧，几个记者穿梭其间，助长气势。

唐岱不知还能坚持多久，场面越来越乱，人群不是围观，而是参与，鼓噪呐喊，蠢蠢欲动，怂恿驾驶员开动推土机。

银焰跃上驾驶室，低沉咆哮，驾驶员呆住不动。

人群一波波涌动逼近，宋恒和余烁目光炯炯，神色威严，严阵以待，震慑人群不敢造次。

喧嚣人群起初让唐岱有点慌乱，给李程打电话后，他仔细观察人群，发现有人在鼓动，匡枉和几个人影穿梭游动，他觉出这是针对今天的论证会挑动的。

四周都出现了推土机，隆隆的声音震耳欲聋。

人群越逼越近，随时可能爆发一场骚乱，那就是针对论证会的最终效果。

唐岱给刘鹏打电话："推土机来拆红园，是不是你指使的？"

电话里刘鹏怔了一下："我不清楚这事。"

"可来的推土机全标着'广安地产'。"

"他们怎么具体运作的，我确实不清楚。"

"你赶快让他们停下来。"

"我马上就来。"

"你先打电话吧，推土机的铲斗已经落下来了。"

四周出现了穿着黑色警服的警察，银色帽徽和肩章在午后阳光下闪烁，看过去就像半空中闪动的片片光云，遮住了那些巨大的机械装置。

警察赶到大门前，与推土机对峙。

刘鹏的汽车停在人群外，他走下车，让身边人指挥推土机开走。

四周推土机向后掉转，隆隆开走。

刘鹏注视着推土机离开后，走过来："对不起，我没想到他们会这样干。"

宋恒、林袅、明灵、余烁相互看看，退进大门里。

警察和人群都离开了，大门外安静下来，三人沉默相对。

桑梓终于爆发："你是不是太过分了？"

刘鹏无奈而歉意地说："我真不知道这件事。"

唐岱说："是不是别人让你的人这样干？"

"我得查查。"

"这是针对论证会而来的，恐怕还是和广州那几个人有关。你查查他们到底想干什么，仅为拆除，不至于此，和你说的国外资本想介入有关吗？他们为什么急不可待地介入你的事情？"

桑梓和刘鹏一起回家，一路无语，刘鹏不时看看桑梓，有些不安。

下车时，又刮起一阵风，桑梓身上的羊绒衣摆动起来，她把领口拉拉紧，迅速推开院门，穿过院子，走进客厅。

她脱下衣服挂好，走进自己房间。装修房子她没过问，现在她躺在不属于自己的房子里，这里没有任何她自己的意愿和色彩，她不过是房间的一个装饰。

她被苍白无力的豪华包围着，像在别人房间里，过别人的生活。这里没有她从小习惯的庄重纯净、简朴大方，红园的人也都不在身边。

她躺在床上看着屋顶，想起她在红园的房间，像个深入敌方的间谍，强烈地想要破坏这里一切。

刘鹏走进来，她冷淡地坐起来："你让唐岱和林袅认识的目的是什么？"

"我不想让过去太影响你和唐岱。"

"还要缓冲你拆红园的内疚吧？"

"你还是看透了，他俩怎么样，就看唐岱怎么做了。"

"就因为林袅和朱丹影长得像，你有意不说林袅是李程的表妹？"

刘鹏笑道："我怕这样说破坏了他的真实感觉。"

"两人相像这个理由太表面、太牵强了，他俩并不合适。"

"林袅和匡枉的关系很糟，我挺同情她，最初只是试着推动她和唐岱亲近。林袅让你不愉快？"

"我担心，她会让唐岱迷失判断。"

"不会吧？"

"有些事情你不了解。"她想起图书室的星空幻觉，这是秘密，她从未对刘鹏说过。

他笑笑："不要紧，明灵会让他恢复心性。"

她迷惑地看着他："为什么这样说？"

"前几天我去北州大学，看出明灵对他很迷恋，现在媒体不也这样说嘛。"

"媒体炒作你也信？别乱猜了，多想想你自己。"她岔开话题，"你维护红园这么久，不是为了最终拆它吧？"

"我起初的目的不是现在这个样。"

"现在你是不是有些疯狂？"

"现在这样并不是我能控制的，也不是我想要的，有人利用放大了我的意愿。"

"制造风月，渲染艳情呢？"

他正色道："这更与我无关，我不干这些事。元宵节时，匡枉来这里闹腾，我不是也制止了他？"

"这些四处散播的绯闻渐渐把我也扯了进去。"

"这个时候很敏感，我建议你这几天少去红园。"他有些恼火，"这也牵扯到了我，有人在制造对我不利的情境，我正在查是谁煽风点火。"

"你到底怎么了？你并不是个随意受人摆布的人。"

他用不太经意的口气说："我控得住局面，倒是风言风语多了对你不好。"

"你是关心我还是关心你自己？"

他笑笑："都关心。你是我的荣耀，红园也会成为我的荣耀。"

桑梓叹一口气："本来李程正在主持论证开放式主题公园，这一下又耽搁了。"

刘鹏琢磨着："看来有人故意为之，在没有明确政府文件的情况下，我的公司去强拆红角杨，这对我很不利。看来这是针对论证会，也针对我，这背后有股势力，不知道谁在操纵。最近这些事情不简单，强拆红园、流言绯闻、鼓动人们闹事、论证会流产、暗黑资本的迹象，都连在一起。"

这是唐岱这次到红园的第四夜。他安静地躺在自己的世界里，壁炉里火光跳动，窗户没拉窗帘，春寒月光洒进室内。

林枭和明灵在隔壁，他倾听她们的呼吸，思绪随壁炉火光升腾，随月光飘落，回到18年前的天真直率。

那时，红园为他遮蔽了一切尘埃，他不谙世事，比明灵还单纯。现在，他能进入别人的世界，在别人的世界里变幻出自己的形象。

他走进深夜的图书室，缓慢穿行在书影闪动中，听不到自己的脚步，所有声音都被书吸附了，却有音乐似有似无飘荡，有时他分辨不清，是林袅的琵琶声，是明灵的歌声，还是书中悠悠飘出的声音。

轻走几步，缕缕熟悉的身影在身前升起，有时环绕在他周围，有时忽悠一闪就沿着书架飘逸不见。他知道，那是屈原、白居易、刘禹锡、苏轼、辛弃疾、李清照、王阳明……阿那科萨哥拉、苏格拉底、尼采、维特根斯坦、塞万提斯、雨果、海明威、福克纳……还有朱将军和他那些战友。

他爱这里，就像爱在这里坐过的每一个人。他轻轻坐在朱将军坐过的椅子上。

这把椅子放在阅览桌旁，它对面和两边各有一对桌椅，环绕着圆形地毯——天圆地方是图书室的中心。对面桌椅是宋恒的，两边分别是桑梓和朱丹影的。桌椅都擦得很干净，好似经常有人坐在那里读书。

他闭上眼，靠在椅背，闻着书的气味，沉浸于书的色彩斑斓。每逢此时，一个后来者的感觉就在心头升起。

书将房间装扮得魅力无穷，每个书架都放满了书，从接近地面的底层铺排到空中，螺旋形向上延伸，悠然直通星空秘密，周围世界变得朦胧，轻悠的精灵飘舞在空中。

朱将军将矩形的书摆成圆形在暗示什么？历史都是星空的循环表演者？生命都是爱与美的希望？朱将军的声音比一切暗示都强大，那是他在幼年和青年时代一再听到过的声音，它再一次在书间回荡起来：

"假如我们明天要离开这个星球，每个人只能带五本书，那五本书是：光明之书、尊严之书、理想之书、激情之书、爱与美之书。人用光明为自己立法：不做卑鄙的事；人用尊严追求真理：不做虚假的事；人用理想向往崇高：超越卑琐欲望；人用激情创造自己：冲破刻板狭隘……这一切，都化为爱与美之书……"

他找到五本书，在圆形地毯上躺下来，把书垫在头下，要求自己睡一小会儿，天一亮就去找李程。他看了一会儿壁炉里闪动的火光，闭眼入睡，希望理想主义之光护佑红园。

第二天是星期天，唐岱赶到李程的北河湾住宅。

李程与前两次见到他不一样，神情冷淡："有时候，我不知道怎么看你，你跟我周围那些人不一样。"

"我没你说的那么难以琢磨，只是有些想法。"

"你的想法惹事，过去你专注读书教书，此外什么都不管。"

"那样两耳不闻窗外事的大学教师我当不下去了，要追求美好，就得和破坏美好的人抗争，除非我没有真理感和正义感。现在我与谎言和阴险、权术和诡诈抗争，与庸常之恶抗争。"

"可你该在广州抗争，却来北州闹得沸沸扬扬。"

"这些事是冲着红园来的。我不是什么明星或你这样的人物，本来没人对我这样关注。"

李程的脸上仍无笑意："昨天的论证会表明，北州对红园闲置在那里不满，渴望建起更有用的飞天广场，众望所归。"

"可美好的不一定是有用的，把没有实用性和享受性的都拆掉后，还剩下什么？当原始部落进行交易时，淳朴到常常只为交换一件美好东西，今天为什么不能也追求淳朴的美好呢？拆房建房买房本该是为了让家园更好，可现在都变成了投资。"

李程沉默一会儿后说："我明白，建新家园不一定非把旧的拆掉，拆那么多、盖那么多，不一定是让家园更好，可北州不够富裕，总不能让人民空想美好家园。"

"可这会导向我们希望的那个结果吗？美好家园要天使引导，我们要政治天使，也要经济天使，这对北州和广州都一样。"

"建展览会馆、大剧院、大广场不也是为了城市美好吗？"

"资本循环和运转产生了一批振振有词的文化资本，真正的美好是让爱与美深入生活，不是表面的时尚繁华。"

李程仍然冷着脸："你说的有些缥缈，你比较一下耳闻目睹的生活，北州和广州的差异有多大。对北州来说，每一个微小可能都是极大希望，何况建飞天广场这样的大事。"

"建飞天广场和拆红园都没什么，重要的是人们想要什么，还有什么能存在下去，是家园的现在和以后会怎样。"

"你这些想法，不是我的工作方式能简单纳入的，我得仔细想想，才能安排写个新的报告。"

唐岱微笑："你周围多一些像我这样想事情的人，你就容易工作了。"

李程斜睨他一下："你这样说说，事情就会变得更好？你的个性并不能让事情简单变好。"

唐岱保持笑意："有思考的人就有个性，总得有人思考吧。没个性的人不会思考，当人们不思考时，多数情况就只是趋利避害。"

"人是会思考的芦苇，思想有时很强大，有时很脆弱。"

"你说的，是那些追名逐利的人，不是我这样的人。恶人胆小脆弱，会随利益摇摆；好人胆大坚韧，有光明追求，明知自己脆弱得像根芦苇，为理想信念还是要思考。"

李程终于露出笑意："你这几年的最大变化是有思考了，可也成北州的闲话人物了。你们和推土机对峙的视频满天飞，你和桑梓、林袅、明灵的关系传言很多，这些也会牵扯到我，你的想法不但不易实现，还会让事情更难办。"

"你真信那些乱纷纷的东西？"

"不是我信，是大家信。那些视频和照片都是真的吧？一个著名女医生、一个著名女音乐家、一个著名女建筑雕塑家，现在都和你牵扯在一起。"

"那要看怎么说、怎么解释……"

李程打断他："怎么说、怎么解释都行，这个年代特别喜欢看隐私、说韵事，你既想保住红园，怎么能沾染这样的事？"

"这是制造出来的，目的是让人们失去理智。"

"我也看得出来，有人想要这样的结果，所以要小心你的做法正合其意。这让我也得尽量避开这种容易偏激的时候，再想办法去议这件事。"

唐岱轻松地舒口气："我知道你会理解我的。你识大体、看大局、有大气。"

沿着北河湾高干住宅区的道路走出来，唐岱有些疲倦和焦虑，当努力去做而又觉得没什么用时，就会沉重无奈，要应付的一切似乎毫无意义。

周末路上行人的神态轻松愉快，年轻父母与孩子嬉闹着从面前走过，他想自己该好好睡一觉了。

十四　飞天与秘画的眷恋

上午9点，他走进红园。

迎面响起琵琶声：嘈嘈切切错杂弹，大珠小珠落玉盘。

这是林袅在弹她的《飞天》变奏曲，她告诉他，她要把这支曲子与红园的神话感觉融为一体。

声声如诉，林袅变幻为飞天女神的形象在音波中飞舞，琴声悠悠漫过大道两旁展开的草坪，伸向环绕喷泉的环形道路，凝聚在雕像的久远身影上。

他站在四扇巨大的橡木门背景中，身体凝止，灵魂飞荡，就像"光明"静立空旷中。

他聆听着，离开沉实厚重的大门，看着道路、草坪、枝头跳跃欢叫的麻雀和喜鹊，走向精致凝重的小楼。

琴声随着他前行脚步，一个压抑而向上的飞天身影在低音中飘动，散溢纠结无奈的难言情绪，逐渐生长为忧郁而犹豫的隐约乐思。

踏上楼前宽大石阶，琴声愈响，从敞开的房门漫向楼内，内部采用木质材料的小楼年深月久，寂静空旷。

他在小楼内向前走，越过长久沉默的走廊，走上伸向空中的楼梯，直到站在门口向她凝望。流畅密集的琵琶声像遇到了中流砥石，在他身边分流而去。

他惊讶看到：她清新典雅，身穿薄荷绿底色的毛衣，上面洒着金红百合花，搭配紧身款的白色铅笔裤，浅色系衬托红色点缀，以反弹琵琶的舞姿边弹边舞，舞姿柔韧，无限灵动，有飞天女神飘舞的感觉。

反弹琵琶是大唐艺术中的优美绝唱，劲健而舒展，迅疾而和谐。她完美地舞动身姿，左胯重心向后提起，提拉右脚翘起，倾身弯腰，单足挺立，纤细双手高举琵琶越过颈后，曲线柔美的双臂在斜上方反握琵琶，当她的右脚落下，重心前倾，一连串珠洒玉落般琵琶声流畅迸发。

她的音乐和舞姿尽洒精致，悠然复古，却显出与飞天女神不一样的气质：有承受压抑的柔弱哀伤，又有向往光明的激情努力，有马勒《大地之歌》的忧郁，又变幻出《红旗颂》深情坚定的激昂，激发艰苦卓绝中的复活感。

她似乎在等他，他一出现在门口成片迸散的乐声中，她就有了知觉，面向窗外阳光，挺立反弹琵琶的身姿不动，与雕像身姿很相似：一腿坚实挺立，一腿婉转飞扬，高仰的头与飞扬的腿成弯月形，把优美舞姿和迷人音乐集中在肩上体现，强化音乐的美感，柔婉圆润又悠扬的琵琶声如天女散花随身飘舞……

琴声在他身旁颤动，慢慢停下。

微黄阳光从成片的落地玻璃窗斜射进来，与黄色的木椅和木质地板融成一片，满屋金黄。

不太强的阳光照射下，她像一束震颤的琵琶之光，优雅地向他慢慢转过来。

他专注地看着她，宁静与燃情、矛盾与茫然交错，银质光影里人琴一体，此刻她是一把凝立的琵琶，而他和一把琵琶在一起，忘了时间，忘了自己。

她站在黄色地板上，脸上的神情像刻在雕像上，岿然不动，久远眷恋，吸引了一群看不见的精灵。

精灵四处回环，渗透他的知觉，这一刻，红角杨是屹立在时光中的神奇，敞开了人的神秘，唤出重重叠叠的影像：朱将军和明悠的坚韧悠久，宋恒和银焰的静静巡视，朱丹影的飘然忧伤，明灵的精致灵逸，余烁的沉默无声……

也许一切都不能延续，都会消失，但红角杨的神奇感却在音乐中保存下来，音符飘向宇宙深处无限延续。

"你怎么不说话？"她挺立着，声音颤悠悠的，像支琴悠然鸣响。

"你的琴声透进我身体每一细孔，我还在回味。为什么琴声那么迷蒙？"

"这曲子有我的忧伤。"

她缓缓放下脚，舒缓身姿，怀抱琵琶，忧伤而矛盾。她做错什么了吗？事情违反她的初衷，出乎意料地纠结。最初她是来避难的，其他人却是来守护的，她愧对这些人，见到任何一个人，都不知该怎么相处。

她不愿损害红园，却在关注秘画，要清楚划出她的人生分界，就要找到秘画，顺利离婚是她人生的重要转折，她不能断然放弃。

虽不觉伤害什么，却有些担忧，疑虑匡枉，却半推半就，不想这样做，又不得不这样做，怕连带伤害李程。

她心存梦想，若大剧院建成，顺水推舟就能做大剧院首席音乐家，成就她的生命和艺术，按自己理想去推动北州音乐的魏晋汉唐大气传统。

心藏难言之隐，觉得自己像个心怀鬼胎的人。她对隐瞒内心含有愧疚，无法诉说，若说出真情，怕反而遭忌，尤其明灵会把她想得很坏。

"你的琵琶声让我想起张昇的《离亭燕》：多少六朝兴废事，尽入渔樵闲话。怅望倚层楼，寒日无言西下。"

她哀怨无绪："这太大气了，你不知道我想什么。有些事我不该做，又不得不做，我不知道该怎么办。"

"是什么事？能对我说吗？"

"如果能对你说，我就不会这样难为自己了。"

"说说你的音乐我就知道了，这不会难为你吧？"

大剧院重要，还是红角杨重要？初见唐岱时，不经意间说红角杨生活是她向往的，那些话现在是她的深刻体验，这些人是她喜欢的，离开这里她无所依托。

她生性柔弱，钟情反弹琵琶，却缺乏魏晋汉唐大气，也没有决断能力，现在更是低首徘徊、手足无措，自觉无处可逃，但依然追求一丝光芒。

她放下琵琶，浅浅一笑，融化了忧虑和疲惫："这是我刚写的曲子，还没有曲名。"

"这曲子唤起了我一些记忆。"

"曲子里有你告诉我的和我过去没想过的，想命名为《红角杨序曲》。"

"这个音乐形象包含着你，我刚才打断了你的乐思？"

"每个乐音都是精灵，你在门口一站，阻挡了它们，它们就不愿出来了。"

他向她走去："我惊吓了你那些精灵？"

她再次浅浅一笑："当不清晰的思绪出现时，所有乐思都可能停下来。是我自己还没想明白，我的一切还不透彻。"她抬头看他一眼，稍稍移开眼神，"这支曲子还没有主导乐思，因为……"她犹豫着，"还不知道我的生活会怎么样……"

她微笑时，两颊浅涡诱人呈现，微笑像浅水湾一样水波流散，他分不清她在为她自己欢乐，还是习惯性掩饰忧伤，像女主持人在荧幕上的笑容，甚至和桑梓那种好医生的笑容也相像，她的笑容和桑梓的笑容重叠，让他迷惑不清。

"我听出你的主导乐思游移不定，你快要知道对自己的生活该怎么办了吧？"

她重又凝望空处："这几天，我听到了来自天外的《红旗颂》，有绚丽明澈、生机盎然的光明感，听觉和视觉在瞬间呈现一个红角杨意象，一个浑身披着爱与美光泽的生命，给我带来复活，时间和历史也在复活。"

他拿起琵琶抚摸："红角杨意象恐怕不仅有复活，还有预言，《红旗颂》也是中华复活的预言。你没有把预言包含进去，因为你不知道自己未来的方向，这就是你乐思迷蒙的地方。"

她站起身，睁大眼："知道了红角杨命运就能知道我的生命方向吗？那我也希望看到星空玫瑰。"

他神思不定，放下琵琶："这得一起慢慢体验，月亮湾传说、朱将军和朱丹影的失踪、神秘女人的出现、星空图书室、花园格局、红角杨树、月亮玫瑰、喷泉雕像，都和命运连在一起。"

他又想了想："命运就是立场和方向，不论复活还是预言，都会回到现实。你刚才体会到了光明，一旦我们的生活有了光明，就不会以身边黑暗为意，在同一时代和现实中，我们注定要过着与趋向黑暗的人不同的生活，这就是我们的命运。"

"比如，我可以在音乐中创造和寻找另一种生活？"

他苦笑一下："也没那么简单，我的悲剧性预感又来了，追求另一种生活，还是无法彻底逃离身边现实，还不知道我们的努力会怎么样。"

余烁吹着口哨，带着银焰，从容进行天黑前的巡视。当他带着银焰默默巡视时，好像成为一位跟随宋恒的士兵，而红园在他心中是一座城堡。

花园草木牵动了深藏的心魂，他住在花园那一头有花墙和月亮门的角院里，灵犬银焰陪伴着他。

住在这样古色古香的情境里，仿佛回到了唐代或宋代。他不喜欢清代，就是清代三百年让中国落后，连篇累牍的清宫戏和沉重压抑的服饰让他烦透了，吹捧崇奉那些邪恶的帝王之术、御人之术、制衡之术是古典精髓，让他觉得非常奇怪。

他很喜欢身边这几个人，他们更像他心中古典又现代的优雅中国人，他会在不同情景中见到他们，从这些不同又一样的人身旁经过，他总是默默无语，用他的神情和身体显示教养和敬重。

他的标志是那支曲子，那支口哨曲已响彻花园，他们听到他的口哨声，就转向口哨声传来的方向，等待他出现。

他可能在转过一条花园小径的交叉路口时，遇到他们任何一个。

有几次，他远远瞭望唐岱，跟着他，猜想他在想什么，有时目睹唐岱在夜间游荡。看着唐岱，常会想起明灵，想起明灵神奇地带他来到这里。

有时，他遇到林袅注视他的目光，他觉得，在林袅心中，她和他更加相似，她心里有什么不愿说出来，而他是不能说出来，音乐和无声的相似隐秘把他们相连。

让他着迷的，是宋恒老人，宋恒有出乎意料的智慧和灵性，与这个年龄的其他人完全不一样，生命在宋恒身上像个魔杖闪闪放光，他不是个平凡肉体，而是个奇异灵魂。

有时，他应邀来到老人房间，与老人静默地下围棋。有时，他追随老人一起去图书室。第一次走进去，他被那无穷无尽的书与星空相连的感受所震慑，这让他每次走进去都肃穆恭敬，充满忠诚和崇敬，就像仰望信仰。他知道，建造者有意要造成这样的感受，不然不可能在这里读书读出特别意味。

有时，宋恒像天上的星星看着他，庄重而亲切，坦露而邃远。在夜里，他看着四周幽蓝的天空，想起图书室向四面无限放射的苍穹感，觉得星空并不那么高远，宋恒像颗星星停留在他身边，他也像星星一样看着宋恒。

夜晚，他和宋恒带着银焰，沿着弯曲道路和交叉小径处处巡行，走上大路，绕过喷泉，经过小楼，穿越月亮门，进入花园环形主道。

老人和他并肩而行，银焰前后跑动。在树枝遮挡的小径上，他们前后分开，为后面人用手拨开树枝，或弯腰前行，或侧身而过。

夜晚的花园比白天还静，听得见彼此呼吸和心跳，沉默少语的宋恒和很少吠叫的银焰像另一个他，不用烦琐的语言和手势交流，一个想要停下时，另一个马上就能感知。

夜晚的花园亮起灯光，像神话传说中的花园迷宫，他们在时明时暗中穿梭前行，不断越过黑暗进入光明，脚步声在空旷花园和寂静夜里回响弥漫，与树木的苍茫和小楼的沉静一起，停留在他们身心中，散发令人依恋的气息。

一切默然于心，他的想法在角院、图书室、花园小径上四处飘荡。

宋恒看到银焰追随余烁像追随他，惆怅和失落像秋天的湖水，带着闪亮悠长的阳光。因为无法找到与银焰相配的纯种猎犬，他不知怎样把银焰的生命延续下去。银焰这一周来获得的欢快，就是对它的补偿。

68年来，他习惯了银焰的呼吸、声音，还有它静卧或者跟随他的样子。如今，他把这种感觉传递给余烁。

宋恒是个沉着睿智而又充满灵性的老人，他有沧桑经历，能看透人心，又和余烁一样当过兵，与余烁有神奇的心灵交流，不需很细致的手语表达，在交流过程中一会儿猜，一会儿说，一会儿用手，一会儿用笔，起初能大致明白余烁的情感和想法，很快两人间就越来越流畅地交流，越来越亲密地相处，以至一个神色、一个手势就能相互传达清晰意义。

有一天，他走进余烁房间，余烁正在画红园3D草图。灯光下，桌上是一些画页、画布、画笔和颜料，还放着几本书，靠近书桌是个烧煤的取暖铁炉，这在北州见不到有人用了。离炉子很近，一张木板床靠在窗边，银焰就卧在书桌和板床之间。

宋恒想起银焰伴随自己读书的情景，看来它找到了把这种生活延续下去的方式，这让他觉出余烁真正进入了这里，甚至进入了他的生命。

余烁请他坐在椅子上，指指银焰，用手语告诉他：我和它相处得很好。

银焰的眼睛告诉他，它和余烁心心相印。

他舒展地看着余烁："银焰找到了一个灵魂之伴。"

余烁表达："不只是银焰，这里的人都是我的灵魂之伴。"

"灵魂生活就是光明生活，是红角杨精神引导你来到这里。"

"是的，现在我能体验明灵说的画中之魂，那是我的光明之感，我不再执着于秘画和我叔叔的死亡之谜。"

宋恒意味深长："你为秘画来到这里是有原因的，那幅画并非虚无缥缈，是真实存在。为什么红园建在这里？为什么当年有泉水和洛神湖？为什么那幅画叫《玫瑰园的树与泉》？这里是那些已逝英魂的家园，那幅画也是这个家园的象征，这是中华之魂的聚集生长之地。"

余烁琢磨："我来到这里，是因为我们有共同向往的家园、共同感动的心魂？"

"这不仅是一幅画，而且是大地上深长久远的生命精神，这就是我们寻找它的原因。"

"您告诉我秘画不是传说，是真实存在，不担心我对秘画心怀叵测？"

"你不是那样的人。本来你不是也想找那幅画吗？"

余烁很惊奇："您知道我要找秘画？"

"你的心思透露在你最初的神情和行动中，就是秘画牵着你来到这里，你要证实秘画是不是真的，寻求你叔叔的画来自哪里。"

余烁急切解释："我有这样的心思，但不为谋求利益。"

宋恒笑笑："你出于崇敬的好奇，想知道它是什么样的画，能给你什么样的感受，看过它的人会有什么改变。你现在已经明白，余瀚不是因为它的阴郁死于非命，相反，它充满光明庄重。"

"是的，好像不论能不能看见，只要它在，就给予我奇异的光明生活。说它甚至能给人带来预感，真有那么神奇？"

"它的神奇流传上千年，积累了人间的灵韵神机，难以简单说清，我们的灵魂诉说、英勇之爱和生活美好它都有，能没有神奇力量吗？不管找到找不到，它始终鼓舞我们，给我们信念、激情和欢乐。"

余烁为老人这番话所感动，觉得老人此刻十分迷人。

"现在我们交流有点困难，有一天你会说话，如果你看到这幅画，一定会让你有神奇变幻，有灵性智慧的人，会在里面看到很多生命秘藏。"

余烁终于意识到，他在红园的这个多事之春走进来，不是因为好奇探究，也不仅出于艺术家对秘画的向往，而是内心深处的忠诚和信仰，那来自叔叔于无声处传给他的神奇情结。

时间准备了这么久，让他一往情深依恋了那么久，就为了这一时刻。

他隐隐觉到，这个时刻包含一个更重要时刻，那个时刻才是命运之声的最终敲响，他出现在这里是他的使命。

余烁身着深蓝色短款皮夹克，站在北州大学门口。按照宋恒嘱托，每天他都来接明灵。晚风有些冷，他竖起立领，拉链拉到领下，这让他更精神。

他关注自己的形象和内心，他的衣装和他一样保持沉默的尊严，每天都整齐、干净、体面，衣扣和拉链像军人一样严整规矩。

他凭着艺术本能和红角杨衷情，觉察了紫红羊皮包有特殊意味，紧紧贴身保护明灵。他并不知道，羊皮包就是红园建筑图，包里还有一支鲜艳如初的神奇玫瑰。

树木沿路排列，灯光把明暗相间的树影投在地上。一棵高大柏树树影遮着余烁，他和深蓝色皮夹克一起溶进暗蓝色的夜。

校门里时有师生出来，河流一样分向两边大路。

沿校门往东，路边是一溜塔形柏树。三个人影停在一棵柏树旁，朝北州大学校门张望。虽然他们在暗影中，余烁还是认出了夜烧小楼的身影。

明灵的气息随风飘在他脸上，他侧过脸，明灵正好停在他面前。

她穿着那件军款短装皮夹克，很精灵地看着他："你在想什么？又在想红园3D画？"

他年轻英俊的脸直视着她，摇摇头，没法说清他的思绪。

"你遐想的样子很浪漫，难以想象你是我的保镖。"

他俩身边走过的女学生和明灵打招呼，有意无意看着他俩，掩饰不住欣羡好奇。

她像对待哥哥，亲热地靠上他的肩膀，挽起他的手："她们羡慕你每天专门陪我回家。和你一起走走真好，这样一直走下去，我就不愿坐车了。我在你身边总是无比欢乐，可是，你知道吗？有时我会突然变得无比忧伤，只有在你面前我才会说出来，只有你和我才知道那样一个时刻……你怎么不说话呢？你总在倾听……"

他伴着她走进城市夜晚，耳边有她不断说话的声音，一转头就看到她的微笑，觉到她呼上他脖颈的气息。那些声音、微笑和气息环绕着他，恍然雕像喷泉水雾四溅，波光潋滟，牵动他的心。

在她身旁走着，那尊雕像在呼吸说话，他想，她就是他的"光明"。他有时看到她站在雕像底座上，岿然不动看着他，有她奶奶的遐想容貌，她身旁有朱将军的英武身姿，他们今天该变幻成什么形象呢？

她去上课时，他有时去街头画画，有时围着"光明"观察沉思，想帮她仿制一个更高大或更小巧的纪念雕像，还想画出一幅浩瀚的红园3D。

但他越来越犹豫，觉得无法胜任这个工作，那些生命在不断复活，那些灵魂在他心里回荡，他无法把活的生命凝固下来，尝试了几次，都做不下去。

他们都知道他沉静中的意愿，都鼓励他，可他就是无法深入。他想，他得先抚摸到雕像的心魂，如果没有对爱与美和光明的深刻体悟，永远画不出这样的画。

他们穿过一片片灯光，走过一个个路口。在北州大学门前路口左转，沿天水路走一小段，在邮局旁边再次左转，进入甘南街。

走出甘南街，他们向右拐上临洮路，然后进入较狭窄的山泉街。山泉街上灯光幽暗，走动的人也不多。快到街口了，到街口左转，就是红园大道。

余烁捕捉着身后脚步声，不动声色继续向前。

她听着越来越近的脚步声："又有人跟着，最近好事者越来越多。"

她把羊皮包移到身前，贴紧身体。她的羊皮包连同她的传闻一夜尽人皆知，羊皮包做工精美、造型典雅，正面有一只鹰，背面是十二棵红角杨树，一旦展开，就可能展开红园的无限情景和秘密。

关注她的人都猜测这个羊皮包有什么奇异，却不知道它来自遥远古老的异国贵族，深藏一个家族的渊源秘密。不论出于好奇，还是怀疑羊皮包的价值，人们都怀有探秘羊皮包的冲动。

她坚持把羊皮包带在身边，看得很紧，从不向他人出示，她要时刻感受奶奶和父母与她相伴，一摸触它，就让她有风中玫瑰一样的惊艳战栗。

此刻她有点担心："今天有点不一样，他们紧紧跟着，好像不是记者也不是闲人，不过，和你在一起，我不紧张。"她回一下头，轻声说，"有两个人。"

他轻搂一下她肩膀，表示他知道了，让她安心。

将到路口，后面的脚步声急促猛烈起来。

余烁轻捷转身，将她挡在身后，那两个身影跳舞般灵活，面对他停了片刻，倏然离开。

余烁觉到他们有意吸引他注意，立即回身。

从街口横窜出来的人影扑到明灵身后，去抓她的羊皮包，她惊叫闪躲。

余烁迅疾挡住，那人缩手便跑。

余烁和明灵转向红园大道，宋恒、唐岱和林袅迎出来。

宋恒观察着明灵神态："你们回来晚了，遇上什么事了？"

她有点气喘未定："今天有事耽搁，出来晚了，可有人想抢我的羊皮包。"

唐岱说："这羊皮包太引人注意了，会招惹各种心思。"

宋恒说："这是你祖传的贵重物品，在战场上，你奶奶一直带着它，可你最好不要再带在身边了。"

"好吧。"她不情愿地说，"真奇怪，我带在身边，还不如我奶奶带在战场上安全。"

宋恒说："这么晚发生这样的事，是有人专盯这个羊皮包。"

林袅不解："为什么要盯这个羊皮包？这不过就是个女人的包而已，虽然这包的风格样式很奇特，但也不至于为了这样一个包专门来抢啊。"

明灵犹豫着看看宋恒："能说吗？"

宋恒看着明灵："能说了。肯定已经有人知道或猜到羊皮包的秘密了，现在我们要一起保护这个包。"

明灵快速地说："这个羊皮包有历史渊源和传奇风情，一下说不了那么多，简单说，最重要的是，它展开来是整个红角杨的建筑图纸。"

唐岱琢磨："可是，羊皮包秘密连余烁和林袅都不知道，怎么泄露的呢？"

林袅惶惑不安，这一定是匡枉在背后主导的，她昨天见匡枉的情景像低黯暗哑的乐音重新出现。

匡枉逼压她："你必须尽快找到秘画，那我就让你在广州大剧院独奏，那可是国际艺术节，是你出人头地的机会，你若去不成，岂不可惜？"

林袅知道她的演出是这次参演的重头节目，不容易取消，否则就会让飞天歌舞团失了颜面，但匡枉有些疯狂，什么事都干得出来，不能直接对抗。她顾左右而言他，说到明灵的羊皮包，她以为女人关心这个很自然。

没想到引起了匡枉的注意："既然是明灵祖传的，说不定就和秘画有关。"

她此刻的追悔无法掩饰，掠过几丝忧伤沉重和不知所措，夜色遮掩了她的神情，却被宋恒察觉。

十五　同一时代的两种生活

李程告诉唐岱，人民代表大会召开后，要修订一些法律条文和行政规范，在兴建新建筑和保护私有财产方面，会有一些新的设想提出来，这和拆红园、建飞天广场，都有关系，红园的事要等一等再议。

唐岱对这样的延迟非常高兴，这段时间可以踏实一些了，他回到广州。

电话铃响起，林嬴意外地说，要到广州演出，班机很快起飞。

他听着电话在校园里走，路旁绿树和草坪缓缓后移，林嬴的声音从蓝色半空流进他的身体，她的影像随声音浮现。

在广州多年，他懂得了，有理想主义的人会有与现实不尽一样的生活，有了另一种生活，就不以身边现实为意。他把自己的经验和智慧、情趣和思考融进生活，把千篇一律的生活过得别有情致。

可是，红园让他忧虑，加之身边一些粗鄙习性、庸常之恶让他厌烦，一个人太单薄了。

林嬴的声音悠悠升起一片清爽，驱去了连日阴雨和厌倦疲累的心底阴霾。

去创造另一种生活，就注定要遇到一些相似的人，他们会带来另一种生活。想到前段在红园共度的时光，他又充溢活力和希望，身心从困顿中翩翩飞升，看到空中的朦胧色彩。

来到白云机场接机大厅，空中的朦胧色彩变成眼前的灵肉之躯。

她和他一起往前走，婀娜摆动的生动曲线像道光的柔波，吸引了大厅内散乱的视线。

"怎么突然到广州来？"

"来艺术节参演，同时参加南州大学艺术学院招聘。"

"我们原有的文学艺术学院要分成文学院和艺术学院，我没料到你想来。"

"你一点都没往这方面想？看来你不那么关心我。"她有些失望。

"不是不关心，是没想到你跨度这么大，我要回红园，你却要来广州。事情不是你想象的那么简单，你能适应像赖央和贾相那样的人吗？"

她有些黯然："我原以为你很高兴，看来我这么做不太合你意。"

他急忙辩解："我是说，你到广州来，去艺术团体比到南州大学更合

188

适，你在艺术团体更适应，更能发挥。"

她缓和一些，但不能解释想避开匡枉逼她找画："我想离匡枉远远的，到广州哪里都行，先离开北州。"

"既然你要来，我们仔细想想怎么办，毕竟红园的事还不确定。"

遇上一群她的同事，他们相互致意着。

他觉出背后一片闪烁不定的目光，转过身，看到了匡枉、贾相和赖央。

贾相的嘴本来就大，这时更显得毫无教养，眼睛在林袅身上窥探："欢迎林袅来应聘，我们以后就是同事了。"

赖央的目光在林袅身上低回，咯吱咯吱的笑声里藏着什么："林袅很聪明，只要把她该做的做好，应聘没问题。"

匡枉也别有意味地说："我也会来南州大学。"

林袅触到他们的目光，身体一抖，侧身像枝要被人折断的花急速避开。

唐岱和林袅拉着旅行箱在接机大厅光滑的地上昂然前行，留下一片关注目光。

能听到贾相恼恨地咕哝："盛气凌人，高高在上，好像多不屑似的。"

她脸色黯淡下来："和他们共事让人难受，那种看人的眼神有股邪气。"

"他们一向这样，眼光像蛇，随时会窜来咬一口。"他想了一下，"说不定，匡枉是他们物色的南州大学艺术学院院长，那你不还是躲不开他？"

她悒悒说："能抵御他们的，只是和你在一起了。你若离开，我就不来了。"

夜晚的广州花城汇广场，安静怡人。唐岱喜欢这里的开阔舒展气派。

游人三三两两，大树小树、小溪池塘布满路径交错间，灯光不很强烈，也不暗淡，恰到好处照亮了树木草坪间曲折环绕的路。

不太远处，广州塔小蛮腰婆娑起舞，小蛮腰上的彩色灯光变幻旋转，像个魅力无比的舞女不停跳舞，总不疲累。

与彩色月亮一样照亮夜空的小蛮腰比，广州大剧院是地上一片金色星云，和小蛮腰相映生辉。

大剧院的歌剧厅里，灯火辉煌，流光溢彩，飞天歌舞团准备演出。

灯光转暗后，林袅在独奏，唐岱坐在舞台前，离林袅很近，专注倾听。他听出来，《红角杨序曲》虽隐含悲剧意味，却表达了爱与美的光明生活主题。

林袅先奏出类似《春江花月夜》和《大地之歌》的变奏感，表达柔和幽远的依恋，之后强烈转折，奏出刚劲悲壮的《十面埋伏》那样的悠长激昂，曲终旋律如歌，深情委婉，《红旗颂》的理想主义从中飘动，爱与美的光明复活，舒展无尽希望。

唐岱默默体会着红角杨从诞生、延续、危机到复活的整个历程。

林袅的演奏超然飘逸又震撼人心，轻盈别致又大气磅礴，她的舞台风采有自然随性的优雅，又挥洒着成熟艺术家收放自如的严谨精准。

她有迷人的无限遐想，以对音乐内蕴的深刻洞察力，出色演绎高难度的主题乐思，《红角杨序曲》让人感动和思考：爱与美到底能让生命多迷人？

沉浸在她驾驭琵琶的奇异能力中，在现场观看的人都为之动容。她惊艳出场，成就了她未来的音乐人生，成为广州大剧院里一个激动人心又浪漫飘逸的情景。

林袅奏完，抱着琵琶静停瞬间，剧场响起经久不息的掌声和雷鸣般喝彩。从掌声和赞美听出来，当晚在广州大剧院的人耳目一新。

大幕再次拉开，剧院再次充满瀑布湍流般欢呼，林袅怀抱琵琶，优雅起身，含笑微微弯腰，向不停鼓掌的观众致谢。辉煌灯光下，彩色光斑在她的绛红色长裙上闪动，每一张脸都兴奋地迎向她。

林袅在一双双眼睛深处看到了自己，一种向上飞扬的力量把她托起来，让她像飞天女神盛开在半空。她又鞠一躬。谢完幕后，觉到紧抱琵琶的双手微微出汗，急忙分开活动几下有点僵直的双手，抱着琵琶向舞台侧面走去。

匡枉不满地迎上林袅："你随意改变曲目，加演了《红角杨序曲》，想表现炫耀？"

赖央劝导匡枉："南州大学想引进林袅到新成立的艺术学院，她今晚的荣耀对你当院长有利，你毕竟没和她离婚。"

匡枉带着恶意："为了你此刻得意，就拖延找秘画？"

赖央显得很关怀："你的艺术灵感也就这样了，赶快找到秘画吧。"

匡枉恨恨对着林袅："你要回报我给你的成功机会。"

林袅被堵着，那些话让她有些晕，她一甩手躲开。

她礼节性地沿路致谢，前往演员休息室。人们看着她经过眼前，她没听清一些赞美逢迎，并不确定会有新生活，只觉自己还是微不足道，甚至软弱无力。

匡枉是演出团团长，那些人也把他前后围住，给他送花，跟他说话时充满了赞扬讨好，仔细听就会听出言不由衷，可他们还是那样说，匡枉也要听他们那样说，好像他和她可以相提并论。

她眼中含泪，每个人都各有所思，各行其是，各有自己的生活，他在他那样的生活中，她在她的生活中，只希望他不要再来干扰她的生活。

唐岱手捧鲜花在路上等她，她一下子回到了让她动情的生活。

唐岱一手捧花，一手轻搂她："今晚你引人注目，人们连声赞誉。"

一团团小小的久远星光在她眼中迸射，映出唐岱的笑脸和观众的笑意，她置身在一群飞舞的飞天女神间，在音乐中看到自己的未来，把所有生活看了个遍。

"你稍等一下，我卸了妆咱们就出去。"

走出大剧院，走上花城汇广场，不远处可以看到小蛮腰，江边飘来一阵清风，朝大剧院吹来，大剧院顶上参差错落的造型宛然可见。

"今天你人琴一体，魅力无比，是你以后在广州发展的起点。"

"你带我深入红园的感受，我才能写出这首曲子，才能用心把它演奏出来，才成就了我的这个人生时刻。"

"能帮你把美好感觉给予人们，让我欢欣。"

"今天晚上，我的演奏能证明什么呢？"她轻轻地靠上他，挽住他。

"证明你的未来，你可以实现更美好生活。"

"这能看得见吗？最好有个标志，从此和过去截然划分，我现在的生活并不明确，也不知道未来会怎么样。"

"这个标志一定会像红角杨雕像一样清晰出现。"

"你这样说让我备受鼓舞，觉得我的诗意生活开启了。"

"演出这样成功，证明你有大演员气派，会成为很有影响的琵琶演奏家，以后可以到北京、上海以至世界各地演出。"

"出名不重要，重要的是新生活，假如没有这段时间的经历，没有你告诉我的心魂神奇，没有我过去和今天的不同感觉，今天的诗意乐思就完全演奏不出来。"

广场舒畅宽阔，不同亮光四面映照，他们朝小蛮腰走去，珠江上又吹来了风。

第二天上午9点，他们沿南州大学的校区主道往校门口走。

宽敞的主道两侧绿树如盖，草坪上泛着茸茸光波，淡云遮阳，阳光发蒙，天空和大地都平淡而没有层次感，容易让人懒散而不清醒。

一辆黑色奔驰轿车在他俩身前停下，车窗摇下来。

贾相嘻嘻地笑着伸出黄黑色方块脸："一起走吧。"

唐岱淡淡说："不必。"

"怎么有车不坐呢？"贾相似乎失望。

唐岱看着车开走："他们是真想让我们上车。"

她气愤地说："明明是不一样的人，坐不到一起，就是想让我们难受。"

"不谈他们了，你在广州这几天应该是快乐的。"

这一天的最后一站是中信广场，这是一些全球500强公司的所在地，也是广州的标志性建筑之一。楼里的商业中心有许多品牌专营店，还有广州友谊商店等高档商场。她跟着他在大厦里不停转悠，累得要死，心却欣悦。

"在这种地方购物，有种自由和安静的感觉。"

"这里就像城市的一块林中空地，那些品牌屋就像片片植物群落，有的幽暗，有的光亮，有的大气，有的纤巧。"

他们双手拎满购物袋，站在电梯前，看着光洁的电梯门向两边打开。

走进空无一人的电梯，两人笑容莹亮，荡漾在电梯内。

电梯门缓缓合拢，突然伸进一只指节宽粗的大手，将电梯门挡住，匡枉一闪身进来，赖央、贾相紧跟着进来。

他俩完全蒙了，满眼都是这仨人让他俩发晕的样子。

贾相看着他们手中的购物袋："女人都喜欢好看的衣服。以后在广州，买衣服就容易嘞。"

赖央瞄一下林袅："林袅对衣服很懂审美。"

仨人下了电梯。唐岱和林袅手里拎着包装袋，相互望着，无意识地随着电梯又上行到顶楼。

电梯下到一楼，走出电梯门，她眼中含着一层泪水。

"我真恨不得把手里这些衣服都扔了！"

"那有什么用？他们还是不会消失。"

"怎么处处碰上他们？"

"他们就是无处不在。二楼有个日本风味餐厅，那儿适合他们的口味。"

看着满眼华灯和川流车辆，她轻声说："但愿明天别再遇上，别破坏了我在广州的好心情。"

第三天晚上的北京路之行，促使林袅做出尽快离开广州的决定。

南越王时期古道的南端，灯光明亮，照耀着石刻铭文，非常清晰。

明亮灯光中，出现贾相的硕大头影，他嗨嗨笑着："怎么这么巧咧？"

他俩转过身，看到了那三个人。

赖央不抬头咯吱咯吱地笑："林袅在这里太突出了，惹人注目。"

林袅有些激动："处处遇到你们，败坏了我们的美好感觉。"

赖央突然发作："你们能有什么美好？我的美好不知比你们高级到哪里去了，赞我美好的人到处都是，我的荣誉光环让你们晃眼！"

林袅浑身发抖，觉得赖央是个老混混。

唐岱早已习惯赖央的自大臆想、吹嘘表现，根本没法以常人意识与之相处。

唐岱冷冷说："你们不但是败坏美好的人，而且散发着庸常之恶的味道。"

贾相说："这样说伤害同事关系嘞，林袅以后也是同事嘛。"

匡枉恶意地笑："你们说什么都没用，到哪里都会遇上我们，这是缘分。"

第四天，林袅失望忧伤地离开广州。

送走林袅，唐岱无端寂寞失落，说不清地抑郁。

沿小区道路往自己住的楼下一转弯，意外看到明灵一身欢欣，在大树下仰望。

楼前立着一排高大木棉树，粗壮笔直的树干直上四楼楼顶，树冠绿叶在楼顶披散开来。

他惊异得说不出话，她怎么像地上长出来的。

明灵欢笑："我第一次看到你不会说话的样子。"

"太惊喜了，怎么事先一点消息都不透给我？"

"我猜林袅来也没告诉你，我也来参加南州大学招聘。"

他脸上黯淡了瞬间："你们怎么都想来南州大学？"

"因为你在这里呀。"

"你不是要在红园吗？"

"和你在一起就是和红园在一起，你到哪里我就到哪里。"

"我得和一些你不喜欢的人相处，你会厌烦的。"

"你不厌烦我就不厌烦。你不是在这里18年了吗？"

"我告诉过你，我该重返了。"

"那不是还没定吗？我也只是借招聘来玩玩。"

他转回平常神情："怎么找到了我这里？"

"我见到在北州晚会上那两个人，他们把我送到了这里。"

"他们是招聘委员会的，大概一路上对你友好殷勤，问这问那。"

"真是这样，不过也没什么呀，我不会和他们有交往。"

"你来的不巧，我刚送走林袅。"

"我知道林袅今天走，她走你才能陪我。"

"你俩都在这儿多好。"

"她若也在，你顾念谁？我就要单独和你在一起。"

唐岱带明灵在校园漫步，走到广东省文物保护单位的老中山大学文学院的小楼。

"这里曾被侵华日军华南派遣军司令部和日军第23军司令部占据，日军在楼前小广场设了岗亭，楼顶插着膏药旗，二楼露台日军挺着刺刀巡逻，楼前有日军军官游泳池。当我让学生记住这些时，会有学生反诘我：'这都是过去的事了，为什么还要记着仇恨？'"

明灵说："那你怎么回答？"

"我反问：'记着抗击侵略的历史是记着仇恨吗？难道守护家园都错了吗？南京大屠杀遇难同胞30万以上，怎能忘却苦难，抹除恶行？'今天我们物质充裕，精神昂扬，但必须记住中华民族怎么被欺负蹂躏而奋起反抗的历史，记住怎么从抗战之初的受辱之身变成今天的大国气派。历史过去，但残暴冷酷的渊源没有过去，霸凌侵夺的劣根性暗藏延续，人类永远无法消灭邪恶，但人类的伟大在于永远能战胜邪恶。总是邪恶先冒出来，然后我们才去想办法战胜邪恶，邪恶什么时候冒出来是不知道的，所以要警惕对美好妒羡毁坏的心思，守护家园安宁。"

"你用警惕邪恶、守护家园开导他们，简洁有力。在动荡不定的当今世界，唯有历史才能让我们面对现实，历史就是真理，你有没有讲宋爷爷他们的抗战经历？这你是耳濡目染的。"

"讲了，我说，让我们从来没有像今天这样接近民族复兴目标的，是在艰难困苦中奋斗前行的前辈，在他们肩膀上，我们就能站在更高位置上，让后人也踩在我们肩膀上，一代一代奋斗，走向光明未来，在这个意义上，你们不仅正走向未来，而且未来在你们肩上。但美好目标越高，现实威胁就越大，你们不仅要学到知识技能，还要懂得爱与美的诗意生活智慧，这就是你们在大学的意义。"

"很多教师不分正邪善恶，你的学生很幸运有你这样的教师，会学到诗意智慧、人生立场和生命精神，可惜我没遇上你这样的大学教授。"

唐岱笑说："你不必遇上我，你有你奶奶教导，极其独特。"

"是啊，我奶奶一直培养我成长，从月亮湾一直到北京，再到国外，然后又引导我回到红园，很自然就见到了你，跟着你就到广州来了，来看看你待了18年的广州究竟怎么样。"

在校园里已经转了一圈，明灵有点出神地想着什么停下来。

他看着她："你有点什么心思？"

"广州的休闲生活很有特色，在这个城市找个地方喝酒，应该挺有情趣。"

"你能喝酒？没听你说过。"

"要看跟什么人喝，跟你喝会怎么样呢？"

唐岱微笑："我尽量让你有情趣吧。想去酒吧还是酒廊？"

明灵想一下："酒廊更有浪漫情趣，酒吧又跳又唱太闹了，我想安安静静边聊边喝，你跟我还没仔细聊过呢，喝了酒会更有兴致。"

"在北州，没这样的时间和心境，今天正好可以。"

"不仅今天，这段时间只有我和你在广州，我要常常和你聊。"

"那就去文华东方酒店，那里有个雅致安静的THELOFT——逸劳酒廊。"

"你想不到我为什么要和你去酒廊吧？有很多话要说，要透彻地说。"

"你想说你还是我？"

她灵俏一笑："两个人都说啊，话题很多。"

"那就去逸劳，那里氛围很好，能让人轻松怡然又心无旁骛。"

他们来到逸劳，这是个小巧空间，坐落在酒店中楼，设计时尚，典雅精致，陈设深色木质家具，突出高级别的个性化服务。

唐岱说："这是广州独具特色的酒廊，是交谈聚会的好地方。这里有100款以上不同的酒水，有各种高档烈酒、鸡尾酒。还有特色小吃，比如黑椒牛肉、沙爹虾和巧克力馄饨。"他指指周围的酒架，"你喜欢什么酒？"

"要纯饮，先上威士忌，再换茅台。"

"您要喝什么威士忌？"侍者问。

"有布赫拉迪吗？"唐岱问。

"有。要波夏十年，还是苏格兰大麦？"

"苏格兰大麦。"

"布赫拉迪？"她眼里闪过跃跃欲试的光芒，"这款酒酒精度很高，我在国外喝过，在国内还没喝过。"

唐岱笑了："酒精度越高，纯度就越高；可以更浓烈，也可以更纯净。

坐在这里喝这款酒，有时会让我想起红角杨，回味那种纯净包裹着浓烈、庄严肃穆浸润着热情似火的感觉。"

"我一会儿就知道你这种感觉了。"

明灵四面看看，吧台后柔和的灯光照着年轻俊朗的调酒师，吧台前一排浅棕色皮质椅子被灯光照得温暖，这排椅子静默在调酒师和吧台前，等待着什么人相中它们。

她感叹："这排椅子安安静静的，就像红园会议室的那些椅子在等待主人，这里有年轻的调酒师，可走进红园会议室的都是将校军官，那是73年前的严肃庄重，跟这里的轻松怡然完全不一样。"

唐岱笑说："此刻就是和以往重合在一起的久远。你这么年轻，虽在不断变幻自己年华的时代，也时刻会有久远联想吧？"

"度过在红园这段时光，就更让我时时联想。"

"你和我一样，闲暇时如梦似幻。这里离我校园不远，环境又适宜我想这想那，有时得闲，就来这里。我一个人时，喜欢静静看着酒廊里各种人，一边喝酒，一边思考，想一会儿，喝一会儿。有时候和两三个朋友一起坐在这里，那我就什么都不想了，专心聊天。"

"你现在是思考还是聊天呢？我不太喜欢你老在思考的样子，这让你拒人千里，你怎么不关心你身边人呢？现在，我想看到你的生活情趣，别的什么也不说。"

"那就聊自己，聊宋伯伯、桑梓、林袅、余烁，都挺好。"

"不，别聊林袅，她除了躲婚、弹琵琶，没什么可聊的。"

"将来也许你和她都在广州。"

"她为什么要到广州来？"

"为了离婚呀。"

"我不知道她怎么想，但我觉得不仅如此。她和我来应聘，谁也不知道另外一个人也来，假如都能聘中，你希望我们都来吗？"

"你们来了，也许我就要回去了。"

"那我也不来了。你一定要回去吗？"

他苦笑一下："这由不得我，要看挽回红角杨的结果。"

"我喜欢广州的生活情趣，想以后到广州来，又有怡情逸性的氛围，又能和你在一起。"

"我在广州这些年，可没你想象中那样轻松欢乐。"

"你来广州的年代跟现在不一样了，广州的时尚生活早都成熟了，你想的跟我想的也不一样了。"

"不管怎么不一样，我们都跟红角杨相连，对吗？"

"是啊，我们有一致的信仰和立场、艺术情趣和生活风格，可有时候，想的还是不一样，比如说，你不赞同我对你这么亲密，老对我保持距离，我可不喜欢这样。和你在一起，我有非同常人的欢乐，有别人不能替代你的感受，不在乎别人怎么说，你不喜欢我这样随情随意吗？"

"我没说不喜欢你这样自由自在啊，你钟情浪漫，挺适合你想要的生活。你说了这么多，我根本来不及说话……"

"你要说的，又是年龄吗？我和你可不是年龄能决定的，能不能想得一样，才是决定我们怎么样的，你刚才也说，我们有很多一样的地方，这是任何人都不能替代的，谁也改变不了，不是吗？"

他避开她的话锋："威士忌该上来了吧？"

侍者恰好送上了布赫拉迪。

明灵靠近酒杯，静静端详熟透麦子般金黄的酒液，杯中隐隐散溢麦子和水果的清香，水果肯定不止一种，一时难以单独分辨。

她顺着杯沿抿一口，味道立刻清晰，一丝不易觉察的、来自大西洋海水的盐味中，能辨认出花香和柠檬香。她忘记这是一杯50度烈酒，心中浮现红角杨：沉静甜美，热情而不失庄重。

她说："这么长时间，对自己什么也没说，说说你我吧。"

"从哪里说起？"

"从红角杨雕像说。"

"为什么从雕像说呢？为什么只说我俩？"

"我们就像那雕像，雕像把你我连在一起。"

"连在一起的还有其他人，每个人都与别人相连，别忽视他们。"

"雕像只有两个人，"她固执地说，"只说我俩。"

"只说自己……"他沉吟着，"这我更不知道从哪说起了。"

"说什么都行，我从没听你仔细跟我说过什么，今天就想听你说说。"

"要说，就喝24个比利，各自说自己。"

"这样喝酒挺好玩，看谁能说过谁。《24个比利》是美国作家丹尼尔·凯斯的作品，主角比利是一位多重人格分裂者，他的人格多达24个。你有多少个？"

"我没有那么多。"

"比利体内的人格可以互相交谈、游戏、控制对方的行为，又互相不知对方干了什么，所以他接受治疗前的生活极其混乱。你有没有过混乱？"

"人格分裂造成生活混乱，只要心思不乱，我的生活不会混乱。"

她歪着脑袋，很有兴致地看他："我很好奇，你真的那么坚定，一直保持清醒？我挺想看看，你混乱时什么样？"

他笑笑："我想你看不到。"

"那游戏总可以玩吧？"

"我不会弄假成真。"

"不管混乱还是有序，喝酒就能看到人格另一面，我挺想看看你另一面。"

他笑说："你真要能发现，就会看到我可不止另一面，我有很多个人格。"

她饶有兴致指着他："你有24个人格吗？都会在喝酒时候掉出来吗？那就喝24个子弹。"

"喝茅台怎么样？"

"好啊，每喝一杯茅台就是一个人格，就讲一个想法。"

这天夜里，明灵伴唐岱回家，帮他脱掉外衣和鞋子、在床上躺好。

她盯着他好一会儿："你醉成这样，什么也说不成了，可我对你的想法为什么这样呢？总有一天会互诉衷情，总有那么一个时刻。"

她迅速变幻出哀伤样子："可我早就知道一些事情会来，那个悲哀时刻在哪里等着？怎么又觉得那个时刻不会轻易到来呢？我也有24个人格吗？"

明灵出门，房间里静了一会儿，唐岱慢慢起身。

窗外进来的光线中，暗淡地看到他脸上的清醒，忧思茫然浮动，不知飘向哪里，也说不清此刻他想什么。

这个时刻，他也许做得对，也许做错了，无论对错，他必须这样做，无可选择，他只能保持他的守护者身份。

下午3点，唐岱伴着明灵来到富丽君悦大酒店。

站在酒店前小广场上，背对酒店，唐岱指着周围："这里毗邻广州大剧院、广东博物馆、亚运会开幕场馆海心沙、花城广场，还有广州塔小蛮腰。我办完事后，来接你到周围走走。刘鹏约你的关系酒廊就在楼上22层，你可以在酒廊上居高环眺周围景色。"

"你不上去？"

"刘鹏约你不知什么事，我不便随意和你一起去。"

明灵乘电梯到22层，惊喜地走进关系酒廊。酒廊坐落在连接南北双塔的空中悬桥上，是广州独一无二的空中酒廊，两侧是大片透明落地玻璃，全景观空中视野，凭栏而眺珠江波光流水，饱览花城广场和珠江新城。

酒廊格调简约，闹中取静，惬意雅致，阳光穿过两侧透亮的落地窗，经过纱幔过滤，变得格外温情柔和，半封闭式雅座有独享安逸空间的感觉。

刘鹏笑盈盈迎上："这个地方还中意吗？"

他带她来到一个沙发配茶几的半围式雅座："我猜你会喜欢这里。除了环境独一无二，这里下午茶的司康饼、三文鱼牛角包、大虾鸡尾酒和夹心马卡龙风味独特。"

她坐下张望一下："你这么有心？挺会猜我心思的嘛。怎么想起来约我？"

"在元宵节晚会上你让我很注意，以后每次见到你，你都给我一点奇异感。后来知道你是明悠的孙女，你奶奶是我敬重的人，我就更关注你了。"

甜点盛放在现代风格的迷你塔架上，不同的水果和茶点色彩鲜艳。

"红茶巧克力挞是将奶油浸泡于红茶中24小时精心制作而成的。"

明灵细细品味红茶巧克力挞和夹心马卡龙："红茶巧克力挞别具匠心，夹心马卡龙精致有味，芒果和百香果的清新透出来，甜而不腻。你很会体贴人。"

他叹一下："桑梓也这样想就好了。"

"她不这样想是因为你要拆红园，我也不喜欢你干这事。"

"不仅如此吧，以后你和她多说说我的好。"

"啊，我跟她很好，当然也希望你和她很好。"

"我也希望和你建立友好关系，希望会有共同关心的。"

"为此到广州来找我？"

"我知道你到南州大学来应聘。唐岱在广州是个出名人物，你住在他那里吧？这件事南州大学在传。"

明灵很惊奇："南州大学是个什么地方啊，一所双一流大学都在关心什么？你约我是要说我和唐岱的风流韵事？"

"是为你应聘的事，主要不是我约你，是别人要见你。你看，他们来了。"

明灵看着贾相和赖央走进酒廊："要是知道他们想见我，我就不来了。"

刘鹏诚恳地说："我希望红园的每个人都如意，所以我跟他们谈了谈。招聘结果公布之前，他们想见见你。另外，我这次到广州听说，红园这个项目是南州大学的一个系列项目，你也可以关注。"

"你如此真诚，为了桑梓，我就和他们谈谈，摸摸他们在想什么。"

"你挺善解人意。"刘鹏起身迎贾相和赖央，"你们谈吧。"

他们一坐下，明灵就冷冽地说："招聘凭实力，有什么好谈的？"

贾相满意地环顾四周："明小姐，这里是广州生活的标志性地方，感觉很好吧？"

赖央很热情地咯吱咯吱笑着："还是到广州来吧。"

明灵犀利地说："要说什么就直截了当吧。"

贾相说："明小姐快人快语。是这样的，我们要招聘三个人，可现在入围有四个人，这四个人里有你和林裒，现在要去掉一个人，想听听你的意见。"

"那是你们的事情。"

"主要看你的意愿了，你来还是不来呢？"

"我还没想好。"

"你如果想来就由你定。"

"你们要把林裒去掉？"

"反正总有一个人要去掉，如果明小姐想来，一定保留你。"

"我想来就能来？条件是什么？"

他俩互相看看。

赖央说："没什么条件，只是听说你有红园设计图，我们想看看。"

"那不可能。我最痛恨你们这些想拆红园的人了。"明灵断然说。

赖央说："就是因为它要拆了，不能让这设计图留下遗憾。"

贾相说："你给我们看一看，就是我们的同事嘞。"

明灵轻蔑一笑："你们不怀好意。"

"你不要想太多，我们没有恶意。"

赖央开导着："只是看一下，你不失去什么。"

贾相说："想给你10万元，把设计图留给我们看几天。"

明灵故意逗弄："就10万元，太少了吧？"

赖央说："你这么年轻，怎么那么贪财？一张没用的设计图，这很多了。"

"那你们要这设计图有什么用？"

贾相说："想留个建筑参照嘞。把设计图保存下来是给社会做好事嘞。"

明灵锐利地瞪着他们："你们想骗走设计图。"

贾相说："怎么是骗呢？这是给国家保存一些建筑资料嘛。"

赖央咯吱咯吱笑着："你想到哪里去啦，我们都是好人，都是建筑美学教授，怎么会有坏心思呢？"

明灵说："你们显得热情、亲切、和蔼、有知识，挺像好人，不过，你们做的事不好。"

赖央一板脸："你说话怎么跟唐岱那么像？"

"我当然跟他像，没那么容易得手。想要设计图一定跟你们的系列项目有关。"

明灵起身，快步走出酒廊，走向酒店电梯，视而不见地经过刚走出电梯的刘鹏。

刘鹏看明灵擦身而过，有些诧异，犹豫片刻，向酒廊走去。

刘鹏坐下："你们和明灵究竟谈什么？不止是招聘的事吧？"

贾相本能地辩解："不过想看看设计图……"

赖央打断贾相："这是为了保留一些文化遗产。"

刘鹏不高兴："我就怀疑你们另有目的。你们老惦着设计图，想利用她年轻骗她？你们怎么能干这种事？"

贾相说："有些想法没来得及对您说……"

"你们这样干，会让明灵觉得我和你们是一伙的。"

贾相说："咱们本来就是合作的嘛。"

"你们有个系列项目吧？"

赖央说："房子不是拆了就完事，后面还有一些事要做，就是唐岱说的保留文化精神的事。您是搞房地产的，目的就是建飞天广场，我们是搞学术的，不是拆和建，是要搜集一些学术资料，以规划下一步文化发展。"

刘鹏说："你们背着我搞系列项目，过去没对我说过。"

贾相说："这是学校方面定的，不是个人想怎么样就怎么样的。"

"我和你们最初见面是在广州的核心地产会议上，我看，你们是地产也搞，学术也搞，圈套也搞，我现在真是弄不懂：做学术究竟在做什么？"

赖央说："学者也要介入和推动社会发展嘛。"

"我弄不清。不过，别把设计图的事和我的事搅在一起。"

明灵走出电梯，进入酒店大堂，隔着一段距离，看见唐岱正等着她。

唐岱迎上来，见明灵神情不对，问怎么回事，明灵说了刚才的事。

唐岱静了一下："只要他们出现，就没什么好事，庸常之恶，败坏美好。看来这里的小点心不适合你，还得再喝一回布赫拉迪，这一次是在星空图书室。"

明灵露出惊喜："那意味着我们将会激情如火。"

十六　焉支苍苍风起时

唐岱再次来到北州。空气里流荡春天的清新，北州的春天来得晚，长得快，树木几天间鹅黄，再几天嫩绿，接着一片明媚。

高铁站前的街市不再冷落，人们热闹地走动，酿皮、削面、牛肉面、肉夹馍、灰豆粥、麦醪糟、羊肉泡馍这类小餐厅窗明几净，各类水果琳琅满目，摆在引人注目的地方。

他闻着高原的春天气息，浑身流动树木顶着新枝的活力，渴望见到红园的每一个人，遐想他们都是星光下凡。

桑梓沉思的微笑、明灵轻灵的身影、林袅明丽的婀娜迎面而来，像姐妹一样亲密、女兵一样整齐。

北方的太阳直率有力，从侧面看去，她们身体的每一曲线都划出光与影的清晰。

她们已成为他极亲密的人，人生不可能多次奇遇，再也不会有上次来北州时的奇遇，只有一次，而这一次的结果也是唯一的。

他迎向她们："去焉支在这里换车不过停留两个小时，没想到你们都来了。"

明灵洋溢着欢乐："为什么不在北州待一段时间？"

明灵的眼睛放着异样光彩，在阳光下格外吸引他的目光，她目光一触，便让他不安和迷失。

她的形象和神采在这两个半月发生极大变化，让他惊异非常，就像一束激光激活了她，突然出现女性的魅人微笑，迅速变幻出女性身体的秘密，让她像彩色闪电那样耀人眼目。

他避开她的眼神："见过祁远就得尽快赶回广州。"

桑梓说："怎么这么急？"

"是祁远急。他没说什么事，让我尽快到焉支。"

桑梓纳闷："他很少这么郑重其事。"

"他不会随意叫我，再说，他在远方的秘密是我的情结，我渴望见到他在焉支草原的情景。"

桑梓思忖着："和你猜测他在找朱丹影的下落有关吗？"

"说不上。不过心里有个声音让我去找他，有时候，我能觉到从遥远地方传来他身上的感觉，能觉出一个飘移不定的朦胧身影。"

明灵说："有时候我也会这样，对着空中凝想，静静捕捉，看看能感受到什么，不过眼前常常是一圈光环，没有真实情景。我想看看，祁远真像你想的那样吗？两个男人也会神魂相通吗？"

桑梓微笑："他俩读大学时，就常一致幻想神奇事情，是班里两个逃课大王，相互遇到逃课，开怀大笑。他们有的课一定会逃，有的课怎么也不逃，逃的课和不逃的课都一样，不同的是，两人逃课后读的书不太一样。祁远去读那些中国古典文学作品，唐岱却去翻找弗洛伊德、尼采、海德格尔、维特根斯坦、歌德、雨果、大仲马、波德莱尔、乔伊斯、福克纳、纳博科夫、冯尼格特等等，有些是20世纪30年代翻译出版的，在书库里蒙满灰尘。回到宿舍，他们再相互交流。"

唐岱微笑："我还不时想起和祁远住同一宿舍的情景。"

林袅说："你们的情谊很奇特，让我羡慕向往这样的大学生活。"

"可惜，那样至情至上读书的时光过去了。"

林袅难以觉察地透着依恋："我觉得你们还在以往的时光中。祁远为什么不愿回到北州？"

"不知道他想什么，他现在有点奇特。"

明灵斜睨林袅一眼："你去焉支草原就是寻找你们的过去？我也跟你去。"

"那里怎么会有你的过去？"

"那可说不准，谁能确定中华大地哪里没有我的血脉渊源？"

"你不知道我和祁远有什么事，到了那里你无事可干。"

"我去看祁远，不行吗？"她目光含蓄地看着他，"再说，是宋爷爷让我跟你去的。"

桑梓打量一下明灵，笑道："怪不得你背着背包，都准备好了。"

他有些意外："宋伯伯让你去？你刚去了广州，现在又不上课了？"

明灵完全不在意："北州大学给我学术假，找个时间给学生补课就是。"

高铁在平坦的河西走廊奔跑，轨道两旁的树木、村镇、田地、戈壁、草滩交错出现，铁轨不断延伸，奔向远方地平线处的山脉。

最遥远的地方，披着白雪的巍巍祁连山反射着阳光，把天空和大地照耀得熠熠闪光，苍鹰和河流让时空充满生命迹象。

在高铁山丹站，唐岱和明灵乘上来接他们的越野车，驶入辽阔大地，微微起伏的草地向东南伸展而去。

车进入水流草长的地区，清澈宽阔的河流在他们右侧坦荡开朗地奔流。

马群散布在河这边的道路两旁，静静在草地吃草、在河边饮水，与天上的白云、远处的大山凝成了一幅静物画，他们在这幅画中穿行。

明灵打开车窗，倾身眺望草地风光，她不再想要表现为有魅力的女人，毫不遮掩女孩的纯真好奇。

一匹棕色马跃入她眼前，她微微惊叫，身体从车窗边缩回来，倾倒在唐岱怀中。

脸色黑红、布满络腮胡子的祁远骑在马上往车里探了一下头。

明灵松口气，起身嗔怪："你干吗这样吓人？"

祁远酣畅地笑着："欢迎来到焉支草原。"

汽车停下，他们走下车。

唐岱指着远一些的山问祁远："那就是焉支山？"

"是。这条河就是胭脂河。"

"石羊河在山另一边？"

"对，焉支山是胭脂河与石羊河的分水岭。"

明灵在遐想："胭脂山，是女人用的那种胭脂吗？那山是红色的？"

唐岱与祁远相视大笑。

她惶然看着他俩："你们笑什么？"

唐岱说："不是笑你，是感叹你的灵性联想，那山的确是红的，真的和胭脂有关。"

祁远在地上写下"焉支山"三个大字，直起身："焉支山也叫胭脂山，还叫燕支山，因为山石朱红似胭脂而得名。一个很美的名字，也有一段很忧伤的传说。山下西北处，有霍城遗址，是汉代大将军霍去病的屯兵处。当年霍去病兵出临洮，越燕支山大破匈奴，匈奴痛失此山作歌：'亡我祁连山，使我六畜不蕃息；失我燕支山，使我嫁妇无颜色。'匈奴称夫人为阏氏或阏支，借谐音寓意这座山，将这座山看得像君主的妃嫔一样庄重艳美。"

唐岱笑着："在祁远看来，这座山是个美女，上大学时，他就因这首《燕支歌》和岑参的《过燕支寄杜位》而梦萦焉支，日夜想来这里。他说他的祖上是胡人，他像向往一个美丽女人那样向往焉支山。"

明灵看着祁远："胭脂山是不是真有你的美丽女人？"

祁远惊异："你真有灵性，猜到我是为一个女人来到这里？"

"我喜欢这样想。"

祁远笑笑："这是个巧合：一个现实中的美丽女人和一座梦里向往的山，碰巧在同一个地方。"

唐岱露出点惊讶："你一直在这么偏远的地方，真有一个你日夜都不愿离开的女人？我知道，你没有轻易对女人动过心。"

祁远望着焉支山沉思，神情奇特，幸福中隐含惋惜，但并不忧伤。

"这是我20年生活的秘密，也是我在这里的原因。没人知道，我也从没说破。"

明灵关注着祁远："你这样生活挺神秘。"

唐岱若有所思："我明白为什么你远离城市了，是这里让你长相忆。岑参的《过燕支寄杜位》就像写了我此刻的心情：'燕支山西酒泉道，北风吹沙卷白草。长安遥在日光边，忆君不见令人老。'你还是那个我记忆中的祁远，模样变了，内心还那么单纯专注。"

明灵的目光盯住唐岱身后祁远的坐骑，它与散布在草地上的其他马匹明显不同。它全身深棕，四蹄雪白，马鼻至额头是道冰峰一样的纯白，两眼炯炯有神，挺身凝望远方，鼻翼边的柔软细毛随着它的呼吸轻轻抖动。它身躯健美，是特别善跑的体形，前身强健而后身轻捷，从前身到后身呈完美流畅的直角三角形曲线，浑身毛色闪动亮光，轻风拂起一片深栗色波纹。它不低头吃草，也不随意走动，沉稳凝重而警觉，但体内激荡的活力让它不时爆发一点冲动：扬扬头，扭扭颈，踏踏地。

明灵说："这匹马真美，我想骑它。"

"这匹马有神性，除了我，它谁都不让骑。"

唐岱说："这匹马像有轻捷灵异的赛马禀性，怎么会在这里出现？"

"它是山里野马与纯种赛马的后代。有一年，军马场租来一匹纯种赛马繁殖，但所有马与其交配都失败了。这匹赛马偶入山中，与山中野马交配成功。那是一匹神奇野马，它的传说流传了几十年，那一次它和几个伙伴游荡在焉支山一带，好像在等待那匹赛马。它是什么样我从没见过，不过，从我这匹'飞泉'，可以猜想那是一匹多么神奇的马。我带飞泉进行过测试，所有的赛马指标它都达到了。"

明灵问："为什么不让它参赛呢？"

祁远轻抚马颈："它还是小马驹的时候，就和我在一起了，它和我这样自由自在挺好。我给你另挑一匹马，以后再骑飞泉。"

祁远为明灵选的马浑身纯白，马额正中一点浅红，眼含温情，动作柔和。明灵一走近，它就发出友好的嘶鸣，把脸凑上来摩挲她。她兴奋地抚摸几下马身，很快骑上去，迅速在草地上兜了一圈。

午后4点，到达分水岭，焉支山在这里像楔子一样切入弱水，胭脂河与石羊河从这里分开。

他们骑马立在分水岭尖端，看着弱水成人字形向东流去。

两条河在最初分开的几百米中，像两条鱼相距很近，并排游动，然后一条河奔向壮阔的祁连山，一条河汇入草原，曲折经过片片草滩和灌木丛。

远处响起轻微的隆隆声。贴着东方地平线，一片尘云移动。

明灵看看天空："要下雨了吗？怎么没有一丝下雨的迹象？"

"那不是雷声，是奔跑的马群声。"祁远说。

声音越来越近，也越来越响，他们眼前几百匹马奔腾，马蹄击打草原，发出雷鸣般轰隆声。

马群过去，草原静下来。

明灵惊叹："这让人震撼得窒息。"

唐岱说："这就是我的梦中草原，辽阔壮观。"

草原漫无边际向远方铺展。奇异的是，草原上只有一棵树。一团云飘到太阳下方，现出朦胧欲透的彩色光芒。云层忽然露出一块空隙，阳光透过空隙，直射那棵树，金黄金黄的，那棵树使劲撑开浑圆树冠，竭力迎向阳光，就像舞台上的追光笼着一个舞者。

明灵惊羡："那棵树有灵性，像个起舞的精灵。"

唐岱感叹："光遇上了挺立的灵魂，让人心神震颤，难得与这样一棵树相遇。"

明灵说："我觉得现在我就是那棵树，就像'爱与美'变幻出来的红角杨树。"

祁远坦然说："草原的一切都有灵性，我已经把它们拥抱在怀。"

阳光斜射，三人静立，瞭望辽阔草地、蜿蜒河流和遥远大山。草地上散布着马群，牛羊夹杂其中。一只苍鹰在他们头顶飞翔一圈，又向远处飞去。

明灵仰望苍鹰："这里的天好高啊。"

祁远指着苍鹰飞去的下边："那个区域就是军马场场部。一个小时就到了，明灵累吗？"

唐岱笑说："她肯定累了，你不停地带我们走，就像一个急于让人见到你的珍藏的收藏家。"

明灵顽皮地说："我不累，祁远就像个匈奴单于，我急于见到他收藏的后宫佳丽。"

山风更凉了，略感凉气渗入身体。他们不再逗留，穿行在弯曲道路上，迅速下山。

他们穿越草滩，绕过几个水洼，登上笔直公路，沿着长长的公路前行。阳光从身后斜洒过来，洒向公路尽头。

在胭脂河边的草坡上，面向胭脂河，他们吃了祁远招待的晚餐。

月亮和星空把草原涂成与天空一体的银光世界，空气中到处飘洒着流霰。

四周草地时起时伏，光影交错，铺向远处的天光。身后军马场场部灯光远远闪烁，身前胭脂河水翻着细碎浪花，浸润大地和天空。

篝火在面前升腾，跳动的火光融入身体，映亮面容，在夜色和草滩的映衬下，他们神采奕奕。

火光低落下来时，他们的面容和身影会暗淡下来，这时，生命被夜色和无边广阔所侵蚀，身影和相貌只剩轮廓，仿佛灵魂也只剩了线条。

他们不甘于夜的侵蚀，每逢火光暗淡，便会往篝火中加一些新的树枝。

明灵说："你总给我们意外惊喜，先用骑马招待我们，然后又请我们吃烤全羊。"

唐岱说："这让人难忘。草原、河水、大山、天空进入心魂，大地气息透过肌肤流入身体，城市里干涩的生命在这里重新丰盈。"

祁远说："我融化在这样的生活中，要是没有了这种生活，我会不习惯。"

唐岱问："你从来没有想要离开吗？"

祁远含糊地说："有时候，选择生活并不简单。"

唐岱看着祁远笑："你的生活还不简单？骏马和美女属于首领，我猜你过得像古代匈奴王一样。还不肯让我们见你的后宫佳人？"

明灵说："你会不会在草原上变幻出你的佳人？"

祁远微笑示意："她来了。"

唐岱和明灵向夜色中望去，草地上有人走来，轻微脚步带起青草清香，女人的独特气味悄然荡来，依稀看到两个女人身影。

夏初的草地柔软细密，浓重夜色向小草不断降落，草根底下的大地热气在草叶上悄悄凝结露水，云间月亮在草地上映出层层晶莹闪亮的光环，远山和树影神秘幽深。

眼前停着两个身影，一个中年妇女，一个年轻女郎，月光把她们的身形清晰地描画出来。那位中年妇女对祁远做个手势，轻推身旁的年轻女郎，那女郎向前走时，她便反身，很快消失在暗夜中。

年轻女郎向篝火飘荡而来，她身穿白色长袍，与银白色月光融为一片，在地上映出深黛色身影。她一步步向前走，长发随风飘荡，脸上轮廓越来越清晰可见：一双大眼睛，鼻子高挺，双颊微微凹进。

她眼中高傲地对一切视而不见，神情空茫，沉迷内心，幽然溢出不可思议的感觉，身姿摇曳，婀娜诱人，对空气施加着魔法，让空气迷恋于她的身体。

那种神秘的、遥远的、忧郁的微笑停留在她脸上：那是把一种美保留在她心底的魅力，神秘不为人知，却如雾中的小岛一样藏在唐岱心底……

这一切太熟悉了，唐岱几乎被自己吓住，她的微笑真正出现时，反而变得虚幻——这不是真正的她。

清醒一下，看到的依然是这个身影、这种微笑、这张久远的容颜，他不能说话、不能思考、不能反应。

他以为，这是那堆篝火产生的魔力——古老的人类神秘和篝火连在一起，篝火容易让人遐想和回忆，让人想起久远过去。

在明灵看来，是雕像"爱与美"的女人在草地上悠然浮动，那样的梦幻微笑升起一缕烟霞样的绚丽。

明灵的灵性瞬间把梦幻与现实连通，在暗夜里和火光中，看清那微笑，分开那飘动的长发，抓住一个飞扬的灵魂，把这个灵魂沉浸到一个人身体里，试着看清这个身体的秘密。

"是林袅！"明灵惊异的声音响起来。

奇丽的女人身影依然走来，脸上保持微笑。

保留在一个小男孩记忆中的明艳微笑，再次被篝火的火光映出，升起在草原上。

唐岱僵直坐在地上，保持凝望姿态，像面对巨大幻觉。他想站起身，迎上她，叫出她的名字，他曾无数次叫过这个名字，不是在梦中，而是在他生命中。

此刻，他觉得声音不是自己的："她不是林袅，是朱丹影……"

明灵惊异非常："不可能！她看上去才三十多岁的样子……"

那奇丽身影来到祁远近前，被草地坑洼绊了一下，倾身倒下。

祁远冲向她，在她还没倒地的一刹那，扶起她。

她被扶起后，不明白发生了什么，木然呆看前方火光。

祁远搀扶着她，小心地在草地上走过，来到篝火旁。

祁远扶她坐下，好似照顾孩子。她坐下后不再动，也不说话，茫然看着四周，看着明灵和唐岱。

她看他们跟看河、看火、看草没有区别，人对她来说，就跟草木一样。

唐岱竭力控制自己，在灵感消失前切断自己的妄想。

轻风、河水、草地都不在了，只有她的神秘如寂静幽然袭来。他听到她遥远的声音，这个声音由于她像雕像一样出现更加神秘了。

火光闪烁中，他看见她脸上的亲切和熟悉，想把手放在她脸上和身上，感受她是真实人体，由此触摸她的秘密、她内心声音，触摸她脑子里某处机关。

朱丹影的脸清晰地映出来，让他回到无尽思念，他必须冷静下来，尽量想清楚，他面对什么情景、什么人，他要尽力判断，又不敢判断，他无法自己弄清楚，只能依靠祁远，可祁远能告诉他什么呢？

朱丹影视而不见地越过身前的明灵，把目光投向深邃的空间，两眼空茫。

祁远黯然的神情变得奇特，闪烁着专注而忘情的光亮："你们还没发现她红颜永驻的秘密吗？她永远单纯，一个什么都不知道的人，什么都不能伤害她，时间也不能，她不会衰老……"

唐岱喃喃道："她对外界没有意识，邪恶无法侵蚀她，她能青春永驻，永远在孩子般的天真无邪中，一个没有时间感的人，不会衰老，一个没有痛苦和忧虑的人，在没有时间界限的生活中快乐而自由。"

明灵惊讶地看着那种笑容、那张沉浸于内心的脸、那双对外界视而不见的眼睛："这么说，她永远生活在她的内心，她是自己至高无上的女神，并不生活在他人的注视中？"

唐岱说："失智就像神奇药水，她的纯粹被失智浸润着受到保护，不让庸常之恶侵蚀。在远离这里的地方，那些纠缠于琐碎鄙俗欲望的人，怎么可能理解这样的纯粹？"

明灵对祁远既尊重又感叹、既好奇又向往："这么多年，你爱的是她？"

"这么多年我爱的就是她。"

明灵从没遇到或想过这样一种爱情，这似乎是无效爱情，又是可以长久追求的爱情，是绝望爱情，又充满希望。就是这样的爱情，让这个饱经风霜的男人不悔终生、矢志不渝。

明灵近乎痴迷地想着这种超越常人的爱情："你心中始终保有她的青春，才能让她红颜永驻、光艳照人。你们过着与常人不一样的爱情生活，能被你爱很幸福，如果她有意识，就会知道这样的幸福。"

"常人要爱时，会发疯似的想得到爱，就像一个酒鬼喝得越多越要喝，也像一个赌鬼越赌越输，越输越赌，直到醉得不知什么叫酒，输得一无所有。可是，我看着她时，能戒酒戒赌，看似简单乏味的生活，无尽欢欣却占满我的心胸……"

明灵看着祁远如痴如梦倾诉。他高大健壮，即使坐在这里，也透出浑身的肌肉活力和不知疲倦。依偎在他身前的女人，就似胭脂河环绕浸润着焉支山，星光下的小河夜影就是女人的面容。

"她就是因为你的爱而这么美吗？"

"我想有关系，陪她来的那位中年妇女当年是个小女孩。"

"她从不和你说话吗？"

"从不说话。"

"你很想和她说话吗？"

"想，日思夜想。白天她和我一起坐在草地上时，夜里我看着她在月光下入睡时，我都想和她说话，可每逢这时，我和她就像隔着天涯海角。"

"她这样，你怎么能一直爱着她？"

"她失智前，我就爱上她了，这些年，我依靠对她的爱生存，人总得有值得爱的，才能活下去。"

"唐岱也告诉过我：只有神不需要爱情和年龄。不过你毕竟是人，可以去爱别人啊，没有什么可以限制你。"

"当我看到了她，一切就无法改变了。胡人的血液中，有一些古罗马血统。对于我，她就跟匈奴王的女人一样尊贵典雅，我在这里给她起名叫胭脂。"

"她这个样子，真像个古老的美艳女人来到今天。不可思议，你怎么和她一起生活呢？"

"我在她身边生活，而她在我心里生活。她的精神和身体到现在都还是她自己的，都是纯净的，都还在秘密状态，从来没有人揭开过。"

明灵惊叹欣羡："你就像一个护宝人，守护着秘密而生活，这个秘密对于你，是永恒的。"

诉说着朱丹影的故事，守望着篝火，他们打量自己的生活。在一个偶然时刻，遇上一个女人，整个生活由此改变。

两个美丽女人依偎入睡，像座入睡的雕像，优雅的轮廓和脸上精美的线条在火堆旁闪烁，火光沿着她们身体曲线摇曳游动，笼罩她们的衣服和皮肤，浮动一线微亮光环。

火光与暗影交接处，传来唐岱的声音，不知他在那里站了多久，现在转回身："她在这里是个神秘命运。"

"这个命运就是我和你为了她而在不同生活里存在？"

"除非我们的胳膊都变成飞马翅膀，那时就可以超越命运。"

夜色是一扇无边的、虚掩的大门，它肯定机关重重，但可以不断地、一扇扇地推开它往前走，和在迷宫里的感觉差不多。

祁远望着远处大山，在夜色闪动中诉说起来。

"匪化他们劫持了她，我父亲救出她后，把她悄悄送到军马场保护起来。我父亲去世前，才告诉我这件事，叮嘱我照顾好她，并保守秘密，直到她神志恢复，把她完好无损送回去。"

"这样，我就身处广阔草原和无边焉支山下。公元778年，查理曼大帝为探寻神秘东方，派出一支军队来到这里，将士们迷恋这里，没有再回到故土，他们的后代纯朴宁静地生活下来，成为唐代胡人的一支，直到朱将军祖上也来到这里。

"我在焉支山里见过朱将军祖上见过的岩画，上面画着胡人骑马追逐狐狸。在岩画上，我见到了湖泊的模样，湖边有芦苇，小船上有人举着鱼叉。现在，石羊河穿越这片当年的湖泊而过。

"我和她在最纯朴的生活中，风一样自由，可我并没有迷失在这里，我只需要看着她，就看到了生活目标，我必须完成父亲给我的任务。"

唐岱问："为什么你父亲把她送到这么偏远的地方，还要保守秘密？"

"这是她祖上居住过的地方，纯朴安静，避开了干扰和刺激，有助于她恢复，她断断续续恢复着。1978年，她的神志有一点好转，1982年又开始逆转，1985年又开始恢复，但1989年再次下滑。到2018年，她又有了一些好转迹象。这种迹象发展得很缓慢，别人看不出来，可我觉得出每一点轻微变化。"

"你想在这里种月亮玫瑰，也是为了她？"

"是的，这可能有助于她回想起一些事情。"

"让她回去不是更好？"

"我怕回去反而对她不利，她在军马场宁静惯了，过去的事情可能刺激她，北州的喧嚣可能搅扰她。"

"她可以待在红园不出去。"

"我怕她受不了一路看到和听到的，现在和过去完全不一样，我甚至怕她清醒过来时因为不适应而胆怯茫然，因此，我宁肯过日出而作、日落而息的纯朴生活。当然，我更愿意让她清醒过来，我上一次去北州，是想把她送回去，但听到红园有被拆危险，就犹豫了。"

"现在是红园最能保护她、最需要她的时刻，她回去，红园就不是无主房产了，别人就不能随意动它。"

"上次我去北州听你说了情况，也想把她送回去，可又担心红园万一被毁，她更受伤害。我这次回到焉支，一直在想，怎么能让她回去又不受伤害？"

"她还是应该回去，那是她的根，可能帮助她恢复，如果失去，她更无所依托了，你不怕她感觉到自己根已不存，很快衰萎？"

"但也可能更刺激她，她停留在过去，不会意识到现在的变化。"

夜色越来越浓重地降落下来，寂静笼罩大地，篝火异常鲜亮。

守着一堆篝火，诉说一个故事，面临无际夜色，坐在夏初飘满幽香的草地上。

"人生单纯到这样的情景，却充满意味。我羡慕你的军马场生活，这里悠远纯净，守着朱丹影……"

"我多少了解，在外面那个世界，坚守你的理想信念挺不容易，只有红角杨才能培养你的不妥协。我只是为了一个女人、一片草地、一匹马。我可以对污浊与邪恶避得远远的，而你却必须面对庸常之恶。"

"我羡慕你有一匹马、一个女人和一片草原。"唐岱出神地看着夜色，"在广阔柔软的草地里，每个人都可以尝试寻找一匹千里马和一个美丽女人，而且终生不弃。"

他们在无边天顶下，坐在胭脂河边，坐在草地上，守望着一堆篝火和两个美人，活像千年前的胡人——那些从古罗马跋涉而来的家族。

一如祁远肯定的那样，他祖上是胡人，他身上有古罗马骑士的血统。此刻，他严肃地坐在地上沉思，就如一个骑士面对自己的疆域。

祁远往火势微弱的火堆中再次投进几根木柴，腾起的火焰再次映亮他们的脸和身边女人，也映出河水晶亮的微光，他们穿越火光看到草原和远山。

唐岱遐想着："一千年前，朱将军的祖先曾翻越千山万水，从遥远的罗马帝国来到这里，带来了月亮玫瑰、传奇秘画，就像现在这样，在火堆旁守着美丽女人一千年，他们无法想象一千年后情景，但留下了焉支山、胭脂河的传说，留下了月亮玫瑰。"

隔着火光，他俩对望，他们的目光是不惜跋涉千山万水寻找兄弟的目光。坐在这里，亲密无间，有这样一小块地方、这样一个时刻，足够了。

"你和你的胭脂长期无语相对，你让平静的痛苦变成了平静的幸福。"

"不能和她说话是我唯一放不下的事。我渴望知道她对我的感受，渴望她说话。我想让她知道，她对我有多重要。我想知道，她对我爱她的感受，如果我不知道她的感受，我怎么知道我对她的意义、我爱她的意义呢？你不明白这种渴望，它不会消失，永远深藏，藏得越深越久，就越浓烈。"

"你习惯了承受这样沉重优雅的心灵生活？"

"谁能永远只和爱人在心灵中对话？你愿意这样？"

"虽然她在你身边，倒像在你生活之外，你从来没有真正进入过她的世界？"

"无论怎样，她并没去一个我不知道的地方，我还是拥有她的世界。"

祁远再次扔进几根粗大树枝，火堆骤然增加了亮度。

火光照亮了女人，她们身上披着男人衣服，胸前被火温暖着，脸上是梦中的舒适惬意，让他们想起身披军装的雕像女人。

火光也照亮了她们身后的马，马昂首凝立，对着暗夜中的远山沉思，显得警觉睿智。

"这匹马总跟着你？"

"几乎从不离我。"

"白天跟着你，夜晚也不疲倦吗？"

"它随时准备奔跑。只要它不离开草原和大山，我从未见过它疲倦。"

"它站着向上挺起的样子像飞马，像随时会长出翅膀，腾空而起。它让我想起古希腊神话中生有双翼的神马珀伽索斯，它踏过的地方常有泉水涌出，诗人可从中获得灵感。你叫这匹马'飞泉'，是这个意思吗？"

祁远呵呵一笑："是的，读大学时，这个古希腊神话还是你告诉我的呢，我联想起武威出土的马踏飞燕，你又告诉我，传说红角杨泉水也是从踏燕飞马踏过的地方涌出。我现在知道，这大概和焉支有关，这里也有类似的关于飞马的传说，也许是从古罗马承传下来的吧。据说，汉武帝崇尚的大宛国汗血马便是这匹有翼神马的后代，它们跑起来会生出看不见的翅翼。不过，它们为美女才会这样奔跑。你在火光中看那张黑暗中闪烁的脸，看它像谁？"

"像你。"

"我就是它。在这条河中，我时常看见我的马，看见我的女人。你看见了吗？"

"我看见了，是一些神奇身影，即使在黑暗中，也像白天一样在水中晃动。"

在篝火旁，在他们生命中，一个新的夏天将来临，在胭脂河边草地度过的初夏之夜，就像为夏天开放的花所做的准备，不论草原上盛开花朵还是风雨滂沱，他们都会有所改变。

这个夜晚，一堆篝火、一个故事、一条河水，为自己生命中一个简短的发现、一个瞬间的悲哀或欢欣，他们聚在一起。

群山、大地和城镇都远在黑暗中，火光只能照亮他们和身后不到10米的地方，照不到他们以外的生活，也不会有人知道他们在这个时刻的生活。

想知道这个夜晚他们经历的，只有红园那一小群人，好像他们的经历不属于外面的世界。

一片火光划过明灵的意识幽谷，她看到篝火和夜色中黑幽幽的草原。

不知是火光照醒了她，还是夜风吹醒了她，她感到身前火光的温暖和身后草原的凉意。

她睡眼惺忪地懵懂片刻，清醒过来，意识到身处草原。

眼前不断腾起的火光转瞬即逝，看到他俩凝重的脸色、明亮坦率的男性微笑，感觉到他们的关切，她微微一笑，在辽阔夜间刚醒来的女性警觉消散了。

她执拗地跟着唐岱来到焉支草原，她奶奶的祖上血缘和这里相连，有种神秘血脉连着她，宋爷爷是不是就为此让她来体悟自己的生命之根？

他们沉浸在那些历史、回忆和思考中，刚刚来得及对她醒来做出反应。

他们的眼神在夜色中闪着山谷一样幽深的光，在他们注视下，她从不解风情到风韵四射——一个久远的匈奴王的女人。

寂静里，小草拔节的声音和树枝燃烧的声音互相交叠。茸茸草地正茂盛生长，几个月前，这片草地还白雪覆盖，银光铺展，雪下面藏着草根，草根顶出草芽的顽强像一段段恋情。

唐岱唤回她的目光："是风吹醒了你？"

"我没睡着。"

祁远呵呵笑起来："你在梦境中，却说没睡着。你从来都这样吗？"

她回转身，看到那匹站在她身后的马："我坐在这里就和这匹马站在这里一样。我听到了你们的秘密心跳，听到了关于红园、胡人、女人的一切，我从你们开始说话的时刻进入你们的生活，庄重和美丽就是你们的长久生活。"

她的声音让他们一震，觉得是从一个对他们了解很深的女人那里发出的声音。此刻她没有不谙世事的顽皮和调笑，而像她的奶奶明悠——一个在历史画框中悠悠坐了很久的女人，身上一尘不染，布满时光意味。

祁远惊骇地看着明灵："有不少女人一生都说不出你这几句话。你究竟睡着还是醒着？"

"我不会像朱丹影一样长久睡着。"

朱丹影在沉睡中悠然叹气，缓缓睁眼。她的意识停留在沉睡中不再闪光，她入睡又醒来，不受时空拘束。没人能知道她是否因为他们的谈话而醒来，也没人能知道她的意识是否像火花那样瞬间溅射。她看着这些人和没看到一样，她睁开眼和闭着眼也没什么区别。

明灵将朱丹影拥入怀中，双臂像双翼展开，神情像女神拥着被保护者，她不知道此刻是朱丹影生出了双翼，还是自己双臂变成了霓裳羽衣，朱丹影的模样在火光中变幻不定，把她带进一个梦幻情景。

唐岱把手撑在身体侧后两旁，坐在草地上看着她俩："你拥着她，就得到了她的美丽，女人美丽就是这样代代相传。男人梦想的女人永恒美丽是没有的，古代女人的美丽到今天就变幻了……除非屈原的美人……"

"我的胭脂会一直保持美丽，就像眼前这样……"

明灵的眼神越过火光，看着夜色中遥远而清晰的情景："在这片草原上、这条河流边，我向往把自己和你的胭脂拥成一个雕像，再也不觉得自己年轻无知、心绪飘茫。"

唐岱在火堆旁看着明灵瞬间变幻，她奇妙地想要保持纯真，又越来越注意让自己成为风韵女人，她的脸和身体都在奇异变幻，是突然从大地上挺立起舞的精灵，在明艳女性与身后无尽黑暗的夹峙地带。

他以男孩眼光目睹过朱丹影和桑梓的美丽成长，从未想过还会关心另一个女孩的美丽成长，他想让明灵看到一个叔叔，她却把他当作被她想象的爱人，此刻她拥着朱丹影，却看着他，让他退缩害怕。

出于明悠的教导和血缘影响，她在梦想与现实间流连徘徊，找不到一个让她突破的地方。每逢她和红园的人在一起，就开始猛烈突破，就像静止的烟花点燃天空的绚丽。

她现在突破的，是致命的美丽，她还不知道，美丽与激情的结合是辉煌与危险的结合。

她看着唐岱："我刚才梦见了一个像你的人，可又似乎不是你。"

唐岱避开她的话："该离开这里了，风越来越凉。"

祁远也说："是该走了，露水越来越重。"

明灵拥着朱丹影不动："离开这里，刚才的一切就瞬间即逝。我不想走，她也不冷。"

祁远弄熄了火堆的余火："越来越冷，没有树枝烧火了，我的胭脂会受不了。"

祁远把朱丹影扶上马，牵着马慢慢在浓重夜色中走去。朱丹影显然习惯了骑在马上，不知她在梦中还是醒着，就像和那匹马粘在一起，起伏摇动，并不掉下马来。

军马场夏初的夜相当冷，窗外星空的光亮映进室内，冷光幽幽。

作为善良而出色的中学教师，祁远在军马场人缘极好，宾馆慷慨地让他们住唯一的两卧室套房，不必交费。

明灵坚持她住一室，唐岱住一室守着她，她才会睡得着。

对这种女性执拗，他束手无策。离他不远是她柔软起伏的呼吸。传来一声挺闷挺响的声音，他猜她从床上滚落在地。

想起红园房间里的回声，好像又回到了孩提时代，青春少女的朱丹影就在隔壁房间。

朱丹影隔着明灵与他相望，她曾是他隔绝女性的无形屏障，他因为她而不信任其他女性，避免她们进入自己的城堡。只要他与女人说话，就会自动织起一面网罗防护自己，任何女人都会被这张长春藤一样的网罗紧紧缠住，这样他就把她们抵挡在亲密关系的外围。

幼年时他学会了观察女性，那时他在红园的特权是到处自由行走，想和谁在一起就和谁在一起。他年龄最小，成为宠儿，她们不经意地在他面前自由展示自己，不把他当一个男性，以至没意识到他悄然成长。

夜间，他经常会看到读书读得很晚的朱丹影穿着睡衣走来走去，那双精致纤巧的脚穿着拖鞋，在空阔的楼厅和宽大的会议室发出巨大声响，让他的心脏随着她的脚步一起跳动。

宋恒和朱丹影都是他童年时代的老师，教会了他怎样改变自己和关怀别人。可当她需要他关怀时，祁远却代替了他去关怀她，这让他对祁远和她都感到内疚。

她现在属于祁远的世界，他不能把她从祁远的世界里夺走。他控制着对她的激动，不去看、不去想，不去碰她，以致觉出自己的冷漠。

在这片空寂无人的夜间大地上，他希望能看清自己，看清女人美丽。现在他迷惑的是，他越想把意识集于朱丹影，林袅替换朱丹影就越多。

他打开门，走进草原清冷的夜间，深吸一口满含着大山、树枝、草叶气味的空气，把一些晶莹露水一起吸进身体，大步走下楼梯，走出宾馆的院子。

天还没有光亮，远处传来低低的动物叫声。他不知道祁远和朱丹影此刻怎样，也不知道该到哪里找他们，虽然他们离此不远。

五分钟后，他看清祁远向他走来。

祁远说："我知道你睡不着，已经等了你一会儿。"

"咱俩太像了，谁都了解谁，连爱的女人都像。"

"不一样，我比你大了好多，比你更了解她，她现在是胭脂。你在草原，就该多了解草原的女人，胡人的后代和女人在这里生活。"

"她没有改变什么，还是和这里的女人不一样。"

祁远沉思着："说不定她不需要改变，她本来就有另一种血统。"

"有可能。她父亲和月亮湾有关系，那是中国唯一保存纯正胡人血统的村落。"

"她现在睡着了，既不知道月亮湾，也忘了别的。"

"能守护睡着的她，是一种幸福。我真想看看她睡梦中的样子。"

"这20年来，她永远一个样子睡，就像睡美人沉睡不醒。我好像和你奇妙地对换了位置，又好像什么都没改变，你和我都没什么变化。"

"变化的是朱丹影吗？好像她变幻出了林袅，还有明灵。"

走出军马场场部，走到了小城与草原交接的边缘地带，伸向远方的路边正在长草。

祁远沉浸于内心，那里有个影像萦绕不去："你总叫她朱丹影，在我心里，她是胭脂。从我一到这里，她就是胭脂，20年了，我脑子里浮现的，始终是个古老明艳的形象。"

曙光打开所有窗户，夜晚声音隐入大地，早晨的声音升起，曦光像万千银箭，在草地上跳跃。他俩看着小城最后一盏灯光熄灭，转身面对不很远的焉支山。

祁远看着焉支山出神："你知道吗？我每天帮她对镜理红妆。你能想象，在我以后的日子里，当晨光照射时，只剩一面空镜子吗？镜中佳人是我的生命。"

唐岱有时会变成一个侦探，在人们的脑袋里找这找那，他直望着祁远，想知道他到底想说什么、想避免什么。

祁远不掩饰自己的情感，但也常常让别人迷失在他那水一样清澈漫溢的情感中，他眼神中的真诚像草原一样无可挑剔。

唐岱摇摇头，收回注视的目光，叹口气，经历过这个夜晚，疲惫得要命，僵硬滞缓，思想笨拙，情感迟钝。

一个宁静的草原之晨，他们默对沉静的焉支山，焉支山横亘在草地旁，数千年保持凝止模样，就连山石的风化也被山上树木遮盖了，风无法修改草原模样，也无法修改生命传说。

那些美丽女人，就是历史也对她们无可奈何，她们的微笑和柔润像石头一样凝止不变，什么也改变不了。

这就是祁远迷恋的后宫佳丽魅力，朱丹影就是这样一个亘古形象，一切妩媚和活力都在她身上保存着，停留在一个时间里不动，这就是祁远难以放弃他的胭脂的原因。

"我还是疑虑，她在这里自由自在惯了，还能适应红园吗？"

唐岱叹口气："无可选择了。"

回到宾馆，看到明灵随意地散着头发，披着衣服，在宾馆前灵巧地转着身体，四处张望。

祁远一笑："这是变幻出来的另一个胭脂吗？她一时不见你，就会这样像丢了什么似的吗？"

"她自己是这样看的，这对她没什么好处。"

夜里，明灵听着唐岱在外间呼吸，身上每一处似乎都是他碰触的神经，然后心静下来，很快就睡意袭来，看到唐岱踩着红园的交叉小径向她走来。

她醒来时，没有见到他。

她责问："你随时会撇下我寻欢作乐吗？你带我来，就该和我在一起。"

祁远笑道："你是马，她是草原，你跑不出去的，她无处不在。"

明灵笑起来："你更了解我，我能和你相处得更好，可你已经有了自己的后宫佳丽。"

唐岱啼笑皆非："明灵，这像你该说的吗？"

"你又要说我没边际了。"

"你不能让你的情绪疯长。"

"我就想让它们像草原、焉支山和胭脂河一样伸展。"

"你这样放纵自己，有些事情我就要避着你了。"

"你避不开我的，有一天你会爱上我，只是你自己还不知道，我会等着这一天。"

"别想这些没边际的事。"

"不可能的会成为可能，生活不是总在变吗？你说过，只要参与，就会改变，就看我愿不愿意，你不愿意也没用，会被我拉进来的。"

"我是个不善于关心别人的人，对人要求太苛刻，难以跟人建立亲密关系。"

"你不需要跟人亲密吗？"

"很难有能跟我建立亲密关系的人。"

在草原上清晨的清新空气里，明灵两手抱住唐岱右面胳膊，让头轻轻地靠上唐岱肩头，像个恋人那样温柔地依着他。

唐岱半笑半认真："你不能老这样，玩过了啊。"

明灵一脸顽皮地一笑："什么叫过了？"

"爱情可不能玩啊。"

"你不认真对待，怎么知道我在玩？你当然不知道我怎么对待爱情。再说，爱情哪儿有你说的边际？"

十七　浪漫怎么在身边实现

唐岱走出地铁站，立刻看到桑梓优雅的身影，她在广东人民医院门前凝神挺立，翘首等待，在中山路熙熙攘攘的行人中十分醒目。

四周是广州的标志性景点，在林立大厦和高空蓝天映衬下，桑梓的身姿精致优美，丰盈如水的教养气质鹤立鸡群，不管过了多少年，她的美总跟别人不同。

他走到她身旁："远远就认出了你，让我又回到和你读《神女赋》时对瑶姬的迷恋：'其始来也，耀乎若白日初出照屋梁；其少进也，皎若明月舒其光。须臾之间，美貌横生：晔兮如华，温乎如莹。五色并驰，不可殚形。详而视之，夺人目精。'"

她轻盈地转过身来："还没忘了那时的想象？那早就淡去了，在广州，我不算特别了吧？"

"就算忘了瑶姬，也忘不了红角杨雕像，那才是你的魅力之源。"

她笑盈盈的："既知如此，当初为什么离我而去？"

"我从没想真正离开你，就像离不开红园，有你和宋伯伯守在红园，我在广州才能踏实。只是，你我都说不清以往迷思。"

"我能说清。"

"可你从没透彻地对我说过。"

"我现在要透彻地提醒你，你又到了情恋选择的时刻。"

"我了解自己的生命情缘，不必纠结于情恋选择。"

她沉吟一下："你对自己清晰还是含糊？林裊和明灵突然都到了广州，为什么？现在我也来了，你不意外？"

"我不想问为什么，倒欢喜你们随时出现，这好像成了我的正常生活，那就和在红园差不多的感觉了。"

"这只是让你的广州生活更有情趣了？"

"是更完美了，你我相约广州街头就挺浪漫。"

"你只憧憬浪漫，不在意现实？"

"我时刻在现实中，知道你来肯定有事。你不是一个人来的吧？"

"和刘鹏一起来，住花园酒店。他也去办他的事了。"

"你想去哪里？"

"随意走走吧。"

"对面就是广州起义烈士陵园，咱们先去那里。"

他们站在路边，等人行横道绿灯亮起，穿过中山路。

人行横道上一个美女时装惹眼，长发飘飘，袅袅婷婷，迎面而来，对唐岱挥手微笑。

桑梓看看她，边走边笑："过去你足不出户，现在在广州大街上都能遇到熟人，看来你真变了。"

"她是画家，在美术馆工作。在广州，我不像原来在北州那样封闭孤独，我和男女老少、商政学文各色人等有纷繁关系，在这些不同人中，总能找到我钟情的。"

她随他走到中山路另一边："这些年你变化很大，我原以为，只有香草美人才能改变你，现在看，还有别的能改变你。"

"我没有根本改变，只是随中国生活而变。"

"你现在更明快欢欣，更朝气蓬勃，这是怎么变的？"

"如果没有原先的我，就不会有今天的我，我就像一棵红角杨树长在广州。"

"那你为什么还要回去呢？"

"生活情境不一样，在红园，我可以静心守护我钟情的爱与美，别的什么也不想，在广州，我要分心顾及现实。"

"顾及现实不就能让你的爱与美遍及生活吗？"

"没那么容易，不深入我在广州的生活，你没法体会我是怎么变过来的。林袅和明灵比你对广州更多点具体感受，她们接触了一些人，不接触人就不能了解生活。"

在烈士陵园走了一圈，桑梓感叹："这里让人安静沉思，肃然起敬，让我想起在红园的庄重崇高感。人类永远在纪念那些已逝英魂，永远为他们修建精神殿堂，后人在他们的生命之上创造新的家园。"

"只要仔细体会，城市的家园感就是宏大庄重和日常情趣都在身边。这旁边是一条小溪流东濠涌，河涌两边的生活情趣很浓，咱们沿涌步行向北，看看广州的日常情景，穿到那边东风路，就离花园酒店不远了。"

从西边角门出来，走在东濠涌边，清澈水流沿涌泛起细波，涌边非常安静，或鹅卵石铺地蜿蜒曲折，或水泥阶梯接入亲水平台，涌两侧小区各种形态的高楼静静矗立，层层叠印蓝天白云。

涌边园林景致如带状公园，两岸都是景观休闲地带，眼前皆由绿色植物覆盖生态堤岸，两岸绿树摇曳，花团锦簇，鸟声啼鸣，小瀑布清流四溅。

男女老少、各色衣衫装点在鹅卵石甬道上，情侣相依，友人漫步，老人或年轻人带着儿童嬉戏，时有欢乐声音。

唐岱说："东濠涌是古典家园生活的遗存，它是珠江广州段的主要河涌之一，发源于白云山南麓麓湖一带的小溪，明朝洪武三年建城时疏通成濠。想象千年广州有这条小河蜿蜒逶迤，穿城而过，恍如历史就在身边。"

桑榆慨叹："想不到广州闹市中还保留着这样的清澈溪流和绿色走廊，这两边人家的生活情境真好。"

"这是广州特有的，没有水流就没有人家，生活情境就是生活主题。"

"广州像这样的地方很多吗？"

"挺多，除了河涌还有很多湿地公园，周围都环抱人家，比如南沙湿地和海珠湿地，海珠湿地在城市中心区域，寸土寸金，为保护湿地，周围不准建高层。你看，旁边这些楼房都建得有点古色古香，包括涌边的亭堂楼舍，红墙绿瓦黄檐角，力图回到安静庄重的古典式家园氛围。"

"是不是广州人的性情也跟水有关？"

"水让广州有独特生命色泽，日月往来，这些河涌传递着广州千古性情。长期阳光照耀，雨水丰沛，河湖港汊缠绕，又在南海之滨，人就既阳光又湿润。"

"我喜欢更湿润一些，太干燥，人就没了柔韧。"

"我是不是也变得更柔韧了？"

"是柔韧一些了，看来你融入了广州。"

"广州的时尚纷繁跟红园的庄重光明有所不同，要使两种气息浑然一体，对我挺不容易。"

"是不是北州人比较刻板拘谨，广州人比较舒展自在？"

"这是一般印象，广州各种不同的人都很突出，也有与美好气氛不和谐的极狭隘的人，他们保持着鄙恶习性，这给我非常强烈的印象。好的坏的都让我思考和改变，如果你真来，就能细细体会了，当然我希望你体会更多的是光明美好，那才是你我想要的。"

"等我来到广州再和你一起体会吧，还不知道我会不会来。"

"我们要么都回去，要么都来广州。"

"你说的都来，包括宋伯伯、林袅、明灵、余烁吗？"

"余烁是自由画家，在哪里都可以，他会愿意和我们在一起，宋伯伯当然会一如既往，我不知道他怎么适应……"

"我还要说你刚才躲避的话题：明灵和林袅呢？"

"我们和她们有一衣带水的生命情缘，这段时间相处得水乳交融。"

她摇摇头："可每个人并不一样，她俩的区别在哪？"

"只要你和她俩不会混淆，她俩有无区别不重要，你才是最重要的。"

"你别含糊蒙混，别骗你自己，现在不是这样了，她们比我更重要。"

"她们无法和你相提并论。"

"能处理好你的个人情感，才能证明你的浪漫会在身边实现。"

一个体魄健壮、身穿体恤、留着平头，显得精神爽利的男人走过来，友好亲热地招呼："唐教授。"

唐岱停下来和他说话，桑梓踱开几步，片刻后，唐岱走过来，跟桑梓一起往前走。

桑梓有点惊奇："你在广州熟人真多。"

"这是核心区域，见熟人机会多一些，刚才是一个做工程的朋友。"

"你和做工程企业的也有联系？"

"我和三教九流都有交往，不断去选我的真正朋友。再说，刘鹏不也是地产商吗？"

唐岱的手机响起，他看一下信息苦笑："南州大学招聘结果出来了，他们选择了林袅，这是可以预料的，林袅柔弱，更好操纵，明灵性格太突出，他们不接受能跟他们意志抗衡的人。"

"你刚才跟我说，广州有不同生活和不同的人，包含他们这样的？"

"是的，我们不得不跟他们相处，不得不接受两种人同时在生活中，生活总有这样的双重性。你不会为探究我怎么生活，专门从北州来吧？"

她迟疑着："如果我以后移居广州，你怎么想？"

"是刘鹏说服了你？"

"广东人民医院邀请我来工作。"

"对，南州大学成立了以人民医院为主体的医学院和附属医院，要招聘新人，没想到你要来。"

"这次我来，是受邀来体验工作环境和生活气氛的。"

"我想这不是你来的根本原因。"

"我得来看看，是什么改变了你，我也想变一变。"

"扔下红园不管了？"

"红园的事毕竟没定，多想想而已。"

"你和林袅、明灵一样奇怪，都有到广州来的说法。"

她摇摇头："我和她俩不一样，我这次来是要弄明白你的情感，不是为了我，是为了你。"

"你可以在北州和我说。"

"在北州没法说，你总和她们在一起，心神恍惚。在这里，你才能不被她们分神，我才能和你专注地说一说。"

"我们相互太了解了，你总是知道我在想什么。"

"不，是你知道我在想什么，我并不知道你在想什么。"

"你知道我倾向林袅。"

"可你不知道她在想什么。有一天，她俩前后去了医院找我，我明白她们都想对我说点什么，也想让我对她们说点什么，可我不清楚她们到底在想什么。明灵还比较清晰，她只是还没有很明确的想法，暂时不想说，可林袅很含糊，宁肯把话压在心里。奇怪，她对祁远越来越关注。"

"这我有所觉察。"

"那你不仔细想想？你知道该怎么做吗？"

"这是每个人自己的事，不是我想怎么样能改变的。"

"你的特点就是对自己犹犹豫豫，难下决断。对女人宽容放纵，过去你放纵我，现在你放纵她，什么时候你能专注于一个女人呢？"

他顾左右而言他："现在我必须专注于红园，它的未来是什么样，和我在一起的人就是什么样。你不仅是要和我谈她俩吧？"

"是刘鹏想和你谈谈。"

他很惊讶："你这次为此来广州？你从没这样和他一致过，被他改变了吗？"

"不是我改变了，是刘鹏变了，就像你也在变一样。刘鹏和我在一起这么长时间，毕竟受一些我的影响，有所改变，你和刘鹏的关系也有所改变，相互更理解了，不再像原先那样对峙。"

"他又有了什么想法？"

"他借李程这次来广州开会，约大家一起谈谈。"

"什么事？他这么郑重其事。"

"我不知道，但我看他最近忙忙碌碌的，在广州和北州之间跑了好几次。"

"是关于红园的？现在这是他的最大事情。"

他们到了一处山湾，眼前一片郁郁葱葱。

李程在白云国际会议中心开会，刘鹏选择的地方就在白云山边。

刘鹏指指眼前的景色："你们看这像什么地方？"

唐岱仔细看了说："这地形怎么有点像红园？"

刘鹏很高兴："是像，我特意叫你们一起看看。"

唐岱很敏感："你想整体迁移红园？"

刘鹏兴致勃勃："这个山坳红花绿叶，冬天也生机蓬勃，稍加修整，不就跟红园差不多了吗？从要拆到想迁，我的变化、这番心思、要这样做，都是不容易的。"

唐岱说："你想把这里变成主题公园，变成旅游产业？你这种精明和盘算就像商业魔术，眨眼就能把红园变得很合时代口味，那就和建飞天广场大同小异。"

刘鹏不快："你还是这样想我？由于你这样的心性，我们不能做好朋友。"

"你真的不那么商业算计时，就让我踏实一些。"

"我们可以根据事实去解决具体问题，这是一致的吧？"

"对，从事实出发是你最好的特点，也是你能紧跟不断变化的现实的原因。"

桑梓调和他俩："现在这是你们的共同点，这是好事。"

李程笑说："过去了多少年，都在往更好的地方变。刘鹏想用另一种办法挽救红园，究竟有没有可能迁移？"

唐岱说："工程太浩大，连挪带建，没有七八十亿是不可能的。这里太小，红园的花草树木跟这里又不一样，泉水、雕像和图书室也没办法挪过来。"

刘鹏说："这个钱我负责。有些北方的花草树木可以在南北气候交会的粤北地区栽种，我还在离广州不远的清远找了一处地方，那里有不少北方树种，比这里更理想。我可以把雕像完整无损地移过来，把那些书一页不差地搬过来，重建一模一样的图书室。"

唐岱说："泉水怎么办？"

刘鹏说："即使不迁移，那眼泉水也变不出来，谁都没有再见过它。"

唐岱说："宋伯伯说泉水在，那就还在。再说，红角杨树怎么办？还有，一迁移，秘画就无处可寻。红园是完整的生活世界，一点一滴的改变都会改变本来的品质和感觉。如果红角杨树、泉水、秘画都没有了，迁移还有什么意义呢？"

李程说："只要你说的红角杨精神在，在什么地方它都能复活，换个形式还是能复活。有刘鹏这样的愿望和情怀很难得，能迁移就很不错了，要相信他能做好。"

唐岱说："如果能想办法再拖一段时间，找到秘画和泉水就好了。"

李程说："红园的生命精神是从普遍生活中生长出来的，无论保留还是迁移，都是为了它再融入生活。我会尽量告诉有关方面我所了解的情况。我们谈得还不够，但我必须赶回去开会了。"

刘鹏说："我送你回去。"

李程说："我明早返回北州，回到北州又要披星戴月地忙了。难得这样在一起，敞开心扉很惬意，能深入自由地谈很多在拘束情况下没想到的。我把今晚的事情都推掉，我们再谈谈。"

晚上8点，他们到达李程住宿的白云国际会议中心的一座独栋小楼。

他们在围着茶几的宽大沙发里坐下，端起李程准备好的茶。

唐岱举起茶杯端详轻闻，呷了一口："哦，顶级天目湖白茶。"

刘鹏说："这我可品不出来。"

唐岱说："小叶白茶具有独特的感官品质：外形紧致，绿润裹着银黄，香气馥郁，清澈明亮，滋味鲜爽清甜。凡水中叶片张开后全绿的，都不是白茶，白茶入水张开叶片后，只有茎脉翠绿，叶色玉白，故名白茶。"

"他喜欢小叶白化茶，轻视福建的大叶白毛茶。"李程微笑着，"我不关心茶叶的细致区别，却很想知道，秘画存在的可能性有多大？如果真有这样价值连城的画，那就会和《富春山居图》一样震动中国和世界，能证明它存在，给寻找它尽力留时间，就是保存红园的唯一理由。"

刘鹏说："这与其说是一幅画，不如说是宋伯伯的一个念想。"

桑梓说："没有证据否定宋伯伯这个念想，所以我们从来都不置疑这幅画。"

刘鹏说："我早就认为秘画不存在，可我尊重和支持宋伯伯守护红园。但唐岱跟宋伯伯不一样，他这样固执会影响现在的事。"

李程说："这样说，秘画可能并不真实存在，只是对宋伯伯很重要？"

桑梓说："是否存在不能证实，但迁移就是打破宋伯伯的秘画念想。"

唐岱说："余瀚的那幅高仿画证明他见过秘画。"

李程很关注："是啊，没有原作，高仿怎么出来的？"

桑梓说："怎么知道那不是余瀚借传说画出来的呢？"

唐岱说："你太冷静了，对秘画不能用这样的理智态度。相信秘画真实存在是信念，守青灯容易守红尘难，要守住红尘中的红角杨信念，就要相信秘画存在。"

刘鹏无奈地摇摇头："你受宋伯伯的影响深入骨髓，沉溺于秘画，那很多事情就没法讨论、没有出路了。"

唐岱说："那就反过来想，谁能确定秘画不存在？"

李程说："我希望有这幅画。假如既不否定秘画，也不依赖秘画，那就不能空想，对待现实要灵活实在一些。整体迁移是没有办法的办法，不能求全责备，不可能完美。"

刘鹏说："至少得想办法把玫瑰和红角杨树移栽过来吧？它们是标志和象征。"

桑梓一语触动大家："明灵可以栽活月亮玫瑰。"

刘鹏兴奋起来："这肯定行，她来后，月亮玫瑰异常繁盛。我可以把红角杨树整棵整棵移栽过来。"

唐岱说："移树难有成活可能，就算成功，秘画没找到，泉水不可移，一切都难以预测。信守红园就是信守信仰，信守信仰就是坚守承诺。"

桑梓说："你不容许红园有丝毫改变，但你心里清楚，有些东西正在改变。"

唐岱斜觑她一眼："你跟刘鹏越来越像了，你说话像从夫妻共同立场说的。"

李程笑笑："桑梓变了，你也变了，只要能更好，无论是不是原来的样子。"

唐岱苦笑："我确实在变，想让自己更适应变化，也仔细想过迁移的事情。"

桑梓欣喜："那你刚才这样说是想找解决办法？我们总是一致行动，像红角杨雕像一样连在一起，用你的话说，我们仍有一衣带水的生命情缘。"

唐岱说："我非常关注刘鹏怎么想，这事全靠他，我怕他借迁移谋求商业利益，也因为有资金问题和很多精细难题要考虑，他现在这样想，我就踏实了。现在看，迁移是唯一可行的办法了，得赶快着手准备。我说这么多，是想提醒他做得仔细认真，要有周密规划和办事逻辑，毕竟这不是小事，时间过程也不会短。不过，我还是希望尽量拖延，或者扭转趋势，不要过早张扬整体迁移，虽然可以做准备，也怕被人利用了。"

刘鹏很高兴："你有什么具体想法？"

唐岱说："你曾对我说，你有一些改变住房与生活的想法，你的想法可以贯彻在重建中，让红角杨精神跟这个时代相适应，设计一个中国式家园的主题风格区域，让人们像进入迪士尼或环球影城那样来体会生活，由主题生活园区把生活风格表现出来，并传播到整个城市，这就不能建在太偏远的地方，只能与广州或者深圳相连，在城市繁华的辐射之内，相距一个半小时的车程或一小时的地铁。"

刘鹏说："下次去清远那个地方看一看，我想你们对那里会更满意。"

唐岱睃刘鹏一眼："你怎么对广州周边比我还熟？你早就在勘察了，是早有预谋？"

"这是我这半个月来才想到的，不过事情不那么顺利，好像有人在破坏阻挠。"

唐岱琢磨："又是南州大学那几个人？"

"跟他们没关系啊，他们的目的和我现在要做的不一样。"

"就是不一样才阻碍了他们，又触及他们什么如意算盘了。"

"是他们提出拆红园、建飞天广场的规划，现在看，他们的目的很可能达到，还想干什么呢？"

"你不是说有个系列项目吗？一定是整体迁移的想法妨碍了他们。"

"我开始不了解他们，现在越来越弄不懂他们了，这些做学术的比做商业的还有心计。"

在回程的车上，刘鹏犹豫着说："还有个可能，也许可以不迁移。"

唐岱惊异："有这样的可能？为什么不早说？"

"我难以说清，如果把产权转让给我，我能尽量把它保存下来。不是我的财产，我就没有主动权。"

"收买的想法你早就有了，这和现在的状况有什么关系？"

"相关的是，红园这些年有债务。"

唐岱不相信："这怎么可能？朱将军留了一笔钱来维持。"

"维持日常费用需要一大笔钱，那些钱很快就用光了。"

"我怎么从来不知道这事？"唐岱怀疑地看着桑梓，"他说的是真的？"

桑梓不说什么，避开唐岱的目光。

"原来你也早知道。"唐岱转向刘鹏，"我明白了，是欠了你的债？"

刘鹏解释："我是赞助，可宋伯伯不接受，他每次都给我写借据。"

唐岱冷静下来："只要你保留借据，不论什么说法，还不都是一回事？一共多少钱？"

"大约1.8亿。"

唐岱和桑梓都吃了一惊。

桑梓问："怎么会这么多？"

"日积月累，近20年特别费钱。我是债权人，有优先处置权，我想用三十个亿买下来，努力不拆，争取市政府认可，改成主题公园。万一被拆，就可以用这些钱迁移重建。"

唐岱说："现在的被动状况是你引起的，你若不跟他们那么快合作，他们未必能很快找到开发商，未必能那么快动议立项。"

刘鹏有些愧悔："那时候我没想太多，有这么多年的经验，还是没看透他们。不过，拥有债权能让我占据主动地位。"

"这么想帮红园？过去那个刘鹏又回来了？"

"我也是有情怀的，我也经历了变化。从过去到今天，你在变，我不会变吗？难道人只能往一个方向变，不会有迂回曲折的变化？"

"我现在对你了解得不够多，对你还是没有信心。"

"那我们以后该增加信任。"

车到达花园酒店门前，刘鹏说："让车送你回去吧。"

"我跟桑梓说几句话。"

唐岱下车走开几步，对桑梓说："这就是你说的透彻谈谈？看来你早就接受了他的援助，我算了时间，18年前，你就是因此和他结婚的吗？"

"你从此不该再误解我了。"

"无论怎么做，随红园消失的不仅是记忆，而且是不可能再发生的生活，我们的生命之根和久远梦想是不可迁移的，如果迁移就永远消失了。"

"你想让以往发生过的重现？已经发生的，难以重现。"

"一切过去都是现在，我相信以往发生的能不断复活，如果不能复活红园的光荣与梦想，保存和迁移一样，都没有意义。"

"你真正担忧的，是怎样重返以往时光，是会不会再发生圆形地毯上的星空命运吧？"

"你说该怎么办？"

"无论是否迁移，找到你的爱情，就能把星空命运延续下去，难题在于和明灵还是林袅？你要慎重选择。"

"你好像预见了一切，比我更像预言者，有时我怀疑，圆形地毯的熏染在你身上如影随形，比我身上的预言气息还浓烈。"

"图书室的星空感当然会影响我，明灵和林袅再次激活了我。"

"你从小就能看到我没看到的，现在你这是医生的透彻，还是红角杨的透彻？"

"其实，你明白一切在改变，对你而言，一个冷静的现实主义者，就是一个无所不知的理想主义者。"

"你什么都知道，不仅是从圆形地毯激发的？"

她的笑容富于意味："我在圆形地毯上的时刻并不多，我们的命运也没有被圆形地毯锁定，如果命运能被锁定，任何追求都没有意义了。"

"我在担忧宋伯伯，他对要转卖和迁移红园一无所知，也毫无准备，此刻他就像一个无辜的孩子。"

看着唐岱乘车离去，桑梓转身对刘鹏叹口气："这么多钱，怎么不早点说？"

"说也没用啊。我不想吓住你和宋伯伯，那你们还敢用这些钱吗？"

"说到底，你介入这件事太急太快，对现在起了一发不可收拾的作用。"

"这我承认，起初是他们提出想法，当时很吸引人，我被他们所惑。回想起来挺奇怪，他们怎么那么了解情况？"

"赖央是匡枉同父异母的哥哥，在北州待过很长时间，你不知道？"

"哦，我不知道，怪不得他们深思熟虑，原来早在盘算。"

侍者周到稳当地推开酒店的玻璃门，他们走进宽敞气派的花园酒店大厅，侍者又殷勤地引导他们走向电梯。

桑梓边走边说："你真想把红园买下来？"

"只有这样才可能救它。本来飞天广场只是个想法，现在变成了实在规划，就算我买下来，也不知道能不能改变局势。"

"你俩今天很有意思，这二十年从没这样互相理解、这样一致过。"

"过去红园保持安静和神圣，后来它逐渐衰落，我没在意。我本来跟它没密切关联，但也没疏远，最近这些事情让我觉得跟它很近，它还那么让我神往，高贵优雅得难以企及，它的生死存亡和我有密切关系，我开始重新想一些事情。"

电梯门静静打开，他们走进电梯。

"我过去了解你在想些什么，你今天突然这样说，我都有点不能适应。"

"你跟唐岱都对我有成见，认为我权衡得失是根深蒂固的。我原来可能缺乏你说的情怀，但这些年多多少少受到你的影响，还受到唐岱的间接影响，在悄无声息地变化，连我自己都没意识到，直到最近激发出来。"

"这些天你确实有了变化。我想，我是不是以后要重新看你。"

"除了宋伯伯、你和唐岱，现在再加上明灵、林裒和余烁，你们这些相像的人好像一群萤火虫突然聚集在一起发光，等我能仔细看清楚的时候，你们把夜色映照得一片光亮，让我重新去看待生活，这是我这么多年聚集起来的想法，也是我把你们跟南州大学那两个人比较之后产生的想法。"

桑梓惊奇："你说话什么时候变得这么有诗意和思考？"

走出电梯，他笑说："是这样吗？你不说，我自己都没这样想。"

"我又回到了多少年前，那时你是有情怀的，18年来，今天这场谈话特别有意义，让我高兴。这么多年来，我们一直没有真正在一起。"

"原先是红角杨牵制着你不离开我，现在是红角杨连着你和我，对吗？像唐岱说的，我们有一衣带水的生命情缘，以后是不是能真正在一起了呢？"

桑梓往前走着："这是我的希望。现在我们有共同命运，我预感它不久就到来了，不过，这也让我有点忧虑。"

"我这么努力你还忧虑什么？"

"大家不约而同做着同样的准备，这给我一种很不好的感觉。"

走进酒店的花园套房，他们心中回荡着桑梓担忧的话，但从没像现在这样相处得坦然轻松。

十八　从往事到今天

下午4点，西斜阳光中，新绿的高大桑树和梓树投射出单薄树影，宽敞的前院明净安宁。

宋恒走出直角形平房，在阳光中停留片刻，回身举手遮眼，向阳光方向看去。他微微不安，视线专注地凝止在角门上。

银焰伴随他向喷泉走去，他的眼睛像轻型武器一样，把目光喷射向周围草木，他只要闻一下，就知道每一处细微的不同。他的大脑是一架雷达，不断从红园探测扫描逝去的，甚至隐隐预示未来。

他心里响起波浪般低语，牵出在波涛间起伏的记忆之帆，随之而出的往事纷纷扬扬，连成一片。

101特种团停留在畹町大桥北边的那几天，朱水天和明悠过着战争中难遇的轻松日子。

他们非常契合，避免谈到牺牲和痛苦，不谈论战场，不停地谈论和平生活，谈论艺术和历史，谈论他们的家族，倾诉彼此身世。

他们惊奇发现，他们祖上都有不为人知的历史渊源，都有家族传奇，心靠得越来越紧，几天间如胶似漆，难分难离。

下了场雨，下雨时，恰好在找到红角杨那片树林的中间地带，他们说着话，不觉就走到那里。

穿着军用雨衣，大雨没把他们怎么样。也许由于战争，也许由于别的，也许由于在这片树林里，有一刻他们什么都没说，但又似乎什么都说了，两个身体相互依偎，忘了周围一切，忘了世界和战争，默默坐着，看着大雨中的森林，等待大雨过去。

宋恒带12个卫士跟朱水天和明悠保持一定距离，始终伴随。大雨中，他们环绕大树，警觉地注意着周围，保护树下紧紧依在一起的两人。

朱水天恍惚和金韧在一起，金韧也轻声叫他，明悠在旁边静听，并不参与说什么，只是微笑地看着。

然而，当他看见她的微笑，想象着金韧新婚妻子的微笑，就充满了紧张难言的期待，他和金韧没什么生存的渴求，但他们必须让这些年轻美丽的女人生存下去。

他如泣如诉："炸桥后这几天，有时我睡得很沉，有时我在天将朦胧亮起来的早晨5点左右醒来，这时我脑子极为兴奋，许多感受瞬间进入我的世界，我似乎早在忧虑炸桥时刻，对我身边的你也早就有忧虑，好像有预感一样，听得到时间嘀嗒作响地来到炸桥时刻。这时我变得非常清醒，想象力非常活跃，把我心里隐隐的一个点变成很具体的事情，我害怕自己这种预感，对自己这种感应命运的能力非常担心。"

"你太悲伤了，我们都很悲伤，但我们得振作起来。这样的状态怎么打仗？你在担心什么？"

"我难以挥去哀伤和忧虑，怕这种感应能力再预见一种难以承受的现实。炸桥前，我模糊在梦中多次看到那座大桥，看到那片红叶，可我从来没见过那座大桥，也从来没见过那片红叶，我知道一定有什么事情要发生。我凝视着金韧和我没见过的他的新婚妻子，有说不出的忧虑和苦闷，我走向他们，和他们安静交谈，微笑着谈论未来，想象战争以后将做什么，也回忆以前……"

"以前再也不能回去，但记忆永在，有一天，我会把这记忆雕刻在一座建筑里，那座建筑将把我们的生命和理想留存下来。你这样忧虑是不是跟你的祖上有关？你是不是天生就有忧虑情结？"

"可能吧，我在焉支草原有过，但我离开草原很长时间了，你去过草原吗？"

"我从没去过草原，我不知道你的悲剧命运感觉是怎么得来的，在我看来，草原上的人应该是开朗豁达的。我的祖上跟焉支草原也有关系，我的祖先有两支，一支在焉支，另一支从欧洲迁徙到中国南方，再从南方迁到月亮湾。"

朱水天在冥想中回到在焉支的情景，和他的祖先朱子身影重叠，仿佛他就是朱子，他和当年的朱子一样大，十五岁了。

在这片土地上的人，崇拜太阳，崇拜草原。他在草原上驰骋，土地在他脚下不停掠过，他愿意这样跑下去不停歇，他咽喉深处又涌上了远方情怀。

脸上吹过的风和天上的云连在一起，天空凝然不动，白云悠悠不飘，心头保持异样宁静。他沿着那条小道盘绕而上，渐渐看到整个草原，右边远处有河，连着祁连山，草原在他身边一望无际，但遇到祁连山就停滞不前了，经过十年或者二十年他依然在这里，他的世界到此为止，按照祖训，他不能再向中原跨进一步。

祁连山屹立在焉支草原边缘，四面有在阳光下发红的一些山峰连过来，焉支山像一些巨大的蘑菇或塔楼，把这里团团围住。那边是中原，这边是祁连山，世界不是遇到祁连山就停滞不前的。

焉支草原太小了，祁连山也太小了，他凝望天涯远处，骑在他的坐骑上，聆听高山大海那边发出的回声。

世界天翻地覆，辛亥革命发生，清王朝被推翻，中国进入现代世界。

他勒马跳下，稳稳站在山巅。以前他经常在山巅对这千古不变的景色出神，现在突然觉得几小时前怀有的梦想刚刚实现了，因为嘴里有了一种前所未有的预言味道，空气在颤抖，周边的一切都是新的。

几匹白色的马朝着草原外悠悠走去，越过这里，走向中原，朝着新的世界。越过这些土地，还有其他的土地，世界到哪儿都不会停滞不前，没有一件东西存在于世界之外。

他把自己的命运和世界的命运连在一起，不再仅仅面对草原，也不仅仅面对父亲和祖父所遵循的太祖朱子的教导。他的祖先是皇家后裔，他的志向不是皇家荣耀，而是走向一个民族的光荣与梦想，走向一个中华大地的广阔家园。

他从山岗上直奔而下，走出焉支草原，走向现代中国。

明悠说："这样，你就走进了黄埔军校？你比我大十二岁，1926年你参加北伐战争，1939年我参军抗击日本侵略者，是正义缘分和真理之光把我们会聚在这里，坐在这片中国西南边陲大雨中的树下。"

雨声渐小，他们的声音渐渐清晰，不时传到宋恒身前，宋恒一边注视黑暗中的情景，一边关注他们，聆听他们的声音，他的神情并无变化，但那些话语进入了他的心中。

雨小时，她依着他，在雨中轻轻唱起了歌，唱出对生命的爱："五月的鲜花，开遍了原野……"

夜幕要降临时，树林里变得漆黑一片，却布满了色彩。有歌声，没有枪炮声，他们安静地等待着未来，用全部精神准备在这场大战中献身，衷情难尽，依恋无限。

他们眼前浮起营地里、战壕里的战友，他们都静静地相互说话，无声擦拭着自己的枪炮，默默等待那个时刻。

雨停下来。他们站起身，寻找方向，前方那片林中空地延伸到江边，有一条狭窄暗淡的闪光带，正在天际边慢慢消失，那情景就像在霞云里见到白色的光带。

这条道路从这片大树林里穿过，暗夜凉气沉降在树枝搭成的穹窿似的厚重潮湿树冠上。仰天看去，看到了星光。

她的身子颤抖着，一言不发，紧紧靠着他的胳膊。他抓住她的一只胳膊，另一只手从肩后搂住她，穿过一处处水洼。

他没有松开她的胳膊，从军大衣里面感觉到她紧紧抓住他胳膊的纤纤手指，他不由得抚摸上去，抓住她的手，她的肌肤光润柔滑，被雨水一淋，恍如上了一层油脂。

她的步履坚定，身体轻捷灵巧得如同小鸟，身体的温热传到他身上。

走出那片森林，坐落在林外边缘地带的部队驻地被黑夜笼罩，只有营门里射出来那块方形灯光落在他们身上，哨兵见到他们立正敬礼，四周朦胧的光中，哨兵端正的姿态和他们一起显现。

她说："指挥部新的命令来了，我要去报到。到指挥部后，我想请求跟着你的团行动。"

"我的团总是担负最艰险的任务，你不能到我的团来。"

"不，我得看着你战斗，得和你在一起。"

"我有机会去看你。"

"战争不是你我说了算的，你什么时候能有机会呢？我得跟你在一起。关于我们自己，家族，使命，光荣和梦想，都还没说完呢，也许我们还会有爱情，你不想有爱情吗？"

朱水天难言地看着她，作为一个时刻面临危险的军人，他不愿让一个美丽女人为他担惊受怕，不愿有一天她突然失去他，他宁肯不要爱情，尽管他所爱的这个女人对他来说前所未见，是个奇丽军人，但军人对军人也要负责任，军人对军人也是灵魂之伴，不能让她失去灵魂，宁肯她现在没有爱情。

到了出发时刻，卫士们每人手捧一棵小红角杨树上了车，做好了出发准备。

她说："你认为这些小树能成活吗？"

"你担心吗？"

"有点担心。"

"不必担心，一定会成活，小树身上负载着那些英灵，他们是为了中国、为了家园、为了正义、为了尊严而牺牲的。"

她轻声说："也为了我们，现在我们还能站在这里说话，还能有爱情，是因为有了他们，如果没有他们不顾一切的奉献，如果日军过了桥，一切都不敢去想。"

"我们不会忘记他们，后面跟上来的人也不会忘记我们，对吗？"

"是啊，我们的后代会记着我们的生命精神，也会记着我们的爱情。"

"你和我会有后代吗？"

"会的，一定会有，我们一定会活到胜利。"

泉池静静敞开，雕像无言挺立，不像干涸，倒似等待，隐喻无限。

宋恒开始清理池内一些枯枝败叶，干个不停。直到听见角门的声音，他才挺直身体，向门口眺望。

唐岱关好门向他走来，他觉察到唐岱心情的变化。

他喜欢唐岱的坚强忠诚，不管遇到什么压力和诱惑，他都会像个士兵那样决不妥协、决不后退，会让红园故事和精神一代代传颂。有了唐岱，他可以没有牵挂地到朱将军那里去报到，重新站到那些列队整齐、等待他到来的士兵面前。

唐岱小时候，每天都和他交流心声。唐岱盘腿坐在草地上，或静静坐在图书室里，聆听他那些像金子一样少的话语。每次唐岱都会在最后问他，是否听错了或漏掉了什么，每次他都满意地发现，唐岱抓住了最核心的英勇之爱。

这种情形维持到唐岱读大学，每逢周末，唐岱依然回来和他说个不停。后来唐岱一去18年，他仍能看见唐岱的微笑和身影。

朱将军曾蹲在幼小的唐岱身前，拉着他的手亲昵交谈，他们的对话简洁含蓄，对这个小孩子来说似懂非懂，但非常有吸引力，他专注倾听，心有灵犀，以致宋恒惊讶：这个五岁小男孩怎么听得懂？那情景意味深长，让宋恒至今相忆。

朱将军离开时说：我非常喜欢这个眼睛亮晶晶的小男孩，他眼睛里有爱与美和光明正在蓄积的奇特，他会看到玫瑰星空。我无法预知未来，但未来的光荣与梦想会在这个孩子身上呈现。

朱将军说的话一直在宋恒心里，他关注着唐岱幼小的灵性与泉水、雕像、红角杨树、月亮玫瑰相接，在图书室吸收人间精气，在圆形地毯汇聚星空神魂，渐渐获得有历史渊源的预感。

宋恒期盼奇迹出现，但一切却渐渐模糊，必须做出新的准备……

现在，宋恒看着唐岱不停顿、不犹豫地走来，看出唐岱与平日不同，知道有事发生了，他停下手中的活，注视着唐岱走来。

唐岱尽量保持平静，走上大道，越过草坪，穿过大树阴影，在倾斜的阳光中走上喷泉前的弯道。

他不知怎么和宋恒说债务的事，又必须说，他得知道，今后怎么做。

他坐上池边，把脚伸进无水的宽大水池，伸手抚摸几下银焰："准备让喷泉喷水了？"

"该喷了，一个冬天没有喷水了。这雕像喷起水来多好看，他们几个还没见过。这雕像要是不喷水，园子会显得凋零破败。"

"是啊，不能没有生气。"

宋恒锐利地看他："你特意从广州来，是什么事？"

他沉重地叹一下："是债务的事。红园欠债1.8亿，您怎么不告诉我？"

"那只能让你平添烦恼。"

"可这样逐日增多，成了一笔巨大数字。"

宋恒沉定地说："每一笔账目我都很清晰地记下来了，我知道这笔数字已经达到了1.8亿。"

唐岱吃惊："您坦然平静，不动声色，我原以为您不知道有这么多……"

"我心里有数，不论多少钱，只要找到秘画，红角杨就可以保存下来。"

"我一直没想到保存红角杨会这么难，您过去说，朱家和您都有一些积蓄……"

"那本来不多，又经过了几十年。过去花不了多少钱，现在是花钱如流水的年月。每年修剪整理花园草木就要很多人工，还要水电和维修费用。"

"可是，到现在这个城市还没人知道这里的情况，连我都没见过这些园丁工人，您怎么做到的？"

宋恒微微一笑："有个外省城市的专业公司和我保持特别联系，我要求保密，他们和这里不会有什么关系。"

"您一力承担这些，这些年您的压力太大了，这让我内疚。"他停一下，"无论如何，这样下去很危险，得想办法解决。我去和刘鹏谈减免债务的事。"

"不，无论如何不行。"宋恒断然说，"那是红角杨的尊严，不能乞求。就是毁灭，也不能丢了尊严，红角杨不是要乞求谁才可以存在下去的。"

唐岱有点为难："这也不是什么乞求，我看刘鹏有好意。"

"对，他一直都有，这么多年，他没要过什么条件，一直在援助红园，但毕竟是我们欠了他，那些欠条都是我打的，这件事我来做决定。只要找到那幅价值连城的画，一切问题都会解决。"

"要找画，也要想别的办法。债务的事不能扩散，至少让刘鹏稳住现状，如果能争取到建主题公园，先由政府来调和一下资金问题，再想别的办法。"

"还能有什么办法？1.8亿的数字别无他法，只有秘画才能挽救红园。"

唐岱想说，时间太紧迫了，来不及找到秘画怎么办？听老人这样说，看老人依然坚定憧憬，他决定什么都不说了。

如果他说了，老人会对他失望，会觉得他发生了意想不到的颓变，那他就伤害了老人心魂，这他无论如何都做不出来。

"我在广州听刘鹏隐约提到过，有个国外的莫时资本想控制这件事，刘鹏正调度资金，和他们博弈，目前主动权还在刘鹏手里，这让我们稍稍心安。"

"他们控制的目标是红园也是秘画，逼红园也是要逼出秘画，甚至秘画才是他们最终目的。可他们是怎么知道秘画的？"

"我想，赖央由余瀚知道秘画信息，而赖央的女儿定居国外。那些人专业性很强，有发现秘画的嗅觉，是根据赖央窃据的余瀚的画来猜测的。"

宋恒说："还好，没人知道余烁现在手里有另一幅画。你跟我来。"

唐岱跟着宋恒进入房间，宋恒给他看余烁带来的画："余烁坚持要我保存这幅画。"

"他把这幅画看得很重，为什么要给您呢？

"你仔细看看这幅画。余烁的感觉很灵异，他悟到了这幅画不是余瀚画的。"

唐岱惊异："不是余瀚画的？"

"余瀚从来没说这幅高仿是他画的，这幅高仿的《花园与泉水》其实是明悠所作，别人不可能看到原画，当然也不可能仿制，只有明悠仿制了那幅画的局部，只不过，这幅高仿经朱丹影流转到了余瀚。"

"那就确定了秘画不是无中生有？"

"如果没有秘画，明悠怎么可能画出高仿？"

"在关于这幅画的描述中，花园的泉水是迷泉，迷泉时隐时现，这好像暗示了红角杨泉水，可是，迷泉的守护者是一位永不说话的人，这是什么意味呢？"

"我也不知道，如果我知道了，就知道了泉水在哪里。"

暮鼓时分，明灵走进来，从门前暮影走进夕阳金红，浑身披着一层毛茸茸的光轮。

看到她，他们身上的沉重被她喷泉样的清澈清洗着。

宋恒问唐岱："和她去焉支没有改变你和她什么？"

"您是守护者，我也是，我得守护她，不能违背我的守护者身份而跟她另有他情。"

"你在守护者与恋人的纠结中，可是，做个恋人与做个守护者，对你有什么区别呢？你的恋人就是你要守护的。"

周围气息让明灵迷醉，大地吸收了一天热量，带着树根、石头、泥土和正在生长的青草气息开始升腾，到处都能闻到它们的活力。

从焉支回来，她特别喜欢大地气息，身体深处生发魔力似的变化，时时醉心朦胧，微微晕眩飘舞，莫名格外兴奋，她多喝一些酒时，就是这种感觉，这透露了她最近萌动的情思。

见到唐岱和宋恒站在水池那里，她血脉异常涌动，第一次闻到自己身上的气息。她先是隐隐发蒙，难以辨别气息从哪里来，然后惊奇发现，与夏初大地向上升腾的气息不同，这股气息不断从她身体溢散出来，又环绕她返回，再悠悠荡开，在空中盘旋。

她没料到女人身上会发出世界上最好闻的气息。她静静转向自己肩头，轻闻自己身上气息，再次有了微醺的迷醉感。

抬起头，看到他们向她凝望。她露出微笑，就像雕像女人的微笑——美得永久，令人遐想。

她向喷泉走去，像一艘轻快的游艇，犁开夕阳中大地气息的升腾，一道伞形气浪把她的气息与大地气息分向两旁，留在身后。

离他们还有段距离，她就急急说："你来怎么不告诉我？"

唐岱不说话，他见到明灵不知说什么好。

宋恒看看唐岱："这次他到北州对谁都没说。"

明灵说："有人要买我的树徽，还打探羊皮包秘密。树徽挂在我胸前，从没外露过，别人怎么会对我了解这么多？"

宋恒忧虑："他们知道得这么细致可不是好事，这不是仅靠邪恶直觉就能发现的，你对羊皮包要格外小心。"

"羊皮包在我房间里，我不带出去了。"她轻快地跃上池沿，坐在唐岱身旁，抚摸银焰，"宋爷爷，这喷泉还能喷水吗？"

宋恒亲切地看着她："我清理干净池子，明天就能喷水。"

她眼睛里流出泉水一样的清澈："原来泉水一直在流吗？"

傍晚的清风吹来，宋恒的眼神随风吹到她身上："刚才正在说泉水。它突然断流，从那时起，就要人工供水了。"

"春暖花开后，时时都喷水吗？"

"我们没那么多水喷放。每逢需要浇灌草木、给洛神湖注水，就会将它打开，让水流往草地、树下和洛神湖中。"宋恒看着她的眼光渐渐深沉，"这雕像喷放了73年，要继续下去，就是为你而喷，当水花飞满你漂亮的长发，披起一层银光闪闪的星光，多美呀！"

"为我而喷？"她睁大眼睛，满溢天真，"建喷泉时，我还没出生呀。"

"可泉水早在这里等着你，那时你就在雕像上了，想象你是雕像手里捧着的小树，就会明白你的使命。而我的使命，是为你守望这泉水、雕像和红园。"

唐岱看着雕像不说话，宋恒敏锐地看看他，对明灵说："你的小树长在雕像上，雕像伴着唐岱长大，对他濡染很深，你要仿制雕像，就和他多说说。"

明灵轻按挂在胸前的树徽，看着宋恒和银焰走向花园，穿越花墙和月亮门，隐没在花园小径的深处，怔怔呢喃："泉水时有时无……奶奶雕塑时，想到了现在的一切吗……"

她看着雕像的眼神专注起来，停下不说了，好像她要说的一下子丢失了。

夕阳大部分光被高大树冠遮蔽，靠树冠右上方一侧的树叶缝隙中，一道道光射过来，十分耀眼，与树影和雕像阴影明暗相间。

两人浸没在莫名情感中，相对凝视，站立的姿态与雕像对应，似乎连接着什么意义。雕像阴影和他俩站立的身影都清晰修长，整齐草坪和宽敞道路衬托着他们。

唐岱躲开明灵的视线，看向雕像，明灵轻巧地围着雕像走动。

她轻盈地停在他身边，"你来北州怎么不告诉我？"

"哦，事情太多，没顾上说。"

"这不是实情。"她尖锐地说，"你见我心猿意马，游移不定，从草原回来，你在避我。"

从草原回来，他不知不觉想避明灵，连电话和微信都尽量不通，但此刻无法再避，"没有避你，能避到哪里？"

"你刚才怎么不和我说话？"

"哦，我在想泉水，看雕像。"

"你不是看雕像，是躲我的眼睛。宋爷爷看得很透，让你和我说说雕像，雕像是你无法躲避的。"

她围着雕像若有所思再走一圈："这只猎犬在守护爱情吗？"

"它要守护的也是信仰，有信仰才有爱情，爱情与信仰相连，面临恶的威胁的爱情是正义的爱情，猎犬守护他们的爱情，就是守护光明和尊严。"

"这样的爱让他们永志不忘，刻骨铭心，也传到了你我身体里，我们要像他们那样去爱。"

唐岱停顿片刻："可我们不是他们，那样的爱难以重现。"

"有了爱与美情思，有了光明向往，即使不在那样的情境中，也会有那样的爱，雕像女人像我，"她沉思而认真，"雕像男人像你。"

他看着她佯装不懂："雕像并不确定是谁，只是象征。"

"可你告诉过我，人总有心魂象征，宋爷爷刚才说，小树就是我的象征。"

"你我不必化身为雕像故事中的角色，有的事情不能多想。"

"我想多了吗？我不明白，你为什么不能像祁远一样坚定于自己的胭脂？是你没有雕像人物的勇气，还是没有他们的信念？"

他对她手足无措，她所有固执己见的样子都和现在一模一样。他耐着性子："你的雕像想象难以变成现实，如果你现实一些，就会发现更多人不喜欢想象。"

"你想让我也变成那样？"她轻灵一笑，"你此刻正应了：'墙里秋千墙外道。墙外行人，墙里佳人笑。笑渐不闻声渐悄。多情却被无情恼。'是我多情，还是你无情？"

与他第一次见到她时不太一样，她眼中有凌波起舞的光晕水雾，她的灵性像星空玫瑰燃烧，触动了他灵魂和身体交接处某种暗示，他忽而沉入眩晕，一刹那，更想避开她，试图在心里设置屏障，阻止她炽热的情感岩浆向他推进。

"你太执迷了。苏轼这首《蝶恋花》的妙处在情感的有与无、似与真之间，不是确定的。"

"可苏轼一生遍布光明信念和激情想象，奶奶跟我讲苏轼和红角杨是一样的神情，眼中的光明和激情神奇发光，你的眼睛里有像她一样的神采，每逢看到图书室，看到你坐在里面的眼光，就感到你的眼光抚摸了我。"

你的眼光抚摸了我……她这样说，让他捉摸不透，夕阳下，她的脸半明半暗，那光泽既天真单纯又执着深沉，依稀呈现女性定型成熟的容貌，不是他熟悉的这个29岁女孩，也不是朱丹影。

她的声音变得朦胧梦幻又深沉严肃："我看着雕像常想，奶奶肯定有自己爱与美的秘密，才能雕塑这座雕像，我想和你走进奶奶的秘密，重过那样的生活，像雕像人物那样经历难忘时光。"

他惊讶迷茫，从草原回来，她越来越不可思议，那个纯真的29岁女孩已消失，眼前的她和雕像女人一样深沉神秘。

"你们在说雕像吧？"

桑梓的声音响起，他俩转过身，似梦中醒来，懵懂看她，好像她没在问他们，和他们说的是两回事。

雕像前的光色继续沉落，速度越来越快，暮色像纱帐升起，迅速弥漫成晚间迷蒙，桑树和梓树的巨大枝叶无法抵挡黑夜脚步，星光很快就会像石子一样，砸落在这块干净平坦的大地上、砸落在雕像上，激发水光星影。

桑梓想起自己29岁前的情景，那时她与唐岱心灵相通，携手在雕像下。而今她韶华已逝，他从一个迷恋幻想的男孩变成了一个忠诚理想的男子汉。

太阳落下，雕像笼上暗影，桑梓也在不清晰的暝色中："怎么都不说话？"

明灵不太情愿地说："我们正猜想雕像故事的象征。"

桑梓含笑："我和他从小就很熟悉雕像，故事的象征也猜了无数次，但你有自己的解释，对吗？"

"雕像让我想象古典爱情和奶奶的爱情，想起祁远和朱丹影的爱情，但唐岱含含糊糊不认可我说的。"

"你想让雕像的爱情故事成为你的真实生活，对吗？"

明灵对着桑梓目不转睛："您怎么知道？"

桑梓仍然微笑："你就像另一个我，我也有过你这样的梦幻年龄，那时候，我也对着雕像遐想过。梦幻和理想相连，也许很快过去，也许永不过去，不过这猎犬没有梦幻，也不犹豫，它正瞭望危险，想阻止他们前行。"

明灵盯着桑梓，心情突然变坏："您很诡异，自觉对爱情看得很透彻？"

桑梓笑笑："你看自己更透彻，爱情要你自己想、自己体会。"

"您警告我，爱情危险，想阻止我去爱？"

明灵翻出泉池，迅速跑几步，突然回身，摘下挂在胸前的树徽，挑战似的放在唐岱手里："这给你。"

唐岱猝不及防，握着树徽，目光怔怔追着她的身影："这是你代代相传的，不能给我……"

她边跑边回身："你替我保存，反正现在它在我身上也不安全，等有一天你再给我。"

"有一天？什么时候？"

"这一天会到来的。"

她踩着宽大的台阶迅速跑进小楼，消失在楼里。

桑梓看着明灵身影："她对你称呼你，对我却称呼您，是不是你和她更亲呢？"

他叹一下："你和她本来就相处不多，刚才的话又惹了她，你是故意的，为什么要这样呢？"

"你真不明白？你越急着护她，就越伤她，我比你更明白她心里想什么。"

"这我相信，你的医生清醒常让我自愧不如。但她正憧憬她的好年华，不喜欢别人破坏她的遐想。"

"就为了她芳华长久，我才这样说。"

她的话含有锋芒，他不太明白指向什么："你刚才是在对她警示我的错误？"

"她明白了你，才能明白自己。你心里有口清醒的井，你始终不肯把这口井挖下去，只能我来反着说。"

他避开她话中指向，看着手里的树徽："这怎么办？"

"她给你，就有给你的意味。"

"我不能拿着，我要交给宋伯伯。"

"这样做会伤她。"

"我只能这样做。"

"还是等一等吧。"

夜晚，唐岱神思恍惚，像个梦游者自动寻找着什么。

他像一阵风吹动了洛神湖，吹醒了林袅的凝然不动。

"看到图书室灯亮着，猜到是你。"

"为什么不能是明灵呢？"

"你迷上了这里，可明灵的奇怪意绪让她游移不定。她此刻大概在花园里游荡，有余烁和银焰陪着她。"

"你一直说她像个小洛神在洛神湖上飘荡，她的飘荡意绪让你心神不定吧？"

唐岱觉察到书架深处明灵伫立的身影，他凝神关注一下，故作不知。

"我对她不像对你这么清楚，洛神是个能降落到现实中的成熟女人，可她还有浪漫梦幻……"

"你又要说明灵有情恋幻想吧？她从不认可你说的。"林袅有点儿神思不定，"近来你对我不如对她想得多。"

"想得多，是不想去附和她的自我幻想。"

"她不是幻想，她很清晰，从第一次见到她，你就躲不开她，她会自动找你，今晚她还是会来这里。"

"她从没进过图书室，你怎么知道她会来？"

"她不用对我说什么，我看得见她的情感变幻，就是你说的情恋幻想。"

"遇上这样的事，女人是不是都会结成同盟？你和桑梓的口气差不多。"

"我知道她对桑梓在雕像前说爱情危险不高兴，其实我们这几个女人都迷恋雕像，雕像让我们有共同敏感，她会按照雕像的指引来这里。"

唐岱翻翻桌上的书："明灵的成长、桑梓的经历、你的音乐和舞姿，真的都和雕像相连，可明灵还没发现这里更宏大细致、神秘诱人，因为这里的一切都和秘画相连。"

"你错了，她一样也不会落下，她有自动发现秘密的嗅觉。"

林袅向唐岱身后示意，他转过身，明灵从书架后走出静立，高大书架的影子中幽然站着明灵。

明灵看着他俩，一动不动。她身后是通往书库的华丽宽大楼梯，明亮灯光照过去有点奇幻。

她灵巧清丽的面容像雕像一样清晰神秘，天真无邪的恍惚透着灵性光泽，颀长苗条的身影映在身后空处，不知那身影会向什么地方延伸。

唐岱看着明灵："你俩商议好了来这里？"

"你为什么这样想？"

她愠怒而明媚的面容浸濡着身后的无尽身影，她伴着灯光填补阴影，灯光照不到的地方，被她身上映出的光亮反射着。

她穿一身贴身的家居服，衣服褶皱垂下一道道细小溪流，愠怒而柔媚的神情映着衣褶波光，敞开的领口露出脖颈下肌肤，取下树徽的地方是雪白清晰的树形印痕，与捋起袖口露出的白皙小臂相映成辉，肌肤下透出嫣红血影，身体妖娆着成熟的女性魅力：

"仿佛兮若轻云之蔽月，飘飘兮若流风之回雪。远而望之，皎若太阳升朝霞；迫而察之，灼若芙蕖出渌波。"

林袅试图转移明灵的情绪："你这样出现在这里，完全变了样。"

明灵盯着她："我的样子不合你们意？要我按你们的意愿变？"

唐岱被明灵的变幻吸引，悄然把心里秘密和这个奇美形象连起来，从她衣服的褶皱联想雕像的褶皱，褶皱的光与影深藏着水花四溅和波光闪动。

他避开明灵的锋芒："你不必依从任何人意愿，这身衣装和情态自然随性，衣装是现在的，人却有从古典而来的悠久意味，像洛水女神，像《聊斋》花魅，又像个《暴风雨》或《浮士德》中的精灵，这样自由飘荡挺奇幻。"

"你说得很好听，不过我不为所惑，你在顺着她的意思说，意思是我在幻觉中？在你说的情恋幻想中？"

"你总这样误解我们吗？执拗地想事情，就会觉得不如意……"

"我清楚我在现实中，也明了你们怎么想。"

林袅宽解："我们越来越相知，那不是挺好吗？"

"可你们总是口气一致，把我置之于外。"

唐岱诧异："什么事情把你置之于外？"

林袅试图澄清："我们不知道你在这里。"

"你们要是知道我在这里，还会那样说吗？"

"你在这里，怎么不吭声呢？"

"你怕我静静观察你？"

林袅笑一笑："我只是说，没觉察到你在这里。"

明灵似乎要戳穿林袅的心思："我看到你在这里东找西找，找什么呢？"

林袅有点局促慌神："没找什么。"

明灵注视着林袅："是不是我看到了你不想让看的？"

林袅觉得，在明灵眼中她有点偷偷摸摸："没什么你不该看的。"

唐岱看看林袅："她能找什么呢，找书吧。"

"我看她不是找书。"

林袅有点恍惚："我不知道能找到什么……虽然刚才在说你的幻想，有时我比你更像在梦幻中，我也许在找这个梦幻吧。"

明灵犀利地盯着他俩："你说话前为什么要看看她？你们总同时出现在

这里，上次夜里，林袅独自来见你，今天又约好了？"

唐岱看看林袅："我们没有相约而来。"

"这里有什么你们的秘密吗？"

"刚才说了，我们没什么要瞒你的。"

明灵仍然执拗："是不是一些事情对我难以启齿？"

"你是说红园一些秘密？有些不能说，或者不到该说的时候，有些我至今不知道，甚至永远不知道，但不会对你撒谎。"

明灵盯着他："你对我并不真诚，你和她怎么样从未对我说过，雕像和星空梦幻你也从未仔细对我说过，却一定对她说过，你对她直言无忌，对我顾左右而言他。我给你的树徽呢？"

他张开手掌："在这里。"

"你一直握着它，为什么不戴上？"

他又看看林袅，尴尬地说："这……对我不合适。"

"你又看林袅干什么？她和这事没关系。在你眼中我和她不一样吗？"

他故作深沉："……有些事情对不同女人不一样。"

"不同女人因什么而区别？你故意把我和她区别对待，我在你眼中只是有幻想的女孩，不是能以命相托的女人，我问过你雕像女人是谁，你回答不了，你看不到雕像之魂在我身上，那是在我身心里生长的风情……"

明灵快速跑出，她细碎轻捷的脚步很快传出小楼，她站的地方一片空荡。

林袅和唐岱整理着摊开的书："你早就知道她在这里了？你来究竟是找我还是找她？故意说女人区别，无非是想阻挡她，其实更显出你内心迷蒙……"

"我本想告诉你树徽的事……"

她淡淡说："我见她没戴，猜到给你了。大概，她觉着让你戴着她戴过的树徽很有意味。"

"当时桑梓也在，我和她商量，交给宋伯伯保管更妥当。"

"还是先别给宋伯伯了，别太伤她。"

唐岱关灭最后一盏灯："从草原回来，她有点异常，以前没见过她这样激动，就像焰火突然绽放了一个奇迹。"

林袅和唐岱一起走出门："去草原之前她就变了，你没见到她的两个半月里，她的变化惊人。你对她最有影响了，在她这个年龄，你肯定是她过去没见到过又一直憧憬的。"

"那是她的幻象。实际上，我每一句话都可能伤她。"

十九　只要经历过星空梦幻

明灵回国后的生活辗转多变，先到北州大学，再进红园，再去广州，然后到草原，短时间经历了从未有过的事，遇到了朦胧向往的人，浸濡在未来憧憬中，迅速变幻出她想要的自我形象。

她还想变幻，唯一还没走进的地方是星空图书室。她与奶奶身心相依，血脉相连，早对那里的书无限吸收，知晓那里书如星空，有星空玫瑰的奇幻感，是这个世界上最奇异的地方。

她徘徊迟疑在门前时，恍惚和迷惑扰乱着她。遇到林袅，林袅会问：怎么不进去？她无法回答。有时，明明看到林袅和唐岱在里面纵情相拥，林袅却出现在她身旁；有时，看到林袅静静读书，唐岱却倏然而过；有时，看到一男一女在那块圆形地毯上起舞；有时，有光影流动升空，化为星空玫瑰。

奶奶一再提到这里的灵韵神机，却对发生过什么、还会发生什么讳莫如深。为什么这里会发生一些奇异事情？为什么奶奶与这里神魂相依？当年唐岱和桑梓在这里发生过什么？这里一定有许多秘密。

夜晚，她再次在门前张望，她恼怒下午难以应答桑梓，就因为她没有经历星空幻觉，而桑梓和林袅都已经历。她必须有这样的经历，她将像"爱与美"喷涌的一束焰火升起在半天，绽放为成熟女人。

她战栗着走进去，先绕着圆形地毯上的桌椅走了一圈，之后沿着布满巨大书架的四壁慢慢巡行。

现在她是一个沉思者，回到在灯光下依偎着奶奶的情景，倾听奶奶娓娓诉说往日时光——红角杨在她生命中永存，星空图书室就是开启她永生的地方。

奶奶告诉她，只有她才能获得树徽的奇异信息，现在挂过树徽的两乳间发出灼热，产生光芒四射的感觉，一股神奇力量让她不知所措。

她久久抚住双乳中间，手心发热，甚至微微发痛，是奶奶在给她什么暗示，还是她在感应遥远地方？

她仔细体会，甚至屏紧气息，慢慢站上让她震颤的圆形地毯，四面环顾，寂静中听到流动声音，是水还是光在流动？

奶奶有意建造了星空旋转的眩晕感，在这里她既找到方向，又迷失方向，独自在这里会迷失，想与唐岱携手相依，与星空玫瑰起舞……是不是该把现在的感受告诉他，然后和他带着树徽再来这里，也许会有什么发现。

忽然莫名感到悲哀流动在肌肤血脉……她的悲剧感戛然而止，看到林袅轻轻的身影走进来，她不愿轻易现身，静隐在高大书架的暗影里，仔细观察。

林袅坐下，四处张望，惶惑不安，一会儿后，神思不定地缓缓起身，沿书架悠悠地走，观察、辨认、抚摸着一排排书。

起初，明灵以为林袅也有什么奇异感觉，后来觉出她想找书，再后来，发现她不是找书，她在书的缝隙、书架的角落四处探看。

林袅觉得，秘画在图书室。她该去找画，却被四面的神奇气息包裹着，灵魂带着身体荡秋千，向四面的书荡开又荡回，晃晃悠悠中觉察自己不是来读书，也不是来找画。

她怀有愧疚，没有找画的动力，也不知该到哪里找。她又停着不动片刻，之后随意地走，游游逛逛，往那些尘封的角落走走探探，神思恍惚，心不在焉。

林袅渐渐接近明灵，忽而折身向后，明灵轻轻跟上。

林袅来到通往地下书库的宽大楼梯口，犹豫地向下方看了片刻，蓦然回首，掉转身体，回到阅览室中央。

她对着圆形地毯沉思一会儿，看看桌子下面，摸摸桌板下面，然后尝试掀起那块圆形地毯，那块二十世纪三十年代的羊毛地毯很沉重，她没能拉起来。

她放下地毯，静坐桌旁，凝然不动。灯光照亮她的沉思姿态，也照亮她的难言面容。一切复归安静，好像什么都没发生过。

她起身，随意抽下书架上几本书，抱到朱丹影用过的那张阅览桌上。灯光照亮打开的书页，她却没读过书页上的字。十分钟过去，她盯着书页没有移动眼光，她的眼神表明她什么也没看见。

周围的高大书架层叠展开，隐约森林般成片矗立在山坡上。坐在这里读书，她不能独立过好自己的生活，这些书连着红园所有生活。

经历了悲哀婚姻，她倾其所有、筋疲力尽。过去常因抑郁而恍惚失神，现在不但压抑，还不知所措，忧虑不安。

这时候，一切感觉都可能是迟钝错误的，她说不清和唐岱的关系，不能确定自己的爱情，甚至，不能确定她是否有爱的能力和方向。

明灵看着林袅的情态很疑惑：已经见到两次了，她又在找，找什么呢？

桑梓靠着大露台栏杆，从窗外看着图书室里情景。她本想从落地玻璃门走进去，看到明灵和林袅，便停下来。

看着她俩情态，她心里平静镇定，她俩在这里经历的，她都经历过，她俩没经历的，她也经历过，可以后无论谁经历过的，都难以重返，也再不能发生，不过，明灵是未来的希望……

她在沉思中忘了时间，直到唐岱站到她身边。

"为什么不进去？"

她微笑："我不必进去了，那里成了她们和你的领地。"

"她们代替不了你，她俩没有你那样幻真相叠的经历。"

"那是过去，现在另有情味，我不再能做什么，只能猜想她俩会变成什么样。"

"不论你我或她们，都会成为相似的人，会更一致、更成熟坚定，这有疑问吗？"

她摇摇头："不太一样。明灵有难得激情，听奶奶讲着星空梦幻长大，比林袅的衷情更强大。林袅知道自己柔弱，跟星空梦幻离得有些远，和你的期望连着的，只是她的生命渴望。"

他近乎自语："有时候我也觉出，有什么要把林袅牵向未知地方，是我一厢情愿以为和她会有星空梦幻吗？"

"你这样仔细体会就对了，梦幻和想象是你的优越，也是你的问题，你必须像雕像猎犬一样保持清醒。"

"我能像宋伯伯和余烁那样清醒就好了，宋伯伯知道图书室里发生过什么，保守着那个久远的秘密，余烁不知那里发生的事情，倒清明在躬。可即使我能看清她俩的梦幻，也看不清她俩的思绪。"

"谁能看清别人的思绪？男人和女人自会不同，你只要不用男人的思维模式去想女人就好。"

"是不是我跟谁有过和你那样的经历，就会跟谁在一起？"

"不是这样，你和我还是分开了。"

"可我总觉得不和谁发生星空梦幻，就不能和谁在一起。"

"你一定要生硬地这样吗？这迷惑着你，你借林袅逃避明灵，但是，逃不是方向。"

"我不是逃，我是守护者，守护者成为恋人，就会失去责任。"

"一个守护者也可以是一个恋人，雕像上的守护者就是恋人，就像你说的，爱情也是信仰，信仰也守护爱情。"

"我并不想把爱情和信仰等同。"

"可你对明灵是这样解释雕像的。只要经历过星空梦幻，她就可能变成明悠期望的红角杨女人，我希望这个时刻快一点到来。"

"有些我迷恋的是我想不明白的，有些事情发生了会怎么样是我不知道的，你是等在这里提醒我的？"

从门厅上方的小露台向院里看去，明灵看到唐岱在喷泉旁转悠。

喷泉水雾水帘中，他时而清晰，时而朦胧，有时看着喷洒的水花沉思，有时仰头凝视"光明"不动。

几天来她悄悄观察他，好似观察自己，她的身体像红角杨树充满汁液，她的情思连着她的经络流动，跟随他的变化韵律，融入他身心，有时会猜到他在想什么，有时会进入他内心而不必说什么。

他正控制不住地变化，不是他不愿说出来，而是他也说不清。他对她退避三舍，她就是追问，他也佯作不知，他说的和她想的常常不一，好像他真的什么也不想。

第一次见他，他就激发了她的魅力，现在相处亲密，可以直言相诉、不必忌讳，但要深情相许，却要再次进入图书室，深入让她战栗的秘密和未来。

她清晰地看着自己的想法，转身走过正方形小露台，打开露台门，跨上走廊，不迟疑地下楼，走下楼厅前的宽大台阶，来到他身前。

他没有觉察到她，在转向她之前，仰望"光明"，目光顺着雕像延伸到蓝天，天上有只滑翔的鹰。

她在他侧面看他，有点迷惑，不知他想什么。本欲倾诉衷情，但那个时刻还没来临，后来要发生的事隔在他们之间。

无论怎样，他从不让她对他们的亲昵失去自信。

她轻触一下他，想惊醒他，想知道他在想什么，想知道他的什么地方在变化，想知道她和他的未来。

他慢慢转向她，神思蒙着一层异样："什么？"

她喜欢他渴望人神合一、时空与生命无间的神情，猜测着他："你怎么啦？连续这样几天。"

他看着她那双一直为他所感动的眼睛："你指什么？"

"你在为祁远要来而焦虑吧？"

"你总问我同样的问题。你比我更关心祁远？"

"林袅比我更关心祁远，我更关心你。去过草原我就知道，你原以为朱丹影只你一个人永志不忘，没想到祁远在那个年代就钟情于她，还把她变成了胭脂，朝夕相守了20年。"

"我和他身怀不同使命，你能看透我们的不同吗？在我走向时尚广州时，他走向古朴草原，我因此和他不一样了吗？"

她犀利地说："你想让他和你一样吗？你不能改变他的世界，就像他不能改变你的世界。"

"你此刻说话这么成熟，就像你奶奶在教导我。你什么时候变成这样？"

她嫣然一笑："你对我浑然不知，视而不见我的变化，可我总知道你想什么，你不是会把朱丹影变幻成林袅吗？你和祁远，总要把一个幻觉变成身边真实才肯罢休吗？"

"你现在对我说话的口气又像桑梓，你怎能变幻得这么快？"他有意移开视线，向大门示意，"每次你一说林袅，她就应声而现。"

林袅进了角门。在等待祁远的日子里，她像平常一样，带着天鹅游动一样的优雅娴静，从容出入，无人知晓她的苦闷忧伤。

她向喷泉这里凝望片刻，回身关门，那一刻她姿态静止，在想什么。

最近她常到图书室，像个哲人一样不时思考：谁能快乐而自由？

她怀疑自己的断续想法受了暗示，因为弹琴、读书还是秘画？她不为别人弹琴读书找秘画，她为红角扬和她自己，她相信，找到秘画，就能深入自己的命运，而这和弹琴读书是一回事。

她转过身，沿草坪中的大道走来。

明灵对林袅很关注，无论吃饭还是走路，或者聊天，都会悄悄注意她，既惊奇她的变化，又看出她有心事，最近她沉默寡言，常独自沉思，有时见到唐岱，会有意避开。

"我对林袅挺好奇，她每次出现，你眼神就变得奇怪，现在她也像你这样，我想问问你，这到底怎么回事。"

他再次把她的情感扳开："你找她问，也许她说得清。"

林袅走到他们面前，嫣然一笑，试图走过。

明灵再次看到林袅故意躲开的神情，并不喜欢她以这种方式藏起自己，宁肯她说出来，若她心怀隐秘，就无法知道后来会发生什么。

唐岱伸手拉住林袅："你这几天很少说话，有什么事吗？"

林袅低头看脚尖："我挺好。"

"那怎么不愿说话呢？你这样子像哀怨少妇，不像出名的琵琶演奏家，这样的状态怎么演出？"

林袅很快显出笑容："我没有哀怨啊。"

"你最近情绪不太平稳，还有点愁郁。"

"可能太疲累了。"

他们看着林袅跨上台阶，消失在门厅里。

"都是女人，你该更了解她，怎么不说话？"

"她不说出心里话，就难以交谈，难以亲近。我不是出于嫉妒或憎恶，是不喜欢她压抑郁闷的样子，她能忍受匡柱这么长时间，在我看来是懦弱卑怯的，不值得你爱。你告诉我，是默然忍受命运暴虐的毒箭，还是挺身反抗世间无涯的痛苦，用意志将它们扫清，哪一种更高贵？"

"别用莎士比亚的话来回避，你是故意不理解她，这难言别扭怎么来的？"

"你可以问她。"

"我问她，她若无其事，可她独自一人就出神。"

"你对她观察得挺细啊。离婚是她情绪不稳的唯一理由吗？"

"谁都有各种理由。你最近的情态也急剧变化，跟去军马场有关吗？"

"我以为你只注意她，看出我也有变化就对了。"她笑着向大门走去，"你刚才又想推开我，是骗你自己，总有一天我会贴在你身边。"

她背着双肩包，走得快而敏捷，头发轻巧地随身体摆动——体迅飞凫，飘忽若神，凌波微步，罗袜生尘。动无常则，若危若安。进止难期，若往若还。

夜晚，林袅再次来到图书室。她在躲明灵和唐岱，不仅是情感上要躲，而且心里有愧。

她没做错什么，却紧张焦虑。她在歌舞团被迫见到匡柱，竭力什么都不说，但只要见他，就像做了不该做的。

她对匡柱无意间泄露了紫红羊皮包和黄铜树徽——那让她悔恨，想要弥补，又不知怎么弥补。

她可以在这里隐藏自己，所有书都不知她心里事，唐岱也不知道。唐岱对她很亲昵，可她越来越拘束，认为自己可能只是他的幻想。

她尽量离开唐岱，静观明灵越来越亲近他。他试图靠近她，而她试图推开他，明灵试图靠近他，他却在推开明灵。

她不知三人间怎么发生了这样的变化，但觉出宋恒和桑梓对此看得非常清楚，只有他们三人自己不清楚。

明灵的眼神不时追问她：你到底为什么来到这里？我不相信你真爱唐岱，你也不是真要躲避过去的婚姻。

在明灵的眼神中，她也质疑自己。看上去，是她要离开过去的婚姻，她和唐岱偶然相遇、意外吸引，深底里，她在等待更悠长深远的希望，要演化成另一个形象，跟另一个人合为一体，就像一个人的灵魂要与身体合为一体。

每一次，她坐在这里不动，既没成功地躲开唐岱，也不知该怎么对待自己。

坐在这里并不能解决婚姻未来，而是静静体会那幅画的诱惑，从和唐岱在圆形地毯上共度一宵后，对秘画的感觉就飘浮在她身体里。

秘画的诱惑就像幽深的书的诱惑。她从书架上拿下英国作家约翰·福尔斯的《法国中尉的女人》放在面前。

书中那个女人在布满礁石的大海边忧伤飘忽，她来到这个神秘的图书室独自游逛，想知道那个诱人秘密是什么，想知道是什么让她和红园相连。

如果红园被拆，会有她一分过错，会让她受不了，她必须逃走，她开始考虑今后怎么办，慢慢酝酿一个决定……

她等待一个人，等待隐约模糊的感觉清晰。那个人到底是谁？就像她最初来到红园时，迷茫回环在花园小径中，她追问等待……

第二天夜晚11点，明灵在路口下车，隐约看到一辆车停在门前，几个人影在车前纠缠，像是一个人试图挣脱另外两个人的拉扯，然后他们进了车。

她继续往前走，迎面驶来那辆车，觉得有人从车窗里看自己，她停下来，疑惑地看着车从她身前驶过，车里什么也看不清。

她进入小楼，看到会议室门开着，灯光明亮，大家都在里面。

"这么晚了，你们怎么都在这里？"她转眼看看，"咦，怎么不见林裛？"

唐岱说："我们在等你们，她还没回来。"

"之前你给我打了电话，没给她打电话？"

"电话不通。"

宋恒说："是不是她遇上什么事了？"

明灵蓦然想起门前停过的汽车："我刚才见到有车停在门前，你们谁叫了车？"

唐岱说："没人叫车。"

桑梓说："我也没开车来。"

"那我刚才看见的车就跟林袅有关，今天我在飞天商场大厅见到匡枉和她争执，是不是她回来到了门前，又被匡枉强行带走了？"

唐岱说："匡枉想干什么？这不是胁持吗？"

宋恒说："这恐怕不是离不离婚的事，可能另有所图。"

明灵若有所悟："那辆车经过我，有人从车里看我，那应该是林袅，我去把她找回来，既然我感到了她无奈绝望的求助眼神，找回她就是我的责任。"

桑梓有点不解地看着明灵："你是什么意思呢？"

"我要找到他们，看看他们到底想干什么。"

唐岱说："这件事并不简单，现在什么都不确定，他们也不会承认，你怎么找她？"

明灵一笑："我还是有点门道的。最近我认识不少三教九流，能找到跟这件事相关的信息。"她看着余烁，"你跟我一起去？"

桑梓笑说："他本来就形影不离跟着你，当然会和你一起去。"

明灵迅速追踪到这件事的关联人，决定突然出现在他们面前。

晚上8点，明灵和余烁来到蜂鸟酒吧。明灵像个伏击者，独自等待。余烁选了一个观察视角好的旁边位置，关注着明灵。

见那两个人进来，明灵迎上去，那两个人被明灵堵住，意外惶惑。

明灵对他们微笑："我不会像在元宵节那样对你们，只是请你们喝两杯。烧小楼、抢羊皮包、挟持林袅都有你们吧？"

一个说："你凭什么认为我们做了那些事？"

"我是建筑雕塑家，对身形体态特别敏感，你们是歌舞团的舞蹈演员吧？你们当时在黑暗中遮着脸，我还是认得出，何况，"她有意往余烁所在位置侧脸示意一下，"余烁也对你们大致清楚。虽无具体证据，但只要报警追查，就对你们不利。"她含有恐吓意味地说，"你们也知道，林袅并不是孤立无援的，她有支持帮助她的背景。"

这个人犹豫着："你说这些是什么意思？"

"我不想知道你们参与了什么，只想知道林袅在哪儿。"

另一个迟疑一下："林袅就在匡枉家，他们是夫妻，我们没觉得这事过头。"

"那是你们没脑子，违反别人意志胁持，就有绑架嫌疑。你们现在把匡枉约到这里，这件事就与你们无关了。"

匡枉来到酒吧，看到明灵突然走过来坐在面前，有点不相信："你约我？"

"是我。我和你那两个人仔细谈过了，他们把你挟持林袅的事和盘托出，我让余烁拍了视频，"她向身旁的余烁示意一下，"现在你必须让林袅回到红园。"

匡枉想了想："我和她是合法夫妻，她待在自己家里犯法吗？"

"你违反她本人意志强制带走了她，如果你长时间把她关在家里，就是非法拘禁，一旦警察介入，刚才的视频就可能成为你违法的证据。你不考虑自己声誉？你不是想当大剧院院长吗？"

"那你要怎样？"

"我现在就去接林袅，这件事就到此为止。"

明灵接出林袅，照顾她上了桑梓的车。

车到红园门前，众人都在等待，但林袅不说话，似浑身无力，依着明灵往里走。

林袅回到房间，昏昏沉沉睡去。她夜间醒来坐了一会儿，明灵照顾她，她萎靡不振，什么也不说。

第二天清晨，大家在楼下担心地等着。

明灵下楼来："她不肯出房间。"

桑梓问："匡枉把她怎么了？"

"只是关着她。她说现在很疲累，身上很脏，有股味道。"

"可昨晚她身上没任何味道啊。"

"我跟她说了，她不信。"

宋恒说："我给她泡杯玫瑰花水，去去心里的腻歪，再给她瓶'中国魂'香水，让她去去身上的味儿，就清爽了。"

这时候，林袅出现在楼梯上，她的神情表明她并不很想下楼，离楼梯口有几步，她停下来，看着明灵。

明灵走上去，抚住她肩膀下楼，扶她在沙发上坐下。

她穿着T恤衫和牛仔裤，没有抹唇膏，头发随意披着，脸色苍白，不说什么，像个大病初愈、毫无体力的少女。

此时的她，不是他们看到过的那个艳光四射的瑰丽女人，然而确实是那个能以琵琶夺人神魂的著名琵琶演奏家。

她没有歇斯底里，没有漠然呆滞，但显然受了惊吓，是疲惫软弱、沮丧无奈的混合模样。

唐岱关切地问："你现在感觉怎么样？"

"我没什么，只是太害怕，害怕回到原来的生活。"

桑梓说："他们这段时间不断骚扰她，像个梦魇横在她生活中。前几天她去医院找我联系过心理医生。"

林袅无力地说："他老恫吓威胁，让我有压力，痉挛恶心，恍惚不安。不论我在哪里，他都会出现，我想，即使我离了婚，他也随时会找到我，我无力反抗也无处可逃，要有被迫害妄想症了。"

桑梓抚着她的肩膀："你被吓坏了，我们不会让你再和他在一起。"

"这20个小时我要垮了。我特别惧怕跟他在一起，他强制我回到原来的处境，就是要警告我无处可逃。"

明灵说："你回到这里了，他就再不能把你怎么样。"

桑梓说："你很快就会恢复，一切都会好起来。"

唐岱琢磨："他究竟想干什么？仅仅为离婚？好像没这逻辑。"

林袅怯怯地说："他逼我做件事，我不愿做，也有愧大家，难以说出……"她说不下去，求援地看着宋恒。

宋恒鼓励她："但说无妨，我们都理解你。"

林袅鼓起勇气："他强迫我找到秘画给他看，否则就不和我离婚。我想说出这件事，又怕大家疏远我。"

明灵说："奇怪，你怎么可能找到秘画？你不找秘画，他又能怎样？"

"他借李程胁迫我，说我上次个人演奏会是他以李程名义找的赞助商，他不告诉我赞助商是谁，只说和李程主管的北州发展规划有密切关系。"

唐岱说："这就不是林袅个人的事了。"

桑梓说："赞助商是刘鹏。看来他们要寻机制造对李程和刘鹏的不利证据。"

唐岱说："李程一向清正廉洁，正为红园呼吁奔波，如果他受牵扯被调查，虽清者自清，但会受伤害，也对红园极为不利。"

明灵说："哦，你为此在图书室找秘画？"

林袅轻声说："为此我不得不跟匡枉周旋，每次见他都很难受，要糊弄他、拖延他，又不能对你们说。"

桑梓体贴地劝慰："你一向温弱，心里的苦楚难以启齿。"

明灵说："你想拖住他们不伤害李程和红园，这才是你这段时间压抑萎靡的原因。真难为你了，你该早对我们说。"

　　"现在我后悔没早一些说，我对他们闪烁其词，无意间泄露了你的树徽和紫红羊皮包，本以为这是女孩子的小事，没想到让他们嗅到了秘密。"

　　"你做的都不是替你自己着想，这我没想到。"

　　"其实你要是不找到我，我也不想再回来了。"

　　"那为什么？"

　　"这段时间我越来越不安宁，我想离开，那他们就没法逼我找秘画了，估计他们觉察了我想离开，就警告我无法逃离。"

　　唐岱说："你说的他们是谁？"

　　"匡枉背后还有赖央他们。"

　　宋恒安慰她："秘画的事不是你要忏悔的罪过，得放过自己，原谅自己。"

　　"我尝试过了，我做不到。"

　　"你可以再试试。从前你活在压抑中，刚来时愁眉不展，后来你变了，你越来越多的笑容让我欢喜，不能让从前再伤害你的现在。"

　　"我怕过去生活像影子追着我，我需要新的环境。正好南州大学招聘了我，让我去报到。我想明天去广州。"

　　唐岱说："可你的人事手续还没办。"

　　"他们让我先报到，说有全国性大赛要参加。"

　　明灵说："我也去，可以和你做伴。"

二十　在广州变幻的情思

唐岱做完讲座，和几个人说着话走出文科楼，看到明灵在路旁榕树下。

明灵迎上唐岱，见这几个人关注她，她一笑，挽住唐岱胳膊。

唐岱一怔，不好说什么，走出几步，轻声说："你干什么？"

"不是窃窃私语议论我们吗？坦然相处，他们反而无话可说。"

唐岱试图挣开："现在我和林袅在同一所大学，说我和林袅的流言纷纷，再加上你，不是更乱吗？"

"我们都是单身，有什么乱的？再说，他们迟早会把林袅换成我，那不就清晰了？反正我会紧紧挽住你，你这样挣扎，他们看到不是更不好吗？"

转过弯，刘鹏迎面而来，明灵莞尔一笑，松开挽住唐岱的胳膊。

唐岱微微尴尬："你怎么到这儿来了？"

刘鹏的视线在他俩间迅速转动一下，笑笑："碰上我意外？"

"你来这里一定有事。"

"我来谈合作项目。南州大学要建一个书院，你知道了吧？"

"是南珉书院吗？这是类似北珉书院的研究型书院，只培养研究生。"

明灵说："我正想问问你，这个书院想聘我，我该不该去？"

"北珉书院的目标是培养各种领袖型人物，这适应越来越需要专业性领袖人物的社会发展，南珉书院也想这样做，问题在于，培养什么样的领袖人物？这样的未来领导者要把人带往什么方向？办教育主要看教育者，跟着天使都成了天使，跟着魔鬼都成了魔鬼。"

"真是这样，我在国外见过一些留学的人，他们往往在国内没有被教导好，没有生活立场和方向，在国外很容易被带着走。"

"有些高校教师引导学生觉得欧美日什么都好，给外国培养输送一些败坏甚至背弃中国的学生，要警惕这样的人做教育者。"

刘鹏说："你们说的这些，我从赖央和贾相那几个人身上体会到了，他们没有正邪是非善恶，利益在哪一边，就向着哪一边，却自命公共批判，他们会培养更多他们那样的人，更多传播他们的生存意识。"

唐岱说："不追名逐利，就不会有那么多不满，那些对中国最不满的知识分子，恰好就是最要利益又是这些年得了比普通人更多好处的。这些人往往在中国发展中有了钱和地位，用在中国挣的钱，送孩子到国外去读书。"

明灵说："我回国后，听到国内一些知识分子的反对声音，但我仔细观察发现，越是尖端的知识精英越沉默无声，他们都在专心努力工作，为能给中国做出贡献而自豪。越是高不成低不就的知识分子，越对中国现实不满，我问他们为什么反对质疑，他们常常答不上来。我进一步问他们想要什么样的生活，发现他们不满都是觉得受了委屈限制，得到的太少了。"

"其实只要在这个世界上，想要无尽好处就会受到限制。任何社会都会遇到问题，但要承认中国安宁美好的主流事实去思考判断，不能遇好事坏事都中伤毁誉，甚至破坏整个生活。"

"这些人往往只从自己的名利立场出发，会不顾事实、歪曲事实，当然总是心怀抵触、否定一切、诋毁攻击，却自命高明，大发议论，沽名钓誉。"

唐岱笑说："他们影响了很多年轻教师，可影响不了你，你这样面对事实思考解决问题的年轻大学教师应该更多一些。"

刘鹏也对明灵笑说："他夸奖你，是因为你挺像他，南珉学院招聘你，却不了解你的志向。南珉学院听上去神秘高贵，让人羡慕。他们在全世界吸收高尖端师生，几万报名者中才招收几百个学生，要花80个亿建这个书院，将来会形成一个独立王国，不允许南州大学的其他师生随意出入其间。"

唐岱说："我对校中校持怀疑态度，为什么要建一个与其他学院隔绝的书院？为什么要切断与校内其他师生交流？闭门培养什么样的人？是什么样的气氛和风格在影响熏陶学生？如果培养方向正当，就不怕受其他学院影响，相反，交流越多越好。进入这样的书院，你得格外小心。"

明灵笑嘻嘻地说："我在国外经历了那么多，有我的敏感和警惕，能守住我的立场，把学生带往爱与美的光明生活，让他们有更好的智慧、人格和生存观念。这是我在月亮湾种玫瑰时就有的，什么人都动摇不了。"

唐岱问刘鹏："和你谈这个书院投资的是哪里？"

"莫时资本。"

"这是建南珉研究院的同一个投资者。"

"他们邀我参与投资南珉书院，条件是他们也参与投资飞天广场。跟我洽谈的那个莫时女代表精明强干，有种自命不凡的样子。"

唐岱思索着："那个莫时代表是赖央的女儿，他们想要主导的，恐怕是建什么样的书院、培养什么样的人。这也许跟红园的事有联系，他们的系列项目也包含这个书院项目？"

"至少，他们建飞天广场和建南珉书院的迫切想法是一致的。"

"他们可能有在中国几个主要地区布局的想法。南州大学是华南地区的核心大学，容易从高端影响学生和整体生活意识。而且，南州大学正在建设发展国际校区，建南珉书院的想法恐怕有抗衡中国第一个国际校区的意思。"

"算盘打得倒精明，不过我还没答应合作。"

"为什么？"

"我不太了解教育，要跟你和明灵商量，而且这涉及红园，现在不是我个人的事情。"

"你能这样想，就有了情怀和格局。"

"本来就有，你一直轻视，看不到。"

明灵冷不丁问刘鹏："我可没轻视过你，你对我怎么想？"

刘鹏怔一下："你机敏大气，才华横溢，很有思考和情趣……"

"我不是想让你夸我……"

唐岱打断："明灵，你自己的事别问他了，你还是先回北州，仔细想一想。"

刘鹏反应过来："你想问我，你该在广州还是北州？"

唐岱说："事情够乱了，你不了解她的心思，不多说才好。"

明灵说："我们的北州绯闻延伸到广州了，你怎么看？"

刘鹏呵呵一笑："我不认为这能伤害你们，你们也别当回事，你该来广州还是来。"

唐岱说："你还是专心你的事，要警惕莫时这样的外国资本暗流涌动。"

"我会小心，他们掺和我的事，是想拔我的根。"

刘鹏离开后，明灵转身直视唐岱："你为什么让我回北州？是怕我妨碍你和林袅？"

他沉吟一下："这段时间你有情恋幻想，你得静一静，才能对南珉书院聘你的事冷静判断。"

她情绪激烈："你把我这段时间的经历归结为情恋幻想？"

"不仅这段时间，你一见我就提到玫瑰情缘，不能沉溺在你的想象中。"

"我非常清醒坚定，红角杨情缘不是想象，它连着我的艺术使命和诗意生命，我的生命与艺术互为印证，我的艺术风格包含我的生活和爱情。"

"这是你最敏感的区域，过度敏感就会想象，就对现实与幻想混淆不清。"

她笑起来："既然你明白这是女孩子的敏感地带，为什么想用男人理性改变我？你怎么改得了？"

他再次焦虑自己的说法徒劳无益，其实这和她来不来广州无关，他只想让她的情感掉转方向。

看他紧张而无话可说的样子，她轻快地笑着："我的爱情是庄重的，我不会轻佻地爱上一个人。"

他松口气："你不随意才是我希望的。"他又有点儿怅然失落，"有时候，你的执拗让我不知你会怎样。"

她脸含意味："连我也不知会怎样，也许我很快就变，那可不是轻佻。"

他又神情一紧："你不能再轻易变来变去，你的生活不能像变戏法那样随意。"

"如果你还把我当小女孩，我当然会变，小女孩是不可捉摸的。"

"我从没这样看过你，但有时我看着你就像看洛神在洛神湖上飘，即使你是洛神，也必须回到地上现实吧？"

沿着校园中不断分叉的道路，他们迂回曲折地往前走，她一直犹豫不语。

之后，她停下来，看着空处露出思恋，她的视线中再次出现明悠的身影。

"我虽浪漫，却在现实，从没忘记奶奶让我来红园的嘱托。奶奶告诉我，树徽能指引我找到爱情，也能发现秘画，这都对红园意义非凡。"

他很意外："发现秘画？你是不是该告诉宋伯伯？"

"这只是奶奶在我成长过程中不时提醒的，树徽的确切意义我无法说清。"

他无法让她离开广州，但要躲开她的爱情幻想："你奶奶在暗示你的生命之源，回到红园，也许你就能说清了。"

"你怎么总是希望我尽快回到红园？这不用担心，不论在北州、广州还是国外，我都是一株小红角杨树，红园始终是我的生命之源、爱情之源。"

他不能清晰把握她在想什么："我有点蒙，你到底想说什么？"

"你把树徽拿出来。"

他不明所以地拿出树徽，举在她眼前。

她打开紫红羊皮包，取出那枝鲜艳的干玫瑰与树徽并在一起："奶奶还留给我这枝色泽鲜艳的干玫瑰，奶奶用了奇妙方法让它保持鲜润。你仔细看看想想，树徽、紫红羊皮包、月亮玫瑰不都是爱情和信仰的象征吗？不觉得奶奶说的秘画也跟爱情和信仰相关？它们合起来，才是奶奶要给我的完整红角杨——完整红角杨就是信仰和爱情。"

她这样说时，她的纯真无邪瞬间历经风尘，他看着她，觉得这个时刻似曾相识，是明悠借明灵在说话，他不知道明悠到底要通过明灵暗示什么。

她是个难得的有信仰女孩，继承了她祖母的心魂，对未来充满奇异信心，必然要来到这个时刻，他怎么压得住她蓬勃的生命呢？

宋伯伯说她像个精灵，只有精灵才会不受年龄和现实的限制，在他身边自由飞翔，对他悄声细语，倾情诉说。

"纤云弄巧，飞星传恨，银汉迢迢暗度。金风玉露一相逢，便胜却人间无数。"

他随着她的话语飘忽而去，她的身影也随着她的话语飘忽而来。

到广州后，林袅更沉默寡言，她和明灵参加招聘的不同结果，让她心怀内疚，像做了什么对不起明灵的事。

明灵却没什么想法，欢欣如常，反过来，不时劝慰林袅。

"到南州大学对你我的意义不一样，这是你唯一逃生方向，我在哪里都可以。你别太忧郁，也别心灰意冷，生活最终是光明美好的。"

林袅恹恹一笑："你我气质不尽一致，我羡慕你和唐岱的生机勃勃，可我难以做到。"

"你这样在广州也不容易好，从北州避到广州有什么意义呢？"

"我的婚姻长期压抑，形成了我这样的性格情绪，一时摆脱不了。"

"人生会有不愿接受的，会有愁闷迷茫，会遇到似乎过不去的至暗时刻，经历这些是痛苦的，但只要经历了，它就是你人生的一部分，就变成更好未来的启示。"

"可仅凭启示，我怎么过得去呢？过去好像还在延续，匡枉很快也到广州，而且和我在同一个学院，还是躲不开。"

"改变性格就是改变生活，你改变不了他，可以改变自己，也许我会在南珉书院，我和唐岱会随时帮你。"

"你们不能到处跟着我吧？再说，你和唐岱确定都会在广州？"

"还难说，这要看红园怎么样。"

林袅沉思："我希望能和你们在一起，可要是红园不拆，你和唐岱就会在北州；要是红园被拆，我们都会受伤。"

明灵劝慰："有时候，不得不想那么多，但不能太忧伤。别老这样闷着了，咱们出去走走，太古汇离得那么近，你还没去过呢，我们去那儿，让你换换心情。"

她们在太古汇悠闲漫步。这里时尚豪华，宽敞疏朗，不像广州其他地方人流密集，眼前的一切赏心悦目，很多人不是购物，是享受休闲时光。

闲逛中，看见方所书店，玻璃门上是诗人也斯的赠语：愿回到更多诗歌朗读的年代——随风合唱中的隐秘抒情要另外聆听。

明灵饶有兴致："唐岱说，这个独立书店集艺术与生活一体，除了书，还有咖啡、展览、讲座与时尚服饰，本来说好和他来，现在我们进去看看。"

明灵在方所浏览群书，林袅随意走着，茫然四顾，视而不见，之后说："我们走吧。"

走出方所，明灵看看林袅神情："逛了这么长时间，看来没什么用，你还是魂不守舍，心情抑郁，在书店你也心不在焉。"

"这书店气氛不适合我，我不像别人那么闲适悠游，看不进去书。"

明灵叹一下："什么也排解不了你的忧愁，书都引不起你的兴致。"

"在星空图书室有沉思、有衷情、有想象、有向往，这儿没那样的感受。"

"你我都依恋那段时光，红园不但有读书的奇异空间，更有神往的星空梦幻，你不是和唐岱有过体验吗？"

林袅想了想："我更希望你能体验，能唤出星空玫瑰。"

明灵笑一笑："好像不到时候，那得回到红园才行。我现在想的更多的是怎么仿制雕像，广东美术馆正在催我。"

她们路过太古汇与文华东方酒店连着的廊桥。

明灵问："你能喝酒吗？"

"我不能。"

"那太遗憾了，从这里去逸劳酒廊几步就到，我和唐岱去过那儿。如果你能喝酒，我们再去。"

"你和他在那儿别有情趣吧？"

"是啊，我们在那儿遐想，情思悠悠。如果再去，还能回味当时情景。"

"那真可惜，我不能陪你一起去。在红园那段时间依依难忘，到广州，就会离开那样的生活，更让我哀伤悒郁，难以体会你和唐岱在酒廊的欢乐。"

"那就去楼顶平台吧，那里有几家西餐厅和咖啡厅。"

她们来到楼顶露天咖啡厅，坐在平台上，看着周围的广州夜景和星光。

"你还是心神恍惚，不只是因为想起红园不能静心，也不只是因为不能喝酒，一晚上你都心事重重。"

"我也不知怎么了，心里有什么牵着我不安。"

"你对广州不适应吗？"

"好像有点不适应，现在说不清。"然后她意外地说，"这个天台很大，让我想起红园的大露台，我们多待一会儿，晚点回去。"

林袅站在夜色中太古汇的露天平台上，眺望万家灯火和天上无尽星光。

在月光下明灵能清晰地看出来，林袅恍然失神。

林袅看着夜色："用宋伯伯的话说，这个夜晚布满了色彩。"

明灵和她并排看着星光和灯光："这是星光下安宁的家园色彩。"

"我们的家园也在广州星光下吗？"

"我们的家园在广州，也在红园，在中华大地。"

"要是这样，中华大地上也许有个我更向往的平静地方。"

明灵奇怪地看着她："那是什么地方？广州不好吗？"

"在广州的夜空下，我看到远处的平静日子在闪光。"

明灵在广州没有闲着，她颇受欢迎，忙于开讲座、参加活动、出席论坛、讲评展览、与人交游，和广东美术馆的几个头面人物交情不浅，二沙岛已是她熟悉的地方。

她摇曳着充满神秘活力和诗意感觉的生动形象，进入广州的艺术文化视野，替代了那些哗众取宠、空中楼阁的时尚文化形象。

林袅对她笑说："你在广州比在北州还活跃，真是'春风得意马蹄疾，一日看尽长安花'。"

"可我'始终确守初心，纤毫物欲不相侵'，心里的诗意情缘依然飘荡着。"

"这是'长安不见使人愁'，因为这几天不见唐岱踪影？"

"他把我们扔在一边，对我们这么冷淡。"

"他不会对我们不在意，不知道在忙什么。"

"刘鹏赞助的活动不是要我们参加吗？你打电话叫他来吧。"

林袅笑问："你不能叫他？"

"他在躲我，我不叫他。"

唐岱来到酒店，按了林袅住房的门铃，无人应声。他犹豫一下，又按了明灵住房的门铃。

门里传出明灵声音："门开着。"

唐岱走进去："林袅叫我来。她怎么不在？"

明灵正对着仿制的小"爱与美"打量沉思，并不回头："专来找林袅？"

"不是专来找她。"

"你就是来找她，是她打电话叫了你。既然来了，就帮我看看。"

唐岱仔细看看小雕像："这是'光明'的精缩版。"

"我觉得形神不一，是光明信仰没有表现出来，还是爱与美没有表现出来？"

"这很不错了，很生动具体。"

"你我情感融进雕像，它才能栩栩如生。"

"为什么执意这样想？"

"不能融入，就不能共情，要仿出它的形，就要深入它的神，我喜欢把它想象成我和你，那才能形神兼备、身心合一，才是我持久向往的那个雕像。"

"别局限于我和你，可以想象得更久远一些。"

她固执地说："我必须抓住身边生活，才能想象久远生活。最好的艺术有身边现实感也有久远神秘感，这雕像本来有神秘感，和你一起深入神秘感，我才有更生动的生命感。"

"你我能体现这样的神秘感吗……"

她打断他："我相信雕像之魂传到了你我身心中，雕像在你我的形神合一中才能存在下去，可你拒绝相信，终有一天，我会证明我说的一切，我会手捧小红角杨，走在星空下，你迟早会看到那个时刻。"

唐岱心绪纷乱，难以言说，只是他不知道，终于有一天，他在广州看到了明灵说的情景。

林袅进来，看到他们神情不对，明着在说几个人见面的事，实际上明灵夹枪带棒对唐岱使气。

明灵此刻的话锋凌厉转向："这两天为什么躲我们？就因为那天我在南州大学挽了你的胳膊？"

"你们在酒店住，离得远，都有事，没时间来回跑。"

"离得有多远？你不是连逸劳酒廊都不觉得远吗？你就是怕流言蜚语。"

"是要保护你和林袅。林袅刚来，传言对她不利。"

"最简单的保护是弄清你跟她和我到底怎么回事。"

唐岱看看林袅，尴尬地答非所问："怎么弄清？你在指导我？"

明灵很锐利："不要以为只是你能引导我，我比你更清晰。"

"有些事不像你想得那么简单。"

"你内心矛盾，才会觉得复杂。"

"这么多年我始终立场清晰，从不混乱。"

"可现在你犹豫迷茫，是对我们没信心，还是对未来没信心？"

林袅在旁边，一直想劝一劝，见有话题转移两人间的别扭，就笑着插话："无论未来怎么样，明灵都痴心不改，有光明信心，有爱与美情思，生机勃勃，对吗？"

"你只说我，他和我不一样吗？"

"唐岱依存于红园的时间太长、感情太深，怕失去它，几乎无法接受它被拆或迁移，这让他最近一直失落迷茫，也无暇顾及别的。"

明灵惊异："你对我和他这么了解？你的人生智慧跟你弹的琵琶一样美妙，熟谙人情世故，又不陷于人情世故。他是无暇顾及，还是无心顾及？"

唐岱低沉地说："林袅说得对，由于担忧红角杨，我越来越迷茫纠结。"他说不出，他也在迷茫纠结与她俩的情感。

"我告诉过你，奶奶留给我们的完整红角杨就是爱情和信仰，你对爱情和信仰也迷茫不安吗？"

唐岱蓦然无语，他自诩是有爱情和信仰的人，可他是这样的人吗？他最近怎么了？

明灵看透了他，现在她们都能看透他。林袅在疏远他，他和林袅正在失去亲近，明灵越来越亲近他，他却越来越抗拒。

他需要一个时刻才能做决定，那个时刻似乎就是红角杨的最后时刻，眼前只能等待，不愿和林袅渐渐冷淡，也不能和明灵瞬间亲昵。

明灵说："你假装迷茫，拒绝亲近，这能打消你的忧虑吗？"

林袅岔开话："说说下周一要参加的活动吧。"

她的话无人回应。

刘鹏笑呵呵地适时出现："下周一参加活动的当晚，我们飞回北州。明天周末，我带你们去一个地方。"

明灵说："什么地方？有意思吗？"

"有可能把红园迁移到那里，一起去看看。"

来到离广州一个半小时的清远一处山湾，车停下来，他们走下车。

刘鹏指点山湾："这周围是层层山林，山湾中是果园、农田，一对建筑师夫妇在这里20年了。这地方本来被一个做互联网金融的资本大鳄看中，想在这里办他的所谓大学，但这对夫妇厌恶他用高利贷放纵掠夺，没有把这块地方给他，很愿意让红园迁移到这里。"

建筑师夫妇很热情，和明灵聊建筑设计，很说得来。晚上住下来，星光满天，房主夫妇邀他们在星光下的房前凉亭喝茶聊天。

房屋恰好也是一栋小楼，楼前不远是凉亭，亭旁是葡萄架，葡萄架下有石凳。

明灵坐在石凳上，林裒倚在葡萄架下。

聊了一会儿，明灵仰头对林裒轻声说："我第一天走近雕像，就是在星光下，现在想去看看，雕像在这里的星光下会有什么感觉，你跟我去吗？"

"当然一起去。"

林裒和明灵边走边说："最初见你，没想到我们能这么亲近，我现在还能想起你在高铁站和元宵节晚会的样子，那时你特别在意唐岱，现在怎么跟他有点生疏？"

"我的一些想法跟他不一致。"

她们找到山湾正中前五分之一处，相当于红角杨喷泉所在的地方。

明灵抱着小雕像沉思一会儿，把雕像放在那里，对着整个山湾打量。

唐岱喝茶心不在焉，注意着她俩，看到她们走过去，他站起身："她俩在谈喷泉和雕像的事，我去看看。"

刘鹏说："你去吧，我们正好聊聊资金筹备的事。"

唐岱来到她俩身边："远处看你们身影，就像洛神的朦胧飘动，有了你们，红园迁移到这里会遍生灵性。"

林裒淡淡一笑："我有灵性吗？你在说明灵吧？"

"在说你俩，看到你们灵性挥洒，经典就变成了时尚，你们是在这个时代变幻出来的古典诗意形象。"

林裒思忖："要把经典之魂留下来，又要变幻出现实情思，你认为这个时代能做到？"

唐岱蹲身观察地上的小雕像："能啊，就像这个雕像，它是有灵气的，是明悠那一代的英勇之爱，也是在这个时代的爱与美。"

"明灵能变幻出形神一体的洛神灵气，我没有能深入其中的飞天灵气。"

"那《红角杨序曲》和雕像般的舞姿是怎么出来的？"

林裒黯然："是红角杨灵气浸濡了我，现在我离开了。"

"只要红角杨在，你的灵气就在。"

"从一开始见到我，就是你把我想得有灵气。"

"至少，在红角杨你们都浸染了屈原的香草美人灵气，跟着花神都变成了花神，跟着洛神都变成了洛神。"

明灵本来静听无语，此刻说："屈原的《九歌》不止写了娥皇、女英、云神、少司命、洛神宓妃，也写了山鬼，我跟着山鬼就变成了山鬼。"

林裛静静出神："你不是山鬼，山鬼是我，香草薜荔作衣，女萝作带，面带愁容，离忧哀怨，没有神的威仪，而你一直飞扬激情。"

明灵说："我从小就得了奶奶的激昂国殇精神，有追求有理想有勇敢情怀，崇敬红角杨的英勇之爱，可在红角杨成长的唐岱现在却缺乏勇气，为什么？"

"这么多年，我有时能控制自己，有时不能，可我的勇气一直都在，不论直言无忌，还是迂回曲折，都不改初心，涉及个人利益时，我轻挥衣袖，不说什么，但若触碰我的光明立场，我不会忍让，即使一时忍让，最终要爆发对峙。"

林裛轻声说："我到南州大学这十天，发现有一群跟贾相和赖央相似的人，你怎么看他们？"

"他们喜欢操弄小团体，我不能说他们每个人都邪恶，但主要的人身上有邪气，激发了一群人的庸常之恶，很自然与我们这样的人形成对峙。他们振振有词，认为自己的庸常之恶合于人性，可我不相信善恶都有的双重人性，这是庸常生活纵容恶的借口，我也不相信悲悯善意，表面的悲悯善意难以分辨本心，只有爱与美可以鉴别真假善恶，没有爱的人，怎么可能有悲悯善意？不追求美的人怎么可能鄙弃恶？"

林裛沉思着："他们几个人搅得周围是非颠倒，善恶不分，鸡犬不宁，风气败坏。我心里什么都清楚，却只能向往美好，无力跟败坏美好的庸常之恶对抗。"

唐岱说："可你能去追求中国式优雅美好，那就能不在意鄙陋庸常之恶了。古希腊神话中没有单一的美丑善恶，每个神都兼有人性优劣，这给了鄙陋之恶存在的借口。中国以优雅引导美好，张扬优雅而不屑鄙陋，创造美好自当摒弃浊恶，屈原的《离骚》《九歌》和中国的古代神话、古典诗词中，只有神出现，没有厉鬼恶魔，没有丑恶表达，这是中华古典生活特别的优雅纯净品质，能在这样的生活中就好了。"

　　林袅若有所悟："优雅就意味着远离鄙恶？也许我该去找找屈原、苏东坡和刘禹锡坚守的优雅？那就能找到我的美好生活了？我要安静地想一想。"

　　林袅笑笑，挥手离开。

　　明灵拿出唐岱小时候跟明悠的合影，递给唐岱："我刚才说的幼时憧憬，是从这张照片开始的。"

　　唐岱仔细看着，很吃惊："这张照片你保存至今？我自己都没有了。"

　　"我在奶奶的影集里见到这张雕像前的照片，照片上的小男孩隐约在心，直到我看到雕像，小男孩就和雕像重叠在一起了。"

　　"可我不是你心目中的雕像人物，那样的深情神奇不是照片上的小男孩能承担的。"

　　"我是要问问你，仿制或迁移的雕像，还能保持我那时的纯真感觉吗？"

　　"仿制和迁移就要重新创作，新的背景与情境让主题和风格有所变化，诗意感觉就会像神话般变幻生活，把神奇感觉融入雕像。"

　　"你是说，从那张照片起，我们就处于一个能变幻出诗意生活的神话，不能跟你我的生活截然分开？那你我会变化，雕像也会变化，雕像会变化进我们的生活，我们的生活也变化进雕像。"

　　"看来，你体会很深的，是让艺术和生命在不断融合中变化，变得更好。"

　　"宋爷爷也说，艺术创作不是心无旁骛进入另一空间，而是融入正在发生的身边生活。"

　　"进入现实，就能变幻现实，找到诗意生活和更好感觉。"

　　明灵意味莫测地说："但前提是想变，如果不想变，那就变不出来。艺术跟生活一样，当你想变，它就变幻无穷，如果你不想变，它就依然如故。我和你还想变吗？"

　　晚上，她俩住同一房间。

　　依山傍水，空气清凉，山湾清风习习吹进，她们坐在窗旁床上，倚着床头靠背。

　　从窗口看去，夜晚景色安静宜人，远处闪动着清远市的璀璨灯火。

　　明灵说："这里地形很像红园，三面环山绿树，前面一方湖塘，甚至还有泉水，红园要是迁到这里很合适。虽然我在广州或北州都行，还是希望不要迁了。"

　　林袅说："也许真像唐岱说的，这里有天地灵气，红园迁到这里会灵性横溢。刘禹锡在清远连州时间不长，却写了许多昂扬的诗篇，他秉持"功利存乎人民"，以民为本施政，促民族融合，兴文重教，使连州'科举甲通省'，一时岭南、荆楚乃至吴越学子心中趋慕，自唐至宋，连州进士人数不断增加，文风大盛。"

"刘禹锡对世事人情达观通透，光明衷情一直在心中，诗歌风格流荡刚健清新的优雅，感染影响着一代代人，给这个地方千年滋养和荫庇。我也想像他一样，在中华大地留下有价值生活的印记。"

"在北州和广州我都听到对你有些议论，他们不理解，你在国外有了艺术成就，也有安稳现成的工作，以你的能力会有很好发展，为什么要回国？"

"你怎么想？"

"和你在一起这段时间，我们多少相知，知道你的志向和想法常人难及。不过，咱们还没就此好好聊过。"

"中华生活有优雅人文，也有天地灵气，大唐时代就吸引了无数胡人进入中原，他们很愿意归化中华生活，绵绵融入中华血脉。为什么古典时代是胡人往中国来，不像现在中国人往西方去？为什么现在很多中国人留学后不想回国？"

"我没仔细想过，想听听你的想法。"

林裊穿着夏天的短袖衣，坐在床上，抱膝倾听，非常认真。

"回不回国要看为什么留学。现在很多人出国只为自己得到更多，可我受奶奶教导，像刘禹锡去国怀乡而矢志不悔，怀着让中国更好的信仰去留学。"

"你奶奶那一代留学和今天留学的根本区别在哪里？"

"那一代几乎所有留学的人都想要报效祖国，可现在很多中国留学生在国内就向往国外生活，当然不想回国。一个人的灵魂之一，就是祖国和民族的灵魂，那些背弃中华灵魂的人，终有一天会被中华后代鄙弃。"

林裊笑说："你很看重中华灵魂，可他们不把自己当中华成员，任怎么被骂，都无动于衷。"

"那就叫没有廉耻之心，一个人，最怕没有耻辱感，那就会失去人格和尊严，依附他人。"

"当年日本侵略中国时，许多汉奸不就是这样吗？"

"当时的汉奸是在国内，现在他们走向了国外，或者在国内与国外遥相呼应。"

"我听到，出国留学的人很多不愿回来，觉得外国好，而回到国内的人大多觉得中国好，不像前面几代那样，觉得什么都是外国的好。"

"现在出国的人里，精英不多，大多平庸，依靠家里的钱留学，他们容易被国外改变，真正好的学生往往是拿奖学金的，但这样的中国留学生极少。我在国外8年，可真没体验到国外有什么好、有什么可迷恋的。"

"那你回国是有什么想法了？"

"回到中国，我就有了中华家园的建筑欢乐。我的志向是给中国建立这个时代的纪念碑式精神性建筑，这是我更高的艺术目标。纪念性建筑让我有更崇高向往，我更愿意把我的艺术心血都融入其中，红园就是这样光荣与梦想的纪念，是经典文化美好、抗击邪恶精神与现代文明的三位一体。"

"宋伯伯说，战争年代，你奶奶就想在壮阔舒展的中华大地建一座风格独特的山水家园，红园就是这个志向的实现，它为纪念奉献精神和理想追求而建造，不仅是建筑物，而且是纪念碑。"

"我想像奶奶那样，像屈原、刘禹锡、苏轼那样，热爱这片家园，让我的建筑之美连着我的人生成就。如果有人因为我设计的房子爱上居住，因为我设计的图书馆爱上读书，因为我设计的剧院和展览馆爱上艺术，都会给我带来美感和幸福感，如果我的建筑让人们愉悦，还有庄严崇高感，那就是我更高的理想。"

"你这样说我就明白了，出国前就不想回来的人和出国前就准备回来的人相比，留学想法不一样，回不回国的想法也不一样，根本区别在于做人的不一样，没有生活立场和祖国情怀的人，不会有中华志向和艺术情怀。"

"我仿制雕像和寻找秘画都为了这样的志向，留学和回国都是初心先许。这些天我一直在领会红园的建筑精神，体会从秘画延伸到红园的家园神魂，寻找我要的纪念性建筑的精髓。我现在焦虑，红园可能要拆了，而我要做的事情还一点头绪都没有。"

"它迁移到广州，就可以保留基本格局，而你在广州如鱼得水，那就有可能实现你的志向了。你接受南珉书院聘请吗？"

她摇摇头："迁移之后就会大不一样，这就是唐岱焦虑的原因。我的艺术跟生活连在一起，如果我要的生活跟我从事的工作不一致，我不会接受这份工作，即使有身份和薪金的诱惑，看上去更能发挥我的才能，我也不会考虑，因为那可能适得其反。"

林枭悟道："对我来说，也是这样？我现在的犹豫和矛盾，是不是也因为我想过的生活和我现在的情境不尽一致？"

"你别这样想，你跟我的经历不一样，已经发生的只能让它过去，以后只要警觉防备，再受伤的可能就小了，你就会平安宁静，过去不能把你打倒的，现在就是让你坚强的。对你来说，现在的生活适合现在的工作，对我来说，在哪里都行，我只在意红园。"

"可你若到广州，就离开了红园。"

"那么多年，我奶奶也并不在红园。"

林袅悟道："在红园是心在，不一定是身在，只要心在，哪里都能自如。"

"红园的事还没定，南珉书院的事我也先不考虑。"

"唐岱想不想让你去南珉书院？"

"他让我自己定。"

"你怎么想？"

"唐岱若回去，我也回去，我不在意什么南珉书院。"

"有人猜，唐岱到哪里，你就到哪里，你是为了唐岱回国的。"

明灵一笑："我回到北州时，并不知道有个唐岱啊。"

"这10天你在广州很活跃，他们猜你更想到广州来。"

"我到广州的活动，是在北州就约好的。"

"不过，唐岱在哪里你在哪里，这挺好。"

"以后可能咱们都在广州。你不说说你？"

林袅沉吟一会儿："我最近有点儿心绪茫茫，如果我离开广州呢？"

明灵很惊奇："你对广州不适应，还是对这个大学不满意？"

"都不是，只是我在广州没什么意思，而且那个人很快又要来，我现在茫然不安。想一想，在红园那段时间心里平静，有向往，有信心，有活力，有我的《红角杨序曲》"

"你想回去？如果它被拆或迁移呢？"

"也许还有别的平静地方吧，我正在想这个事。"她含糊地说。

"你想得很奇怪，不明白你到底怎么想。如果红园迁移，我只能到广州来，你又能到哪里去呢？"

"你觉得我想得奇怪，可你不觉得，唐岱见你的样子更奇怪？"

第二天早餐时他们在一起。

林袅说："我想和你们一起回北州。"

唐岱问："你想回去看看？"

"我想明白了一些事，想放弃广州这份工作。"

刘鹏很惊奇："这份工作可很不容易得到啊，你为什么要这样？"

"我还是不适应广州，再说匡枉也要来，我怕我的抑郁心情加重。"

刘鹏说："你回到北州会怎么样呢？那里对你也并不理想。"

"先回去吧。"

明灵说："红园要是被拆或者迁移，你不是还要到广州来吗？你这样一走了之，就把退路封了。"

"我要好好想一想，可能会有另一个我能去的地方。"

唐岱问："为什么这么突然、这么坚决？"

"这件事我想了一段时间了。"

刘鹏问："你要去哪个地方？"

"我要找一个安宁僻静的地方。"她的神情哀伤。

他们都很吃惊，纳闷发蒙。

唐岱说："你长期哀伤，有了幻觉，事情不至于此，过段时间，你就不会这样想了。"

"在遇到你们之前，我曾想过，为彻底清静，想去寺庙，这段时间我完全放弃了这个想法，不过还是觉得，安宁僻静的生活对我更合适。"

明灵惊讶："你的音乐理想和人生梦想现在完全颠倒了呀！"

刘鹏说："是不是广州让你情思混乱，有了这些想法？"

"你们看到我现在很清醒，应该明白我的意愿也很清晰。"

唐岱劝她："等一等再决定吧，红园如果迁过来，我们都在广州，就会更好。"

"和你们在一起，我有跟不上的感觉，更适合你的人是明灵，她有不停往前奔的活力，我只能被动跟着，那不如让我去过我能跟得上的生活。"

"那就只能独自在僻静安宁的地方？"

"对，那里有简单现实，也有敞开的理想，说不定还有非常好的音乐感悟。"

倏然而来的分离感让唐岱黯然若失。林枭虽在身边，却相隔遥远，这不是他原来想要的林枭，现在的林枭和记忆中的朱丹影叠成一个影像，只能保存在遥远地方，也许那个地方要祁远这样的人去坚守，不是他。

神思缥缈间，喷泉雕像手中的火把一闪，照亮了他心里的幽深。很长时间来，那双遥远又近在身边的眼睛凝视着他，此刻他终于知道，那是雕像的眼睛。

元宵节他见到明灵时，就看到了雕像眼睛，现在他意识到，凝视他的，不仅是朱将军和明悠，从那个时刻起，这双眼睛就把他和明灵紧紧连在了一起，也把他的未来和红角杨未来紧紧相连。

他曾拒绝明灵把他当作雕像人物，试图远离她的愿望：她是明悠的后继之人，而他是雕像的守护者吗？

他要守护红园，也要守护明灵，这变成了同一件事，可他又必须分成两件事去做。

二十一 什么比书和美丽更长久

祁远不带手机，不通消息，昼夜兼程，能走就走，该停就停，像个千年前的游牧者那样自由自在。

他穿着T恤衫，蹬着马靴，牵着他那匹神采奕奕的"飞泉"，突然出现在黄昏的光色中，站在高达3.8米的四扇厚重橡木门前。

在宋恒近百年生命中，这大门敞开的时间并不多。1946年到1949年，由于朱将军的一些公务，门为一些来往的汽车打开过。1969年朱将军失踪后，门四十余年没有打开。

此刻，宋恒庄重地将门推开，他的神色表明在进行一个仪式——朱丹影终于要回来了。几十年来，他像对孩子一样照顾这四扇门，沉重的门很轻巧，像青春的门一样流利地滑向两旁，像大幕缓缓拉开，呈现这个骑士和这匹马。

这个牵着马的骑士与大地相连，让朱将军的形象在中华大地隐约浮现，宋恒想起那些骑着战马驰骋疆场的岁月，想起和明悠共乘朱将军那匹马，在滇西树林的夜色中冲出枪林弹雨。

祁远朗声笑着："唐岱说这大门从不开启。"

"这大门一直等待开启，打开门，我就恍惚见到我那些兄弟，他们为正义和爱情而勇敢温柔，我时刻准备为这样的人打开这扇门。可是，怎么朱丹影没和你一起来？"

祁远面露愧意和难言之隐："这……我一下说不清。"

宋恒通透明了："嗯，我懂得你，还在犹豫什么吧？"

宋恒被这匹马吸引，它竟与朱将军当年那匹战马神似，唤起宋恒对马的神秘力量的崇拜：在人类尚未诞生的一百万年前，马就开始在辽阔的草原上漫游，它们就像从大地深处涌出来的英勇力量。

银焰盯着祁远和飞泉，不停转换目光，它与这匹马有战友般久别重逢的亲切感，在几十年生涯中，它保持对这匹马的记忆，但这些年它从未见过这匹马，也从未见过这四扇连轴大门开启，这让它十分惊异。

祁远轻挡想抚摸马的宋恒："小心，这匹马有野性，除了我，它不让任何人碰。"

飞泉像懂得宋恒，轻柔地把头颈伸向宋恒。

祁远怔一下："它怎么主动让您碰它，它从没这样过。"

宋恒抚摸着马："它的野性就是它的神性，它看上去就是朱将军那匹马的后代，它懂得我，认识我，我们心灵相通……把它牵到花园角院，朱将军的马用过的马厩早就准备好了。"

"它喜欢吃青草，这一路上，它好几天没吃到青草了。"

宋恒如当年站在准备上战场的士兵们面前一样，气宇轩昂："来吧，让它进入红角杨，这里遍地青草。"

祁远与宋恒并排而行，信步走上中央大道。大道两旁是草坪，草坪蔓延到尽头，周围是一圈大树。

飞泉从容大方地轻轻踏蹄，静无声息，悠然迈步，跟在身后，不用缰绳牵引，像他们的影子，又像他们的保护神。银焰轻灵矫健地滑着碎步，像浮动在大地上的一个精灵。

祁远一路风尘，穿越河西走廊，进入城市的喧嚣地带，浑身皮肤因城市刺激而绷紧。在红园，他有与在草原相似的感受，身体不再被尘埃与嚣叫裹紧。他的T恤衫在清风中像在草原上一样飘动，他恢复了那种有翅翼的感受，觉出飞泉在他身后能腾飞起舞。

他重返儿时惊异，这里是与城市不同的另一片地方，从几千年之久的焉支，来到这个只有73年历史的地方，像是飞越千年，在喷泉、树木和鸟鸣中，辨认出草原、河流和大山。

焉支山在广阔草原，红园在狭小城市，它们都像他的永久堡垒。

唐岱站在二楼门厅上方的小露台上，惊异地看着他自童年起从未看到过的情景：一个古老骑士牵着棕色马，站在敞开的大门画框中，黄昏阳光斜照着骑士和马，像雕像凝立，布满历史思念和遥远回想。

可惜林袅没看到，这时候她该回来了。她那样的忧伤气质，她最近的情感状态，对祁远的隐约盼望，都让这样的情景能深入身心，也能让她换换心情。

唐岱注视宋恒与祁远交谈的身影，怀着隐隐疑虑和希望：祁远不善与城市交往，远方的单纯决断是他生存的根本，他直接破开表象的异常性格意味着什么？

他走出小楼，迎上前去，两人的笑脸扑面而来。

他们在大门通向小楼的中央大道口会齐，沿着环绕喷泉的道路走向小楼。

他们身后，明灵、余烁和桑梓次第出现在角门。

明灵远远见到祁远，沿大道像低飞蜻蜓轻盈地冲过来。

祁远高大的个头挺立着，强壮的身躯展开来，张开双臂抱起明灵上身旋转起来，她欢笑着，晃着脑袋。

明灵站稳身体："终于把你盼来了。"

余烁抚摸飞泉，荡漾笑意。

"哦，你也希望和飞泉成为好朋友？奇怪，它在这里很安静，一下子发现了这么多朋友，和大家这么亲近。"祁远的神色游移片刻，"林袅什么时候回来？"

宋恒说："等等她就回来了。先安置好飞泉，然后安置你的住处吧。"

飞泉和银焰伴着他们欢欣说笑，向花园走去。

园丁房旁，是朱将军的马用过的马厩，宋恒将马厩洗刷一新，为飞泉准备好了一切。

暮色苍茫，草木变得层叠朦胧，传来祁远、余烁、明灵和银焰、飞泉在花园里嬉闹的声音。

桑梓和唐岱站在离月亮门不远那棵刻字的树下，透过渐渐降临、愈来愈浓的暮色，观望花园。

桑梓感叹："祁远回来了，多少又回到了往日感觉。"

"是不是红园要重现往日繁荣？"

她摇摇头："你别太乐观，祁远为什么没带来朱丹影？"

"他有很深的顾虑。"

"这不像他的性格。看到他的眼神了吗？他看你看我一个样，可寻找林袅另一个样。"

"这我看得出来，他想见林袅就像想见朱丹影一样。"

"他把林袅当成另一个朱丹影，所以不带朱丹影来？"

"不是这样，林袅只是朱丹影的影子，一个影子对祁远的意义是空幻的。"

"谁是谁的影子还不知道呢。"她耐人寻味地说。

"祁远让我有点迷失，没有一个朋友不会活不下去，可没有祁远不仅是没有一个朋友，祁远和林袅一定对我意味着什么。祁远是你我的忠诚伙伴，但我不知道林袅会发生什么变化。"

"生活就是这样，你想做什么，又无力做什么，因为你不知道方向。"

唐岱苦笑一下："我甚至都不知道，谁创造了我的爱与美之神？我把香草美人、洛神之美、雅典娜之美和阿芙洛狄特之美朦胧混淆，究竟哪个更清晰？瑶姬传说了几千年，飞天似乎一直在我的云端，曹植的《洛神赋》写了那么多关于洛神的美，谁见过她们？要确定她们，得有标志，比方身上绕着五彩光晕什么的，在这个时代，找得到这样的人吗？"

"你的确含混不清，你的爱与美不是我，不是朱丹影，不是林袅？你到底想要什么？"

"我不知道，如果我知道了，一切就清晰了。"

"我很少对你迷惑，这次被你弄迷惑了，甚至说不清你对情恋怎么想。"

他不太自信："在广州我对你说过，我要等待红角杨的未来才能做出判断。"

"你的判断何时才能到来？那是不是晚了？你的预感不能帮你早一些判断？"

"一个预言者无法对自己做出预言。"

暮色正氤氲夜色，身后红角杨树氤氲出丰满轮廓。灯还没亮，很幽静，从他们所站地方，看到月亮玫瑰影影绰绰。

林袅还没回来，祁远在唐岱房间里等。

"怎么没把朱丹影带来？"

"她又在苏醒，我担心她不能承受现在的变化，我得小心，不能破坏她的苏醒。"

"还有别的原因吗？"

祁远显得愧疚而难以言说："我不能既面对胭脂又面对林袅。胭脂离不开我，可她最终要回来，那林袅怎么办？林袅肯定会离开，可她去哪里？"

"你想拖延林袅离开的时间？这样做对红园太危险了。"

"我也焦虑，不知怎么就没把胭脂带来。每次我来这里，都有要把胭脂带回来的愿望，这次也如此，我要在这里积蓄动力，再回到焉支，一定把她带来。"

整个晚上祁远心不在焉，时时倾听和等待。

唐岱干脆说出祁远心思："你心神不定，在等林袅？"

祁远也不回避："这么晚了，她会回来吗？"

"现在这是她的家园，再晚也会回来。你骑马赶了18个小时，要不要先去休息？"

"我还是想今天见到她，就像……"他犹豫着，"就像想见到胭脂那样，我每天都要见到胭脂。"

"反正你也没心思说话了，咱们去图书室看看。"

祁远还在渴望见林袅的状态中不肯出来："不是在这里等林袅吗？"

唐岱不禁笑起来："她回来，无论在哪里都能见到，她又不会逃跑。"他补充一句，"那里是她常去的地方。"

祁远像一匹马受了诱惑，渴望又不情愿地随唐岱踏上走廊，走下楼梯。

他们走向图书室的声音在走廊和楼梯上回响。

几分钟后，来到图书室，祁远往里走了一步呆住了。

唐岱看着他："这有什么新奇吗？你过去不是来过吗？"

祁远翕动鼻翼："有股奇特气息……"

唐岱立即想到他在这里闻过的气息，这气息依然悠悠回环，他尽量保持镇静："我明白了。你当然闻得到这气息。"

祁远激动向往："这像胭脂的味，像草原的味。"

唐岱沉着地苦笑："这段时间，林袅在这里读书，这里漫溢她的气息。"

祁远悟过来："她们太像了，怪不得我有熟悉感。"

"是你嗅觉太灵敏了，能从两个不同的人闻出一样气息。"

"山林的猎手，草原的骑手，嗅觉都异常灵敏，因为他们的气息和身体都很纯净。我的嗅觉唤起更多的，还是过去来这里的感觉。"

"你想起了什么？我的感觉总和爱与美连在一起，一如屈原所憧憬的美人香草，也如曹植欣羡的洛神之美，也像古希腊阿芙洛狄特的浪漫，我还常想到明悠在战争中的一身英气。"唐岱伴着祁远，边往里走边说，"这里总和女人有隐秘联系，在内角拱形成的穹隆形圆屋顶下，在圆形地毯上，女人和男人激情相拥，有时就会激发男人的预感……"

祁远神迷情失，心神不定。

"祁远，你在听吗？"

祁远如梦初醒："嗯，我在听。"

唐岱疲惫忧伤，还隐隐怨尤，他还是闻到萦绕的林袅气息，但现在混杂着祁远的气息，那种清澈幽然被破坏了，这让他无奈而憔悴。

他看着又陷入出神状态的祁远，叹息一下，羡慕祁远心里想着朱丹影，却完全陷入对林袅的迷蒙向往，他不能像祁远这么单纯执着。

看着祁远空茫的依恋，他觉到了林袅深深的忧伤，可谁比他更忧伤？谁比这些书和这些女人更忧伤？

他靠上身旁书架，脸贴上一排书，想到洛神的脸庞以及她细腻的肌肤。他在想象中伸出手，抚在她脸颊上，却抚上了一本书。

伟大的历史和神性、悠远的香草和美人，都在他身后这些书中，让他产生敬意。经历了这么多岁月后，它们和她们已经消失了，然后又复活。

他身边女人也会消失在这些书中吗？她们明艳的容貌和柔软滑润的身体比书，甚至比历史，存在得更长久吗？

真正永恒的是爱与美之神，这就是朱丹影、桑梓、林袅、明灵比他存在得更有意义的原因，她们拥有美丽，美丽的身体会有美丽的神魂。

他淡淡说："你没在听，你什么都没听到，咱们还是回楼上吧，林袅差不多该回来了。"

他们沉浸在情思和忧伤中，默默无声上楼，像两个静无声息的灵魂，悄然穿过走廊，不再像下楼时那样沉重大声，没有惊醒入睡的明灵。

到楼上唐岱的房间没花多少时间，时间却游移在他们身边。对于这两个游荡的灵魂，时间无比重要又根本不重要。

唐岱望着祁远，祁远也望着他，都有些走神，意绪不定，想知道对方在想什么，也大致知道对方在想什么。

唐岱甚至比祁远更盼着林袅归来，林袅归来他就解脱了。

"我给你换杯新茶。"唐岱把茶放在祁远面前，"这是今年的明前蒙顶黄芽。"

祁远笑起来："你在教我过一种生活。这样喝茶我已经忘记，我习惯了大壶大碗的茶。"

唐岱也笑："你在草原上那样生活挺好，没必要像我一样。"

祁远看着清亮微黄的茶水中一片片椭圆形茶叶缓缓舒展："看着很美，应该很好喝。"

"第一杯茶是中华地理标志浙江安吉白茶，我品出了中华家园的清香，可你根本没在意。林袅到来以前，你静心品品第二杯茶。"

祁远呷口茶："这样喝茶聊天很好。你和林袅也一起喝茶吗？"

"有时候会。"

"她回来之前，你还有时间再给我讲讲红园，这次我来又有一些不寻常感受，很想再听你说说。"

"从1933年抗日战争第一仗长城抗战开始说，还是从1946年红园建成开始说？穿越一个世纪的人物和故事难以一一诉说，它们就是红园过去和现在的命运，有些我不知道，有些我说不清，何况它现在处境不佳。"

祁远现出兴致："我在草原的生活太单纯了，一下子就能说清，你要简单一些说。"

"如果简单一些说，就从女人的爱与美说起，不论从哪个时间开始，红角杨命运总和女人的故事连在一起，一些爱与美跟信仰和衷情神奇一体。"

祁远摇头："像我和胭脂这种关系是最单纯的，可对别人来说，这个世界和女人的关系是最复杂的。这并不简单，这样说，你反而会说不清。"

"你看得比我透彻。"

"太多说女人，人家会说你不够大气。"

"那要看怎么说，没有爱与美，我们将一无所有，女人最能体现爱与美，我能说一些这样的红园秘密，虽然我不完全知道。"

"谁完全知道？"

"没有人完全知道，宋伯伯知道得更多一些。他知道的，有的告诉了我，有的没有。而我知道的，他看得很明白，我是在他的清晰目光中长大的。"

"喝着茶，感到这一切可能很奇妙，我特别想听你不知道的和你说不清的。"祁远挺认真地呷了一口茶，"这么多年来我第一次这样喝茶，也是我第一次想要像你这样思考生活、专注生活。过去20年我没想过，可以这样去重新进入自己的生活，让它变得很有意思。"

"重新进入不仅会让你恢复20年前的感觉，也让你尝试着过另一种生活，新的感觉把生活变得与以往不一样，这种生活会改变你……"

祁远突然一震，马一样昂起头，凝神倾听楼下声音。

唐岱也听到了林袅的脚步声，他能在头三下脚步声后就分辨出是桑梓的，还是林袅的，或是明灵的。桑梓的脚步庄重从容，华贵大度；明灵的脚步轻快敏捷，像要急切地见到谁或告知什么事；林袅的脚步清幽柔滑，可以想象她舞步般优雅轻盈的样子。

祁远端着茶怔住："这是胭脂的脚步声，简直一模一样，我太熟悉了，一下子就听出来了。"

脚步声到达门口，祁远放下茶杯，霍然站立。

林袅推开门："都快两点了，你怎么还没睡……"

她看着祁远睁大眼睛，脸上亲密自在的神情顿然停住。

她的眼睛每逢睁大时便有异样光彩，这光彩像灯柱对准祁远，祁远被笼在这道光柱中不能自已。

她露出笑容："你出现得这么突然。"

祁远有些拘束腼腆："看到我，你很惊异？"

"大家都在盼你。"

唐岱说："他到来时情景动人，他骑着他强健的马，像个古老的胡人骑士从天而降。"

"那我真不该错过这种情景。真不巧，今天回来这么晚。"她看了唐岱一眼，那眼神意义不明，转过脸，对祁远含着笑意，"这么晚了，你肯定累了，我也要去睡了。"

祁远急忙说："我不累。"

唐岱不明不白加一句："他等了你一晚上。"

她盯唐岱一眼，唐岱看出她的眼光含有责备：你这是什么意思？

"你们都不累？"

他们望着她，默不作声。

她摆脱了内心的束缚和谨慎，放开心胸，不再惧怕面对这两个相似又不一样的男人。

"好吧，我也不去睡了。"

她在那张二十世纪四十年代制作的大沙发上坐下："你一直把朱丹影叫胭脂吗？"

"我们那里不知道朱丹影这个名字，都叫她胭脂。"

"胭脂……好听的名字，"她沉入遐思，"是那里的大山和河流让你想到这个名字的吧？这让她透着传说和风情的意味。"

"你和她长得太像了，就像同一个人。"

"这你说过了。"她抬起头，对祁远笑一下，藏着一些茫然，"在你们的目光中，有时候，我都不知道我是谁。"

祁远专注地望着她："其实你可以把自己当胭脂，你是另一个她。"

唐岱慢悠悠地说："对祁远来说，胭脂可能同时有两个。有的小说中写过，只要同一个人同一时间在两个地方出现，或两个同样的人同时在两个地方出现，人们就辨不清他们是谁。"

"我毕竟不是小说中的人物，我是我自己。"

"你还不明白？对祁远来说，你的声音就是另一个胭脂，多少年来，他听不到胭脂说话，你就像胭脂在说话，你的声音让胭脂充满活力。"

她意外地镇定："在你们眼中，我是另一个女人？你们要清醒一些，我既不是胭脂，也不是朱丹影。"

唐岱淡淡说："你当然不是，只是像她。"

祁远激发出相反情绪："这有什么区别？你为什么不可以是她？"

她愕然露怯，没想到祁远这样执着直率，她镇静一下，嫣然笑容透着温情："如果我是她，她对你们来说还存在吗？"

祁远不言语了，他觉出自己的冲动。这一刻，他把她当成胭脂，那种冲动和放纵，来源于他想有一个能说话的胭脂，也因为太渴望见林袅，等到半夜，而他在草原养成的个性又一向直率。

他并无他意，只是意愿过于强烈，在草原上，他常对自己不加控制。

因为猜想国外资本企图介入，要有所防备，唐岱再次去找李程。

在宽大的办公室里，李程倚在沙发上，显得很疲惫："我猜到你会来找我。不必太担心，我们不会让国外资本轻易控制中国的事情。"

"他们可能会借助一些中国资本的躯壳。"

"只要刘鹏这样的大资本不被利用就好办。现在看来，刘鹏还挺清醒。"

"你看上去很累。"

"这几天开会太多。红园的事，也是这两天开会定的。"

"又要重新启动拆除计划？"

"是这样。"

"你没想法再议一议？"

"我尽力了。可多数人意见都是这样。我最多再拖延半个月，补充一些材料报上去，看看你还能有什么办法。"

"如果你都没办法，我的作用就不大了。不过，祁远要送回朱丹影，这会有改变吧？"

"那太好了，她是合法继承人，能说清是私有财产，就不容易动它了。"

"可她还在失智状态。"

"那就难办了，怎么证明她是朱丹影呢？怎么证明红园属于她呢？"李程坐在那里，真诚地显出失望，"最重要的是，她不具备申明财产的自然资质。"

"至少，这不能确定是无主财产了，如果能确定这是私有财产，可以指定监护人，代她行使权力。即使司法争议也得走一段过程吧？这就不容易随意处置了。"

"你指望朱丹影回来能拖延时间？当然最好能这样。听说还有债务？"

"这你也知道？这本来是个秘密。"

"有人把这秘密故意泄露出来了，这个话题很敏感。"

"债务会影响什么吗？"

"会影响人们的倾向。人们会担心即使不拆，将来怎么维持下去。有人提出，若把它改成开放式主题公园，就需要大量资金改建和维护，它是公益性的，只有投入，没有收入，政府目前还没有直接的财政支持可能，还要偿付那么大一笔债务，而飞天广场是有持久大幅经济效益的，那还不如建飞天广场，最好由大资本把它买下来，政府就没有什么负担了，又可以推动城市经济。"

"这就是国外资本想介入的机会？好像一开始就有势力暗暗往这方面推。"

"债权人可以起诉拍卖。还好，债权现在还在刘鹏手里。"

"他们想控制红园的企图越来越明显，好像不仅为了地产，还冲着秘画以及后续项目，这隐藏了更深的控制欲望，他们想控制北州的核心区域。"

"我明白。债务的事你得重视起来。朱丹影的事我会提出来，看看能不能改变什么。另外，如能证明有泉水，可以把它变成北州唯一有地面泉水的主题公园，这在整个西北都是难得的。"

唐岱回到红园，这个曾与他朝夕相伴的地方命运未卜，再次让他忧伤。很多时日在这里度过，而他与这里千丝万缕的意义难以预测，像往日一样，跨进这大门，一丝神秘飘过心头。

前院幽然空旷，静谧中他走向花园。

二十分钟后，他在花园角院的马厩旁，见到了祁远和他的马。祁远正给飞泉梳理鬃毛，银焰静卧在旁边不远处。

祁远沉迷于和飞泉亲昵，显得快乐无忧，可唐岱知道，只要触摸一下，他就会清醒过来。他用马放下一道帘幕隔开现实，和马一起顾念远方的胭脂。

唐岱看得很清楚：这道帘幕是透明的，什么也遮不住。昨夜三人夜谈的情景，不会那么快就被送到了焉支山下，再随白云飘走。

银焰挺身迎接他，朝他亲昵地摇尾巴，表示它正在守护这个地方。它从来没有慵懒样子，总是挺身瞭望，无时无刻不在守护，像个忠诚的士兵、有教养的绅士。

在他和银焰的互相关注中，银焰的眼神变成了朱将军的凝视。它的眼神告诉他：你不必问为什么和是什么，我在守护一个对你很重要的时刻，我有超越你的连绵四代的血统，超越你的感知，在你的存在之上。

银焰轻吠没有引起祁远注意，倒是飞泉认出了他，它的目光关注着他。

他走过去，脚步声引起祁远反应。

"让它去花园吃草吧。"唐岱说。

祁远一只手抚在马身上，侧转向他："你神色不好。和李程谈得不顺？"

"和李程谈得倒好，他还像读大学时那样睿智大气，但情况不乐观。"

"不是要把朱丹影接来了吗？"

"又要重新启动拆除计划，除了要证明朱丹影是继承人，还有巨额债务。"

"巨额债务？"祁远很吃惊，"是怎么回事？"

唐岱讲了债务带来的具体困境。

祁远想了一下："我明天就去接胭脂。我在这里的感觉舒畅，既像在焉支山下的草原，又不像在那里，我想，胭脂也会有这样的感觉，她回来就能让这种生活长久下去。"

祁远变得严肃深沉，脱离了昨夜林袅的影响，为红园担忧，而不仅仅为了女人。

午饭时大家聚在一起，气氛有些沉闷。宋恒脸色严峻，大家担心地不时看他一下，都知道他在为债务的事责备自己。其实，痛苦噬咬着他，让大家比咬着自己还难受。大家都明白，这件事宋恒没有责任。

红园之外，没什么能显示他们共同的心魂。在别人眼中，一个几乎越过一个世纪的老头和一条猎犬、一匹马、一个失智女人、一个医生、一个琵琶艺术家、一个文学家、一个乡村教师、一个建筑设计师、一个失语的退伍兵都无足轻重。

宋恒郑重地说："欠这么多债是我的责任，可这不意味着红园的衰落，它可能无声无息，留不下记忆，但英勇之爱、尊严与正义让我们非凡，这是人们可以忽视而历史却难以抹去的。"

他们默默望着某个地方出神，等待某个命运使者，不然，没法弄到一大笔钱来保证红园存在。

唐岱的手机铃声响起来。他接完电话说："我得立即去广州。"

林袅问："发生了什么事？现在不是在五一小长假里吗？"

"是我带的一个研究生的事。"

桑梓瞥一下林袅和祁远："这个时候，最好还是别离开。"

"我不得不去。"

宋恒问："什么事？"

"现在到了研究生答辩的最后时间，有人诬陷我的研究生抄袭。我了解自己的研究生，他们是我带出来的，我的风格就是他们的风格，他们绝不会抄袭，而且，这些人还诬陷我和研究生一起抄袭。"

宋恒严肃地说："那你必须认真对待，这涉及你的荣誉，就像军旗的荣誉，现在你的荣誉就是红角杨的荣誉，不能让人抹黑。"

唐岱看着大家："我得尽快澄清证明，如拖延不慎，我的研究生就来不及参加毕业答辩了，他们的目的就是这个。"然后他转向祁远，"之后我尽快回来。你什么时候去焉支？"

"明天一早动身。"

明灵突然说："我也去广州。"

二十二　谁能改变微笑和忧伤

第二天早晨，祁远没有回军马场。一连三天，他耽搁着，到处都留下他游荡不停的身影和情思茫茫的脚印。

三天里，他和每一个人，还有灵犬银焰，都亲密无间，但接触最多的，还是林袅。他对林袅的关注和倾心，谁都看得出来。他没有向她求爱，这是他冷静的地方，除此之外，他就像个孩子，到处找她。

林袅只要进入大门，就发现祁远像个侦探守候着。她对他的眼神慌恐不安，他的眼神像草原上的箭射来，让她脸热心跳，发生晕眩。

面对祁远与林袅的关系，其他人不知所措，保持沉默。

谁都能理解祁远，他陪朱丹影过了那么多年，想要一个像朱丹影的人和他说说话，这点要求不算过分，谁都没有苛责他的意思。

林袅不愿成为他渴望的对象，当他热切望着她时，她感到害怕，怕自己迷惑，尽力不和他单独碰面。

她一反常态不去图书室，怕单独在那里见祁远，尤其怕那里流荡的情幻气氛，这迫使她躲在自己房间里。

可这又制造了她和祁远在一起的机会，祁远要找她，就要去她房间，明灵去了广州，她只能单独面对祁远。有时，她找借口走出房间，但做得太明显，以至祁远马上就能感觉出来，这让她不能找太多借口走出去，她没必要伤祁远。她变得无处躲藏，也变得敏感，甚至想到，这是自己故意要让他有和她在一起的机会。

她不和祁远散步，避免和他坐在一起，拒绝和他多说，脸上的笑容别扭。仅仅三天，两人间有了层透明的屏蔽，彼此能看到对方，她却不愿穿越屏障，也不让他过来。这让她显得很忙，祁远见到她时，她不是练琴，就是整理衣物，要不就清扫房间，弄得他站也不是，坐也不是。

她看出祁远有些气恼，却不气馁。她暗想，没有人向她真正求爱，在这探照灯般强烈关注下，如果祁远真像个古罗马骑士那样用剑与玫瑰向她求爱，她可能会立即答应。

唐岱不会像个古老的胡人勇士去夺取自己的女人，她却受了唐岱深刻影响，把爱与美当作她的经典。

无数的人，在永恒的爱与美召唤下复活。匡枉以强暴的方式让她的爱死了，但爱并不是轻易可以死去的，爱终有一天会复活。

她要远离匡枉那样邪恶的人，以免他们妨碍自己复活，所以离开广州。若她在广州，阴暗的叫骂、诽谤和威胁依然还在，她的傲然无法阻止他们接近。

她想起了《红角杨序曲》中的激情复活感，她必须提前复活，否则，她无法在红角杨的复活中感受自己的复活。

唐岱和祁远正在唤醒她的复活，是她所依傍的男性，他们不断呈现的形象就像飞天在空中飘舞寓示，没有明确说出什么，却贴近心魂，让她的身体生动起来。

"我很久没和男人亲近了，你不能跟我太近。"

"这样说算什么？是挑战的武器，还是防御的方式？"

"都不是，是事实。"

"那么唐岱呢？"

"除了唐岱。"

"为什么唐岱除外？"

祁远说话简洁明确，单刀直入，让她恐慌。他毫不含蓄，反倒对她产生了魅力。相比之下，唐岱太优雅、太含蓄、太有教养了，难以破坏她心里的阴影，只有祁远的个性力量才能打破她积蓄已久的忧郁。

三天里，祁远很快适应了这些人和这个地方。不管在什么地方，在他住的房间，在林袅的房间，在宽大的会议室——这是他们的餐室和休息室，在喷泉旁、大道上，或者在花园里、小径上，他都能自由自在，像在焉支山、胭脂河和草原上一样。

在焉支，他从没浪费过每一个早晨，在这里他也很早就起身。

他和宋恒几乎同时起床，在院里相遇，很亲切随意地聊几句，就互不干扰，各自走开。

宋恒有很多杂事要做，就像一个家庭的长辈要照顾家一样，他常常一边干活一边观察祁远。他把祁远当女婿，对他很宽容，甚至纵容，因为祁远一直照顾着朱丹影。本来，宋恒这样经历过血雨腥风、受过严格军事训练和考验的人，绝不能容忍一个闲逛的人。

祁远对宋恒的心情浑然不觉，对自己的情状也毫不在意，正度过他一生中最闲散的几天。他本来一清早就起来奔忙，假日也不得休闲，无暇顾及自己，也无暇休息，浑身都是一个中学校长和照顾朱丹影的责任，除了教孩子们读书做人，就是照顾朱丹影。所以他几乎不到北州来，而大学的同学们把他看作怪人，不明白他怎么不懂得时尚享受。

在院子里和宋恒碰头后，祁远就走到喷泉旁，打开水龙头，用凉水洗脸、刷牙，然后开始他例行的闲逛。

他总是先站在"光明"前，观察一会儿它，围着它转一圈，或者更多圈。他很喜欢它，可总也看不透它的含义。

然后他沿着中央大道走到大门，再返回中央大道，绕过喷泉，穿过小楼左侧月亮门，走上花园的环形主道，沿左侧挨着壁墙的红角杨树往前，走进花园后角花墙里，飞泉正等着他。

他牵着飞泉在花园溜达，一边走，一边看着微风吹拂、飘着晨霭的草木，一路上若有所思。

他长期在焉支，对大山、河流、树木和草地很熟悉，对这里的景色觉得新奇，让他产生另一种感受，每天早晨起来都有浓厚的兴趣观察。

有时他从远处看红角杨树，有时他停下来，围着12棵树挨个仔细观察，琢磨它们为什么叫红角杨。

有两天，他碰上晨起跑步的林袅，她和他说两句就跑走了。然后，她就再也不在花园相遇的地方出现了。

林袅跑步时白皙手臂和腿部露出衣外，优美身体和美艳容貌划动精致曲线，祁远专注地看着，无法遮掩情感，却从不对她说出。

他看的可能不是她，而是胭脂。她容貌和身体的明艳无论怎样动人，也比不了她的声音，每逢听到她的声音，他的灵魂就会颤抖。

早饭时，大家聚在一起，别人都有事，吃饭动作快，说话也简洁。

只有祁远无忧无虑，说话没什么主题，有意无意吸引着林袅。

林袅偶尔看他，与他目光相遇就低下头，或移开目光，脸上是保持距离的微笑，那微笑就像雕像一样不会改变。

祁远用林袅的温柔样子当作武器，嘲讽自己的生硬。他想，我是长她十几岁的男人，应当有自己感受，难道我感受不到她的年轻吗？她在躲避的，是我的年龄和她自己的时间，她不愿意我成为她不时要看的一面时间镜子。

祁远在比明灵更年轻时，到了焉支，他跑遍草原的大山与河流，用自己的脚量出了边远地区知识的尺寸。他的王国是教育和知识贫弱的领域，他的认真和真诚让每个人都非常尊重他,认为只有他这样的人才会有他那样的品格。

来到红园让他有另一种生命感受,和这些人重聚或相识,相互尊敬爱护,共享自由空间。

他们每天各自走向城市的不同地方后,他开始独自沉思,进入自己的生活,他的马陪伴着他,他陪伴着胭脂。

他总想着胭脂,越想着她,就越不能离开林袅,心里十分焦虑,这里需要朱丹影,自己却迟迟不能动身。

他陷入从未有过的反常状态,就像一匹正在奔跑的马突然停下,掉头望着相反方向,失去了目标和动力。

他相信,在动物中,最有神性和灵性的不是龙凤,而是骏马和猎犬。他相信,他的飞泉会思考,没有他的马,他就不能思考,此刻,他是他自己的马,也是驭手,无法控制自己。

宋恒不动声色,却不能不关注祁远,看透了他为林袅滞留,今天早晨,他彻底疯魔了。时间很紧,不能再等他拖延。

林袅和祁远说了几句就跑开了,宋恒叫住跑到身前不远处的林袅。

"他为什么还不启程?"

"他好像无法决定做什么。"

"你劝劝他,他的马都躁动不安了,他还在耽搁。"

她为难:"我每次见他都劝,越劝,他越不动,甚至保持沉默。"

"他把你当成了朱丹影,把朱丹影遗忘在焉支山下了。人一旦因情恋发生迷幻,就无法改变,除非他明白在做什么而坚持做下去,或者发现不合时宜而清醒过来。"

"不,不,他只是有些思绪纷乱,"她慌乱地说,"他一时失去控制,过几天会好的。"

"为朱丹影一去20年,回来却忘了相伴20年的人,沉迷于与之相像的人,如何把自己挽救出来?"

"他过于执着,进入什么事情一下子不容易出来。"她低眉看着脚尖,"他保持着草原的单纯,两个相像的人对他太复杂了,他辨不清。我再去和他说说。"

宋恒叹口气:"你也有点心猿意马,把持不定。"

"我也真的不知道该怎么对他。"

"用不着苛求自己，人做的一切都源于本性，别人不过是你本性的诱发者。本性坏的人总为自己得意，本性好的人很难做坏事。别太担心，你和他的命运不会无缘无故发生。"

"他不去接朱丹影怎么办？"

"他自己也知道，接来朱丹影，就必须放弃你，所以他迟疑。那么，我去接朱丹影。"

祁远牵马走来，听到宋恒要去军马场，失神与意外交杂。他把军马场和胭脂已暂时幻化，几个不同世界、几种不同生活同时出现，让他不能清晰地意识所处现实，他不知道自己属于哪个世界、该做什么。

"嗯……"他没有明确表态。

他忘不了胭脂，又不愿离开林袅，这让他用忘却逃避自己，他没法面对分裂成两个女人的同一个人。

"你不和宋伯伯去焉支？"她试探着。

"嗯，宋伯伯乘车，我骑马……"他含糊地说。

宋恒冷静旁观，这时看明白了，简洁干脆地说："你写一份证明给我，林袅给他们发我的身份证照片，供军马场你的朋友认证，帮助我把朱丹影带回来。"

林袅送走宋恒，没有去歌舞团。

祁远站在雕像旁，有意无意等她。他身后是小楼，小楼的窗户都开着，初夏的草木和阳光流进小楼。

余烁还没回来，桑梓也没来，很安静，他俩也更自在一些。其他人在时，没人故意窥测，但他们时有受注视的感受。现在，拉在他们间的精神之弦松弛下来。

草木在这一刻打开了所有气孔，吸进人的声音和气息，尤其是女人的，草木对女人反应最灵敏，这是唐岱告诉她的。

这样的情境能让她和祁远好好谈一谈，几天来，她在等待这样的机会。她半紧张、半松弛，慢悠悠走向他。

顺着走去的方向，她看到了移动的另一个雕像。阳光照着他的皮肤，黑红皮肤闪着光亮，把一切反射暴露出来，他心底秘密流逝在皮肤上。

他俩在阳光下生硬呆滞地相遇，一时不知说什么。也许，会像小楼和草木那样，打开心灵，透彻倾谈，弄清彼此那些古怪想法。

"你为什么不回焉支？"

他注视着她："我见过你后就不能忘怀，为你不肯离去。"

"不是因为我，是因为你的胭脂。"

"我对胭脂一往情深，可见了你，就发生了改变。"

她避开他灼热的眼神："你的心仍在焉支，我不过给你打开了一扇窗户，迎进你忠诚胭脂的阳光，让你听到想象的声音，让你恢复对朱丹影的记忆，别把我当成真实的另一个人。"

"你不能说点别的？你比我小许多，却像个长辈教导我。"

"说起这个话题，你就会躲避。今天能不能深入下去？"

她的眼光带着哀求，努力走出他的世界或进入他的世界。

他不明白她恐惧什么，他一向看到的，是草原上坦荡的风、明净的河流和挺立的山峰。

她周围空旷整齐，几何形草坪和高大树木把天空与大地交错连接。草木在微风中摇动，像她在说话，阳光洒在她身上，细碎柔和地进射流散，映出她的微笑。

她身前是小楼、月亮门、花墙，她身旁是喷泉。宋恒不在，喷泉似乎也荒芜了，不再喷水。雕像静立，她像雕像一样神秘。

"这座雕像的女人有什么含义？"

"这说不清。"

也许这是人们走出迷惑的方法：去询问一座雕像的含义。一座雕像，一个暂时只属于他们沉思的花园，就可以激发情感和想象，走出迷惑。

她有些迷蒙失神，无法清晰判断："最好告诉我，你留下来的理由。"

"我无法离开你。"

"我不和你谈我，只说你。那朱丹影呢？这无异于喜新厌旧。"

"我没有忘记她。20年来，胭脂在我心中建起了一座透明的通天塔，爱是最耗费人的，这凝聚了我所有心神，可你让这20年变成了幻境，让我日夜不宁，我必须把我的迷乱弄清楚。"

"我不会让你清晰，只会让你更迷恋你的情幻。"

"我像一只草原上受了伤的动物，你成了唯一可能帮助我的人。"

她沉默一阵："用什么帮你？用我的幻觉打败你的幻觉吗？"

"不再说这件事了，我想和你走走。"

她迟疑着，四处观望。

"不必多想了，没有什么能阻碍你和我走走了。"

她不太自信地和他慢慢向前，绕过小楼，穿越小楼右侧月亮门和花墙，这个门除了宋恒和余烁巡行时穿过，其他人很少走这个门。

他们沿环形花园主道绕行，来到玫瑰丛和红角杨树之间的路上。

他停下来："我对红角杨树琢磨了好多次，它们浑身枝叶没有一丝红色，你知道它们为什么叫红角杨吗？"

"我也不知道。"

"这儿有不少难以解释的事，唐岱还对我说过在图书室的感觉。"

"怎么没见你去？"

"唐岱带我去过，他说你常在那里，可这几天我没见你去。"

她沉吟着："不是什么时候都能去的。"

他直视她："今晚你会去吗？"

晚上8点，林袅像个宿命论者准时坐在图书室。

她读着书，没有完全心不在焉。渐渐地，她进入书的世界，去体验那些原本属于别人的生活，这是她跟唐岱学来的、偷取别人生活的方式。

她现在的最大快乐，就是弹琴和读书，刚来时，怕来不及读书，她几乎不弹琴，抓住每一个机会，随时陷入一本书的世界中。现在，她像进入堡垒一样，进入了书的世界。

祁远在花园小径上，透过落地窗看见林袅专心读书，这几天他愈来愈陷入幻觉的迷狂，在单一状态中愈来愈把她和朱丹影、胭脂当作一个人，渐渐区分不开。

她坐在一把精巧别致的圈手椅里，头斜倚，一手撑头，一手翻书，头发微微蓬乱，既随意又迷人。

他现在不会这样入神读书了，忙于给孩子们教课，消耗了他太多时间和精力，然后还要照顾和陪伴胭脂。

他离开小径，走出月亮门，围着雕像若有所思走了两圈，然后走向小楼的正门，短短路程中，思绪弥漫了宽广草原。

他一路想着她的形象，闻着她在图书室的气息，跨上宽大台阶，走进门厅。脚步声在门厅里回响，声音很大，告知他像个命运之神踩着重重的脚步到来。

他不习惯放轻脚步，在草原上走路，无论多重脚步都柔软无声，从来不用注意自己该怎么走。他猜测着她听到他脚步声的模样，回想着刚才透过窗户看到她的读书姿态。

此刻他猜不出她的神态，不知她在想什么，是否在等他，也不知道她忧伤还是好奇。如果他走进图书室，她可能渴望已久，像个在自己疆域里等待他的胡人王妃；她也可能借故离去，逃之夭夭。

他不得不一个劲地想她，就是不想也不行，脑子里浮满她一个又一个身影，不能做别的，不能离开这里返回焉支。

他只想着她或者胭脂，或者朱丹影，反正他分不清，他的胭脂不是原来的胭脂了，她被朱丹影和林袅所重叠。现在，她不是朱丹影就是林袅，他宁可要这一个，这个更真实，而朱丹影是他和唐岱共有的。

他推开门，往里走几步，让圆屋顶下的中心区域在他眼前敞开。

她安静坐着，抬起头看他，她的样子在灯光下朦胧欲醒。她没有打开圆顶中央的大灯，台灯下，她的脸不很清晰，呈现让他无限迷失的轮廓。

他看她就像看草原，一切都清晰和谐、真实坦率：胭脂河、焉支山、草地、马群。他躺在草原上守望她，让他的生命有个目标，那时他所有特点都没有了，都会被她所消融。

他喜欢看那流畅明丽的曲线，向往她的身体，怀恋在草原上搂着婀娜柔软的胭脂的感觉，想象着躺在林袅身旁，就像躺在草原上，把手放在她胸前，望着茫茫夜空。

宽大的图书室摆满了书，中间剩下的不多空间显得幽深，她神秘地坐在幽深中，年轻美艳，不愿破坏她未来的期望。

他没有被她的神秘吓住，也没有迷惑。在草原20年，他的眼睛看不到幻觉，看到的都是明净如水的人和生活，没有想过未来，也从不害怕，从不逃避。

不过，他还是觉得她那样坐着有点变幻不定，这是他几十年没有遇到过的，让他心猿意马。不管怎样，她不像他只想着一个人这么单纯。

脚步声像贝多芬的命运之神敲门一样来临，将林袅震醒，她过去没听过这种沉实自然、毫不掩饰的脚步声。

她心情异常，不能再读书，等待着这个来自草原的人，他是她不了解的一片世界，她读过的书没有讲过他。她想要阅读他、了解他，把他变幻进自己读到的世界中，这个隐秘渴望让她焦灼不安。

"你怎么站在那里不动呢？你在昏暗中，我看不清你。"她的话语清风一般。

他向她走来，停留在她面前，头在台灯上方的阴影中，向下俯视着她。

她像身处秘密洞穴里的小姑娘向上望着他："现在我看清了，你在这个图书室里是不一样的。"

"在草原这些年，我没进过这样的图书室。"

"这世界上的图书室大都差不多，只有这个是唯一的。"

"你融化在这里，为这里所陶醉，但我为草原而陶醉。"

"所有的草原都差不多。在你的眼中，这图书室和草原有什么不一样？"

"我看这些书像看草原，一排排书就像焉支山上的树木，圆形地毯就是天空下的草原。"

"这就是你的区别？这样的草原未免太小了。河流在哪里？"

"也许，这地下就有一条河流，过去有过泉水。"

"你看我也像看草原一样吧？"

"什么都可以看作草原。"

"你就像没看见我，我和草原有什么区别？"

"你是草原上一棵只有我能看见的草。"

"这也是一种想象。看来，无论哪种生活都需要想象。"林袅带点惊讶地微笑，"这一切，都被你的单纯改变了。"

"在我看来，图书室的意义，是改变生活，而草原的意义，是不改变生活。"

"你把图书室和草原、你的想象和你的生活一致化了。"

"每个人都受自己生活的限制，都用自己的生活去看别人的生活。"

"所以你一定要把我当作胭脂或朱丹影？唐岱不是这样，他没有这样看我，他看到的是变化的朱丹影，是真实的我。"

"他不是同样因为朱丹影而关注你？"

"那只是触动了他保存的记忆幻想，我是另一个真实女人。"

"我和唐岱不一样，我去了草原。他与这一切很适应，我不行。不过，我也要来了，事情总会变化的。"

"你不容易迷幻，什么也改变不了你。"

"过去我不愿被纳入草原之外的生活，现在好像要有变化了。"

她耐心地劝诱："人总是不断改变的，我就改变了许多。有时候，做一件小事，整个世界就不一样了。你尝试着从书架上抽下一本书，这个世界就对你不一样了，因为你看这个世界不一样了。你抽一本书吧，试着改变点什么。"

他迟疑着："不，你想让我改变对你的看法吗？你是个试图巧妙改变我的女人吗？"

"你太警觉了，像你那匹马，虽然它让我接近，也让我捉摸不定。"

"至少我表达了我的想法，毫不掩饰。"

"这是你和唐岱都有的优点。那些虚假的男人让我厌恶，我不知道怎么还会有女人嫁给那些人。也许，嫁的人和娶的人都差不多。"

他们都保持他刚站在她面前时的样子说话。他的脸半明半暗，而她在灯光下微仰明媚的脸。

他们对答得很快，没有犹豫，没有沉默，也没有猜测，直到他走出去。

他穿过圆形地毯到门口那条红色地毯铺就的通道。在地毯上，他的脚步声被吸附了，像扩散到了周围的书中。静寂无声的脚步在门口停了一下，他回转身，耐人寻味地看着她，他的姿态像在一幅背景浓暗的古典人像油画中。

他对她一笑，走出去。那一笑不明含义，让她琢磨了片刻，在她心里某个地方沉下去，消逝在那里。

她继续坐在椅子上，不再读书。灯光照亮她眼前，刚才说话声震动的微尘发亮地飘浮。

灯光在她轮廓清晰的脸上变得柔和，她的身体在明暗相间的光色中富于层次和曲线，她的思绪随着灯光中的微尘轻轻飘落。

二十三　你我共情奇异时空

到广州第二天一早，明灵说："你陪我去海心沙看沉浸式意大利文艺复兴展吧。"

唐岱有点奇怪："你以前来广州，要么自主活动，要么跟我随意走，这次目标这么明确，来广州就为了看这个展览？"

她神态含蓄地回答："是啊，这个展览对你我别有意味。"

"这对你不新鲜啊，只为看看说说我们熟知的艺术情景吗？"

她看着他有点斯芬克斯意味："我可不是为艺术情趣，你带我深入红园的曲径通幽，我就带你寻觅我的家族渊源。想知道遥远时光有我生命的什么奥秘吗？"

"我听宋伯伯说过一点你的家族渊源，他没仔细说过，正好听你说说。可我有研究生的事要处理。"

"你什么时候办完事，什么时候去。"

为寻觅红角杨秘画与明灵的祖先风情，他们来到海心沙意大利文艺复兴展。

明灵沉浸在广州海心沙的时尚情境，却从佛罗伦萨文艺复兴起飞，身心徜徉到意大利戏剧艺术广场，在那里，她曾按奶奶的指示，随着参与戏剧表演，回溯她祖上的传奇源头。

和唐岱进入展厅，她在意大利没有的灵悟像风帆一样升起："这个展览无限延伸，沉浸其中，就能把我的心灵渊源与此刻相连，你相信我这样的灵性吗？"

他微笑："身无彩凤双飞翼，心有灵犀一点通——我从幼时起，已随红园之风潜入你的灵性，能伴你飞越遥远时光，漫游过去大地。"

"所以我要你陪我来，想找到我与红角杨秘画的朦胧联系。我知道的那些，从唐代到明代和文艺复兴的，断续相接，我将信将疑把它们放在心里，直到有了雕像、泉水、花园、红角杨树、月亮玫瑰，我才能把这一切集中在《玫瑰园的树与泉》这幅画里。"

"宋伯伯告诉我，这幅画传说是波提切利所作，明代传入中国。今天可以看到多幅波提切利的画，你希望咱们今天能灵光一闪，看出什么端倪？"

　　"这幅画很可能是波提切利所画，你和我在一起，就能帮我打开心结，若受到什么启示，探索到我的心灵渊源，就会知道秘画的真实渊源。"

　　明灵自在徜徉，仔细观看，凝神聚思，在源源而来的不同文明汇聚中，呼吸着丝丝缕缕的生命气息，调动她所有灵性力量，集聚奇异之光，瞬间爆发，穿越时空，把古罗马时代和意大利文艺复兴化入从唐代到明代的中华时空，进入北州的神奇历史，感受在大地涓涓流淌的奶奶的血缘，也依恋奶奶像女神般在她头顶飘浮。

　　唐岱见她迷蒙沉浸，不愿打破她的思绪，独自走到一边。

　　他意外见到刘鹏和几个人漫步浏览，便迎上去："没想到在这儿遇到你。"

　　刘鹏笑呵呵的："我跟你说过，我住富力丽思卡尔顿酒店，就为了随意到周围看看，你以为做房地产的不看这样的展览？"

　　唐岱笑说："我不是这个意思，我不知道你到广州来了。"

　　刘鹏跟周围几个人介绍："唐岱是我的大学同学，听他讲讲这个展览，一定会很有意思。"

　　唐岱一边走，一边感怀："从身边的时尚广州出发，在海心沙徜徉这个文艺复兴画廊，轻轻掠过马萨乔、波提切利、达·芬奇、拉斐尔、米开朗琪罗、提香的身影，会神往佛罗伦萨，看到美第奇家族在这些文艺复兴巨匠身后闪光。这里展览的许多作品本是美第奇家族的收藏，有不少画像和雕塑为这个家族的成员而作，甚至，作为展品最主要来源的佛罗伦萨乌菲兹美术馆，也是这个家族的遗产。"

　　明灵在明暗相间、波光闪动的平滑地板上轻走，像个身环臂绕彩色绫带的洛神，悠悠在洛神湖上沉思。

　　"洛灵感焉，徙倚彷徨，神光离合，乍阴乍阳。竦轻躯以鹤立，若将飞而未翔。践椒涂之郁烈，步蘅薄而流芳。"

　　周围静谧，仿佛她一个人的世界，她浸润在迷离梦幻的思绪中寻踪觅迹，唐岱的声音若有若无飘来。

　　俄而，她从古典时代回到现实，走到唐岱身旁，笑着接上："美第奇被称为文艺复兴教父，佛罗伦萨是文艺复兴的发源地和中心，若无美第奇家族，文艺复兴就不是今天我们看到的这样，那些最为人熟知的艺术家，多半与佛罗伦萨有千丝万缕的联系。从14世纪到17世纪的大部分时间里，美第奇家族断续统治佛罗伦萨长达三个世纪，他们奖掖文化，修建教堂及公共设施，网罗并资助艺术家，收藏图书和手稿并对公众开放，广泛支持诗歌、绘画、雕刻、建筑、音乐、历史、哲学、政治理论等，让各个领域出现惊人成就，现在被称为美第奇效应。"

刘鹏说："哦，你也在这里？"

明灵笑说："只要我在广州，就会见到你。"

刘鹏也笑："我在酒店的窗户里就能看到海心沙，怎能不过来看看？"

"你还真是有想法，许多人对身边艺术都无心顾及，更不会专门来这样的展览。"

他们往前走，唐岱继续说："看着这些璀璨的艺术瑰宝，遐想从古希腊罗马文明延伸而来的文艺复兴，自然想到与古希腊文明双峰并峙的古春秋文明。后来，古罗马文明延续了古希腊文明，但没有改变什么，而与古罗马文明再次双峰并峙的中国唐代文明，却对古春秋文明有了极大改变，不仅百家争鸣，而且形成了海纳百川的恢宏传统，与陆上吐蕃、胡人和海外太平洋地区广泛交流，从唐代到宋代再到明代，养育着吸收融汇人类优点的优雅文明，我们能在广州的海心沙看文艺复兴，就源于这样的中华传统。"

明灵伶俐接上："现代中国突出地融入了人类文明，思想政治、经济工商、社会制度且不说，今天很普通的生活情景，像西餐店、咖啡厅、高楼广场等，都源于20世纪两次波澜壮阔对世界文明的吸收，一次是'五四'新文化时期，一次是20世纪80年代到20世纪90年代，让中国的传统气质与现代世界融合，让我们变得更好。"

唐岱说："中华文明有主动融入人类共同命运的开阔，所以当代中国不去挑战别人的文明，可现在有人狭隘地利用文明差异打压中华文明，不是像文艺复兴那样去复兴古希腊人文精神，而是从现实利益去曲解古希腊文明，将古希腊雅典与斯巴达的关系套用当代国际关系，把'修昔底德陷阱'捆绑在中国身上。"

有人问："什么是'修昔底德陷阱'？"

明灵说："哈佛大学肯尼迪学院首任院长格雷厄姆·艾利森2012年提出，希腊修昔底德在其著作《伯罗奔尼撒战争史》中认为，雅典崛起引发了斯巴达的恐惧，导致雅典与斯巴达之间的战争不可避免，他命名为'修昔底德陷阱'，指一个崛起大国必然挑战现存大国，而现存大国必然回应，战争就变得不可避免。由此他们杞人忧天，臆想中国敌人，陷入中国威胁的焦虑，制造敌对行动。"

唐岱说："他们根本不理解，中华文明坚持优雅领先，不是霸道领先，不是你输我赢、赢者通吃，是和而不同、共赢发展，这是中国唐代以来优雅传统自然延续出来的。"

明灵深有感触："我们从唐代就兼容并蓄，尊重融合各民族，至今还在吸收悠久的人类美好精神，大唐传统还在这个展览悄然延续。我们不挑衅，不制造麻烦，也不欺负掠夺，只为让自己和别人更美好，这是从文艺复兴之前的唐代流传到现在的优雅，如果唐代就粗鄙蛮狠地掠夺欺凌别人，我们今天就不会这样强大。"

唐岱说："优雅精神是中华主流特质，虽经曲折反复，但清代之前一直保持。十四世纪到十六世纪的文艺复兴给欧洲打下了全面发展的基础，但之前的欧洲处于极端宗教统治的黑暗大陆时期，从思想到生活各方面受到极端禁锢，中国没有那样的粗野残酷时代，从与罗马帝国黄金时代同期的唐代开始，中国平衡稳定地繁荣到宋代和明代，在文艺复兴末期的17世纪才开始落后，清代300年让中国落后欧洲三个世纪，现在我们用120年超越三个世纪，这是以优雅的文化传统和生命精神为根基的。"

明灵说："正像各位看到的眼前这些画中所表现的那样，中西文明追求优雅美好的人类方向是一致的。欧洲在文艺复兴中苏醒之后，开始恢复张扬古希腊罗马的优雅精神，与同样拥有优雅文明的中国建立了相互包容交流的联系。汉唐时大量胡人进入中国，并融合进中华民族，其中就有从欧洲来的人，文艺复兴和新航路的发现让东西方在明代有了直接交往，都有善良友好的意愿，渴望相互了解和交往，马可波罗写了游记，利玛窦到中国传教。"

唐岱说："有无优雅传统区别了文明态度和生存观念，今天，有优雅根基、有文艺复兴传统的国家，也能理解别人的优雅，对中华文明有开阔的融合意愿；仅有几百年历史的，便极易狂妄自大，自命人类文明代表，强迫别人依从他们的意愿。"

明灵说："文艺复兴推动完成了欧洲的优雅传统，这种传统也传到了美洲，这使欧美人民变得伟大。但1912年泰坦尼克号的沉没象征欧美的理性文明辉煌的沉没，1914年第一次世界大战标志欧洲的精神分裂，所以尼采说上帝死了。今天他们再次失去理想主义目标，心态和情感很复杂混乱，许多想法令人费解，我问了我的导师和一些智者，他们也搞不清为什么会这样。"

唐岱说："人类优雅是有波折的，发生第二次世界大战是因为野蛮占了上风，破坏摧残了优雅，这种精神疯狂在二战后受到压制，并保持了世界70年的和平繁荣发展。现在他们忘了文艺复兴的优雅精神，一些野蛮粗鄙在人权自由名义下恶性发展，王道变成霸道，要我们跟在他们后面俯仰鼻息，跟他们不一样就打压。"

明灵笑说："很滑稽的是，他们偏执臆想，都像中国问题专家，比我们中国人还懂中国，对中国就像家长训斥小孩：你错了、你要这样做、你不该那样做、你要照我们说的做。可鄙的是，一些中国人对他们言听计从、奴颜婢膝，竭力跟欧美日人学，可学得越像，越被瞧不起。"

唐岱慨叹："他们极有优越感，极为轻蔑我们，看不到中华之美和中华优雅，预先设定我们有很多不好习性，不该比他们更好，所以，我们越来越过得美好、变得美好，他们就难受或觉根本不应该。"

有人感叹："我从没听过东西方两个古典文明双峰并峙的说法，也没听过古典优雅主导中国生活而与西方中世纪黑暗不同的说法。"

另有人说："优雅使中国的唐宋明繁荣稳定、长足发展，与欧洲文艺复兴前的黑暗大陆完全不一样，也让我耳目一新。"

唐岱笑说："这样说不是奇思异想，就是事实和历史，只是很多人没注意。"

有人惊奇："你们了解这么多，这么博学，这么专业，讲述这么独特。"

明灵说："我们从事艺术专业，刚好跟这个展览的联系多一些。"

另一个人说："从事艺术专业的人很多，但能这样解说文明的人很少，我从没听到这样解释中华文明与世界文明的关系。"

"我们只是略尽绵薄之力，让中国人多了解一些中西文明的异同，以便更真实地面对生活。"

刘鹏依然笑呵呵的："唐岱是著名文学家，读大学时，他是中文系学习最好、年纪最小的同学。明灵刚从国外读完建筑艺术博士回到国内，她祖母就是个著名建筑家。"

有人好奇："明灵这么好的人才，您怎么没请她到您那里工作呢？"

刘鹏笑说："我倒是想，就看明灵愿不愿意屈尊。"

他说完看着明灵，明灵笑一笑不说话。

刘鹏说："我还有点事，过会再找你们，还真想招贤纳士呢。"

刘鹏他们离开后，唐岱对眼前画幅慨叹："徜徉在这些艺术瑰宝中，领略更多的，是人类共同的伟大向往，但人们要体会此中深意并不容易，否则也不会轻易就有想拆红园的想法。"

她深有感触："这些年，我在文化夹缝中体会文明的微妙关系，更觉不同文化交融很难，中国现在举世瞩目，国外几乎每个人都能谈论中国，但大多数人并不了解中国的历史、文化、人民和现在的生活，对中国的谣言、错误认知、虚假信息很多，我只能尽力纠正，以致和他们争论。"

"你和另一些留学的人大有不同，在国外文化的耳濡目染中，还能这么坚韧守护中华之根。"

"那自然，我奶奶熏陶教导着我，我听着红角杨故事长大，中华家园和中华精神就是我的血脉渊源。"

"怎么还没让我体会到你所说的另一家族渊源？"

她回眸一笑："跟我来，我已经灵光乍现。来到这里，就是对你倾情诉说的，你会听到一些神奇事情，它们在我脑子里不停晃悠，我一定要对你说出来，解开长久的心中之谜。"

"我很有兴趣，看看我能从中听出什么。"

"我要寻找那些藏在我生命中的秘密。我在意大利观看一些建筑艺术时，总觉得忽略了什么细节的隐秘。美第奇家族的最重大成就在艺术和建筑，给佛罗伦萨留下许多传世美景，其中包括乌菲兹美术馆、碧提宫、波波里庭院和贝尔维德勒庄园，奇异的是，它们总会连着红园，连着我从没见过的焉支草原，梦幻般出现在我的思绪中。"

"看到经典艺术，自然有联想，红园本来有中国也有西方，有浪漫也有现实，有宏大开阔也有委婉细致，有庄严敬畏也有深刻幻想，不过，文艺复兴主要表现宗教性信仰和现实性享受，跟红园的爱与美和光明欢欣有差异，你怎么把它们联系起来的呢？"

"我的联想来自辉煌后的沉思，现在好像红园的辉煌要沉落，引起了我的联想。"

"辉煌之后还会有更好的，为什么只想到了辉煌的衰落呢？"

"不总是这样吗？"

唐岱摇摇头："这是事实，但也是表象，不是深入的真实。至少，辉煌的衰落与红园离得很远。"

"在这个展览，我忽然悟到，红园离文艺复兴不是很远，而是很近。奶奶曾说，我的家族源于文艺复兴时期最辉煌、最有艺术气质的美第奇家族，那个唐代最早到达焉支草原的胡人，就是一个美第奇家族的人。后来到了17世纪，美第奇创造的奇迹衰落时，美第奇辉煌的最后一位继承人安娜也让她的秘密孩子来到了中华大地，他们就是我的嫡系祖先，是文艺复兴的辉煌在中华大地的新生命。"

唐岱很惊奇："这我从没听宋伯伯说过。文艺复兴是人类罕见的辉煌，怎么会和你的家族有血脉联系？在美第奇家族慷慨赞助古希腊罗马人文精神复活时，在那些伟大的艺术家和艺术品的明媚光环下，美第奇家族创造了整个社会全面发展的神奇情景，之后，在重重内外不利情况下，随着美第奇家族衰落，文艺复兴也衰落了。在那之后，真有文艺复兴精华悄然迁徙到中华大地？你的家族真是从那个时代延续下来的吗？"

"这只在我的家族血脉中，我知道的，宋爷爷也知道一些，所以他让我跟你去焉支草原，所以我在海心沙这些画前会想到焉支草原。除了我们，没有任何人知道月亮湾和焉支草原的秘密渊源，你注定是我的秘密血缘分享者，也注定是我未来的共同承担者，从什么时候起，你落在我的命运中，我不知道，你也不知道。"

"你真的认为我们早有神奇联系？我在你眼神中看到的，是你还停留在刚才的艺术遐想中吧？"

"不是遐想，就是历史和现实。在罗马帝国的查理曼时代，我的祖先就翻山越岭走出欧洲，经过当金山口，来到中华大地，如今我是名副其实的中国人。"

"罗马帝国的安东尼黄金时代正是中国汉唐相续的年代，唐代是中华各族渗透融合的时代，那时候来到中国的欧洲人也是胡人，当年的胡人融入中国很多族群，今天很多中国人都有胡人血统，像李、陈、赵、王、徐这些大姓，可能都有胡人血脉。"

"我的祖先就是第一个从佛罗伦萨来到中国的胡人。"

美第奇家族最后的佛罗伦萨男性统治者、美第奇托斯卡纳大公国最后的美第奇大公爵加斯顿患病非常突然，之前他姐姐安娜沉思许久后，对她的未来做出了决定：要去遥远的东方大地。

加斯顿身后并无子嗣，他知道安娜要秘密走向东方，离世前，恳求安娜这个家族的最后一个继承人留下来，嘱托她把这个家族支撑下去。

安娜答应要给予自己唯一的儿子最美好生活，可什么是最美好生活？什么是她的责任？她紧握弟弟的手，允诺了他的请求，毅然担负起维护家族的重任，放弃了离开佛罗伦萨走向遥远东方大地的憧憬。

她有自己的秘密情人马尔罗，马尔罗属于美第奇家族的公开敌人洛林家族，正是这个家族造成了美第奇家族的衰落，后来统治佛罗伦萨的，就是洛林家族的法兰西斯，他是马尔罗的哥哥。

她的秘密情人被家族的人隐约所知，虽闭口不提，似视而不见，但心里都非常清楚，坚决不承认她和秘密情人的孩子，他们的孩子将得不到家族的认可，为此她愤怒悲伤，想要远离家族，又不知走向何方。

马尔罗给她看了一幅他祖上传下来的秘画，她看了这幅画异常激动，询问画来自哪里，听到了秘画故事。

1492年一个风雨交加的深夜，穷困潦倒的波提切利来到一个王室贵族家的门口。

王室贵族少年给这个老人开了门，看到花园栅栏门外站着的老人衣衫褴褛，便走出花园，同情地问老人："您是否需要食物？我可以给您拿一些吃的，您还可以进来避避风雨。"

老人看着他深情微笑："孩子，我没有遮风避雨的需要了，我专程来给你送一幅画。"

"为什么给我？"

"你的母亲是西莫内塔，我深深爱着她，你是我终生爱恋的人的儿子，这幅画为你和你母亲而画。"

"我母亲去世很多年了。"

"你母亲在世时，我就按照她的意愿开始画这幅画了，这个秘密只有我和她知道，请你也不要告诉别人。"

"您是谁？"

"我是波提切利。"

贵族少年非常震惊："您真是波提切利？您的画震惊世界，我很小就被触动心扉，可这些年您为什么不画了？"

老人有些愧疚："你母亲和我在一起时，告诉我一个神秘遥远的美好地方，她很向往，希望能和我一起去。她去世后，我很后悔当初贪恋荣华富贵，没有在她美好年华时和她一起去那里。我根据来自那里一封信中的描述，画了这幅画，也许我能和你母亲在那美好的地方相聚，我把这幅画交给你，你要好好保管它，把它送往那个遥远的东方国度，那里会是它最好的保存之地，把它永世传下去，有一天，你能到那样一个地方去找到我们。"

贵族少年看着老人，不确定这个老人是谁，但老人眼中说起他母亲和那个地方时焕发的神采，让他相信，这就是波提切利。

那个风雨交加之夜的第二天，神秘老人安详地在离这个贵族家不远的地方去世了，同一天，传来了波提切利去世的消息。这个送画的老人是谁，贵族少年始终不能确定，但画上所有的风格都是波提切利的。

波提切利去世以后，人们才真正意识到他画作的永久价值。人们按照他34年前立下的遗愿，将他埋葬在佛罗伦萨诸圣教堂中西莫内塔的身旁。

人们叹息，为了这个触碰不到的爱人，波提切利既无法敞开心扉，也不肯再爱他人，最终孤独一生，后继无人。

但人们怎么知道他和她的真实秘密呢？无论那个风雨之夜的贵族少年是谁，他的后代最终把他们的爱带到了他们想去的东方大地。

贵族少年并不知道，他的后代将会与支持波提切利创作出大量传世之画的美第奇家族的安娜相恋，也不知道他们的后代将要走向那个信中所说的神秘国度，到中国去寻找画中玫瑰园的树与泉。

贵族少年就是马尔罗的太爷爷，之前他并没有见过波提切利，暗夜中老人容貌不清，他猜测，送画的人应该就是波提切利，从此记住这个风雨之夜的老人，并郑重地让这幅画在家族中一直流传下来。

波提切利从那封遥远的东方来信中，受了那些伟大东方诗歌的启示，对那片中华大地产生了遐想，那里的爱情大地飘荡着浪漫风情，他想象着他渴望的爱人和生活都在那里，为他所爱的西莫内塔画了这幅《玫瑰园的树与泉》，当时他也曾希望和他的秘密情人去遥远东方，可惜他贪恋世俗欢乐没有成行，这让西莫内塔非常失望，从此郁郁寡欢，身体渐弱，时而容光焕发，时而面容憔悴，23岁就去世了。

西莫内塔的形象似乎是个象征，随着她去世，佛罗伦萨的天空和波提切利的生命渐渐暗淡无光。西莫内塔去世15年后，1492年，文艺复兴的领袖、"伟大的洛伦佐"突然逝世，文艺复兴的黄金时代结束，佛罗伦萨发生政治巨变，极端宗教领袖萨沃纳罗拉领导平民赶走美第奇家族。1497年，发生历史上臭名昭著的"虚荣之火"事件，萨沃纳罗拉在市政大楼旧宫前的广场上点起大火，将包括文艺复兴的艺术品在内的"世俗享乐物品"扔进火中，以避免人们在它们的诱惑下走向堕落。

当时波提切利扔进火中许多自己的后期作品。他在亲手毁了自己的艺术品之后，意识到自己的巨大错误，这也可能是人类的一个巨大错误，他在穷困潦倒中静静反思，不停修改这幅他珍藏的《玫瑰园中的树与泉》。

这幅画中激荡来自东方古典诗歌的生命激情，歌颂光明与爱情，生活情境笼罩着诗意理想的光晕，有品位高雅的俗世场景，也有宏大狂欢的神性世界，展现了广阔的光明生活憧憬，遍布着对爱与美的领悟。画中一些瑰丽女神无比欢乐娇艳，对凡间生活没有高高在上，而是和普通人共享人间欢乐，把人们带入无限美好的遐想。

画中归来的，还有波提切利心中维纳斯的化身——西莫内塔，那张美艳的脸下巴稍尖，颧骨凸出，双眸明媚。通过描绘西莫内塔动人的形象，波提切利让自己名垂青史，他一生除了西莫内塔，不画任何其他女性，这个面容贯穿他一生作品，是他始终不竭的灵感之源。

马尔罗在安娜眼前展开这幅画，让她想起看过两封信：一封信的文字比较生硬，用不太流畅的古拉丁语写成，这封信中夹着另外一封写在一张陈旧的羊皮纸上的信，是用流畅的古拉丁语言写成的。

她先看了羊皮纸上的内容，这是很多年前一封远方的神秘来信，整个家族对这封信所说那个地方一无所知，也漠不关心，她却对此发生浓烈兴致。

那是一个叫大唐王朝的地方。他们有一个遥远的祖先曾经作为古罗马查理曼派遣的军队统帅到达焉支草原，再从焉支草原出发，进入了繁荣辉煌的大唐文明。

她把这两封信拿给马尔罗看："我不知道西莫内塔怎么看到这封信的，但她和波提切利看到的信，肯定就是这两封信中的第一封。"

羊皮纸上的内容依然清晰如初：

我是阿伟拉多骑士的弟弟，至今保存着我们的族徽——阿伟拉多骑士在佛罗伦萨的僻静河谷穆杰洛与一个威胁四邻的巨人作战时，那个巨人挥舞的狼牙棒铁球砸在阿伟拉多的盾牌上，留下很多凹痕，查理大帝命令他勇敢的骑士阿伟拉多把凹痕盾牌当成他个人的勋章，美第奇家族的金底红球徽章就这样产生。

我们为查理大帝攻占了伦巴迪亚，后来我们沿着亚平宁山脉到达阿尔卑斯山脉，翻越阿尔卑斯山脉，经过托洛斯山脉，沿着阿尔金山脉到达连接祁连山脉的当金山口，进入祁连山下的焉支草原，从这里出发，由河西走廊进入这片东方大地，走向更广阔的中原地带。

大唐王朝是我们从未见过的强盛大气国家，我们在王都长安见到了繁荣的文化情景和社会生活，百姓安居乐业。到了这里我们就不愿再走了，这里的文明让我们不会想到征服，只觉到不尽荣耀在这里流传。

　　他们称我们为胡人，我们受到尊重，得到很好接待。他们对我们的文明非常感兴趣，我们带去的罗马风俗深受欢迎，大唐王朝的首都长安正在学习模仿一些以前没有过的生活方式，我们胡人的音乐、服饰、食品等极其盛行。

　　我们看到的是大唐鼎盛时期的唐明皇时代，大唐文明的奠基者是李世民，他执政心胸宽广，从善如流，政通人和，社会协调，给唐明皇提供了坚实基础。现在国家处于极其和谐的祥和环境中，满朝皆是国家精英，官民共享极乐社会的安康太平，国富民丰，政治开放，以史为鉴，以人为鉴，雅俗共存，贫富同堂，中外相容。

　　大唐盛世是文人治国，几乎所有的官员都会写诗，那些写得最好的诗也几乎都是品位极高的官员写出的，这些诗歌影响着社会生活和国家风气，优雅高贵的人文品质给国民带来无上荣光与尊严，宽广的大唐胸怀造就了大唐文明。

　　海纳百川的大唐文化艺术横空出世，造就了贺知章、王维、李白、杜甫等一大批盛唐诗人，还有霓裳羽衣舞、敦煌绘画艺术、公孙大娘舞剑、唐三彩等。

　　奇异的是，我们这些外国人也可以在大唐为政。唐玄宗说，我们欢迎所有朋友，但不准敌人马蹄踏进我们的家园。

　　唐明皇问我们可以为大唐王朝做什么，我们对这个民族的生活很好奇，对他们的历史很有兴趣，于是我们做了他们的史官，发现他们的历史和文化源远流长。

　　大唐王朝的人把自己叫中国人，"中国"不是正式国名，这里现在和以前的帝王所统治的王朝或政权只有国号，没有国名，叫中国人是因为这里的人源于中华民族。大约5000年前，中国古历史五帝时代最后一帝舜的名字是"华"，跟着他的族群称为华族，他们生活的地域叫华夏，这里居住着以汉族为主的很多民族。很早以前华夏地域商周王朝的国都位于四方诸侯之中，认为这是大地的中心，所以称这块土地为中国，中国是中央之城或中央之国的意思，华夏地区发展为后来的中原地区，从唐王朝的前一个王朝汉朝开始，常把中原王朝称为中国。

　　唐明皇御赐给我们一所有花园庭院的房子，这所庭院是按照唐明皇和我们的意愿设计的。

　　我们告诉唐明皇，在我们那个遥远地方的城邦和殿堂是什么样。

　　唐明皇说，我从没到过你们说的那个地方，从没见过你们说的那样一些宫殿庭院，你们可以按照你们的意愿去建造你们想要的庭院，建成你们想要的样子。

　　我们告诉唐明皇，我们看到这里一切都很美，我们想要的样子是把我们带来的美和这里的美放到一起，建成一所庭院。

　　唐明皇说，按你们的意愿去做吧，我希望在大唐王朝也看到你们所说的美，我赐给你们一所庭院，你们可以任意取用你们需要的建筑材料。

　　唐明皇命令工匠按照他的意思和我们的意思给我们设计了这所庭院，后来在这片大地上，汉人风格与胡人风格结合的建筑越来越多了。

　　唐明皇赐给我们这所在这片大地上很新奇的庭院，我们在这所庭院里快乐舒适。有时候，唐明皇会叫我们去给他出出主意，说说有意思的事情，谈谈天下的百姓苍生。

　　我们猜想，这封信回到罗马帝国时，谁也不相信我们说的这一切，不相信有这样一个神奇的东方古国，我们能猜想得到这个结果，也许这封信不会再有回音，因为人们不相信我们说的。

　　可是，我们要告诉你们，在罗马帝国的安东尼时代，已经派遣使者到达过中国，只是不知道这些人是否回到罗马帝国。中国的《后汉书》记载：公元166年，大秦安敦王派使臣到达东汉王朝，将象牙、犀牛角等礼物赠给东汉皇帝——这说的就是罗马帝国"黄金时代"的安东尼王朝。

　　信中最后告诉故乡的人，焉支草原安静纯净，没有争斗，大唐国富民安，他们不想再回到罗马帝国。

　　这些远去东方大唐的人没有再回来，但一直记着家乡的月亮玫瑰，来信想要家乡的月亮玫瑰种子。

　　第二封信是这样的：

　　我听爷爷说，元祖爷爷说，曾给你们写过一封信，这封信没得到任何回音，不知你们收到了没有？但我还是尝试着再次给你们写这封信。我听爷爷讲过，我们遥远的祖上曾在你们所在的地方生活，现在我们和你们远隔千山万水，是在两个地方的不一样的人，我现在是中国人，我生活的时代叫大明王朝。

　　我听爷爷说，我们现在所过的生活和元祖爷爷以前在遥远地方所过的生活很不一样，我们现在很喜欢、很适应这里，完全变成了在这里生活的中国人。

这里刚刚改换了一个朝代，从元祖爷爷到达的唐朝变成了宋朝，从宋朝变成了元朝，从元朝刚刚变成了明朝不久，从唐朝的李姓皇帝变成了现在的朱姓皇帝，明成祖永乐十九年——1421年，这里的首都也从元祖爷爷熟悉的大唐长安变成了现在的大明北京。

元祖爷爷留下两句话，要后代世代相传。

一句话是：玫瑰的开放需要理由，这是元祖爷爷的话。月亮玫瑰在一个叫北州的地方落地生根，那个地方因此叫月亮湾。那所唐明皇御赐的花园庭院还在，但有些败落，我们已经移居到月亮湾。

另一句话是：敌人马蹄不准踏进我们的家园，这是唐玄宗告诉元祖爷爷的话。这片土地幅员辽阔，所有地方都没有个人领地，都是同一个皇帝统治的普天之下，各个家族和民族在这片大地生活，就像在一个共同的天下家园里。

陶渊明写过《桃花源记》，写的就是这种过着同样生活而与世无争的家园，虽然这是一个浪漫的理想家园，但桃花源外，即使争来争去，也都在同一个天下家园里争，并没有把别人的家园变成自己的家园，也没有让自己的家园变成别人的家园，新的皇帝姓朱，还是把中华大地当成自己的天下家园，不想像元朝那样到更遥远地方去征服别人——也许元朝就是因为要到远方去征服别人而时间短暂。

听爷爷的爷爷说，这里的生活风俗跟古罗马不一样，但我们保留着很多美好的东西，我很想知道，现在你们那里的生活是什么样，我们所保留的究竟是一些什么、和以往有什么不同。我说不清楚我们在中国过什么样的生活，但我可以把中国一些诗歌和《桃花源记》捎给你们，也许你们能从中能得到一些感悟和我们在这里的生活消息。

这些诗歌是名叫屈原、李商隐、刘禹锡、苏轼、辛弃疾的中国人写的，这些诗歌自然高雅，流畅纯净，对现实有自己的忧伤，但总是用一种光明生活来驱散自己的忧伤，把自己的忧伤变成一种对光明生活的向往，不论遭受多少磨难，从来没有丧失过自己的希望、信念和理想。

这也许就是我的元祖爷爷那一代所深深感动并且依恋这里不肯离去的原因，大概这是我们整个家族的共同感受，所以我们在这里结婚生子，一直生活下去。

我的太奶奶告诉我，她是美第奇家族的嫡亲，我的太爷爷是现在这位朱姓开国皇帝的一个秘密后裔。太爷爷的父亲是这位朱姓开国皇帝的第十四子，名叫朱楧，他为了不为人知的原因，把他的这个秘密后裔送到了焉支草原。

太奶奶的祖先曾经在焉支留居繁衍，走向中华大地的四面八方，让太爷爷安居在这里，也许就是为了让他体会这里的安静，或者，太爷爷的父亲知道我们跟遥远地方的血脉联系，有意让他的后裔多接受中华文化气息，变成一个中华大地上有新特点的人。

有一位叫马可·波罗的意大利人，在1275年到达中国，访问了中国的很多古城，他回到威尼斯后，写了一本记录中国见闻的书。后来有个天主教派往中国传教的耶稣会传教士意大利人利玛窦，通过海路到达中国，在澳门、广州、肇庆、韶州一带传教。

今天从意大利到达中国，不必像我的元祖爷爷一样，跨越阿尔卑斯山，可以走利玛窦经过的海路到达这里，会更加顺利一些。

如果你们愿意到中国来，就到北州附近的月亮湾或者远一些的焉支草原来找我们。

有人在第二封信的外边匆匆标上了日期，根据这个日期计算，收到信的时间大约在波提切利去世前的100年，而现在离波提切利去世又过去了120年。

马尔罗说："看来信上说的一切都是真的，《马可·波罗游记》曾在欧洲广为流传，书中记述了马可·波罗在东方最富有的中国的所见所闻，激起很多欧洲人的热情向往，而且对新海路的开辟产生了巨大影响，利玛窦就是经过新航路到达中国的。"

这封信让他们产生了遥远憧憬和神秘想象，对未来光明生活的信心让他们钟情向往。

安娜兴奋地讲出她的想法："查理曼勇武善战，善恶分明，发展文化教育，转化欧洲文明，将文化重心从希腊一带转移至莱茵河附近，被尊称为'欧洲之父'。可惜，查理曼派出的这支军队没有回到故乡，致使查理曼与引入东方文明失之交臂，我们要去寻访这片东方大地的明媚春光，进入波提切利《玫瑰园的树与泉》中的美好感受。"

马尔罗对她非常忠诚，炽热爱恋："好，我什么都听你的。"

仔细商议之后，他们准备带着儿子安托万与养女贝亚特丽斯，去那个神秘地方。他们迅速做好了远行规划，秘密准备了三个月。路途遥远，只能带那些轻便珍贵的东西，准备随身携带的物品中，有月亮玫瑰种子和一些珍贵画作，其中有波提切利那幅不为人知的《玫瑰园的树与泉》。

出发前夜，传来了加斯顿突然患病的消息，耽搁了安娜的行程，她准备陪护加斯顿一段时间再启程。但这一耽搁，她再也没有能够启程，成了整个家族的继承人。

十四世纪中期的意大利并不太平，并非是一个研究学问、绘画雕刻、唱歌跳舞的时期，那是一个充满混乱与背叛、阴谋与战争的时代，辉煌的文艺复兴即将过去，除了没完没了的争吵斗殴、拔刀相向、复仇凶杀，同时诞生的，还有城邦间无数次大大小小的结盟、背叛和战争，无数次导致流血的政治阴谋、暴力放逐和市民起义。

五月一个带雾的黎明，安娜站在佛罗伦萨城头上，看着雾气中隐现的叛乱者的旗帜与武器。

佛罗伦萨城堡坐落在曼夏河下游的盆地，河的上游灌溉着佛罗伦萨土地，城墙两边各有宽约一里的水流，河水太深，无法涉水，两岸泥浆太多，小船也不敢贸然靠近，可以作为城市的护城河。叛乱者为了攻取这座城市，在上游建了一道堤坝，把河流拦腰截断，让河水流向另一个方向，现在，这个失去天然屏障的城市，即将落入叛乱者手中。

两军对垒时，雾气散去，城堡前浅浅的河面上依然腾着淡淡雾气，半透明的蓝白色天空，带着一些淡灰色意境。铁甲和刀枪在升起的晨曦中悠悠闪光，毛色发亮的战马嘶鸣不已。

她感到紧张在心中像雨水滋润的青草一样开始生长。战鼓响起，双方军队杀在一起，难解难分。中午烈日当空，热得令人窒息，双方都没有进取一分土地，下午又过了一半，马蹄下的草被践踏得又干又黄，鼻子呼吸的空气布满灰尘。

眼前的士兵们正在疲惫时刻，敌人却从没放松，铿锵轰响的铁马金戈再次奔袭而来，脚下不远500米地方的潺潺流水，被马蹄践踏得四面飞溅，士兵们鼓起勇气，再次朝着河水走去，迎上敌人的冲击。

她知道无法把胜利握在自己手里，虽然她看着士兵和战场的眼神非常镇静自若。胜利在哪呢？

她不愿再看战场，站起身，热血涌上脸和胸口，知道到了最后时刻，该让马尔罗和孩子们起身了。她走下城头，走到她的孩子和马尔罗身前。

她对马尔罗说，她不准备再去东方了："你必须按照我们原来的规划远行，你该把我们的孩子带往那个理想地方，带往那个我梦中的神秘遥远国度。"

马尔罗很惊讶，不情愿独自走，他是沉醉于浪漫的人，对荣华富贵不很在意，只想和她到一个安静地方去过他的诗意生活。

"你真的考虑好了？我很失望，我们准备了这么长时间，就是要一起到那个神秘遥远的国度，去过那种单纯安静、没有烦扰的人间乐园，远离现在的家族纷扰和各个城邦以及国家之间的争斗，难道我们要就此分开？"

"是我提出要去那儿的，那里的生活是我的憧憬，我们的理想没有错，可是现在不同了，我有我的责任。我支持你去那里，带着这两个还未成年的孩子悄悄远离这片充满纷争和血腥的地方，到那个更遥远的地方去过另一种生活。"

"那我也不去了，我要和你在一起。既然我们不能一起去，为什么不能一起留下来？"

"你要替我去，我终生不能再去那里，但那里的生活永在我梦中，波提切利说，那幅画中的情景，是根据那封遥远的信和诗歌画出来的。即使你在这里，也只会给我们平添烦恼痛苦，我们不能结婚，因为我必须承担起家族的责任，必须找个王室联姻，来维持这个家族的体面。"

"我就是王室家族的成员。"

她摇摇头："不，你没有力量震慑这个混乱的世界。去吧，到那里寻找另一种生活，去完成波提切利没有完成的事情，波提切利一生所爱的西莫内塔将代替我与你同行，而我留在这里，担负我的责任，我们会在同一灵魂下的天空相遇，你在那里生活，就是我在这里生活，我所做的一切，今后你都能够在那遥远的国度看到、听到、想象到。这些画作代表了我们所有的爱与美，我将把家族的一切艺术品都保存下来，那时候，你的后裔和我的后裔，将在这些伟大的艺术中相会。那时候我们将欢欣无悔，在光明的天空下相会。那时候会有一个无法想象的辉煌展览馆，把我们家族所有的宝贵艺术财富都展示给世人，我将把这一切保存下来，并把它捐献给世界。"

马尔罗为她所感动："我一定不负你的希望，到达那遥远地方，找到你那些在东方的祖先，把这两个孩子带给他们，让孩子们在那里生活下去。我也相信，终有一天，我和你相爱的灵魂会在我们后裔的爱情生活中相遇，那时候我还在深深地爱你，而你的美会在我心中，我把这幅画带到将来那一天再献给你。"

"我会记着你的爱在这里生活下去，我们将会永远在同一地方生活下去。"

她做着保存家族的血脉和荣誉的最后安排，让9岁的儿子安托万与14岁的养女、像波提切利画中的维纳斯一样美的贝亚特丽斯迅速订婚，带好家中一些最重要的艺术藏品。

要带走的有那幅《玫瑰园的树与泉》，这幅画所画的就是美第奇家族最后的花园与泉水，然而这也可能是永生的花园与泉水。

安托万问："我们要到哪里？"

"到远方，到东方一个叫中国的地方。"

"您为什么不和我们一起走？"

"我以后会去找你们。"

"可我们从没去过那里，也不知道该怎么走。"

"你的信仰会引导你到那里，那里有你从没见过的大地、从没见过的生活、从没见过的人。但你记住了，必须保存我们的荣耀，你和贝亚特丽丝的血脉将在那里变成新的土地上的涓涓细流。"

"我还是不知道怎么到达那里。"

"跟着你的父亲，会有人指引你们去的，我预感到有一个方向在引导你们。"

"那母亲您怎么办？"

"我要留在这里，我有我的事情要做，我要在这里让艺术血脉继承下去，这么多宝贵的艺术财产，需要有人把它们维系下去，我必须为后世的几十代人保留一片艺术天空，这和你们要做的事情不一样。我一定会很好，你们一定要按照我的要求去做，这样我才能踏踏实实在这里做我该做的事。"

她发出一声短促的笑，现出一个短促的笑脸，无比明媚。

她送走了她的情人马尔罗、儿子安托万和美艳的养女贝亚特丽丝。

然后她嫁给了新的佛罗伦萨统治者，以维系家族。可她婚后不幸，丈夫肆意挥霍美第奇家族的财产，风流成性，寻花问柳，致使她感染梅毒，导致她多次流产，没有再给美第奇家族留下后代。

辉煌一过，剩下艺术的无尽荣耀，为了保存家族的经典风范和艺术辉煌再延续几百年，她起了最重要的光环作用。

她没有经历过呼风唤雨的政治年代，很清楚自己是美第奇家族的最后一位成员，不能参与政治，只能保留家族的艺术尊严。

她寡言少语，傲然从容，只做维护家族体面和荣耀的事情，始终保持高贵气质，从没因家族没落丧失过优雅和尊严，脸上总带着一个正直贵族才有的从容微笑。

她住在碧提宫里，整个日常起居、生活气派极力保持大气庄重的美，偶尔接见访客，会站在巨大的黑色华盖下，出行时是八匹马拉的马车。

她非常慷慨超然，把大量个人财富投入到宗教和慈善活动中。她一生做过的最伟大事情就是保管好美第奇家族的艺术藏品。

三年后，1651年，到了美第奇家族最后辉煌的结束时刻，美第奇家族的最后一位影响佛罗伦萨的女人安娜去世了。

她临终留下遗言：将美第奇家族的所有藏品都留在佛罗伦萨，向公众开放展出。

她将所有美第奇家族的文化遗产做了妥善安置，包括图书馆、雕像、油画，将所有藏品都捐赠给了托斯卡纳政府。

从那时起，它们不仅仅属于美第奇家族，更是佛罗伦萨、意大利和世界的珍宝。

她去世前的唯一欣慰，是让马尔罗带着两个孩子去了东方大地。他们没有音讯三年了，应该已经到了那里。她思念着，知道他们会有和这里不一样的生活。

这时候，佛罗伦萨已不再是美第奇家族统治，美第奇家族退出了历史舞台。

二十四　神魂回荡千古岁月

唐岱惊异非常，难以置信："这不是你杜撰的？"

"奶奶亲口对我讲述，可惜难以验证，远行途中，那些画作都丢失了，只剩了这幅画，留下无限遐想。"

他如梦方醒："怪不得你执意前来，这展览让别人受些感染和熏陶，对你却装着悠远时间和传奇生命，听你诉说，恍然浸染在那些历史风情中。"

"那样的历史是刻在我神魂血脉里的，对你诉说着，我把飘荡的思绪连接在一起，心里便豁然开朗，有了家族传奇的脉络。"

唐岱慨叹："这家族之谜在你生命里孕育了几十年，却让我和你一下子穿越了奇异时空：加斯顿患病延缓了安娜的行期，改变了美第奇家族和安娜的命运，也改变了你祖上的命运，这就有了后来中华大地的焉支故事，有了家族秘画《玫瑰园的树与泉》，红园的格局参照这幅画设计，玫瑰、花园、泉水与树藏着波及万里时空的秘密。"

展厅突然停电，灯光灭了良久，讲解员和参观者都出去了，只有他俩在这里化入历史，进入另一世界，与遥远时光衔接，与那些智慧而充满艺术感的人物侃侃而谈。

她依上他，他轻搂住她，盯着一幅幅画面，在漫天艺术星光中悠悠依傍，心驰神往古老年代，恍然"爱与美"举着火把，在幽蓝天空下寻找光明。

打开手机灯光，就像明悠和宋恒在滇西大山的山洞里，用火把照耀岩洞石壁上层层浮雕般的岩石波棱，一幅幅画面、一个个伟大脸庞在手机灯光的缓缓移动下，有顺序地参差错落，仿佛历史别有情味地一一呈现。

从展厅出来，阳光灿烂。

明灵抬头远望，湛蓝天空几朵轻轻白云，不太远处，那艘中国扬帆起航走向世界的风帆屏幕依稀可见，四桅船的钢骨铁架昂首迎风。

"这时候，江边一定很美，江风吹动，让人向往。"

"想去看看？"

在江边，在风帆下，在花城汇广场，眼前珠江两岸风光，心里回荡千古岁月。

他静静神往："在美第奇家族的最后时刻，那个伟大女人安娜把她的爱人马尔罗、儿子安托万和养女贝亚特丽斯送往中国，让他们远涉重洋把这幅画保留在东方。她继承了西莫内塔在《维纳斯的诞生》中那双明媚慧眼，看到了古往今来的情景，知道终有一天，这幅画将和东方光芒一起展现在人们眼前……"

她凝视小蛮腰的窈窕身姿："在阳光下舒展的广州塔旁，从以往的风情万种走出，恍然体悟，《玫瑰园的树与泉》不是波提切利画出来的，是早就生长在中华大地上，这幅画完成了对中华生活的最终遐想……"

"这也让我们能在这里与波提切利的遐想相接——创作这幅画的时刻，西莫内塔和波提切利看到了那封东方来信，信里唐代诗歌中的中华神奇演化为这幅画，这是后来的人们没想到的。"

"在安娜之后，一些欧洲文学艺术家把浪漫衷情转向东方，把中国意象作为梦想之光，借此深思宇宙和生命的永恒。1908年，马勒的交响声乐套曲《大地之歌》采用了中国唐代诗人七首诗歌为主题歌词；1912年，庞德受中国叙事与抒情诗启发，吸纳了中国文化的含蓄优雅，借鉴中国古典诗歌手法推动意象派诗歌创作；歌德也发现了中华魅力，他的组诗《中德四季晨昏杂咏》里，中德意象交织，遥想士大夫情致，爱情缅怀与中国花园的季节变换相叠。"

"欧洲作品主要借东方大地忧伤抒情，要比中国诗歌所表达的更加忧郁。中国式诗意生活追求清雅明快、坚韧执着，刘禹锡、苏轼、辛弃疾都有屈原以来的中国式浪漫，在现实的残酷和烦扰中憧憬未来，追求光明欢欣。欧洲缺乏了解中国诗歌中的挺拔韧性，但还是有与中国浪漫一致的美好向往，借中华生活憧憬梦想中的美好世界，不知波提切利的这幅画是否表达了中国式生活信念？"

"从我的家族传说和神秘风情来说，波提切利最后的这幅画很独特，应该有强烈浓郁的中国生活气质，跟他以往作品的内容和主题有极大不同，但又融合了他原来的画风，也跟后来其他欧洲作品表达的中国生活有所不同。"

"安娜的美丽启示是欧洲后来向往中国浪漫的伟大开端，"他沉思着，"美第奇家族的男人和那些艺术家无论做了多么重大的事情，无论在佛罗伦萨公国和世界影响了多少年，都不如女人伟大，无论政治还是艺术中，都有一个个女人身影，最终，还是安娜保留住了男人们为世界做的一切。"

她也深为触动："这些女人比男人更伟大，所以，那些被女人支持的艺术家能创作出宏大力量与柔媚魅力交织的作品；所以，那些伟大作品是男人的精神风骨，更是女人的高贵气质，那些生命气魄把男人和女人连在一起，就像'爱与美'的男人和女人连在一起，高举火把，怀抱红角杨，这就是男人和女人的优雅想象。"

他叹息："可惜这样的优雅想象渺无踪迹，找到这幅画才知真相，这就像找到真理才知真相一样难。能证明这幅画存在，就能证明你说的一切，找不到这幅画，一切就好像影子消失在水里。"

"现在怎么证明它的真实呢？画作秘不示人，无法鉴定认证。奶奶说，这幅画是不是波提切利画的，始终不知，但它就是波提切利的风格。"

"假定这是真的，这幅画就是波提切利经历了人生苦难之后，悔恨和思考的结果，是他一生最重要的作品，是重新思考生命、追求理想生活的一个象征。如果是真品，将是惊人的，比发现《富春山居图》还重要，它将证明，从唐代起，中华优雅和神奇就吸引融入了欧洲文明。"

她郑重其事："这幅画太重要了，所以，知道它的人从不说出，没有找到画作之前，我自己也不敢去想，当然也不会对别人说。"

"虽无确实证据，但这不是没有可能。把你说的时间从唐代到明代连起来，说得通，也与融合多民族的中华历程很一致。明代正好是文艺复兴和佛罗伦萨最繁荣的年代，也是黄金艺术时代。产生这幅画和这个传奇的时间，恰好符合那个年代的特征，所以，你是安托万和贝亚特丽斯的一脉后裔。"

"奇异的是，现在我是中国人，在中华大地追根溯源，只有在红园，才能把这一切连起来，秘画描绘的部分情景，以及红园的建筑格局，还有焉支历史，月亮玫瑰，花园与泉水，都能连起来。"

他琢磨着："如果只有红园保存了这一切踪迹，朱将军和你奶奶把这幅画放在红园也就含有深意。红园只是个秘画保藏地吗？找到秘画对红园有什么意义呢？红园的核心是红角杨树，这幅画中的树也是它吗？"

"如果是它，那就很神秘，但那时候应该还没有它，流传到余烁手里的我奶奶的画里却有它。"

"是你奶奶有意加上的？加上红角杨树，画中的玫瑰园就是现在的红角杨园。"

"那秘画就不仅是珍贵的艺术品，而且是等着我们去实现的生命想象和生活象征？"

"那你奶奶加上的红角杨树就比秘画和星空图书室更长久，它是正义和真理的象征。现代中国有无数人和朱将军、你奶奶、宋伯伯并肩前行，在腥风血雨中奋斗牺牲，执着守望理想，迎向中国曙光，只因坚持同一个光明信念。"

"我现在更加明白奶奶教导我的一切，明白为什么从小奶奶就告诉我最终要来到红角杨园，奶奶他们要的和我们要继承的，不是一时的辉煌表象，是过去和未来深处的家园美好，这是他们的生命特质。"

"找到秘画、继承他们生命特质的伟大时代已经到来，他们就在身边，鼓舞我们追求，他们在，红角杨就在，辉煌不会过去，就因为有人记得这一切……"

静一会儿后，他认真说："不过，怎么找秘画？这两封信很重要，是线索，也是证据。"

"奶奶说，这两封信各有两份，一份传给中华大地上的后代，一份送往遥远地方。至今，另一份信稿和朱将军的日记一起保存在图书室。"

"你奶奶留下了找它们的线索吗？"

明灵叹息："奶奶说，找到了秘画就找到了信和日记，就找到了我的命运，可我迷惑，怎么找到秘画呢？"

"就是因为想要知道，又担心不能印证，你心下茫然，进图书室就迟疑不决？"

"那里的星空梦幻如神话一般，肯定有过去和未来的很多秘密，我可能会更迷茫，这让我不敢触碰，神魂不安。不过，宋爷爷隐约知道一些，只是不像我知道这么多。"

"告诉宋伯伯这一切，也许就能解开一些秘密。"

"我就是想和你在这个展览将清思绪之后，对宋爷爷细细诉说。"

她的身体转了一个方向："此刻，我特别想去蓝天下矗立的广州图书馆。在空阔的花城汇广场尽头，江边矗立着小蛮腰，四周挺立绵延着高高建筑，从神秘历史风情中走出，走进现实的图书馆，会有另一种感觉。"

唐岱笑说："你又有了什么心思？"

"这想象一下就让我向往。"

"是想去体会图书馆内外的建筑特点？"

"想去体会气氛格调，也想去找书。"

"要找的书和你最近一些想法有关？"

"也和红园、和月亮玫瑰相关。"

唐岱看一下时间："你能不能自己去？我还有事要处理。"

明灵不以为然："我一个人去，就会变得枯燥无趣。"

"让刘鹏陪着你？"

"他代替不了你。"

唐岱笑说："为什么一定要我陪着？"

"你是我的灵魂伴侣，在陪我进星空图书室之前，要先陪我进广州图书馆。"

"你这么奇怪，自己也可以去星空图书室啊，从余烁到林袅到桑梓，每个人都自由进出那里，你独自去找秘密，是不是更可能发现秘密？"

"就是那里的巨大秘密让我徘徊不前，我一个人无力深入，得有你才行。"

他笑一笑："你通向秘密的路径挺独特，从月亮湾到国外再到红园，从北州到广州，从文艺复兴展到广州图书馆，再到星空图书室，绕了这么长的路。"

"就因为路太复杂，像进心神迷宫，和你一起就能找到方向，不迷失在纷乱思绪中。其实我对自己心怀忧思，担心陷在庄周化蝶或者墨菲定律中。墨菲定律说，如果有两种以上的方式去做某件事，其中一种方式将导致灾难，必定有人会做出这种选择。我的血脉渊源也许让我更好，也许让我更困惑，如果追根溯源，我这个中国人有古老的异国背景，一个遥远的人变成了我这个现实的人。有意思的是，正因如此，我就能和你在一起，也许我和你在一起，就能既变成遥远的人，又变成你身边的人，这就是庄周化蝶效应吧？"

"你因对红园忧虑而担心自己吗？还是庄子的想象好，墨菲定律是个悲观主义定律，你要小心，不要陷入，并不是担心某种情况发生，它就更可能发生，并不是事情有变坏的可能，就总会变坏。有些外国人自己命题、自己解答、自我验证，没必要把他们说的当成定律，任何事都没有表面看起来那么让人担心，所有的事都会比预计得更好，耐心等待，不论结果怎样，总有更好变化，红园和我们，都是这样。"

走进广州图书馆大厅，明灵向上看去，眼前展开向上延展的穹顶样空间，巨大空旷，中厅立着高高的直升电梯，四周环绕不同的展室和书库，侧面有扶手电梯。

她轻盈地转动身体环视："这空间结构跟星空图书室有点像，也有展开广阔生活的感觉。"

"当然有，这是从古至今诗人、思想家和科学家乐于流连的地方，时尚情趣盎然，却栖息着我们的心魂，那些书在地板、柜子和书桌上，隐隐把永久生活摆放在四面，只要进入这些书中，那些永久生活就会传遍身心。"

"从这里也能看到星空吗？广州星空与红园星空有什么不同？"

"中华大地都是我们的家园，如果有星空下的家园感，就能看到同样的星空。"

"可这里不能产生星空幻觉呀，林袅在方所书店就漠然无动于衷。"

"那是她心有迷思，其实只要进入书中诗意家园，就进入了现实生活，所有好书都为了能身处星空下的家园。"

她随着他徜徉："我喜欢这里庄重开阔、气派不凡，又能让普通人融入其间。"

"到这里来的，更多是普通广州市民。这里有好几个演讲厅，来读书和听演讲的人都很专注，他们让我感动。读书不在多，而在读什么书、怎么读，重要的不是饱读诗书，而是能反思诗书，只会读不会思的人，读再多也没用。我们这些人能做的，就是引导人们去思考性读书，引导人们有更美好的生活情趣。我在这里做过几场演讲，我很高兴让我的想法融入普通生活。"

"每个人都有自己的命运，生而为艺术家的使命，就是把诗意生活感觉传遍人间。"

"就因为能让诗意生活进入普遍生活，广州图书馆是个我喜爱的地方。"

两人在大厅环绕一圈，之后乘电梯到达三楼。

唐岱说："在这些伟大的书中，我们获得别人的智慧和记忆，体验自己的生命，发现生活情趣和有价值的意味。有时，从这些伟大的书，我能看到这些伟人来到身前，要是仔细体会，经过这个楼台，就会遇到一个个伟人，我会向他们请教，甚至和他们辩论互诘。"

她灵动地转着小丸子头，仿佛探触四面的灵气："现在咱们转过这个廊角，也许就能发现屈原刚来过，能看见王阳明身着明代服装飘然而行。"她的发丝轻掠过他的脸颊，"庄子、白居易、刘禹锡、李商隐、苏轼来过这里，苏格拉底、尼采、雨果、福克纳、海明威来过这里，他们就像一团团光雾和轻烟，但我能听到他们清醒悠然的脚步声。李清照、波伏瓦那些伟大的女人也翩然穿梭于书架间，举行那些与书永生的伟大婚礼。"

"你真有对书的灵性遐想，难得书能细雨一样润入你身心。"

她到处走，四处看，有些失望："这里大都是新书啊。"

"没有你想要的？"

她浅浅一笑："我来这里，就是搜寻别人很少注意甚至被遗忘的书，我也不知道能不能找到我要找的，我想，我要找的是一些旧书。"

"你可以到星空图书室去找啊，那里对人类精神之旅的收藏不是最丰富的，却可能是最精华的，是更久远又最贴近身边的，有很多书的版本和内容都是过去的，今天很难再有。"

"可我也想在这里找找。"

"你到底想找什么？"

"这里也许藏着与我隐隐相连的启示，也许有我家族古往今来的蛛丝马迹，也许哪个角落有本别人没看过的旧书，上面落满灰尘，却是我要找的。"

"我在这里有特别身份，广州图书馆为一些研究需要设立了特别通道，我可以带你进入一般人进不去的书库，去寻踪觅迹。"

书库里只有他俩，十分安静。

他近乎耳语，却十分清晰："这样安静有点像在星空图书室，除了书只有我们，书和光重叠的身影遥远而贴近。"

"这些书年代久远，想到一些神秘的人接触过我们用手指抚摸的这些字句，读起来别有情趣。"

他们很快发现，这里很少有人来，很多书很久没人动过，说不定在归入图书馆之后，就再也没人翻阅过。

明灵寻找翻阅着："也许我一眼就能认出我想找的，可我说不出是什么样。说不定在哪个角落、一本书中，就有几页我想要的书纸，就连那些极其敏感的寻找者也没有发现过。"

图书馆馆员拿来一块台布，铺在桌上。

拂去书上轻轻的积尘，打开书，那些纸一张一张展开来，一些淡淡的小物团在空气中飘动。

明灵惊喜交加，认为这些飘浮着淡淡光团的文字可能和她有或多或少联系："这就是我要的萍踪侠影……"

她埋头阅读，沉浸在那些传说风情和历史神秘中，好像又回到了海心沙的文艺复兴展，回到了千年历史中。

出了广州图书馆，明灵说："我想进广州大剧院里看看。"

"你跟刘鹏说吧，他挺有门道，应该能安排。"

给刘鹏打完电话，他们走向广州图书馆斜对面的广州大剧院。

刘鹏接到明灵电话时，刚见到赖央和贾相。

他答应安排明灵进广州大剧院参观，收起电话，问这两人："你们一定要见我，是什么事？"

赖央表现得关心热切："我们现在想把红园保存下来。"

"你们怎么突然变了？"刘鹏难以置信。

"把它买下来保存，就能减轻政府负担，腾出充裕资金，也让它自由发展。"

"那你们认为我的资本不够？"

"你不能单一投到这个项目上啊，况且旷日持久。"

"是有别的资本想买下它吧？想让我把债权让出来？"

赖央说："有个很大的香港资本想和你合作。"

刘鹏淡淡一笑："你们说的是领英地产吧？他们通过你们游说我？他们是不是觉得比我有身份、拳头大？"

刘鹏觉察到，有股强大国外势力借道领英地产，想控制红园。至于是什么资本、他们耗巨资的目的是什么，他不清楚，但觉出有股里应外合的力量在暗暗操作。

赖央咯吱咯吱地笑："红园这个事一直拖而不决，他们满足您的任何要求，想完全接管，让您的资本腾挪转换，去做更多事情，免得把资金压在这里。"

刘鹏看着他们想，他们表现得处处关心别人，为对方着想，但无论拆还是买，还是找秘画，都为一己私欲。

"他们还挺替我着想？"

贾相嗨嗨笑着："是替所有人着想，这对红园、对政府、对城市发展都好，这就是我们一直在做的规划。"

"对红园的目的深藏不露，这就是你们的系列项目？与此相关的还有什么？"

赖央躲闪："这涉及科研和商业机密，还不能告诉你。"

"不告诉我，我怎么知道该做什么？"

贾相含糊其词："这个规划还不成熟，我们一起来做。"

"这就是你们合作的态度？我知道有股国际资本觊觎红园，看来跟你们有关。现在贸易摩擦，你们因儿女在外国定居或读书，就倾向于外国势力？"

贾相不屑："贸易摩擦是国家的事情，跟我们无关，也跟我们的儿女无关，我们的儿女在国外很好啊，人家一视同仁。"

刘鹏说："要我们依附他们，也是人权名义下的一视同仁吗？他们想怎么样就怎么样，一些粗野蛮横就包含在他们的人权高于主权里，如果一个国家连主权都没有，沦为他们的依附者，哪里谈得上人权？这样的人权自由恶性发展，对他人生存和整个生活都形成威胁和破坏。"

贾相纳闷地看着刘鹏："你现在说话怎么像唐岱？"

"那是你不了解我。"

赖央说："是我们不讲规则，野蛮发展，人家不过是要求履行规则。"

贾相说："国家打仗，百姓遭殃，明明打不过，还要去打，结果更陷入困境，最后结果还不是都转嫁到老百姓身上？"

"那中国经济被外国控制就对中国百姓好吗？那叫苟且偷安，长此以往，终会自食苦果。我奇怪，你们为什么总这样恶意地想？"

"我们替国家担忧，不希望对抗，这是我们作为公共知识分子的独立想法和责任，批判政府的错误是我们的责任。"

"中国公知与国外'中国批评者'有什么两样？既然你们这么替外国说话，既然中国这么不好，你们干吗不去外国生活呢？为什么还赖在中国替外国说话？"

"我们要留在中国改变中国。"

"我看，你们是拿了好处还要诋毁中国，到国外，你们能得到在中国的待遇吗？你们获取了中国发展的红利，从农民变成了大学教授，有了钱，送你们的孩子去国外读书，不念好，也不过是忘恩负义，但反过来骂，就是乱臣贼子，就是吃里爬外。为什么拿着中国好处又要说中国坏话？没有中国发展，你们怎么可能生活得这么好，怎么可能把你们的孩子送到国外？有本事你们放弃国家和人民给你们的工资、项目和享受去批判中国，那你们的身份不是更自由、更公共？"

"现在经济发展缓慢，不是事实吗？这不是政府做得不好吗？不能批评吗？"

"可以批评，但不能否定，这不是根本的不好。我们切身经历了这40年发展，现在发展有些缓慢是事实，但已经高速发展40年了，不能停一下、慢一点、曲折起伏一点吗？只能享受发展的好处，不能容忍困难吗？"

"除了经济，还是有很多问题呀。"

"哪个时代哪个社会没有问题？以往皇帝留下来好多问题呢，要一下子都解决了吗？那你们去跟那些皇上说。"

贾相不说话，赖央避而不答："其实咱们没必要说这么多，就是希望你重视跟领英地产合作的事。"

刘鹏说："在这个时候，我绝不跟国外资本合作，我不知道他们的目的和背景怎么样，也许是黑暗的。作为中国的房地产商，我的发展受到贸易摩擦的影响，但我依然是爱中国的。"

刘鹏找人把明灵带进大剧院，参观里面的各个剧场。

明灵在剧院里转悠，刘鹏、唐岱在外面闲聊。

花城汇广场、斜对面的广州图书馆和广州博物馆、稍远处的广州塔、沿江向西的海心沙，历历在目。

刘鹏手扶石栏，面对眼前景色："我想让明灵来我这里。"

唐岱笑笑："那恐怕不是她的志向。"

"可以试试，和她的建筑艺术专业相关，不限制她才能的发挥，也不影响她的生活方式和情趣，她可以任意做她想做的事，比她在学校自由，天地更开阔。"

"你要想好了，明灵这一代兴趣很多，自由意识很强，他们普遍享受中国经济和科技发展的好处，每个下班后的夜晚和寻常周末，聚集在商场、酒吧、餐厅、健身房，可能在热闹的火锅店用餐后再去购物，然后找个地方欢聚，自在随意地生活，心思不一定在你的希望上。"

"我知道，她这一代不像我们那么实际，但比我们见的世面多，也灵活复杂得多，当时我们有志向，现在他们也有浪漫梦想，她会在我那里找到志同道合者。"

"可她同代人的梦想大多围绕自己而生，对获取和享受有强烈代入感，因利益互助而意气相投，而她没什么代入感，不太在意利益，有远大理想，不会随心所欲。"

"我就是看上了她与众不同，你越说她特别，我就越想让她来，我以后还要多招她这样的人，改变我的企业结构和风格，我让她再去招揽像她这样的人，她的选择就是我的，她想找什么样就找什么样的。"

"她不会对你俯首帖耳，不太能与周围人一致，你能适应？"

刘鹏笑："你想得真奇怪，人家是改变不了世界和老板，就去适应世界和老板，你却让世界和老板去适应她，那我就按你的意思适应她吧。"

"你真这样想？那待会和她聊聊，这比她在学校好，没有什么限制拘束她，庸常之恶的圈子势力难以强制她。像她这个样子，在高校反而让我担心。"

明灵从大剧院出来，笑说："刘总，唐岱的面子都没你大，这两个带我参观的人说是大剧院副院长、艺术总监，对我非常客气。"

唐岱也笑："他喜欢和文化名人来往，交了许多这样的朋友，大概他把你吹嘘了一番，他们自然对你恭敬有加。"

刘鹏乐呵呵的："我没他说的那么恶俗，不过也真是赞美了你的光彩照人，我是真想让你来我的公司。"

"你总不会因为想把我收为麾下而来广州吧？"

"是为了迁移红园的事。这事进行得这么慢，还是和赖央、贾相那些人有关，他们在帮助外国势力悄悄潜入，想把我取而代之。"

"你上次约我和他们见面，被蒙了一下，现在不再抱幻想了？"

"我后来才知道，他们约你是为了设计图，我厌恶这种窥探攫取。他们既想拆掉红园，又想得到设计图和秘画，能得一样算一样，最好两样都得，现在，又想让我出让债权。"

唐岱说："他们若买到了红园，以后就不是别人能说了算的，甚至也不是政府能说了算的，他们想怎么样就怎么样，红园就变成了一块他们的楔子，楔在北州中心，对吗？"

"这是他们的如意算盘，我没答应，不能给他们拿走北州的核心利益。"

明灵问："那你最初为什么对拆红园那么热心？"

"我对红园最早也有梦想情结，后来淡漠过，没有像现在这样突出感受到，也许，是这几年的现实让我变化了。"

"你变得跟唐岱越来越有些相像。"

刘鹏笑："这让我自己也意外，人有了钱之后，很多事情就变得大气，不再狭隘了。"

明灵说："有些人本性坏，有多少钱也变不了。"

唐岱笑说："有钱能让人变得更好，也能让人变得更坏，你是那种能变得更好的，最近变化很大。"

"这也是因为我对赖央那些人看得越来越透，他们吃中国饭砸中国碗，对自己的国家和民族肆意贬损，无论政府怎么做都不满意，这种冠以民主自由、实为自己私利的所谓精英知识分子让我厌恶。"

"你这样想还是有根基的，有种持久情怀在你心中。"

"桑梓和你对我还是有影响的，毕竟这些年咱们在精神上没完全断了联系。"

明灵说："你可以退出跟那些人的合作啊。"

刘鹏摇摇头："现在若退出更不利，但我不会依从他们的意愿，也不会和他们的生活意识一致。"

唐岱说："生活意识的不同，区别了对现实的心态，有些人享受着中华家园的美好，却不承认。但中国实力持续强大、中国生活越来越好是事实，过去30年，中国经历了人类历史上前所未有的经济增长，在未来20年内会变得比一些自诩优越领先的国家更富裕，一系列衡量社会健康状况的指标也表明，近年来中国的普遍福祉比外国做得更好。"

明灵说："我体会很深的是，这激起了国外一些妒忌的恶。我们的生活水平和幸福指数渐渐优越，他们难以维护其制度优越、生活领先的神话，担忧中国发展会挑战他们的文化、制度、生活意识，就制造并煽动恶。"

刘鹏说："你谈起在国外生活，不时说出让人信服的事实和警醒的思考。"

唐岱说："她的智慧来自中华智慧，王阳明早就提醒，有的恶是天性，只要遇上特殊情境，就会被激发，不能去刺激恶。可我现在想，只要追求美好，恶就会被激发，除非绝对依从恶。"

刘鹏说："现在他们公然撒谎造假，疯狂攻击的舆论铺天盖地，对你们这一代有影响吗？"

明灵笑道："莫须有的罪名让中国年轻一代更爱国，为自己国家和个人生活的美好而自豪。30岁的中国人经历了人均GDP高达32倍的增长，而1990年出生的所谓优越外国人只经历了3倍增长。我们在高度现代化、治理良好、繁荣稳定的中国长大，自信、有钱、留学、出国旅游、了解世界、经历现实教育，与前几代崇拜欧美不同，我们对国外一些所谓民主政治的粗鄙堕落感到失望，欣慰自己没生活在那样混乱失调的制度下。"

唐岱说："有些遗憾的是，许多年轻人仍在含糊不清的状态中，仍然向往欧美日，热追苹果产品，仍然不明白这是一个要挺起中国脊梁的时刻。一个社会的整体生活和个人生活一样，要美好就要有立场和方向，国家什么样与个人什么样是无法剥离的。"

明灵笑说："你得相信，我们的信仰在物质富裕、身心安全、祖国强大的环境中慢慢发生，尤其这两年国际事态变化、中国与外国的不同，引发了我们的思考和情怀，理想主义正在我们之中冉冉升起。"

刘鹏说："你并不像表面上那样任情任性，既有这个时代的一切特点，又有跟这个时代不完全一样的品性，你是提前形成了中国新一代更好的标志性形象吗？"

"那当然，我经历见识的，许多人还没有经历见识，最重要的是，我在我的经历中不断思考未来，许多人也正在往这个方向走。"

"你来我这里，年薪自己定，可以什么都不做，只用你的智慧和理想，用你的志向和思考，做我公司走向未来的形象大使，好吗？"

"我有更重要的使命和责任，我得做点更重要的事。"

"这么有诱惑你都不来？"

"有些人更关注利益实现和狭小生活，很难有超出自己以外的理想。另一些人关心自我实现和存在感，也有更宽广憧憬和朦胧情怀，不会不择手段地夺取利益和攻击别人，但也缺乏理想信念，我和他们不一样。"

"不一样在哪里？"

"他们可能无知而没有经验，缺乏明确的判断和行动，在一些关键问题上左右摇摆。我有立场、有判断、有理想主义，不那么信奉利益主义，我会坚持自己的观念和做法，不惧任何威压。"

刘鹏笑说："如果你来我这里，这就是你对我提前发出的声明吗？我接受。你有知识、有思考、有情怀，还有理想主义，你的工作和生活就会有声有色，有情有趣，让我信任，到我这里来吧。"

明灵很好奇："你的公司形象大使原来不是桑梓吗？如果让我代替她，她会不会不高兴？"

刘鹏一笑："不会的，她会很高兴。"

"为什么别人都喜欢找明星，你一直用桑梓做形象代言人，不用明星呢？"

"我不信任明星。"

"嗯，就凭你这个特点，就跟其他地产商不一样，看来，你找我做形象代言人是真诚的。"

"我会给你一个充分展示自己的空间，不只是做形象大使。"

唐岱笑说："刘鹏心意殷切，你若去他那里，比去南珉书院好。"

"我得好好考虑一下。"

二十五　那些香草美人的依恋

唐岱和明灵回到红园。

"宋伯伯怎么不在？"

祁远和林袅都不知如何回答。

祁远迟疑一下："他去接朱丹影了。"

"你怎么没去，让老人去呢？"唐岱满腹狐疑。

祁远不好说什么，不说话了。

林袅缓和气氛："是宋伯伯自己要去，我们劝不住他。"

桑梓傍晚来，觉出气氛反常，他们都不怎么说话，相互避着一些敏感话题。她看出，他们都没有吃饭的情绪，连明灵也无精打采。

宋恒自给自足，生活简朴，这几个月突然增多了人，饭菜有时由一个小饭馆做好送来，无论多么可口，总会犯腻，若心情不好，更无滋味。

她叹口气，自己平日饭菜虽不奢侈，可也每日都有些变换。她走进厨房，找到一些食材，做了几个可口的菜，总算让大家吃完了饭。

唐岱平日总和大家随意说着话，今天他神情专注，默默琢磨什么，吃完饭就出去了。

桑梓看得明白，就算她现在不在红园，别人也能替她去生活，但这需要微妙的情感平衡，她就是起情感平衡作用的。宋恒不在的更微妙处，是唐岱、林袅、祁远的关系失控。如果朱丹影回来，唐岱必定从广州返回，以后怎样，谁也不知。

她在花园里找到唐岱，他坐在那棵刻字的树下，面对玫瑰丛后的苍茫夜色。

她倚树在他身旁站定："看来明灵的灵气浸染了月亮玫瑰，它们开得很好。"

"我身后靠着的这些英魂会高兴的，可红园玫瑰还能开多久？"

"你最近成了悲观主义者。"

"那是因为我的预感又出现了，我常常想到星空玫瑰，可又不知连着我和星空玫瑰的是什么，这很不好。"

"你的情绪不符合你的理想主义气质。"

"我的理想主义控制不了现实，有些事还是意料不到，祁远本应第二天去接朱丹影。"

灯光亮起来，云层很厚，星月露不出什么光色。

"你怎么知道他一定会去呢？他关注林袅你是明白的。你这次去广州时，我提醒过你最好不要离开。你还是多想想这几个人的情感关系，你说过，你的情感跟红角杨命运相关。"

"这几天我也在想，可人陷在情感中很难自己想明白。"

"祁远是直率执着的人，他不像你这么优柔寡断。"

"我也弄不懂自己。"他起身站立，"你能弄懂我吗？这段时间，你也变得不像你了，你过去既冷峻又现实，现在变得更柔情浪漫了。"

她意味深长："也许我变得更像我自己了，我从没鼓励你去做什么，不断对你提醒不可能。我想，我得鼓励你做些什么，也许，这才是我本来的样子。"

"你鼓励我去爱，这对一个女人很难得。"

"一个女人不能鼓励自己去爱，就可能鼓励自己所爱的人去爱，我连你的爱也不能鼓励时，就无可挽救地坠落了。"

"你这样说，让我又想起我们在图书室的情景。"

"从那时起，你我思绪就不能分离了，我总是知道你在想什么。"

"我常在你的注视下，时刻忘不了你的目光，可现在，你鼓励我离开你的注视。"

"你总得改变点什么。去和林袅谈谈吧，你会去谈吗？"

"我会去。"

"这样我就踏实一些。你和她谈过，再和明灵谈谈，事情就会变得好一些。"

"在广州，你就让我把希望寄托于她俩，可这决定不了什么，她俩甚至不能决定自己。"

"明灵不好说，林袅因祁远而有些把持不定，你不会也因祁远而冲动吧？"

"我不会。你什么都想到了，就像我在想一样，甚至比我还了解自己。为什么，你我近在咫尺而远隔千里呢？"

"你又伤感了，这是你的缺陷。"

"这是我的优点，有些人从不伤感，你不伤感吗？我为我和你而伤感。"

他俩站立不动，就像与树影融在一起。

桑梓的身影让林袅觉察树下有人，她不明白，他俩这时候重温旧情？这激起她隐约在心的那些想法。

她是个忧郁多思的人，对很多事情都会更敏感一些。他俩旧情难忘，而明灵倾心唐岱，他们都跟红园有渊源关系，她是局外人。

她不愿多想，轻微苦笑，在暗影中往花园外走，看到桑梓也正在离开。

此刻她既不能找祁远，又无法睡觉，也去不了别的地方，只能去图书室。

那里成了她的秘密花园，她可以任意化为树啊草啊什么的，可以像个飞天女神怀抱琵琶飘然穿行，半飘着端详那些书，它们在灯光下像山林一样密集，一排排书架让她迷失在里面。

这些日子，书让她陷入迷境，也带她飞越迷宫，就像古希腊的代达罗斯和伊卡诺斯父子一样：他们为克里特国王修建迷宫，却被克里特王囚禁在迷宫中，只得借助蜡做的翅膀飞出迷宫。

她为自己读书，也为自己用书修建迷宫，这让她无法做出一对蜡翅。

她不是忧虑祁远的孩子般执着，也不是忧虑唐岱的远离，而是忧虑自己要离开。当朱丹影回来，她就该离开了，那时候，谁也不能面对同一相貌的两个人，又难以把她们当一个人。

她去哪里呢？不论去哪里，在此之前，她必须做一次朱丹影，让朱丹影回来是她来红园的使命，这是她对宋伯伯所做的承诺。

她沉思着，手抚着一排排书走过，就像在整个世界、整个生活中走过。

她停下来，随手拿起一本书，在其中读着自己的故事。她学会了在故事中穿行，在故事中寻找自己，这是唐岱教给她的超越生命又享受生命的方法。

她记住了书中的各种事物，却忘记了自己，在书中学会了逃脱那些想要控制她的人，比如匡枉之类，也学会解脱自己，比如她对唐岱的爱。

祁远来后，她表面恢复了柔和平静，思绪开始沉定，但变得更敏感多思。

她悄悄躲着唐岱，不能忍受他看她时的目光。她可以让每一个男人动心，让唐岱忘情于她却并不容易，初见他时，她并不在意自己的美，所向披靡的魅力没怎么发挥，后来她才尖锐地刺进他的身体，让他在她的心魂中慢慢陷落。

这让她明白，深陷人的情感是慢慢发生的，就像沼泽慢慢把人陷下去一样。而祁远快马如风的冲撞，打破了陷落过程，把她从沼泽拉起，带入一团单纯爽利的情感旋风中。

静思下来，她愿意两个都相信，可不知该更相信哪一个。祁远对她激流般热情，唐岱不肯像祁远那样毫无保留，他在迟疑什么？当时她不能理解，现在明白，他没有完全倾心她，他心中先有朱丹影，后有桑梓，现在有明灵。

现在，她要逃离红园和唐岱，这对她来说是一回事。

她想明白了，怀抱琵琶起身，走进图书室深处。

等待宋恒带回朱丹影的日子安静而焦灼。

周末，除了明灵去开讲座，他们过着悠闲日子。

祁远依然沉迷于他的马，亲昵地跟余烁一起给马和猎犬洗刷毛发。他忘了其他事情，重新变成草原上那个无忧无虑的人。

唐岱站在三个房间相连的大露台上，看到林袅的房门向露台敞开。

林袅穿着白色长袖衬衣，领口敞开，头发流畅垂落，像刚洗浴完，与唐岱最早在夜间见到她的情态差不多。

如果没有月亮玫瑰和红园，他可能多次在街上与林袅和明灵擦肩而过。现在，他在北州任何地方，一眼就能发现她们身影。但近来他却惊异有时认不出她们，她们的变化出乎他意料。

林袅年近四十，却像个女孩那样重新成长，日益变化，正在变成她想成为的人，而明灵刚及成熟，却急于超越成熟女性。

她们都在变成她们想成为的人，也在变成他想看到的人。三个月来，他对她们的遐思把她们变成了现在这个样，以至于和她们有时近，有时远，让他迷惑不安，弄不清她们，也弄不清自己，更弄不清和她们的关系。

林袅对着那面在这个房子里73年之久的镜子梳妆。

她们就像他的镜子，如桑梓所说，他必须跟林袅谈过之后，才能借她看清自己。

他站在门外："昨晚为什么躲我？"

她不看他，头偏向一旁，无意识地梳理她的长发，轻声说："我不愿让祁远有想法。"

"我以为你在避明灵，可从什么时候起，我和你要避祁远？"

她继续梳理头发，镜里身影由于光线作用异常清晰，让他想到他童年时朱丹影对镜梳妆的情景。

"我对你是无关紧要的。你可以像起初带我来时那样，塞给我一本书，或者把我带进花园，让我沉迷其中。"

"我想要像宋伯伯训练我那样训练你，想让你对自己有遐想、有梦幻，超越你的过去，想让你变得对我更依恋，可我是失败的，你的变化发生了一场叛乱，超出了我的预想。"

"你想把我也训练成你那样的人？我是女人，女人要的世界和男人要的世界不是一回事。"

他在对两人关系做最后一次徒劳努力，要对他心中幻想有所交代："怎么不是一回事？你我日渐亲密，主动进入彼此生命。"

"你不可能全心全意对我，从一起在圆形地毯那夜开始，你就只想进入我和你的幻觉。"

他对她的变化和清醒同样震惊。有时，他分不清他看到的真实与想象。几个月来，他想象着她，想让想象变成现实，可现在变成了她说的幻觉。

"也许开始是这样，现在我变了，你也变了，现在是你在保持距离。"

"因为你离不开红园，我也不能一直在红园。"

"为什么？"

"朱丹影要来了，我该离开了。"

"你这是借口，是故意难为自己。"

"你没有难为自己吗？你在扮演一个真实的情人，想以此挽救我。"

他知道她正在接近真实，而他还没看清，这常常是女人比男人强大的地方。

在这个20世纪中叶建造的宽大房间里，有阳光的一面完全由落地玻璃门组成透明的墙。

接近正午时分，阳光很好，几乎从正南面直射在露台上，露台像水波一样反射出细密光泽，映进房间。

她回身看看光洁的露台，轻轻说："我就是这露台上的光的另一个镜像，面对两个一样的女人，祁远会发疯的。"

她坐在梳妆镜前，衣服垂落下来，光线照在她披散的头发上和衬衣上，照射在她的脸颊、脖颈、手腕和脚踝上，像座古典的美人雕像。

与三个月前在车站遇到的她相比，她变了，深藏的气质像香味一样被迅速诱发，比那时更让他瞩目，也更让他深入。

那时，她是他偶然遇到的一个远方的人，像颗划过夜空的流星，被他凭空拦截，假如那天他没来北州，就错过了她。

"那我该怎么办？我不会疯狂吗？"

"你即使疯狂，也心有旁骛。这段时间，你神思迷茫，不够专注。祁远是专注的，专注的人才会疯狂，我不能让他疯狂。"

好像所有女人都看透了他，他的感觉随着她的话流失，过去三个月感受的一切，都被她的话伤害。

"我的使命只是引凤还巢，让朱丹影归来。"

他不知她在暗示什么，其中隐藏的悲哀像一缕青烟升起。

她如果坚持离开，什么也挡不住。他很懊丧，他遇到的女人，都要么绝对听从他，要么绝对不听。他还是想把她拽住，但无计可施，说不出话。

他站在她身后，像活着的人渴望一个雕像，在那些魅力流荡的雕像前，他脆弱单薄，不像她那样沉静坚实，她的静默使她孤独坚韧。

祁远骑在喷泉池沿，像个真正的骑手神情专注，静坐不动，他不是为雕像守望，而是端然不动停在草原高坡上，瞭望天边，等待另一个骑手出现。

祁远朝走到身边的唐岱转过身："我在这里等你。进出小楼，这是必经之路。"

"怎么知道我会来？"

"我看到你在露台上林袅门前，你和她谈了什么？"

唐岱端详着他："我以为，这几天你在迷狂状态中，可你这么清醒。"

"我总这样时昏时醒，咱们在大学时不就这样黑白颠倒了去读书？"

"我这两天试图和你说说，你躲着我，现在却主动找我。"

"我避你是因为没想好。这几天我对余烁、飞泉、银焰说话，我受够了，现在我要和你说。"

"说什么？林袅？"

"除了她，我再也不能说别的、想别的，这让我苦恼，也让我们三个都苦恼。"

"你俩相处得很好。"

"对，她可以倾听我诉说衷肠。"

"你要把她当成胭脂去爱，还是要把胭脂当成她去爱？"

"我不知道，所以才想和你说。"

"你爱着胭脂，也认为胭脂爱你，可胭脂没有知觉，你把这幻觉移植到林袅身上，你被她迷住了。"

"你这样说对我太冷酷了，我想起几千年刮在焉支山岩石上的风，我的所有感情，20年的寄托，都会被你这样的话剥蚀得一干二净。"

"我想让你更清醒，正视你不敢去接朱丹影的原因。"

"和你这家伙说话，就像置身广袤草原，什么都被你看得很清楚。把林袅当胭脂，比爱上她更容易，我没有引诱她的意思，可我控制不了自己，我想说清楚，这样也许就能控制自己了。"

"谁能说清这样的事？在林袅这样的年龄，不会像明灵那样犀利地做出决定，也不会再改变个性，让我们困惑的是：不知她打算怎么做。"

"那我在这里干什么？我被她迷住了？我要回草原，这不是我该待的地方。"

"你开始胡说了，你知道朱丹影要回来，你也会回来。"

"林袅因此会离开，将来在哪里不知道，我不能让她离开。"

"你怎么知道她的想法？"唐岱略微惊讶，"她刚对我透露了这个意向。她说不能让你离开，所以她要离开。"

祁远郁郁地说："这是她拯救自己的办法，不然，她陷在你我之间，陷在她和朱丹影之间，怎么办？"

"你不高兴，是因为我和林袅亲近吗？"

"我嫉妒你，可我钟情的，是胭脂。我只是担心，谁能说服林袅留下来？"

"谁也不能，她们都是这样，有各种逃离我们的理由和办法。"

"如果不能说服她，就证明你无法进入她的心灵，她怎么会爱你？"

"对爱情抱有坚定信念，就可以说服她。她是个懂爱情的人。"

"我和你，是有这样信念的人吗？"

阳光照在雕像上方稍稍偏西一点，明灵走进来。

应该12点半了，送饭的可能马上会按响门铃。

他们从喷泉旁站起来，看着明灵向他们走来。

这天下午5点，林袅意外在二楼露台弹起琵琶，给花园草木听，给天空大地听。琴声细密如雨，悠扬飘荡，经历了73年的建筑像一把大琴鸣响。

每个人都听到了琴声，停下正在做的事。

余烁、银焰、飞泉凝立不动。余烁用他的心灵去倾听，产生了奇妙知觉，银焰和飞泉也像听懂了隐约的诉说。

唐岱停下手中那本《洛神与雅典娜》的写作，走上几个房间连为一体的二楼露台，站在露台这一边，专注倾听。

林袅每弹完一段会停下来，然后再将旋律一节节延伸下去。她的琴声忧郁迷离，富于寻求意味，向红园也向世界表达她的意愿。

飞天女神怀抱琵琶，与花园草木一起飘动，飞天随想断续相连，是一些零散的宫商角徵羽，只有大致旋律。

她这段时间读书弹琴，就像在两个世界交替生活，把弹琴与读书连为一体，让她陷入幻想与现实交叠的情境。

她用弹琴表达现实，用读书构筑堡垒，试图弹琴冲出她读书构筑的堡垒，结果却用琴构筑了另一道防线，不但没让自己突破，反而把自己更严密保护起来，用读书把自己一点点装备起来，像是从此把奇丽、智慧和勇气都装备到身上。

她沉浸在琴声中，身体动人心魄地明艳，周围空气被她的炫目所震荡，阳光在迷蒙中洒向她，在她周围形成闪光轮廓。

祁远在花园游逛，听到琴声，惊异地从露台斜对面葡萄架下向林袅看去。

他不懂琵琶，但认为她弹得十分出色，喜欢看她弹琴的身姿要胜于听到琴声。

她站在斜阳里，头束高髻马尾，两眼微垂，神态自若，美若飞天，一脸沉思冥想。

然后，她在大露台上骤然起舞，反弹琵琶，天衣飘飘，吴带当风。

她身穿白色真丝飘带衬衫，飘带在胸前打成一个蝴蝶结，身上环绕蝴蝶结的飘带，脚蹬软底平跟裸色尖头鞋，卡其色九分吸烟裤显出腿部简洁线条，色彩搭配干净优雅，很符合她知性成熟的形象。

她的琴声明快流畅，充满弹性，一气呵成，与大露台的明暗相间、光影斑驳和谐一致，流荡一体。

她的舞姿突出修长体态和潇洒技能，注重腰肢弯曲的精美和胯部扭动的夸张，造型优雅饱满，飞动旋转，身姿典雅妩媚而又有境界感，很有神性风韵气息。

祁远从她身姿看明白了，她不希望无所归宿，也不愿再回到过去。当他可以这样看着她时，他必须和她都留在这里，那时，清晨的空气中，她美妙的琴声像鸟鸣一样四处倾洒。

一想到她要离开这里，他就会强烈地感到再也不能相见。他向往看见她的每一时刻，只要能看见她的优雅身姿和明丽笑容，他并不在意她和唐岱的微妙关系，她弹琴的身姿是草原上永恒的篝火。

在她的琴声中，他听出了很单纯的东西，这一向是他的特长：他总能把复杂化为单纯。不管琴声悠扬还是呜咽，不管她动情还是冷静，不管倾诉还是幻想，他一个劲地觉得她的委屈都是他造成的，她为了要离开他而离开这里。

宋伯伯去草原那天他们谈过之后，她就不太和他说话了，这让他要疯了。可他控制不了自己，没法不把她当胭脂，没法不把她当自己20年魂牵梦萦的爱人。如果这样不能和她说话，不能和她亲近，他就会失去她，失去胭脂，失去一部分自己的生命。

阳光倾斜得贴向天边，树影变得越来越长，光线从树隙间透过来，带着轻微的夜间幽暗。

露台上林袅依然弹琴，声声雨疏风骤，层层绿肥红瘦。

她的身影抱着琵琶摇曳，泛着暗淡的光，但她的脸和手臂像个永恒光源引人注目，炫目的皮肤与摆动的身姿有韵律地交错，产生耀眼艳丽。

祁远无力地坐在葡萄架下，他所有精力都用于他的灵魂去追逐林袅和她的琴声，身体其他部分毫无知觉。几十年来，朱丹影控制着他的灵魂，如果他能与林袅长久地互诉衷情，那他就能长久保持他几十年的追求，就能摆脱他现在的困境，这是唯一挽救他和胭脂的方式。

否则，永久的朱丹影会和他的灵魂一起，坠入他身体某个角落，不管朱丹影以胭脂还是以林袅的身份出现，都无法挽救她自己。

夜色渐浓，红园发出他们熟悉的草木声音。

夜晚10点，明灵走到玫瑰丛。每天夜晚，她默默在玫瑰丛旁停留一会儿，把自己的思绪和心神都留在那里后，走出另一边月亮门，回到小楼，进入自己房间，在台灯下打开书页，进行睡前备课。一个小时后，她去睡觉，第二天清早起床去上课。

银焰独自静立在一条小径上沉思守望，回忆祖先哮天犬，等待空中一个启示出现。

听到她的召唤，银焰来到她身边，亲昵地靠向她，她蹲身抚着银焰。短短几个月，除了宋恒和唐岱，银焰跟她最亲近，而且越来越亲密，一种神秘力量把她和银焰越来越紧连在一起，这不知道是什么预示？

小楼传来断续话语，大露台透出明亮灯光。

花木荫蔽，无法看清，她猜他们都在那里，从来没有大家一起这么晚聚在露台。

银焰伴着她走向小楼，从园内台阶走上露台，在他们视线中停留片刻。

所有人都在，露台上安置了一些椅子，他们随意地坐着。

唐岱说："就等你了，桑梓难得这么晚来，大家在一起很惬意。"

"在说什么有趣的事？"

祁远说："说林袅的琴声，我在草原上没听过这么动人心魄的琴声。"

明灵说："城市里也没有。"

余烁看着明灵微笑点头。

"如果林袅在草原上弹琴，"祁远说，"那会是什么样子？"

林袅不说话，向花园凝望。她坐在暗一些的地方，看不清她的表情。

眼前是露台石栏和长上二楼的树枝，前方夜色浓密的地方，花园情景看不清，生命藏在夜色深处。

林袅神思渺然，影响了他们，他们一时无语。

灯光树影、昆虫鸣声与他们，甚至与林袅停息下来的琴声，相互交叠，他们沉入遐想和迷思。

明灵有意打破安静："祁远，你在草原没听到过琵琶声吗？"

"没有，我浪迹天涯，忘了琵琶这样的音乐。"

林袅突然说："在草原弹琵琶一定很古怪。一个人站在高高蓝天下、广阔草原上，那么渺小，所有声音都被天空、草原和风吸附了，只有一个人弹琴的样子，却听不到声音。"

唐岱说："会听的人，只要看到一种身姿，就能听到音乐。"

林袅不太认同："在草原上弹琴会有不一样的感受。"

祁远说："那你跟我去草原感受吧。"

明灵斜睨一下祁远，"你以为林袅真想去草原弹琴？"

林袅静默无言。

唐岱话中有意："在一个地方长大的人，要去另一个地方，就得找一个理由。我不像祁远，生在一个地方，却能在另一个地方生活。在草原，他找到了他生存的意义。"

桑梓说："祁远的血液中，有天生的漫游基因。他的祖上是胡人，他有马背上的精神。"

唐岱说："他也有天生的古典单纯，也有开阔的古典生命基因，唐宋明的浩荡大气还在焉支草原，没什么改变，这滋养了他，避开了鄙陋世俗的烦扰。"

"我在草原的这些年，学会了草原的一切，可能真的回到了我祖先的感受，不愿回到城市，城市让我不适应。"

"可你却要带朱丹影回来？"林袅的口吻含有对祁远生命深处的探询，"你还能在这里重新找到你祈愿的一切？"

"可能吧，"祁远含糊地说，"因为胭脂渊源于这里。"

林袅继续追问："朱丹影在这里时，我和明灵、余烁都没来。朱丹影回来，这一切还会变，你能适应变化吗？"

祁远迟疑一下，不太坚决地说："胭脂是不变的……"

"朱丹影变成了胭脂，我和胭脂又那么像，你不是无所适从了吗？"

唐岱急忙挡开林袅话语中的隐隐锋芒："你的琴声感动了祁远，我们也有共同感受。"

"什么样的感受？"林袅追问。

唐岱说完就后悔了，他从今晚说第一句话开始，就不断犯错误，总把话题引向危险方向，越想避开就越是粘向林袅，他怀疑，自己意识深处，被她的影子像水草一样缠绕，他的心魂不断向她贴近，她的问话却让他说不出话。

明灵机敏地解除窘境："你为朱丹影留在草原，在草原的感受是你最重要的吧？"

"是的，我的最重要生活都在那里。"

林袅说："可你在那里的经历很单纯，除了胭脂和教书，没有更多生活，所以你渴求改变吧？"

祁远现出执着样子："我没想改变什么，我还是原来的我，保持原样，换个地方，没什么不好。"

桑梓冲淡大家的情绪："除了我，现在你们都换了地方，生活都和原来不一样了，那也许就换了人间。"

林袅说："红角杨重新塑造了我，的确有换了人间的感受。"

明灵说："我经历的最重要生命转折也在红角杨。"

桑梓含蓄地说："你的人生之路开始不久，'路漫漫其修远兮'，最重要的时刻也许还没来临。"

林袅说："你是幸运的，还有时间等待最重要的改变，我已经无法改变了，女人一旦被改变，以后无论什么都不容易让她再变回来了。"

明灵诧异："你们都在想什么？来到红园我就在变，还有什么能超越我此刻的改变？"

唐岱岔开话题："我们不停地说红园，说焉支，也许能把两个地方当一个地方。"

祁远说；"我不是正在这样尝试吗？"

林裊说："你不觉得，这样尝试的结果可能什么都不是吗？"

林裊不知为什么心绪恶劣，是因为某种压抑，还是难离难弃，她不肯放松自己，她的话是对她自己的折磨，离开只是一厢情愿，不该对自己这么苛刻，弹了一下午琴，不但没让她的愁郁焦虑随琴声消逝，反而变得说不上更沮丧还是更亢奋了。

祁远被林裊弄得有点难堪，而且莫名其妙，却小心翼翼对她陪着温柔，对她的放肆倒显出几分欢喜，女人对一个男人能随意发作，往往是心贴得近。

林裊越对祁远这样，唐岱就越难以稳定心神，他发现真正莫名其妙的是他自己，说不出的混乱在临近。如果林裊没对祁远怀有特殊心态，她就不会对他这样放肆，就是对唐岱，过去相处得那样亲密，她也没这样放肆过。

他们一时无语，都下意识地看着安静的余烁。

余烁一直严肃静听，不打断，不干扰，偶尔对他们的话有点困惑，明灵对他稍稍做个手语，他就明白了。

唐岱再次岔开话题："飞泉在这里挺适应。"

唐岱话音未落，林裊就风一样接过话："它挺孤独，独自在马厩里。"她说着，斜觑祁远一眼。

唐岱不禁无奈："林裊你怎么变得这么犀利？一个女人既美丽又犀利时，就像把闪亮名贵的刀……"

祁远淡淡地说："林裊说得对，我该去陪陪我的马。它懂得我，我也懂得它，我们相互陪伴。"

唐岱说："祁远和他的马很像，他和它是同一个灵魂分为两个身体。"

"那胭脂是他的什么？"林裊几乎每句话都不放松。

这次是桑梓岔开话题："有玫瑰花香了。"

夜风从花木间吹上露台，把玫瑰香气送过来。

明灵说："不断有香气过来，我们被香气浸润着，可你们都在谈马说琴。"

他们不再说话，静静体会微风送香，玫瑰花香透过肌肤进入身体。

银焰也为月亮玫瑰欣悦，它多年没闻到这种香气了。余烁轻轻拍拍它，它把头靠上余烁的腿，表示和他心灵相通。停了片刻，它又抬起头，保持警觉。

唐岱感叹："多年没有这样香气萌动的感觉了，今年月亮玫瑰因明灵而开放。"

　　明灵看着唐岱："你总算想起了我。"话语间，透着对唐岱这两天忽视她的不满。

　　唐岱意识到明灵的目光，回一下神："后天是端午节，想起屈原，想起你唱的《橘颂》，想起《楚辞》中让人迷恋的香草美人。"

　　桑梓说："在端午的月亮玫瑰香气中，回味屈原的浪漫，让人迷醉，再过几天，这香气会更浓烈。"

　　祁远说："草原上没有这样的香气，没有月亮玫瑰这样浸人的浓郁，只有清爽中带着湿涩的草木气息。"

　　明灵说："草原让我清心，玫瑰让我幻想，你喜欢草原气息，我更喜欢玫瑰情缘。"

　　"我和唐岱过了幻想年龄了。"祁远伤感，"我在草原待得时间太长了，唐岱在广州待得时间太长了，有些感觉更灵敏，有些感觉更迟钝了。"

　　"真是这样吗？"明灵不相信地看着唐岱。

　　"其实，我和他这样的人，都保持着单纯活力和独特敏感，在岁月中越磨越锋利，活得更纯粹……"

　　突然，银焰一纵身，像道地面闪电，闪下露台。

　　一声瘆人猫叫打破宁静，那只黑猫倏然窜上离露台很近的树枝，它两眼泛光，像两束黄绿色阴谋，直对着露台上的人们。

　　随着一声沉雄吠叫，银焰已闪到树下，那猫迅速沿树枝窜行跳跃而去。

　　随着银焰纵身而去，余烁走下台阶，与银焰一起巡视。

　　月光被云层遮掩，他们望着近处灯光下明暗相间、隐约显露的花园，也望着远处朦胧不清的夜色，大片的花木荫蔽中万籁俱寂。

　　露台两侧，各有一道弯曲石阶连通花园。沿左侧石阶下去不远，是玫瑰丛旁的洛神湖，湖旁有高大垂柳，透过垂柳，洛神湖里隐约泛着青黛色微光。

　　桑梓说："夜深了，我该回去了。"

　　桑梓离开后，深沉静寂中的玫瑰香气更浓，越过洛神湖，穿过垂柳，向他们飘来。

　　林袅望着隐约可辨的洛神湖，幽幽地说："桑梓有地方可去，我去哪里呢？在这里的时日难以忘怀，现在，外面似乎是一个我不属于其中的世界。"

　　唐岱说："你哪里也别去，就在这里，这里有红园的爱与美和光明护佑，我们不会只是被迫接受命运。"

林裒黯然："可你还是说不清我在哪里更好。"

唐岱露着难言情绪，抬头看看天上："你这么压抑，是天太暗了吗？天上没有月亮。"

"你也这样怅惘？"祁远诧异，"你不断往天上看，就想让月亮出来？"

"地上的月亮玫瑰要盛开，可天上的星空玫瑰怎么不见？月亮不出现，预言就不出现。"

祁远淡然一笑："从读大学起，你的预言就只是幻觉和想象，否则早应验了。"他最近跟林裒、唐岱有点心照不宣，想躲避一些话题，"我不能像你那样想象，我去看看我的马，然后睡觉，什么也不想。"

看着祁远离开，林裒沉思着："他是个真正的现实主义者。夜深了，我也该去睡了，像他一样，躲开伤悲忧郁，什么也不想。"

"你走了要冷场，你不能让我们扫兴。"

"我不想睡前谈你的预言，那样睡不安宁。有明灵在这里陪你，她一点睡意都没有。"

"只要月亮出来，也许今晚我真会成为一个预言者，我会看到你们看不到的情景，这不重要？你不感兴趣？你更相信祁远？"

林裒慢慢回身，目不转睛盯着唐岱，疑惧和恐慌迅速在全身弥散。今天晚上，唐岱不对劲，她那些话的锋芒表面上对祁远，心底里是对唐岱。

唐岱已经压抑他自己一段时间了，这种压抑可能出问题，他真有什么不好的预感，又说不出来吗？最近他的状态越来越不好，不是她最初见到的那个唐岱了，为什么？

唐岱重复着："我感到我要变疯狂了，我会看到以后的情景。"

明灵似乎对危机毫无觉察，却隐隐感到深渊一样的秘密，探究地望着他俩："什么疯狂？你们怎么了？为什么不能谈预言？"

唐岱说："我凝视预言，预言就会凝视我。"

二十六　和以前再也不一样了

唐岱不愿看到林袅现在的模样，他和她有过短暂的亲密时光，那时她迷恋着他毫不掩饰，他能感受到她坚持的纯粹。后来怎么发生了变化？先是明灵出现，然后祁远出现，林袅慢慢变成沉默的琵琶，她在这里就像在这个世界的另一国度。

他想把她留在这里，这就像要把一个幻觉留在这里，他先要努力不打破自己的幻觉，他的幻觉是把她留在这里的唯一方法，他必须把这样的幻觉变为现实。

他走进图书室，没见到林袅，却看到明灵，她站在书库前半圆形宽大楼梯口，向下凝望。他意识到，他真正想在这里看到的是明灵。

侧面气窗透进光柱，像舞台追光笼罩在身，她变成一束规则匀称的闪光花影，波状曲线带着光晕，生动的身体在光与影交接中炯然生辉。

楼梯下方，山谷似的蔓延一排排书架，层叠起伏的书架延伸到宽阔的楼梯下端，与她生动的身影迥然有别。

他伸手挽住她："你站的样子危险，身体太倾斜了。你怎么了？"

她身体略微摇晃一下，慢慢挺直，还在出神："有些眩晕，下面似有星空玫瑰之影晃动，我看着下面，就像看着幽深星空。"

"你若下去，也许真有星空幻觉。你下去过吗？"

"没有，我在等你陪我下去，在广州我们说好了，你我一起深入这里。我看到过林袅向下观望，我猜她下去过，想知道她的感受。"

"她和你的感受会很相似吧，也许你有什么感受，她就有什么感受。"

她展开手里的《当我们与神相遇》："我的感受真会和林袅相似吗？我正在看这本书，林袅说露台是她的镜子，神话和神性会是我的镜子吗？我们在广州的酒廊说过，可能有很多个自己，神话中也有我们吗？"

他看一眼她手里的书："肯定有，这本书我从小就深入其中，每个人的身影都在神话中浮动，人凭借神话构筑光荣与梦想、尊严与高贵，如果没有现实，神话怎么存在？是神话就要变成美好现实。"

她挽着他沿阶梯慢慢向下："你有与众不同的神话感受，因为你倚着雕像和泉水，在这些草木、这片花园、这座小楼、这些书中长大。"

"即使和我不一样，每个人也都有现实中的神话感，只是各有不同，有的意识不到深藏的神性向往，有的化为梦幻、风情或情境，有的说得出来，有的说不出来。如果没有神话感受，什么能支撑我们更有希望地生活呢？"

"我不在红园，胜在红园，奶奶熏陶得我和你一样想变幻出生活美好。奶奶教我钟情中国神话：女娲补天、精卫填海、大禹治水、后羿射日、巫山神女、洛神宓妃、山鬼、东君、湘夫人，都有美好献身，没有丑恶黑暴。"

"红园是有神奇希望的神话园，红园的前行者都是爱与美和光明的信仰者，他们要把神话变成现实，再把现实变得神奇，我汲取了他们的精魂，才能走向我在广州的生活。"

"如果你我有这样的感受，林袅在红园怎么汲取不到神性气息呢？她让我想起李清照的词：'花自飘零水自流。一种相思，两处闲愁。此情无计可消除，才下眉头，却上心头。'"

"她无限依恋这个神话园，却还没找到自己洒脱大气的方向。剪不断，理还乱，她需要一个简洁清晰的人帮助她。"

"谁能帮助她呢？她那忧伤的样子怎一个愁字了得，像个飞天女神抱着琵琶无着无落，可她弹出的琵琶声像鲜花朵朵，飘洒大地。我想起，北州歌舞团演过《丝路花雨》这个舞剧，剧中的飞天女神漫撒鲜花，反弹琵琶，如梦似幻，大气浪漫，林袅怎么没有那样的风格气质呢？"

他沉浸到以往的遐思中："她也想有魏晋汉唐大气，可那并不容易。演出《丝路花雨》的年代，正是我成长的年代，它没有任何刻意的表现，生动流畅，人神一体，是中华大地灵动大气的生活想象，可惜那种风格气质现在沉落了，后来就会出现林袅这样的忧伤。"

她在书库圆形地毯上停住脚步："忧伤让她像个飞天女神升起在空中，我怎么就没那样的气质呢？我若能有中国古代的女神气质，该多好啊。"

他仔细端详，她恍若洛神飘然而下，变成眼前这个血脉涌动的生动身姿，那种优雅品性要经过多少代遗传、多么奇妙的转换，才能变成一个天生丽质？

"你也有，只是和她不太一样，你以为中国古代女神都是忧伤的吗？她们不尽一致，林袅说她是山鬼，你是洛神。屈原所写山鬼的情感瑰丽离奇，千回百折，以哀音为美；曹植所写《洛神赋》中的洛神风韵多情，含着长久欢欣，没有离怨。"

"你真的认为我愿意幻化洛神吗？洛神远离人间，曹植爱洛神，却只能向往，不能在一起，谁愿意要这样的爱？"

"祁远在远方对朱丹影的爱不就是那样的爱吗？你奶奶设计的洛神湖就在人间，那是洛神来到我们身边的希望。让我惋惜的是，红角杨若毁，洛神湖随之不存，洛神何以为家？洛神的爱与美在这个城市怕是神魂难在。"

"你坚持说，真正的生命像神话存在于现实，那洛神岂不在中华大地处处飘荡？为什么你转瞬就这样没信心？"

他不知道她此刻想些什么，不知道她意味着一个现实女神，还是一个历史雕像。她有浪漫的敬畏之心，也有现实的犀利锋芒。

"你就像个两面形象的神话变幻者，变幻出我从没见过的形象，也像我在广州生活中变化出的另一形象。"

她环顾四周，有些茫然："你告诉我，我身处其中的是现实，是历史，还是神话？我从神话体验了别人没有过的生活，也就体验了自己从未经历的历史，肯定能从中看到现实，可我怎么看不见我的神话呢？"

他看着那张魅力变幻的脸，她明艳纯净、优雅灵动，并非完全天生，可也不是什么人都具备，她从明悠一脉相承，让一个久远女人出现在他生活中。

"只要坚持你的现实有理想主义，那你就有了神话感觉。"

"你的理想主义不是代表着爱与美吗？这里滋润了你的爱与美，对着这些书你真诚告诉我，我和林袅谁更代表你的爱与美？"

她的脸最近更加轮廓清晰，灵异疲累，既怡人又严厉。她的小丸子头垂落在脸庞四周的头发半遮半掩，她的容貌和敏慧一齐被朦胧掩映。

他神思不定："你有洛神之美，她有飞天之美。"

"这个区别含糊不清。"

她太执拗，如果她不进图书室，就会保持最早见到他时的那样：小鸟依人而动人。现在，她反过来引导他，就像婵娟引导屈原、洛神引导曹植、贝亚特丽斯引导维吉尔、海伦引导歌德，他不得不跟随她升上云端，去抚摸星空玫瑰。

他发现这是件让他又累、又渴望、又恼火的事，她的速度太快，她的绽放太猛烈，而且常常让他不知该怎么去和她亲近。

他含糊地说："你的光彩还没最终爆发，等待下去，一切都会明晰的。"

"等待什么？你我还不到身心相融的时刻吗？"

他不能再说什么，被她的心思所困，被她改变着，不觉浸濡在情感迷蒙中。

现在，无论眼前的她，还是想象的她，都与最初见到的她不一样，他不能再把她当那个不谙世事的女孩，她的光彩早就准备好了，埋藏在那里，等待引发，她每一个在空中绽放的时刻，他都能看出几个月的延续。

他们回到楼梯上方的平台，一边是小山一样的书架，一边是山谷一样的书库。

林袅怀抱琵琶，如空中飘下，端立平台，默默注视，目光幽深得像身后书库一样。

明灵惊讶："他说你像个飞天女神，你就怀抱琵琶，神情奇异，应声而出。"

唐岱说："你想在这里弹琴？"

"我期待和你们在一起，用琴声把秘画精灵引出来。"

明灵说："这真是奇思妙想！"

"我每次在这里怀抱琵琶，都有神性飞动的奇异感觉。"

林袅从飞天叙事起奏，琴声飞洒，如泉喷放，他俩被沉浸在琴中的神性情思所迷，一个飞天女神从地上悠然升起，在云端飘动，反弹琵琶，漫撒鲜花。

从音乐遐想中，他们看到与红角杨神话情境相应，一个沉思的飞天女神怀抱琵琶，从花园走向月亮门，在重叠的树木中若隐若现，在交叉小径中穿插回环，然后凝立在花园中一动不动，琴声戛然而止。

唐岱从浸没他的琴声中回到现实："你的琴声像把红园的光明魅力吸进了身体和灵魂，就像有《大地之歌》的青春女神飘动，秘画会奇迹般在大地出现。"

明灵惊叹："听着你的琴声，觉得你能用琵琶把你变成飞天女神，也许就能引出奇异幻境，这是我做不到的。"

林袅说："这是我祈盼的神奇，可是，能实现吗？在现实中，我冷静地做一个琵琶演奏者，在这里，我变成了琵琶和书，身心飞翔。"

明灵说："所以你琴声中有书的迷恋，有爱的渴望，有书与性的神秘交响。"她转向唐岱，"你对我说，你喜欢那些有灵魂的美艳，美人和好书都有爱与美的灵魂，这是你迷恋性与书的原因吗？你还没回答我，你的爱与美是什么？什么女人让你反复去读，爱不释手？"

林袅看着唐岱，好似明灵的同盟者："你什么时候能不把我们当书，而当单纯的女人？不懂得进入爱的深处的人，也不会进入书的深处，表面热情的人，也许冷若冰霜。"她转向明灵，"他躲避你，就是怕和你发生从身体到灵魂的全部真情。"

明灵露出一个会心的微笑："我此刻才体会到你琴声的另一番韵味。你特意到这里弹琴，不仅弹给书听，还是弹给他听吧？"

明灵轻轻挥手离去，好似知道他俩要说什么。

相视无语片刻，他终于说："我不在的三个月里，仿佛只要你坐在这里，那些书的精灵就会被你自动吸附。这些书我读了几十年，你却几个月吞了下去，现在你像个精灵一样，在这些书中游来荡去。"

"此刻，我在这些高高的书架间，就像在两个人之间。"

"你是指在我和祁远之间？"

她慢慢地说："你和祁远就像我的两个誓言，两个誓言我都难以信守。"

"经历了能毁灭你的婚姻后，你依然从容自信地生活下来，现在能清晰地选择自己的生活，再也不会听凭别人发号施令，再也不会因别人的欲望失你的自由。还有什么能影响你呢？"

她答非所问："你和我一样，也在两个人之间，在我和明灵之间，我看得很清楚，我不是适合你的人，你不过是借我逃离明灵。"

她始终要和他发生什么，但又总发生不了。那些书和故事吸引着她，让她受到启示，激发向往，把一种听到的激情转换到他身上，有些是她的迷幻和遐思，现在她转了一个弯，从久远故事和浪漫神话回到现实。

"你专意到这里弹琴就是逃离？"

"我来告别。"

她不想留在红园的理由他不能接受，她和朱丹影为什么不能并存？是不是有的女人像月亮玫瑰一样不能移动？即使这个女人在一个危险地方也不能移动？

"对谁告别？你听从我的意愿搬到这里，那时这是你唯一去处，你现在离开，也没什么更合适的去处。你不知自己要漫游何方，在这里住了这么长时间，你已不适合、不习惯在别的地方。"

"祁远让我疯狂，你让我迷失，我必须走向远方，我离开这里，会留下我的痕迹。我的爱情还没开始，就已结束，可是和以前再也不一样了，而你将由这里再次走向广州。为了纪念，我在这里再给你弹一支曲子吧。"

林枭在阳光下看着图书室的玻璃门，在红角杨读书就是在与未来签一个契约，这个契约在她生命深处埋藏，终生有效，直到她不再能忆起书这样的东西，就像不再能体验琵琶和爱情是什么。

她心里悲哀，来到这里时间不长，红角杨教她成为女人，离开这里就仿佛与相爱的人订了婚，又要解除婚约。

她再次把视线转向楼前，祁远牵着他的马，脸色少有地严肃宁静，在喷泉旁注视她，目光奇异专注，像红角杨深处的注视。

神思飘忽间，祁远和他的马跟"爱与美"重叠出另一雕像，她清醒一下，意识到，一出小楼，祁远就站在那里，她失神时没有看到他。

他像什么？一个古老的打伏击骑士，准备劫持美艳女人。

"你在这里干什么？"她用手遮着阳光。

"等你。我听到你在图书室弹琴，等你出来，进入草原。"

她疑惑地看着他："你想让我和你去焉支草原？"

"不必那么远，进入我的怀抱，我抱你骑上飞泉，就进入了草原。"

"进入我的怀抱"是诱惑字眼，女人一旦进入男人怀抱，就变得无法抗拒。但她负有使命，能抵抗诱惑，她必须代替朱丹影安慰祁远，否则他会疯狂。

她走下台阶，他小心抱起她，像抱起一棵草，帮她跨上马背。

轻捷灵逸的飞泉把她当成胭脂，非常温柔地体贴着她，轻慢平稳地细碎迈步。

她回一下头，看到唐岱走出小楼，注视他们离开喷泉，绕过小楼，走进月亮门。

月亮门像圆圆窗口，风把她习习吹入，她无法知道唐岱是否还在身后注视。

祁远牵着马缰，他们默听马蹄嗒嗒，沿环形花园主道缓缓而行。

她是骑在马上的一幅画。

"我小时候，在梦中骑过马。"

"是梦中的女神和勇士吗？"

她从马上含笑看他："你喜欢做勇士，是吗？"

"可我不像勇士。"

"是我不像女神，勇士都喜欢女神，在神话中都是这样，比如后羿与嫦娥、瑶姬与杨戬、涂山女娇与大禹、九天玄女与黄帝、娥皇和女英与舜帝，是吗？"

他似乎难以言说，她侧脸看他，阳光犁出的树影在她脸上渔网一样滤过。

"你也喜欢女神，你自己制造了一个神话，忠诚于你的胭脂。"

"现在这个神话被打破了。"树叶和树叶的影子一起擦过他的脸，他让飞泉走在不受树枝干扰的路中间，他走在路侧，不时用手拨开树枝。

"因为什么？因为我吗？"

"一开始你对我是胭脂，后来是朱丹影，现在变成了你，就像所有追梦人，追赶梦的浪花，得到的是浪花飞溅身上。我追赶了许久的梦变成了你，而你对我变成了四散浪花。"

"你忽然由不肯改变的古老骑士变成了当代失恋者，这不像你。"

"我也不知我是什么。来到红园，又见到你，我变了许多。"

"咱们往回走吧，在花园里耽搁的时间够长了。"

早晨，唐岱身盖毛毯，在喷泉旁醒来。夜里，他睡不着觉，走到"光明"旁，后来睡着了，睡得很平静。

他站起身，退后几步，坐在池沿，细看雕像，就像从没见过它。

这时刻，雕像异常优美高雅，尊严平静，它73年都在沉思，听到73年所有早晨的声音，人物眼睛像纪念碑上的星辰，一边俯视他，一边看着远方。

太阳抚摸在小楼上，晨光像水波在池中和雕像上颤动，树叶因阳光开始跳动。

那个牵马穿出月亮门的骑士，在晨光的游移中飘荡不清。

祁远背对晨光走来，太阳在他右后侧升起，他的脸在月亮门和马的影子中隐约闪动，渐渐清晰明朗，然后像潭清水，凝止在唐岱眼前。

他们的神态不很自然，可都明朗英气，晨光照射着他们的生命和信念。

"看你沉睡在雕像下，没有叫你。"

"你总起得这么早，什么都能看见。"

"为什么睡不着？因为我和林袅？"

唐岱起身，站在池中："不仅如此，你我该多想想怎么生活，你在红园，不在草原，你面对林袅，不是胭脂。"

"我在这里没法思考，得回到草原才能想清楚。"

"这不是理由。你会回来，以后不再在草原了。"

"我的心还在草原，我看到的是胭脂。"

"你看到的是林袅，是你心里的胭脂幻象，你分得清幻象和真实吗？"

"你看到了一切，却又那么迟钝，你不知道林袅做了什么。她使我轻松了，清醒了，我才能回到草原。"

唐岱怔怔看着他："你是什么意思？"

那张清水一样的脸像镜子对着他："你没好好体会林袅对你和红园的意义。"

祁远宽阔的脸清晰瘦削了，山变成了河流，脸上流淌着憔悴和恍然，还有心里的血。

他俩面对小楼，银焰伴着余烁，从小楼另一头走出月亮门。

红园醒来，小楼也醒了，可看不见楼里的女人。

小楼历经沧桑，女人轻灵飘逸，也许她们像那些留恋在红角杨的女神一样还睡着，小楼像神话一样安宁，让唐岱联想她们同样神话般的睡态，身边的祁远此刻也像小楼和睡着的女人一样神话般安静。

祁远时而沉静，时而激奋，没有什么可以控制他，单纯得近乎孩子，不知道自己做了些什么，也不掩饰自己，没有秘密和隐藏可言。此时他在他的领域里，像个古老骑士泰然自若，却让唐岱触摸到了他的悲伤。

祁远松开马缰，飞泉随意自如，在草坪上慢慢游走吃草。

"我把朱丹影送回来，之后我要回到焉支。"

唐岱沉默片刻："焉支和红园都是你的家园，你在那个家园的时间够久了，应该和朱丹影回到这个家园。你是她的灵魂之伴，也是我的灵魂之伴。你不在，她何以为家？"

"这些人都是她和你的灵魂之伴。"祁远转过身，打一声呼哨，飞泉平稳快步向他走来。

他们向小楼反身走去，飞泉静随身后。

"我想离开，我为这里做我该做的一切，但我不适应这里，我是草原上的骑手，边远地方的教师，我要回到我原来的地方。"

在心底里，祁远想留在这里，想和这些人在一起。在他的生活中，这些人是最有意思的，跟他们在一起，过着几十年没有想象过的生活，让他快乐。

为了自己的悲伤，他得离开，他需要一条走到天尽头而又看不见的路，从那条路，他回到自己的世界。

也许，重返故里是唯一的路，草原是胡人的故乡，是骑士的自由之地，也是他的奇丽之爱和古典之思，不过，红角杨也进入了他的生命。

对他来说，在焉支也会像在这里一样，朱丹影重返，就会带来他的心魂，他在这里还是在焉支，已经没有关系了。

"你要逃走吗？为什么你要离开，林袅也要离开？"

阳光浓烈起来，祁远紫红色的脸和宽阔的胸膛在阳光中像移动的雕像。

他神情坚毅，目光坦荡。

"因为我和你是有激情的人，得当心自己的激情。"

"我们年龄会增加，但激情不衰是我们的特质，如果当心激情，就会老态龙钟。"

"林袅、明灵都没有我们的经历，不能用我们的激情对待她们，尤其是明灵，从我在草原见到她，就知道她灵异非凡。"

"你们都这样说。我第一次见到她时，她并没有像现在这样，她的灵性让她成熟得太快，我的激情无论怎样都跟不上她。"

"她是你看到的那棵阳光照耀下的树，你不愿任她在草原上疯长，可她把你当作云中阳光，我一开始就这样对你说过。"

"如果她真是那棵树，谁能控制她？除非让她周围的土地寸草不生。"

祁远回身看看他的马："如果我是飞泉，我不会喜欢寸草不生的土地，它在这里挺自在，明灵在这里也最自在，你也是在这里生长的。"

桑梓向他们走来，以往她只在周末清晨来，今天不同往常，周一清晨，她穿得整洁雅致，一尘不染走了进来。

桑梓就像明悠从瞄准镜里看着他们，对他们的神情，她看得异常清晰。她每次都能准确把握唐岱的情绪，对于祁远她也同样把握精准。

她不是明灵那样性格浪漫的女孩，她会从很现实的角度去猜测他们之间发生了什么，隔着很远，她就捕捉到了他们变化的神态。

她保持平常的笑容："你们脸色不对。"她看一下喷泉边的毯子，"怎么会在这里睡？谁没睡好觉？"

"都没睡好觉，祁远要回焉支了。"

阳光照射下，桑梓对祁远微微眯眼："你也该去接朱丹影了。正巧，我刚好来得及给你传达一个信息。"

唐岱郁郁地说："我知道你来这么早有事说。"

"刘鹏要我转告祁远，有个国外资本要出高价买飞泉。这是联系的电话号码。"

祁远与唐岱对视，哭笑不得。

祁远说："他们怎么会有这种莫名其妙的想法？"

唐岱说："显然他们从壁墙上看到了飞泉，任何美好只要被他们看到，他们就想得到或者毁掉。"

桑梓说："他们出的价很有诱惑力：1.8亿元人民币！能抵消红园的

债务。"

祁远悟过来："买马的想法还是冲着红园来的。"

唐岱说："那匹马的确有高贵的赛马血统，他们倒是眼尖。不过，祁远不会卖飞泉的。"

"那是我的另一生命。"

桑梓说："我知道，我传达这个意思而已，刘鹏也觉得最好不要卖。"

唐岱说："刘鹏想要保持红园的控制权？"

桑梓说："你知道他是好意。"

祁远准备下午返回焉支。他来到花园，躺在葡萄架下青草上。他想，这是他最后呼吸到的红园气息。

他又闻到了林袅的气息，她的身影在葡萄架外。他霍然坐起，忽然羞涩，就像短时间脑缺血一样迷失。

她浑身披着光亮，站在那里不动，忐忑不安地俯视他，发现他陷入了什么之中。

风吹动她的长发，在阳光中丝丝闪光，像个从地上长出来的梦幻，让她显得坚定而富于诱惑。

"你的沉默让你像一棵草，而我是一匹马。"

"你会吃了我吗？"

"不，我对这棵草不知所措，会一直站在你面前看着你。"

"一棵小草吓坏了一匹马？"

"这匹马愿意这样看着这棵草，直到倒下。你没来以前，我在这里想着的，就是一匹马，在这匹马身上，我看到了自己。"

"你的古老忧伤方式只能像马一样保存下来，人们不再像古代骑士那样重视马了，今天的马是豪华的奢侈品。"

"这匹马不能像古代那样生存，我的形象却嵌在这匹马中，我看着马的眼神，试图辨认自己。20年来，我没有照过镜子，只需看看飞泉，在马身上看出我的影子。"

"你很少这样深沉。"

"因为我要离开了。"

阳光照在她身上，照在葡萄架外，葡萄架下一片幽暗。

她走进葡萄架下，坐在他身旁，抱起双膝，出神地看着树木枝叶后隐隐露出的小楼。

"为什么要离开？"

"我没看清自己，我得回到草原理清自己的思绪。"

他和她闲适地坐在这里，没去想生活险恶和人事纠葛。

她在他身旁专注地看着他，弯弯蛾眉由于专注更弯了一些。

她好像只有温柔，从不发怒，就像胭脂从不发怒一样。

她的眼神抓住了他，他移开目光，看向远处天空："别这样看着我。"

她觉得她过去的一切结束了，从此她不会再面对以往而难以抽身。

她站起身，神情毅然："我要跟你去草原。"

他很惊异，他的情感让他激昂，他的意志让他退却，历史和他握一握手，传递给他清醒，然后蹒跚着走开：古老骑士凭一时之勇获取美人芳心是过去的事。

"你去干什么？我去草原和你去草原不一样，今非昔比，朱丹影要回来了。"

"如果她不回来呢？"

"为什么这样想？即使她不回来，有我在草原陪她也足够了。"

"我想去看她，"她神思茫茫，"我向往那里，到了那里我才知道要怎么办。"

"你情绪这么低落。"

她苦笑，轻声细语："我已经不适应在这样的城市中，想跟你去远方，我特别向往安静淳朴、远离尘世烦扰，想躲开我不喜欢的疯狂和混乱。本以为我可以躲在这里，可红园危在旦夕，若它被拆掉，我无处可去，只能跟你走向远方，在那里我和她与你相伴，一起生活下去。"

他惊异茫然："三人相伴是什么生活？我完全不解。你不是想跟唐岱在一起吗？"

"你和唐岱就像一个人的两个影子、一个灵魂的两个身体，在两个不同的地方。"

他哈哈大笑："你跟唐岱有很独特关系，他把他多年的幻想变成了你，你不可能把他跟我幻化一体。"

"你和他有两个朱丹影，就像一个人在两个地方，一个在焉支，一个在这里，我想把她们合为一体。"

"我和他的长久梦想生长在我们本来生活中，谁也改变不了，你只能改变自己。我觉得你是要逃跑。"

"我在逃什么？"

"反正我看出来你是要逃跑，你别想骗我，我是个从草原出来的人，对一草一木以至天上飞过一只鹰都非常敏感。"

她如烟似雾，若有似无地说："你对我看得也许比对唐岱看得更透彻，可你没看到唐岱跟明灵的奇妙关系吗？明灵和他才真正适合，我跟他并不适合，我只适合远方，我不会跟他去广州，那里不适合我，让我发蒙。放弃那份工作我非常轻松，我不会再和那些我不喜欢的人在一起，有那些人在的生活，对我是庸常之恶的长久折磨，现在我能轻轻放开，跟你走向远方，无比安宁。"

他忽然惊醒，似有所悟："嗯，倒像真是明灵在改变唐岱。不过，别人改变不了一个人，只能自己改变自己。唐岱在改变，你要改变，我也只有自己能改变自己。"

他想，我为什么不能让一匹马感动一个女人？为什么不把自己当作一个红角杨雕像人物？为什么还要犹豫不决？

为了一个特别时刻，有一匹特别的马，在他的意念中，飞泉像一匹天马昂首奔向天际，那是一匹马的命运，它的最后嘶声沉向胭脂河底。

他喃喃自语："那是我的命运。"

"什么？"

他彻底清醒过来，拿出桑梓给他的电话号码匆匆看一眼："我要出去一下。"

她不解："这时候你有什么要紧事？桑梓和唐岱正为你准备远行的午餐。"

他站起身："告诉他们，我很快回来。"

午餐准备好了，他们静等祁远，预感到什么事要发生。

祁远走进宽大的用作餐室的会议室，脸上有意表现得平淡。

他拉过椅子坐下："感谢大家为我送行，这是一段难忘的日子。"

唐岱脸色凝重："你干什么去了？"

祁远若无其事，拿出几张纸："这是1.8亿元债务清偿后的文件，我下午离开后，他们会来牵走飞泉。"

唐岱先是愣了："你……"然后他咆哮起来，"你这是把你卖了！你没有权力这样做！"

祁远静静看着唐岱："林袅都能为红园做她难以做到的，我和红园、和朱丹影很早就连在了一起，林袅说……"

祁远看林袅一下，林袅红了脸，避开他的视线，他转向唐岱，"我知道你们很难受，我也不愿这样做，可事情已经这样了，没有债务了，只要朱丹影回来，就安全了。好兄弟，别把送我的气氛破坏了，好吗？"

大家呆看着祁远，一时都说不出话。

祁远转头看向别处："别这样看着我。我得赶快走，我不能看到他们牵走飞泉。"

余烁看着祁远，露出从未有过的深切严肃。

饭后，余烁走到大门前，静静端详，悠悠沉思。

过了片刻，他的思绪在他挥笔绘画中不停闪现。

他走进红园时，是最独特的，保持着沉静聪明、坚韧温情。在生活形式上，他有时跟他们不太一样，可内心同样亲近，他虽失语，并不孤独，他们都喜欢他。他敏感、忠诚、衷情，沉默却情思丰富，脸上的微笑把内心的柔韧呈现出来，让大家感动。

他能照顾好自己，不给别人增添负担，反过来，倒觉得自己有责任照顾别人，守护这里让他感觉很好。他有时在街头画画，有时无声进出，有时会突然放下手里工作，用他灵敏的听觉关注某个方向，然后恢复平静。

他仍可从容应对这个世界，心中时时有鼓舞和信念，从不掩饰对红园近乎狂热的爱。走进这里，就走进了一段欢乐日子，与他遭遇过的贪婪算计相比，这些日子就像度假一样轻松，只要他继续待在这里，就可以继续过这样的生活。

他与银焰每天欢欣相处，常在花园里条条道路、各个角落巡行，夜里一起在角院入睡，清晨一起醒来。

他要做的一件重要事情是保护明灵。从失语敏感和军人嗅觉出发，他觉察到一些危险窥伺着明灵，他警惕小心地保护她，认为这是保护红园的未来，不能出丝毫差错。

走在花园小径上，他既专注地寻找可疑迹象，又有意无意寻找明灵的身影。不论他在哪里，在图书室读书，在街头画画，在大街小巷穿行，都会在明灵需要的时刻出现，接明灵回来，或者把明灵送到北州大学。

他依恋明灵，保护明灵，明灵带他来到这里，以她的方式带他融入同一生活，就像红角杨雕像的复活引导着他，成为他生命的意义和支柱，她的衷情成了他的生命汁液，在他身体里流淌，日日浸润着他的心魂。

他看着明灵，就懂得了红园。红园曾是他生命中一颗遥远的星，他听叔叔说起这个地方时，就意识到这可能对他有终生意义，那种朦胧感觉成为坚定意愿，让他日夜向往。

唐岱说，明灵是小洛神，有时，他觉得他是洛神湖水，明灵是凌波飘荡的洛神，他有水一样托起她的责任，帮她获得爱情，帮她复制出红角杨雕像，以致他要绘出红园3D画，也为了在她心中把红园保存下来。

红园要拆了，他怀着哀伤，巡行在草地上和树木间，脑子里朦胧飘动红园3D画。他始终明白自己的艺术家使命，现在他唯一能做的最好事情，是把这幅3D立体画画出来，那就能把红园长久留存下来，只要在红园的3D展示空间里，就能感受它的心魂神韵，就能把它的气息传遍四方。

为此他苦思冥想，时刻琢磨，专心致志要把"光明"和红园变成3D画，平日里，他会静静沉思，仔细观察，情感和思绪像洛神湖水波一样起伏荡漾。

大家看得出他在沉思酝酿，只是不能清楚知道他的思绪。

祁远离开前一天，阳光下，喷泉水雾中出现了两圈喷泉雕像，在雕像外面的地上，余烁用3D画出了另一个喷泉光晕，就像里边一圈真实的喷泉雕像。

明灵围着喷泉转圈，一边称奇，一边把这奇异景象拍了下来。

唐岱说："留在你手机里，不能发出去。"

"为什么不能？"

"不能去诱惑别人，不能让人过早看到这里的景象。"

余烁一心在艺术创作中，疏忽了唐岱的告诫。他对明灵说，要给红园献一份礼物。画出雕像3D后，他不时走到大门外，对着大门长时间端详，仔细地反复测量勾画。

现在祁远马上要离开了，他终于在大门前画出了红园3D，跟余瀚的那幅高仿画有神似之处，又融入了他的感觉和体会。他稍稍后退几步，再仔细看一看：这幅画在他眼前生动摇曳，就像真实的红园把他吸了进去。

他脸上露出狂喜，禁不住奔进门，把明灵和祁远叫到大门前。

明灵和祁远来到大门前的地面，就走进了画中、走进了红园，这让他们惊喜异常，这幅3D画把余烁的世界、把他内心所有的丰饶莹润都表现了出来。

这幅3D画的中心是图书室，图书室中心熠熠闪光的，不仅是一幅秘画，而且还有一面军旗和一些勋章，它们有秩序地集中排列，组成一棵红角杨树的图形，像星空中一个新诞生的闪光星座，这是余烁奇异的军人艺术家的心灵感应吗？

桑梓和林袅为朱丹影买东西回来，正好看到大门上的这幅3D画。

桑梓感叹："他终于画出来了。"

祁远惊奇："这就跟真的一样，你可以在红园里画上一大片草原，这样，我住在红园，就可以天天走进草原了。"

林袅问："那你不想回草原了？"

"我想回草原，不过，那得跟我的胭脂在一起，我把胭脂接来，她可以和我天天走进草原，又在红园。"

他们赞叹不已，身后聚起一些人：有人对着画作指指点点，有人拍照摄录。

这幅画作引起唐岱警觉。他从各个角度快速给这幅画拍了十几张照片，又拍摄了一个录像，之后告诉余烁立即把这幅画擦掉。

明灵不解："啊？擦掉？为什么？这多难得啊！"

"我的感觉不好。"

祁远也莫名其妙："这有什么不好的？"

"这会引来很多人关注，我觉出了危机。"

明灵惊异地看着唐岱："这是余烁几个月以至全部生命的心血，是难得的艺术品……"

余烁不能接受地呆看唐岱。

"这幅画就是一幅地图，是建筑俯瞰图和平面图。"

唐岱转身奔向泉池，余烁明白了这是不可置疑的危机，也迅速转身，跑向宋恒住的那排直角形平房，去拿水桶。

大家迟疑片刻，都跑向泉池接水，迅速擦洗掉门前的画。

门前围了很多人观看，还有人拍了视频传到网上。这幅画呈现的红园，比从外面看到的红园更加清晰，也更加引起了人们的好奇和关注。

在祁远离开之前，余烁终于画出了红园的整体3D画，他们本来很兴奋，现在看着迅速在网上传播的这幅画，默默无语。

唐岱沉静地说："现在只能这样了。这幅画呈现了红园大致清晰的内部情景，让更多人能窥探觊觎，这一下，他们知道一些准确的结构，也知道该怎么抄袭仿制了。"

很可惜，这幅画很快就被擦掉了，成为一个永久消失的罕见艺术品。这幅3D画不合时宜，画出来的时间和地点都不对，在红角杨命运最后呈现之后，这幅画才可能更有意味，余烁过早画了出来，以致给图书室带来了悲剧性遗憾。

二十七　激情时刻的希望

祁远离开后，明灵从未有过地哀伤。

一幅罕见的3D画、一个生动久远的红角杨，就这样毁掉了，她能保留的，只有那些月亮玫瑰。

下午，她蹲伏在玫瑰丛下拔草，认真仔细，专注干活，不像建筑师，更像园丁，这可以让她不再哀伤。

风摇动玫瑰丛的花蕾，一排排玫瑰色细浪簇拥摆动。玫瑰花蕾伴着一层枝叶，轻轻抚上她的脸颊。

她站起身，望着图书室，随着风吹玫瑰，那里又响起一阵神秘声音，多少日子来，那个声音在召唤她。

她绕过洛神湖，走上园中小径，踏上宽大露台的石阶梯，穿越露台，来到玻璃门前。

轻轻推动，门向里滑开。本来，门里有个锁，门关上时，锁舌会自动插上，但今天这扇门虚掩着，风也没有把门关上。

站进巨大的寂静空间，神秘气息混溶书的气息涌来，让她要消失在这里。她定一下神，沿着那些书一排排环视而过，把视线投向圆形地毯的空旷地方，遐想自己坐在那里读书，书从四面俯视她，强大灯光照射她。

四把椅子，四张桌子，均匀围着圆形地毯展开，一排排高大书架像山林层层叠叠。她抬头向圆顶望去，神秘气象从上方降下来，像云一样徐徐托起她。

她转悠了三十分钟以上，没找到一本要看的书，沉在书中而浑然不觉。似乎要触醒她，一本书从书架上掉下，她捡起书，那是一本《预言者的星空》。

站在幽暗的午后光线中，她静静看着那本书。她知道，只要打开书，就会有奇异力量出现。她左右看看，寻找那本书从哪里掉下来，想把它放回原处。所有的书密密实实排放，看不出这本书该放在哪里。

她从圆形地毯上搬动一把椅子站上，把这本书放在书架高处一个安稳地方。

她走下椅子，若有所思围着圆形地毯走了一圈，再次看到了唐岱和林裊在地毯上的情景，恍惚间，变幻为她自己和唐岱在地毯上。

　　她慢慢走上圆形地毯，感受到中央吸引她的强大涡流力量向下弯曲，向她身上凝聚，她的身体越来越震颤，不觉晃悠摇摆，又有些晕眩。

　　她稳住身体，静静体会，内心的震荡与环绕四周的声音交响，像林袅用琵琶奏出的精灵起舞，她被神话般音乐牵引，脚步飘荡，循音乐向前，走向书库入口，悟到林袅在这里弹琵琶的更深用意。

　　书库楼梯由下而上缓缓转弯，越接近楼梯顶越宽阔。站在楼梯顶端向下望，书库深处布满一排排半圆形书架，高高从两边整齐地转向楼梯，书库中央同样有与圆顶相对的圆形地毯，旋转的楼梯延伸到地毯旁。

　　沿着宽大旋转楼梯，她从楼梯顶端飘荡而下，越往下，越觉出强大吸引，直到在书库圆形地毯中心，才摇摇晃晃站稳身体。

　　双乳散发光芒，周边涡流般环绕的气流向她双乳凝聚，她脸酣耳热，禁不住用右手按住双乳间，血脉心神与奇异力量对流而不能自已。

　　手心顶着炽热，像按着一个发光发烫的地方。这是她挂着树徽的印记，她体会到奶奶为什么把树徽看得那么珍贵，让她从小挂在身上，从那时起，树徽就在她身上凝聚红角杨希望，这肯定还和奶奶说的悠远秘密有关。

　　忽然看到，圆形穹顶像旗帜一样完美降落，周边环绕着一朵朵红色树叶，像焉支草原的篝火升起，一片胭脂河清澈水光轻浅地在草原上流过，雕像喷放从未有过的壮观水花，直上云空，点亮星空玫瑰。

　　圆形穹顶像嫣红的旗帜？这是什么意思？

　　她瞬间清醒，书在周围静静环绕，所有景象都消失了，在这里易生幻觉，况且，她最近常出幻觉，现在她是不是在幻觉中？

　　寂静安宁，什么也没发生过，她的女性敏感没有改变这里的秩序和安静。

　　她抚摸柔韧坚挺、细腻润泽的双乳间，仔细体会，双乳间凹下的地方温热平静，若树徽挂在胸前，她就可以举起树徽，照耀整个图书室。

　　她走向玻璃门，出门那一刻，看到一个女人，与自己容貌相像，在悠远时空中披着沉毅风尘，她停下来，凝神回望，无限留恋。

　　走出门，穿越露台，再次听到那个神秘声音，她听明白了，那是奶奶的心魂呼唤，一片庄严神圣的使命感在心间轻轻弥漫。

　　体会双乳间的灼热印记，想到可能由树徽发现秘画，怀着告诉唐岱的热望，她走进唐岱房间，见他平静地在各色酒瓶前仔细斟酌配比。

　　他回身微笑着看一下她："正想叫你，你就来了。"

　　她有点好奇："你在调鸡尾酒？"

他继续配酒："这并不复杂，是个简洁而不简单的事，只需静心、时间、教养、美的想象和感觉，自由发挥色彩与味觉融合的美感，用想象调出不同的色香味，我在广州对你说，要在红角杨再喝一次。今天给你调一款酒，让你对那些亲切的人和生活有绵长回忆。"

她笑道："我刚好想到奶奶，你就说到回忆，你有通心术？"

"咱们总是灵犀相通，在广州不也是这样？我知道你时刻都在对奶奶的思念中，也钦佩你时刻坚守奶奶的教导和期望。"

"因此我也能深入你的身心。"

"你和我这么相通很奇妙，让我想起在北州高铁站刚见到你时那样的奇妙。"

她意味深长地看着他："那时我就说了，我们有玫瑰之缘，你还不准备实现吗？"

他避开她的目光，回身倒酒："鸡尾酒概念并非西方传到中国，中国西汉时贵族宴会上就有鸡尾酒了，那时文人雅士用酒壶装酒，倒进酒樽，再调一些天然果汁进去，然后分到陶觞杯里。"

"你调酒是学中国古代文人雅士？有美的想象，就有美的配方？"

"调酒是特色与品质的平衡，如果懂得怎么把生活变得更美好，就会做出美味佳肴，调出别具色香的酒，美就是微妙细致的组合，是汇聚不同特点的独特变化，无须刻意添加增减而改变什么。"

"你真正想说什么？你在暗示，林袅就是这样吗？美得自然而不可思议，不必改变什么，'清水出芙蓉，天然去雕饰'。我不止一次见过你看她的神情，那是看见梦中爱与美的神情，你越无法靠近，就越被深深吸引，对吗？"

"谓我不愧君，青鸟明丹心——别在我面前谈林袅可以吗？"

"她一支曲子就能把我弹哭，我对自己说，我要假装坚定，不再被你和她的迷情所惑。我更想劝你：我正在进入你的怀抱，你可以爱她，但不要爱那么久，我会嫉妒的。"

他递上一杯酒："你在祁远面前谈林袅，会有更奇特效果。现在不说别的，只尝尝我对美遐想得怎么样。"

她仔细品味："很好喝，不过要真能激发我的遐想，既要有美的和谐，还要有激情，你和祁远谁更有激情？"

"我俩也问过自己，没有答案。"

"若想尽情尽意，不能在这儿喝吧？"

"那你想到哪儿？"

她想了一下："在广州说好去图书室，书和美酒，星空激情，还有我们，那多好！"

他谨慎地说："你比我更有激情。你知道星空激情一旦触发，就难以控制吗？"

她欣然无拘："你还在怕控制不了你我？我一直想象和渴望着，就想知道那是什么样的奇异，就想进入那种无法控制的燃情时刻。"

他心中的期望越来越强大，却故作淡然："到那里也不一定会有燃情时刻。"

她的眼光有诱惑意味："燃情时刻就有燃情预言，宋爷爷迫切地想要知道红角杨未来，你不想和我一起燃情预言？不想在宋爷爷回来时给他一个惊喜？"

他想了一下："你是不是有什么话要对我说？可以先在这里说，到了那里，也许要说的就说不成了。"

她神秘莫测一笑："想知道我要说什么吗？到了那儿再说，燃情之时就什么都明白了。"

5月26日晚，他们在图书室喝了一次别有情味的酒。

唐岱惊讶明灵变幻异常，与在白天完全不同：她身穿蓝色复古丝绒裙，搭配红色系妆容，就像蓝色裙装中盛开的玫瑰，红唇精致，肤色润泽，一头浓密乌黑秀发十分迷人地散开，举手投足皆是风情，妩媚眼神就像旋涡，吸引他心神。

他觉得奇异，明灵是不是感知了什么，这身蓝色似乎要跟蓝色星空对应，她就要变成那朵星空玫瑰，他等待的就是这朵星空玫瑰盛开在身边吗？

他有点迷离，移开眼神，递上一杯酒："这款酒我用茅台做基酒。"

她捧酒轻闻，细细端详："茅台颜色清澈，气味醇香燃情，让我浮想联翩，遐思性与书的激情，挺适合此情此景，在书的氛围中体味酒趣很独特，你把轻盈的时尚情趣带进了庄重的书情书思。"

"总不能守着青灯，过刀耕火种的古老生活吧？经典生活就是时尚生活，我们有优雅庄重的古典情怀，就有欢乐灵动的时代情味。"

"嗯，你有精致情趣和浪漫向往，不是那种瞬间挥发、粗糙放纵却精致伪装的浪漫，其实那是自我卖弄和矫情自是。"

她喝得很快，也很快显得兴奋："我发现挽救红角杨的密钥了。"

"你陶醉于酒意遐想吗？要对我说的就是这个？"

"是不是酒意遐想，要你我一起验证。"

他微笑："又要像在广州一样，一起体验神奇事情？"

"你把树徽给我。"她接过树徽举起来，"这就是神奇的密钥。"

"这你已经猜测过了，现在发现了能用树徽找到什么吗？"

"我还说不清，不过，突然意识到，神奇就在身边。"她越喝越尽情，越妩媚动人，"有了树徽，我单枪匹马就能护住红角杨，拿着它，我想象自己是英勇智慧之神，就像雅典娜拿着盾牌与利剑去燃情，或者像九天玄女身怀韬略并手执兵信，秘画成了我的盾牌利剑和兵信神符。"俄而她有点沮丧，"可找不到秘画就没有英武，无论怎样想象，都是一片妩媚，那我怎么挽救？"

"现在，还是洛神的柔媚浪漫更适合你，九天玄女不是你恍惚灵异的模样。"

"不，我就是九天玄女与洛神一体，魅力无比而深谙神通！"

他看她有点微醺："这酒是按中国古代花酿酒变化出来的，酒劲不小，你喝得有点儿多，到此为止，好吗？"

她知道自己微醺，但执意要喝，还想喝得更多，否则她就无法引发那种奇异力量，她就是想要体会酒意渐浓才能尽情挥洒的状态。

"还要喝，还没到'庭院深深深几许'的时候。你那天在广州不是比我喝得多吗？我怎么就不能也像你一样呢？"

他在广州东方文华酒店那天清醒如初，但不能说出真情："不，还是不喝了。你这样喝，很快我们就什么也说不成了。"

"你总这么清醒吗？你很多时候太冷静，对自己太控制，不能正视自己真正的情感，对自己的渴望犹犹豫豫。你怕什么呢？你不是有爱与美的性情吗？难道你只在微醺时才对我敞开心扉吗？"

"不需要喝酒，不需要微醺，只要等待，该发生的都会发生。"

"但只是等待，什么也不会来。我不会等：已觉春心动。酒意诗情谁与共——我始终比你清醒，知道你心里想什么，知道我想要的生活和人是什么样，我在红角杨大门前，已对那些记者这样宣称过，现在还不到实现的时刻吗？"

她抓起酒杯又喝，她就是要喝到情不自禁，急切要体验圆形地毯上的情景，朦胧觉得，他虽镇定，却也有意让她进入那种状态。

他却似乎不以为意："我想听你对我要说什么，要是还不说，我就会像在广州的24个自我那样，再藏起自己。"

"还没深入呢，你担心在圆形地毯上时间长了，就控制不了自己了？"

"你喝过了头，就什么也说不出来了。"

"我说过，激情之时就能说出一切，就能验证幻觉或真实，只有我的激情，没有你的激情，我们会有真实吗？"

他犹豫着："我放不下红角杨，难生激情……"

她看着他不解："林袅告诉我，她到红园第一夜，你就有奇怪的隐隐忧虑。那你怎么预言？你在忧虑星空激情还是你自己？"

"我也对自己迷惑，从没这样过，可能因为被现实牵制过深，憬然伤怀。现实力量太强大，只能寄希望于李程力挽危局，若政府暂不做决定，祁远就会把朱丹影带回来，也许能找到秘画，找到解救办法。"

"那就为希望而歌唱，就像为奇迹而祝愿。"

明灵乘酒兴唱起歌，清澈流畅，伶俐轻扬，洛神在歌声中凌波飘动，一尘不染。

林袅怀抱琵琶，恍惚出神。歌声隐约飘荡，她仔细倾听，抱琵琶出门，循声来到图书室。

看到他俩，她微微一笑："和我希望的一样，你们终于一起在这里了。"

明灵说："一点儿不意外？"

林袅恬淡依然："早觉得会这样。不过，唐岱一脸忧虑。你们还在犹豫？别再犹豫了。"

"我刚才正在说这事儿，最近他总这样忧虑犹豫，越来越厉害，我想让他有激情，可他却这个样。"

"忧虑就不会有激情。我来帮你吧，也许琴声能让他换换心境。"

明灵欢喜："那太好了，只有你有这样的灵性能力。"

"我为你们弹一曲，你们就会敞开心扉。"

林袅轻轻弹奏，清晰圆润，如梦似幻，再次引起明灵的歌声。

她唱出宋恒最喜欢的《祖国不会忘记》，歌声融入琴声，激越深情，悠然回荡。

歌声停下，林袅浸润在歌声中沉思片刻："你怎么能唱得这么好？"

明灵浅浅一笑："我受奶奶熏陶，她在北平艺专音乐科受过训练。我很小时，奶奶就教我唱歌，上大学时，我接受美声训练，但奶奶早就教我把中西音乐融合起来，我更愿意用我的声音唱中国的歌。"

"你像个灵魂歌姬，有出色的演绎天赋，声线流畅，气息调整和真假音转换熟练，音色甜美空灵，歌声有穿透力又有回旋感。"

明灵笑说："我唱歌从没别人关注，也不在意更多关注，可是喜欢你关注，也许有一天，我能用歌声去传颂红角杨心魂故事。对酒当歌，喝了酒唱歌就更好，喝了酒你也会弹得更好，一起喝酒？"

"你知道我不会喝酒。"

"觉得生活有意义就要喝酒，喝酒就要想出生命意义。"

"此刻的意义是什么呢？好似对我不重要。"

"喝酒的意义就跟唱歌一样，从没有到有，得去找。唱不同的歌就有不同的意义，你不但可以弹一曲，《春江花月夜》也唱得很好，那就是你的人生意义呀。"

林袅幽然："我的人生意义难以寻找，刚找到了红角杨为依托，可现在不能长久和它在一起，让我忧伤沉重，但愿我不是秦淮歌女，我怕唱出哀音。"

"还不至于'商女不知亡国恨'，总是有希望的，美好情趣就是美好希望，咱们边唱边舞，你的舞姿能引发你的希望歌声！"

林袅看看四周："四面是书，严肃庄重，唱不出歌，也很难自在起舞。"

"可你不是身怀希望吗？这里也有浪漫幻想呀，你在元宵节晚会上跳得多好！你的反弹琵琶多美！艺术家就不能喝酒，就要郑重起舞吗？这个年代连古代人的情趣都不如吗？古典美人可是：舞低杨柳楼心月，歌尽桃花扇底风。"

"那也要：彩袖殷勤捧玉钟。当年拚却醉颜红。我太拘谨刻板，又喝不了酒。"

"那就少了一些情趣，不喝酒的人生放不开，很多美好都可以在喝酒中实现。"

唐岱一直默默倾听，此刻笑着插话："别听明灵瞎说，在喝酒中什么都实现不了，其实就是在微醺状态中多想想、多说说，想得更好、说得更好而已。"

明灵欢快地说："可不止于此，对酒当歌，当生美好遐想，那就对司空见惯生活有了诗意感觉，诗意生活感觉多了，就会真的改变生活，就像看好的小说看多了、听好的音乐听多了，也会改变现实。"

林袅忧郁一笑："那我就更不行，不能对酒当歌，也就难生遐想。"

明灵说："是因为祁远不在这里而没有心情吗？"

"我和祁远都不必在这里，有你红袖添香就好，你能触发唐岱的预言灵性，说不定真能挽救红园。我得到我该去的地方，要去准备我的行程。"

林袅怀抱琵琶，身穿她喜欢的飘带衬衫，像身环臂绕金色飘带的飞天女神，轻悠悠挥手，飘然走上宽敞巨大的盘旋楼梯。

在楼梯上，她停下，回身清幽幽地说："你念的诗又要让人伤感了，刚才晏几道的《鹧鸪天》下一句是：从别后，忆相逢。几回魂梦与君同……别再犹豫了。"

林袅在一楼圆形地毯上久久凝立，然后盘腿坐下，如瑜伽姿态抱着琵琶，在这里，她不用听，就能觉到下方圆形地毯上发生的一切。

她起身反弹琵琶，舞姿优雅灵动，琴声悠扬婉转，呈示部如泣如诉，微带忧伤，描绘红园的壮观与内心的细腻变化……有《春江花月夜》春晖大江、明月生情的生命向往，有马勒的交响套曲《大地之歌》对中华大地的想象……

琴声稍停，再次响起，进入红角杨叙事的主题，节奏多变，富于戏剧变化，旋律意味丰富，从抒情优美、轻柔平稳，转换为凄切悲壮的旋律，从推拉捻揉的手法，改为多用右手力度较大的弹拨。

类似《红旗颂》的展开部表现了向往光明的神奇感觉，琴声从弱音渐渐展开一片连续音符，重获生命一样扬起神话激情，展开"春江潮水连海平，海上明月共潮生"的多情壮阔，融合了《十面埋伏》的激昂壮烈，坚韧地祈求向往，然后弹出梦幻般的星空爱情……

之后，她似乎感受到了下方书库正在发生的，凝立片刻离开。

在书库的圆形地毯上，唐岱和明灵专注倾听，凝神仰望星空，在梦幻中，林袅反弹琵琶的舞姿从云中凌空而下，在眼前旋转舞动。

随着似在眼前的琵琶和舞蹈，想象的林袅舞姿朦胧褪去，他们自己的身影越来越清晰，身体越来越激情，她依向他怀中，深情仰脸，他搂住她，颤抖凝视。

她变幻姿态，把头顶在他胸前，愈来愈紧搂住他，闭着眼，身体痉挛，好像非常疲惫，又充满欢欣，然后尽情地把头向后仰，舒展身体，渐渐松软。

衣服飘落，血脉涌流，神魂颤动，不再忧虑，不再犹豫，全身心向往——否则他们将一无所有。

他们在圆形地毯上激情相许，强烈晕眩，像两个初晓人事的男女，不知时间，不知身处，沉浸到生命中最重要一刻，也许是红角杨最重要一刻。

一切都来了，四面渐渐张开醉人空间，星空旋转，开阔无边，深蓝的闪闪星光、天空、宇宙扑面而来，眩晕感觉强大，星空玫瑰渐渐绽放盛开，异常硕大。

他们手挽手，背靠背，全身赤裸，跪坐在圆形地毯上，依地球圆面突出在闪亮的蓝色星空中，明灵白皙润泽的身体异常触目——地球圆面上只有他们紧紧依傍，面对宇宙无垠星空，仰望星空玫瑰。

他知道，此刻的一切是必然命运，是其他任何时刻都不可能发生的。红园，酒和书，月亮玫瑰，喷泉雕像，俩人相遇，在广州的酒廊、海心沙、图书馆，这一切交织相生，像蝴蝶翅膀一闪，一丁点不一样就会整个改变，如果少了一样，这个时刻就不可能发生。

她相信洛神或九天玄女的身影在身边飘动，鼓舞着她的爱，让她化身为她们，错过了这个抓住女神和她自己的时刻，就不再有那种状态，就什么也感觉不到，什么也说不出了，什么也不是了。

她对他说过，庄周梦蝶对她既是梦幻又是现实，就像她刚才体验的，然而她更看重这是现实，她要确信刚才发生的是真实的。

"这还是梦幻吗？"

"不是。"

"你确定这就是我们要的激情真实？"

"千真万确。"

"刚才我朦胧欲知泉水和秘画，朦胧中先有泉水，后有秘画，但我控制不了自己，停不下来，激情中把一切都忘了，就像做了一场梦全忘了，说不出来了。"

"那感觉我也很强烈，我又恢复了仰望星空玫瑰的希望，这一定是预言者的前兆，丢失的预言灵性正悄悄回返……"

"这不正是我们想要的？"

"可却瞬息即逝，无法抓住，激情之后什么都忘了。怎么抓住激情中的一切不再丢失？这可能终生都是难言迷思。"

"那瞬息即逝的留下了什么痕迹？"

"朦胧中，红角杨树全红了，红园也像树叶一样红，可我无法解释。"

她有点紧张："这是个确切的预兆吗？我又有了怕进图书室的惶惑，这个时刻又充满了未来的无形力量。"

"无论怎样，那种强大力量已经让我们在一起，什么也阻挡不了我们了，我们会抓住红角杨和我们的未来。在这个天圆地方的图书室中，在这块心魂动荡的地毯上，什么事都可能发生。"

"我们的爱真会影响红角杨命运吗？"

他迷蒙起来："这是爱与美的谜题，难以确定。"

第二天，宋恒带来朱丹影再次失踪的消息。

大家震惊，这让祁远卖掉飞泉和返回焉支都失去了意义。

桑梓问："她怎么失踪的？"

"军马场的人告诉我，她常去胭脂河，过去没出过事，所以人们也没在意。可我到焉支前一天，她没回来，有人从远处隐约看到，她在河上顺流而下。人们怀疑那个人看错了，可找了几天也没见她。"

唐岱问："军马场的人怎么不早一些告诉我们？"

宋恒显出少有的疲惫和憔悴："他们说，胭脂就像祁远的魂一样，最好找到了再告诉祁远。"

桑梓说："人失踪了，哪有那么好找？"

明灵说："说不定，只有祁远才找得到她。"

林枭说："我也觉得是这样。"

宋恒说："他们起初对找到她很有信心，说一定找得到，不知在谁家里。在大城市里，一旦人不见了，就进了茫茫人海，很难找到。可在草原上，人们相互传递信息，很快就会传遍，对一个大家想找的人，很快就能找到。他们对找不到她很困惑，谁也说不清怎么回事。"

唐岱很沉重："祁远刚失去了马，现在怎么再承受这个打击？"

宋恒奇怪："失去马？怎么回事？"

唐岱把祁远卖掉飞泉偿还债务的事告诉了宋恒。

宋恒的神情顿时变得迷乱。老人总是镇定从容、清醒平静，他们没见过老人会在一个消息面前张皇失措，也没见过他茫然犹豫，看到老人茫然，就像看到历史茫然、红角杨茫然一样。

以前，老人不能被任何事情打倒。此刻，老人迷惘晕眩，像风暴中的大树一样软弱，有些站立不稳。

唐岱和桑梓扶宋恒坐在椅上。

宋恒木然坐下，好一会儿才说："这么说，没有了债务，刘鹏失去了主动权，红园反而更可能被别人买走？"

唐岱说："也没那么紧迫，刘鹏还有实力控制局势。"

宋恒显出从未有过的呆然无神："不该这样，朱丹影再次失踪，祁远失去了飞泉，红园危在旦夕……不好的消息总是接着来，那是匹好马，也是个好征兆，它不但是祁远的，也是我们的。"

宋恒久久坐着，这40年，除了朱丹影失踪，没有什么让他像现在这样哀伤，失去飞泉，像丢掉了他自己。

这匹有神性的马浑身亮光闪闪、昂首挺立，是个精神之光和希望象征，让他欣慰沉迷，让他在最后岁月看到了自己英勇之爱的光辉：那是一个骑着战马与邪恶殊死拼杀的军人，这匹马出现，让他的生活更沉稳踏实。

明灵有些不安："宋爷爷，您任何时候都坚定沉着，从没这样沉重……"

唐岱说："我们都明白，一匹马、一只猎犬、一个朱丹影、一个红园，就代表了您全部生存意义。飞泉不能失去，我正在让刘鹏把它赎回来。"

宋恒渐渐清醒，恢复睿智："到了我这样年纪，容易明白什么更重要。我知道这匹马终要回到家园大地，也知道朱丹影的意义就是我们和她一起生存过，为红园这个灵魂家园而信仰过、寻找过生命中珍贵的。当你们这群更年轻的人站在我面前、跟在我身后，我为用英勇之爱教导了你们而自豪，人一生都要有爱与美的光辉，看着吧，爱与美是在危难和英勇中得到最大发挥的。"

早晨，唐岱意外地没看到宋恒身影。

平日宋恒总是天一亮就起床，像军人一样跑步、洗漱，吃一些简单的早餐，喝一杯他喜欢的蒙顶黄芽或者铜鼓白茶或者天目白茶，然后，开始一天的繁忙，他既是清洁工，又是园丁，又是杂役。

这一夜，唐岱担心着宋恒能否经受朱丹影再次失踪和祁远卖马的打击。几十年来，他第一次看到，这个像河底石头一样沉在时间中的老人被激流移动了。

哪里都没有宋恒身影，唐岱更加担心了，昨天他看到，老人的坚定像大树一样摇晃。

唐岱来到图书室，眼前情景震惊了他：老人如婴孩蜷缩在圆形地毯上，无助失神，脸上是他从未见过的衰弱忧伤。

宋恒闭着眼睛，在自己的思绪中看到了自己。到处都有散落的书，在这些书中，像在一个荒芜的历史中，他一个人在旷野上独自游荡。

他找了一夜，试图找到那幅画，可他失败了，甚至不知道他要找的画的迹象是什么。

他疲惫不堪。太阳升起，他要睡一会儿。朦胧中，听到唐岱来了，除了唐岱，没人能在这个时刻的图书室找到他。他睁开了眼。

唐岱关切地坐在他身旁："您一夜没睡？"

他缓缓坐起："我不能睡，我期望回到历史，让我发现什么。有时，我经历的历史不睡觉，走完一段才会像马一样站着睡一段，这一夜，历史不睡我也睡不了。唯一不能改变的是记忆，我翻遍了这些书，想找回过去的记忆，找回记忆，就找到了秘画踪迹。"

唐岱看看四周："画的踪迹能藏在一本书里吗？"

"我想，哪本书里会有个迹象或启示。还有，朱将军的日记一定会记载秘画的事。"

"您去休息，我来找吧。"

"是不是这幅画淹没在这些书中？但日记是很明显的，是三大本，朱将军在战场的空隙记下了那些崇高和正义、英勇和爱情，也记下了历史和神秘。"

"日记虽然很明显，可一幅画如果像紫红羊皮包一样可以折叠，就和一本书太相似了，这样一幅画会以书的样子藏在无数本书中，那就不太好找。"

宋恒叹息："就是个神话，也要把它找到，不能放弃，那是我们的家园神话和灵魂神话。有时候，时间和地域无限相通，由现在一定可以进入过去，进入那幅画中的生活。画中的古代和今天很像，想象着那幅画，我会惊讶其中的生活很熟悉，几十年来我们身处其中，雕像、花园、小楼和月亮玫瑰，还有你们和我，早已经历过，但记不清在哪个时刻。我很愿意进入那幅画，把自己留在那幅画中，直到它的世界显现，这让我相信，一定可以找到它。"

"您太累了，暂时不要想秘画了，好好休息，哪怕片刻。"

"时间很紧。"

"几十年在图书室都没找到，会不会在花园里，在哪棵树旁、在洛神湖畔、在雕像下面？

宋恒摇摇头："只有图书室才适合它，这里有星空玫瑰、星空预言和星空心魂，它一定会在这里呈现。心灵是最好的探测器，只要在心里想着它，终会让它呈现。可惜，我难以产生星空幻觉，你和明灵一定可以发现它。"

"我也相信这个时刻会实现，我小时，您就对我讲过皮格马利翁效应：只要坚定期待，就会实现。希腊神话中塞浦路斯国王皮格马利翁善雕刻，用神奇技艺雕刻了一座美艳的象牙少女像，最终他执着的爱使雕像获得了生命，与之结为夫妻。"

"明灵就是你的神奇雕像，她不是皮格马利翁的象牙少女，是来到洛神湖边的洛神，你伴随红园的草木和神话长大，一直在等待她，她会陪伴你实现画中情境。你可以由明灵想象洛神，由水想象石头，由男人想象女人，由平常想象英勇，由神话想象历史，相信那幅画存在，相信和它一起永存，那是对它的最好实现。"

唐岱专注地听着："我以为您忽然没有信心了，可您又恢复了勃勃英气，带着我不停思考，在理想主义神奇中漫游，用那幅画再次让我充满信念。"

"只有这样，才更有可能让那幅画呈现。"

唐岱显得轻松一些："只要您不沮丧，我就踏实了，我怕这些事太刺激您。"

"只要你们不松懈，我不会被打垮。"

"您去休息，我把这里整理好。还有，"唐岱从胸前摘下黄铜树徽，"我想把这个给您。"

宋恒惊讶："这是怎么回事？"

"明灵把它给了我，我只能给您。明灵说，这可能是打开秘画的钥匙，可是，找不到秘画，密钥就毫无用处。我和明灵都混沌不明，也许您能发现什么玄机。"

宋恒茫然："明灵给你，你该拿着，你带着它会更清晰、更有意义。这个黄铜树徽我很熟悉，这么多年的记忆中，它一直是英勇精神和理想主义的纪念，可它的玄妙我也一无所知。如果这是打开秘画的钥匙，那是毫无头绪的，这个地方在哪呢？这么多年我没发现什么秘密地方，总得先找到这个地方吧？"

二十八　他们把生命都给了他

这天中午，桑梓来告诉唐岱："刘鹏说，市政府通过了拆红园、建飞天广场的决议。下一步是把市政府这个决议报省和国家有关部门审批。"

唐岱情绪低落，浑身沉重："上级主管机构主要看下边想法的合理性，没有明确的违反政策行为，就不会被阻止，其实拆和建的更深处是时代观念，就看更高层是什么观念做决定。"

桑梓苦笑："我好像每次都带来一个消息，像个神使赫尔墨斯，可我带来的，大多不是好消息，像潘多拉的匣子放出来的。"

唐岱再次对宋恒的状况产生担忧，早上，他看到了宋恒从未有过的忧伤，现在，桑梓带来的消息会对宋恒造成难以承受的打击。

"我最担心的，是这个消息会压垮宋伯伯，他的精神好像遭受了一次重炮轰击，虽然架子还在，里面的状况就难说了。"

"我也这样想。还是先不告诉他吧。"

"他正在休息，整整一夜没睡，在找那幅画。"

"那幅画真成了传说，找了几十年，毫无头绪。"

"这是支撑宋伯伯的信念，再说，我们也愿意保持这个信念。"

"宋伯伯很敏锐，他若问我什么，我不善掩藏。我得走了，免得遇到他。"

走到喷泉旁，宋恒从平房里出来。他俩相互看看，知道瞒不住了。

宋恒敏锐地看着桑梓："你带来了什么消息？"

听桑梓说完，宋恒平静地站了一会儿，仰望对面那排平房后桑树梓树上的天空："很可惜，连刘鹏的整体迁移计划都没来得及启动。你们没告诉我迁移计划，但我知道你们不会听凭红园无声无息消失，悄悄做着迁移准备。我很欣慰你们能想这么周全，可惜一切都来不及了，这一切来得太快太突然，几个月的迅速变化在意料之外。"他沉思片刻，"不该这样，红园该有更好结局。"

桑梓说："您别太难过，您做了太多太多，尽力而为了，时代如此，并不是哪个人能有回天之力。"

宋恒意绪低沉："我做的一切就像刘鹏做的一样，都没用。"

唐岱说："假如没有您做的，就没有红园和我们，您给予我们爱与美、光明向往和家园理想。"

宋恒的脸色慢慢沉毅："我要想一想，不能让他们随意对待，无论红园还是秘画，都不能落入坏人之手。"

看着宋恒离去的身影，桑梓说："宋伯伯会不会承受不住？"

"我也担忧，毕竟近百岁老人了。他说要想一想，这让我踏实一些，只要他还在思考，就不会垮。"

"他会做什么样的思考？是要思考解决办法吗？这时候，仅仅靠思考，怕找不出办法。"

唐岱看着宋恒走进小楼的身影："也许他的思考会焕发神奇效应，就像他终生的信仰光辉。我猜，他是要去图书室，在那里，他会获得英勇之爱和光明神性。"

下午，按宋恒嘱咐，唐岱和明灵来到图书室。

明灵一反常态，端正地盘腿坐在圆形地毯上，静静等待，严肃庄重又有些忐忑不安，像感悟了什么先机。

她的端庄风姿与隐隐预感相连，她想起和唐岱说过的那些遥远遐思与传奇历史，想起在圆形地毯上的神奇想象与幻觉感悟，似乎一切都要清晰实现。

她比刚来时经历了许多，更加敏感，也更加柔韧，有了真实情思，像热恋中人一样，见到唐岱心有迷恋，微微羞涩，和他有过燃情时刻之后，既能坦然与他相依，又激起了成熟女人的多情风韵。

当时她并不知道，这是红园最后时刻的前一天下午。

宋恒很清楚这是在图书室的最后一天，他将倾诉他的思念与回忆。

唐岱很兴奋地说："我刚接到祁远的电话，朱丹影找到了。"

明灵十分惊喜："那太好了！"

宋恒露出舒展宽慰、大气回荡的微笑："我知道祁远会找到她，这样我就放下了一份惦念，少了一些遗憾。"

明灵奇怪地问："您为什么要遗憾？"

宋恒看看门口："他们都来了我再和你们一起说吧，他们怎么没来？"

唐岱说："桑梓有病人，余烁陪林裒去歌舞团，办理她重新入职的事宜。"

"我本希望你们都在，也好，我对你俩说，就像和他们说一样。明灵在这里格外有意味，除了朱丹影，明灵是唯一有红角杨血缘的。你俩一个在红角杨长大，一个受奶奶教导濡染，都有红角杨渊源，也都是红角杨的未来。你们相爱让我欢喜，也是我期盼的，红角杨从此血脉相承。"

明灵说："您在这里坐了几个小时，一直在思考红角杨的未来吗？"

宋恒神态庄重："是啊，要有未来，就要有血脉。"

唐岱有些不安："可是，我们还没能像您期望的那样，去预言红角杨的命运。"

宋恒淡淡地说："不要紧，只要你们在一起，不管有没有预言都让我充满希望。有时候，不是靠命运做出决定，而是靠希望做出决定，不必执迷于命运是什么的宿命，命运就是希望，希望就是未来，就是神话，就是理想主义生活，是要争取和努力的。"

"您神情坚毅，像是深思熟虑，是做出了什么决定吗？"

"是的，我已经很少在这里思考和做出决定，这些书和这个图书室帮了我，没有它们，我没法思考。这是我最后一次在这里思考、最后一次和你们在这里交谈了。"

明灵说："这也许不是最后时刻，您别太担心，毕竟还没下文件，还有您所说的希望。"

"希望一直在红角杨，为了爱与美和光明，我和唐岱在这里上千次交谈，和你还是第一次，还能坐在这里和你们交谈，就是希望。"

唐岱说："去了广州后，很少在这里听您教导了，我一直有这样的渴望。"

"红角杨的时间不像以往那样从容了，我有很多话要对你们说。明灵来的时间不长，唐岱忙这忙那，前段时间你们又在广州和北州之间来回跑，现在你们可以静下来听了。我把我能做的，都为你们尽量做了，我能对你们说的，今天我要尽情说。"

经历了18年断续分离与这几个月的焦虑，他们亲密地促膝相谈。这里摆满了书，书与光同在、时间与历史同在，他们亲如父子爷孙、情同战友，把那些记载在书中的爱与美和光明，变成充满深情、相濡以沫的生命。

"我活了这么长时间，一直在想，我们这些活着的人，能为以往的人和后来的人做些什么？一个人活着，是为了让自己所爱的人活得更欢欣美好，我们所做一切的意义，是让生命能激情、浪漫、自信，有爱与美和光明信念地活着。如果只关注猥琐、依附卑劣、纵容庸常之恶，会让人败坏，这样的生活一定不好。"

明灵神色庄重："我从小听着奶奶这样教导长大，现在身如红角杨树，心如洛神湖水，坚定明澈，我很清楚，您做过的和我们要做的一切，为了不让活着的人怨叹嫉恨、好勇斗狠、悲哀压抑，否则奶奶就不会让我来红角杨了。"

"我和你奶奶、朱将军共同信仰的真理之光是：一个人活着，为自己所爱的人、为爱与美和光明，能做多少就做多少。我年轻时为中华家园和人类正义奋战过，后来一直守护红角杨。现在该你们守护了，我把红角杨留下的一切交给你们，让你们继承保存，即使我们这些人不在了，即使红角杨园不在了，你们也会在，红角杨还会在你们的生命和生活中，对吗？"

唐岱惊异地说："过去您从没用这样的口气说过什么，是有什么更大不安吗？"

宋恒笑笑："别担心我的情绪，我对一切都很清晰，知道该怎么说、怎么做。我的确有红角杨末路的悲壮感，大概因为我经历的比你们经历的多很多，我能对红角杨命运有更深切预感吧。"

明灵说："您这样说让我觉得您才是真正的预言者，也让我紧张，您有什么重要的事说吗？"

"是有事情要发生了，红角杨树要红了。"

"真的？"明灵几乎不能相信。

宋恒认真凝重："它们的叶脉已经红了，很快整片叶子就红了。"

唐岱惊讶："这么多年，我一直期盼看到红角杨红。什么时候会红？"

"会和月亮玫瑰一齐红起来。月亮玫瑰每年第一次开花是端午节前后，端午节那天的月亮玫瑰开得最好。"

明灵说："奶奶让我在端午节时来红角杨，真像奶奶说的，那天红角杨会全树红透？后天就是端午节，月亮玫瑰已顶满了花苞，可红角杨能那么快红吗……"

"红角杨变红时，会奇迹般瞬间红透。每逢红角杨红，就会发生重大事情，但从没有过月亮玫瑰在端午节盛开，与红角杨相互辉映的时刻，这就是你奶奶说的时刻。"

"您说的重大事情和奶奶的预言是一个意思吗？"

"我不完全知道，但上一次红角杨红的时候，朱将军失踪了，这个秘密在红园埋藏了43年，今天我可以告诉你们了，时光会回到更久以前——"

唐岱和明灵静静坐在宋恒身前，像他的影子一样，跟随他的思绪，随老人看着历史的幽深眼光，去追寻往事。

"醉里挑灯看剑，梦回吹角连营。八百里分麾下炙，五十弦翻塞外声，沙场秋点兵。马作的卢飞快，弓如霹雳弦惊。了却君王天下事，赢得生前身后名。可怜白发生！"

对着一排排高大书架，宋恒缓缓回忆，时而清醒，时而沉没在那段激扬生命的英勇时光中。

那些历历在目的日子没有色彩，没有日夜区别，只有血与火和飘扬的旗帜，还有爱与美和光明。

那次艰难而伟大的炸桥之后，在中国西南边境的时光轻松而又难忘。

在这片大江雨林旁，宋恒坐在军用帐篷外面的空地上，静静看着朱将军和明悠倾心相诉，看着朱将军坐在阳光下，把他经历的一切写在他的日记中，明悠一边轻声和他诉说，一边侧头看着他记下他们所说的一切。

他们一边说一边写，每天都在做这样的微小事情，可将来有一天，这些记下的微小生活，会变成人们无法忘怀的伟大，并且深深镌刻在后来的生命中。

宋恒看着他们记日记，就好像他在记，朱将军经历过的他几乎都经历过，他刚进入北平艺专音乐科一年，就参军抗战，跟随朱将军从淞沪战场一直打到广西的昆仑山。

他坐在那片中华大地的西南边缘地带，看着他们记下那些中华心魂的点点滴滴，脑子里有片片点点过往时光，就像一滴滴彩色颜料不断在宣纸上氤氲，漫成一片一片的光斑相连，连成一幅幅画面，最终连满了整张宣纸，在纸上变成一个小湖泊，后来就和洛神湖一模一样，旁边也有月亮玫瑰，近处有红角杨树，这样，日记所记述的一切终于连为现在这个红园。

这并不是件容易的事，每一次，他都看到他们尽量精美而困难地写着，写下那些他们能记下也能被后人阅读的片段之后，欣慰地吐出一口气，轻松地休息。第二天，他们又会把一滴滴水滴在一张张宣纸上，让它们变成一片片湖泊，这些湖泊每天都不一样，又总有一样的地方。

短短几天，他们每天都做着同样的事情，日记中有真实的，有想象的，有朱将军、明悠、宋恒，有任何一个普通士兵，也有他们的未来期望和共同命运，这一切都在日记上逶迤蜿蜒。

朱将军每天早晨5点醒来，这是他最兴奋、想象力最活跃的时刻，这时候他能把整个世界都连为一个整体，也把他经历的一切连为一个世界，把那些隐约的变成清晰的呈现出来，把一个轮廓变成细致生动的细节、情节、人物形象，变成故事讲给人们听，留在将来的生命中，在将来的生活中变成伟大记忆。

把微小生活变成伟大记忆，这也许就是人生的意义。当他们写下这些日记时，对未来的一切胸有成竹，他们知道，他们的身体不会永存，但他们记下来的会和他们的精神一起永存，在他们的日记中，人们会找到另一个时代生命的重要时刻，那时候，就是对他们所做一切的纪念，这样，坐在这片大森林旁，静静写下这些日记，然后奔向血色硝烟，为民族奋起英勇冲杀，就有了意义。

到了在战争中分别的时候，不知什么时候能再次相会。

两辆敞篷吉普在道路分叉的地方停下来，朱水天和明悠相互道别，充满信心，准备再次相见。

另一辆吉普车在路口停下，一个年轻的上尉走到朱水天面前敬礼："朱团长，车上是金韧长官的新婚妻子，她不顾一切来到前线，却听到金长官牺牲的消息，她执意要参军入伍，加入她爱人战斗过的团，指挥部无人能劝她回到后方，让我把她送来，随101团到新驻地之后再做决定。"

朱水天抬眼看去，女人美艳异常，弱不禁风，眼中却充满了爱和坚强，就在这一刻，他下决心要把她所有的爱都护住，再也不让这样的爱流失散佚。

事情太突然了，看着朱水天的眼神，明悠知道他和她的未来发生了变化，但她绝不后悔爱过他。眼前这个女人，爱过那个英勇牺牲的人，眼前这个男人，为了那个英勇牺牲的人，再去爱这个女人，当之无愧，她绝无怨言。

朱水天走过去和那个女人说着话，她等待着。朱水天再次走过来，在那一刻，他们同时看到了对方眼神中伟大无比的爱情，知道他们都不必再多说什么。

明悠抢先说："我明白你的心愿，你应该这样做。趁着她现在还不知道我和你有什么，也没觉察什么，赶快去爱她、去保护她吧。而我，不但会永远爱你，也会永远爱她，爱牺牲的金韧，只要他和他那些兄弟的英魂在，我就绝不会嫉妒，绝不会痛苦，也绝不会过得不好。"

朱水天不能让他的战友失去心魂，她也不能让自己失去心魂。

面对金韧的新婚妻子，朱水天痛彻心扉，又有无尽责任，他不能让她悲哀，他必须爱她、保护她，把他的一切都给予她，即使这样，他也不能把金韧所能给她的给予她，这个美丽女人自当得到上天怜爱，他必须为这美丽付出他所有的爱。

"我答应金韧照顾好她，这是军人的诺言，我必须兑现，就是没有这份诺言，我也一定要照顾好他的新婚妻子，用我终生去照顾好她。"

"我明白，即使没有承诺，你也会这样做。你扑到起爆器上的一刹那，我就知道你是一个英勇作为、敢于担当的军人。桥上炸药是我布放的，引爆器是你压下的，如果金韧站在我们面前，我俩都会挺身迎向他坚韧激情的脸，但此刻无言以对他的新婚妻子。你去做你该做的事，献出你的爱，这是为金韧和牺牲的远征军英烈献出的。"

"以后还见面吗？"

"虽然在战争中什么都说不上，但我们是战友，随时可能见面。"

"我期待见你，还想听你的家族故事，想知道你我的家族会有什么血脉联系。"

"我也想知道我的猜想怎么样，也许正是你的家族寄往远方的信，让我的家族来到了中国大地，你是中国皇帝的后裔，我是意大利贵族的后裔，我们一起在中华大地上抗击侵略者，这不是很有意思的事情吗？等有时间，一定要在一起好好说一说。"

"我要仔细研究我的族谱，可能会在族谱上找到历史的痕迹，那时候，我们就可以细致交谈，寻找蛛丝马迹。"

朱水天很快和柳湖结了婚，除了作战，柳湖始终不离朱水天，她已经失去一个爱人了，必须紧紧陪伴在朱水天身边，就像女神在英雄身边时刻保护一样，以免再失去一个爱人，以至军中把柳湖看作一个愿意为金韧和朱水天牺牲一切的女神。

夜里，朱水天从来不会睡得很安宁，在战争中他必须保持警惕，他常常会想到两个女人，一个人的心分成两个女人，两个都爱他，他也爱她们，他不知道自己该怎么办，但他控制住自己，不去见明悠，明悠也不来见她。

江边分别后，他没忘明悠，但也悉心呵护柳湖。柳湖对他和明悠间的一切一无所知，因为那之后他们几乎没有来往，即使在军队中偶尔见到，也都点头微笑，匆匆而过，彼此各有自己的事要去忙，又克制自己不再多说。

为了不多想对两个女人的爱和两个女人对他的爱，朱水天停留在自己的冥想和对战争的专注中，在睡梦中总看到畹町大桥爆炸燃烧，就好像他生命中有什么隐约燃烧在战场上。

早晨醒来，他并没有看到周围的一切停止下来，然而一切好像都停止了，他轻轻坐起，在自己的行军床上静坐片刻，那个时候，他就想起周围的环境是战争。

有时候，他走到帐篷外的地上，空泛地想象着自己周围环绕千年万载的历史。

有时候，他会马上回到帐篷里，坐在他的行军床上读一会儿书，然后再起来，进行紧张的作战思考。

有时候，他回想起他的以前，然后想起明悠，想起金韧和他的爱人。

更多时候，他直接走出早晨的帐篷，走进清新的空气中，在清晨的凉水中洗脸，然后看一眼天空，准备好和他的士兵迎接新的一天。

他周围有成百上千人，他的士兵见到他都非常尊敬地向他敬礼，其中也许有三两个人从远处看到他，从头上摘下军帽挥动，特意向他致敬。他们像森林一样在他周围密密实实挺立着，为中华大地遮风挡雨，英勇无惧，迎向阳光。

他对他们点头或者挥手，他对这些弟兄极为熟悉，能根据神态想象他们在战争中的行动。他恨不得撒豆成兵，让那些豆子代替这些士兵，这样他们就不会血洒沙场。

有时候，他口中的味道变成了血腥味，塞到嘴里的东西必须要压住嘴里的血腥味，咀嚼声变成了战场上的奔跑和喘息声，他通过这样一些声音和身姿来辨认他的士兵，辨认金韧和他自己。

他在早晨的空气中喝下几口清新的水，然后随便把军用干粮塞进嘴里嚼几口，这样，就把他嘴里那种战争的味道压了下去。

在与他身边这些亲密战友相处的时候，他记不得自己来自何方，只知道他将要和他们一起并肩战斗，也许那就是正义和敌人带给他的共同感觉，他知道自己是皇室后裔，但不知道是哪个伟大的人给了他这样一些正义情感。

他常会在空中看到一些伟大的脸，他们每个夜晚都会来到他身边，给他的身体送进精血和胜利之光。那些伟大身影向他弯腰时，他能闻到他们呼吸的气息，有时候就变成了他身边那些英勇气息，他会清晰地看到金韧在他对面，听到他在战斗中的呼吸声，听到他炸桥的呼喊，这些声音在畹町大桥上得到了验证。

有时候，金韧沉默地待在他身边，每隔几个小时他就会看到沉默的金韧，金韧在空中向他俯视。好像这之前他就看到了一片红树，那时候他还不知道这片红树就是红角杨树，也没有发生大桥上那一幕。他相信，江边的红角杨树就是为了他心中预感在瞬间变红，那是对生命永恒的预感的颜色和形象。

一天清晨，明悠走进了他的战地帐篷。

"我奉命前往爆破侦察，指挥部让你的部队配合我。"

他对她说："你多加小心，你回来，我要听你讲你的故事。"

她微笑："等这场仗打完了，我讲给你听。"

那时他似乎对危险有所预感，坚持明悠骑他的马前往侦察，他知道这匹马在关键的时候能救明悠。

在这次爆破侦察中，明悠受了重伤，他12个最心爱的卫士也全部牺牲。

唐岱神魂回荡："明悠悄无声息爱着朱将军，朱将军钟情眷顾柳湖，柳湖把对金韧的爱变为对朱将军的爱，金韧的最后身影化在他们的爱中，而明悠静静守护着他们的爱。这样的爱动情天下，镌刻在历史中，流淌在我们的血脉中。"

宋恒缓缓说："更了不起的，是他们三个人间后来发生的爱，但难为常人理解，因此始终是秘密：朱丹影不是柳湖生的，是明悠生的。"

明灵似有预感，既惊异又平静："朱将军是我爷爷？朱丹影是我姑妈？怪不得我在焉支见到她会那样亲……"

"他们三个人相处得很好，明悠建完红园，为了不影响朱将军夫妇的生活，打算远离。柳湖知道他俩相恋，但她不能生育，她提议明悠为这个家庭、为金韧、为那些英灵生个孩子，这个孩子就是朱丹影。生下朱丹影后，明悠悄然隐匿，并不告知她的去向，只偶尔来探望。她很快结了婚，结婚的目的，是为了让朱将军和柳湖不再多想，安宁生活。生下明灵的父亲后，她就离了婚，在她结婚和离婚的时候，她心里只有朱将军，严格地说，还有柳湖和金韧，她难以怀着这样的心情跟别人生活在一起，只能和红角杨在一起。"

唐岱有所思悟："那设计洛神湖和湖边栽柳，不仅为了屈原和曹植钟情的洛神宓妃，也为了纪念柳湖和金韧？"

"是的，明悠既有军人英姿，又有洛神之美，红园就是神话园，她设计的喷泉雕像和洛神之水就是中华家园的象征。'昔我往矣，杨柳依依。今我来思，雨雪霏霏'，中国军人的英勇之爱与洛神之美、家园之思连在一起。柳湖身体不佳，朱将军一直守着她，从不远离，柳湖去世，明悠为安慰朱将军，来北州的月亮湾定居。"

"奶奶后来一直在月亮湾，就是为了不远离红园吗？"

宋恒抬起眼，眼神重又显得空茫而遥远："是的。每次她来，只会去图书室，在那块圆形地毯上，她和朱将军互诉衷情，相依难分，那种强大激烈的情感，让整个时空都弯曲了，所有书架都弯向他们，在他们头顶形成完美的弧形。你为什么不敢进这里呢？一定是感应到了这一切，你奶奶的血液在你身体里流淌，你在一个神奇强大的情感漩涡中孕育着。"

唐岱说："明悠就是您过去告诉我的那位神秘女人？"

"是的。"

"朱将军失踪，也和她有关吗？"

宋恒沉吟片刻："这和国家有关。现在可以对朱将军的失踪解密了。他在黄埔军校就是秘密共产党员，解放后依然保守这个秘密，那是为了和平统一台湾。保守这个秘密有一天发挥了作用，台湾有个人约他会面，他身负和平统一的特殊使命去了台湾，但不知出了什么问题，他到台湾后杳无音讯。台湾没人知道朱将军的共产党员身份，所以他才可能去和一位老战友面谈机宜，是秘密前往，不可能久留，他准备接洽一下就回来，但蹊跷的是，此一去便不复还，也许因为出了什么差错，也许因为他的正直坦诚让他的信任有了失误。留下的难题是：秘画、朱将军的日记和家史族谱都无处可寻。"

"您三人如此亲密，朱将军没对您说这些秘密怎么保藏的吗？"

宋恒迷惘叹息："你还记得你问过我迷泉的守护者吗？我说不出什么，我只是个守护者，不能知道太多，也无权参与朱家历史和家族秘密，无权介入宝藏秘画。我拒绝了朱将军要我一起保存秘密的要求。"

明灵问："我奶奶为什么也不知道呢？"

"你奶奶知道，但她从不说出，他俩约好，只能共同揭开这个秘密。朱将军去台湾，疏忽之下出了意外，你奶奶不能轻易说出这个秘密。我们是经历过战争的军人，严格按约守护秘密，万一朱将军有一天回来呢？"

"这件事为什么要保守秘密呢？以朱将军……我爷爷的身份，可以把秘画和族谱都交给政府保存啊。"

宋恒摇头："没那么简单，没有条件，也不到时机。没什么人会相信朱将军是明皇室后裔，从历史典籍看，明皇室没有后裔了，在北州的明肃王也没有。对于祖上很多事情和自己身份，朱将军断续在日记中回忆记载下来，但没有直接证据，即使有朱将军的家史和族谱为证，也需要经过大量历史研究和考证，再加上，朱将军祖上还和秘画有关，涉及国外历史和艺术，更难考证。

"我们仔细商议后认为，没有相当财力、人力、物力，就无法进行研究鉴定，这需要一个繁华盛世的社会条件，需要一个能发扬光大中华文明又与人类文明相接的年代，只有在时代恢宏大气、国家强大自信、家园安宁幸福时，才能做成这样大的事情，这需要条件、时间跟环境相宜得当，但当时中华人民共和国成立初期，百废待兴，还没有能力，也没有必要进行这件事情，朱将军怕秘画和族谱被质疑、搁置以至破坏，就一直保守秘密。

"可惜，到了现在这样的繁华盛世，我们却无法拿出秘画、族谱和日记。我跟在博物馆的一个战友的后代含蓄地表达过，一旦找到秘画，就迅速交由博物馆鉴定，然后将这幅画捐献给国家，条件是保住红园。日记将交给你们保存，交给你们就是交给那些英魂的未来。我知道现在一切都难以保存了，但这本日记记载的生命会长久存在下去。"

宋恒在沉思与回忆中，唐岱和明灵静静看着老人，不去打扰。

他们大致知道老人在想什么，也知道老人此时的心绪和情感。老人像大地一样沉稳不动，深藏不露，但他对那些战友的深沉的爱和绝望，还是隐隐透出。

老人常说，没有了爱，这个世界就什么都没有了。他把他的爱铭刻在他的如水年华中，把他对朱将军、柳湖、明悠和那些战友的爱，变成了对唐岱、桑梓、明灵、林袅和余烁的爱，变成了保存红园所能给予每个普通人的爱。

宋恒慢慢呼出深长气息，从遥远思念中醒来，悠悠怀想："'此情可待成追忆，只是当时已惘然。'每个人都会远去，我怀念这些英勇美丽的人，他们活着，创造爱与美，他们死去，留下爱与美，他们在这个世界上光明地活过，离开这个世界，就会含笑到另一个光明地方。我们也要把做过爱过的留给所爱的人，让他们能光明、欢乐、有信仰地坚定生活。

"我这一生坚信，生命不是靠获取和享受能决定意义的，是为什么活着区别了不同的人，不是怎么活着决定了人的不同。一个人活着的意义来自他给予别人的，不来自他给予自己的。不论他得到了很多，还是得到的不多，当他离开这个世界时，能留下来的，不是曾为自己活着，而是曾给予别人什么、为别人做了什么。很多人离开这个世界时觉得悲哀，就是因为，他只为自己活着，只计较自己从这个世界得到了什么，自己将失去一切时，就觉这一生没什么意思了。"

唐岱说："我小时您就这样教导我，我对李程和刘鹏说过您这个意思，李程和刘鹏受到了触动。明天端午节，我们要去参加红角杨主题诗会，我不再准备明天的演讲稿了，我把您说的一切再讲给人们听：人活着，要让自己和别人光明欢乐，给自己也给别人以爱与美。"

"要纪念屈原精神，就要告诉人们：屈原开爱与美浪漫之源、辟香草美人之优雅，红园的一切都是这样的象征，红园为光明优雅的中华精神而存在，这是红园的存在之源，也是我相信泉水一直都在的信念。"

唐岱说："守护家园是继承者的责任，我们不会让这片大地的爱与美和光明枯竭。这片西莫内塔、波提切利、歌德、马勒向往的古老东方大地，发生了沧海桑田的巨变，中华民族从20世纪初重新复兴光明优雅的传统，你们前几代的奉献奠定了今天的安宁美好家园，我们会格外珍重。"

明灵忽而神思灵动："守护家园就是守护生命，奶奶就是这样守护生命的人，她把生命中最珍贵的给了中华家园，把祖传秘画留给了红园，就是要让这幅画伴着红园，伴着柳湖、金韧、朱丹影和英勇将士，长守中华家园的光明优雅，纪念那些给别人留下爱与美的人。"

宋恒说："把秘画留在红园，就是保护红园。秘画的价值应该在80亿人民币以上，若找到它并捐出，就能让红园长存，可以赎回祁远的马，补偿政府改去泥河湾建展览会馆的损失。"

唐岱有点疑虑："朱将军和明悠一直在秘密保藏这幅画，把它捐出去，公开于世，符合他们的意愿吗？"

宋恒微微一笑："他们都是明大理、求大义的人，早就表示过这样的意愿，他们保守秘密不是小气，是怕一旦捐出去，如出意外，就无能为力，完全失去了保护秘画和族谱的主动权。"

明灵喃喃："可怎么找到秘画呢？"

"我从不失去希望。不过，他们该给我一个暗示。"宋恒的眼中再次充满神采，"这也是宇宙深处的暗示吧。就让这幅画永远和红角杨在一起。"

明灵出一下神，蓦然回转："您说泉水还在，对吗？"

"一定还在，当年因为附近有个工厂要强占泉水，泉水忽然消失。"

"奶奶说，泉水在，秘画就在，找到了泉水，就找到了秘画。"

"一定有个特殊时刻，能让你们找到泉水和秘画，也许就是今天晚上，这是最后一次发生在红园的星空爱情，你们已身心交融，成为灵魂之伴，会在圆形地毯上体会我对你们讲的伟大爱情，看到星空玫瑰盛开。这是你们更年轻一代要做的事，我现在要去做我该做的事。"

宋恒走出去，走进了大露台上的阳光中，他刚才在灯光下的身影和阳光下的身影交织在一起。

唐岱对明灵感慨："卓绝的年代，伟大的爱情，你继承了你奶奶那一代的激情活力，保持了那种诗意生活向往和忘我赤诚的奉献，这殊为不易，如今，英勇精神和理想主义容易被享受和平庸所磨平。"

明灵神思飞扬："我们不愿也不可能就这样被磨平，总得有人清晰地突出信仰身影，总得有人继承坚守下去，总得有人不对琐屑鄙俗、庸常之恶妥协，舍我其谁？"

他们望着老人走在空阔花园里的恒久身影，追怀老人当年挥戈与侵略者拼杀的情景，看到了一段历史的连续影像，看到了一个英勇之爱明媚延伸的身影。

如今，这样的身影在现实中多半荡然无存，只剩下老人化石一样的坚韧信念。

二十九　今夜无人入睡

夜晚，唐岱和明灵站在书库入口处。

从楼梯口向下看，就像探视一个有层层石刻皱褶的巨大岩洞或一片幽深森林，在幽昧光亮中，深隐的秘密倏忽闪动。

身怀宋恒的嘱托和找到秘画的使命，他俩缓缓下行，期待进入无比渴望又尚未经历的神奇世界。

他们在圆形地毯上环视四周，凝重庄严，焦虑不安，会发生什么？他们像当年朱将军和明悠、柳湖、金韧相携站在这里，像雕像人物紧紧相挽相拥，超越时空，进入细腻而恢宏的幻觉生活，被如幻似真的情景震撼。

在他们身体与灵魂的燃情交融中，圆形屋顶上星空漫天，挥洒晶莹，光波潋滟，参差流荡梦幻。星光和灯光辉耀下，书库明暗交替，书架层层叠叠，如一张张人脸雕刻在那里，如重装列队的士兵整齐排列，如一个个星空下的生命思念。

激情时刻，他们用喷泉雕像、月亮玫瑰、花园小径、有序交错的树木、星空岩洞一样的图书室，就能搭建一个超越当代科幻空间的现实幻觉空间、一个神奇的生命空间，把他们变成这一切神秘中的灵魂之伴。

他们紧紧相拥仰望，视线穿越穹隆形圆屋顶，星空玫瑰盛开，照耀他们……神奇的秘画风情隐约铺展在大地上，朱将军和明悠的血脉心魂与家族传说相沿而来，草木大地因光芒涌动而充满活力……

在他们的身体激情和灵魂渴望中，爱与美、性与书、灵性与想象、知识与思想激荡飞扬，交织出迷幻力量，生命与历史壮阔延伸，能体验到那些来来往往的生命，甚至感受到那些人类最辉煌的生命：那些思想者在沉思伟大，那些艺术家在创造浪漫，那些理想主义者在追求光明，那些普通人在酿造自己的梦幻……

明灵手抚胸前树徽，树徽再次灼热，她有些眩晕，心神动荡，微微摇晃，半跪在地呢喃："上一次我的感觉就是这样，这次比上次还强烈……"

他蹲身半跪，搂住她仰望穹顶，有些急切："我怎么还没有预感？那怎么找到秘画？怎么知道红角杨命运？"

她润泽柔滑的身体依在他怀中，静止凝神："刚才我好像听到了水流声……"

"我也有相似感觉……"

"激情之时泉水汩汩，我有一泓水与泉眼相接的清凉细腻感觉。"

"泉水在哪里？你看不到吗？"

"我只听到，看不到。"

"我也听到了，但不能确定是水声还是光在流动，我觉得光在身边震颤着如鸣镝而过。"

"光声中肯定还有水声，光水摇荡之时，洛神湖伸手可触。奶奶说，洛神湖与泉水相连，泉水在，秘画就在，刚才我的感觉很独特，泉水朦胧，秘画渐次清晰。这要告诉宋伯伯吗？"

他迟疑着："他现在身心焦虑，我们还说不清秘画在哪里，可能反让他失望。他一直在图书室找秘画，说不定他早有这种感觉，我们重复了他的感觉，还是先于他有了这种感觉？能不能再抓住这种感觉？最好找到明确迹象，再跟他细说。"

"那就等屈原诗会结束后再来体会，再次激情时刻，就会找到秘画。"

他出一下神："不，不仅我俩，是请宋伯伯一起来。"

她不解："为什么？"

"找到秘画是很大事情，仅凭我俩找不到，我们担负不了这样的重任，得宋伯伯和我们在一起。"

她悟道："你想得对，要宋爷爷在，才会有发现，奶奶对我说过，要叫宋爷爷一起来图书室看红角杨叶红。"

他兴奋起来："那我们就想对了！刚才就因只有我俩，所以我们的发现才会瞬息即逝。"

她又犹豫："可是，玫瑰星空是爱情星空，如果一定要有爱情才行呢？"

"宋伯伯一定有自己的爱情。"

沿着巨大环形楼梯，他们回到阅览室的圆形地毯。

灯光灿烂下，林袅在等待。

唐岱说："我们有话对你说。"

林袅欢欣而期待："我等在这里，就是想听你们说。有什么发现吗？"

明灵摇摇头："我们的感觉飘荡不清，倏忽而过，难以接续。"

唐岱神色凝重："宋伯伯说，朱将军是明灵的爷爷，朱丹影是明灵的姑姑。"

林袅很惊异："啊？那明灵的红角杨灵性就能解释了。"

听他们重述宋恒所说，林袅神情庄重，细细体味。

"真遗憾，错过了聆听这样的故事和宋伯伯的教诲，我能感受宋伯伯说出这一切的深情，现在我也涌满了依依惜别之情，想弹起琵琶，让红角杨一起鸣响。"

林袅脱去外衣，穿一件充满生气的红色飘带衬衣，随意把衬衣袖口尽力挽高，露出一段白皙光润的手臂，端正坐好，凝神聚思，片刻后全身心起奏。

琴声紧密扬起，细致铺洒，她稳抱琵琶，张弛起伏，乳房和腰身在琴身抚动下流荡摆动，身体的所有曲线都随琵琶舞动起来。

她透出从未有过的明丽生动，飒爽英姿，富于勇士气息，像个英武的飞天女神漫撒珠圆玉润，怀里的琵琶像紧靠身体的沉稳盾牌，手臂像能带出闪电的丝带，轻灵柔韧地在琴上跳动滑移。

她全身心沉浸在音乐中，今天以前，她从未这样真实地弹过琴，直到琴声戛然而止，听到明灵说话，方回到现实。

明灵痴然站立："这样的琴声能唤醒沉睡的神话和精灵，怪不得唐岱一开始就对你另眼相看！"

唐岱如梦方醒："忽觉你是史小玉画中的飞天女神，是飞天女神化入史小玉骨血的他的孙女，是朱模那个心爱的女人。"

林袅说："上露台去，我弹琴，你们唱歌，这也许是在红角杨的最后一曲。"

明灵欢欣："好啊，一起为红角杨歌一曲。"

他们从图书室的玻璃门走上大露台。

林袅浑身嫣红，头扎高髻马尾，身穿中国红飘带丝绸衬衫，长长飘带身环臂绕，下着中国红丝绒短A字裙，脚蹬软底短皮靴。

她一上露台就反弹琵琶，把雕像身姿融进舞姿，反弹琵琶的舞位与雕像高举火把的意态浑然一体，浪漫遐想与现实情思天衣无缝，高超的弹奏技艺与绝妙的舞姿珠联璧合。

她完美展示身材曲线，身姿柔韧优雅又干净利落，单腿立地旋转像棵红角杨树起舞，以时尚情趣演绎经典优雅，展现未泯的神话之心，一个个珠圆玉润的音符仿佛红角杨叶上飞出的灵动生命，从露台细密撒向花园。

明灵惊叹："美得让我说不出话，你的舞姿比在元宵晚会那天还美，舞扬乐动，极致神韵。"

唐岱说："你的古典琵琶和现代舞姿人琴一体，是神奇精妙的大唐舞姿，也有身边雕像的深情悠远，这是红角杨一个新的意象……"

明灵唱起的《橘颂》，屈原的诗句清亮激越，纯净光明，歌声化出《九歌》中神灵眷恋的人间："后皇嘉树，橘徕服兮。受命不迁，生南国兮。深固难徙，更壹志兮。绿叶素荣，纷其可喜兮……"

明灵的歌声空灵委婉、柔韧湿润，清澈深情又含着苍劲悲情，叶丛中出现的明灵变幻成明悠，此刻的明灵英勇迷人，有明悠的庄重，有时代的俏丽……

然后，纯净高洁的古典美人变幻出当代激情：明灵唱起宋恒最喜爱的歌《祖国不会忘记》。

唐岱和林裒的和歌响起，与琵琶声一起婉转悠扬，漫向星空。歌声浸染了一片片叶脉殷红的银绿色红角杨树叶，层层叠叠，飘动飞舞。

露台四周是参天大树，他们站在巨大绿荫中倾情歌唱，不知疲倦，毫不停歇，把自己的生命弹进琴声、唱进歌里。

在人生中，他们只拿来了这张琴、这样的歌声和他们读的那些书，这些属于他们，谁也无法拿走。

三个月来，他们第一次露出这样情态，这是他们性格的更深度表现。他们渴望这样弹琴唱歌，却从未这样弹过唱过，现在他们明白了，那是对今天这个时刻的准备。

在红园过了三个月后，他们体验了新的生命向往，可以随心所欲、自由漫游，如果他们是红角杨树和月亮玫瑰，琴声和歌声就是玫瑰花瓣和红角杨叶，他们随着琴声和歌声飘荡。

今夜无人入睡，身姿和神魂一起诉说，琴声和歌声与历史相接，悠远绵长地回荡，细细密密洒向大地，在每个角落慢慢降落，融进身边花园的树木草地。

他们喜欢平静安宁的花园夜色，从来不必将落地窗帘拉起，夜里醒来，常会透过窗户看见自己在露台上的幻影，现在，真实地站上露台自由高歌，有洛神凌波、飞天追月那样的飘然欲飞感。

余烁也听到了歌声，他用心灵体会着，和银焰停在小径上，朝着图书室方向倾听，他吹起口哨，口哨声清亮激越，和入歌声。

银焰静立在余烁身旁，仔细倾听回想，它的样子既像一个严肃深沉的老人，又像一个充满活力的儿童，更像凝立在神通二郎神旁的哮天犬。

歌声唱出天上人间，这些人有与众不同的神奇，这里像个神话情境，让银焰回到了天上的日子。

歌声和琴声让这个夜晚格外独特，宋恒意识到，出现了非常特殊的红角杨之夜，过去从没出现过这样的音乐：此曲只应天上有，人间能得几回闻。

他默默准备自己要做的最后一件事。在做这件事之前，他要再唱一次歌。他没有忘记，他曾是北平音乐专科学校的一年级学生，后来是一个英勇的中国军人。

他静静聆听，轻轻和入他们的歌声，唱起他喜爱的另一支歌《祝福你，我的祖国》，他的歌声像雕像喷出的细密水雾，飘洒在宽阔花园里，在花草树木间回环，飘上星空。

宋恒与余烁相视，用眼神交换内心，忠诚守卫在歌声回荡的大露台外，听着歌声和琴声巡逻，感受一切情景，等待神奇发生。

琴声歌声渐渐停歇。

林袅叹息："想起欧阳修的《浪淘沙》：'把酒祝东风，且共从容。垂杨紫陌洛城东。总是当时携手处，游遍芳丛。　聚散苦匆匆，此恨无穷。今年花胜去年红。可惜明年花更好，知与谁同？'"

唐岱说："还不到这么悲伤的时刻，还是苏轼的好：'莫听穿林打叶声，何妨吟啸且徐行。竹杖芒鞋轻胜马，谁怕？一蓑烟雨任平生。'"

明灵说："此刻当酣畅淋漓铺洒心胸：'酒酣胸袒尚开张，鬓微霜，又何妨！持节云中，何日遣冯唐？会挽雕弓如满月，西北望，射天狼。'"

他们声情并茂，弹唱苏轼的《水调歌头·明月几时有》——"但愿人长久，千里共婵娟"——把红角杨和他们的故事唱给时代听，雕像上的人物和猎犬静静倾听，连银焰都成了雕像，仿佛要永久站立下去。

琵琶，歌声，身体，灵魂，月光明媚，草木灵动，洛神和飞天女神起舞，生命精灵不停飞动。

在这个独一无二的开阔大露台上，他们用琴、书和歌声来完成生命。这里有他们的音乐和舞蹈，有他们的书与星空，安身于这个小世界中潇洒怡然，可不久将离开，让他们怆然无言。

他们疯魔痴迷了，一直弹唱下去，不肯休歇，直到把月亮弹得融进星空淡影，把晨光诱引出来，唱得没有了世界，没有了别人，唱得自己都消融了，才像不能控制自己的舞蹈者，慢慢停下。

琵琶弹出悠长的富有歌唱性质的《红角杨序曲》，歌声轻落，一个声音随着《红旗颂》无限的憧憬隐隐浮动："最终我们都要告别离开，但红角杨终会复活……"这是哪里的声音，是天外传来的光明复活声音吗？

他们沉思着，慢慢走下露台，走进花园，再走向前院，红角杨树在身边庄重挺立，随着他们前行，一棵一棵从身边向后倒退，树影重重，却渐渐在曦光中清晰。

他们看着曦光下的喷泉和雕像。宋恒回来后，喷泉重新开始喷放，那片亮闪闪的白雾笼着"光明"，让他们遐思悠远。

他们现在看到的红园，与唐岱和桑梓几十年朝夕相处的红园不一样了，与明灵和林袅最初来到的红园也不一样了，更富于庄严神秘，让他们的生命更有希望。

他们更深融入苍凉悲壮而高扬信仰的红园，为拥有了那么多爱与美和光明而欢欣。

清早，桑梓匆匆来到红园。

东南方的风吹进城市盆地，吹进红园，吹起月亮玫瑰的香味。

这几天她每天都来，说不清什么让她心神不定。今天唐岱一早就叫她来，更让她惴惴不安。

一进门，就看到唐岱、林袅、余烁神色庄重，在雕像前等待，她预感到有什么重要事情。

她心里不安，沿着门里中央大道向喷泉走。晨光把"爱与美"的影子披在她身上，她看着雕像，忧伤惆怅，它挺立在这里73年，它身上的风以后不知散向何方。

他们边走边说，转述宋恒所说的一切。她神色凝重，一时无语。

走到楼前，宋恒从楼中走出，他们几乎被老人惊呆：一夜间，老人须发皆白，满头银光闪亮，精力充沛。

老人总是这样，像个一直在战场上的战士，无论多疲惫都会保持不懈。

他们被老人的样子感动震惊，但尽量若无其事，迎向老人。

桑梓说："您一夜未眠？您得多注意身体。"

宋恒微笑："任何时候你都像个好医生一样关心人。我的身体挺好。来这么早，有事吗？"

她举起一包粽子："来给您送粽子。您夜里在找那幅画吗？"

"我还是迷惑，这幅画怎么会下落不明？我努力回忆往事，也许会在历史风尘中发现痕迹。"

桑梓蓦然一惊，一个人突然格外留恋以往，也许是个征兆，老人执着往事让她更加不安："您别太失望了。"

"我从不会失望，你们也别失望。别太为我担忧，我不会衰弱，也不会颓丧。"

他们竭力隐藏对宋恒一夜白发的震惊，尽量不说话，免得失言。

明灵走出小楼，一眼看到宋恒满头银发，禁不住叫出声："宋爷爷，您头发怎么全白了！"

宋恒怔一下，很快明白，转过身，对明灵微笑："这没什么，爷爷的头发该白了。"

花园深处，传来银焰的奇异叫声，大家都向花园张望。

宋恒沉静地看看余烁，余烁点头会意，向花园走去，走进月亮门。

宋恒沿小楼边缘也走向连着小楼的月亮门，他们看着老人身影，不知说什么好。

老人身影消失在月亮门里，他们仍站在那里发怔。

桑梓说："宋伯伯隐隐透出压在下面的疲惫，我甚至觉察到一丝衰弱飘出来。"

唐岱说："他连续两夜没睡了。"

明灵说："从焉支回来，他就没有好好休息过。"

林袅说："这样下去让人担心。"

"你们为什么不想办法让他休息呢？"

唐岱苦笑："他说他身体很好，不听我们的。你知道他的性格，在抗日战场上，他有时几乎三天三夜不睡，他专注于某件事时，会始终保持高度紧张状态，让他睡也睡不着。"

"仅仅为了找画、族谱和日记这么亢奋？"

"不止于此，他的精神好像经历了一场大战那么疲惫。他突然说，红角杨树要红了。"

明灵说："你不是在星空玫瑰下也看到树红了吗？刚才我迷糊了一会儿，朦胧也见到树红了。"

"你们看到星空玫瑰了？你们终于在一起了。"桑梓轻轻一颤，惊喜专注地盯一下唐岱，再看一下明灵，"这么多年我都没见过红角杨树红，这难以置信，宋伯伯也因此激动不安？"

唐岱说："我想，这不仅因为红角杨树要红，他另有心事。"

林袅说："我也猜，这恐怕不是唯一原因。我来这么长时间，从没见宋伯伯像这样整日沉湎于无尽思绪。"

桑梓说："他身体状态令人担忧，应该送他去医院疗养。"

唐岱说："这是医生的立场，他身体没什么，是心里有事。"

明灵说："可是，谁也摸不准他心里有什么事。"

林袅说："桑梓说得对，还是去医院踏实一些。"

唐岱说："他不会接受，他从不去医院。"

桑梓说："我来找你们，就是想说这事，前天宋伯伯从焉支回来时，就让我担忧。你们要帮我劝他，去医院检查休养，我为他安排一间独立病房。"

唐岱说："我先去找李程，今天要请他参加纪念屈原的红角杨主题诗会，我们都要去。这个活动办得很不容易，多亏刘鹏。"

"我知道这个活动很重要，也许能唤起挽救红园的民间呼声。你们回来就要劝宋伯伯去医院，不能让他看着红园被拆。"

林袅说："我们回来后一起劝宋伯伯，之后我再去焉支草原。"

余烁突然穿出月亮门跑来，他狂喜的样子和所做的手势，是他们过去从未见过的，好像他不知该怎么表达。

他们不明白地看着余烁，余烁高举张开的双手，像在比画一面面张开的旗帜。

明灵迎上，专注地看着他，恍然惊喜："红角杨树红了！"

他们怔了一下，一齐跑向花园。

沿小楼旁弯曲的道路冲向月亮门，星星点点的红色透过花墙漫撒过来，花墙上露出的红叶虽距离远而形态迷蒙，却已和楼侧的绿树对映成趣。

他们一路跑着，顾不上想怎么回事，只为宋恒的准确判断而心中称奇。

迎着月亮门，一弯月牙般排列的12棵树的叶子红透了，12棵树连过去，像12面旗帜层叠连绵的红云。

远远看到树下宋恒仰面沉思的身影，他一头银发与层叠旗帜般的红角杨树相映生辉。

他们来到树下，激动震惊地面对这难见奇景，宋恒一头银发与连绵红叶的壮观，让他们神魂震荡。

宋恒近乎自语："我又看到了当年的滇缅战场，就像看到了你们以后的生命理想和生活家园。多看看，难得看到这样的奇景，以后的人们再也不会看到了。"

明灵惊叹："这太令人震撼了！宋爷爷，这样的奇观您是第几次看到？"

"第三次，每次都难以忘怀，最重要的是第一次。"

桑梓说："这样的难得时刻您有过三次，我们才只看到这一次。"

"看到几次不重要，能经历最难忘的一次就可以了。对你们来说，也许这是唯一的，这一次对你们足够了，也是最重要的。"

林袅说："我听唐岱说过您看到的第一次情景，那样的壮丽在我心里久久回荡，让我完成了《红角杨序曲》。"

"那样的壮丽是值得纪念的，那时要守护的，是'国破山河在，城春草木深'的家园。你们见不到那样的情景，就是我们希望的和为之奋斗的，你们在比我幸运的年代，在安宁美好的家园，你们要守护的也是这样一个家园。"

宋恒把悠长的神情再次投向红角杨深处。在这个以中华的中字为中心，四周圆形环绕、小径纵横的花园里，他的眼神穿越红角杨树，回到历史的远方，看到滇缅战场上枪炮轰响、血肉拼搏的情景，看到他的战友们在倒下的地方抬起头，凝望着他。

"1942年4月，入缅抗击日军的中国远征军陷入失利和困境。英军只顾保全自己，无心再战，迅速溃败，导致盟军指挥失调，人心不齐，计划中的会战无望，大撤退匆忙混乱地开始。

"101特种团奉命接应救援新29师。101特种团满装满员近一个旅，先期作战中与三营失去联系，后已补充至三千人，这三千人急如星火，赶往救援。

"驻扎在云南大理的新29师本来接到的是入缅增援的命令，星夜赶赴腊戍，先头部队一个营刚到腊戍，还未在阵地就位，日军已扑到，这时并未接到具体作战命令，热兵器来不及使用，他们抱着打不赢也要咬两口的拼命精神，用刺刀把日军拼了下去，日军用大炮、坦克猛烈轰击，后续部队来不及赶到，这个营全部牺牲。中华军人的责任感让新29师前仆后继，后面陆续开到的部队都像这个先头营一样，自动拼死血战，到一车牺牲一车，到一营牺牲一营。

"101特种团赶到救援时，已无济于事，新29师几乎伤亡殆尽。接着101特种团接到命令，迅速返回畹町大桥以北，保护大桥，接应大撤退撤入中国境内的远征军。

"英军不停撤退，导致战场混乱，盟军无法组织有效作战，全线撤退开始，那些滞留在缅南抗敌的部分远征军，始终没有接到总撤退的命令，甚至不知道发生了什么变化，孤零零地被扔在缅南的原野丛林中，一个团、一个营、一个连，甚至一个排，仍在各自阵地上浴血苦战，死守不退，直至弹尽粮绝，全部战死。

"在这样的困境中，金韧带着100个弟兄突出重围，出现在畹町大桥上，那就像神话勇士，他们浑身血迹斑斑，疲惫不堪，却依然保持着拼死斗志，用血肉之躯在大桥上阻击日军的坦克和装甲车，直至全部殉国……明悠早已将炸药布放完成，朱将军在最后时刻压下了炸毁大桥的起爆器……

"大桥上壮志凌云，大江边火树红云……我第一次看到红角杨树红了……'千古兴亡多少事？悠悠。不尽长江滚滚流'——经历了这么多年以后，那片红叶依然不可磨灭……

"那些和我一起战斗过的战友，都已去了，飞到了红角杨叶上，等待着叶红那一天，这时候，那些英勇之魂都会在风中歌唱。我身处这个时代的红角杨树下，自由想象着周围聚有成百上千人，他们都微笑着召唤我，当一切都停止的时候，我就可以凭他们的微笑辨认出每一个人。"

宋恒的声音像黄河水一样流动，他的眼神像红叶一样飘动。

他们专注倾听，思绪随红叶风中舞动，奔向历史深处，远征军无数双凝聚的目光吸引住他们，他们目睹了生命复活和红叶复活。

宋恒转而幽深慨叹："可是，这些英勇的红叶，这些生长了73年的大树，就要毁在这里，我的红角杨同伴何以为家？"

明灵出神地想一下："中华大地处处家园，您不是说，红角杨可以截枝移栽吗？"

宋恒摇摇头："我正想这样做，但不太有信心。我们过去尝试过，并不是所有移栽都能成活，甚至很难成活。"

桑梓说："您不是常说，明灵就是小红角杨树吗？有她在哪里，哪里就有红角杨复活。"

唐岱充满信心："只要完成整体迁移，这些大树就不会消失，它们会长在更多地方，让红叶遍地复活。"

宋恒轻抚明灵的肩头转过身，面对月亮玫瑰："我相信，你们能让月亮玫瑰盛开，也会让红角杨树复活。"

明灵说："一定会，月亮玫瑰和红角杨树连着无数的人，会遍地复活。"

林枭说："就像您教给我们的，只要红叶在心，就有光明生命和美好家园。"

宋恒说："红角杨之红是中华生命和家园的颜色，我欣慰这保存在你们的身心里，即使这12棵树就此绝种，即使移栽不成功。"

唐岱说："您别担心，一定会成功，这是红角杨赋予我们的使命。我今天就去找刘鹏商量，马上启动整棵移栽的工程。"

宋恒沉吟一下："还是要做截枝移栽的准备，你们去纪念屈原，我来做这件事，这我做过多次，有经验。移栽得找到合适树枝，找到合适地方，这种树本长在西南雨林，移栽成活不易。"

"南方气候更适宜，我可以先带到广州。"

"这样好，生根后，再带回来。"

桑梓说："可以分成南北两批移栽。"

林枭说："这样成活的概率更高。"

宋恒沉入失神状态："那些我爱的人都去了，红园要毁了，而我却活着，每当我意识到活到现在，就觉得不可思议。"

明灵说："您过去没这样悲伤过，看您这样悲伤，让我们难受。"

宋恒沉浸在自己思绪中低语："他们为他们的理想和信念而死去，我为他们的理想和信念而活着，也为失去他们而终生思念。"

桑梓说："我们都在您的关爱中成长，您传给我们英勇之爱，培育我们红角杨之心，教给我们用爱与美和光明守护家园，您不是说，这就是您活着的欢欣和希望吗？"

唐岱说："我们都知道，您个人的快乐荣耀对您无足轻重，只要能坚守红园，您会放弃一切，要是让您再选择一次，您还会做出这种选择。"

宋恒不再悲伤，坚定沉着："我很快就要和在他们一起了。当我回首往事，红角杨之红是最瑰丽的。我会告诉他们，我不负他们，终生守着红园，并把红叶给他们带到星空。"

林枭说："自从见到您，您的坚韧忠诚就感动了我，红园就是您最多情、最钟情的爱人，您甚至为了她终生未婚。"

宋恒看着林袅微笑："也许因为你的婚姻，你有像你的琵琶一样的灵性，你是第一个把红园比作我的美丽女人的，这也让唐岱一开始就能从人群中辨认出你。女人是世间最美的，红园的确有能让我爱的女人，这是我守着她又不必占有她的美丽，祁远守着朱丹影就是我另一形象，我和他一直越过时空相互感应，就像和我的那些战友心心相印。哦，你们不必再听我这个老人的唠叨了，都去做自己的事吧。"

大家不安地相互看着，沉默片刻。

明灵犹豫着："余烁也要一起去，今天只您一个人，需要谁留下吗？"

宋恒军号一样爽朗嘹亮地笑着："你们都去，端午节是中国最独特的节日，中国只有这一个追怀浪漫精神、珍重香草美人的节日，应该让中华的优雅光明精神常在人间。"

桑梓不安："宋伯伯，您今天的身体……"

唐岱说："我还是不去了，今天和您在一起。"

宋恒笑笑："你是主讲，怎能不去？你们怎么都担心我了？你们从没这样过，今天怎么了？今天是端午节，在北平艺术专科学校、在抗日战场、在与朱将军和明悠日夜相伴的日子里，屈原的伟大精神就渗透了我，我早就因此获得了丰盈的激情和活力。"

林袅说："您是不是因为见了红叶太激动……"

"我是有点激动，这几十年也没这么激动过。不要紧，我身体又没病。"

明灵说："唐岱不能不去，我和余烁留下陪您吧。"

"都去，都去，你们还是该去纪念屈原，这样的事不该放弃。人生有价值的事，能不错过就不要错过。"

余烁走上一步，站到宋恒身旁。

宋恒扶着他的肩膀轻轻将他推开："不，不，我要安静地过几个小时，过去好几十年我都是这样过的，有银焰陪我就行了。我想重温与银焰独自相守的日子。唐岱，你今天还是要和李程联系，不要放弃，有希望就赶快告诉我。"

"早晨起来我就给他打了电话，还是找不到他，可能还在返程的飞机上。我再和他联系。"

"每个人都有该做的事，你们做你们该做的事，我做我该做的事。明灵记着，带着那个紫红羊皮包，那会让今天这个纪念屈原的日子更有意义。"

林袅犹豫着说："祁远让我告诉您，他给您留了一封信，在图书室您的阅览桌抽屉里，前天我怕这封信让您太忧伤，就没告诉您……"

宋恒笑笑："我懂你的心。我去看看那封信。"

唐岱记起红角杨树徽，此前他要把树徽交给宋恒，宋恒没接受，现在他提醒明灵："树徽……"

明灵忙摘下树徽："我在月亮湾时，奶奶对我说，你长大了，就带着树徽去红园，在那里看世界上最独特的红叶与月亮玫瑰相映成辉。我问奶奶：'您不跟我一起去吗？'奶奶说：'我会跟你一起去，如果奶奶不能去，你要带着树徽去找宋恒爷爷，告诉他去图书室看红叶和月亮玫瑰。'现在我明白了，奶奶是让您带我们见证树徽带来的神奇。现在您把它收好，我们从论坛回来，一起去找秘画和泉水，那时候它会特别奇异，红园会因此获救。"

明灵把树徽交给宋恒走了几步，又回身："您等着我们，在图书室看红叶和月亮玫瑰，一定很美，一定有神奇之处。"

三十　红角杨之光中的旗帜

宋恒挥挥手，看着他们离开。

之后，他低头抚摸手中树徽："就让这个秘密永远保存吧。"

他把树徽挂在自己身上，走到那棵刻着字的树下。

那行字庄重地赫然在目。他蹲下身抚摸那行字，眼前又浮起班长的面容。

他站起身，小心仔细地在每一棵树上截下两段树枝，第一次截下12根，第二次截下12根，分成两组捆扎起来，浸泡在洛神湖里。

他平静从容地做着事，在红角杨树下和洛神湖旁来回走动，走进了他的思绪。

没什么人在意他这个98岁的老人，可他知道，在红园更年轻一代的心中，他是个不可改变的标志形象，他会带着这个形象含笑离去，当他这样离开这个世界时，他一生的价值就够了。

作为经历一个世纪的沉默军人，他说话很简洁，每句话都刻在红园的草木砖石上，都刻在唐岱他们以至银焰的心里。

他经历过的，都汇聚在心里，他的生存感想从不对外人表述，在外人眼里，他是一个陈旧过时的老头。他像石头一样顽强坚硬、沉默不语，他的守护、他的责任、他的过去，包括他经历的历史，都要求他这样做。

他这一生，让他能唱出欢乐颂歌，没有怨言，不觉遗憾。他为人类美好、为正义和真理战斗过、奉献过，也为他自己做过唯一的事情——对一个男人的忠诚和对一个女人的爱情，他和他们都有尊严、有理想主义，不会让自己灵魂不安。

战争与爱情无论多么微妙折叠，经历了这么多年后，还是没有消失，它们进入了红叶，就像他那些弟兄、他所爱的人进入了红叶一样。

他的爱情从不能说出、从不能表现，但他认为这就是实现，而且他终生都在实现。

任何人都不知道，他深爱着明悠那双眼睛，在闯过枪林弹雨、经历生活动荡之后，他仍能清晰地记得与她几次亲密的短暂相处。

他看着红叶就看到了明悠，为红叶也为明悠而忧伤：从她红叶一样的眼睛他知道，她感受到了他和红角杨的忧伤。

她有与生俱来的灵性，这让她在察知他的情感后避开危险。也许她从未注意过他的情态，也许早把他藏在了心底，无论她此刻在哪里，即使在星空，也不会忘了他。

1942年在缅甸战场，他经历了一生最惨烈的战斗。

日军把他们在太平洋各个战场的精锐之师，除了侵华日军，全调到了缅甸战场。缅甸满目疮痍，遍地血迹斑斑，到处都是军队和担架。

英军迅速向后撤退，中国远征军进入英军遗弃的不成形阵地，紧张地重新构筑，迎击日军。

闷热、大雨、湿气，丛林缠绕，没有补给，日夜浴血奋战，大批的人牺牲了。

没有明确的作战命令，各个作战单位凭自己的职责和判断英勇作战。

101特种团强渡水深齐胸的锡当河，在日军的射程之内，或游或走，所有生活用品和食品都放弃了，只剩下枪弹，他们举着枪，冲上岸，在岸边淤泥里艰难地攻击前进。

他把能扔的都扔了，唯独为朱水天一直带着的五本书没有扔。他贴在淤泥上，密集的子弹从身体上空飞过，想着身后背着的那五本用油纸包裹的书：屈原的《屈子章辞》、苏轼的《东坡精要》、王阳明的《光明说》、荷马的《伊利亚特》、雨果的《悲惨世界》。

那个时刻，他想到了屈原的美人香草、飞天女神的优雅身体、洛神的妩媚容颜，也想到了明悠。

他再次见到了明悠。他和12个弟兄护送她爆破侦察，途中与日军遭遇，日军第一排枪弹过来，他的马就被击中。在12个弟兄拼死掩护下，他俩共骑朱将军那匹神马，沿着弯曲山道疾奔。绵延山道似乎没有尽头，日军在后面不停追击，明悠在他身后紧紧抱住他。那一次，若不是朱将军那匹神马，他们将无法逃生。

他和她来到一个山洞，那里空旷幽暗。他点起火把，扶她走进山洞，他们走路的声音充满山洞，四处回响。他找到一块干净平整地方，让受伤的明悠躺下休息。在她刚躺好那一瞬间，火把灭了，他的手臂擦着她的脸划过，体验到她脸上的细腻肌肤。

最早他对她并没有什么想法，他为朱将军和她心心相印而欣慰，为朱将军终于找到了自己的爱情而高兴，作为军人，他认为自己的长官和战友有这样的爱情非常难得，不多想是很自然的。

他不会僭越自己身份，但事情慢慢变化，他却没有察觉。长久和朱将军在一起，他变成了朱将军另一个身影，有时和朱将军变成了同一个人。战争间隙中只能偶尔见到明悠，让他像朱将军一样惦念她，渴望见到她，关心她的安全，也让他体会到朱将军对她深深的爱，同时他知道，她对他的温暖和信任近乎对朱将军的爱。

事情变化得很突然，那次她和他一起执行任务受伤后，他在岩洞里照顾她，把自己的军装脱下来，给她垫在身下，扶她靠在他的身上。

等搜山的日军退去，他留她在洞中独自坚持，他去找救兵。他把洞口伪装起来，想办法突出重围，找到部队，回岩洞去救她。

他带兵到达岩洞时，她已昏迷，非常衰弱，却手攥冲锋枪和手雷，无比美丽坚定，让他刻骨铭心。

在那之前，12个卫士意想不到牺牲，他和她在岩洞石壁上看到过那12个卫士的面容。在火把熄灭那一刻，他的手臂无意间划过她柔润的脸庞，他再也忘不掉那一刻的感觉，突然激发他心底的爱。

这时候他才明白，当她慢慢刻在朱将军心里时，也越来越深地刻在了他心里，她的英勇之美震撼人心，凝聚焕发了中华大地女人的瑰丽之情和男人的英勇之爱。

当他手臂轻滑过她的脸庞，当他慢慢扶起她受伤的身体，在她身体下垫入他军装那一刻，这个世界只有这一个女人的情感像那支火把爆发燃烧。

那个时刻他意识到，岩洞石壁上那些伟大面容是和火把同时爆发光彩的，也和她的面容同时爆发光彩，这让他把她看得格外珍重，那些伟大面容始终和她的面容在一起。

离开岩洞以后，他已经不知道这个世界上还有别的女人，也不知道自己还能够爱别的女人，他在这个世界中没有别的女人，只有她一个人。

他似乎不必像朱将军那样担起两个爱情，但实际上，他也像朱将军一样，在两个美丽女人间徘徊不定，内心焦虑。有时他想，也许他可以代替朱将军去爱明悠，让朱将军专心去爱柳湖，可那念头倏忽而过，他知道爱情是无法替代的，他要守护这场三个男人和两个女人的爱情，就此也是她爱情的坚定守护者。

他能在紧张作战一天后，欣慰地看到朱将军和她在一起，没有妒忌；他能在朱将军和柳湖结婚后，小心翼翼地保持与明悠的距离。

明悠知道他的心，虽然没有对朱将军那么强烈的爱，也可以和他在一起，可如果他们选择在一起，那只有两种可能：要么天天与朱将军和柳湖在一起，这将使四人无言以对；要么远离朱将军和柳湖，这是不可能的。

只能选择从不说出心里的话。她出于女性敏感，曾对他表示过柔情，但不意味着她和他对朱将军的背叛，相反，他忠诚于朱将军磁石一样的人格魅力，这弥补了他的失落。

他处在朱将军和她之间，以隐身的爱情守护者保持他的情感，认为自己度过了幸福的人生，不认为他这样的命运不公平。

他一个人时，在战争间隙琢磨自己情感是怎么回事，在和平年代的红园，他不时回想和朱将军、柳湖、明悠间的一切。

他越来越深地确定，从来不只是三个人，他们四个人以至五个人浑然一体，身旁身后站着全体远征军。

那12个卫士为掩护她牺牲了，他要替他们护卫她终生，这是他一生的守护者责任，也是他守护红园的责任，这一切都凝结在红园中，他对她的爱也凝结在对红园的爱中，红园是她的心血，也是那些战友的心魂，当然也是朱将军、柳湖和金韧的信仰与爱情。

在一个男人一生中，总会有个女人出现，对于他，这个女人紧紧地和红角杨连在一起，因为红角杨才彼此心心相印，不愿也不能多想多说，只要说出，必定会伤害朱将军、柳湖和金韧。

对他来说，光明的幸福不在于得到或伤害，即使她永远看不到他，他也永远隐藏他的内心世界。他在心里有一幅自己的爱情地图，和挂在会议室里的作战地图一样，如果他在其中觉察到了危险，他不会暴露自己，不会让她在他的眼睛中看出什么。

这是他一生最欣慰也最惶惑的，他不知道这样控制情感是否有意义，但知道，如果他控制不住自己，只会破坏他所珍视的。

他宁肯把这样的爱压进他的一生，就像压进了一本书中，他一生就是一本经历了战争的不为人知的爱情之书，这本书如此丰满，以致他总在书中、在图书室和花园中，度过他的生命。

宋恒认为自己理当守护爱情和红园，守护正义、信仰和真理，这是支持和滋润他一生的。

他这一生足够了，活了那么长时间，守护到今天，他把这一切都传给了后人，有人能继承下去，他知足了，因此他该做他最后的事情了。

　　他要带着红角杨树回到朱将军、柳湖、明悠和金韧的身边，回到那些英勇之爱的身边。

　　他把两捆红角杨枝在湖边浸泡好，将银焰拴在第三棵树下，这棵树正对着玫瑰丛和洛神湖，树上刻着班长最后留下的那句话。

　　老人来回走动，银焰敏锐觉察到他的变化。它有自己的血统和经历，不会像其他猎犬那样烦躁不安。

　　它静卧树下，不反抗也不逃走，专注地观察猜测着老人，等待他的决定。它的眼睛现出迷茫和矛盾，无法排除不好的预感，又无奈地服从老人。它知道，服从老人对它和老人都非常重要。

　　图书室中，收藏了朱将军和明悠祖上传下来的书，还有他们毕生收集的书，他必须把这些书交还给他们。

　　这些书中有珍贵的一切，当然也有美丽女人，这些书就是他的美丽女人，他爱这些书就像爱朱将军、柳湖、金韧和明悠。

　　此刻他要带着这些书，去与那些在星空中歌唱的灵魂伙伴们相会，昨天夜里，他听到他们在星空中歌唱。

　　一切又沉寂下来，他再次闻到了那五本书难以忘怀的味道，决定从那五本书开始。

　　他找到那五本书，来到圆顶下面，站在圆形地毯上。

　　这块地毯上曾发生星空爱情，在那个时刻，整个世界隐匿，红角杨后代开始孕育。

　　他低下头，把那五本书抱在胸前沉思一会儿，然后抬头仰望，就像在滇缅战场的森林和湿雨中仰望星空，那是召唤无数生命的星空。

　　他按照自己打算，从容稳健地行动起来。

　　他把那五本书轻轻放在地毯中央，就像献上一份祭品。

　　作为军人，他知道怎样迅速做好一支耐用火把。他极为依恋惋惜，在书上点燃五小簇像火柴燃烧一样的轻微火焰，淡红色火苗就像战场上一堆堆营火，像神殿里一朵朵圣火。然后，他眼前化出一片红园的红色。

　　他又举起了心中那支永恒火把，巡行在图书室中，像巡行在滇西边境的森林中、巡行在他和明悠躲避日军的石洞中，他在洞穴里向前探索，明悠跟在身后。

　　他在二十世纪经历了人类最惨烈的世界大战，由一个正在读北平艺专音乐科的学生，变成了为正义而战的军人，从此就有了一个奇特尊严的职业：

中国军人，这个身份的英勇之爱跟随了他一生。

他的生命充溢诗意军人精神，这是他跟朱将军学的。朱将军是一个充满诗意精神的军人，有人担心他的诗意情感会让他软弱或判断错误，但正是诗意激情让他英勇无畏，他的诗意关怀让他的士兵无比尊严。

朱将军告诫全军：敌人马蹄不准踏进我们的家园，永远为家园和光明而战，永不忘记我们时刻在爱与美的理想中。

回忆这些话，是他回忆朱将军的方式，他会由此想起朱将军点点滴滴的小事，想起朱将军用挑剔的眼光把他从一队准备入伍的学生中挑出来，想起朱将军在风雨之夜来和他最后告别……

他多么想再听听朱将军在战场帐篷里灯光下对他诉说衷肠。朱将军下落如何？如果他已去世，是以他的军人形象离开的吗？他找到了要找的人吗？他带着遗憾还是欣慰的从容离开世界的？他的兄弟们都曾为人类的尊严与正义而战，当他们离开时，看到了那抹他们追求的英勇之光吗？他们为中华民族的光荣与梦想奋战，死而无憾吗……

他走到通书库的楼梯口，稍稍停留一下，回身看着那一点点火烧起来。

他走下宽大楼梯，小心翼翼点燃几处火柴般的火苗，看着那些小火团燃烧片刻，熄灭了手中火把。

他回到圆形地毯上书桌旁，平静坐下，等待最后时刻。

眼前是排排书架间通道，像战场小路。一切那么静，他听到了红角杨树和月亮玫瑰的摇动，听到了"光明"高举火把喷射泉流的声音，这和锡当河水流声不一样，他想起雨夜点着火把急行军，突破锡当河。

他与绝大多数男人不同，也与那些出家的或固执的男人不同，他不变态，也不信奉宗教，至今未婚是他长久的魅力和秘密。

他希望唐岱结婚，把红角杨的故事和精神传给唐岱的孩子，见到唐岱和明灵两情相悦，他心愿已了，唐岱和明灵要替他抚育未来的孩子。

他想到，屈原没有自己的血缘后代，唯一留下的，是美人香草的诗意情缘。在这个世界上，他已没有血缘亲人，可对身边这些人无限依恋，他们就像他的血缘亲人，即使有生物血缘，也不一定能像红角杨的生命情缘那样亲，在这样一个心魂怀抱里，他能体面尊严地死去，不必怀疑自己的抉择。

他的生命，他对这个世界的了解，都来自红园，这是浪漫理想的神话家园，他们用构建红园的方式构建世界，朱将军、柳湖、明悠和他亲手设计修改，一砖一瓦、一草一木构建出来，在这里，他可以拥有一切，进入历史和生活，也进入神话。

当他走出红园，就像一个男人来到了陌生女人的怀抱，让他惶惑不安，难以判断。如今，外面世界要把红园融化在那个陌生女人的怀抱中，他的怀念都被外面世界渐渐抹去。

他需要的、怀念的和保存的，都在红园，他在这里才感到自在，感到是在自己的世界里。

他从来没有踏出这个世界一步，每天早晨精神抖擞出现在这里，就是他的个性形象。

真正死守在这块阵地上的人，只有他一个，就像那些当年在缅南抗敌而死守的战士一样。

他们把他们的责任和心魂都交给了他，因种种原因先后离开，再也没能重返，这加重了他一个人守在这里的分量和意义。

他们把他们的生命都给了他，让他集中了他们生命的精华去过他的生活，在他们生命光辉的照耀下，他一个人苦撑了大半个世纪。

当他和所有那些他爱过、保护过的人一起生活时，享受到了他们给予他的生命之光。他思念他们，带着一丝忧伤，也带着无限安慰。

红角杨坚守着艰苦卓绝中保存下来的信仰和爱情，把这一切变成红角杨树、月亮玫瑰、星空图书室和未来生命，最后变成像巨大冰川一样不可磨灭的神圣遗迹。

经历了这么多年之后，他有许多话要对他们说。可是，没有必要写信了。

他仔细回想，看看这一生还有什么遗漏。不能再出遗漏，一次遗漏牺牲了12个弟兄。

红角杨树和月亮玫瑰都红了；红角杨枝已准备好；祁远会在草原找到朱丹影；明灵带走了她的羊皮包；林袅抱着她的琵琶……

他蓦然想起，林袅告诉他，祁远给他留下了一封信。他打开书桌抽屉。

祁远的信非常简洁——

宋伯伯尊鉴：

　　我父亲去世前给我留下了这封信，按父亲嘱咐，这封信我从未拆开。父亲告诉我，这是一位阿姨离开北州前留给您的，她嘱托在朱丹影恢复神志之时，连同这封信一起送回红园。当时按照她的愿望，我父亲将朱丹影送到了焉支草原。现在我已经猜到，这位阿姨是明悠。

　　我猜想，我父亲和明悠阿姨都在等待某个时刻，现在事情突变，不能再平静等待，虽然朱丹影还没恢复神志，但她回来已刻不容缓，我想还是把这封信先交给您，由您来决定是否拆开。

祁远敬上
2019年6月8日

　　这封信里套着另一封信，信封是颜色发黄的、20世纪60年代那种统一的小信封，上面有他熟悉的笔迹，他心里的红叶又晃悠起来。

　　打开信，他霍然一震，迅速起身，干净利落扑灭了阅览室的火。

　　他奔向书库，一边奔跑，一边叹息：明悠对朱丹影存的期望太高，这时候这封信才出现……他扑灭了书库中刚刚燃起来的几团火。

　　他站在书库圆形地毯中央，环顾四周，身体震动，静静体会神秘力量的环绕。幻觉般光的力量突然爆发，笼罩他、引导他，直指地毯中央。

　　他蹲身凝视一会儿，接着以训练有素的军人姿势卧倒倾听。

　　他惊异地听到汩汩流淌的水声，不禁问自己：过去怎么从没听到？

　　他像梦幻者开始行动：揭开圆形地毯，露出一块光滑的圆形大理石板。

　　他有些费力地试图推开石板，石板纹丝不动。他仔细观察，找到按钮，轻轻摁下，石板缓慢地自动移开，露出一个圆形小井。

　　井中端端正正放着他熟悉的日记、族谱，整整齐齐叠放着101特种团的军旗，井中央像井中月亮精密地嵌着一个柱形细长物，柱头有黄花梨圆形木盖，木盖有复杂精美花纹，正对图书室圆顶。

　　他跳下圆形小井，拿出日记、族谱和军旗放在井沿。再观察一下，试图把圆筒上的木盖拿出来或者打开，尝试了几次，无法做到，木盖下面似乎还连着什么。

　　他俯身仔细观察，看出圆形木盖的精美花纹是玫瑰花纹和红角杨树的花纹，这棵红角杨树形状看上去非常熟悉，树身有一些缝隙，像是钥匙孔道。

　　他久经沧桑的军人敏感与明灵敏锐生动的女孩灵性不一样，但眼前还是蓦然出现了雕像小树与黄铜树徽的重叠。

　　他恍然意识到，树徽就是打开秘藏的钥匙，注定有这样一个时刻，神奇力量会焕发出来。

　　他将树徽插进木盖上的孔道，慢慢转动，轻微的咔嗒声响起，木盖随之轻轻弹起,带出一个细长黄花梨圆木筒。

他轻轻旋下木筒,一股清亮泉水从地下涌出。

泉水复活让他惊喜,这就是红园初建时那个泉眼,就是被隐藏起来的泉水,泉水的流动声会泄露秘藏之地,封住泉水,是为了保护与泉水有关的这一切。

意识到手中圆桶有秘密,他站起身,克制激动,屏住呼吸,神魂震颤,一点一点旋开筒盖,拉出圆桶里的紫红色羊皮袋,再打开羊皮袋,把袋中的画卷展开在地板上。

他不能相信,几乎窒息,那幅波提切利的《玫瑰园的树与泉》赫然呈现:这幅秘画就这样展开了,随之许多巨大秘密将随泉水涌流而来。

这幅画中的情景与红角杨生活太相似了:泉水、雕像、人物、猎犬……打开画,他看到了朱将军、柳湖、明悠和自己,看到了桑梓、唐岱、明灵、林泉和余烁,红角杨命运已在这幅画中隐隐预示。

他感受到人类曾有过的恢宏在另一个地方重新发生,中华大地是这幅画中的美好家园,人类命运就是这样一代代传递而升华吗?

时间停止一刹那,他从震惊和喜悦中完全恢复了清醒:他点起了火,是因为担心红园和秘画落入败坏之手。现在是另一回事了,完全可以用这幅画换回红园自由。

水淹过了腹部,像当年在战场上跃出战壕一样,他轻捷迅速跃上井边,翻身站起,抱着画、日记、族谱和军旗冲向通往一楼的楼梯。

他毫不耽搁跨上几步台阶,突然停下,疑惑不动。火越来越大,封锁了楼梯上缘,他无法走上去。

他奇怪,刚才把所有的火都灭掉了,此刻怎么火越烧越大,哪里有余火又烧起来了?

那只黑猫尾巴拖着一团烟火,突然窜出来盯他片刻,倏然从通气孔中钻了出去。

他明白了,就是那条尾巴上拖的可燃物,四处点燃了火。

烟从下面层层升起,上面的烟也向下方书库移动,两大片烟在楼梯这里汇合。楼梯上下都是书,一团团书上的火正在蔓延,只有花岗岩楼梯这里没有火,清亮空阔。

他迟疑着,准备继续上行。楼梯像通往星空的台阶,又宽又深,成弧形向上延伸。

手里的画危在旦夕，他的目光游移不定：书库的水升上来，烟雾和火光向这里飘来，他意识到这是命运。

命运让他在最后时刻看到了这幅画的秘密，又让他不能说出这个秘密。这幅画是和红角杨命运连在一起的，只有它在这里，才可能使红角杨永存，离开了红角杨，这幅画就可能一文不值，这幅画将和红角杨一起永恒。

他渐渐头晕，听到了一本本燃烧的书在歌唱，看到了一个个灵魂飞出一本本书。他晕倒前的最后一眼，看到了旗帜一样的红角杨，听到有人呼唤他。

余烁隐隐不安，觉到什么事情要发生。当宋恒燃起火把，他确定要出事了。

他来不及解释，拉起明灵，冲出门，拦了一辆出租车返回。

在车上，他对明灵的询问摇头：他不知道发生了什么。

明灵不再问了，从他的神色看出，有很严重的事发生。

他俩沿大道向小楼飞跑。院里一片宁静，没有发生什么的迹象。

没见到宋恒的身影，余烁更加不安，觉得事情越来越紧急。

明灵眼前晃动着余烁矫健的特种兵身姿，跟在他身后拼命跑，她从没见过他跑得这么快，也从没想过自己能跟得这么紧。她在用出她这29年的全部能量，尽管腿已抬不动，不听大脑指挥，却还像两只机械腿一样摆动，依然奔跑如飞，不到消耗殆尽，她不会停下来。

一路上，草木气息不停地被吸入他们身体。

余烁觉察到这些草木气息与以往不同，夹杂着恐惧和哀伤，让他身体感到刺痛。

余烁不知宋恒做了什么选择，由于不善言语沟通，他对人和世界更敏感，现在觉得，他辜负了命运给他的敏感。他预先猜测过宋恒会做出意外选择，但没有把这种选择往极端想，在奔跑中，他很后悔之前没有深入体会其中的意味。

喷泉正在喷水，可今早离开时，宋恒并没有将喷泉供水闸打开。

他们顾不上细究，跑过喷泉，跃上宽大的花岗岩台阶，冲进楼厅，楼厅里有淡淡烟味。

余烁心头一紧，骤然停下，判断着烟的来源，很快觉察到烟的方向，冲向图书室。

门锁着，一层淡得几乎看不出的烟从门缝泻出。

余烁使劲晃动几下，门纹丝不动，这扇橡木门保持着建造之初的坚固厚实。

余烁奇迹般大声呼喊："宋爷爷！"

他连喊三声，门里无人应。他推开门旁的明灵，后退几步，用尽全身力量将身体撞上门。他受过训练，知道怎样发挥力的最大效果而不伤着自己。他连续撞着，就像一个大锤在攻城门。

明灵惊呆地看着，意识不到他能说话的喜悦，意识不到这种奇迹发生的不可思议，只为不知发生了什么而紧张震惊。

这扇门就像一扇城堡的门，永远撞不开。

与撞门呼应，传来银焰悲哀而急切的叫声，叫声从高空里透过小楼，撕裂了他们的心。

余烁一震，银焰的叫声提醒了他，拉起明灵奔向花园。

一进月亮门，就看见银焰左冲右突，试图挣开拴锁它的链带。

余烁奔到银焰身边，银焰充满感谢和悲哀地呜呜叫着，希望余烁给它解开链带。

余烁刚要给它解开，忽又停下："不能让它去，它会葬身火海。你和它在一起，千万不要动。如果小楼的火烧起来，要带它尽快赶到喷泉那里，那里是安全的。"然后，他拍拍银焰，"你要保护明灵。"

余烁冲向小楼，随着咔嚓一声玻璃碎裂，他从打碎的玻璃门冲进室内。室内烟火弥漫，看不很清。他大叫两声，寻找着宋恒。通书库的楼梯上仍然没什么火，宋恒倒在楼梯上。

余烁看到地下一半是水，一半是火。他不明白哪来这么多水，水淹没了宋恒下半身，而宋恒手里拿着画筒、一个旗帜和四个本子尽力伸上来，似乎在保护它们。

他判断着，楼下火势稍弱，现在燃烧的，只是露出水面的部分，如果往下走，不会有火的危险。可是，宋恒手里紧握着的，可能就是秘画、日记和族谱，都怕水淹，他决定还是从玻璃门出去。

他迅速用旗帜裹好画筒、日记、族谱，紧抱在怀，背起宋恒，急速前冲，试图在两三秒内冲出玻璃门。

烟更浓了，什么也看不清，他凭借平日对这里的熟悉，在浓烟中摸索着向前冲，试图穿过圆形地毯，但宋恒用的阅览桌旁堆满了书，他和宋恒一起摔倒在地毯上。

一刹那，四周书架由于被烧损了底部，上部保持不住平衡，俩人撞在地面的震动引发四周书架倾倒，高大书架带着一团团、一片片火向着地毯中央倾倒。

余烁大叫一声："宋爷爷！"扑上去护住宋恒。

宋恒睁开眼，微笑着："你能说话了。"

余烁紧紧护着宋恒在地面滚动，试图躲开高大的书架。

圆屋顶落下，在他们头顶完美地搭成一个支架，像棵巨大的红角杨树护住他们，他们在最后时刻，看见了遥远浩渺的星空。

他们相互微笑着凝望，在对方眼中看到了红透的红角杨树，然后，红彤彤的树冠像巨大旗帜，向他们缓缓覆盖下来。

同一时刻，一楼圆形地毯下方石板镶嵌的一根小石柱如同一棵小红角杨树坠落，准确利落地落入书库中的泉眼，泉水不再流出。

之后，敞开的井盖在某种机关的控制下，缓缓在水中移动，毫无痕迹地封住井口，与泉井完美一体地呈现一片平坦。

三十一　中华大地的宁静星空

唐岱、桑梓和林袅赶到，红园已是一片断垣残瓦。

明灵蹲在水池中，浑身透湿，木然悲哀地望着小楼，紧紧依偎银焰。

见到他们，银焰哀叫着，两眼流出了泪。

猎犬是不流泪的。银焰伴着唐岱长大，从不流泪。几十年来，唐岱第一次看见银焰流泪。

明灵和银焰的身后是雕像，环绕喷泉两边高大的桑树梓树已经烧毁。

消防队告诉他们，明灵和银焰躲在水池中避过了这场火灾，消防队见到明灵和银焰时，明灵和银焰就是这个姿势，一直蹲着不动，谁劝也没用。

由于长时间蹲伏，明灵暂时不能动了。唐岱、桑梓和林袅找来一把椅子，含泪抬起明灵，桑梓和林袅陪她上了救护车。

银焰依依不舍地跳上救护车，它的泪水轻轻沾在明灵手臂上。然后它又跳下车，迅速冲向原来图书室的中央部位。

唐岱知道，宋恒和余烁一定在那里。银焰非常懂事，它一定接受了守护明灵的任务，寸步不离守着她，直到唐岱他们赶到。

唐岱明白，宋恒和余烁去了星空，去会合那些等待宋恒已久的英勇战士。否则，银焰决不会不引导人们去救他们。他默默找到救护负责人，指示了地点。

宋恒和余烁紧紧拥抱在一起，一脸平静，两个高大的橡木书架成人字形搭在一起，架顶是钢制圆形屋顶，保护着他们的身体毫发无损。

唐岱从宋恒胸前摘下黄铜树徽，挂在自己胸前。

红角杨树、月亮玫瑰与其他草木一起烧毁了。

唐岱在洛神湖里发现了浸泡其中的红角杨枝：这是宋恒留给他们的最后礼物。

红园被烧第三天，唐岱带明灵去广州。

因为红角杨树变红，引了很多人在壁墙上观看，有好几个人看到，这场火刚烧起时，有只黑猫尾巴上拖着火在红园窜行，起火原因的调查也发现有外部纵火迹象。

但人们完全无视这些，宋恒和余烁被当作蓄意纵火：媒体渲染，网络指责，街头巷尾议论纷纷。

唐岱不忍让明灵再听到这些伤害宋恒和余烁的声音，怕她遭受更大刺激，带她离开了北州。

明灵没有像桑梓、林裛和唐岱担心的那样失智，但她始终沉默不语。唐岱让她做什么，她就做什么。

到广州五天，明灵保持沉默状态。唐岱小心翼翼守护着她，一刻不离。

银焰跟随他们来到广州，它对明灵比对唐岱更依恋，总静卧在她身边，有时和她良久对视，就像宋恒、余烁通过它和她交流。在这只庞大强健的猎犬旁边，明灵显得异常娇弱，而这只大猎犬却对她异常温情，它的眼神就像宋恒一样，平静坚定、历尽沧桑。

桌上放着一株小红角杨树。宋恒留下的红角杨枝成活了两株，另一株在桑梓那里。在这株小红角杨树旁，放着明灵仿制的小雕像。

第五天，唐岱不得不出去开一天会。第六天，唐岱开会回来，明灵和银焰都不见了，桌上，那尊小雕像压在明灵留下的字迹上：

　　我走了，带着银焰，带着红角杨。我不知道去哪里，不必找我。

唐岱没有片刻迟疑，立即乘飞机去北州。

第七天，唐岱来到北州。他站在原先小楼的位置，看着推土机轰响着从四面向中间合围，成吨的土填塞红园的圆形盆地，满耳充塞着推土机震耳欲聋的吼声，再也见不到往昔的宁静。

推土机隆隆在这片开阔土地上来回滚动，一次次、一点点不停填塞，他感到异常孤独和悲哀。

和他形影相对的，只有泉池中的"光明"还立着，他只能和雕像相对凝望。喷泉无水，雕像正等待被掩埋，他必须告知李程救出"光明"。

他双臂抱身，闭上两眼。他永远不会忘记推土机淹没红园的悲凉震撼情景。

这天晚上，李程告诉他，虽然市政府的报告已经报上去，他还是争取到红园的事情缓办，上级的意图倾向于不拆。

端午节的红角杨主题诗会上，民间掀起了一股挽救红角杨园的网上签名活动，挽救红角杨园的民间呼声很高，正好与国家意愿相应。

可惜这些努力来得太晚，当挽救红角杨园的民间意愿刚刚在网上兴起，红角杨园的火已经烧起来了。

无法找到明灵，桑梓和林袅都没见到她。他认为，她一定会来红园废墟。他在四周仔细打听，根据有些人告诉他的，他勾勒出这样的情景：

有人在深夜听到脚步声，起身到窗前向天水路观看。天水路紧挨着红园，路旁树木拖着奇形怪状的影子，浓密的树叶阻挡着街灯光芒，在地上投出大片阴影和驳杂光斑。道路中央，光亮透明，灯光和月光无遮无拦倾泻在地，照射着路上长长的寂静。

明灵从红园废墟那里走来，赤着双脚，脚上被碎石扎得鲜血淋漓。她的头发长长地、柔软地披散着，在月光和灯光的照射下变成黛蓝色，就像在星空图书室能看到的那种宇宙颜色，她的脸在灯光和月光下被头发半遮半掩，神秘妩媚。

她怀抱一束月亮玫瑰，手捧栽在一个小花盆里的红角杨。她身旁跟随着一团像她头发一样柔软的身影，一只大猎犬轻柔矫健、无声无息地伴着她，它圆圆的眼睛散发着红角杨红叶一样的光芒。她和它沿着长长的道路向西北方走去。

天亮后，早起的人们惊异地看到：一瓣瓣玫瑰星星点点撒在地上，一团团殷红血迹和玫瑰叠印在一起，一路向月亮湾的方向延伸。

唐岱立即起程前往月亮湾。月亮湾人告诉他，从没见过这样一个姑娘。

唐岱心力交瘁，回到广州，得知赖央和贾相在纪念建筑博览会中国馆的竞标项目中标，他发现，他们所设计的中国馆跟红园的建筑外观完全一样。

他非常愤怒，当年赖央凭借侵占《玫瑰园的树与泉》的局部高仿获得了油画大奖，被作为人才引进到广州，现在又凭借抄袭红园而中标。

他在网上揭露此事，又向有关部门反映。然而红园被毁，查无实证，没法证明纪念建筑博览会中国馆的建筑设计是抄袭红园。

祁远来到广州。三个月不见，他瘦了一圈，神情间隐含沉郁，但还是很有神采。

唐岱问："你把朱丹影再次单独留在草原，不担心她再走失？"

"林袅在陪她。这次回到草原，我时时刻刻和她在一起，不再把她当胭脂，而当朱丹影。"

"你这次是为飞泉而来吧？"

"对，我想念它。你得想办法帮我见到它。"

唐岱沉吟一下："我知道你放不下它，已经和刘鹏做了一些准备，可能会有办法。林袅还是去了焉支？以后她要常在那里吗？"

"她想看看朱丹影，也想给我帮忙，她说红角杨毁了，她只能先在焉支草原。她很关心你，看到了你揭露赖央和贾相抄袭的事。"

"明灵有消息吗？"

"没有。我猜她不在北州一带，说不定会去焉支。"

"会不会隐身在月亮湾？"

"无论她在哪里，只能等她自己出现，这是她的个性。"

祁远离开广州前一天，告诉唐岱："我还有一个好消息，不过，这个消息还是先留着，让带给你这个消息的人自己告诉你。"

"什么事情，这么神秘？"

祁远笑笑："明天会有一个你意想不到的人来到广州。"

祁远离开广州后，广州媒体报道了一则消息：一匹前途无量的赛马在马场突然冲出，不知去向。

唐岱知道，飞泉一定是听到祁远的口哨声奔出马场的。它此刻正在茫茫大地上奔腾，奔向焉支草原。祁远终于又得到了自己的马和女人。

祁远离开广州第二天，唐岱接到刘鹏电话，说他到了广州，有事相商。

唐岱到达汇景新城的一栋独立别墅，刘鹏迎出门来。

唐岱走进小院，边走边看："这是你买的房子？"

"是啊。"

"这里是广州有名的优雅富人区，房子好，环境好，文化资源好，周围都是高校。"

"就是因为离你近，才买在这里。给你专门留了一个房间，你可以随时过来。"

"你那么忙，哪有时间和我常在一起？"

"就是因为忙，我还指望你帮我陪桑梓呢。以后我和桑梓就住在这里了。"

"桑梓也要来了吗？"

"已经来了。她现在是广东人民医院的医生了。"

走进客厅，桑梓笑着迎上来。

"这真让我惊喜，你俩都来广州了。"

刘鹏笑说："不但我俩，李程也要调到广州工作。还有件事让你惊喜呢。"

"还有什么事？"唐岱很感兴趣地看着他们。

桑梓和刘鹏相视，都露出从没有过的兴奋。

"我怀孕了。"

"哦，这真是大惊喜，最近心情一直不太好，今天喜事连连，心情一下好多了。这可是件大事，咱们得好好庆贺一下。"

刘鹏说："还有件大事。我启动了重建红园的计划。"

"啊，这当然是更大事情。我以为，迁移没来得及，你放弃了，没想到你还在坚持。"

"你们都那么坚持，我怎么能放弃呢？这是我们这些红角杨后人要做的事情，什么人也阻碍不了，即使他们不断破坏，我们也还是要做该做的。"

"现在的麻烦是，如果重建，就跟他们那个纪念建筑博览会的项目有重合，反过来会遭他们诬陷我们抄袭。"

"直到他们抄袭的事情出现，我们才知道他们说的系列项目是什么，才知道他们为什么阻止红角杨迁移，而且，他们的系列项目中可能还藏有其他东西。"

"这是件很麻烦的事，得想办法解决。不过他们得到的，也只是外观，他们没进过小楼，内部设计他们一无所知，这是咱们的优势。另外，有余烁留下的3D视频，这是很重要的立体效果图，虽然只是对红园外部的艺术创作，也可以作为他们抄袭的间接证据。"

桑梓说："能够证明他们抄袭的，最直接的证据是明灵的紫红羊皮包，你不是说，那展开来就是红角杨的整体设计图吗？"

唐岱迷惘："可她在哪里呢？"

刘鹏安慰地说："她总会回来的，无论如何，先努力把红园重建起来。"

唐岱感叹："你能重建红园，余烁画了3D画，明灵复制了雕像，桑梓栽活了小红角杨树，我做了什么呢？好像什么也没做。"

桑梓说："你做了呀，你跟着宋伯伯用爱与美和光明生活守护家园，守护红角杨的恒久精神，让红角杨在人们心中长久存在下去，如果人们没有这样的家园感，就不会庄重地生活。"

刘鹏说："我和李程不都是在你影响下去为红园做事情的吗？你让我明白，认识生活的长久意义很重要，否则人们不会去主动做一些'无用'的事。"

唐岱有些怅惘："经历了这段时间，你们都变了，也有了完美爱情，我的爱情在哪里？"

桑梓意味深长地看着他："要相信，爱情和信仰在一起，你的爱情和红角杨一样坚韧，能代代延续，从明悠、朱丹影对你的激发，到你对我和林袅关注，现在你明白，明灵是你真正等待的，是你要实现的渴望和依恋。"

"可她在哪里呢？"

"终有一天，她会来到你身边。"

刘鹏说："我们所有人都会在广州的新红角杨园重聚，祁远说，朱丹影好转得很快，等到适当时机，他要带着朱丹影来广州和我们在一起。"

唐岱宽慰地看着刘鹏："看来你俩的生活真是要有变化了。我们一起等你们的孩子出世吧。"

桑梓说："两棵小树已经成活，那一棵在明灵身边，北州这棵我带来了，交给你培育，以后，你和红角杨树就是我们的中心，你要精心照顾它。"

唐岱轻轻说："如果都来广州，就差明灵了。"

刘鹏感叹着："是啊，我还虚位以待，等她做我的形象大使，或者是总策划师、总设计师什么的，都行。"

傍晚，唐岱收到了明灵的快递，看到了那枝鲜艳的干玫瑰花，他猜测她关注着他们，她一定是看到了他揭露那些人抄袭、看到了神秘赛马失踪的消息。

明灵告诉他："把这枝干玫瑰花插进花瓶里等待，当这枝玫瑰盛开的那天，我就会出现。到了广州，我要和你一起去看看我爷爷毕业的黄埔军校的营房和操场上的阳光，去看看中国军人英勇之爱生长的地方。"

他插好干玫瑰花，走上阳台，夜幕开始落下。

红角杨的苍茫影子在他眼前浮动，他看到了"光明"的火炬高扬……他的记忆也是一把火炬，他的怀恋是一座雕像、是天边垂挂的音乐，红角杨就是雕像和音乐中的生命，永远在一个遥远地方生长，在北州的时间河流中，它如黄河石头一样静卧了大半个世纪，被时间冲刷得清亮剔透、晶莹闪光。

星空玫瑰何时再次盛开？他遥望北州方向渐次出现的星星，仿佛看着红角杨星空，等待明灵的形象像星星一样出现。

凌晨5点，唐岱接到祁远电话，祁远告诉他这样的情景：

朱丹影顺着河水漂走了。明媚的月光下，胭脂河水粼粼，朱丹影慢慢地像在水面上漂一样，渐渐走到深水处，她的裙裾在河水上轻轻漂着，她回身看了祁远和林袅一眼，那一眼清醒镇定，像是什么都明白了，然后她慢慢浸入水中，躺在水面上顺流而下。

祁远和林袅远远看到了这情景，他们奔过去，朱丹影已顺流而下，他们看着漂浮在水面上的朱丹影一面呼喊，一面随水追行。

在山边水湾，他们找到了静静停着的朱丹影，月光下她安静地闭着双眼，像永远沉睡。

唐岱沉默一会儿说：“这太突然了，我以为你们会一直守在她身边，会一直这样下去。”

祁远的声音哽咽：“怪我们疏忽，怎么也没想到，在几十年后，会出现这样的事，这太意外了，早知这样，我们会严严地守着她。”

“别太怪自己，如果真要发生这样的事，即使你们严防死守，也还是会出意外，总有疏忽的时候，就像当年她失踪一样。”唐岱停一下，“你们是为了朱丹影留在焉支的，现在怎么想？”

“这件事对我打击太大，我太悲伤，没法想这件事了，你和林袅说吧。”

林袅接过电话：“我们还没想过这件事，也不能想，恐怕要等彻底平静下来，才能想想以后怎么样，那时候再做决定吧，也许会留在焉支，也许会去广州。”

“不是纯朴就是时尚？你们不论在焉支还是在广州，都是我的希望和思念。”

放下电话，走上阳台，满天星光。如果他们也来广州呢？那就只剩下明灵没有消息了，此刻明灵在哪里？

他仰望星空，并不迷茫，此刻明灵也走在星空下。总有一天，星空会告诉他明灵在什么地方，什么时候会来到他们身边。

有一天，他和明灵带着一个小男孩，桑梓和刘鹏也带着他们的孩子，一起迎接祁远和林袅从焉支草原来到广州。

他把小男孩介绍给他们：“这是我们的儿子。”小男孩用红角杨叶一样的眼睛，像亮晶晶的心魂一样，看着祁远和林袅。

此刻，他最为惦念明灵。在这个世界的某个地方，明灵带着银焰，身背紫红羊皮包，怀抱月亮玫瑰，手捧一小盆红角杨，走在宁静的星空下，走在星空之魂的注视下。

在小楼轰然倒塌的最后一刻，余烁将秘画圆筒用力扔出地下室通气孔外，银焰将圆筒叼回明灵身边，明灵紧紧搂着秘画，不打开也不看，紧挨银焰在水中颤抖。

现在，她怀揣秘画，斜挎古色古香的紫红色羊皮包，脚踩一路洒落的月亮玫瑰，走向远方。

星光下的这个秘密或许永远无人知晓，或许将像以前的秘画传奇那样，在中华大地延伸出新的故事。

后记

　　这部小说最终得以出版，要感谢在写作和出版过程中获得的诸多方面帮助与支持。感谢广东省作家协会将这部作品列入粤港澳大湾区文学精品扶持项目；感谢花城出版社对于此书的选题支持，感谢肖建国先生、鲍十先生、张懿社长、黎萍女士和责任编辑夏显夫先生的热心帮助与竭诚支持；感谢我的研究生鄢斌、章艾、吴风华、陈少萍、岑长庆、李璐李与我共度那些坚持生活信念与写作理想的日子，感谢他们的关切、热忱、坚定和帮助；感谢教养我的父亲母亲；感谢我的家人在写作此书过程中给予我的全面理解与支持。

　　这部小说并非兴之所至，偶一为之，也并非为娱乐欢情而已，而是抱着严肃庄重的心态，认真去写，几度春秋，反复修磨，自觉完成殊为不易。之所以认真执着地写，是因为本就认为写小说是不容易的事。同时，我有种种关于小说、关于生活、关于小说与现实关系的思考，都渗透在这部小说的写作过程中，所以整个小说写作过程漫长而需要坚持，虽然写小说对我不是力不能逮，但的确是一个磨炼写作耐性和韧度、积累写作感觉和经验的艰难过程。

　　写作过程就是专业训练过程。不是人人都能写小说，但能写出一部小说，也不是什么特别值得说的事情。写小说不一定要有天赋，只要勤奋，反复训练，也能写小说；有了天赋而不太努力，但多少经过一定训练就能写小说。既没有天赋，也不经过训练的人去写小说，即使再勤奋也是乱写。

　　无论如何，写小说是有高度专业性的事情，一定要经过专业性训练。因此，写作这部小说，就是自我训练过程，在这个过程中，文学感觉越来越好，叙事、描写、语言、结构、技巧能力越来越强，得到了许多写作小说的经验，比如关于情节设置、细节描写、人物对话、结构铺排，怎么修改、怎么精致、怎么完美等等，都按照自己的小说观念不断摸索出来很多经验。

　　每个人的小说观念都不一样，每个人的阅读和写作经验也不一样，写作小说其实是先入为主的写作过程，把自己的主题、情节、结构设定好了去写，就更好更理想，最主要的，是知道自己要写出的小说应该是什么样，然后再去写作，如果根本不知道自己要写出来是什么样、给什么样的人去读，写作过程就容易混乱，这样写出来的小说既不好读，也不是最理想的，至少对于写作者本人不是最理想的。如果写作者按照有预设的方向去写，知道自己的小说要写成什么样，知道要给予读者什么样的阅读感受和情趣，就会写得更好，因为一个人能把小说写成什么样，一定与他对小说的理解和把握有关系，这种理解和把握帮助他设计出一种小说的形式、结构。

我有个要尽力写出一部好小说的信念。当然这只是我的想法，最终能不能成为一部好小说，我自己永远不知道，只是尽力照着自己所想的好小说观念去写。

什么是好小说？对于我，好小说至少要有几方面的完成度。

小说要有可读性。小说首先是给人读的，然后才可能用来给专业人员做研究用。小说要写得简洁、生动、流畅，让人读得舒服，也吸引人去读，如果读起来磕磕绊绊、写得故作高深、让人不明所以、只让作者和研究者觉得特别的小说，就变了味儿。小说的可读性不简单在于情节变化曲折，更重要的在于小说情趣，小说情趣融合在叙事的结构细节的精心组织和铺排中，使人可以从叙事中读出情趣和意味。小说若没有叙事情趣和故事性，那就可能是散文或者诗歌，但不会是小说。有意让小说显得有特别意味而写得奇怪的小说，不是用来读的，是用来炫技的，好的小说应该把所有的技巧和形式融合进流畅自然的叙事过程，让人读起来又有阅读期望又觉得并不费什么力气。

小说要有神奇性，要能把现实变得神奇。如果小说不能把我们熟视无睹的生活变得神奇，如果小说只是把司空见惯的现实用小说形式编排一遍、重新盛装一次，不能把生活变得神奇，读完之后我们并没有什么特别感觉，仍然平淡漠然地进入生活，对身边现实的感觉还是一如既往地平淡无味，那我们要小说有什么用呢？小说本来不能改变生活，当小说把现实变得神奇，当小说读完之后我们对身边现实有了新的感觉，而这种感觉能把身边现实变得有意味，让我们觉得：哦，原来我们的生活可以变成这样，变得这么有意思，世界和历史变得让我们有新的感觉，那生活也就发生了变化，小说的目的就是改变生活感觉，通过改变生活感觉而改变我们的生活。

小说叙事要美学化，语言描写和叙述表达不能粗糙，不能兴之所至，一蹴而就，这是需要反复加工、精细研磨的过程，目的是为了好读又有意味又有美感，能让人迅速流畅地读下去，又能慢慢地仔细回味，因此写作小说是个细致漫长的过程，要反复磨炼，从阅读期望出发，寻找最好的小说阅读感，只有在写作时找到了最好的阅读感，才能找到最好的写作感，如果在写作过程中没有读者始终在阅读，只有作者一个人，写作不可能成功，因为写作不是为自己的，而是为他人的，那些为自己的写作只有两个极端：一个是既然为自己的，不必拿去发表出版，放在枕头下好了；另一个极端是拿小说去想办法挣尽可能多的钱。

要有故事性、深刻性和诗意性，这里不能展开多说了。小说要有一个好故事，故事性不是对一个事件的叙述，而是在对生活的叙述中融进了特别的诗意和深刻。好故事要有主题和诗意，也就是说要有深刻性和诗意性，而所有的深刻性和诗意性都装在故事之中，从故事的情节、细节、人物、行动、场景、具体的描写、人物对话等等诸多细致方面表现出来，尤其是，真正好的小说的故事性渗透和体现在细节中，这些细节可以让人多次琢磨体味，因此，写一部小说是一种奇妙设计、精密组合的过程，由此，写成这部小说才觉得如此不易又如此有趣。

我这部小说的主题是表达爱与美和光明的生活，我不喜欢晦暗压抑、畸形变态的东西，人类不会因为沉重苦难而能生存至今，那样人类早就不能繁衍生存了，因为人是精神性生物，要有爱与美和光明才活得下去。在有光明向往的生活中不停生发爱与美，每个人都因为拥有了爱与美，才有信念地欢乐生活下去，否则我们在重重苦难悲伤的压抑之下，怎么活得下去？这是一代接一代沉积下来的根本生存向往和希望，当然这里边还有其他一些主题，在爱与美和光明生活中，还有家园主题，家园盛装了我们的爱与美和光明生活。

这部小说中有庄重的历史，也有令人惊奇的家族传奇，有严肃的现实，也有浪漫的理想，还有许多神奇而有趣、有意味的，像秘画、迷泉、雕像、洛神湖、月亮玫瑰、花园格局、红角杨树、中国神话和女神、中国古典优雅等等，都是精心设计进小说中的，并非随意为之。

小说是一种看待世界、建构生活的方法和形式，一部好的小说一旦完成，就完成了一种历史和现实，新的生活前景和信念就初露曙光，生活将因此饶有趣味、焕然一新，对此不坚定，写得就不清晰。

我是个喜欢浪漫而不喜欢矫情的人。本觉得小说写完了就写完了，不需要再说许多，因此本来只想在后记中写写感谢的话，但写完感谢的话之后，发现这些话很少，甚至有点单调，并且没有任何感情色彩，见不出来我这种真正的写作感情和对我要感谢的人的感谢，于是不得不又多写一些话，说明在写作过程中确实需要这样一些帮助和支持。他们不是在帮助支持我这个人,而且是在帮助支持我对于小说的所有想法的实现,帮助我让人们感受到美好生活感觉的实现,因此我特别感谢他们,我的所有这些想法能得以实现,离不开我所要感谢的所有的人和我爱的人。

匆匆忙忙写了这样一些感想,对于这部小说来说,写了这么一点只是雪泥鸿爪,请朋友们和读者见谅。

徐肖楠

2022年3月18日